21世纪高等职业教育信息技术类规划教材
21 Shiji Gaodeng Zhiye Jiaoyu Xinxi Jishulei Guihua Jiaocai

Photoshop平面设计应用教程

Photoshop PINGMIAN SHEJI YINGYONG JIAOCHENG

周建国 主编　王莹 姜旭 严增镔 副主编

人 民 邮 电 出 版 社
北 京

图书在版编目（C I P）数据

Photoshop平面设计应用教程 / 周建国主编. -- 北京 : 人民邮电出版社, 2009.11

21世纪高等职业教育信息技术类规划教材
ISBN 978-7-115-21460-7

Ⅰ. ①P… Ⅱ. ①周… Ⅲ. ①平面设计－图形软件，Photoshop CS4－高等学校：技术学校－教材 Ⅳ. ①TP391.41

中国版本图书馆CIP数据核字(2009)第177590号

内 容 提 要

Photoshop是目前功能强大的图形图像处理软件之一。本书对Photoshop CS4的基本操作方法、图形图像处理技巧及该软件在各个领域中的应用进行了全面的讲解。

本书共分上下两篇。在上篇基础技能篇中介绍了图像处理基础与选区应用、绘制与编辑图像、路径与图形、调整图像的色彩与色调、应用文字与图层、使用通道与滤镜。在下篇的案例实训篇中介绍了Photoshop在各个领域中的应用，包括插画设计、照片模板设计、卡片设计、宣传单设计、海报设计、广告设计、书籍装帧设计、包装设计和网页设计。

本书适合作为高等职业院校平面设计类课程的教材，也可供相关人员自学参考。

21世纪高等职业教育信息技术类规划教材

Photoshop 平面设计应用教程

◆ 主　　编　周建国
　副 主 编　王　莹　姜　旭　严增镔
　责任编辑　潘春燕
　执行编辑　王　威

◆ 人民邮电出版社出版发行　　北京市崇文区夕照寺街14号
　邮编　100061　　电子函件　315@ptpress.com.cn
　网址　http://www.ptpress.com.cn
　北京鑫正大印刷有限公司印刷

◆ 开本：787×1092　1/16
　印张：22　　　彩插：4
　字数：570千字　　　2009年11月第1版
　印数：1 – 3 000册　　　2009年11月北京第1次印刷

ISBN 978-7-115-21460-7

定价：42.00元（附光盘）

读者服务热线：(010)67170985　印装质量热线：(010)67129223

反盗版热线：(010)67171154

■ 亲密爱人照片模板

■ 浪漫时光照片模板

■ 写意人生照片模板

■ 幸福相伴照片模板

■ 童话故事照片模板

■ 新年贺卡

■婚庆请柬

■春节贺卡

■美体宣传卡

■个性请柬

■圣诞贺卡

■摄像机产品宣传单

■餐饮企业宣传单

■旅游胜地宣传单

■ 匹萨宣传单

■ 空调宣传单

■ 水果店宣传单

■ 电脑产品海报

■ 饮料产品海报

■ 手表海报

■ 影视剧海报

■ 酒吧海报

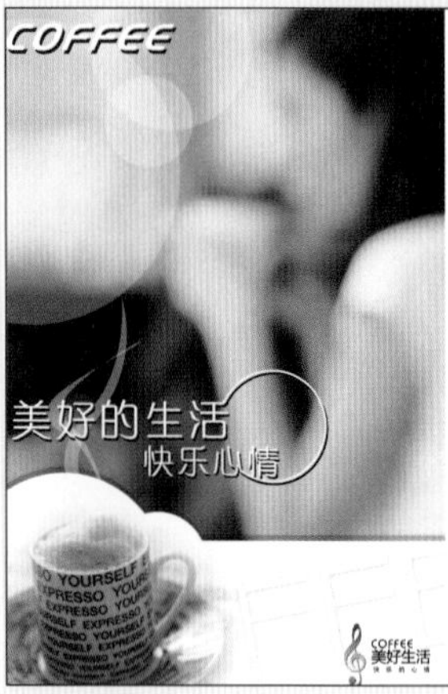

■ 咖啡广告 ■ 牙膏广告 ■ 笔记本电脑广告

■ 房地产广告 ■ 化妆品广告

■ 汽车广告 ■ 化妆美容书籍设计

■ 美食滋补书籍设计

■ 儿童教育书籍设计

■ 现代散文集书籍设计

■ 作文辅导书籍设计

■ 青春年华书籍设计

■ 果汁饮料包装

■ 舞蹈CD包装

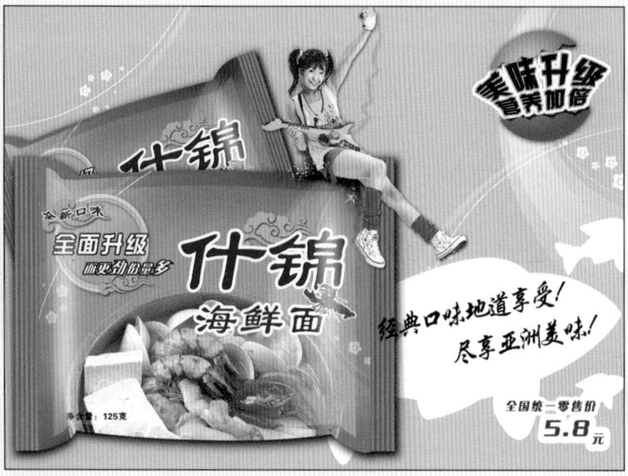

■ 方便面包装

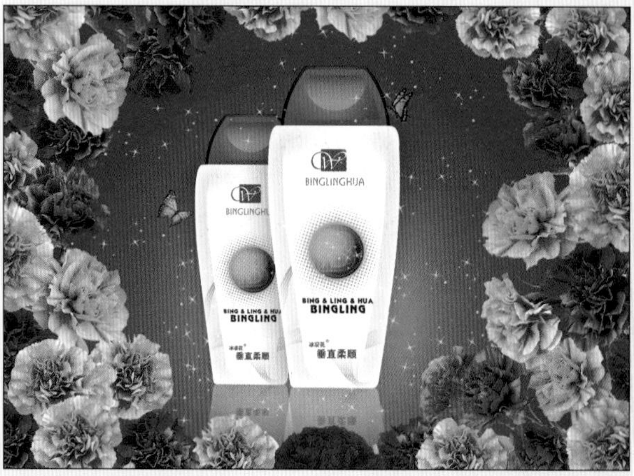

■ 洗发水包装

■ 流行音乐网页

■ 写真模板网页

前　言

Photoshop 是由 Adobe 公司开发的图形图像处理和编辑软件。它功能强大、易学易用，深受图形图像处理爱好者和平面设计人员的喜爱，已经成为这一领域最流行的软件之一。目前，我国很多高职院校的数字媒体艺术类专业，都将“Photoshop 平面设计”作为一门重要的专业课程。为了帮助高职院校的教师全面、系统地讲授这门课程，使学生能够熟练地使用 Photoshop 来进行设计创意，我们几位长期在高职院校从事 Photoshop 教学的教师和专业平面设计公司经验丰富的设计师，共同编写了本书。

本书具有完善的知识结构体系。在基础技能篇中，按照“软件功能解析－课堂案例－课堂练习－课后习题”这一思路进行编排，通过软件功能解析，使学生快速熟悉软件功能和平面设计特色；通过课堂案例演练，使学生深入学习软件功能和艺术设计思路；通过课堂练习和课后习题，拓展学生的实际应用能力。在案例实训篇中，根据 Photoshop 各个应用领域，精心安排了专业设计公司的 54 个精彩实例，通过对这些案例进行全面的分析和详细的讲解，使学生更加贴近实际工作，艺术创意思维更加开阔，实际设计制作水平不断提升。在内容编写方面，我们力求细致全面、重点突出；在文字叙述方面，我们注意言简意赅、通俗易懂；在案例选取方面，我们强调案例的针对性和实用性。

本书配套光盘中包含了书中所有案例的素材及效果文件。另外，为方便教师教学，本书配备了详尽的课堂练习和课后习题的操作步骤视频以及 PPT 课件、教学大纲等丰富的教学资源，任课教师可到人民邮电出版社教学服务与资源网（www.ptpedu.com.cn）免费下载使用。本书的参考学时为 72 学时，其中实践环节为 26 学时，各章的参考学时参见下面的学时分配表。

章　节	课程内容	学时分配	
		讲　授	实　训
第 1 章	图像处理基础与选区应用	4	1
第 2 章	绘制与编辑图像	4	1
第 3 章	路径与图形	2	1
第 4 章	调整图像的色彩与色调	2	1
第 5 章	应用文字与图层	3	1
第 6 章	使用通道与滤镜	2	2
第 7 章	插画设计	3	2
第 8 章	照片模板设计	3	2
第 9 章	卡片设计	3	2
第 10 章	宣传单设计	3	2
第 11 章	海报设计	3	2
第 12 章	广告设计	3	2
第 13 章	书籍装帧设计	4	3
第 14 章	包装设计	4	2
第 15 章	网页设计	3	2
	课时总计	46	26

本书由周建国任主编，王莹、姜旭、严增镔任副主编。参加本书编写工作的还有晓青、吕娜、葛润平、陈东生、周世宾、刘尧、周亚宁、张敏娜、王世宏、孟庆岩、谢立群、黄小龙、高宏、尹国琴、崔桂青等。

由于时间仓促，加之水平有限，书中难免存在错误和不妥之处，敬请广大读者批评指正。

编　者

2009 年 9 月

目录

上 篇

基础技能篇

第1章 图像处理基础与选区应用

本章主要介绍了图像处理的基础知识、Photoshop 的工作界面、文件的基本操作方法和选区的应用方法等内容。通过对本章的学习，可以快速掌握 Photoshop 的基础理论和基础知识，有助于更快、更准确地处理图像。

课堂学习目标

- 了解图像处理的基础知识
- 了解工作界面的构成
- 掌握文件操作的方法和技巧
- 掌握基础辅助功能的应用
- 运用选框工具选取图像
- 运用套索工具选取图像
- 运用魔棒工具选取图像
- 掌握选区的调整方法和应用技巧

1.1 图像处理基础知识

Photoshop CS4 图像处理的基础知识包括：位图与矢量图、图像尺寸与分辨率、文件的常用格式、图像的色彩模式等。掌握这些基础知识，可以了解图像并提高处理图像的速度和准确性。

1.1.1　位图与矢量图

图像文件可以分为两大类：位图图像和矢量图形。在绘图或处理图像过程中，这两种类型的图像可以相互交叉使用。

1. 位图

位图是由许多不同颜色的小方块组成的，每一个小方块称为像素，每一个像素都有一个明确的颜色。

由于位图采取了点阵的方式，使每个像素都能够记录图像的色彩信息，因而可以精确地表现色彩丰富的图像，但图像的色彩越丰富，图像的像素就越多，文件也就越大，因此处理位图图像时，对计算机硬盘和内存的要求也比较高。

位图与分辨率有关，如果以较大的倍数放大显示图像，或以过低的分辨率打印图像，图像就会出现锯齿状的边缘，并且会丢失细节，效果如图 1-1、图 1-2 所示。

图 1-1

图 1-2

2. 矢量图

矢量图是以数学的矢量方式来记录图像内容的。矢量图形中的图形元素称为对象，每个对象都是独立的，具有各自的属性。矢量图是由各种线条及曲线或是文字组合而成，Illustrator、CorelDRAW 等绘图软件创作的都是矢量图。

矢量图与分辨率无关，可以将它缩放到任意大小，其清晰度不变，也不会出现锯齿状的边缘。在任何分辨率下显示或打印，都不会损失细节，效果如图 1-3、图 1-4 所示。矢量图的文件所占的空间较少，但这种图形的缺点是不易制作色调丰富的图片，绘制出来的图形无法像位图那样精确地描绘各种绚丽的景象。

图 1-3

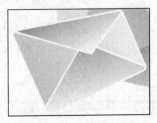

图 1-4

1.1.2 像素

在 Photoshop CS4 中，像素是图像的基本单位。图像是由许多个小方块组成的，每一个小方块就是一个像素，每一个像素只显示一种颜色。它们都有自己明确的位置和色彩数值，即这些小方块的颜色和位置就决定该图像所呈现的样子。当文件包含的像素越多，文件量就越大，图像品质就越好，效果如图 1-5、图 1-6 所示。

图 1-5

图 1-6

1.1.3 图像尺寸与分辨率

1. 图像尺寸

在制作图像的过程中，可以根据制作需求改变图像的尺寸或分辨率。在改变图像尺寸之前要考虑图像的像素是否发生变化，如果图像的像素总量不变，提高分辨率将降低其打印尺寸，提高打印尺寸将降低其分辨率；如果图像的像素总量发生变化，则可以在提高打印尺寸的同时保持图像的分辨率不变，反之亦然。

选择“图像 > 图像大小”命令，弹出“图像大小”对话框，如图 1-7 所示。取消勾选“重定图像像素”复选框，此时，“宽度”、“高度”和“分辨率”选项被关联在一起。在像素总量不变的情况下，将“宽度”和“高度”选项的值增大，则“分辨率”选项的值就相应的减小，如图 1-8 所示。

在“图像大小”对话框中，勾选“重定图像像素”复选框，将“宽度”和“高度”选项的值减小，“分辨率”选项的值保持不变，像素总量将变小，如图 1-9 所示。

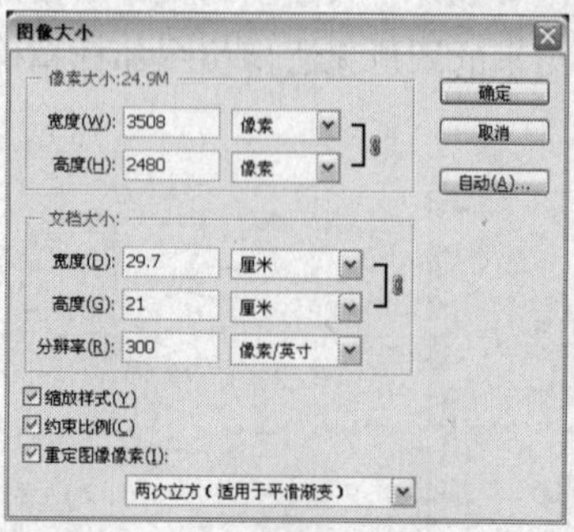

图 1-7

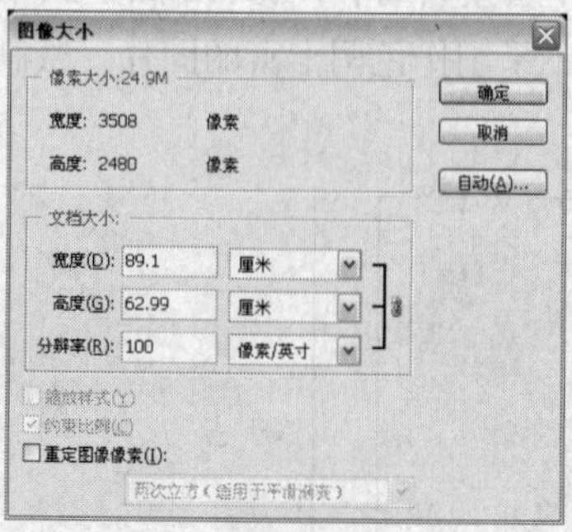

图 1-8

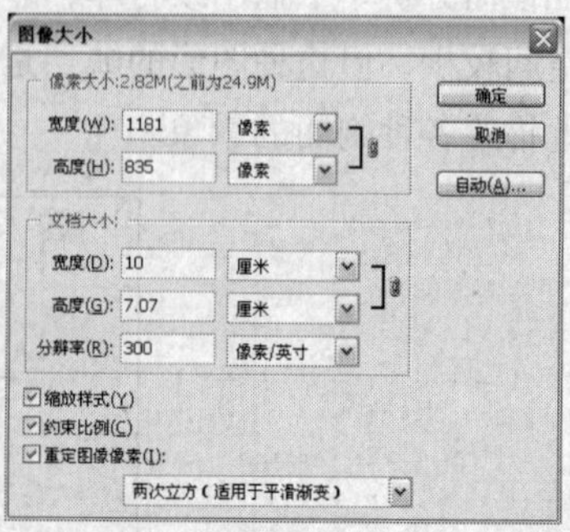

图 1-9

将图像的尺寸变小后，再将图像恢复到原来的尺寸，将不会得到原始图像的细节，因为 Photoshop 无法恢复已损失的图像细节。

原图的效果如图 1-10 所示。在像素总量变化的情况下，将图像的尺寸缩小，如图 1-11 所示。再将图像恢复到原始图像的尺寸，此时，放大尺寸后的图像将没有原始图像清晰，如图 1-12 所示。

图 1-10

图 1-11

图 1-12

2. 分辨率

分辨率是用于描述图像文件信息的术语。在 Photoshop CS4 中，图像上每单位长度所能显示的像素数目，称为图像的分辨率，其单位为像素/英寸或是像素/厘米。

图像分辨率是图像中每单位长度所含有的像素数的多少。高分辨率的图像比相同尺寸的低分辨率的图像包含的像素多。图像中的像素点越小越密，越能表现出图像色调的细节变化，如图 1-13、图 1-14 所示。

高分辨率图像

放大后显示效果

图 1-13

低分辨率图像

放大后显示效果

图 1-14

1.1.4　常用文件格式

当用 Photoshop 制作或处理好一幅图像后，就要进行存储。这时，选择一种合适的文件格式就显得十分重要。Photoshop CS4 中有 20 多种文件格式可供选择。在这些文件格式中，既有 Photoshop 的专用格式，也有用于应用程序交换的文件格式，还有一些比较特殊的格式。下面，具体介绍几种常见的文件格式。

1. PSD 格式和 PDD 格式

PSD 格式和 PDD 格式是 Photoshop 软件自身的专用文件格式，能够支持从线图到 CMYK 的所有图像类型，但由于在一些图形程序中没有得到很好的支持，所以其通用性不强。PSD 格式和 PDD 格式能够保存图像数据的细小部分，如图层、附加的遮膜通道等 Photoshop 对图像进行特殊处理的信息。在没有最终决定图像存储的格式前，最好先以这两种格式存储。另外，Photoshop 打开和存储这两种格式的文件较其他格式更快。但是这两种格式也有缺点，它们所存储的图像文件特别大，占用磁盘空间较多。

2. TIF 格式（TIFF）

TIF 是标签图像格式。TIF 格式对于色彩通道图像来说是最有用的格式，具有很强的可移植性，它可以用于 PC、Macintosh 以及 UNIX 工作站三大平台，是这三大平台上应用最广泛的绘图格式。存储时可在如图 1-15 所示的对话框中进行选择。

用 TIF 格式存储时应考虑到文件的大小，因为 TIF 格式的结构要比其他格式更大更复杂。但 TIF 格式支持 24 个通道，能存储多于 4 个通道的文件格式。TIF 格式还允许使用 Photoshop 中的复杂工具和滤镜特效。TIF 格式非常适合于印刷和输出。

3. BMP 格式

BMP 是 Windows Bitmap 的缩写。它可以用于绝大多数 Windows 下的应用程序。BMP 格式存储选择对话框如图 1-16 所示。

BMP 格式使用索引色彩，它的图像具有极其丰富的色彩，并可以使用 16MB 色彩渲染图像。BMP 格式能够存储黑白图、灰度图和 16MB 色彩的 RGB 图像等。此格式一般在多媒体演示、视频输出等情况下使用，但不能在 Macintosh 程序中使用。在存储 BMP 格式的图像文件时，还可以进行无损失压缩，能节省磁盘空间。

4. GIF 格式

GIF 是 Graphics Interchange Format 的首字母缩写词。GIF 文件比较小，它形成一种压缩的 8 位图像文件。正因为这样，一般用这种格式的文件来缩短图形的加载时间。如果在网络中传送图像文件，传输 GIF 格式的图像文件要比其他格式的图像文件快得多。

5. JPEG 格式

JPEG 是 Joint Photographic Experts Group 的首字母缩写词，译为联合图片专家组。JPEG 格式既是 Photoshop 支持的一种文件格式，也是一种压缩方案。它是 Macintosh 上常用的一种存储类型。JPEG 格式是压缩格式中的“佼佼者”，与 TIF 文件格式采用的 LIW 无损失压缩相比，它的压缩比例更大。但它使用的有损失压缩会丢失部分数据。用户可以在存储前选择图像的最后质量，这就能控制数据的损失程度。JPEG 格式存储选择对话框如图 1-17 所示。

在“品质”选项的下拉列表中可以选择从低、中、高到最高 4 种图像压缩品质。以高质量保存图像比其他质量的保存形式占用更大的磁盘空间。而选择低质量保存图像则会使损失的数据较多，但占用的磁盘空间较少。

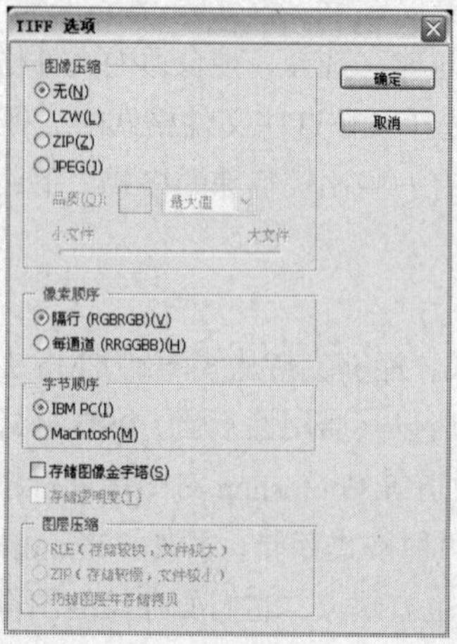

图 1-15

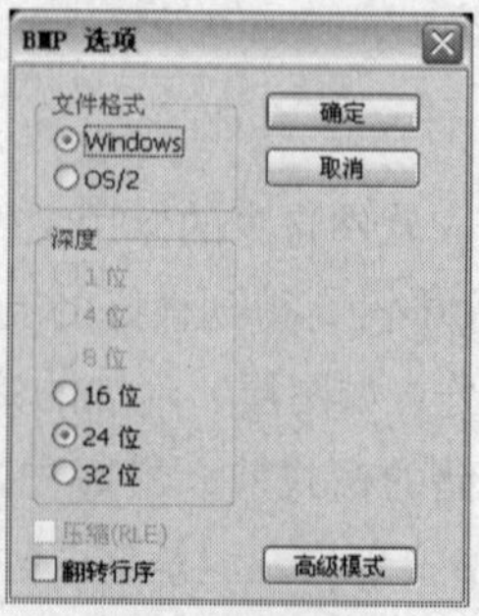

图 1-16

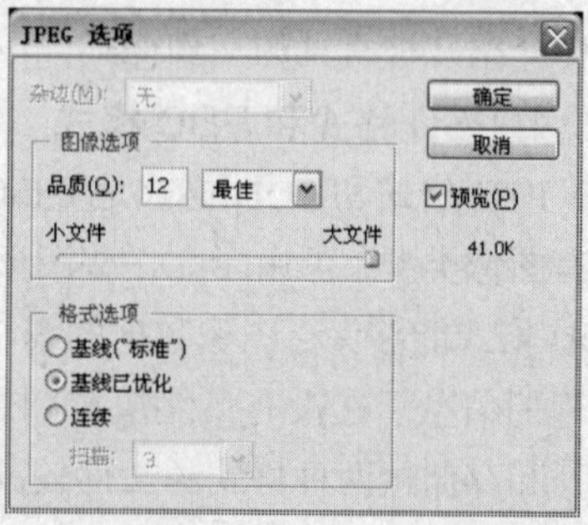

图 1-17

1.1.5　图像的色彩模式

Photoshop CS4 提供了多种色彩模式，这些色彩模式正是作品能够在屏幕和印刷品上成功表现的重要保障。在这些色彩模式中，经常使用到的有 CMYK 模式、RGB 模式、Lab 模式以及 HSB 模式。另外，还有索引模式、灰度模式、位图模式、双色调模式、多通道模式等。这些模式都可以在模式菜单下选取，每种色彩模式都有不同的色域，并且各个模式之间可以转换。下面，将具体介绍几种主要的色彩模式。

1. CMYK 模式

CMYK 代表了印刷上用的 4 种油墨色：C 代表青色，M 代表洋红色，Y 代表黄色，K 代表黑色。CMYK 颜色控制面板如图 1-18 所示。

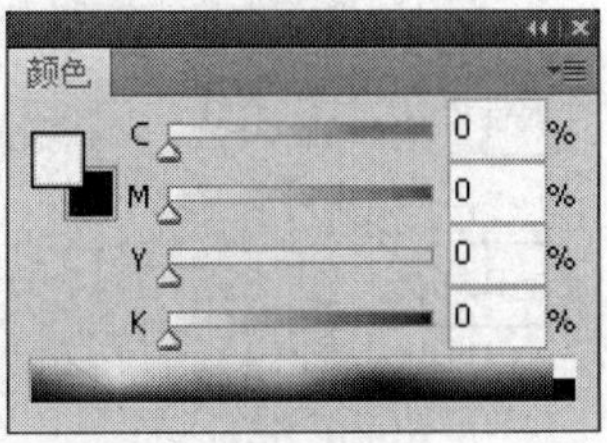

图 1-18

CMYK 模式在印刷时应用了色彩学中的减法混合原理，即减色色彩模式，它是图片、插图和其他 Photoshop 作品中最常用的一种印刷方式。因为在印刷中通常都要进行四色分色，出四色胶片，然后再进行印刷。

2. RGB 模式

与 CMYK 模式不同的是，RGB 模式是一种加色模式，它通过红、绿、蓝 3 种色光相叠加而形成更多的颜色。RGB 是色光的彩色模式，一幅 24bit 的 RGB 图像有 3 个色彩信息的通道：红色（R）、绿色（G）和蓝色（B）。RGB 颜色控制面板如图 1-19 所示。

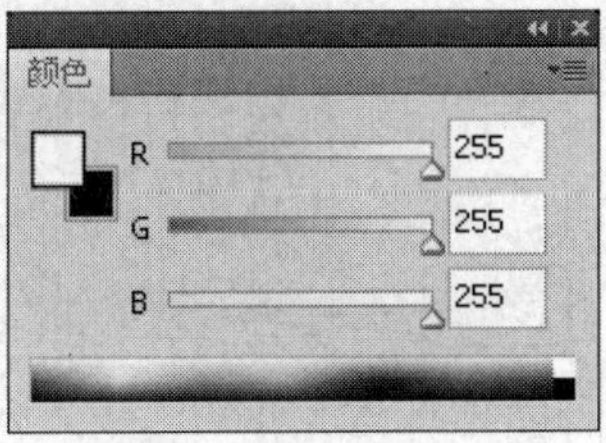

图 1-19

每个通道都有 8 位的色彩信息——一个 0 到 255 的亮度值色域。也就是说，每一种色彩都有 256 个亮度水平级。3 种色彩相叠加，可以有 256×256×256=1670 万种可能的颜色。这 1670 万种颜色足以表现出绚丽多彩的世界。

在 Photoshop CS4 中编辑图像时，RGB 色彩模式应是最佳的选择。因为它可以提供全屏幕的多达 24 位的色彩范围，一些计算机领域的色彩专家称之为“True Color”真彩显示。

3. 灰度模式

灰度模式，灰度图又叫 8 比特深度图。每个像素用 8 个二进制位表示，能产生 2 的 8 次方即 256 级灰色调。当一个彩色文件被转换为灰度模式文件时，所有的颜色信息都将从文件中丢失。尽管 Photoshop 允许将一个灰度文件转换为彩色模式文件，但不可能将原来的颜色完全还原。所以，当要转换灰度模式时，应先做好图像的备份。

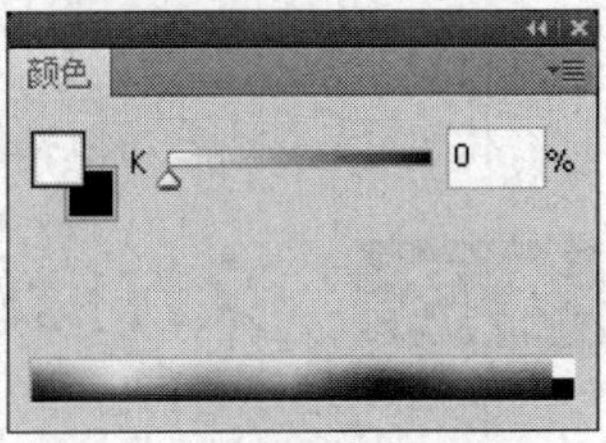

图 1-20

像黑白照片一样，一个灰度模式的图像只有明暗值，没有色相和饱和度这两种颜色信息。0%代表白，100%代表黑。其中的 K 值用于衡量黑色油墨用量，颜色控制面板如图 1-20 所示。

提示　将彩色模式转换为后面介绍的双色调模式（Duotone）或位图模式（Bitmap）时，必须先转换为灰度模式，然后由灰度模式转换为双色调模式或位图模式。

1.2 工作界面

使用工作界面是学习 Photoshop CS4 的基础。熟练掌握工作界面的内容，有助于广大初学者日后得心应手地驾驭 Photoshop CS4。

Photoshop CS4 的工作界面主要由菜单栏、属性栏、工具箱、控制面板和状态栏组成，如图 1-21 所示。

图 1-21

菜单栏：菜单栏中共包含 11 个菜单命令。利用菜单命令可以完成对图像的编辑、调整色彩、添加滤镜效果等操作。

属性栏：属性栏是工具箱中各个工具的功能扩展。通过在属性栏中设置不同的选项，可以快速地完成多样化的操作。

工具箱：工具箱中包含了多个工具。利用不同的工具可以完成对图像的绘制、观察、测量等操作。

控制面板：控制面板是 Photoshop 的重要组成部分。通过不同的功能面板，可以完成图像中填充颜色、设置图层、添加样式等操作。

状态栏：状态栏可以提供当前文件的显示比例、文档大小、当前工具、暂存盘大小等提示信息。

1.3 文件操作

利用 Photoshop CS4 中文件的新建、存储、打开和关闭等基础操作方法，可以对文件进行编辑和基本的处理。

1.3.1 新建和存储文件

新建图像是使用 Photoshop CS4 进行设计的第一步。如果要在一个空白的图像上绘图，就要在 Photoshop 中新建一个图像文件。编辑和制作完成图像后，就需要将图像进行保存，以便于下次打开继续操作。

1. 新建文件

选择“文件 > 新建”命令，或按 Ctrl+N 组合键，可以弹出“新建”对话框，如图 1-22 所示。

名称：可以设置新建图像的文件名。

预设：用于自定义或选择其他固定格式文件的大小。

宽度和高度：设置图像的宽度和高度数值。图像的宽度和高度单位可以设定为像素或厘米，单击“宽度”或“高度”选项右侧的三角形按钮，弹出计量单位下拉列表，可以选择计量单位。

分辨率：设置图像的分辨率。选项可以设定每英寸的像素数或每厘米的像素数，一般在进行屏幕练习时，设定为 72 像素/英寸；在进行平面设计时，设定为输出设备的半调网屏频率的 1.5～2 倍，一般为 300 像素/英寸。打印图像设定分辨率必须是打印机分辨率的整除数，如 100 像素/英寸。

颜色模式：可以选择多种颜色模式。

背景内容：可以设定图像的背景颜色。

颜色配置文件：可以设置文件的色彩配置方式。

像素长宽比：可以设置文件中像素比的方式。

信息栏中“图像大小”选项下面显示的是当前文件的大小。

提示　每英寸像素数越高，图像的文件也越大。应根据工作需要，设定合适的分辨率。

2. 存储命令

选择“文件 > 存储”命令，或按 Ctrl+S 组合键，可以存储文件。当设计好的作品进行第一次存储时，选择“文件 > 存储”命令，将弹出“存储为”对话框，如图 1-23 所示，在对话框中输入文件名、选择文件格式后，单击“保存”按钮，即可将图像保存。

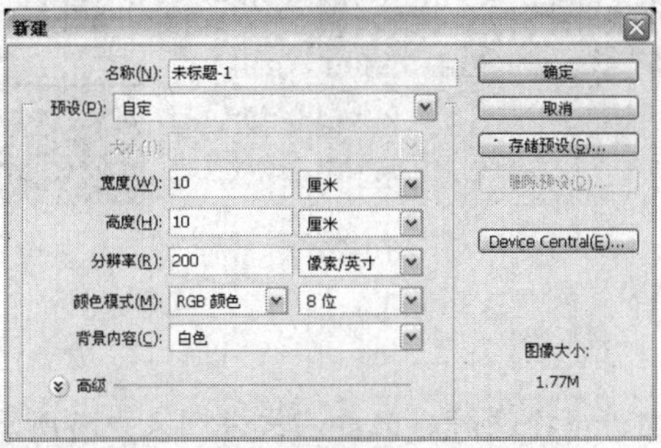

图 1-22

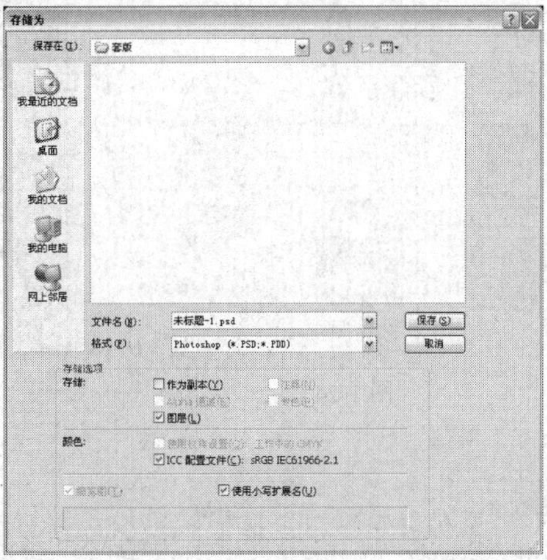

图 1-23

提示　当对已存储过的图像文件进行各种编辑操作后，选择“存储”命令，将不弹出“存储为”对话框，计算机直接保留最终确认的结果，并覆盖原始文件。

如果既要保留修改过的文件，又不想放弃原文件，可以使用“存储为”命令。选择“文件 > 存储为”命令，或按 Shift+Ctrl+S 组合键，弹出“存储为”对话框，在对话框中可以为更改过的文件重新命名、选择路径、设定格式，最后进行保存。

作为副本：可将处理的文件存储成该文件的副本。

Alpha 通道：可存储带有 Alpha 通道的文件。

图层：可将图层和文件同时存储。

批注：可将带有注释的文件存储。

专色：可将带有专色通道的文件存储。

使用小写扩展名：使用小写的扩展名存储文件，该选项未被选取时，将使用大写的扩展名存储文件。

1.3.2 打开和关闭文件

如果要对照片或图片进行修改和处理，就要在 Photoshop CS4 中打开需要的图像。

1. 打开命令

选择“文件 > 打开”命令，或按 Ctrl+O 组合键，弹出“打开”对话框，在对话框中搜索路径和文件，确认文件类型和名称，通过 Photoshop CS4 提供的预览略图选择文件，如图 1-24 所示，然后单击“打开”按钮，或直接双击文件，即可打开所指定的图像文件，如图 1-25 所示。

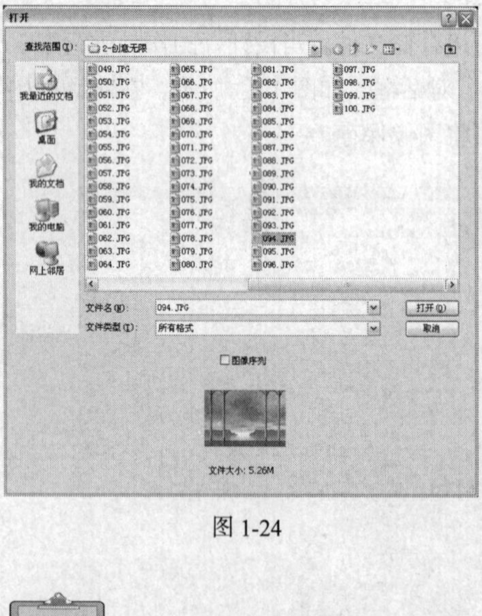

图 1-24

图 1-25

提示

在“打开”对话框中，也可以一次同时打开多个文件，只要在文件列表中将所需的几个文件选中，并单击“打开”按钮，Photoshop CS4 就将按先后次序逐个打开这些文件，以免多次反复调用“打开”对话框。

在“打开”对话框中，按住 Ctrl 键的同时，用鼠标单击，可以选择不连续的文件；按住 Shift 键的同时，用鼠标单击，可以选择连续的文件。

2. 关闭文件

将图像进行存储后，可以将其关闭。选择“文件 > 关闭”命令，或按 Ctrl+W 组合键，可以关闭文件。关闭图像时，若当前文件被修改过或是新建文件，则会弹出提示框，如图 1-26 所示，单击“是”按钮即可存储并关闭图像。

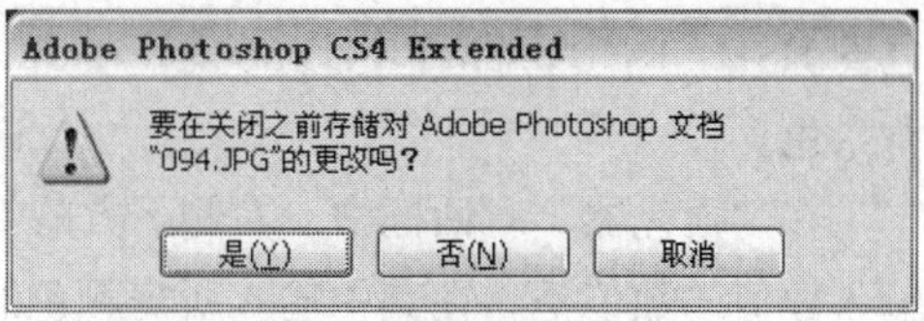

图 1-26

提示

“关闭”命令只有当前有文件被打开时才呈现为可用状态。如果要将打开的图像全部关闭，可以使用“文件 > 关闭全部”命令，或按 Alt+Ctrl+W 组合键。

1.4 基础辅助功能

Photoshop CS4 界面上包括颜色设置以及一些辅助性的工具。通过颜色设置命令的使用，可以快速地使用需要的颜色绘制图像，通过辅助工具的使用，可以快速地对图像进行查看。

1.4.1 颜色设置

在 Photoshop 中可以使用工具箱、拾色器对话框、颜色控制面板、色板控制面板对图像进行色彩的选择。

1. 设置前景色和背景色

工具箱中的色彩控制图标可以用来设定前景色和背景色。单击前景或背景色控制图标，弹出如图 1-27 所示的色彩“拾色器”对话框，可以在此选取颜色。单击“切换前景色和背景色”图标或按 X 键可以互换前景色和背景色。单击“默认前景色和背景色”图标，可以使前景色和背景色恢复到初始状态，即前景色为黑色、背景色为白色。

2. “拾色器”对话框

可以在“拾色器”对话框中设置颜色。

用鼠标在颜色色带上单击或拖曳两侧的三角形滑块，如图 1-28 所示，可以使颜色的色相产生变化。

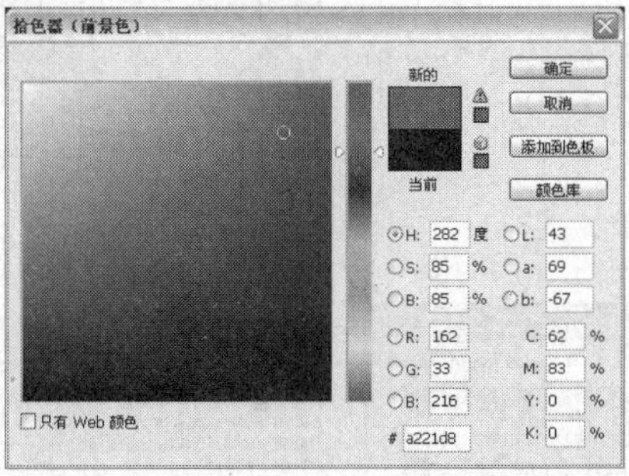

图 1-27

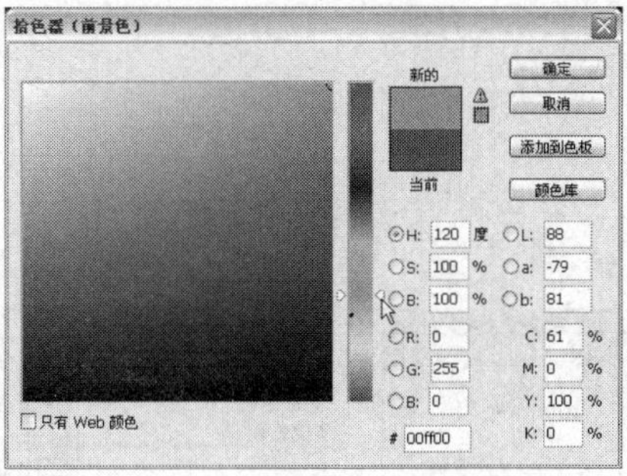

图 1-28

在“拾色器”对话框左侧的颜色选择区中，可以选择颜色的明度和饱和度，垂直方向表示的是明度的变化，水平方向表示的是饱和度的变化。

选择好颜色后，在对话框的右侧上方的颜色框中会显示所选择的颜色，右侧下方是所选择颜色的 HSB、RGB、CMYK、Lab 值，单击“确定”按钮，所选择的颜色将变为工具箱中的前景或背景色。

在“拾色器”对话框中，右侧下方的 HSB、RGB、CMYK、Lab 色彩模式后面，都带有可以输入数值的数值框，在其中输入所需颜色的数值也可以得到希望的颜色。

3. “颜色”控制面板

“颜色”控制面板可以用来改变前景色和背景色。选择“窗口 > 颜色”命令，弹出“颜色”控制面板，如图 1-29 所示。

在控制面板中，可先单击左侧的设置前景色或设置背景色图标来确定所调整的是前景色还是背景色。然后拖曳三角滑块或在色带中选择所需的颜色，或直接在颜色的数值框中输入数值调整颜色。

单击控制面板右上方的图标，弹出下拉命令菜单，如图 1-30 所示，此菜单用于设定控制面板中显示的颜色模式，可以在不同的颜色模式中调整颜色。

4. “色板”控制面板

“色板”控制面板可以用来选取一种颜色来改变前景色或背景色。选择“窗口 > 色板”命令，弹出“色板”控制面板，如图 1-31 所示。单击控制面板右上方的图标，弹出下拉命令菜单，如图 1-32 所示。

新建色板：用于新建一个色板。

小缩览图：可使控制面板显示为小图标方式。

小列表：可使控制面板显示为小列表方式。

预设管理器：用于对色板中的颜色进行管理。

复位色板：用于恢复系统的初始设置状态。

载入色板：用于向“色板”控制面板中增加色板文件。

存储色板：用于将当前“色板”控制面板中的色板文件存入硬盘。

替换色板：用于替换“色板”控制面板中现有的色板文件。

“ANPA 颜色”选项以下各选项都是配置的颜色库。

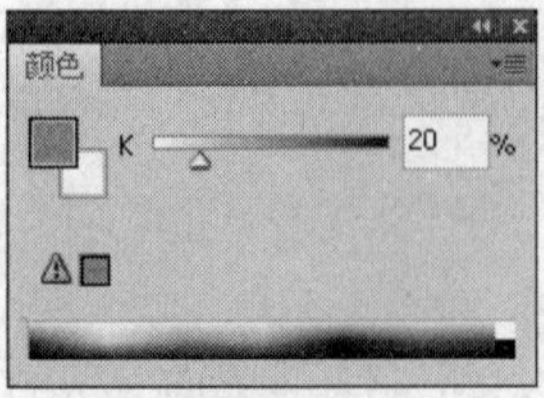

图 1-29

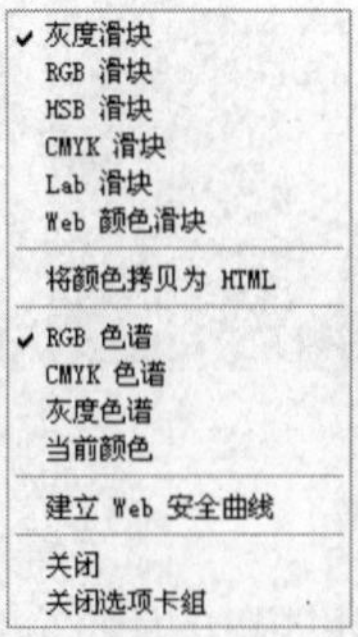

图 1-30

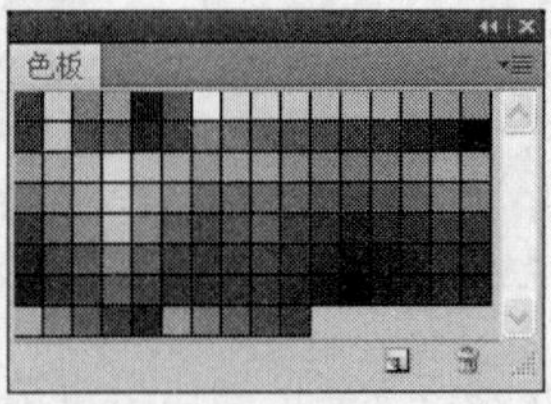

图 1-31

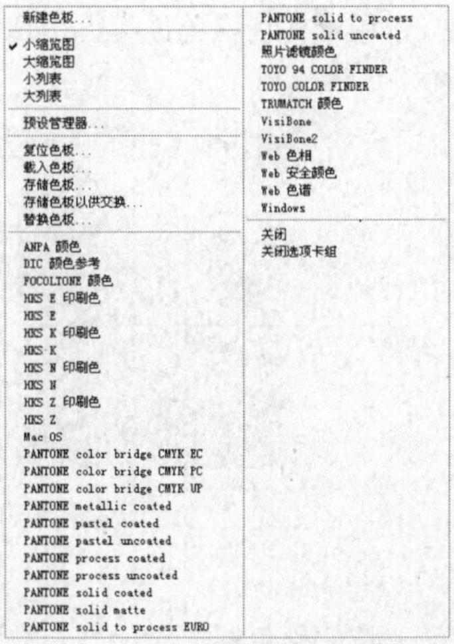

图 1-32

1.4.2　图像显示效果

在制作图像的过程中可以根据不同的设计需要更改图像的显示效果或应用信息控制面板查看图像的相关信息。

1. 更改屏幕显示模式

要更改屏幕的显示模式，可以在菜单栏的上方单击“屏幕模式”按钮，弹出菜单，如图 1-33 所示。反复按 F 键，也可切换不同的屏幕模式。按 Tab 键，可以关闭除图像和菜单外的其他面板。

2. 缩放工具

放大显示图像：选择“缩放”工具，在图像中鼠标光标变为放大图标，每单击一次鼠标，图像就会放大一倍。如图像以 100%的比例显示在屏幕上，用鼠标在图像上单击 1 次，图像则以 200%的比例显示。

当要放大一个指定的区域时，选择放大工具，按住鼠标不放，在图像上框选出一个矩形选区，选中需要放大的区域，如图 1-34 所示，松开鼠标，选中的区域会放大显示并填满图像窗口，如图 1-35 所示。

按 Ctrl+ + 组合键，可逐次放大图像，例如从 100%的显示比例放大到 200%，直至 300%、400%。

缩小显示图像：缩小显示图像，一方面可以用有限的屏幕空间显示出更多的图像，另一方面可以看到一个较大图像的全貌。

选择“缩放”工具，在图像中光标变为放大工具图标，按住 Alt 键不放，鼠标光标变为缩小工具图标。每单击一次鼠标，图像将缩小显示一级。按 Ctrl+ – 组合键，可逐次缩小图像。

也可在缩放工具属性栏中单击缩小工具按钮，则鼠标光标变为缩小工具图标，每单击一次鼠标，图像将缩小显示一级。

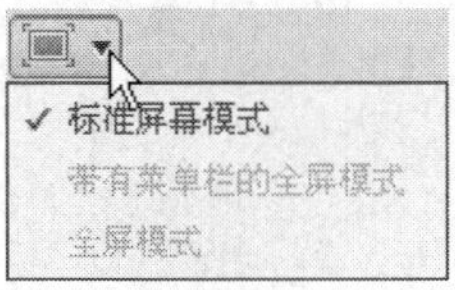

图 1-33

图 1-34

图 1-35

技巧　当正在使用工具箱中的其他工具时，按住 Alt+Space 组合键，可以快速切换到缩小工具，进行缩小显示的操作。

3. 抓手工具

选择“抓手”工具，在图像中鼠标光标变为抓手，在放大的图像中拖曳鼠标，可以观察图像的每个部分，效果如图 1-36 所示。直接用鼠标拖曳图像周围的垂直和水平滚动条，也可观察图像的每个部分，效果如图 1-37 所示。

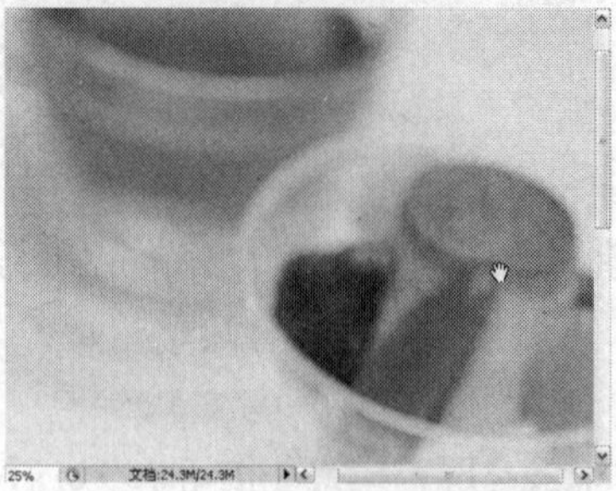

图 1-36

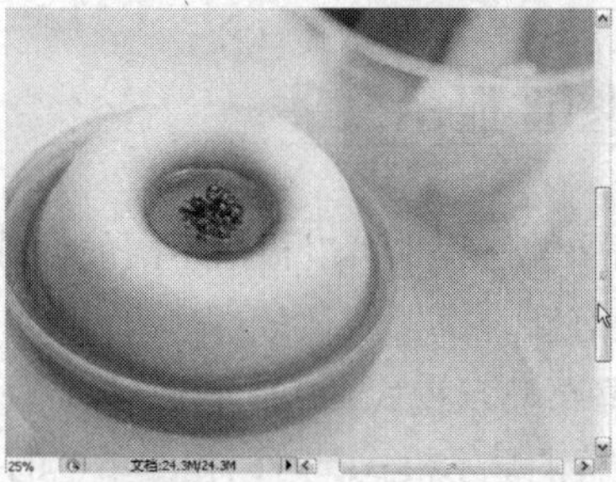

图 1-37

技巧 如果正在使用其他的工具进行工作，按住 Space 键，可以快速切换到“抓手”工具。

4. 缩放命令

选择“视图 > 放大”命令，可放大显示当前图像。

选择“视图 > 缩小”命令，可缩小显示当前图像。

选择“视图 > 按屏幕大小缩放”命令，可满屏显示当前图像。

选择“视图 > 实际像素”命令，以 100%的倍率显示当前图像。

1.4.3 标尺与参考线

标尺和网格线的设置可以使图像处理更加精确，而实际设计任务中的问题有许多也需要使用标尺和网格线来解决。

1. 标尺

设置标尺可以精确地编辑和处理图像。选择“编辑 > 首选项 > 单位与标尺”命令，弹出相应的对话框，如图 1-38 所示。

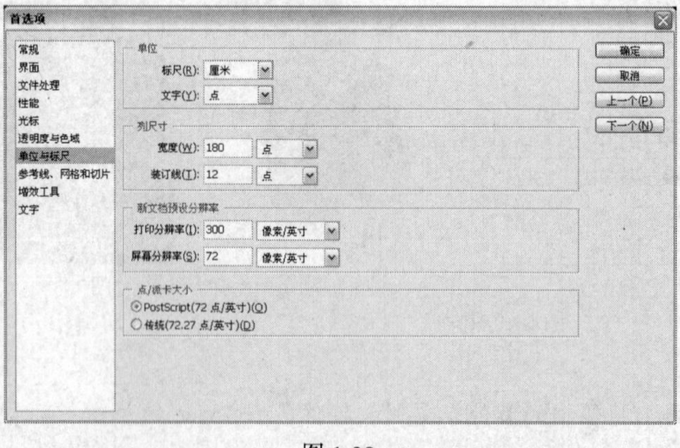

图 1-38

单位：用于设置标尺和文字的显示单位，有不同的显示单位供选择。

列尺寸：用于用列来精确确定图像的尺寸。

点/派卡大小：与输出有关。

选择“视图 > 标尺”命令，可以将标尺显示或隐藏，如图 1-39、图 1-40 所示。

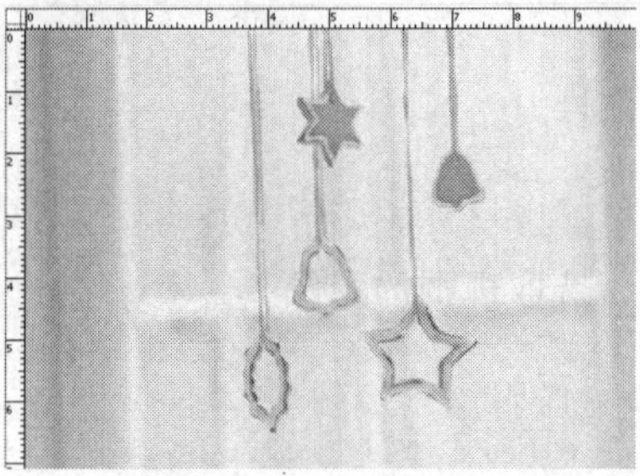
图 1-39

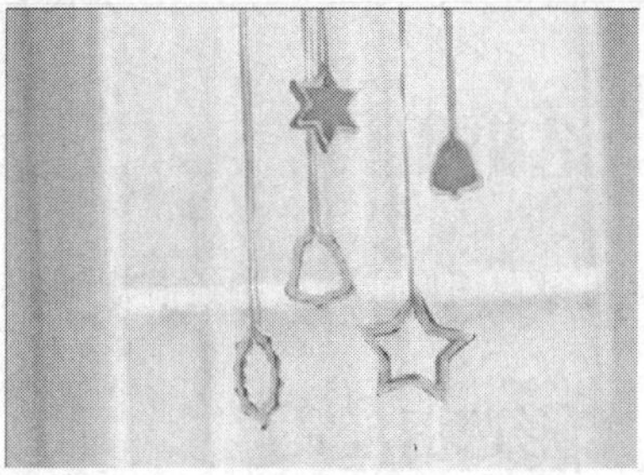
图 1-40

技巧　反复按 Ctrl+R 组合键，也可以将标尺显示或隐藏。

2. 参考线

设置参考线可以使编辑图像的位置更精确。将鼠标的光标放在水平标尺上，按住鼠标不放，向下拖曳出水平的参考线，效果如图 1-41 所示。将鼠标的光标放在垂直标尺上，按住鼠标不放，向右拖曳出垂直的参考线，效果如图 1-42 所示。

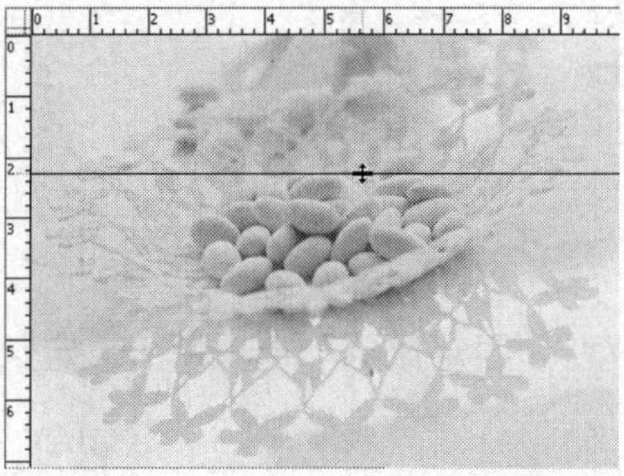
图 1-41

图 1-42

技巧　按住 Alt 键不放，可以从水平标尺中拖曳出垂直参考线，还可从垂直标尺中拖曳出水平参考线。

选择“视图 > 显示 > 参考线”命令，可以显示或隐藏参考线，此命令只有在存在参考线的前提下才能应用。反复按 Ctrl+；组合键，可以显示或隐藏参考线。

选择“移动”工具，将鼠标放在参考线上，鼠标光标变为，按住鼠标拖曳，可以移动参考线。

选择“视图 > 锁定参考线”命令或按 Alt+Ctrl+；组合键，可以将参考线锁定，参考线锁定后将不能移动。选择“视图 > 清除参考线”命令，可以将参考线清除。选择“视图 > 新建参考线”命令，弹出“新建参考线”对话框，如图 1-43 所示，设定后单击“确定”按钮，图像中出现新建的参考线。

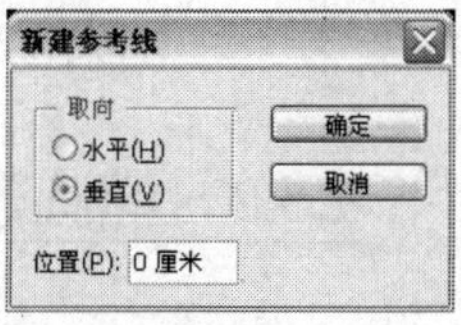

图 1-43

提示　在实际制作过程中，要精确地利用标尺和参考线，在设定时可以参考“信息”控制面板中的数值。

1.5 选框工具

选框工具可以在图像或图层中绘制规则的选区，选取规则的图像。

1.5.1 矩形选框工具

矩形选框工具可以在图像或图层中绘制矩形选区。选择“矩形选框”工具，或反复按 Shift+M 组合键，属性栏状态如图 1-44 所示。

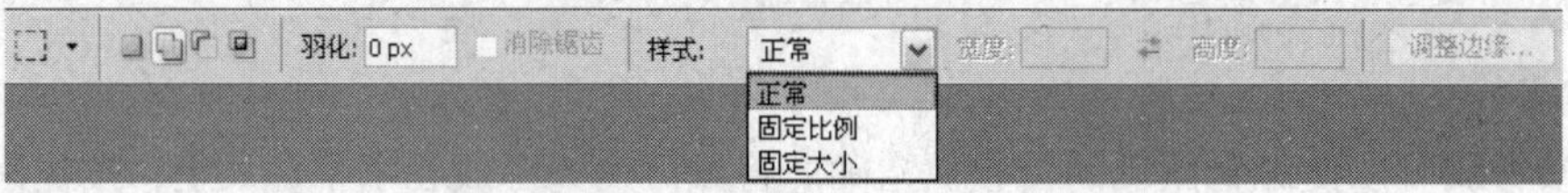

图 1-44

新选区：去除旧选区，绘制新选区。

增加选区：在原有选区的上面增加新的选区。

减去选区：在原有选区上减去新选区的部分。

重叠选区：选择新旧选区重叠的部分。

羽化：用于设定选区边界的羽化程度。

消除锯齿：用于清除选区边缘的锯齿。

样式：用于选择类型。“正常”选项为标准类型、“固定比例”选项用于设定长宽比例、“固定大小”选项可以通过固定尺寸来进行选择。

宽度和高度：用来设定宽度和高度。

选择“矩形选框”工具，在图像中适当的位置单击并按住鼠标不放，向右下方拖曳鼠标绘制选区，松开鼠标，矩形选区绘制完成，如图 1-45 所示。按住 Shift 键，在图像中可以绘制出正方形选区，如图 1-46 所示。

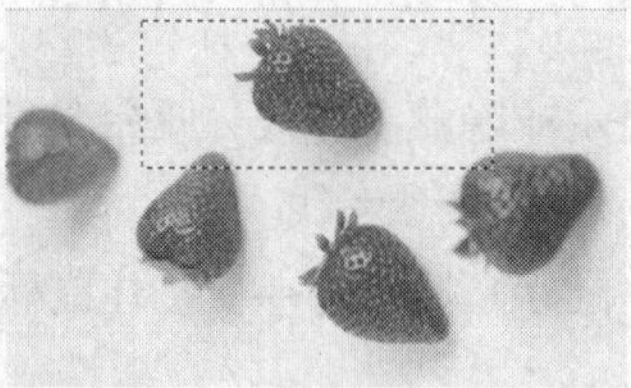

图 1-45

图 1-46

1.5.2 椭圆选框工具

椭圆选框工具可以在图像或图层中绘制出圆形或椭圆形选区。选择“椭圆选框”工具，或反复按 Shift+M 组合键，属性栏状态如图 1-47 所示。

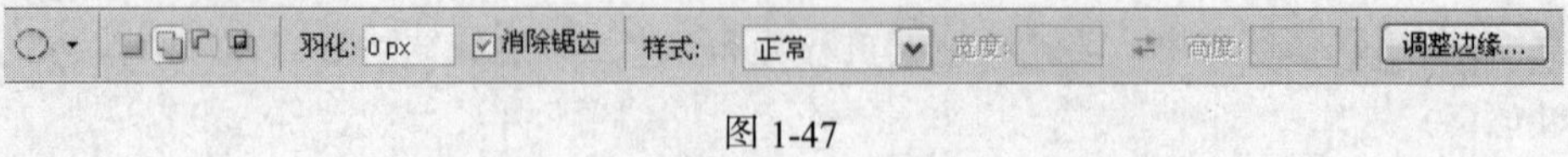

图 1-47

选择“椭圆选框”工具，在图像中适当的位置单击并按住鼠标不放，拖曳鼠标绘制选区，松开鼠标，椭圆选区绘制完成，如图 1-48 所示。按住 Shift 键，拖曳鼠标在图像中可以绘制圆形选区，如图 1-49 所示。

图 1-48

图 1-49

在椭圆选框工具的属性栏中可以设置其羽化值。原效果如图 1-50 所示。当羽化值为“0”时，绘制选区并用白色填充选区，效果如图 1-51 所示。当羽化值为“5”时，绘制选区并用白色填充选区，效果如图 1-52 所示。

图 1-50

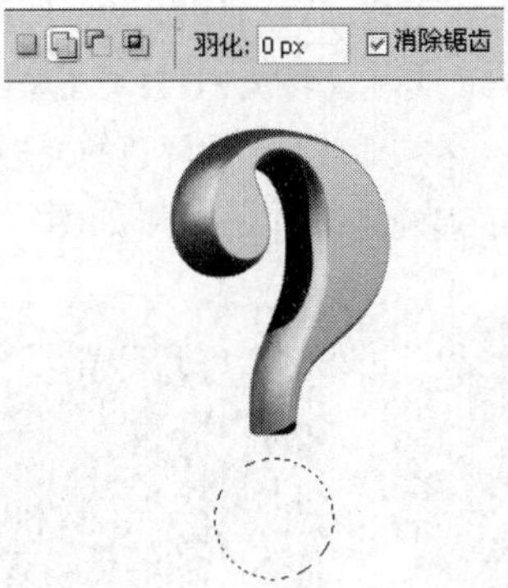

图 1-51

图 1-52

提示　椭圆选框工具属性栏的其他选项和矩形选框工具属性栏相同。

1.5.3　课堂案例——制作娃娃城标志

【案例学习目标】学习使用选框工具绘制标志。

【案例知识要点】使用椭圆选框工具绘制头部图形。使用剪贴蒙版命令制作腮红图形。使用图层样式命令为文字添加描边效果。娃娃城标志效果如图 1-53 所示。

图 1-53

【效果所在位置】光盘/Ch01/效果/制作娃娃城标志.psd。

（1）按 Ctrl+N 组合键，新建一个文件：宽度为 10 厘米，高度为 10 厘米，分辨率为 300 像素/英寸，颜色模式为 RGB，背景内容为白色，单击“确定”按钮。

（2）按 Ctrl+O 组合键，打开光盘中的“Ch01 > 素材 > 制作娃娃城标志 > 01”文件，选择“移动”工具，将图形拖曳到图像窗口中，在“图层”控制面板中生成新的图层并将其命名为“底图”，如图 1-54 所示，效果如图 1-55 所示。

图 1-54

图 1-55

（3）单击“图层”控制面板下方的“创建新组”按钮，生成新的图层组并将其命名为“头部”。新建图层并将其命名为“头发”。选择“椭圆选框”工具，单击属性栏中的“添加到选区”按钮，在图像窗口中绘制出 3 个椭圆形选区进行相加，如图 1-56 所示。填充选区为黑色，按 Ctrl+D 组合键，取消选区，效果如图 1-57 所示。

（4）新建图层并将其命名为“左耳朵”。将前景色设为肉色（其 R、G、B 的值分别为 255、221、197）。选择“椭圆选框”工具，在图像窗口中拖曳鼠标绘制一个椭圆选区，按 Alt+Delete 组合键，用前景色填充选区，如图 1-58 所示。按 Ctrl+D 组合键，取消选区。按 Ctrl+T 组合键，在图像周围出现变换框，将鼠标光标放在变换框控制手柄的外边，光标变为旋转图标，拖曳鼠标将图像旋转到适当的角度，按 Enter 键确定操作，效果如图 1-59 所示。

图 1-56

图 1-57

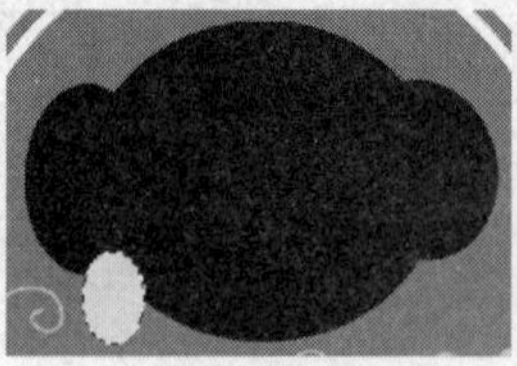
图 1-58

图 1-59

（5）单击“图层”控制面板下方的“添加图层样式”按钮，在弹出的菜单中选择“描边”命令，将描边颜色设为白色，其他选项的设置如图 1-60 所示，单击“确定”按钮，效果如图 1-61 所示。用相同的方法绘制右耳朵图形，效果如图 1-62 所示。

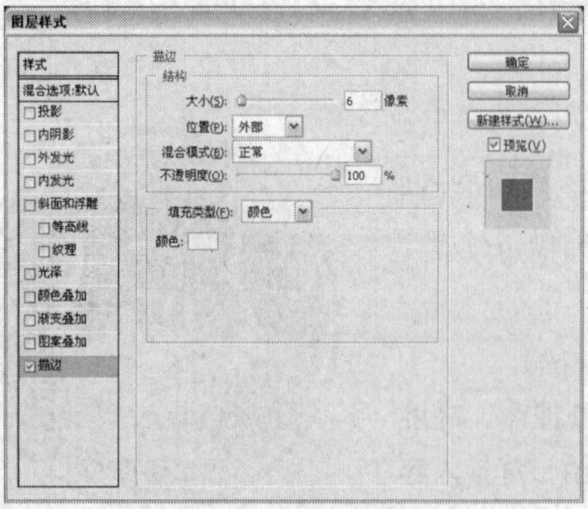

图 1-60

图 1-61

图 1-62

（6）新建图层并将其命名为“脸”。选择“椭圆选框”工具，绘制两个椭圆选区进行相加，如图 1-63 所示。用肉色（其 R、G、B 的值分别为 255、221、197）填充选区，效果如图 1-64 所示。按 Ctrl+D 组合键，取消选区。在“左耳朵”图层上单击鼠标右键，在弹出的菜单中选择“拷贝图层样式”命令，在“脸”图层上单击鼠标右键，在弹出的菜单中选择“粘贴图层样式”命令，效果如图 1-65 所示。

图 1-63

图 1-64

图 1-65

（7）新建图层并将其命名为“腮红”。将前景色设为粉色（其 R、G、B 的值分别为 225、179、193）。选择“椭圆选框”工具，按住 Shift 键的同时，拖曳鼠标绘制一个圆形选区，按 Alt+Delete 组合键，用前景色填充选区，按 Ctrl+D 组合键，取消选区，效果如图 1-66 所示。

（8）按 Ctrl+Alt+G 组合键，制作“腮红”图层的剪贴蒙版，效果如图 1-67 所示。用相同的方法制作出另一个腮红图形，如图 1-68 所示。

图 1-66

图 1-67

图 1-68

（9）新建图层并将其命名为“刘海”。选择“椭圆选框”工具，单击属性栏中的“从选区中减去”按钮，在图像窗口中绘制两个椭圆形选区进行相减。用黑色填充选区，如图 1-69 所示，按 Ctrl+D 组合键，取消选区。

（10）单击“图层”控制面板下方的“添加图层样式”按钮，在弹出的菜单中选择“描边”命令，在弹出的对话框中进行设置，如图 1-70 所示，单击“确定”按钮，效果如图 1-71 所示。

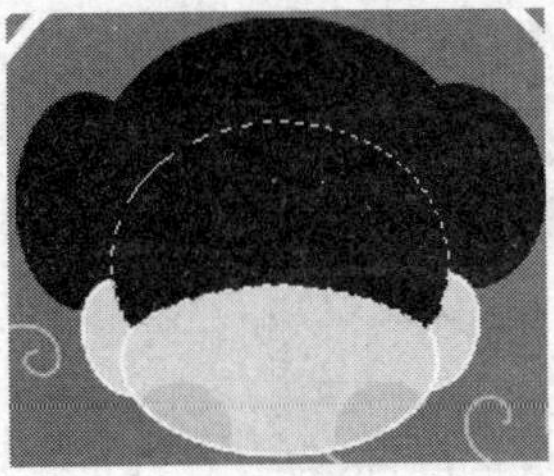
图 1-69

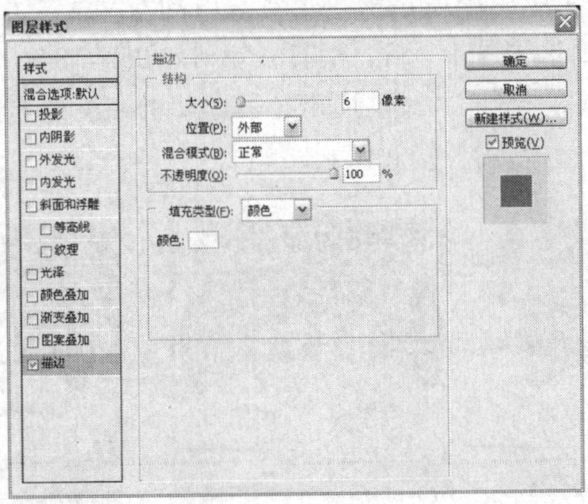

图 1-70

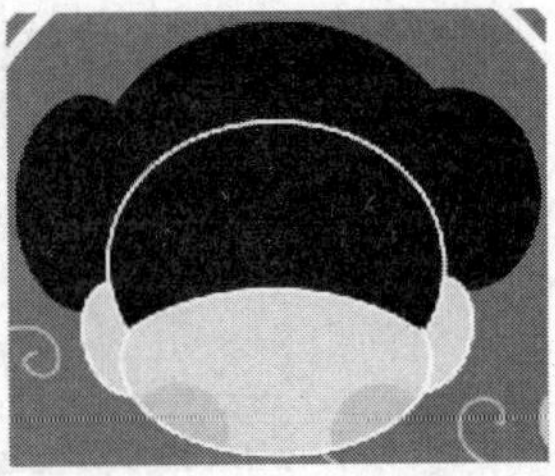
图 1-71

（11）选择“矩形选框”工具，在图像窗口中拖曳鼠标绘制矩形选区，按 Delete 键，删除选区中的图像，按 Ctrl+D 组合键，取消选区，效果如图 1-72 所示。用相同的方法制作出如图 1-73 所示的效果。

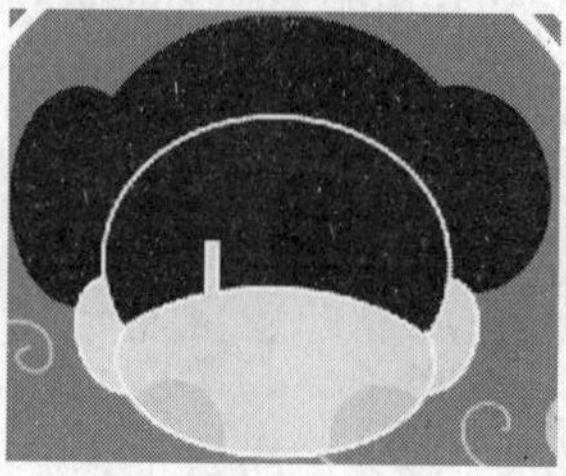
图 1-72

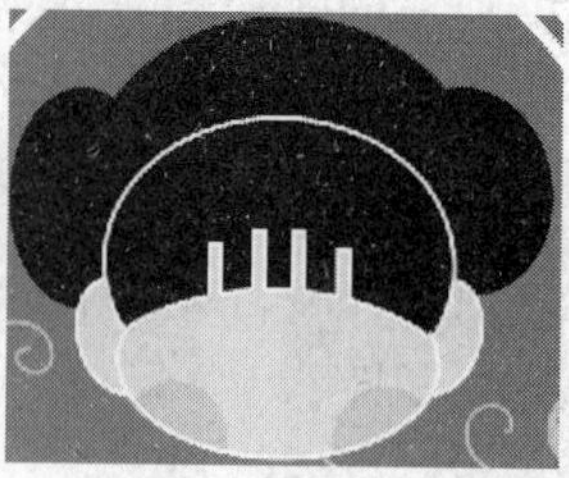
图 1-73

（12）新建图层并将其命名为“头花”。选择“椭圆选框”工具，单击属性栏中的“添加到选区”按钮，在图像窗口中绘制出多个椭圆形选区进行相加，如图 1-74 所示。用白色填充选区，按 Ctrl+D 组合键，取消选区，效果如图 1-75 所示。

（13）将“头花”图层拖曳到控制面板下方的“创建新图层”按钮上进行复制，生成新的图层“头花 副本”，如图 1-76 所示。按 Ctrl+T 组合键，图形周围出现变换框，在变换框中单击鼠标右键，在弹出的菜单中选择“水平翻转”命令，按 Enter 键确定操作。选择“移动”工具，在图像窗口中将其拖曳到适当的位置，效果如图 1-77 所示。

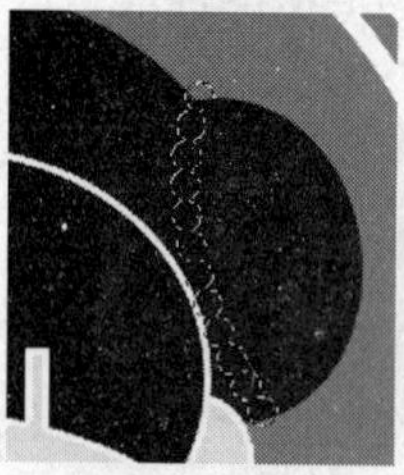
图 1-74

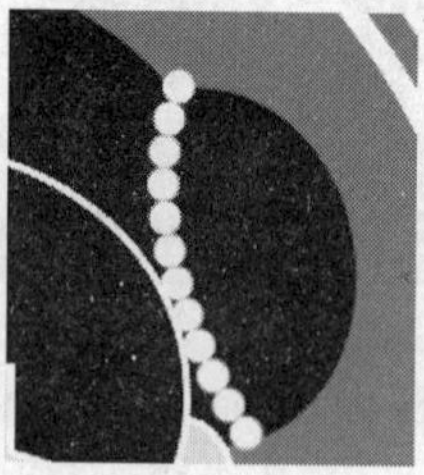
图 1-75

图 1-76

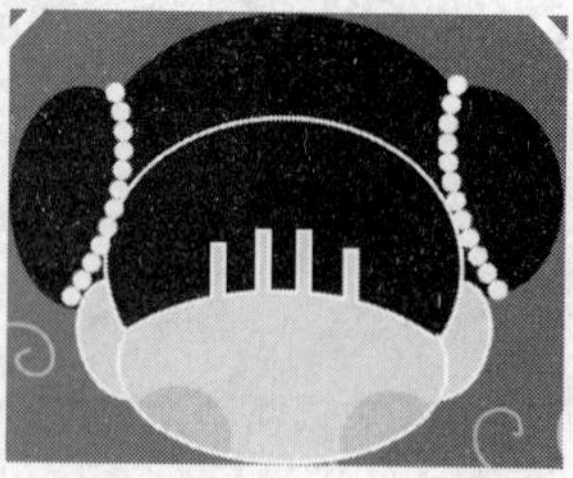
图 1-77

（14）新建图层并将其命名为“眼睛”。选择“钢笔”工具，绘制一个路径，按 Ctrl+Enter 组合键，将路径转换为选区，用黑色填充选区，如图 1-78 所示。按 Ctrl+D 组合键，取消选区。用相同的方法再绘制出另一个眼睛图形，效果如图 1-79 所示。

（15）将前景色设为粉红色（其 R、G、B 的值分别为 251、84、115）。选择“椭圆选框”工具，在眼睛的下方拖曳鼠标绘制一个椭圆选区，按 Alt+Delete 组合键，用前景色填充选区，按 Ctrl+D 组合键，取消选区，效果如图 1-80 所示。

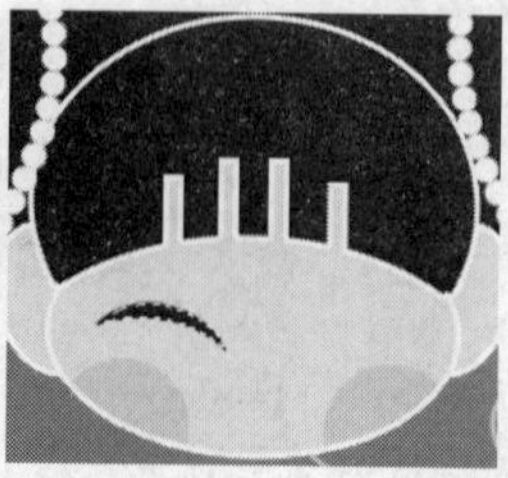
图 1-78

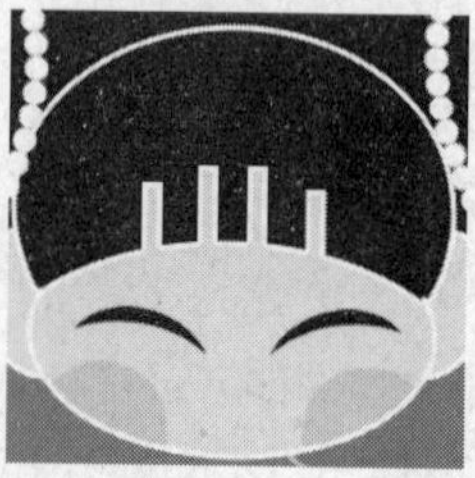
图 1-79

图 1-80

（16）按 Ctrl+O 组合键，打开光盘中的“Ch01 > 素材 > 制作娃娃城标志 > 02”文件，选择“移动”工具，将图形拖曳到图像窗口中，在“图层”控制面板中生成新的图层并将其命名为“文字”，如图 1-81 所示，效果如图 1-82 所示。娃娃城标志绘制完成。

图 1-81

图 1-82

1.6 使用套索工具

可以应用套索工具、多边形套索工具、磁性套索工具、魔棒工具、快速选择工具、色彩范围命令绘制不规则选区。

1.6.1 套索工具

套索工具可以在图像或图层中绘制不规则形状的选区，选取不规则形状的图像。选择“套索”工具，或反复按 Shift+L 组合键，其属性栏状态如图 1-83 所示。

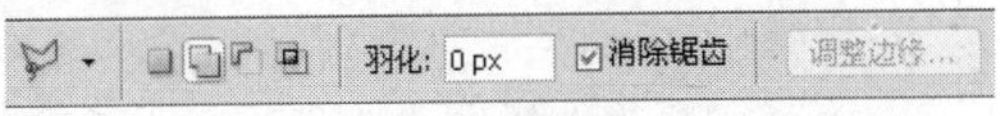

图 1-83

：为选择方式选项。

羽化：用于设定选区边缘的羽化程度。

消除锯齿：用于清除选区边缘的锯齿。

选择“套索”工具，在图像中适当位置单击鼠标并按住不放，拖曳鼠标在杯子的周围进行绘制，如图 1-84 所示，松开鼠标，选择区域自动封闭生成选区，效果如图 1-85 所示。

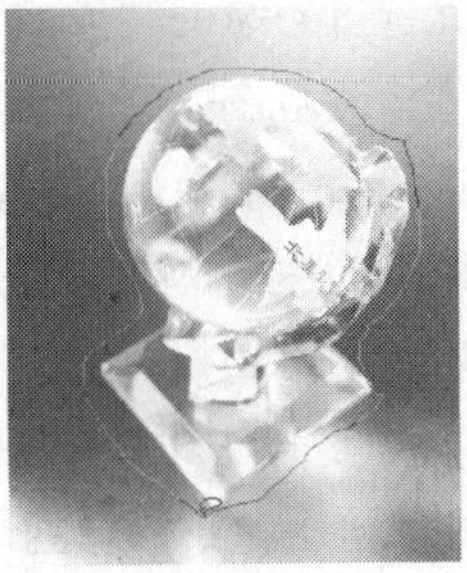
图 1-84

图 1-85

1.6.2 多边形套索工具

多边形套索工具可以用来选取不规则的多边形图像。选择“多边形套索”工具，或反复按 Shift+L 组合键，多边形套索工具属性栏中的有关内容与套索工具属性栏的内容相同。

选择“多边形套索”工具，在图像中单击设置所选区域的起点，接着单击设置选择区域的其他点，效果如图 1-86 所示。将鼠标光标移回到起点，多边形套索工具显示为图标，如图 1-87 所示，单击鼠标即可封闭选区，效果如图 1-88 所示。

图 1-86

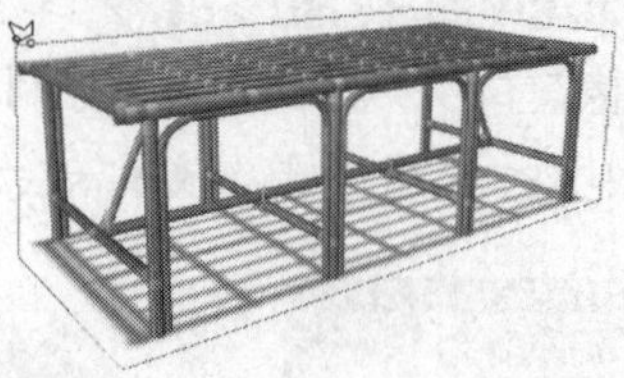

图 1-87

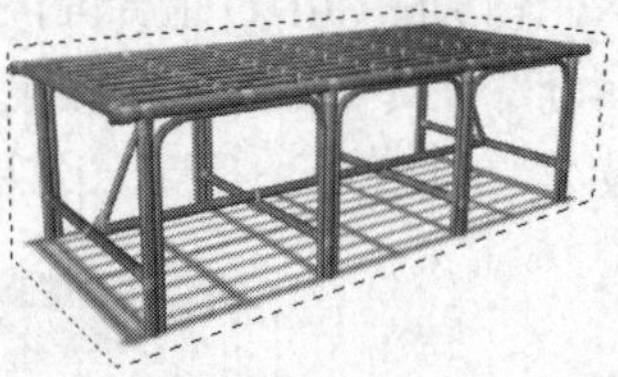

图 1-88

在图像中使用“多边形套索”工具绘制选区时，按 Enter 键，封闭选区；按 Esc 键，取消选区；按 Delete 键，删除刚单击建立的选区点。

提示

在图像中使用多边形套索工具绘制选区时，按住 Alt 键，可以暂时切换为套索工具来绘制选区，松开 Alt 键，切换为多边形套索工具继续绘制。

1.6.3 磁性套索工具

磁性套索工具可以用来选取不规则的并与背景反差大的图像。选择“磁性套索”工具，或反复按 Shift+L 组合键，其属性栏如图 1-89 所示。

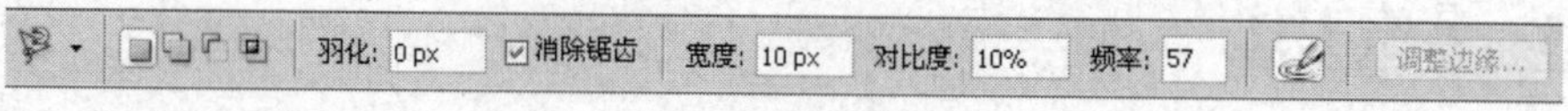

图 1-89

：为选择方式选项。

羽化：用于设定选区边缘的羽化程度。

消除锯齿：用于清除选区边缘的锯齿。

宽度：用于设定套索检测范围，磁性套索工具将在这个范围内选取反差最大的边缘。

对比度：用于设定选取边缘的灵敏度，数值越大，则要求边缘与背景的反差越大。

频率：用于设定选区点的速率，数值越大，标记速率越快，标记点越多。

钢笔压力：用于设定专用绘图板的笔刷压力。

选择“磁性套索”工具，在图像中适当位置单击鼠标并按住不放，根据选取图像的形状拖曳鼠标，选取图像的磁性轨迹会紧贴图像的内容，如图 1-90 所示，将鼠标光标移回到起点，如图 1-91 所示，单击即可封闭选区，效果如图 1-92 所示。

图 1-90

图 1-91

图 1-92

在图像中使用“磁性套索”工具绘制选区时，按 Enter 键，封闭选区；按 Esc 键，取消选区；按 Delete 键，删除刚单击建立的选区点。

提示　在图像中使用磁性套索工具绘制选区时，按住 Alt 键，可以暂时切换为套索工具绘制选区，松开 Alt 键，切换为磁性套索工具继续绘制选区。

1.6.4　课堂案例——制作秋后风景

【案例学习目标】学习使用套索工具绘制不规则选区。

【案例知识要点】使用磁性套索工具将蜻蜓图像抠出。使用套索工具将山丘图像抠出。使用多边形套索工具将风车图像抠出。秋后风景效果如图 1-93 所示。

【效果所在位置】光盘/Ch01/效果/制作秋后风景.psd。

图 1-93

1. 使用磁性套索抠图像

（1）按 Ctrl+O 组合键，打开光盘中的“Ch01 > 素材 > 制作秋后风景 > 01、02”文件，选择“移动”工具，将 02 素材图片拖曳到 01 素材的图像窗口中，效果如图 1-94 所示，在“图层”控制面板中生成新的图层并将其命名为“稻草人”，如图 1-95 所示。

（2）按 Ctrl+T 组合键，在图像周围出现变换框，将鼠标光标放在变换框控制手柄的外边，光标变为旋转图标，拖曳鼠标将图像旋转到适当的角度，按 Enter 键确定操作，效果如图 1-96 所示。

图 1-94

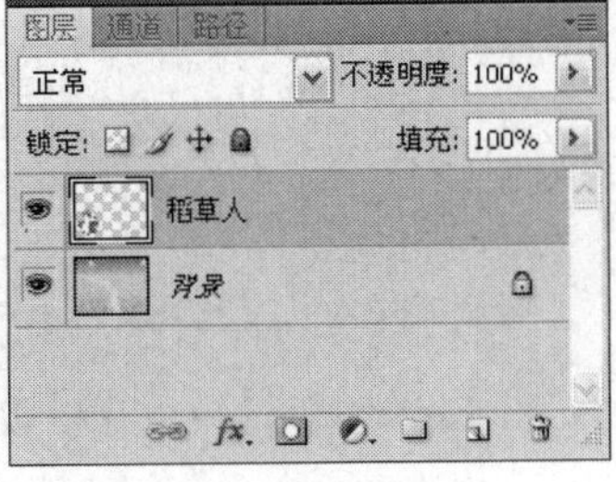

图 1-95

图 1-96

（3）按 Ctrl+O 组合键，打开光盘中的“Ch01 > 素材 > 制作秋后风景 > 03”文件，效果如图 1-97 所示。选择“磁性套索”工具，在蜻蜓图像的边缘单击鼠标，根据蜻蜓的形状拖曳鼠标，绘制一个封闭路径，路径自动转换为选区，如图 1-98 所示。选择“移动”工具，拖曳选区中的图像到 01 素材的图像窗口中，并调整适当的位置及角度，如图 1-99 所示，在“图层”控制面板中生成新的图层并将其命名为“蜻蜓”。

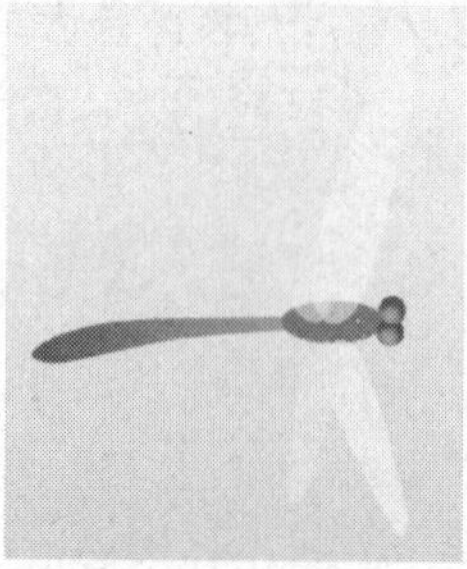

图 1-97

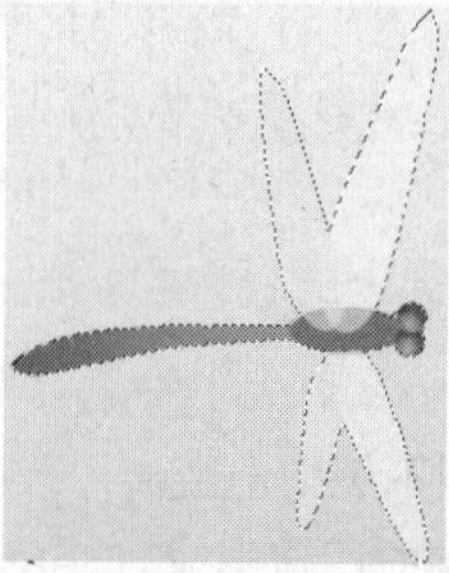

图 1-98

图 1-99

（4）将“蜻蜓”图层拖曳到控制面板下方的“创建新图层”按钮上进行复制，生成新的图层“蜻蜓 副本”，如图 1-100 所示。选择“移动”工具，拖曳复制的蜻蜓到适当的位置，并调整其大小和角度，效果如图 1-101 所示。

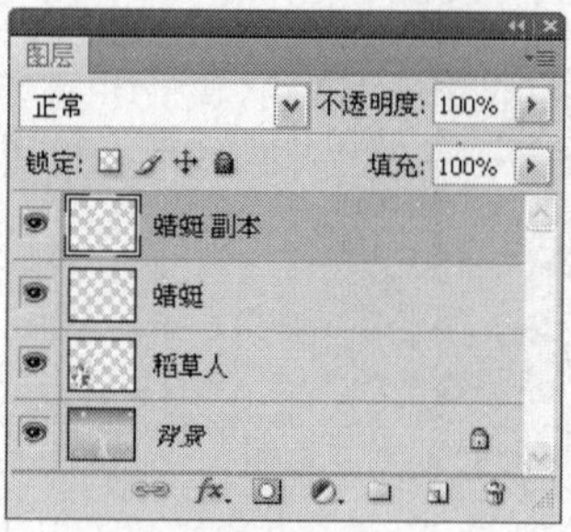

图 1-100

图 1-101

2. 使用套索工具抠图像

（1）按 Ctrl+O 组合键，打开光盘中的“Ch01 >素材> 制作秋后风景 > 04”文件。选择“套索”工具，在山丘图像的边缘单击鼠标，拖曳鼠标将山丘图像抠出，如图 1-102 所示。选择“移动”工具，拖曳选区中的图像到 01 素材的图像窗口的右上方，效果如图 1-103 所示，在“图层”控制面板中生成新的图层并将其命名为“山丘”，如图 1-104 所示。

图 1-102

图 1-103

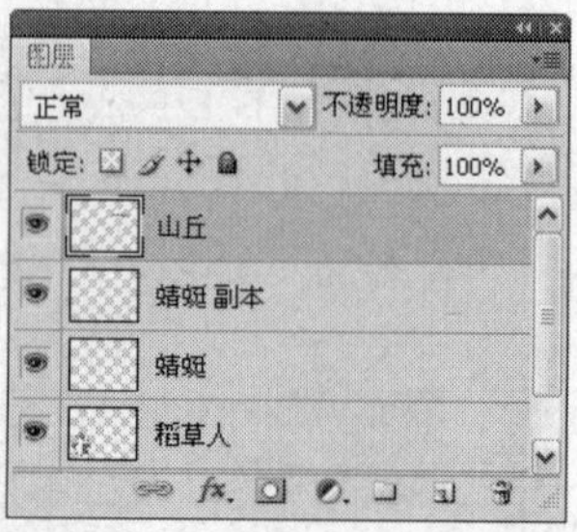

图 1-104

（2）将“山丘”图层拖曳到控制面板下方的“创建新图层”按钮上进行复制，生成新的图层“山丘 副本”，如图 1-105 所示。选择“移动”工具，拖曳复制的山丘图像到适当的位置并调整其大小，效果如图 1-106 所示。

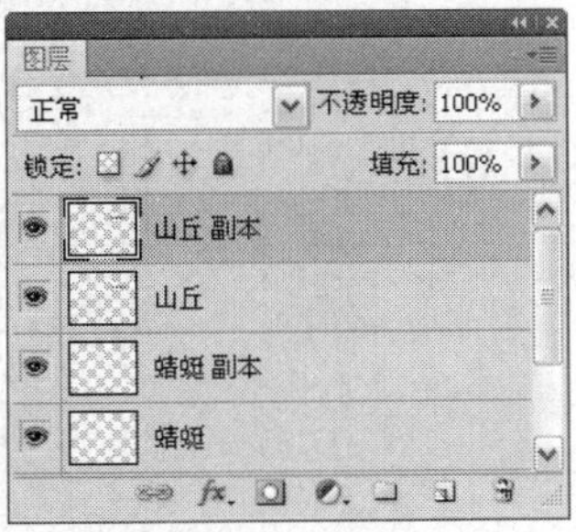

图 1-105

图 1-106

3. 使用多边形套索抠图像

（1）按 Ctrl+O 组合键，打开光盘中的“Ch01 > 素材 > 制作秋后风景 > 05”文件，如图 1-107 所示。选择“多边形套索”工具，在风车图像的边缘多次单击并拖曳鼠标，将风车图像抠出，如图 1-108 所示。

图 1-107

图 1-108

（2）选择“移动”工具，将选区中的图像拖曳到 01 素材的图像窗口中，在“图层”控制面板中生成新的图层并将其命名为“风车”，如图 1-109 所示。按 Ctrl+T 组合键，在图像周围出现控制手柄，拖曳控制手柄调整图像的大小，按 Enter 键确定操作，效果如图 1-110 所示。秋后风景效果制作完成。

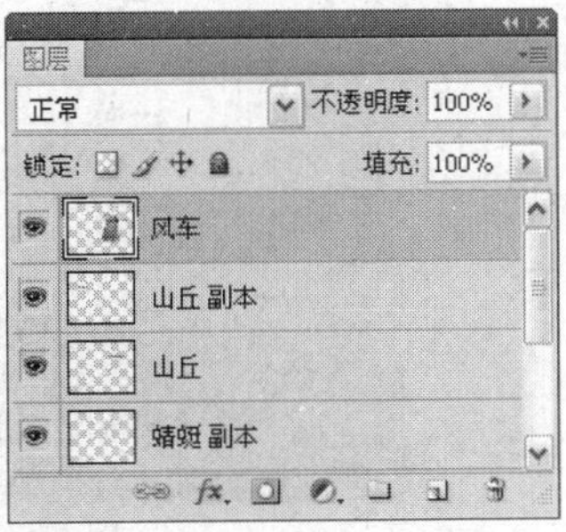

图 1-109

图 1-110

1.7 魔棒工具

魔棒工具可以用来选取图像中的某一点，并将与这一点颜色相同或相近的点自动溶入选区中。

1.7.1 使用魔棒工具

选择“魔棒”工具，或按 W 键，其属性栏如图 1-111 所示。

图 1-111

：为选择方式选项。

容差：用于控制色彩的范围，数值越大，可容许的颜色范围越大。

消除锯齿：用于清除选区边缘的锯齿。

连续：用于选择单独的色彩范围。

对所有图层取样：用于将所有可见层中颜色容许范围内的色彩加入选区。

选择“魔棒”工具，在图像中单击需要选择的颜色区域，即可得到需要的选区，如图 1-112 所示。调整属性栏中的容差值，再次单击需要选择的颜色区域，不同容差值的选区效果如图 1-113 所示。

图 1-112

图 1-113

1.7.2 课堂案例——使用魔棒工具更换背景

【案例学习目标】学习使用魔棒工具选取颜色相同或相近的区域。

【案例知识要点】使用魔棒工具更换背景。使用替换颜色命令调整图片的亮度。使用横排文字工具添加文字。使用魔棒工具更换背景效果，如图 1-114 所示。

图 1-114

【效果所在位置】光盘/Ch01/效果/使用魔棒工具更换背景.psd。

1. 添加图片并更换背景

（1）按 Ctrl+O 组合键，打开光盘中的“Ch01 > 素材 > 使用魔棒工具更换背景 > 01、02 文件，效果如图 1-115、图 1-116 所示。

（2）双击 01 素材的“背景”图层，在弹出的“新建图层”对话框中进行设置，如图 1-117 所示，单击“确定”按钮。在“图层”控制面板中将“背景”图层转换为“麦田”图层。

图 1-115

图 1-116

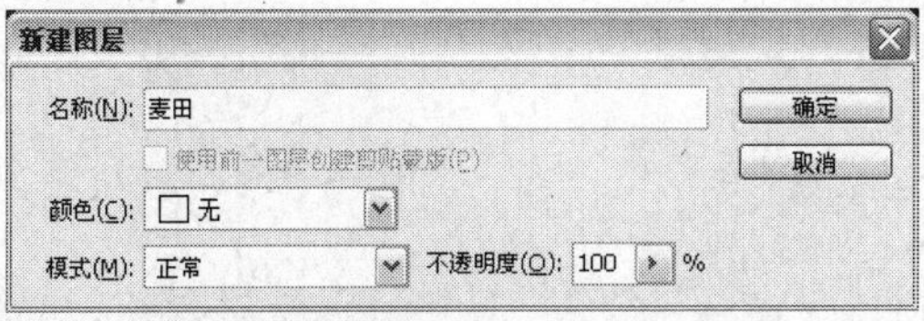

图 1-117

（3）选择“魔棒”工具，在属性栏中取消勾选“连续”复选框，在 01 素材的图像窗口中的蓝色天空图像上单击鼠标，生成选区，效果如图 1-118 所示。按 Delete 键，删除选区中的图像，效果如图 1-119 所示。按 Ctrl+D 组合键，取消选区。

图 1-118

图 1-119

（4）选择“移动”工具，将 02 素材图片拖曳到 01 素材的图像窗口中，在“图层”控制面板中生成新的图层并将其命名为“天空图片”，并拖曳到“麦田”图层的下方，如图 1-120 所示，图像效果如图 1-121 所示。

图 1-120

图 1-121

2. 调整图片亮度并添加文字

（1）选择“图像 > 调整 > 替换颜色”命令，在弹出的“替换颜色”对话框中，单击“颜色”选项右侧的色块，在弹出的“选择目标颜色”对话框中将颜色设为大蓝色（其 R、G、B 的值分别为 84、164、205），其他选项的设置如图 1-122 所示，单击“确定”按钮，效果如图 1-123 所示。

（2）选择“横排文字”工具 T，在属性栏中选择合适的字体并设置文字大小，输入需要的白色文字，如图 1-124 所示，在“图层”控制面板中生成新的文字图层。

图 1-122

图 1-123

图 1-124

（3）新建图层并将其命名为“圆”。选择“椭圆选框”工具 ◯，按住 Shift 键的同时，拖曳鼠标，绘制一个圆形选区，用白色填充选区，效果如图 1-125 所示。按 Ctrl+D 组合键，取消选区。用相同的方法再绘制 5 个圆形，如图 1-126 所示。使用魔棒工具更换背景制作完成，效果如图 1-127 所示。

图 1-125

图 1-126

图 1-127

1.8 选区的调整

可以根据需要对选区进行扩大、缩小、羽化、反选等操作，从而达到制作的要求。

1.8.1 扩大或缩小选区

选择“椭圆选框”工具 ◯ 在图像上绘制选区，如图 1-128 所示，再选择“矩形选框”工具 ⬚，按住 Shift 键的同时，拖曳鼠标绘制出增加的矩形选区，如图 1-129 所示，增加后的选区效果如图 1-130 所示。

图 1-128

图 1-129

图 1-130

选择“椭圆选框”工具 ，在图像上绘制选区，如图 1-131 所示，再选择“矩形选框”工具 ，按住 Alt 键的同时，拖曳鼠标绘制出矩形选区，如图 1-132 所示，减小后的选区效果如图 1-133 所示。

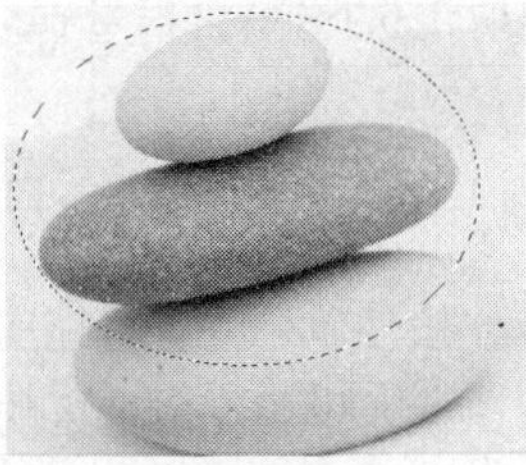
图 1-131

图 1-132

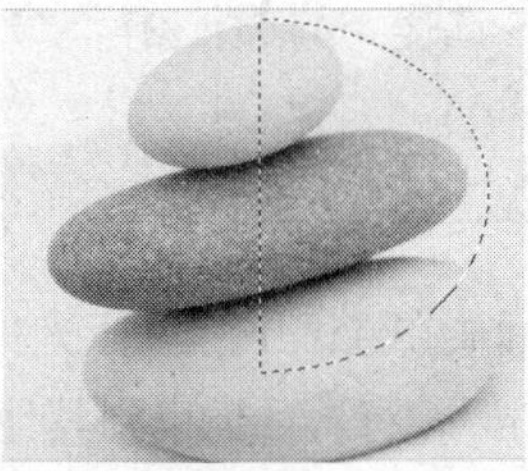
图 1-133

1.8.2　羽化选区

羽化选区可以使图像产生柔和的效果。

在图像中绘制选区，如图 1-134 所示。选择“选择 > 修改 > 羽化”命令，弹出“羽化选区”对话框，设置羽化半径的数值，如图 1-135 所示，单击“确定”按钮，选区被羽化。将选区反选，效果如图 1-136 所示，在选区中填充颜色后，效果如图 1-137 所示。

图 1-134

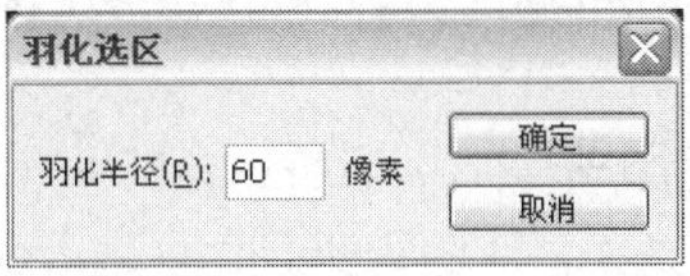

图 1-135

图 1-136

图 1-137

还可以在绘制选区前，在工具的属性栏中直接输入羽化的数值，此时，绘制的选区自动成为带有羽化边缘的选区。

1.8.3　反选选区

选择“选择 > 反向”命令，或按 Shift+Ctrl+I 组合键，可以对当前的选区进行反向选取，效果如图 1-138、图 1-139 所示。

图 1-138

图 1-139

1.8.4　取消选区

选择“选择 > 取消选择”命令，或按 Ctrl+D 组合键，可以取消选区。

1.8.5　移动选区

将鼠标放在选区中，鼠标光标变为图标，如图 1-140 所示，按住鼠标并进行拖曳，鼠标光标变为图标，将选区拖曳到其他位置，如图 1-141 所示，松开鼠标，即可完成选区的移动，效果如图 1-142 所示。

当使用矩形和椭圆选框工具绘制选区时，不要松开鼠标，按住 Space 键的同时拖曳鼠标，即可移动选区。绘制出选区后，使用键盘中的方向键，可以将选区沿各方向移动 1 个像素；绘制出选区后，使用 Shift+方向键，可以将选区沿各方向移动 10 个像素。

图 1-140

图 1-141

图 1-142

1.8.6　课堂案例——制作自然风光

【案例学习目标】学习使用羽化命令制作出需要的效果。

【案例知识要点】使用矩形选框工具和羽化命令制作白色边框，使用扩展命令和羽化命令制作发光文字效果。自然风光效果如图 1-143 所示。

图 1-143

【效果所在位置】光盘/Ch01/效果/制作自然风光.psd。

1. 制作白色边框

（1）按 Ctrl+O 组合键，打开光盘中的“Ch01 > 素材 > 制作自然风光 > 01”文件，效果如图 1-144 所示。新建图层并将其命名为“羽化”。选择“矩形选框”工具，在图像窗口中绘制一个矩形选区，如图 1-145 所示。按 Shift+Ctrl+I 组合键，将选区反选，如图 1-146 所示。

图 1-144

图 1-145

图 1-146

（2）按 Shift+F6 组合键，在弹出的“羽化选区”对话框中进行设置，如图 1-147 所示，单击“确定”按钮，将选区羽化。用白色填充选区，效果如图 1-148 所示。按 Ctrl+D 组合键，取消选区。

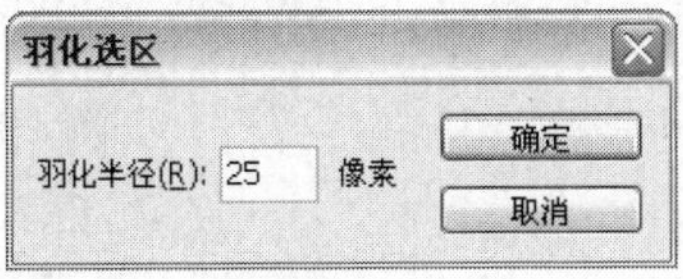

图 1-147

图 1-148

2. 制作发光文字

（1）按 Ctrl+O 组合键，打开光盘中的“Ch01 > 素材 > 制作自然风光 > 02”文件，选择“移动”工具，将其拖曳到 01 图像窗口的左下方，效果如图 1-149 所示，在“图层”控制面板中生成新的图层并将其命名为“文字”，如图 1-150 所示。

图 1-149

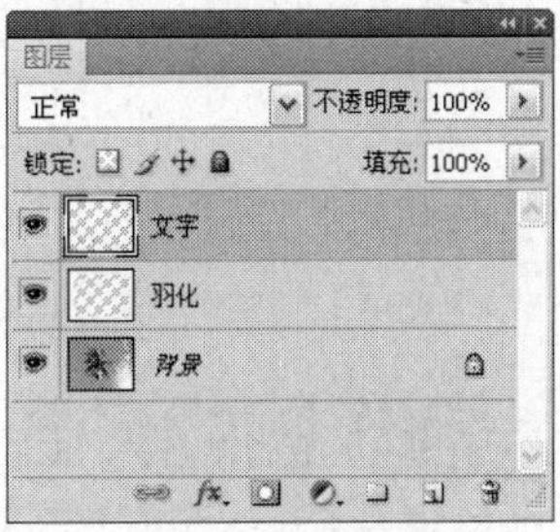

图 1-150

（2）按住 Ctrl 键的同时，单击“文字”图层的图层缩览图，文字周围生成选区，效果如图 1-151 所示。选择“选择 > 修改 > 扩展”命令，在弹出的对话框中进行设置，如图 1-152 所示，单击“确定”按钮，扩展选区，如图 1-153 所示。

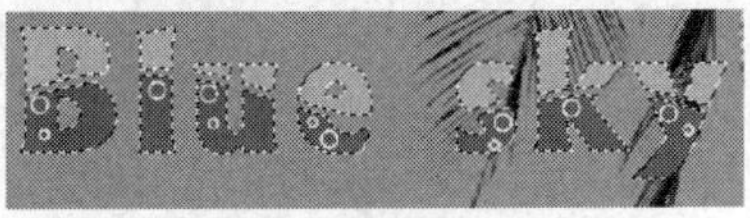

图 1-151

图 1-152

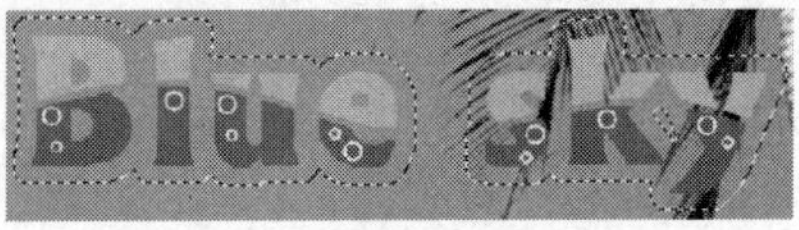

图 1-153

（3）新建图层并将其命名为“文字发光”。按 Shift+F6 组合键，在弹出的“羽化选区”对话框中进行设置，如图 1-154 所示，单击“确定”按钮，将选区羽化，效果如图 1-155 所示。

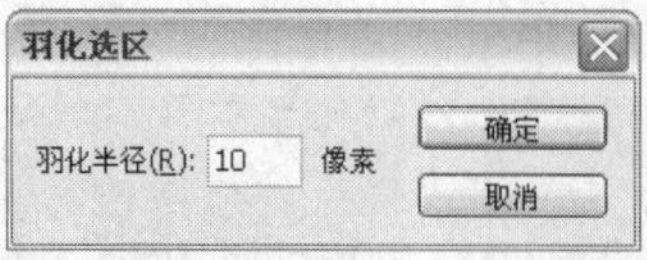

图 1-154

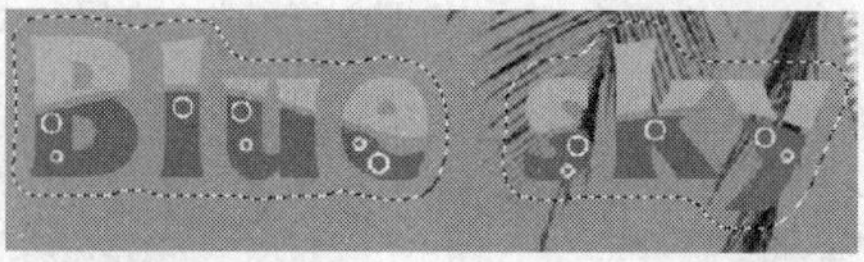

图 1-155

（4）按 Alt+Delete 组合键，用白色填充选区，按 Ctrl+D 组合键，取消选区，效果如图 1-156 所示。将“文字发光”图层拖曳到“文字”图层的下方，如图 1-157 所示，效果如图 1-158 所示。自然风光效果制作完成。

图 1-156

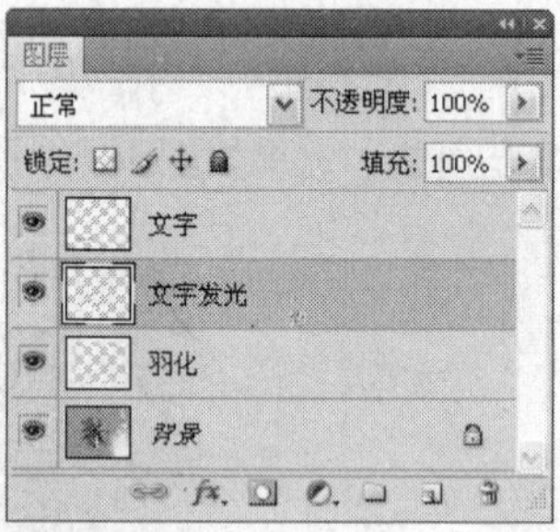

图 1-157

图 1-158

课堂练习——制作温馨照片

【练习知识要点】使用快速选择选取背景图像，使用色阶命令和曲线命令调整图片的背景颜色。温馨照片效果如图 1-159 所示。

【效果所在位置】光盘/Ch01/效果/制作温馨照片.psd。

图 1-159

课后习题——制作购物广告

【习题知识要点】使用色相/饱和度命令改变眼镜、衣服、包的颜色，使用色彩平衡命令改变皮服的颜色。购物广告效果如图 1-160 所示。

【效果所在位置】光盘/Ch01/效果/制作购物广告.psd。

图 1-160

第2章 绘制与编辑图像

本章主要介绍了绘制、修饰和编辑图像的方法和技巧。通过本章的学习，可以应用画笔工具和填充工具绘制出丰富多彩的图像效果，使用仿制图章、污点修复、红眼等工具修复有缺陷的图像，使用调整图像的尺寸、移动或复制图像、裁剪图像等工具编辑和调整图像。

课堂学习目标

- 掌握绘制图像的方法和技巧
- 掌握修饰图像的方法和技巧
- 掌握编辑图像的方法和技巧

2.1 绘制图像

使用绘图工具和填充工具是绘制和编辑图像的基础。画笔工具可以绘制出各种绘画效果，铅笔工具可以绘制出各种硬边效果，渐变工具可以创建多种颜色间的渐变效果，定义图案命令可以用自定义的图案填充图形，描边命令可以为选区描边。

2.1.1 画笔的使用

应用不同的画笔形状、设置不同的画笔不透明度和画笔模式，可以绘制出多姿多彩的图像效果。

1. 画笔工具

选择“画笔”工具，或反复按 Shift+B 组合键，其属性栏的效果如图 2-1 所示。

图 2-1

画笔：用于选择预设的画笔。

模式：用于选择混合模式。选择不同的模式，用喷枪工具操作时，将产生丰富的效果。

不透明度：可以设定画笔的不透明度。

流量：用于设定喷笔压力，压力越大，喷色越浓。

喷枪：可以选择喷枪效果。

在画笔工具属性栏中单击“画笔”选项右侧的按钮，弹出如图 2-2 所示的画笔选择面板，在画笔选择面板中可以选择画笔形状。

拖曳“主直径”选项下方的滑块或直接输入数值，可以设置画笔的大小。如果选择的画笔是基于样本的，将显示“使用取样大小”按钮 使用取样大小 ，单击此按钮，可以使画笔的直径恢复到初始大小。

单击“画笔”选择面板右侧的三角形按钮，在弹出的下拉菜单中选择“小列表”命令，如图 2-3 所示，“画笔”选择面板的显示效果如图 2-4 所示。

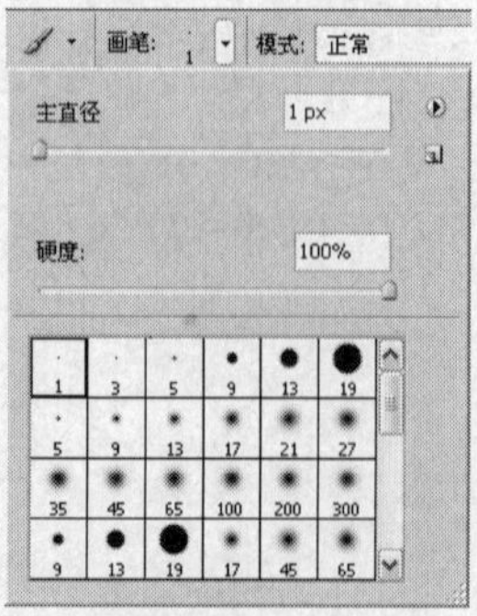

图 2-2

图 2-3

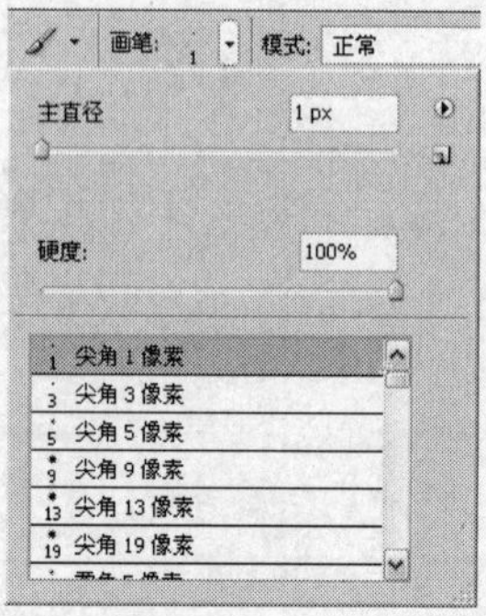

图 2-4

新建画笔预设：用于建立新画笔。

重命名画笔：用于重新命名画笔。

删除画笔：用于删除当前选中的画笔。

纯文本：以文字描述方式显示画笔选择面板。

小缩览图：以小图标方式显示画笔选择面板。

大缩览图：以大图标方式显示画笔选择面板。

小列表：以文字和小图标列表方式显示画笔选择面板。

大列表：以文字和大图标列表方式显示画笔选择面板。

描边缩览图：以笔画的方式显示画笔选择面板。

预设管理器：用于在弹出的预置管理器对话框中编辑画笔。

复位画笔：用于恢复默认状态的画笔。

载入画笔：用于将存储的画笔载入面板。

存储画笔：用于将当前的画笔进行存储。

替换画笔：用于载入新画笔并替换当前画笔。

在“模式”选项的下拉列表中可以为画笔设置模式。应用不同的模式，画笔绘制出来的效果也不相同。画笔的“不透明度”选项用于绘制效果的不透明度，数值为 100%时，画笔效果为不透明，其数值范围为 0%～100%。

2. 画笔面板的使用

可以应用画笔面板为画笔定义不同的形状与渐变颜色，绘制出多样的画笔图形。

选择“窗口 > 画笔”命令，弹出“画笔”控制面板，选中“画笔预设”选项，切换到相应的控制面板，如图 2-5 所示。在画笔选择框中单击需要的画笔，可以选择此画笔。在控制面板下方提供了一个预览画笔效果的窗口。

“画笔笔尖形状”控制面板可以设置画笔的形状。在“画笔”控制面板中，单击“画笔笔尖形状”选项，切换到相应的控制面板，如图 2-6 所示。

直径：用于设置画笔的大小。

使用取样大小：可以使画笔的直径恢复到初始的大小。

角度：用于设置画笔的倾斜角度。

圆度：用于设置画笔的圆滑度。在右侧的预览窗口中可以观察和调整画笔的角度和圆滑度。

硬度：用于设置画笔所画图像边缘的柔化程度。硬度的数值用百分比表示。

间距：用于设置画笔画出的标记点之间的间隔距离。

单击“形状动态”选项，切换到相应的控制面板，如图 2-7 所示。

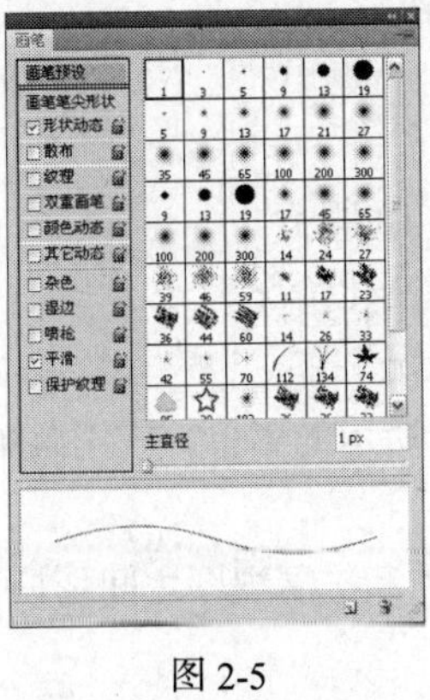

图 2-5

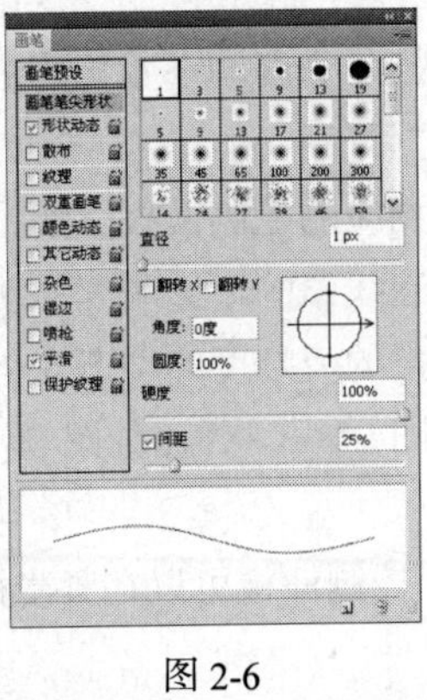

图 2-6

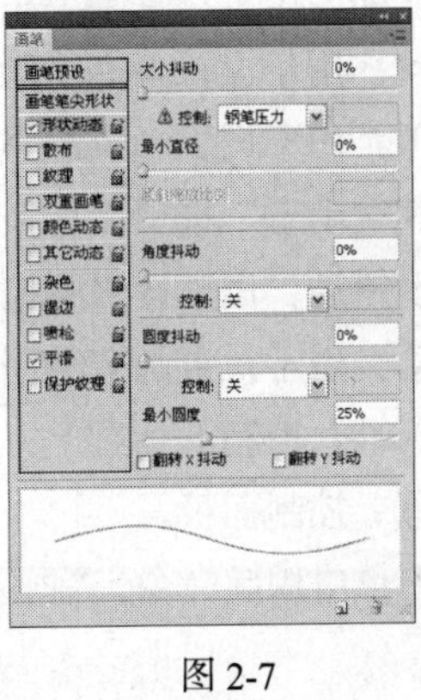

图 2-7

大小抖动：用于设置动态元素的自由随机度。数值设置为100%时，画笔绘制的元素会出现最大的自由随机度；数值设置为 0%时，画笔绘制的元素没有变化。

控制：在其下拉列表中可以选择多个选项，用来控制动态元素的变化。包括关、渐隐、钢笔压力、钢笔斜度和光笔轮 5 个选项。

最小直径：用来设置画笔标记点的最小尺寸。

角度抖动、控制：用于设置画笔在绘制线条的过程中标记点角度的动态变化效果。在“控制”选项的下拉列表中，可以选择各个选项，用来控制抖动角度的变化。

圆度抖动、控制：用于设置画笔在绘制线条的过程中标记点圆度的动态变化效果。在“控制”选项的下拉列表中，可以选择多个选项，用来控制圆度抖动的变化。

最小圆度：用于设置画笔标记点的最小圆度。

“散布”控制面板可以设置画笔绘制的线条中标记点的效果。在“画笔”控制面板中，单击“散布”选项，切换到相应的控制面板，如图 2-8 所示。

散布：用于设置画笔绘制的线条中标记点的分布效果。不勾选“两轴”选项，则画笔的标记点的分布与画笔绘制的线条方向垂直；勾选“两轴”选项，则画笔标记点将以放射状分布。

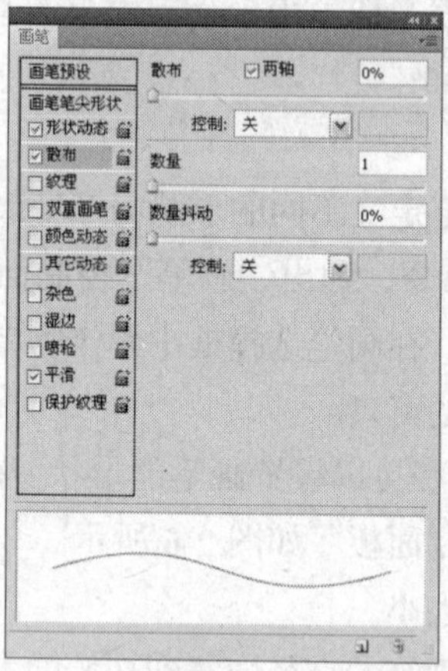

图 2-8

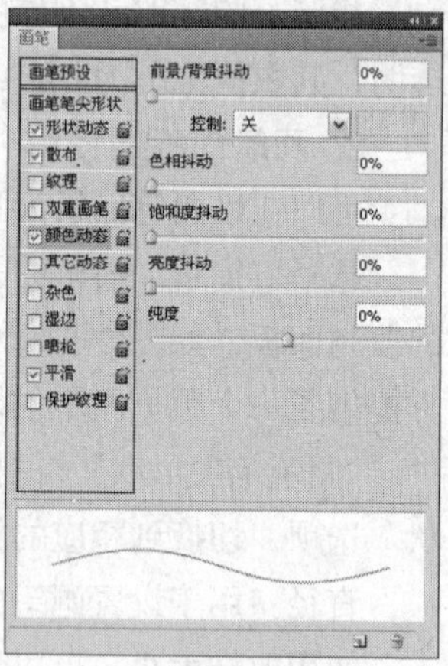

图 2-9

数量：用于设置每个空间间隔中画笔标记点的数量。

数量抖动：用于设置每个空间间隔中画笔标记点的数量变化。在“控制”选项的下拉列表中可以选择各个选项，用来控制数量抖动的变化。

“颜色动态”控制面板用于设置画笔绘制的过程中颜色的动态变化情况。在“画笔”控制面板中，单击“颜色动态”选项，切换到相应的控制面板，如图 2-9 所示。

前景/背景抖动：用于设置画笔绘制的线条在前景色和背景色之间的动态变化。

色相抖动：用于设置画笔绘制线条的色相动态变化范围。

饱和度抖动：用于设置画笔绘制线条的饱和度动态变化范围。

亮度抖动：用于设置画笔绘制线条的亮度动态变化范围。

纯度选项：用于设置颜色的纯度。

单击“其它动态”选项，切换到相应的控制面板，如图 2-10 所示。

不透明度抖动：用于设置画笔绘制线条的不透明度的动态变化情况。

流量抖动：用于设置画笔绘制线条的流畅度的动态变化情况。

单击“画笔”控制面板右上方的图标，弹出如图 2-11 所示的菜单，应用菜单中的命令可以设置“画笔”控制面板。

扩展视图：应用此命令，“画笔”控制面板可以在紧凑视图和扩展视图之间切换，如图 2-12、图 2-13 所示。

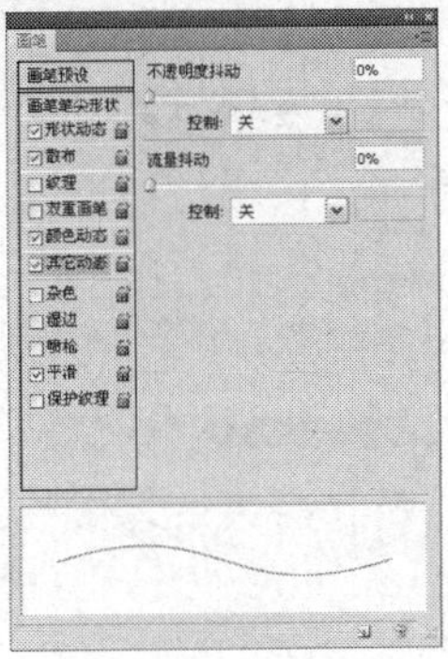

图 2-10

图 2-11

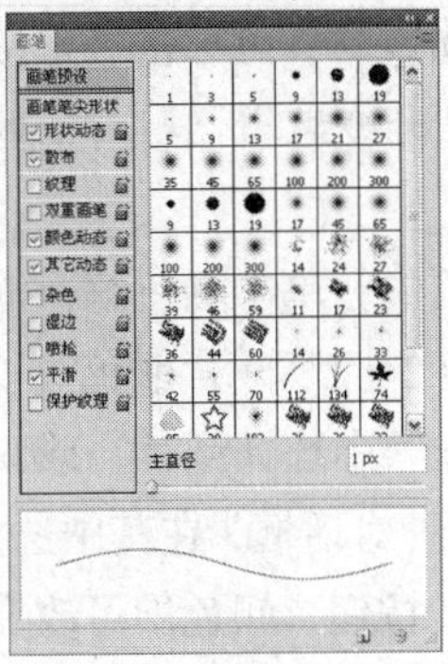

图 2-12

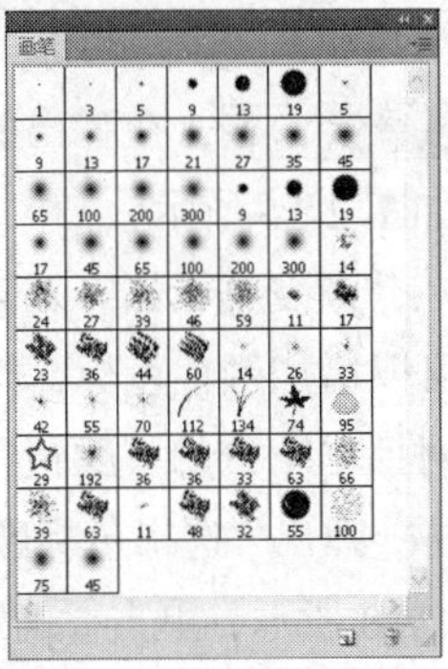

图 2-13

清除画笔控制：消除画笔所有选项设置。

复位所有锁定设置：可以恢复所有锁定设置。

将纹理拷贝到其他工具：复制纹理并将其应用于其他工具。

2.1.2　铅笔工具

铅笔工具可以模拟铅笔的效果进行绘画。选择“铅笔”工具，或反复按 Shift+B 组合键，其属性栏的效果如图 2-14 所示。

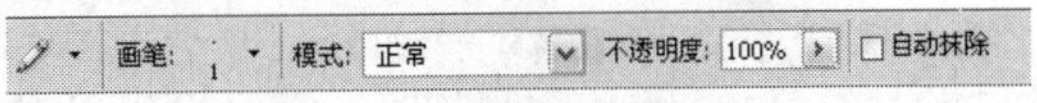

图 2-14

画笔：用于选择画笔。

模式：用于选择混合模式。

不透明度：用于设定不透明度。

自动抹除：用于自动判断绘画时的起始点颜色，如果起始点颜色为背景色，则铅笔工具将以前景色绘制，反之如果起始点颜色为前景色，铅笔工具则会以背景色绘制。

2.1.3　渐变工具

选择“渐变”工具，或反复按 Shift+G 组合键，其属性栏如图 2-15 所示。

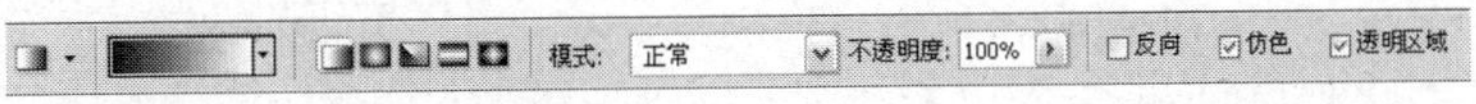

图 2-15

渐变工具包括线性渐变工具、径向渐变工具、角度渐变工具、对称渐变工具、菱形渐变工具。

：用于选择和编辑渐变的色彩。

：用于选择各类型的渐变工具。

模式：用于选择着色的模式。

不透明度：用于设定不透明度。

反向：用于反向产生色彩渐变的效果。

仿色：用于使渐变更平滑。

透明区域：用于产生不透明度。

如果要自定义渐变形式和色彩，可单击“点按可编辑渐变”按钮，在弹出的“渐变编辑器”对话框中进行设置即可，如图 2-16 所示。

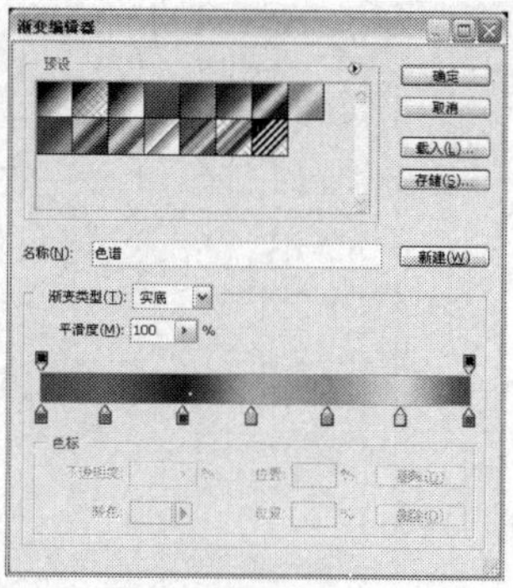

图 2-16

在“渐变编辑器”对话框中，单击颜色编辑框下方的适当位置，可以增加颜色色标，如图 2-17 所示。颜色可以进行调整，可以在对话框下方的“颜色”选项中选择颜色，或双击刚建立的颜色色标，弹出“选择色标颜色”对话框，在其中选择适合的颜色，如图 2-18 所示，单击“确定”按钮，颜色即可改变。颜色的位置也可以进行调整，在“位置”选项的数值框中输入数值或用鼠标直接拖曳颜色色标，都可以调整颜色色标的位置。

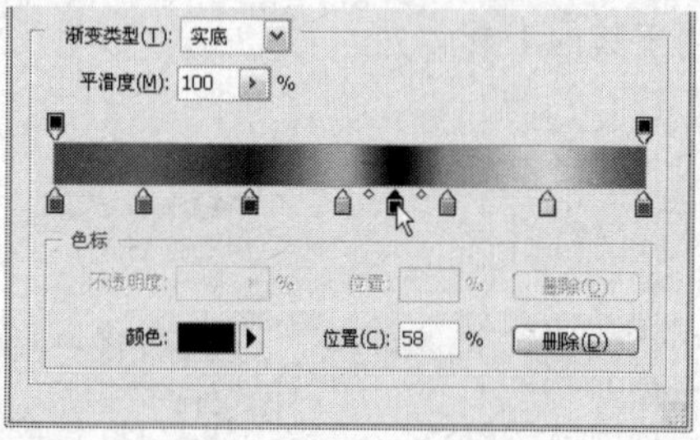

图 2-17

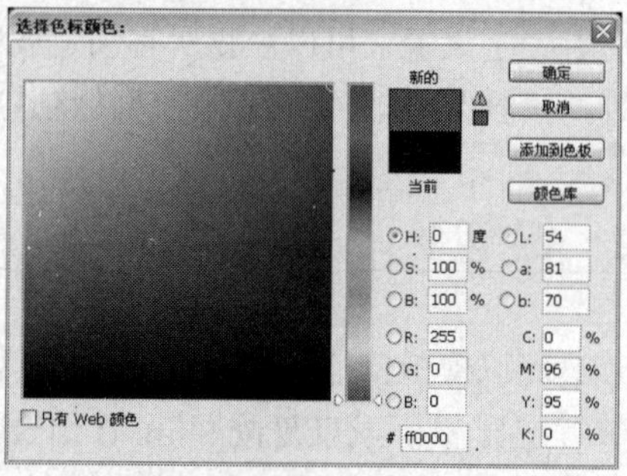

图 2-18

任意选择一个颜色色标，如图 2-19 所示，单击对话框下方的“删除”按钮，或按 Delete 键，可以将颜色色标删除，如图 2-20 所示。

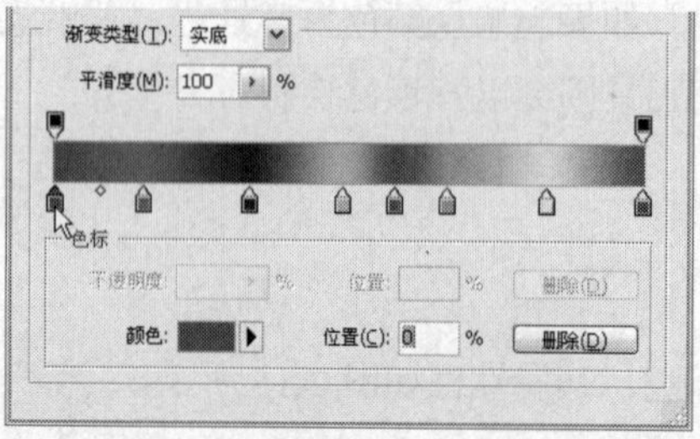

图 2-19

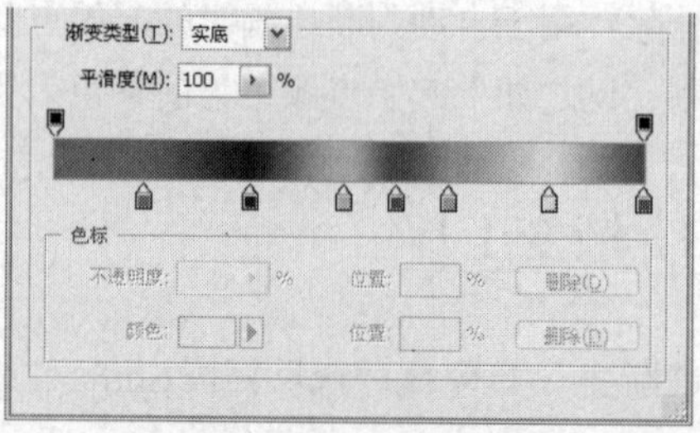

图 2-20

在对话框中单击颜色编辑框左上方的黑色色标，如图 2-21 所示，调整“不透明度”选项的数值，可以使开始的颜色到结束的颜色显示为半透明的效果，如图 2-22 所示。

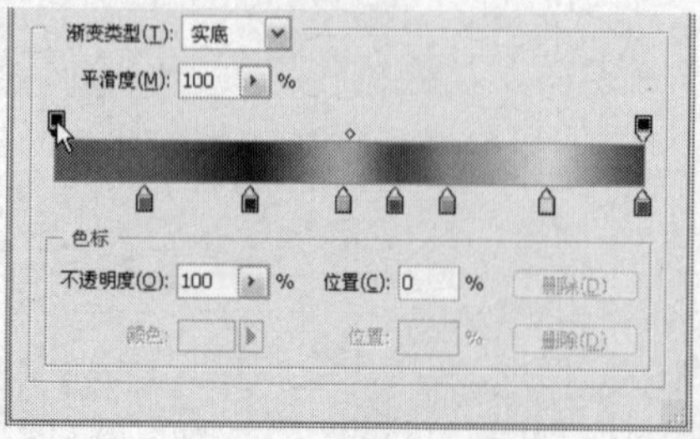

图 2-21

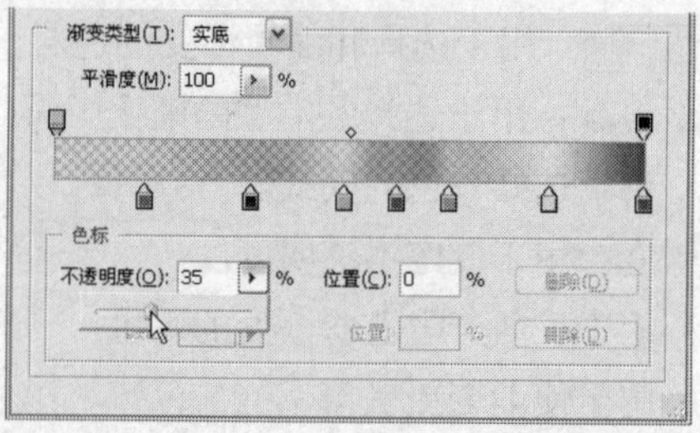

图 2-22

在对话框中单击颜色编辑框的上方，出现新的色标，如图 2-23 所示，调整“不透明度”选项的数值，可以使新色标的颜色向两边的颜色出现过度式的半透明效果，如图 2-24 所示。如果想删除新的色标，单击对话框下方的“删除”按钮 删除(D) ，或按 Delete 键，即可将其删除。

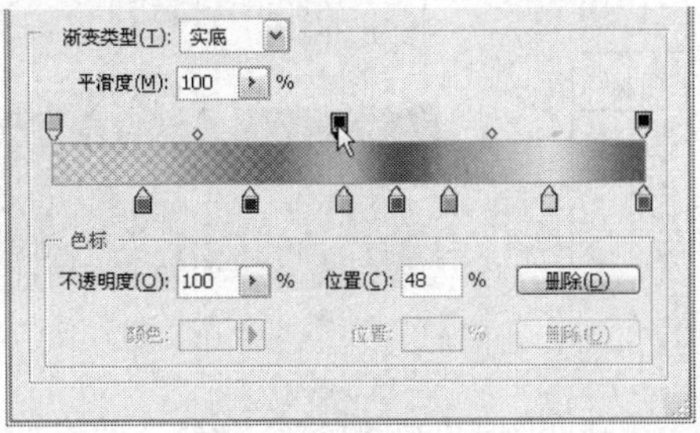

图 2-23

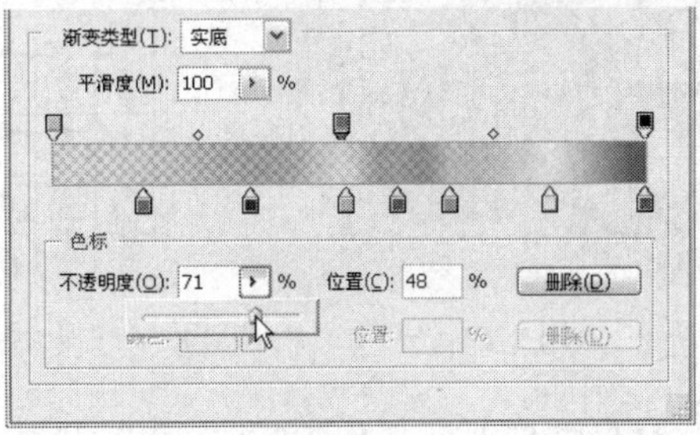

图 2-24

2.1.4　课堂案例——彩虹效果

【案例学习目标】学习使用渐变工具绘制彩虹，使用画笔工具制作背景的擦除效果。

【案例知识要点】使用渐变工具制作彩虹，使用橡皮擦工具和不透明度命令制作渐隐的彩虹效果，使用混合模式命令改变彩虹的颜色。彩虹效果如图 2-25 所示。

图 2-25

【效果所在位置】光盘/Ch02/效果/彩虹效果.psd。

1. 制作彩虹效果

（1）按 Ctrl+O 组合键，打开光盘中的“Ch02 > 素材 > 彩虹效果 > 01”文件，效果如图 2-26 所示。新建图层并将其命名为“彩虹”。

（2）选择“渐变”工具，在属性栏中单击“渐变”图标右侧的按钮，在弹出的面板中选中“圆形彩虹”渐变，如图 2-27 所示，在属性栏中将“模式”选项设为“正常”，“不透明度”选项设为 100%，在图像窗口中由中心向下拖曳渐变色，效果如图 2-28 所示。

图 2-26

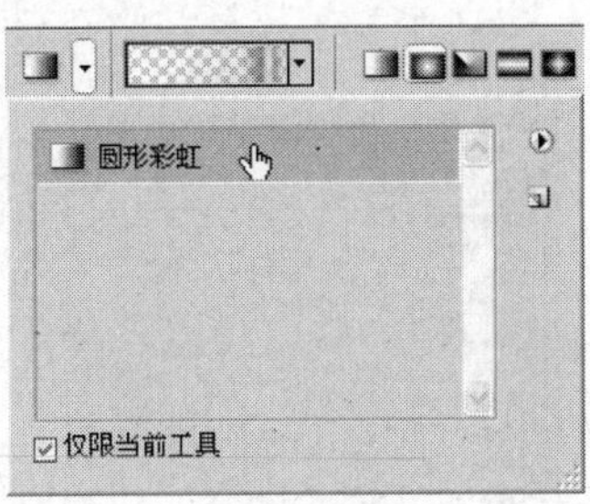

图 2-27

图 2-28

（3）按 Ctrl+T 组合键，图形周围出现控制手柄，适当调整控制手柄将图形变形，如图 2-29 所示，按 Enter 键确定操作。选择“橡皮擦”工具，在属性栏中单击“画笔”选项右侧的按钮，弹出画笔选择面板，选择需要的画笔形状，如图 2-30 所示。在属性栏中将“不透明度”选项设为 100%，在渐变图形的下方进行涂抹，效果如图 2-31 所示。

图 2-29

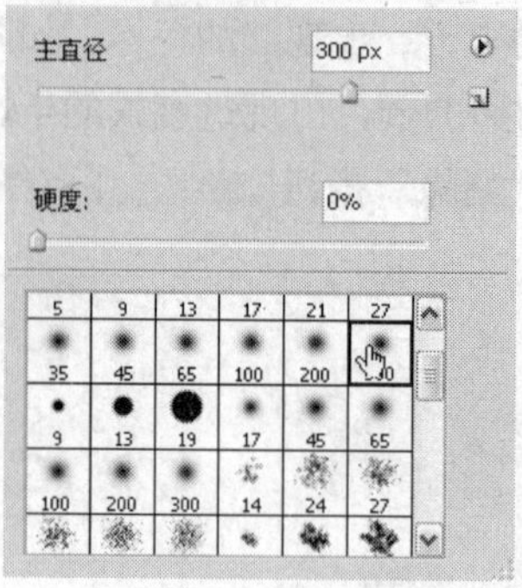

图 2-30

图 2-31

（4）在属性栏中将“不透明度”选项设为 46%，在渐变图形的左侧进行涂抹，效果如图 2-32 所示。在“图层”控制面板上方，将“彩虹”图层的混合模式设为“叠加”，“不透明度”选项设为 60%，如图 2-33 所示，效果如图 2-34 所示。

图 2-32

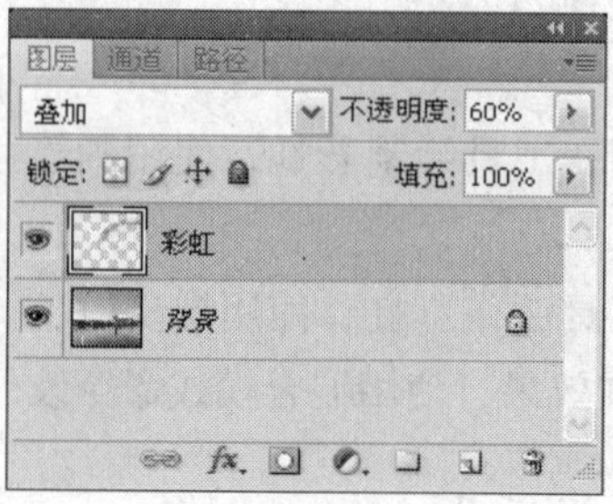

图 2-33

图 2-34

2．添加装饰图形

（1）新建图层并将其命名为“画笔”。填充图层为白色。单击“图层”控制面板下方的“添加图层蒙版”按钮，为“画笔”图层添加蒙版，如图 2-35 所示。

（2）将前景色设为黑色。选择“画笔”工具，单击属性栏中的“切换画笔面板”按钮，弹出“画笔”选择面板，选择“画笔笔尖形状”选项，弹出“画笔笔尖形状”面板，选择需要的画笔形状，其他选项的设置如图 2-36 所示，在图像窗口中拖曳鼠标进行涂抹，效果如图 2-37 所示。

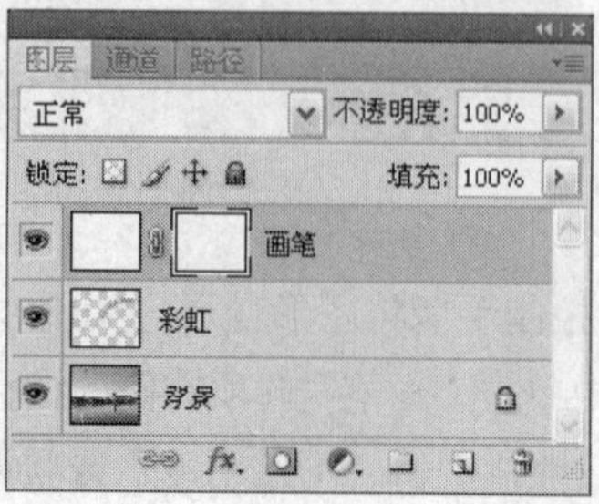

图 2-35

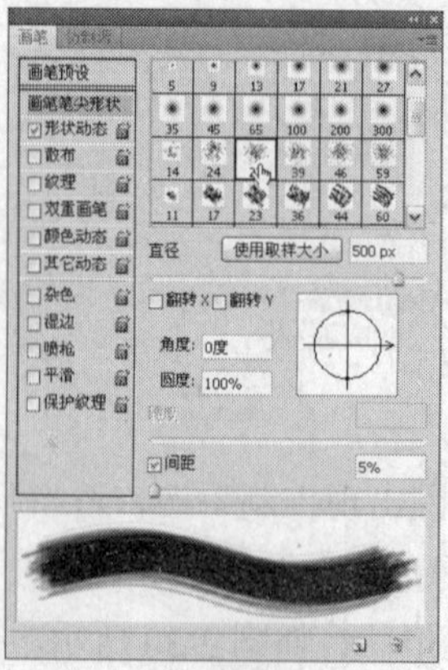

图 2-36

图 2-37

（3）按 Ctrl+O 组合键，打开光盘中的“Ch02 > 素材 > 彩虹效果 > 02”文件，选择“移动”工具，拖曳文字到图像窗口的适当位置，如图 2-38 所示，在“图层”控制面板中生成新的图层并将其命名为“文字”，如图 2-39 所示。彩虹效果制作完成。

图 2-38

图 2-39

2.1.5 自定义图案

在图像上绘制出要定义为图案的选区，如图 2-40 所示。隐藏其他图层。选择“编辑 > 定义图案”命令，弹出“图案名称”对话框，如图 2-41 所示，单击“确定”按钮，图案定义完成。删除选区中的图像，取消选区。

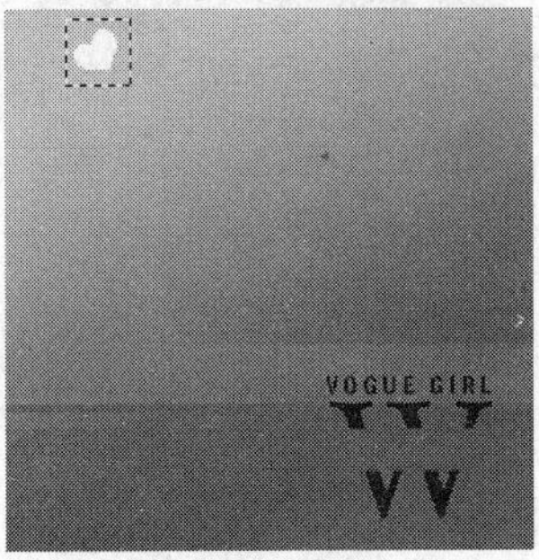

图 2-40

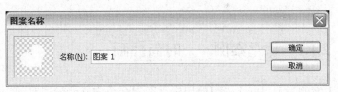

图 2-41

选择“编辑 > 填充”命令，弹出“填充”对话框，在“自定图案”选择框中选择新定义的图案，如图 2-42 所示，单击“确定”按钮，图案填充的效果如图 2-43 所示。

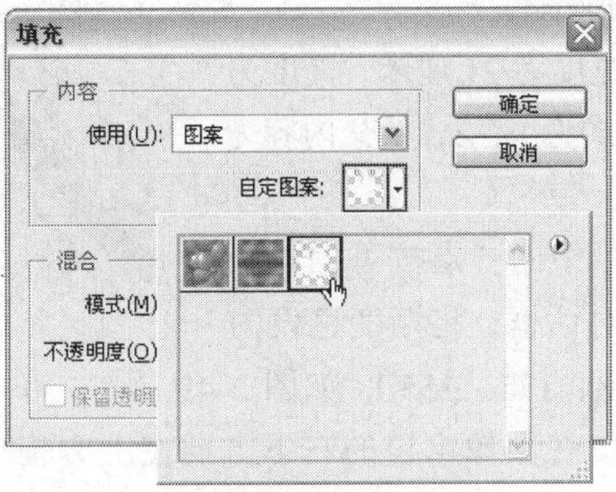

图 2-42

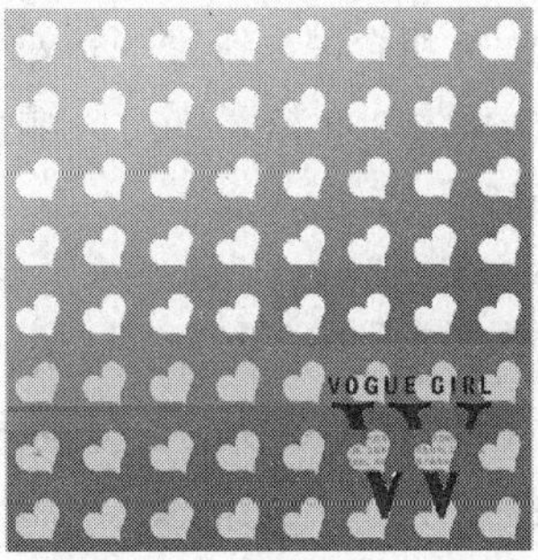

图 2-43

2.1.6 描边命令

描边命令可以将选定区域的边缘用前景色描绘出来。选择“编辑 > 描边”命令，弹出“描边”对话框，如图 2-44 所示。

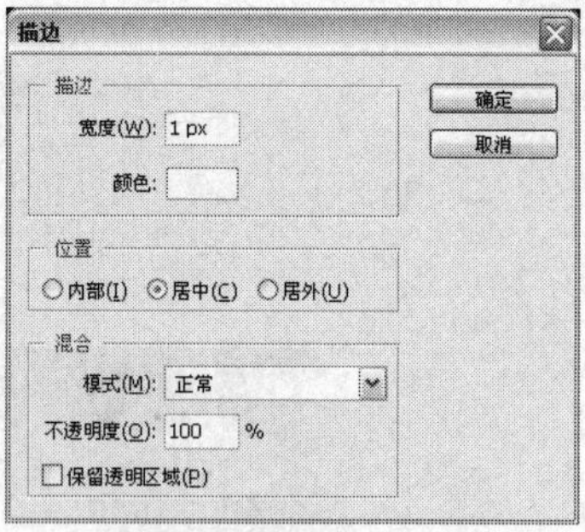

图 2-44

描边：用于设定边线的宽度和边线的颜色。

位置：用于设定所描边线相对于区域边缘的位置，包括内部、居中、居外 3 个选项。

混合：用于设置描边模式和不透明度。

选中要描边的图片，载入选区，效果如图 2-45 所示。选择“编辑 > 描边”命令，弹出“描边”对话框，如图 2-46 所示进行设定，单击“确定”按钮，按 Ctrl+D 组合键，取消选区，图片描边的效果如图 2-47 所示。

图 2-45

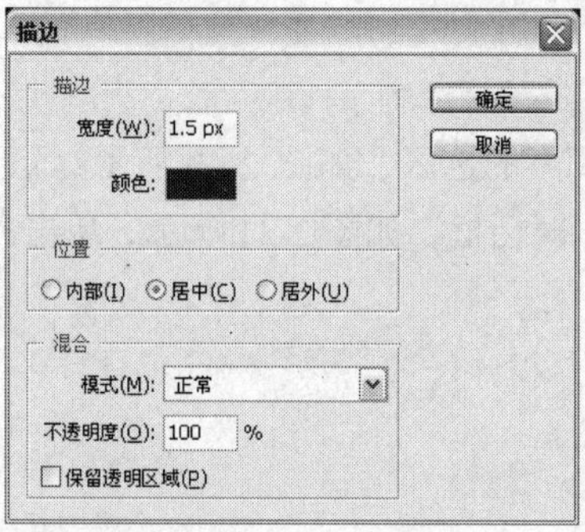

图 2-46

图 2-47

2.1.7 课堂案例——时尚插画

【案例学习目标】学习使用定义图案命令定义背景图案。

【案例知识要点】使用渐变工具制作背景效果，使用定义图案命令定义背景图案，使用图案填充命令填充图案。时尚插画效果如图 2-48 所示。

图 2-48

【效果所在位置】光盘/Ch02/效果/时尚插画.psd。

（1）按 Ctrl+N 组合键，新建一个文件：宽度为 21 厘米，高度为 29.7 厘米，分辨率为 300 像素/英寸，颜色模式为 RGB，背景内容为白色，单击“确定”按钮。

（2）选择“渐变”工具，单击属性栏中的“点按可编辑渐变”按钮，弹出“渐变编辑器”对话框，将渐变色设为从白色到粉色（其 R、G、B 的值分别为 248、175、255），如图 2-49 所示，单击“确定”按钮。单击属性栏中的“径向渐变”按钮，在图像窗口的右下方向左上方拖曳渐变色，效果如图 2-50 所示。

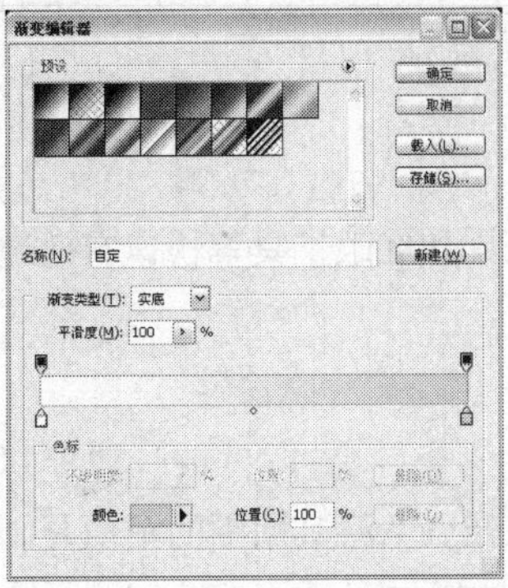

图 2-49

图 2-50

（3）单击“背景”图层左边的眼睛图标，隐藏背景图层。将前景色设为白色。新建图层生成“图层 1”。选择“椭圆”工具，单击属性栏中的“填充像素”按钮，在图像窗口中拖曳鼠标绘制圆形，如图 2-51 所示。

（4）选择“矩形选框”工具，在图像窗口中拖曳鼠标绘制矩形选区，如图 2-52 所示。选择“编辑 > 定义图案”命令，在弹出的对话框中进行设置，如图 2-53 所示，单击“确定”按钮，定义图案。按 Ctrl+D 组合键，取消选区。隐藏“图层 1”。

图 2-51

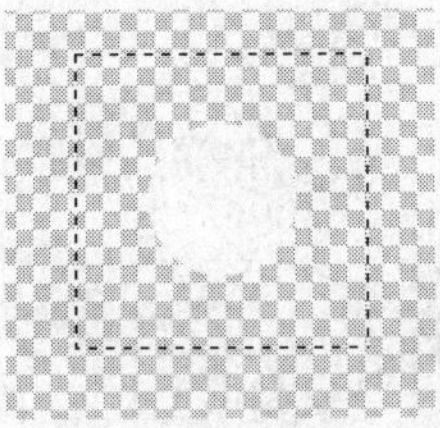

图 2-52

图 2-53

（5）单击“背景”图层左边的空白图标，显示背景图层。单击“图层”控制面板下方的“创建新的填充或调整图层”按钮，在弹出的菜单中选择“图案填充”命令，在“图层”控制面板中生成“图案填充 1”图层，同时弹出“图案填充”对话框，选项的设置如图 2-54 所示，单击“确定”按钮，效果如图 2-55 所示。

（6）按 Ctrl+O 组合键，打开光盘中的“Ch02 > 素材 > 时尚插画 > 01、02、03”文件，选择“移动”工具，将图像分别拖曳到图像窗口的适当位置，效果如图 2-56 所示，在“图层”控制面板中分别生成新的图层并将其重命名，如图 2-57 所示。时尚插画效果制作完成。

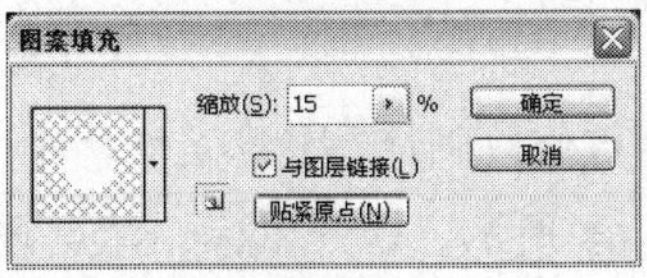

图 2-54

图 2-55

图 2-56

图 2-57

2.2 修饰图像

通过仿制图章工具、修复污点工具、修补工具和红眼工具等快速有效地修复有缺陷的图像。

2.2.1 仿制图章工具

仿制图章工具可以以指定的像素点为复制基准点，将其周围的图像复制到其他地方。选择仿制图章工具，或反复按 Shift+S 组合键，其属性栏如图 2-58 所示。

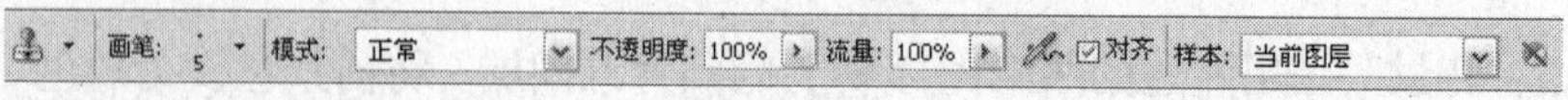

图 2-58

画笔：用于选择画笔。

模式：用于选择混合模式。

不透明度：用于设定不透明度。

流量：用于设定扩散的速度。

对齐：用于控制在复制时是否使用对齐功能。

选择仿制图章工具，将仿制图章工具放在图像中需要复制的位置，按住 Alt 键，鼠标光标变为圆形十字图标，如图 2-59 所示，单击定下取样点，松开鼠标，在合适的位置单击并按住鼠标不放，拖曳鼠标复制出取样点的图像，效果如图 2-60 所示。

图 2-59

图 2-60

2.2.2 污点修复画笔和修复画笔工具

污点修复画笔工具可以快速去除图像中的污点和不理想的部分。使用修复画笔工具进行修复，可以使修复的效果自然逼真。

1. 污点修复画笔工具

污点修复画笔工具的工作方式与修复画笔工具相似，使用图像中的样本像素进行绘画，并将样本像素的纹理、光照、透明度和阴影与所修复的像素相匹配。污点修复画笔工具不需要制定样本点，将自动从所修复区域的周围取样。

选择“污点修复画笔”工具，或反复按 Shift+J 组合键，属性栏如图 2-61 所示。

图 2-61

原始图像如图 2-62 所示，选择“污点修复画笔”工具，在“污点修复画笔”工具属性栏中，如图 2-63 所示进行设定，在要修复的污点图像上拖曳鼠标，如图 2-64 所示，松开鼠标，污点被去除，效果如图 2-65 所示。

图 2-62

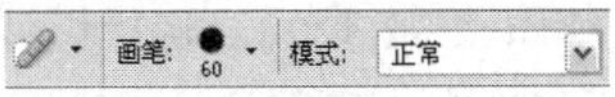

图 2-63

图 2-64

图 2-65

2. 修复画笔工具

选择“修复画笔”工具，或反复按 Shift+J 组合键，属性栏如图 2-66 所示。

图 2-66

画笔：可以选择修复画笔的大小。单击“画笔”选项右侧的按钮，在弹出的“画笔”面板中，可以设置画笔的直径、硬度、间距、角度、圆度和压力大小，如图 2-67 所示。

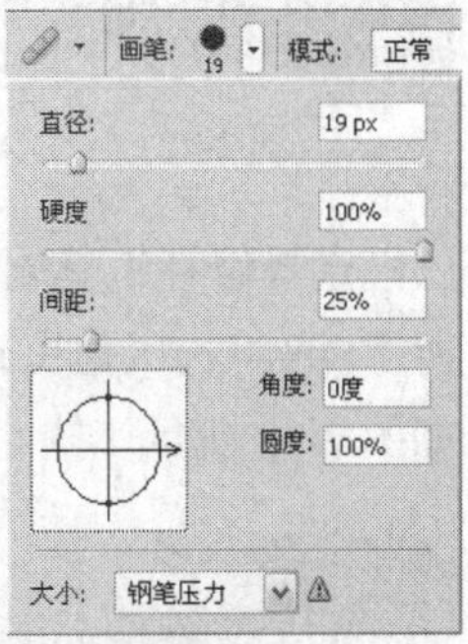

图 2-67

模式：在其弹出菜单中可以选择复制像素或填充图案与底图的混合模式。

源：选择“取样”选项后，按住 Alt 键，鼠标光标变为圆形十字图标，单击定下样本的取样点，松开鼠标，在图像中要修复的位置单击并按住鼠标不放，拖曳鼠标复制出取样点的图像；选择“图案”选项后，在“图案”面板中选择图案或自定义图案来填充图像。

对齐：勾选此选项，下一次的复制位置会和上次的完全重合。图像不会因为重新复制而出现错位。

“修复画笔”工具可以将取样点的像素信息非常自然地复制到图像的破损位置，并保持图像的亮度、饱和度、纹理等属性。使用“修复画笔”工具修复照片的过程如图 2-68、图 2-69、图 2-70 所示。

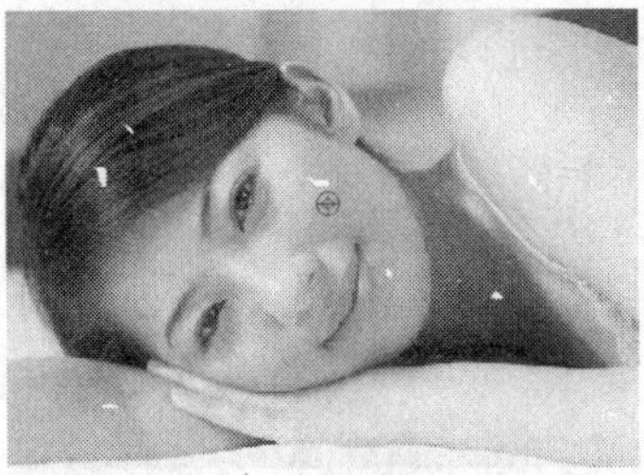

图 2-68

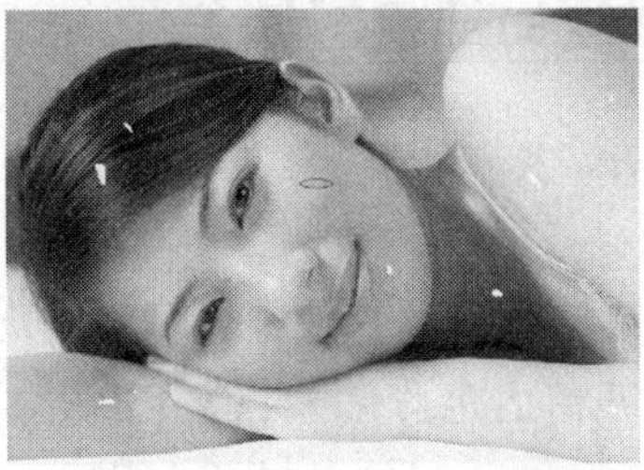

图 2-69

图 2-70

2.2.3　修补工具

修补工具可以用图像中的其他区域来修补当前选中的需要修补的区域。也可以使用图案来修补区域。选择“修补”工具，或反复按 Shift+J 组合键，其属性栏如图 2-71 所示。

图 2-71

新选区：去除旧选区，绘制新选区。

增加选区：在原有选区的上面再增加新的选区。

减去选区：在原有选区上减去新选区的部分。

重叠选区：选择新旧选区重叠的部分。

用“修补”工具圈选图像中的化妆品，如图 2-72 所示。选择修补工具属性栏中的“源”选项，在选区中单击并按住鼠标不放，移动鼠标将选区中的图像拖曳到需要的位置，如图 2-73 所示。松开鼠标，选区中的化妆品被新放置的选取位置的图像所修补，效果如图 2-74 所示。按 Ctrl+D 组合键，取消选区，修补的效果如图 2-75 所示。

图 2-72

图 2-73

图 2-74

图 2-75

选择修补工具属性栏中的“目标”选项，用“修补”工具圈选图像中的区域，如图 2-76 所示。再将选区拖曳到要修补的图像区域，如图 2-77 所示，圈选区域中的图像修补了化妆品图像，如图 2-78 所示。按 Ctrl+D 组合键，取消选区，修补效果如图 2-79 所示。

图 2-76

图 2-77

图 2-78

图 2-79

2.2.4 课堂案例——修复局部色彩偏差

【案例学习目标】学习使用修补工具和仿制图章工具修复局部色彩偏差。

【案例知识要点】使用修补工具对图像的特定区域进行修补，使用仿制图章工具修复残留的色彩偏差，使用高斯模糊命令制作模糊效果。修复局部色彩偏差效果如图 2-80 所示。

图 2-80

【效果所在位置】光盘/Ch02/效果/修复局部色彩偏差.psd。

（1）按 Ctrl+O 组合键，打开光盘中的“Ch02 > 素材 > 修复局部色彩偏差 > 01”文件，效果如图 2-81 所示。

（2）选择“图层”控制面板，将“背景”图层拖曳到控制面板下方的“创建新图层”按钮上进行复制，生成新的图层“背景 副本”。

（3）选择“修补”工具，在图片中需要修复的区域绘制一个选区，如图 2-82 所示，将选区移动到没有缺陷的图像区域进行修补，按 Ctrl+D 组合键，取消选区，效果如图 2-83 所示。

图 2-81

图 2-82

图 2-83

（4）使用相同的方法对图像进行反复调整，效果如图 2-84 所示。选择“仿制图章”工具，按住 Alt 键的同时，单击鼠标选择取样点，再在色彩有偏差的图像周围单击鼠标进行修复，效果如图 2-85 所示。

图 2-84

图 2-85

（5）将“背景 副本”图层拖曳到控制面板下方的“创建新图层”按钮上进行复制，生成新的图层“背景 副本 2”，如图 2-86 所示。选择“滤镜 > 模糊 > 高斯模糊”命令，在弹出的对话框中进行设置，如图 2-87 所示，单击“确定”按钮，效果如图 2-88 所示。

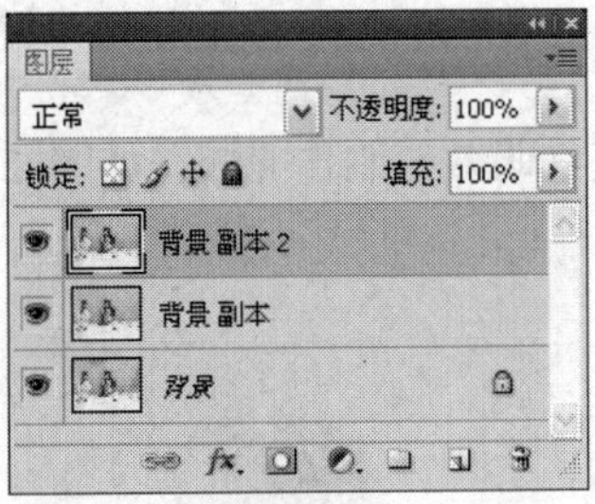

图 2-86

图 2-87

图 2-88

（6）在“图层”控制面板上方，将“背景 副本 2”图层的混合模式设为“叠加”，如图 2-89 所示，图像效果如图 2-90 所示。

（7）按 Ctrl+O 组合键，打开光盘中的“Ch02 > 素材 > 修复局部色彩偏差 > 02”文件，选择“移动”工具，将图形拖曳到图像窗口的适当位置。修复局部色彩偏差效果制作完成，如图 2-91 所示。

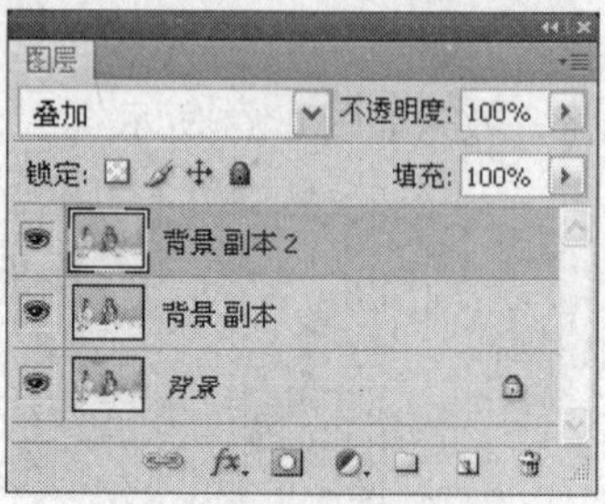

图 2-89

图 2-90

图 2-91

2.2.5 红眼工具

红眼工具可去除用闪光灯拍摄的人物照片中的红眼，也可以去除用闪光灯拍摄的照片中的白色或绿色反光。

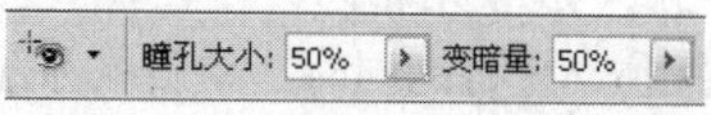

图 2-92

选择“红眼”工具，或反复按 Shift+J 组合键，其属性栏如图 2-92 所示。

瞳孔大小：用于设置瞳孔的大小。

变暗量：用于设置瞳孔的暗度。

2.2.6 课堂案例——修复红眼

【案例学习目标】学习使用红眼工具修复红眼。

【案例知识要点】使用缩放工具放大人物脸部，使用红眼工具修复红眼。修复红眼效果如图 2-93 所示。

图 2-93

【效果所在位置】光盘/Ch02/效果/修复红眼.psd。

（1）按 Ctrl+O 组合键，打开光盘中的“Ch02 > 素材 > 修复红眼 > 01”文件，如图 2-94 所示。选择“缩放”工具，将图片放大到适当的大小。将前景色设为灰色（其 R、G、B 的值分别为 221、213、215）。选择“红眼”工具，在人物左眼的红眼部分单击鼠标，效果如图 2-95 所示。

（2）用相同方法修复另一只眼睛，效果如图 2-96 所示。修复红眼效果制作完成，如图 2-97 所示。

图 2-94

图 2-95

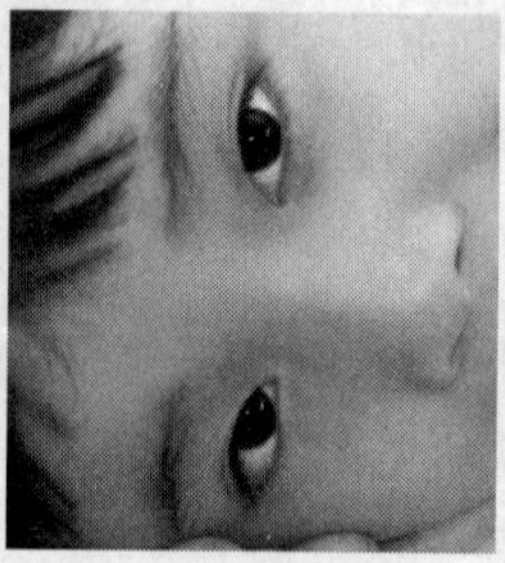

图 2-96

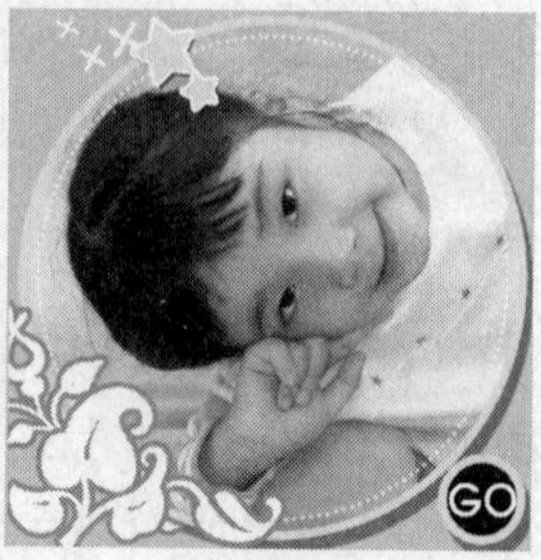

图 2-97

2.2.7　模糊和锐化工具

模糊工具用于使图像产生模糊的效果。锐化工具用于使图像产生锐化的效果。

1. 模糊工具

选择“模糊”工具，或反复按 Shift+R 组合键，其属性栏如图 2-98 所示。

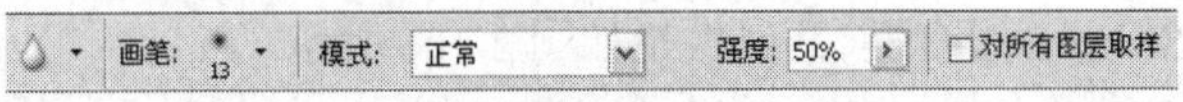

图 2-98

画笔：用于选择画笔的形状。

模式：用于设定模式。

强度：用于设定压力的大小。

对所有图层取样：用于确定模糊工具是否对所有可见层起作用。

选择“模糊”工具，在模糊工具属性栏中，如图 2-99 所示进行设定，在图像中单击并按住鼠标不放，拖曳鼠标使图像产生模糊的效果。原图像和模糊后的图像效果如图 2-100、图 2-101 所示。

图 2-99

图 2-100

图 2-101

2. 锐化工具

选择“锐化”工具，或反复按 Shift+R 组合键，属性栏如图 2-102 所示。其属性栏中的内容与模糊工具属性栏的选项内容类似。

图 2-102

选择“锐化”工具，在锐化工具属性栏中，如图 2-103 所示进行设定，在图像中的字母上单击并按住鼠标不放，拖曳鼠标使字母图像产生锐化的效果。原图像和锐化后的图像效果如图 2-104、图 2-105 所示。

图 2-103

图 2-104

图 2-105

2.2.8 加深和减淡工具

加深工具用于使图像产生加深的效果。减淡工具用于使图像产生减淡的效果。

1. 加深工具

选择“加深”工具，或反复按Shift+O组合键,其属性栏如图2-106所示。

图 2-106

其属性栏中的内容与减淡工具属性栏选项内容的作用正好相反。

选择“加深”工具，在加深工具属性栏中，按照如图 2-107 所示进行设定，在图像中人物的眼影部分单击并按住鼠标不放，拖曳鼠标使眼影图像产生加深的效果。原图像和加深后的图像效果如图 2-108、图 2-109 所示。

图 2-107

图 2-108

图 2-109

2. 减淡工具

选择“减淡”工具，或反复按 Shift+O 组合键，其属性栏如图 2-110 所示。

图 2-110

画笔：用于选择画笔的形状。

范围：用于设定图像中所要提高亮度的区域。

曝光度：用于设定曝光的强度。

选择“减淡”工具，在减淡工具属性栏中，按照如图 2-111 所示进行设定，在图像中人物的眼影部分单击并按住鼠标不放，拖曳鼠标使眼影图像产生减淡的效果。原图像和减淡后的图像效果如图 2-112、图 2-113 所示。

图 2-111

图 2-112

图 2-113

2.2.9　橡皮擦工具

橡皮擦工具可以用背景色擦除背景图像或用透明色擦除图层中的图像。

图 2-114

选择“橡皮擦”工具，或反复按 Shift+E 组合键，其属性栏如图 2-114 所示。

画笔：用于选择橡皮擦的形状和大小。

模式：用于选择擦除的笔触方式。

不透明度：用于设定不透明度。

流量：用于设定扩散的速度。

抹到历史记录：用于确定以“历史”控制面板中确定的图像状态来擦除图像。

选择“橡皮擦”工具，在图像中单击并按住鼠标拖曳，可以擦除图像。用背景色的白色擦除图像后效果如图 2-115 所示；用透明色擦除图像后效果如图 2-116 所示。

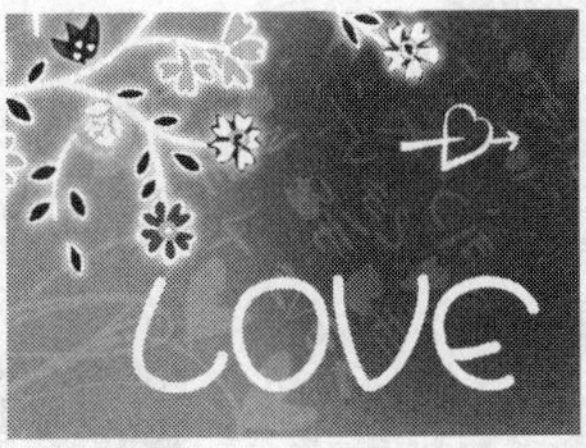

图 2-115

图 2-116

2.2.10　课堂案例——美白牙齿

【案例学习目标】学习使用减淡工具美白牙齿。

【案例知识要点】使用钢笔工具将人物牙齿勾出，使用减淡工具将人物牙齿美白。美白牙齿效果如图 2-117 所示。

图 2-117

【效果所在位置】光盘/Ch02/效果/美白牙齿.psd。

（1）按 Ctrl+O 组合键，打开光盘中的“Ch02 > 素材 > 美白牙齿 > 01”文件，效果如图 2-118 所示。选择“缩放”工具，将图片放大到合适大小。选择“钢笔”工具，单击属性栏中的“路径”按钮，在图像窗口中沿着人物牙齿的边缘绘制一个封闭的路径，如图 2-119 所示。

图 2-118

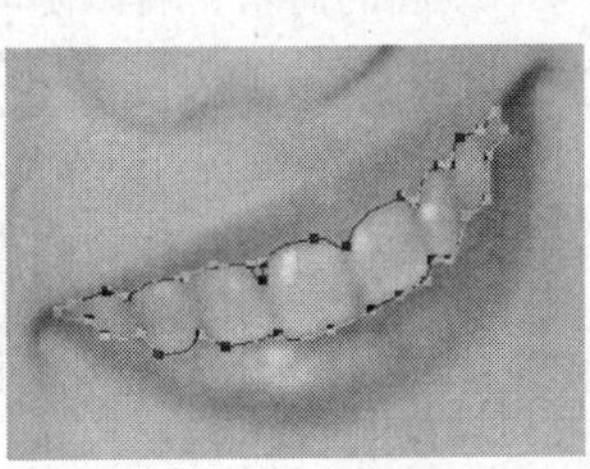

图 2-119

（2）按 Ctrl+Enter 组合键，将路径转换为选区，如图 2-120 所示。选择“减淡”工具，在属性栏中选择需要的画笔形状，单击“范围”选项右侧的按钮，在弹出的下拉列表中选择“中间调”，将“曝光度”选项设为 50%，如图 2-121 所示。

（3）用鼠标在选区中进行涂抹将牙齿的颜色变浅，按 Ctrl+D 组合键，取消选区，效果如图 2-122 所示。

（4）按 Ctrl+O 组合键，打开光盘中的“Ch02 > 素材 > 美白牙齿 > 02”文件，选择“移动”工具，将素材图拖曳到图像窗口的适当位置，如图 2-123 所示，在“图层”控制面板中生成新的图层并将其命名为“装饰”。美白牙齿效果制作完成。

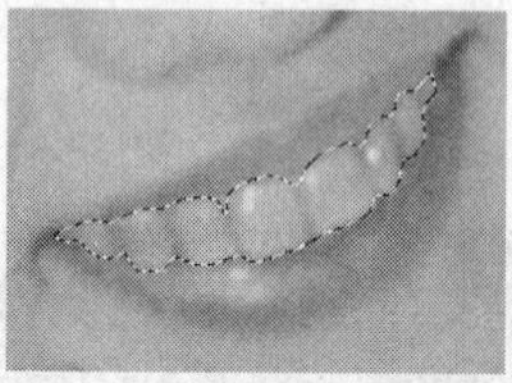

图 2-120

图 2-121

图 2-122

图 2-123

2.3 编辑图像

在 Photoshop 中包括调整图像尺寸、移动、复制和删除图像、裁剪图像、变换图像等图像的基础编辑方法，可以快速对图像进行适当的编辑和调整。

2.3.1 图像和画布尺寸的调整

根据制作过程中不同的需求，可以随时调整图像的尺寸与画布的尺寸。

1. 图像尺寸的调整

打开一张图像，选择“图像 > 图像大小”命令，弹出“图像大小”对话框，如图 2-124 所示。

像素大小：通过改变“宽度”和“高度”选项的数值，改变图像在屏幕上显示的大小，图像的尺寸也相应改变。

文档大小：通过改变“宽度”、“高度”和“分辨率”选项的数值，改变图像的文档大小，图像的尺寸也相应改变。

约束比例：选中此复选框，在“宽度”和“高度”选项右侧出现锁链标志，表示改变其中一项设置时，两项会成比例地同时改变。

重定图像像素：不勾选此复选框，像素的数值将不能单独设置，“文档大小”选项组中的“宽度”、“高度”和“分辨率”选项右侧将出现锁链标志，改变数值时 3 项会同时改变，如图 2-125 所示。

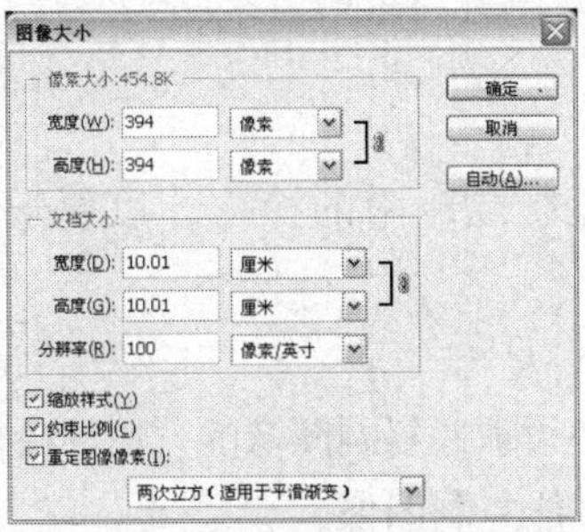

图 2-124

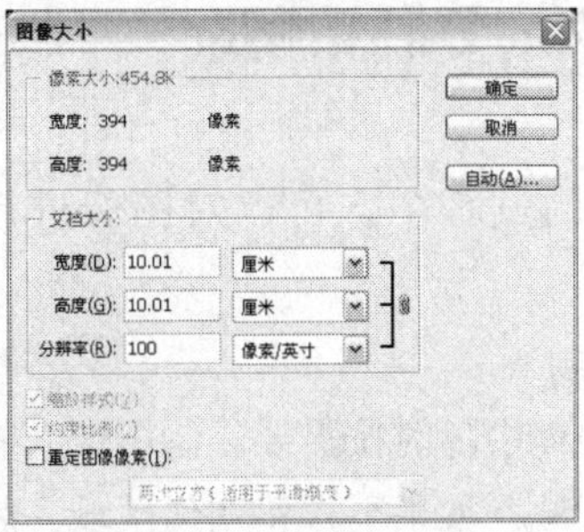

图 2-125

在“图像大小”对话框中可以改变选项数值的计量单位，在选项右侧的下拉列表中进行选择，如图 2-126 所示。

单击“自动”按钮，弹出“自动分辨率”对话框，系统将自动调整图像的分辨率和品质效果，如图 2-127 所示。

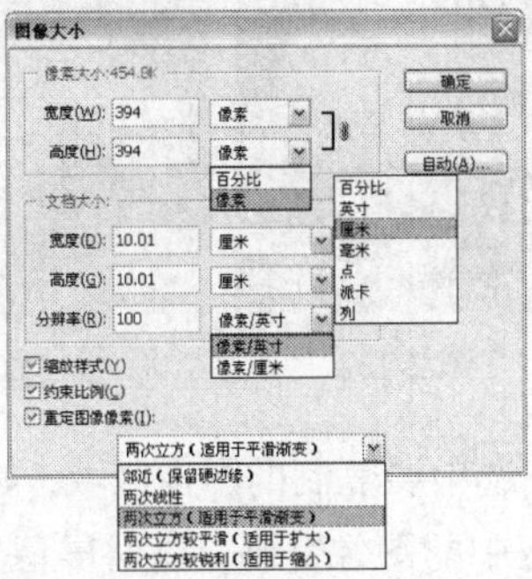

图 2-126

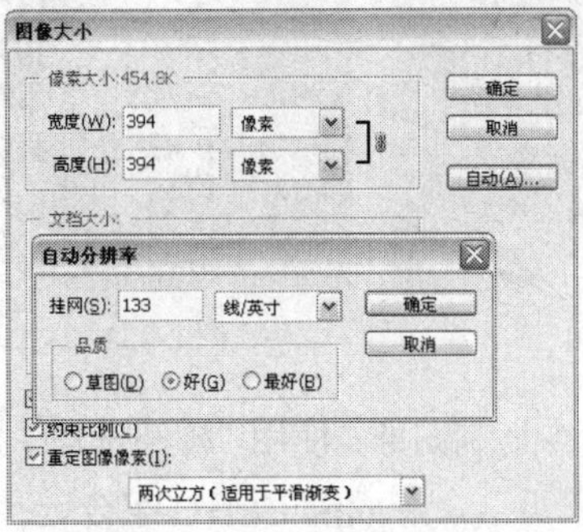

图 2-127

2. 画布尺寸的调整

图像画布尺寸的大小是指当前图像周围的工作空间的大小。选择“图像 > 画布大小”命令，弹出“画布大小”对话框，如图 2-128 所示。

当前大小：显示的是当前文件的大小和尺寸。

新建大小：用于重新设定图像画布的大小。

定位：可调整图像在新画面中的位置，可偏左、居中或在右上角等，如图 2-129 所示。

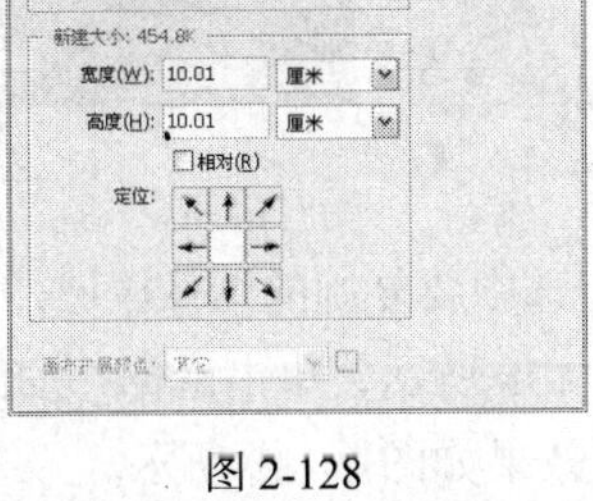

图 2-128

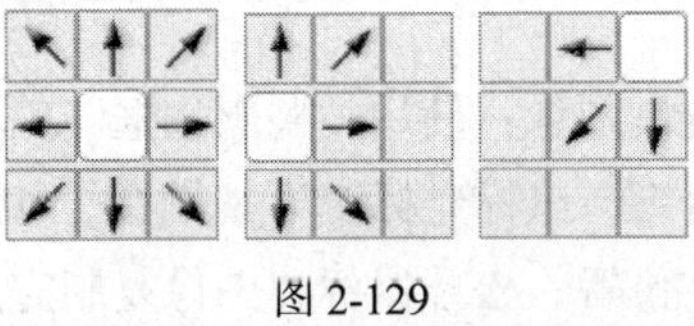

图 2-129

画布扩展颜色：此选项的下拉列表中可以选择填充图像周围扩展部分的颜色，在列表中可以选择前景色、背景色或 Photoshop CS4 中的缺省颜色，也可以自己调整所需颜色。

2.3.2 图像的复制和删除

在编辑图像的过程中，可以对图像进行复制或删除的操作，以便于提高速度、节省空间。

1. 图像的复制

要想在操作过程中随时按需要复制图像，就必须掌握复制图像的方法。在复制图像前，要选择将复制的图像区域，如果不选择图像区域，就不能复制图像。

使用移动工具复制图像：使用“椭圆选框”工具选中要复制的图像区域，如图 2-130 所示。选择“移动”工具，将鼠标放在选区中，鼠标光标变为图标，如图 2-131 所示，按住 Alt 键，鼠标光标变为图标，如图 2-132 所示，单击鼠标并按住不放，拖曳选区中的图像到适当的位置，松开鼠标和 Alt 键，图像复制完成，效果如图 2-133 所示。

图 2-130

图 2-131

图 2-132

图 2-133

使用菜单命令复制图像：使用“椭圆选框”工具选中要复制的图像区域，如图 2-134 所示，选择“编辑 > 拷贝”命令或按 Ctrl+C 组合键，将选区中的图像复制，这时屏幕上的图像并没有变化，但系统已将拷贝的图像复制到剪贴板中。

选择“编辑 > 粘贴”命令或按 Ctrl+V 组合键，将剪贴板中的图像粘贴在图像的新图层中，复制的图像在原图的上方，如图 2-135 所示，使用“移动”工具可以移动复制出的图像，效果如图 2-136 所示。

图 2-134

图 2-135

图 2-136

使用快捷键复制图像：使用“椭圆选框”工具选中要复制的图像区域，如图 2-137 所示，按住 Ctrl+Alt 组合键，鼠标光标变为图标，如图 2-138 所示，单击鼠标并按住不放，拖曳选区中的图像到适当的位置，松开鼠标，图像复制完成，效果如图 2-139 所示。

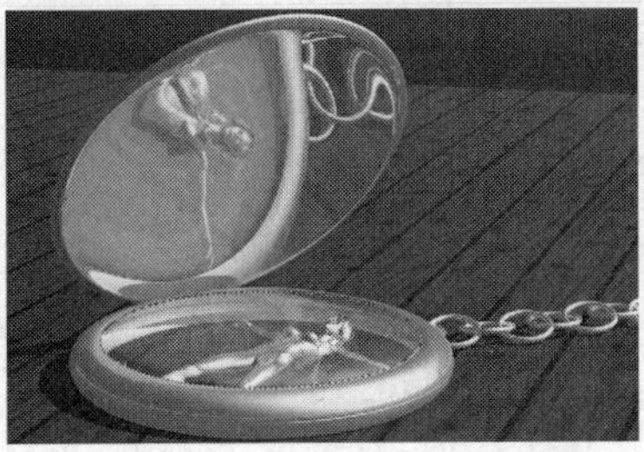

图 2-137

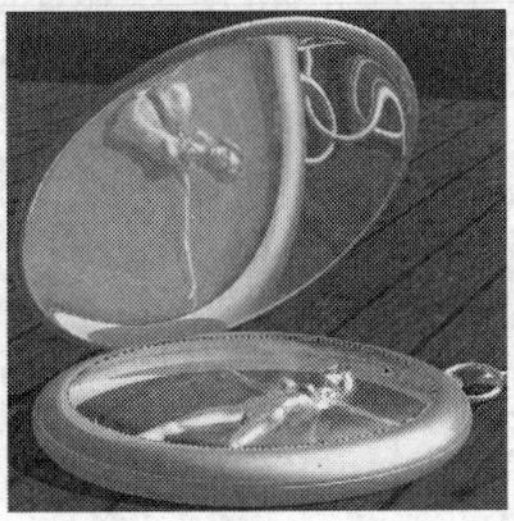

图 2-138

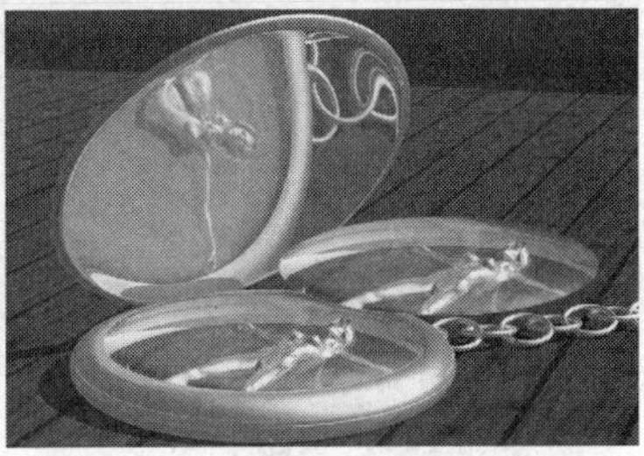

图 2-139

2. 图像的删除

在删除图像前，需要选择要删除的图像区域，如果不选择图像区域，将不能删除图像。

在需要删除的图像上绘制选区，如图 2-140 所示，选择“编辑 > 清除”命令，将选区中的图像删除，按 Ctrl+D 组合键，取消选区，效果如图 2-141 所示。

图 2-140

图 2-141

提示　删除后的图像区域由背景色填充。如果在某一图层中，删除后的图像区域将显示下面一层的图像。

在需要删除的图像上绘制选区，按 Delete 键或 Backspace 键，可以将选区中的图像删除。按 Alt+Delete 组合键或 Alt+Backspace 组合键，也可将选区中的图像删除，但删除后的图像区域由前景色填充。

2.3.3　移动工具

移动工具可以将选区或图层移动到同一图像的新位置或其他图像中。

1. 移动工具的选项

选择“移动”工具，其属性栏如图 2-142 所示。

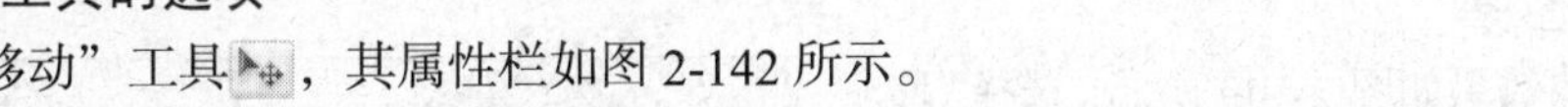

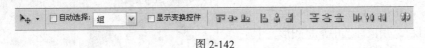

图 2-142

自动选择：在其下拉列表中选择“组”时，可直接选中所单击的非透明图像所在的图层组；在其下拉列表中选择“图层”时，用鼠标在图像上单击，即可直接选中指针所指的非透明图像所在的图层。

显示变换控件：勾选此选项，可在选中对象的周围显示定界框，如图 2-143 所示，单击变换框上的任意控制点，属性栏变为如图 2-144 所示。

图 2-143

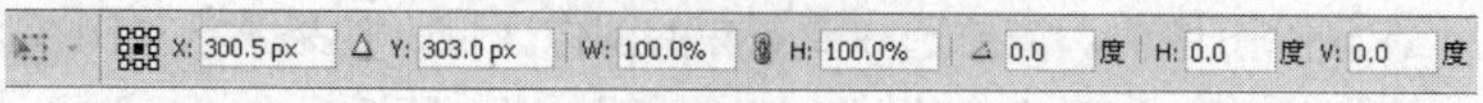

图 2-144

对齐按钮：选中“顶对齐”按钮、“垂直居中对齐”按钮、“底对齐”按钮、“左对齐”按钮、“水平居中对齐”按钮、“右对齐”按钮，可在图像中对齐选区或图层。

同时选中 4 个图层中的图形，在移动工具属性栏中勾选“显示变换控件”选项，图形的边缘显示定界框，如图 2-145 所示。单击属性栏中的“垂直居中对齐”按钮，图形的对齐效果如图 2-146 所示。

分布按钮：选中“按顶分布”按钮、“垂直居中分布”按钮、“按底分布”按钮、“按左分布”按钮、“水平居中分布”按钮、“按右分布”按钮，可以在图像中分布图层。

同时选中 4 个图层中的图形，在移动工具属性栏中勾选“显示变换控件”选项，图形的边缘显示定界框，如图 2-147 所示。单击属性栏中的“水平居中分布”按钮，图形的分布效果如图 2-148 所示。

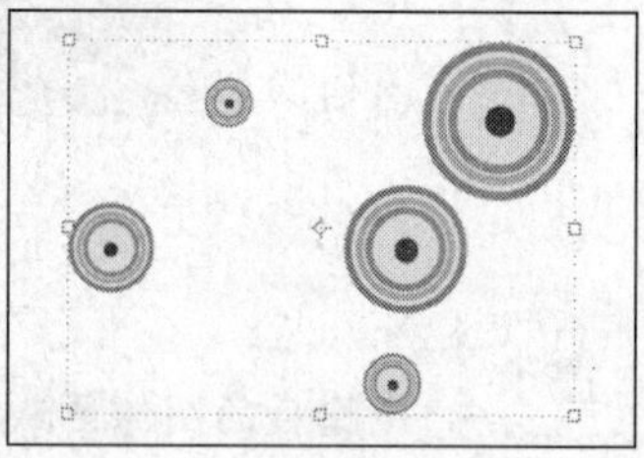

图 2-145

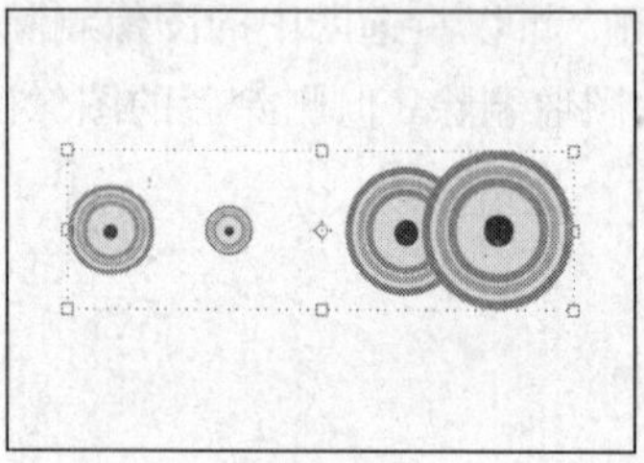

图 2-146

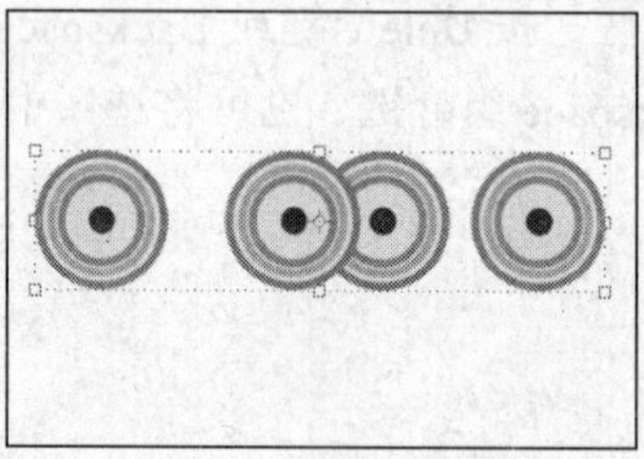

图 2-147

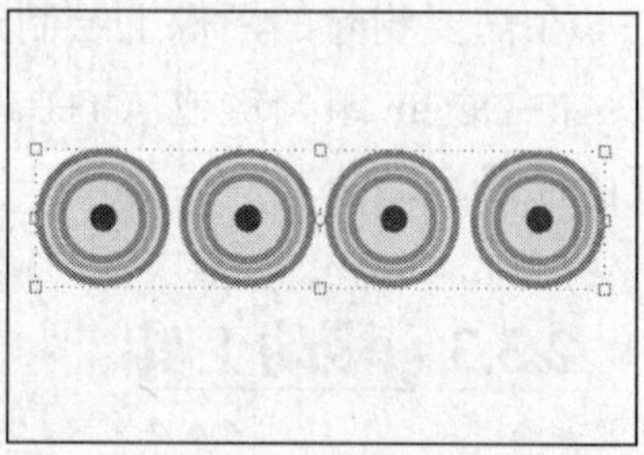

图 2-148

2. 移动图像

原始图像效果如图 2-149 所示。选择“移动”工具，在属性栏中将“自动选择”选项设为“图层”，用鼠标选中十字图形，十字图形所在图层被选中，将十字图形向下拖曳，效果如图 2-150 所示。

图 2-149

图 2-150

打开一幅螃蟹图像，将螃蟹图形向人物图像中拖曳，鼠标光标变为图标，如图

2-151 所示，松开鼠标，螃蟹图形被移动到人物图像中，效果如图 2-152 所示。

图 2-151

图 2-152

提示　背景图层是不可移动的。

2.3.4　裁剪工具

裁剪工具可以在图像或图层中剪裁所选定的区域。选择“裁剪”工具，或按 C 键，其属性栏如图 2-153 所示。

图 2-153

宽度、高度：用来设定裁剪宽度和高度。

高度和宽度互换：可以切换高度和宽度的数值。

分辨率：用于设定裁切出来的图像的分辨率。

前面的图像：用于记录前面图像的裁切数值。

清除：用于清除所有设定。

选择“裁剪”工具，在要裁剪的图像上拖曳出裁切区域，选区边缘将出现 8 个控制手柄，用于调整选区的大小，如图 2-154 所示，当绘制好裁切区域后，裁切工具属性栏将显示如图 2-155 所示的状态。选区确定后，在选区中双击鼠标，图像按选区的大小被裁剪，如图 2-156 所示。

图 2-154

图 2-155

图 2-156

屏蔽：用于设定是否区别显示裁切与非裁切的区域。

颜色：用于设定非裁切区的显示颜色。

不透明度：用于设定非裁切区颜色的透明度。

透视：用于设定图像或裁切区的中心点。

2.3.5 选区中图像的变换

在操作过程中可以根据设计和制作需要变换已经绘制好的选区。在图像中绘制选区后，选择“编辑 > 自由变换”或“变换”命令，可以对图像的选区进行各种变换。“变换”命令的下拉菜单如图 2-157 所示。

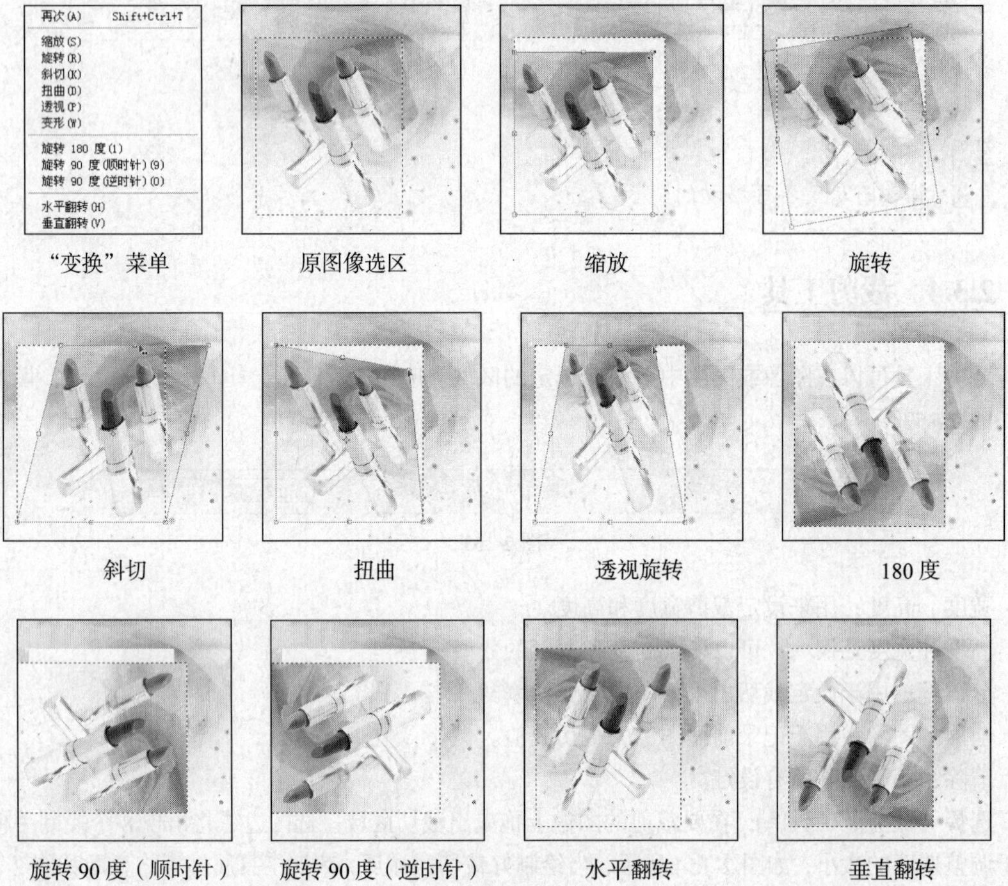

“变换”菜单　原图像选区　缩放　旋转

斜切　扭曲　透视旋转　180 度

旋转 90 度（顺时针）　旋转 90 度（逆时针）　水平翻转　垂直翻转

图 2-157

在图像中绘制选区，按 Ctrl+T 组合键，选区周围出现控制手柄，拖曳控制手柄，可以对图像选区进行自由的缩放。按住 Shift 键的同时，拖曳控制手柄，可以等比例缩放图像选区。按住 Ctrl 键的同时，任意拖曳变换框的 4 个控制手柄，可以使图像任意变形。按住 Alt 键的同时，任意拖曳变换框的 4 个控制手柄，可以使图像对称变形。按住 Ctrl+Shift 组合键，拖曳变换框中间的控制手柄，可以使图像斜切变形。按住 Ctrl+Shift+Alt 组合键，任意拖曳变换框的 4 个控制手柄，可以使图像透视变形。按住 Shift+Ctrl+T 组合键，可以再次应用上一次使用过的变换命令。

如果在变换后仍要保留原图像的内容，按 Ctrl+Alt+T 组合键，选区周围出现控制手柄，向选区外拖曳选区中的图像，会复制出新的图像，原图像的内容将被保留。

课堂练习——制作空中楼阁

【练习知识要点】使用魔棒工具抠出山脉，使用矩形选框工具和渐变工具添加山脉图像的颜色，使用自由钢笔工具抠出建筑物图像，使用磁性套索工具抠出云彩图像，使用橡皮擦工具制作云彩图像虚化效果，使用色阶命令调整云彩图像的颜色。空中楼阁效果如图 2-158 所示。

【效果所在位置】光盘/Ch02/效果/制作空中楼阁.psd。

图 2-158

课后习题——修复照片

【习题知识要点】使用历史记录画笔工具和仿制图章工具去除划痕，使用高斯模糊命令制作人物模糊效果，使用色阶命令和色相/饱和度命令调整人物颜色。修复照片效果如图 2-159 所示。

【效果所在位置】光盘/Ch02/效果/修复照片.psd。

图 2-159

第3章 路径与图形

本章主要介绍了路径和图形的绘制方法及应用技巧。通过本章的学习可以快速地绘制所需路径并对路径进行修改和编辑，还可应用绘图工具绘制出系统自带的图形，提高图像制作的效率。

课堂学习目标

- 了解路径的概念
- 掌握钢笔工具的使用方法
- 掌握编辑路径的方法和技巧
- 掌握绘图工具的使用方法

3.1 路径概述

路径是基于贝塞尔曲线建立的矢量图形。使用路径可以进行复杂图像的选取，还可以存储选取区域以备再次使用，更可以绘制线条平滑的优美图形。

和路径相关的概念有锚点、直线点、曲线点、直线段、曲线段、端点，如图 3-1 所示。

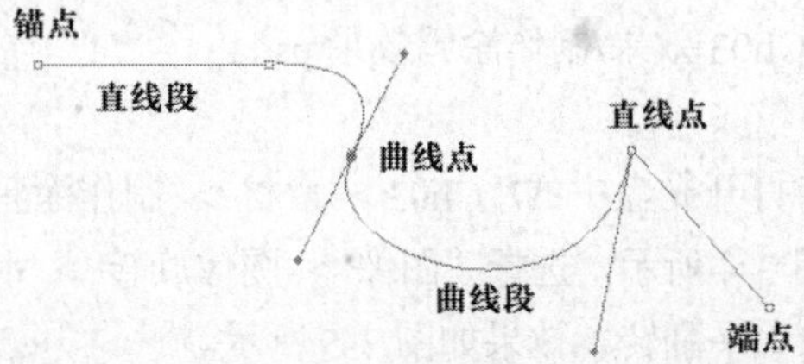

图 3-1

锚点：由钢笔工具创建，是一个路径中两条线段的交点，路径是由锚点组成的。

直线点：按住 Alt 键并单击刚建立的锚点，可以将锚点转换为带有一个独立调节手柄的直线锚点。直线锚点是一条直线段与一条曲线段的连接点。

曲线点：曲线锚点是带有两个独立调节手柄的锚点，曲线锚点是两条曲线段之间的连接点，调节手柄可以改变曲线的弧度。

直线段：用钢笔工具在图像中单击两个不同的位置，将在两点之间创建一条直线段。

曲线段：拖曳曲线锚点可以创建一条曲线段。

端点：路径的结束点就是路径的端点。

3.2 钢笔工具

钢笔工具用于抠出复杂的图像，还可以绘制各种路径图形。

3.2.1 钢笔工具的选项

钢笔工具用于绘制路径。选择“钢笔”工具，或反复按 Shift+P 组合键，其属性栏如图 3-2 所示。

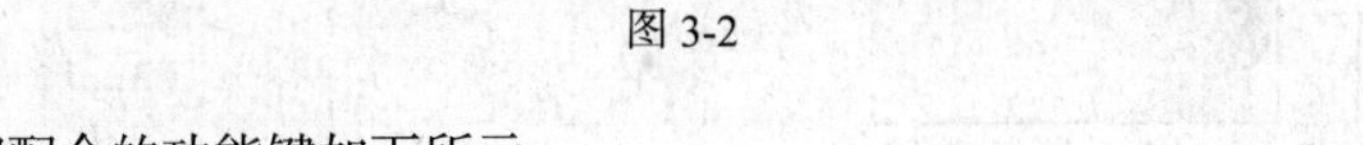

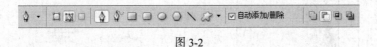

图 3-2

与钢笔工具相配合的功能键如下所示。

按住 Shift 键创建锚点时，将强迫系统以 45 度角或 45 度角的倍数绘制路径。

按住 Alt 键，当“钢笔”工具移到锚点上时，暂时将“钢笔”工具转换为“转换点”工具。

按住 Ctrl 键，暂时将“钢笔”工具转换成“直接选择”工具。

3.2.2 课堂案例——制作涂鸦效果

【案例学习目标】学习使用钢笔工具勾出人物图形。

【案例知识要点】使用水平旋转画布命令将背景图像水平翻转，使用标尺工具矫正图片的角度，使用钢笔工具勾出人物图形，使用画笔工具绘制装饰图形。涂鸦效果如图 3-3 所示。

【效果所在位置】光盘/Ch03/效果/制作涂鸦效果.psd。

图 3-3

1. 抠出人物图片

（1）按 Ctrl+O 组合键，打开光盘中的“Ch03 > 素材 > 制作涂鸦效果 > 01”文件，效果如图 3-4 所示。选择“图像 > 图像旋转 > 水平翻转画布”命令，将图像水平翻转，效果如图 3-5 所示。

图 3-4

图 3-5

（2）按 Ctrl+O 组合键，打开光盘中的“Ch03 > 素材 > 制作涂鸦效果 > 02”文件，效果如图 3-6 所示。选择“标尺”工具，在人物图像的下方从左至右下方拖曳标尺，如图 3-7 所示。选择“图像 > 图像旋转 > 任意角度”命令，在弹出的对话框中进行设置，如图 3-8 所示，单击“确定”按钮，效果如图 3-9 所示。

图 3-6

图 3-7

图 3-8

图 3-9

（3）选择“钢笔”工具，在人物图像的边缘勾出路径，如图 3-10 所示。按 Ctrl+Enter 组合键，将路径转换为选区，效果如图 3-11 所示。按 Shift+F6 组合键，在弹出的“羽化选区”对话框中进行设置，如图 3-12 所示，单击“确定”按钮，将选区羽化，效果如图 3-13 所示。

图 3-10

图 3-11

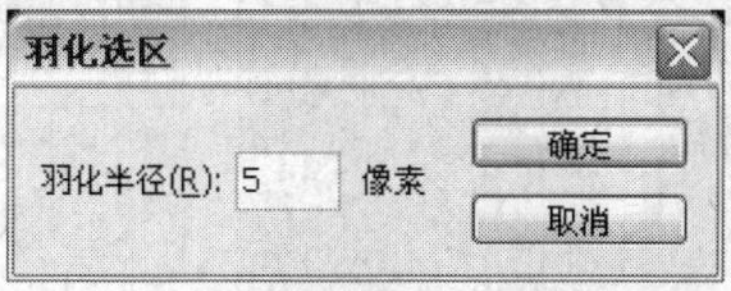

图 3-12

图 3-13

（4）选择“移动”工具，拖曳选区中的人物到 01 素材的图像窗口中，在“图层”控制面板中生成新的图层并将其命名为“人物”，如图 3-14 所示。按 Ctrl+T 组合键，在人物图像周围出现控制手柄，拖曳控制手柄调整图像的大小，按 Enter 键确定操作，效果如图 3-15 所示。

图 3-14

图 3-15

2. 绘制装饰图形

（1）新建图层并将其命名为“飞机”。将前景色设为白色。选择“画笔”工具，在属性栏中单击“画笔”选项右侧的按钮，在弹出的画笔选择面板中选择需要的画笔形状，如图 3-16 所示。在图像窗口的右上方绘制一个飞机图形，如图 3-17 所示。

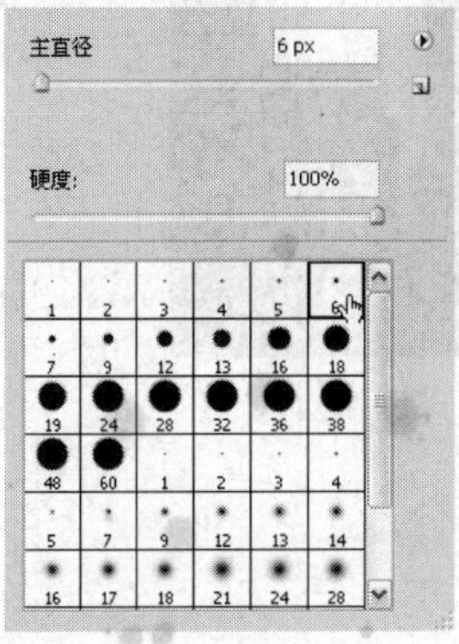

图 3-16

图 3-17

（2）选择“矩形选框”工具，在飞机图形上绘制一个矩形选区，如图 3-18 所示。选择“移动”工具，按住 Alt 键的同时，拖曳选区中的飞机图形到适当的位置，复制出一个飞机图形，效果如图 3-19 所示。按 Ctrl+D 组合键，取消选区。

（3）新建图层并将其命名为“形状 1”、“风车”、“船”、“小动物”，如图 3-20 所示。选择“画笔”工具，在画笔选择面板中设置适当的画笔大小，分别在相应的图层中绘制出需要的图形，效果如图 3-21 所示。涂鸦效果制作完成。

图 3-18

图 3-19

图 3-20

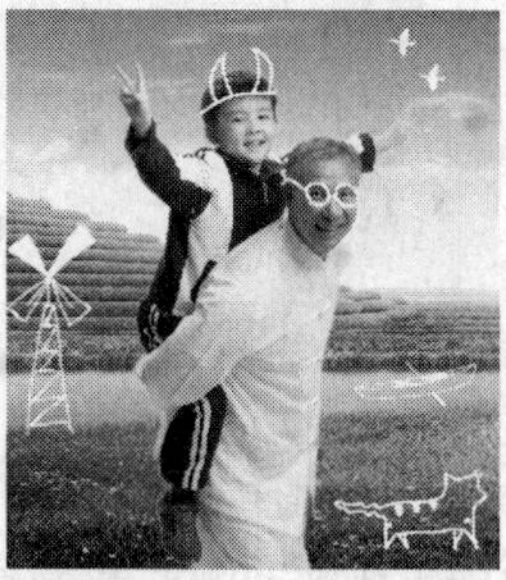

图 3-21

3.2.3 绘制直线段

建立一个新的图像文件，选择“钢笔”工具，在钢笔工具属性栏中选中“路径”按钮，“钢笔”工具绘制的是路径。如果选中“形状图层”按钮，将绘制出形状图层。勾选“自动添加/删除”复选框，钢笔工具的属性栏如图 3-22 所示。

图 3-22

在图像中任意位置单击鼠标，创建一个锚点，将鼠标移动到其他位置再单击，创建第 2 个锚点，两个锚点之间自动以直线进行连接，如图 3-23 所示。再将鼠标移动到其他位置单击，创建第 3 个锚点，而系统将在第 2 个和第 3 个锚点之间生成一条新的直线路径，如图 3-24 所示。

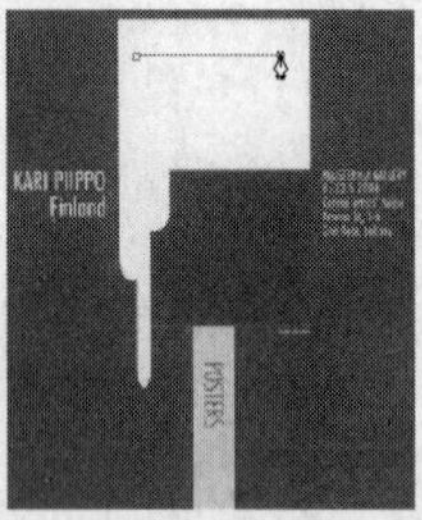

图 3-23

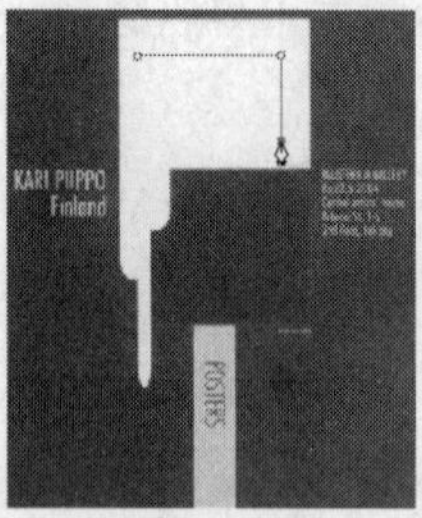

图 3-24

3.2.4 绘制曲线

用“钢笔”工具单击建立新的锚点并按住鼠标不放，拖曳鼠标，建立曲线段和曲线锚点，如图 3-25 所示。松开鼠标，按住 Alt 键的同时，用“钢笔”工具单击刚建立的曲线锚点，如图 3-26 所示，将其转换为直线锚点，在其他位置再次单击建立下一个新的锚点，可在曲线段后绘制出直线段，如图 3-27 所示。

图 3-25

图 3-26

图 3-27

3.3 编辑路径

可以通过添加、删除锚点，应用转换点工具、路径选择工具、直接选择工具对已有的路径进行修整。

3.3.1 添加和删除锚点工具

1. 添加锚点工具

添加锚点工具用于在路径上添加新的锚点。将“钢笔”工具移动到建立好的路径上，若当前此处没有锚点，则“钢笔”工具转换成“添加锚点”工具，如图 3-28 所示，在路径上单击鼠标可以添加一个锚点，效果如图 3-29 所示。

将“钢笔”工具移动到建立好的路径上，若当前此处没有锚点，则“钢笔”工具转换成“添加锚点”工具，如图 3-30 所示，单击鼠标添加锚点后按住鼠标不放，向上拖曳鼠标，建立曲线段和曲线锚点，效果如图 3-31 所示。

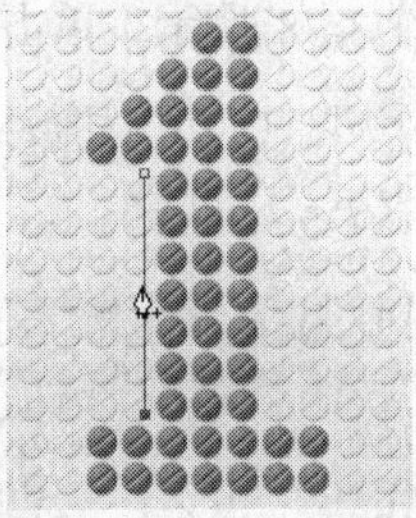
图 3-28

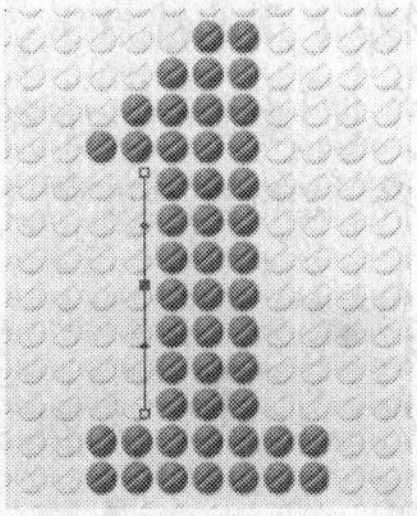
图 3-29

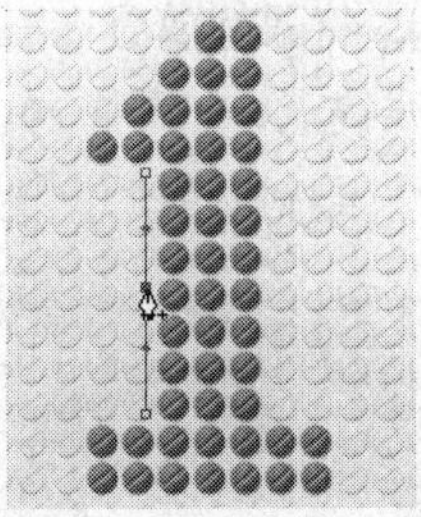
图 3-30

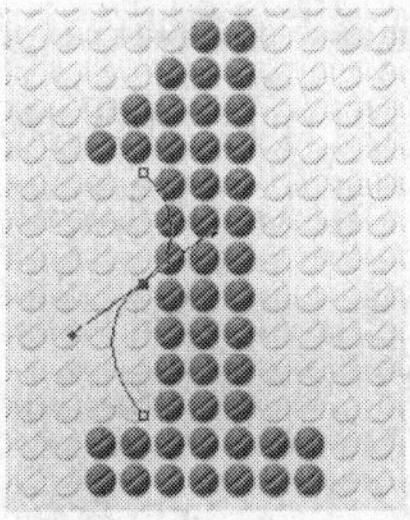
图 3-31

提示　也可以直接选择“添加锚点”工具来完成添加锚点的操作。

2. 删除锚点工具

删除锚点工具用于删除路径上已经存在的锚点。将“钢笔”工具放到路径的锚点上，则“钢笔”工具转换成“删除锚点”工具，如图 3-32 所示，单击锚点将其删除，效果如图 3-33 所示。

将“钢笔”工具放到曲线路径的锚点上，则“钢笔”工具转换成“删除锚点”工具，如图 3-34 所示，单击锚点将其删除，效果如图 3-35 所示。

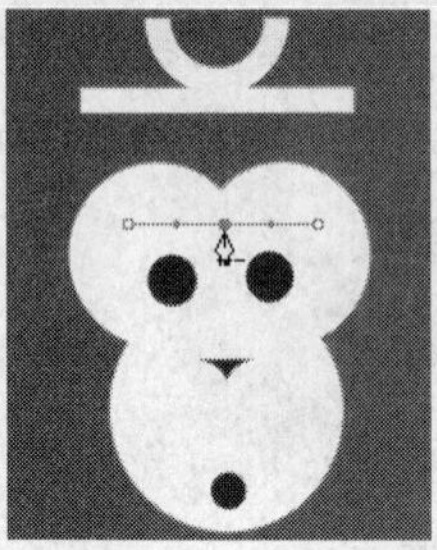

图 3-32

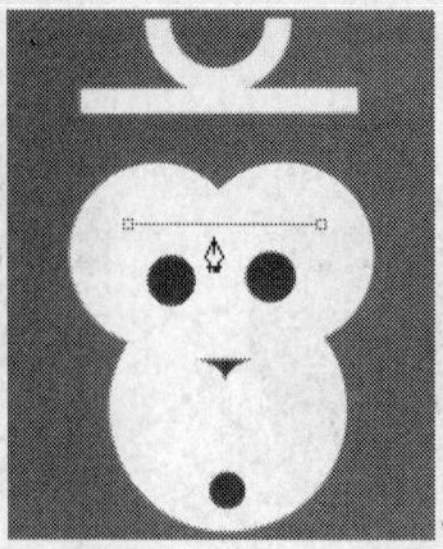

图 3-33

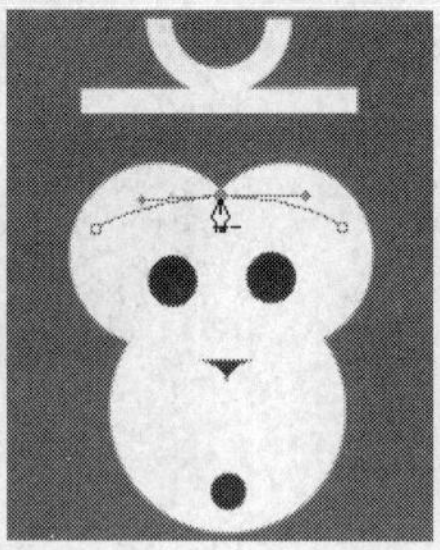

图 3-34

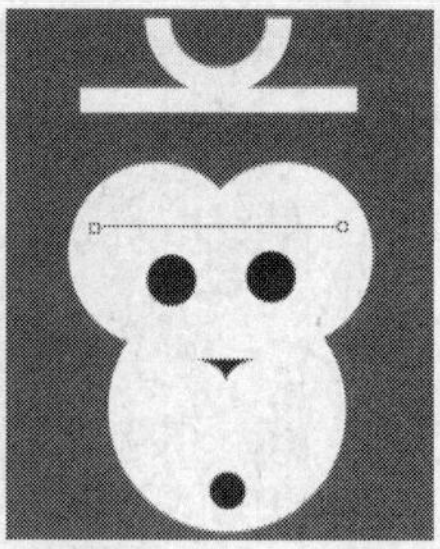

图 3-35

3.3.2 转换点工具

使用转换点工具单击或拖曳锚点可将其转换成直线锚点或曲线锚点，拖曳锚点上的调节手柄可以改变线段的弧度。

与“转换点”工具相配合的功能键如下。

按住 Shift 键，拖曳其中的一个锚点，将强迫手柄以 45 度角或 45 度角的倍数进行改变。

按住 Alt 键，拖曳手柄，可以任意改变两个调节手柄中的一个，而不影响另一个的位置。

按住 Alt 键，拖曳路径中的线段，可以将路径进行复制。

使用“钢笔”工具在图像中绘制三角形路径，如图 3-36 所示，当要闭合路径时鼠标光标变为图标，单击鼠标即可闭合路径，完成三角形路径的绘制，如图 3-37 所示。

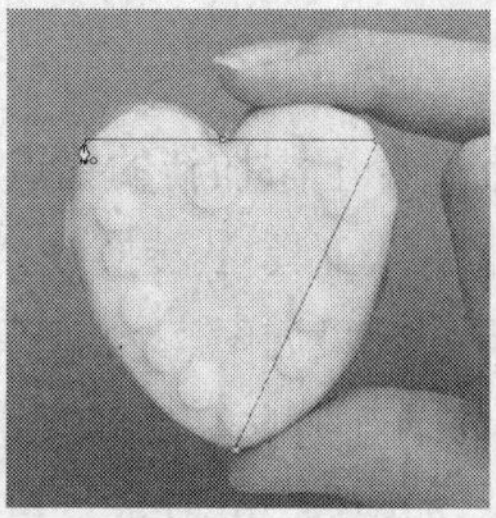

图 3-36

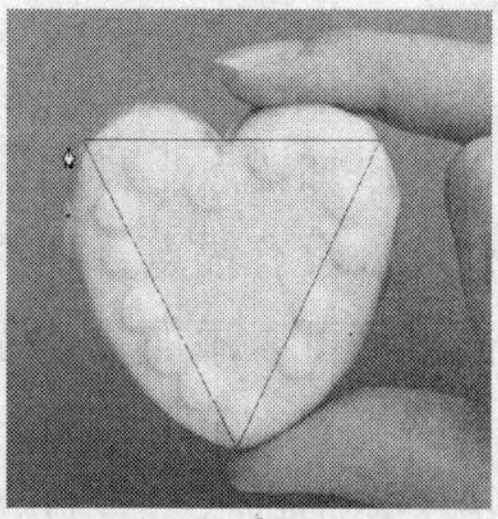

图 3-37

选择“转换点”工具，将鼠标放置在三角形左上角的锚点上，如图 3-38 所示，单击锚点并将其向右上方拖曳形成曲线锚点，如图 3-39 所示。使用相同的方法将三角形右上角的锚点转换为曲线锚点，如图 3-40 所示。绘制完成后，桃心形路径的效果如图 3-41 所示。

图 3-38

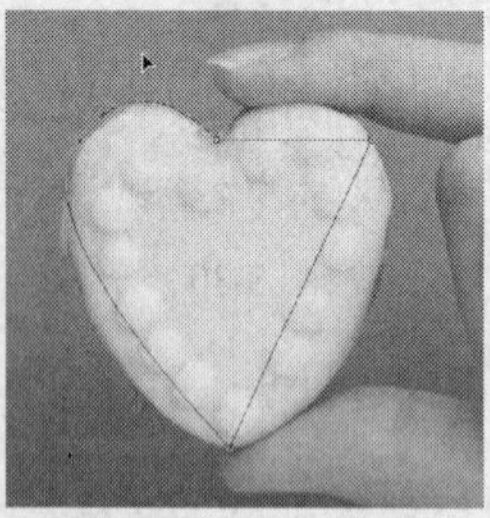

图 3-39

图 3-40

图 3-41

3.3.3 路径选择和直接选择工具

1. 路径选择工具

路径选择工具用于选择一个或几个路径并对其进行移动、组合、对齐、分布和变形。选择“路径选择”工具，或反复按 Shift+A 组合键，其属性栏如图 3-42 所示。

图 3-42

2. 直接选择工具

直接选择工具用于移动路径中的锚点或线段，还可以调整手柄和控制点。路径的原始效果如图 3-43 所示，选择“直接选择”工具，拖曳路径中的锚点来改变路径的弧度，如图 3-44 所示。

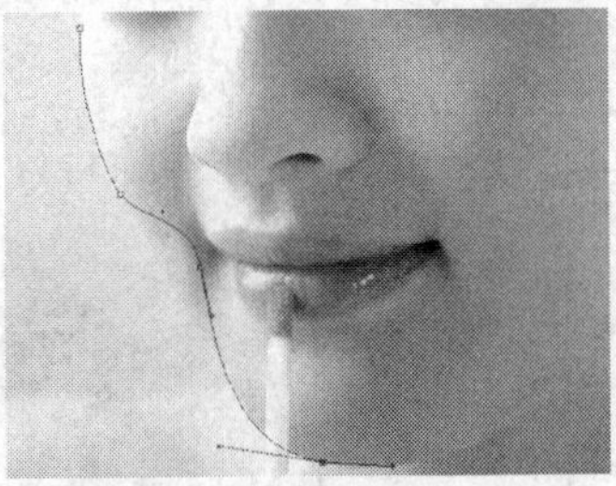

图 3-43

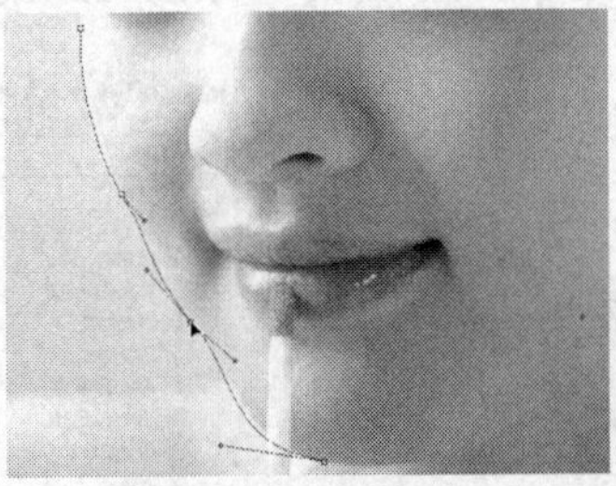

图 3-44

3.3.4　填充路径

在图像中创建路径，如图 3-45 所示，单击“路径”控制面板右上方的图标，在弹出式菜单中选择“填充路径”命令，弹出“填充路径”对话框，如图 3-46 所示。

内容：用于设定使用的填充颜色或图案。

模式：用于设定混合模式。

不透明度：用于设定填充的不透明度。

保留透明区域：用于保护图像中的透明区域。

羽化半径：用于设定柔化边缘的数值。

消除锯齿：用于清除边缘的锯齿。

设置好后，单击“确定”按钮，用前景色填充路径的效果如图 3-47 所示。

图 3-45

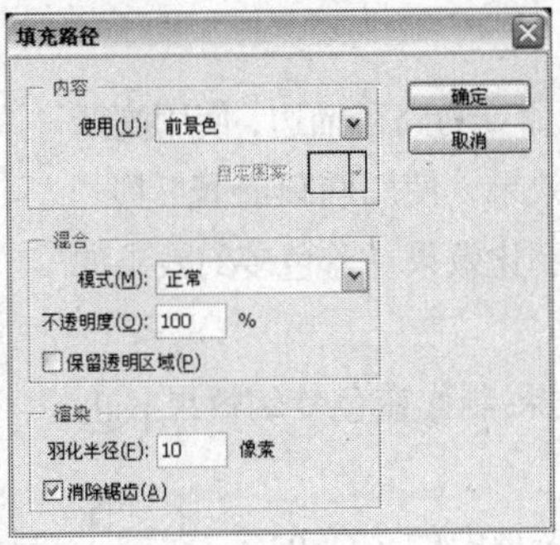

图 3-46

图 3-47

单击“路径”控制面板下方的“用前景色填充路径”按钮，即可填充路径。按 Alt 键的同时，单击“用前景色填充路径”按钮，将弹出“填充路径”对话框。

3.3.5 描边路径

在图像中创建路径，如图 3-48 所示。单击“路径”控制面板右上方的图标，在弹出式菜单中选择“描边路径”命令，弹出“描边路径”对话框，选择“工具”选项下拉列表中的“画笔”工具，如图 3-49 所示，此下拉列表中共有 15 种工具可供选择，如果当前在工具箱中已经选择了“画笔”工具，该工具将自动地设置在此处。另外在画笔属性栏中设定的画笔类型也将直接影响此处的描边效果，设置好后，单击“确定”按钮，描边路径的效果如图 3-50 所示。

图 3-48

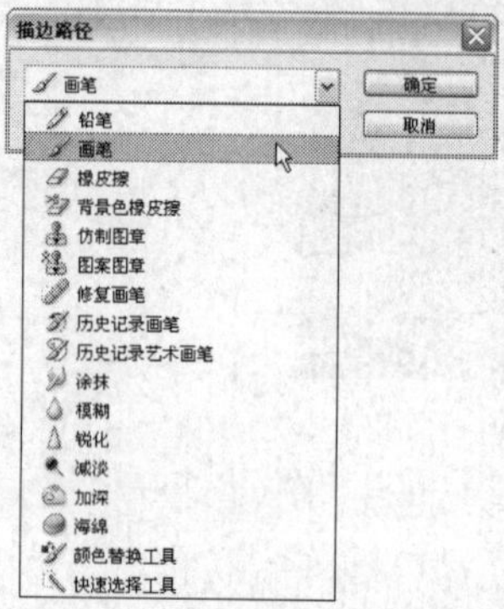

图 3-49

图 3-50

提示

如果在对路径进行描边时没有取消对路径的选定，则描边路径改为描边子路径，即只对选中的子路径进行勾边。

单击“路径”控制面板下方的“用画笔描边路径”按钮，即可描边路径。按 Alt 键的同时，单击“用画笔描边路径”按钮，将弹出“描边路径”对话框。

3.3.6 课堂案例——制作蓝色梦幻效果

【案例学习目标】学习使用描边路径命令为蝴蝶制作描边效果。

【案例知识要点】使用描边路径命令为路径描边，使用高斯模糊滤镜命令制作蝴蝶描边的模糊效果，使用椭圆选框工具、羽化选区命令和混合模式命令制作羽化效果。蓝色梦幻效果如图 3-51 所示。

图 3-51

【效果所在位置】光盘/Ch03/效果/制作蓝色梦幻效果.psd。

1. 制作蝴蝶描边

（1）按 Ctrl+O 组合键，打开光盘中的“Ch03 > 素材 > 制作蓝色梦幻效果 > 01”文件，效果如图 3-52 所示。

（2）按 Ctrl+O 组合键，打开光盘中的“Ch03 > 素材 > 制作蓝色梦幻效果 > 02”文件。选择“移动”工具，拖曳图形到图像窗口中的右上方，效果如图 3-53 所示，在“图层”控制面板中生成新的图层并将其命名为“装饰圆点”。在“图层”控制面板上方，将“装饰圆点”图层的混合模式设为“叠加”，效果如图 3-54 所示。

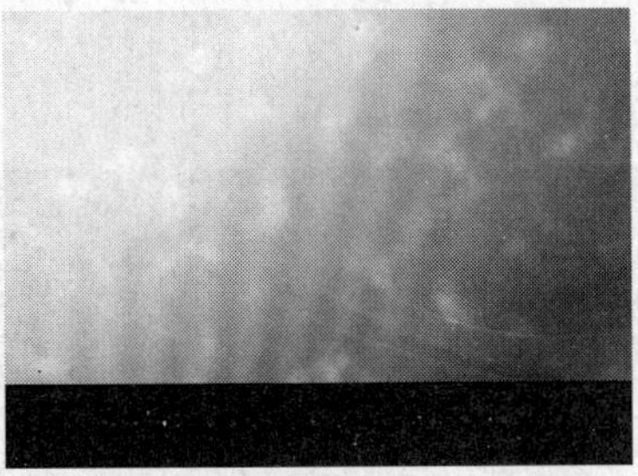
图 3-52

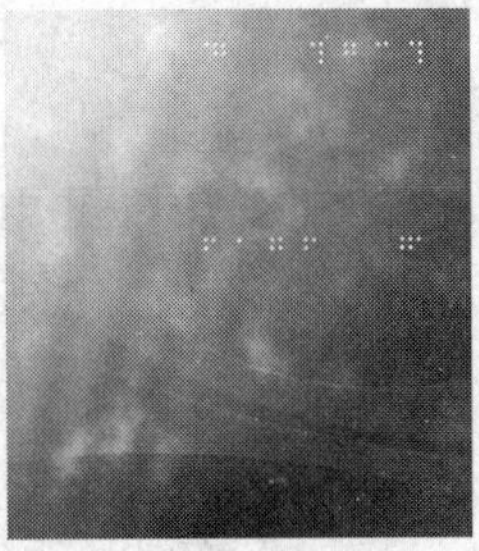
图 3-53

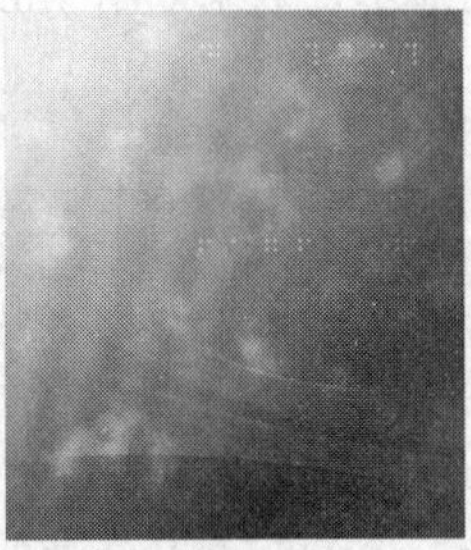
图 3-54

（3）按 Ctrl+O 组合键，打开光盘中的“Ch03 > 素材 > 制作蓝色梦幻效果 > 03”文件。选择“移动”工具，拖曳蝴蝶图片到图像窗口中的右下方，效果如图 3-55 所示，在“图层”控制面板中生成新的图层并将其命名为“蝴蝶图片”。在“图层”控制面板上方，将“蝴蝶图片”图层的混合模式设为“变亮”，效果如图 3-56 所示。

图 3-55

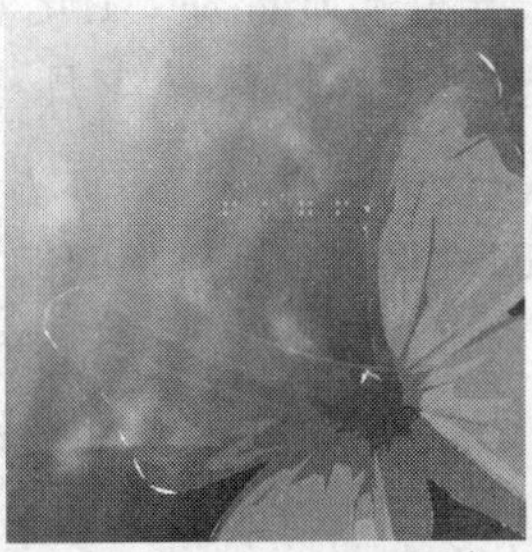
图 3-56

（4）按住 Ctrl 键的同时，单击“蝴蝶图片”图层的图层缩览图，蝴蝶图像周围生成选区。单击“路径”控制面板下方的“从选区生成工作路径”按钮，将选区转化为路径，如图 3-57 所示。选择“画笔”工具，在属性栏中单击“画笔”选项右侧的按钮，在画笔选择面板中选择需要的画笔形状，将“不透明度”选项设为 75%，如图 3-58 所示。

（5）单击“图层”控制面板下方的“创建新图层”按钮，生成新的图层并将其命名为“选区描边”。选择“路径选择”工具，选取路径，单击鼠标右键，在弹出的菜单中选择“描边路径”命令，弹出“描边路径”对话框，单击“确定”按钮，按 Enter 键路径隐藏，效果如图 3-59 所示。

图 3-57

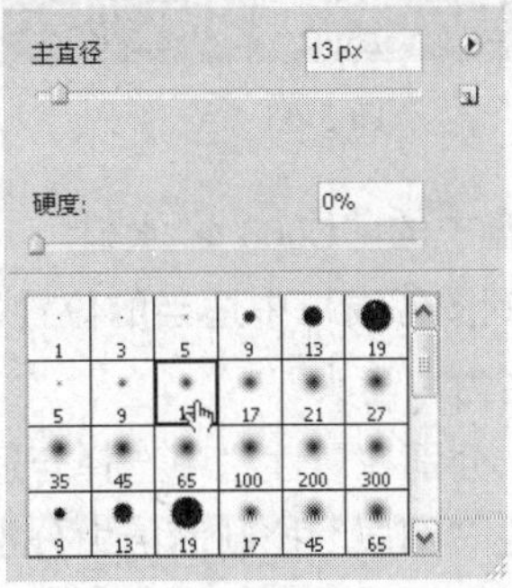

图 3-58

图 3-59

（6）选择“滤镜 > 模糊 > 高斯模糊”命令，在弹出的对话框中进行设置，如图 3-60 所示，单击“确定”按钮。在“图层”控制面板上方，将“选区描边”图层的混合模式设为“滤色”，如图 3-61 所示，效果如图 3-62 所示。

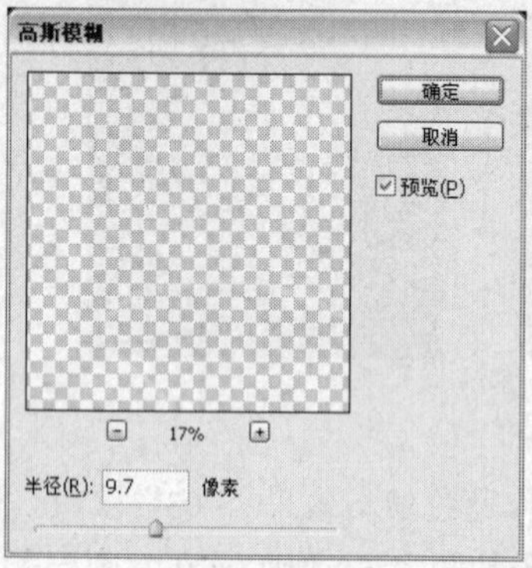

图 3-60

图 3-61

图 3-62

2. 制作羽化效果

（1）新建图层并将其命名为“羽化效果”。将前景色设为暗蓝色（其 R、G、B 的值分别为 1、45、79）。选择“椭圆选框”工具，在图像窗口中拖曳鼠标绘制椭圆选区，如图 3-63 所示。

（2）按 Shift+F6 组合键，在弹出的“羽化选区”对话框中进行设置，如图 3-64 所示，单击“确定”按钮。按 Ctrl+Shift+I 组合键，将选区反选。按 Alt+Delete 组合键，用前景色填充选区。按 Ctrl+D 组合键，取消选区，效果如图 3-65 所示。

（3）在“图层”控制面板上方，将“羽化效果”图层的混合模式设为“颜色加深”，“不透明度”选项设为 60%，效果如图 3-66 所示。

图 3-63

图 3-64

图 3-65

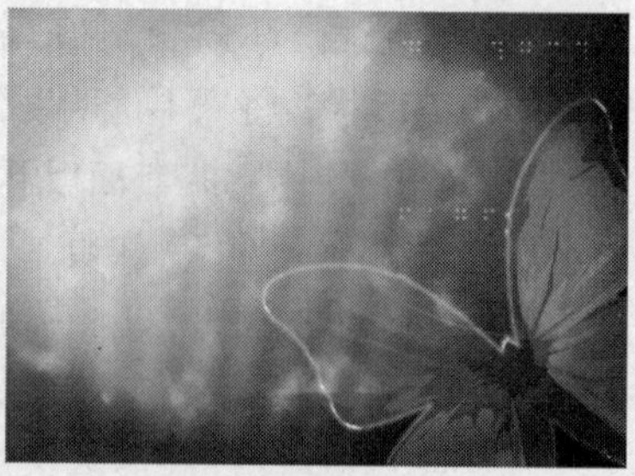
图 3-66

（4）按 Ctrl+O 组合键，打开光盘中的“Ch03 > 素材 > 制作蓝色梦幻效果 > 04”文件。选择“移动”工具，拖曳箭头图形到图像窗口中适当的位置，效果如图 3-67 所示，在“图层”控制面板中生成新的图层并将其命名为“箭头”。

（5）选择“横排文字”工具 T，分别在属性栏中选择合适的字体并设置文字大小，分别输入需要的白色文字，如图 3-68 所示，在“图层”控制面板中分别生成新的文字图层。蓝色梦幻效果制作完成，如图 3-69 所示。

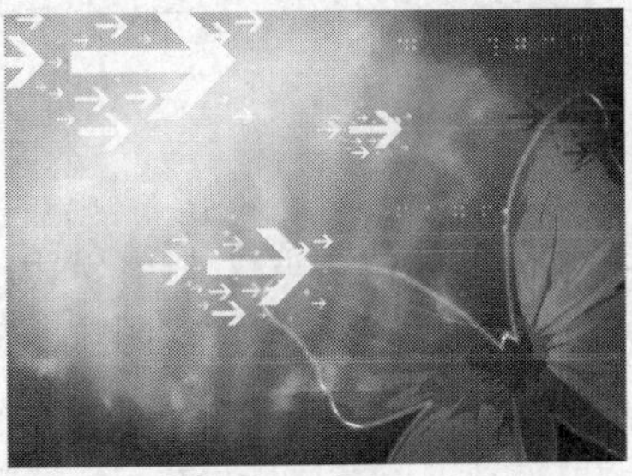

图 3-67

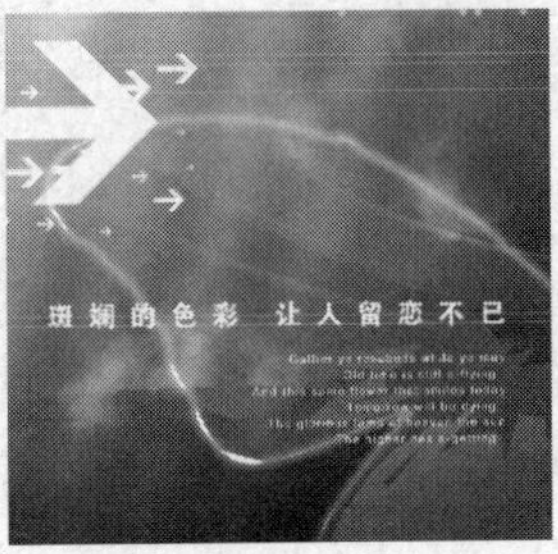

图 3-68

图 3-69

3.4 绘图工具

绘图工具包括矩形、圆角矩形、椭圆、多边形、直线以及自定形状，应用这些工具可以绘制出多样的图形。

3.4.1 矩形工具

矩形工具用于绘制矩形或正方形。选择“矩形”工具，或反复按 Shift+U 组合键，其属性栏如图 3-70 所示。

图 3-70

：用于选择创建外形层、创建工作路径或填充区域。

：用于选择形状路径工具的种类。

：用于选择路径的组合方式。

样式：为层风格选项。

颜色：用于设定图形的颜色。

单击选项右侧的按钮，弹出“矩形选项”面板，如图 3-71 所示。在面板中可以通过各种设置来控制矩形工具所绘制的图形区域，包括：“不受约束”、“方形”、“固定大小”、“比例”、“从中心”选项，此外“对齐像素”选项用于使矩形边缘自动与像素边缘重合。

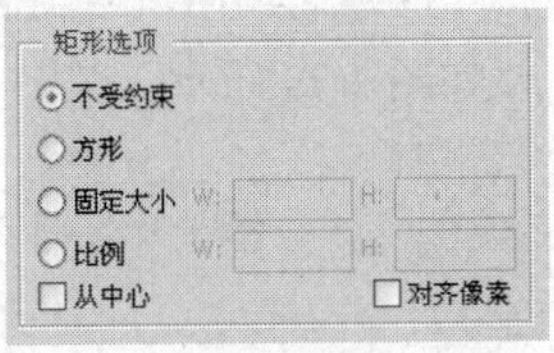

图 3-71

原始图像效果如图 3-72 所示。在图像中绘制矩形，效果如图 3-73 所示，“图层”控制面板中的效果如图 3-74 所示。

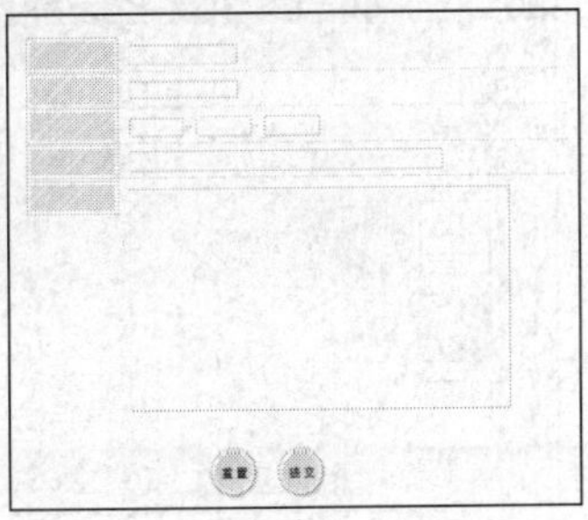

图 3-72

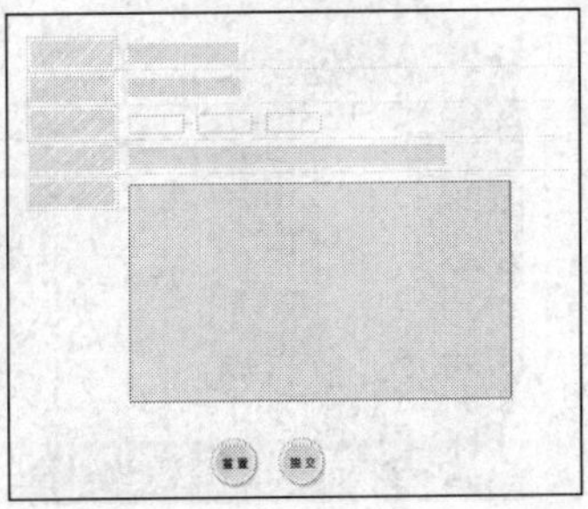

图 3-73

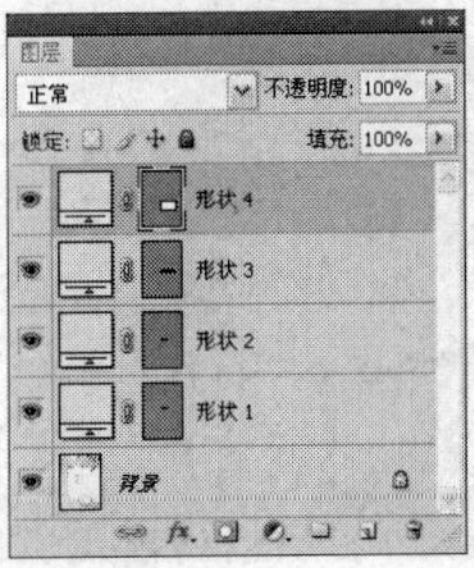

图 3-74

3.4.2 圆角矩形工具

圆角矩形工具用于绘制具有平滑边缘的矩形。选择“圆角矩形”工具，或反复按 Shift+U 组合键，其属性栏如图 3-75 所示。其属性栏中的内容与“矩形”工具属性栏的选项内容类似，只增加了“半径”选项，用于设定圆角矩形的平滑程度，数值越大越平滑。

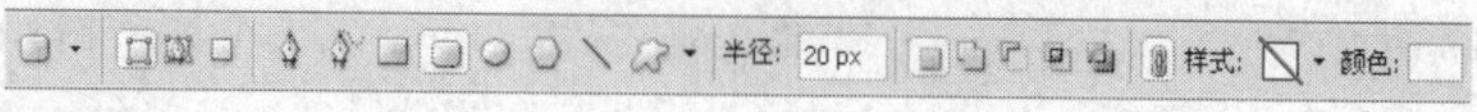

图 3-75

原始图像效果如图 3-76 所示。在图像中绘制圆角矩形，效果如图 3-77 所示，“图层”控制面板中的效果如图 3-78 所示。

图 3-76

图 3-77

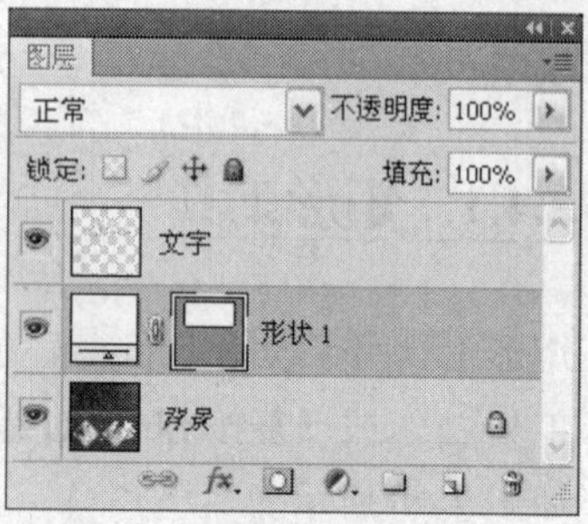

图 3-78

3.4.3 椭圆工具

椭圆工具用于绘制椭圆或正圆形。选择“椭圆”工具，或反复按 Shift+U 组合键，其属性栏如图 3-79 所示。

图 3-79

原始图像效果如图 3-80 所示。在图像中绘制椭圆形，效果如图 3-81 所示，“图层”控制面板中的效果如图 3-82 所示。

图 3-80

图 3-81

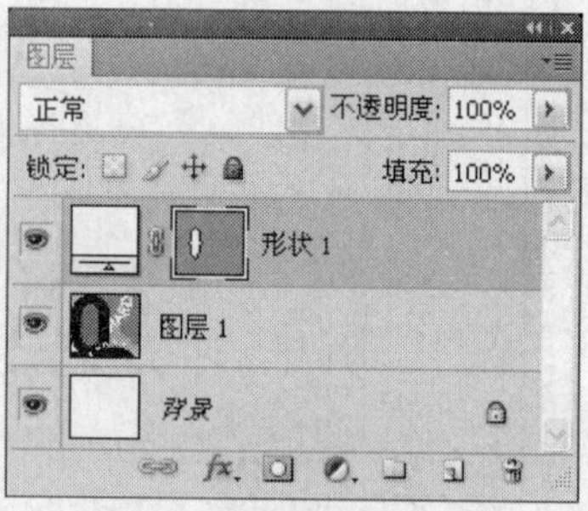

图 3-82

3.4.4　多边形工具

多边形工具用于绘制正多边形。选择“多边形”工具，或反复按 Shift+U 组合键，其属性栏如图 3-83 所示。其属性栏中的内容与矩形工具属性栏的选项内容类似，只增加了“边”选项，用于设定多边形的边数。

图 3-83

原始图像效果如图 3-84 所示。单击属性栏选项右侧的按钮，在弹出的面板中进行设置，如图 3-85 所示，在图像中绘制多边形，效果如图 3-86 所示，“图层”控制面板中的效果如图 3-87 所示。

图 3-84

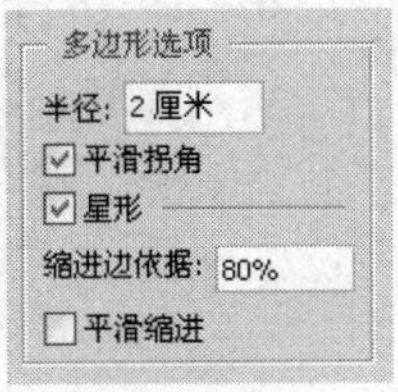

图 3-85

图 3-86

图 3-87

3.4.5　自定形状工具

自定形状工具用于绘制自定义的图形。选择“自定形状”工具，或反复按 Shift+U 组合键，其属性栏如图 3-88 所示。其属性栏中的内容与矩形工具属性栏的选项内容类似，只增加了“形状”选项，用于选择所需的形状。

单击“形状”选项右侧的按钮，弹出如图 3-89 所示的形状面板，面板中存储了可供选择的各种不规则形状。

图 3-88

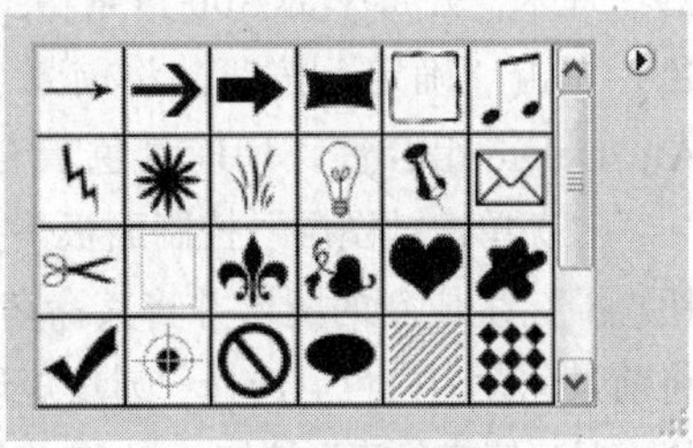

图 3-89

原始图像效果如图 3-90 所示。在图像中绘制不同的形状图形，效果如图 3-91 所示，“图层”控制面板中的效果如图 3-92 所示。

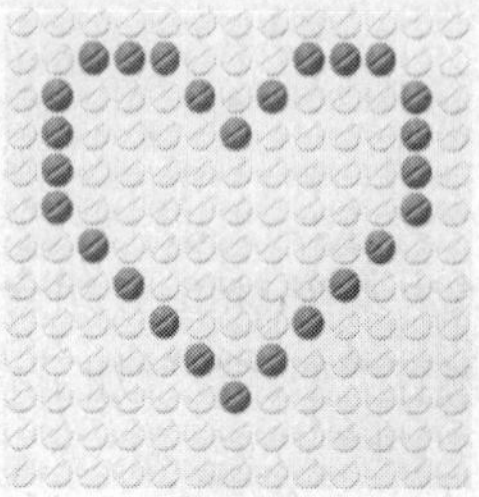

图 3-90

图 3-91

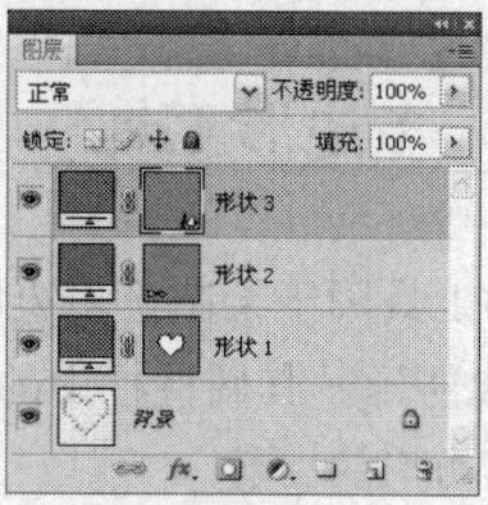

图 3-92

可以使用定义自定形状命令来制作并定义形状。使用“钢笔”工具在图像窗口中绘制路径并填充路径，如图 3-93 所示。

选择“编辑 > 定义自定形状”命令，弹出“形状名称”对话框，在“名称”选项的文本框中输入自定形状的名称，如图 3-94 所示，单击“确定”按钮，在“形状”选项的面板中将会显示刚才定义好的形状，如图 3-95 所示。

图 3-93

图 3-94

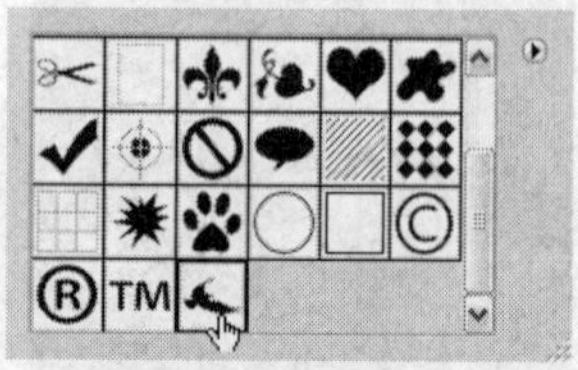

图 3-95

3.4.6 课堂案例——制作时尚音乐海报

【案例学习目标】学习使用圆角矩形工具和自定形状工具绘制装饰底图。

【案例知识要点】使用圆角矩形工具绘制柱形，使用自定形状工具绘制装饰图形，使用添加图层样式命令制作图形的立体效果。时尚音乐海报效果如图 3-96 所示。

图 3-96

【效果所在位置】光盘/Ch03/效果/制作时尚音乐海报.psd。

1. 制作背景效果

（1）按 Ctrl+N 组合键，新建一个文件：宽度为 21 厘米，高度为 29.7 厘米，分辨率为 300 像素/英寸，颜色模式为 RGB，背景内容为白色，单击“确定”按钮。将前景色设为橘黄色（其 R、G、B 值分别为 255、153、1）。按 Alt+Delete 组合键，用前景色填充背景图层，如图 3-97 所示。

（2）单击“图层”控制面板下方的“创建新图层”按钮，生成新的图层并将其命名为“多个圆角矩形”。将前景色设为白色。选择“圆角矩形”工具，选中属性栏中的“填充像素”按钮，将“半径”选项设为 150 px，在图像窗口中拖曳鼠标绘制 3 个大小不同的圆角矩形，如图 3-98 所示。

图 3-97

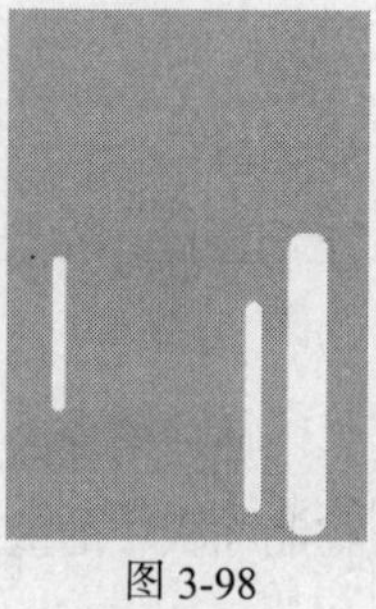

图 3-98

（3）单击“图层”控制面板下方的是“添加图层样式”

按钮 ，在弹出的菜单中选择“投影”命令，在弹出的对话框中进行设置，如图 3-99 所示；选择“内阴影”选项，切换到相应的对话框，选项的设置如图 3-100 所示，单击“确定”按钮，效果如图 3-101 所示。

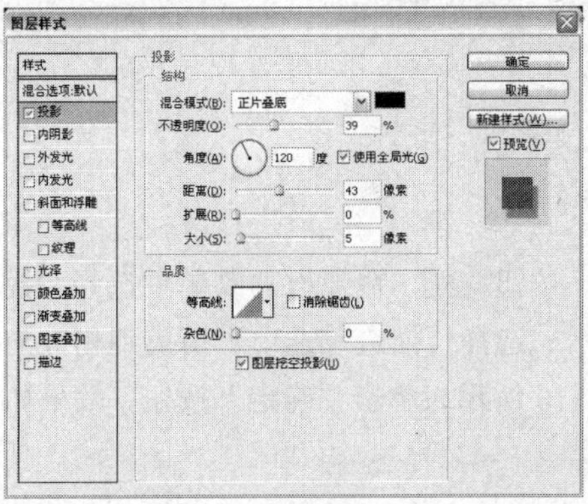

图 3-99

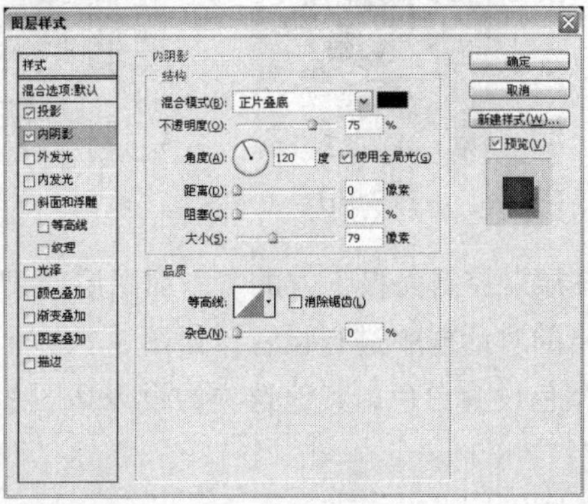

图 3-100

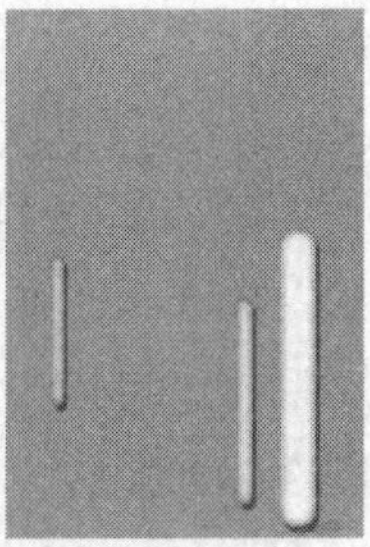

图 3-101

（4）单击“图层”控制面板下方的“创建新图层”按钮 ，生成新的图层并将其命名为“多个圆形”。选择“椭圆选框”工具 ，选中属性栏中的“添加到选区”按钮 ，在图像窗口中拖曳鼠标绘制选区，如图 3-102 所示。填充选区为白色，按 Ctrl+D 组合键，取消选区，效果如图 3-103 所示。

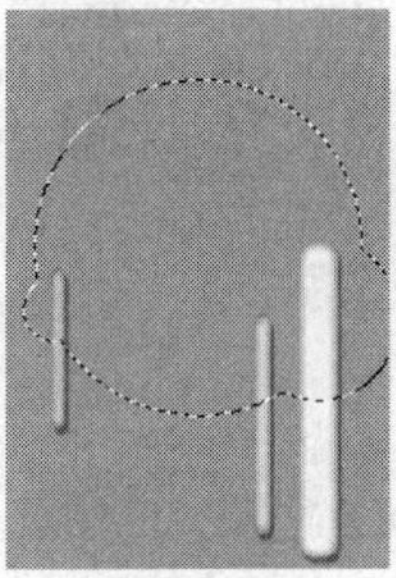

图 3-102

图 3-103

（5）单击“图层”控制面板下方的是“添加图层样式”按钮 ，在弹出的菜单中选择“投影”命令，在弹出的对话框中进行设置，如图 3-104 所示；选择“内阴影”选项，切换到相应的对话框，选项的设置如图 3-105 所示，单击“确定”按钮，效果如图 3-106 所示。

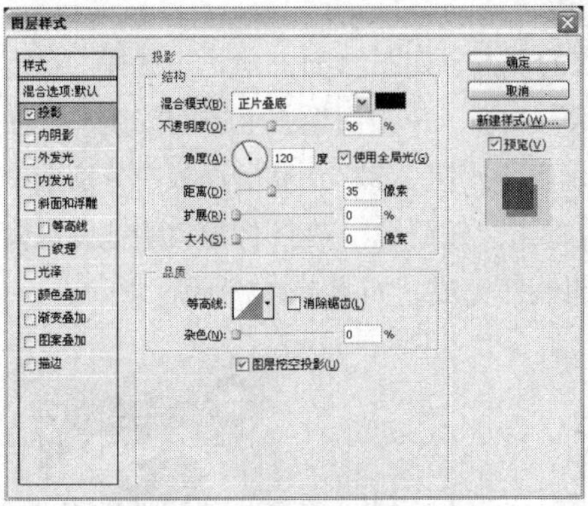

图 3-104

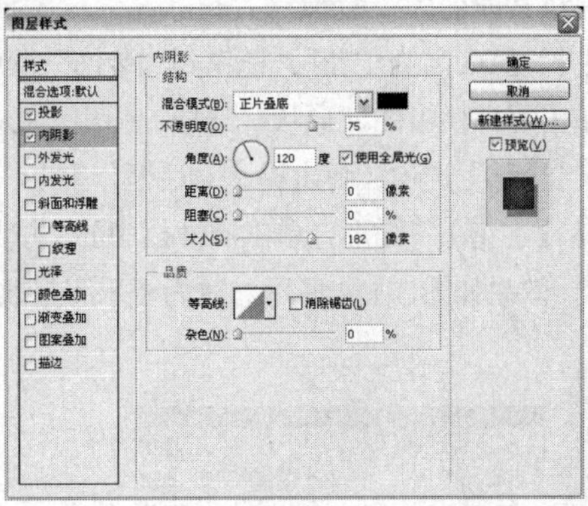

图 3-105

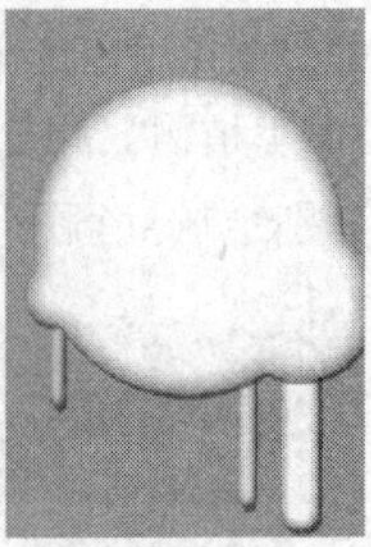

图 3-106

2. 添加并编辑图片

（1）按 Ctrl+O 组合键，打开光盘中的“Ch03 > 素材 > 制作时尚音乐海报 > 01、02”文件，选择“移动”工具 ，分别将图片拖曳到图像窗口中，并调整其位置，效果如图 3-107 所示，在“图层”控制面板中分别生成新的图层并将其重命名，如图 3-108 所示。

图 3-107

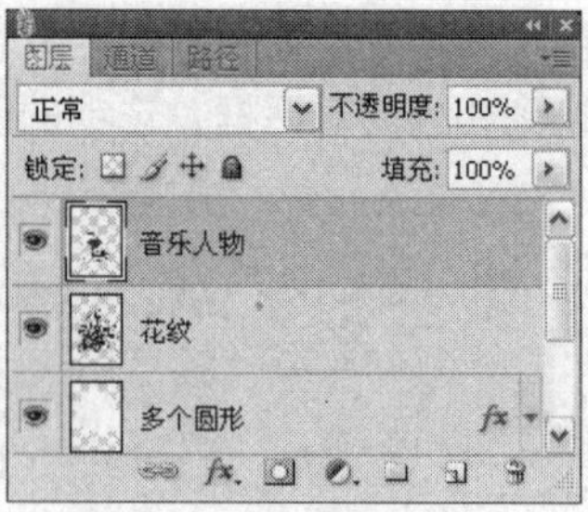

图 3-108

（2）单击“图层”控制面板下方的“添加图层样式”按钮 ，在弹出的菜单中选择“投影”命令，在弹出的对话框中进行设置，如图 3-109 所示；选择“描边”选项，切换到相应的对话框，将描边颜色设为白色，其他选项的设置如图 3-110 所示，单击“确定”按钮，效果如图 3-111 所示。

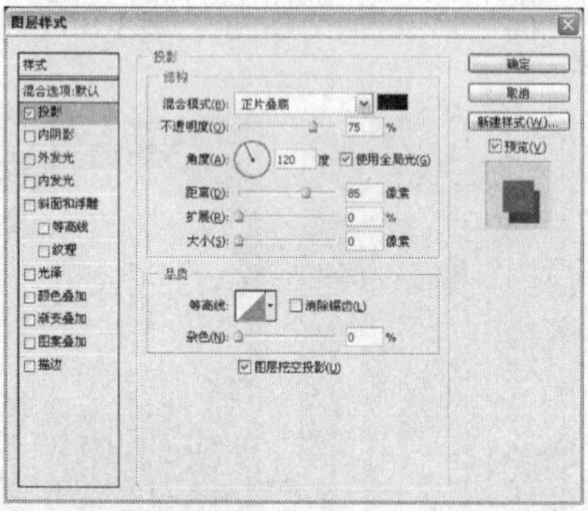

图 3-109

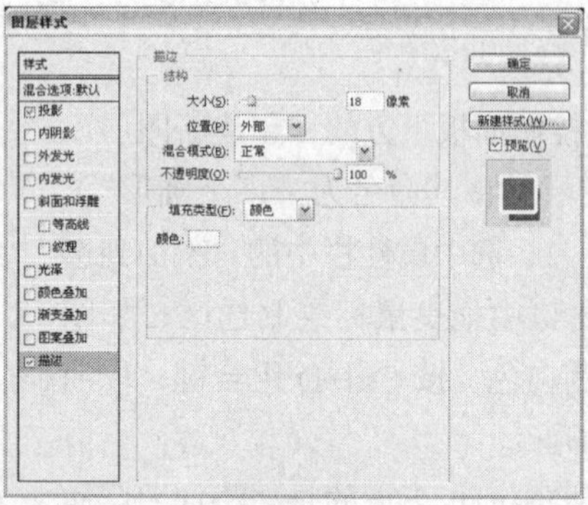

图 3-110

图 3-111

（3）按 Ctrl+O 组合键，打开光盘中的“Ch03 > 素材 > 制作时尚音乐海报 > 03”文件，选择“移动”工具 ，将图片拖曳到图像窗口的适当位置，如图 3-112 所示，在“图层”控制面板中生成新的图层并将其命名为“装饰”。

（4）新建图层并将其命名为“花”，拖曳到“装饰”图层的下方，如图 3-113 所示。选择“自定形状”工具 ，单击属性栏中的“形状”选项，弹出“形状”面板，单击面板右上方的按钮 ，在弹出的菜单中选择“全部”选项，弹出提示对话框，单击“确定”按钮。在“形状”面板中分别选中“蕨类植物、常春藤 2、花 6”图形，单击属性栏中的“填充像素”按钮 ，在图像窗口中拖曳鼠标分别绘制 3 个图形，效果如图 3-114 所示。时尚音乐海报效果制作完成，如图 3-115 所示。

图 3-112

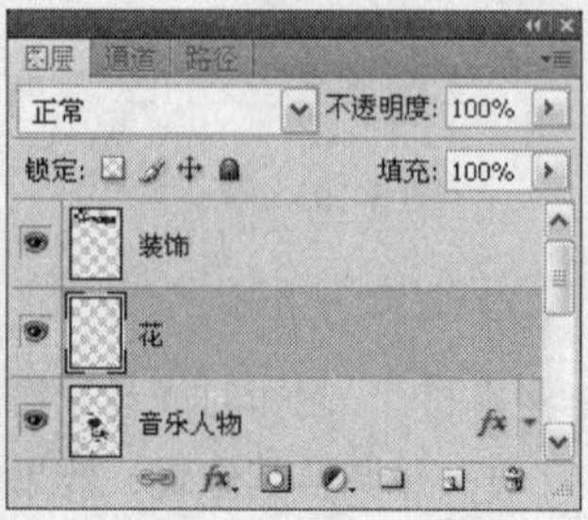

图 3-113

图 3-114

图 3-115

课堂练习——制作个性照片

【练习知识要点】使用矩形选框工具和添加图层样式命令绘制背景底图，使用创建剪贴蒙版命令制作图片的剪贴蒙版效果。个性照片效果如图 3-116 所示。

【效果所在位置】光盘/Ch03/效果/制作个性照片.psd。

图 3-116

课后习题——制作滑板运动插画

【习题知识要点】使用渐变工具制作背景，使用去色命令和色阶命令改变人物图片的颜色，使用扩展命令制作人物的投影效果，使用自定形状工具绘制装饰箭头，使用钢笔工具和画笔工具制作描边文字。滑板运动插画效果如图 3-117 所示。

【效果所在位置】光盘/Ch03/效果/滑板运动插画.psd。

图 3-117

第4章

调整图像的色彩与色调

本章主要介绍了调整图像的色彩与色调的方法和技巧。通过本章的学习，可以根据不同的需要应用多种调整命令对图像的色彩或色调进行细微的调整，还可以对图像进行特殊颜色的处理。

课堂学习目标

- 掌握调整图像颜色的方法和技巧
- 运用命令对图像进行特殊颜色处理

4.1 调整图像颜色

应用亮度/对比度、变化、色阶、曲线、色相/饱和度等命令可以调整图像的颜色。

4.1.1 亮度/对比度

亮度/对比度命令可以调节图像的亮度和对比度。原始图像效果如图 4-1 所示，选择“图像 > 调整 > 亮度/对比度”命令，弹出“亮度/对比度”对话框，如图 4-2 所示。在对话框中，可以通过拖曳亮度和对比度滑块来调整图像的亮度或对比度，单击“确定”按钮，调整后的图像效果如图 4-3 所示。“亮度/对比度”命令调整的是整个图像的色彩。

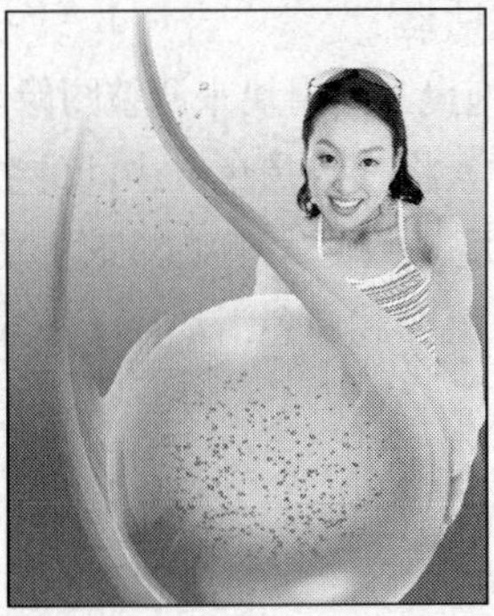
图 4-1

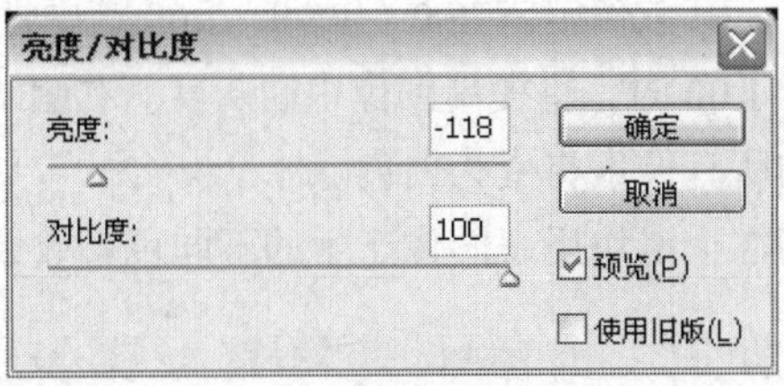

图 4-2

图 4-3

4.1.2 变化

变化命令用于调整图像的色彩。选择“图像 > 调整 > 变化”命令，弹出“变化”对话框，如图 4-4 所示。

在对话框中，上方中间的 4 个选项，可以控制图像色彩的改变范围；下方的滑块用于设置调整的等级；左上方的两幅图像显示的是图像的原始效果和调整后的效果；左下方区域是 7 幅小图像，可以选择增加不同的颜色效果，调整图像的亮度、饱和度等色彩值。右侧区域是 3 幅小图像，用于调整图像的亮度。勾选“显示修剪”复选框，在图像色彩调整超出色彩空间时显示超色域。

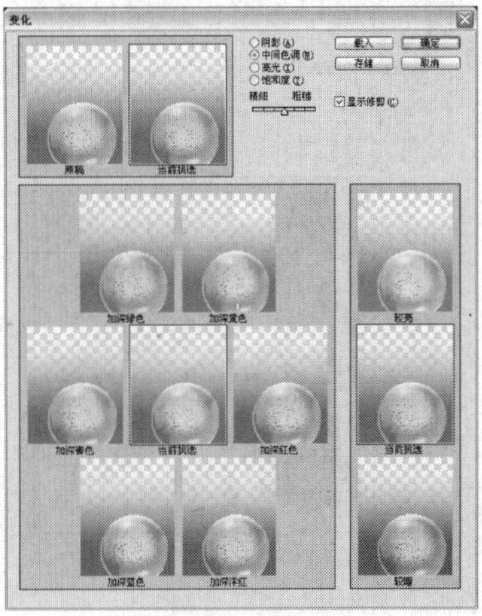

图 4-4

4.1.3 色阶

色阶命令用于调整图像的对比度、饱和度及灰度。打开一幅图像，如图 4-5 所示，选择“色阶”命令，或按 Ctrl+L 组合键，弹出“色阶”对话框，如图 4-6 所示。

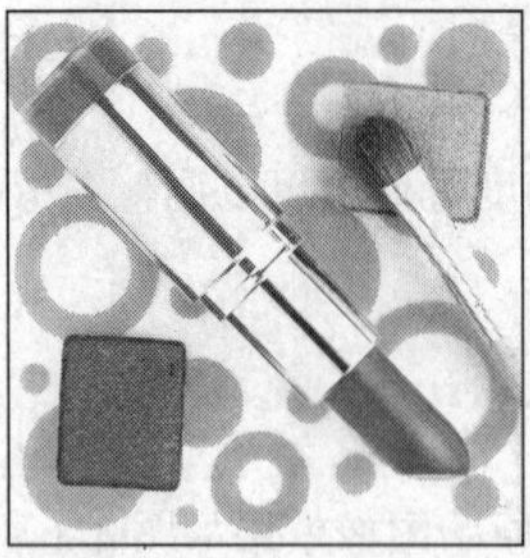

图 4-5

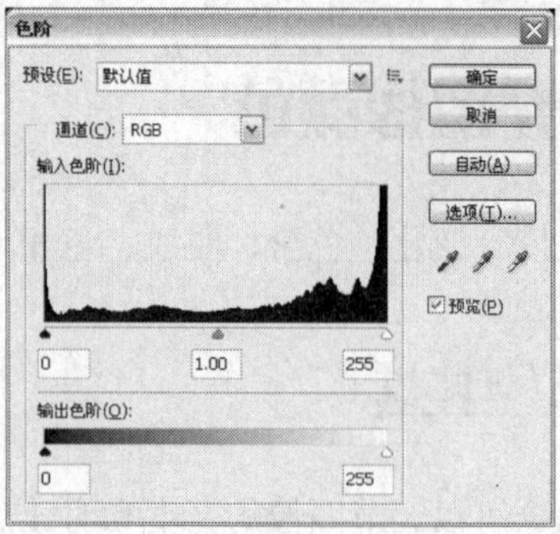

图 4-6

对话框中间是一个直方图，其横坐标为 0~255，表示亮度值，纵坐标为图像的像素数。

通道：可以从其下拉列表中选择不同的颜色通道来调整图像，如果想选择两个以上的色彩通道，要先在“通道”控制面板中选择所需要的通道，再调出“色阶”对话框。

输入色阶：控制图像选定区域的最暗和最亮色彩，通过输入数值或拖曳三角滑块来调整图像。左侧的数值框和黑色滑块用于调整黑色，图像中低于该亮度值的所有像素将变为黑色。中间的数值框和灰色滑块用于调整灰度，其数值范围在 0.1~9.99，1.00 为中性灰度。数值大于 1.00 时，将降低图像中间灰度；数值小于 1.00 时，将提高图像中间灰度。右侧的数值框和白色滑块用于调整白色，图像中高于该亮度值的所有像素将变为白色。

调整“输入色阶”选项的 3 个滑块后，图像产生的不同色彩效果，如图 4-7 所示。

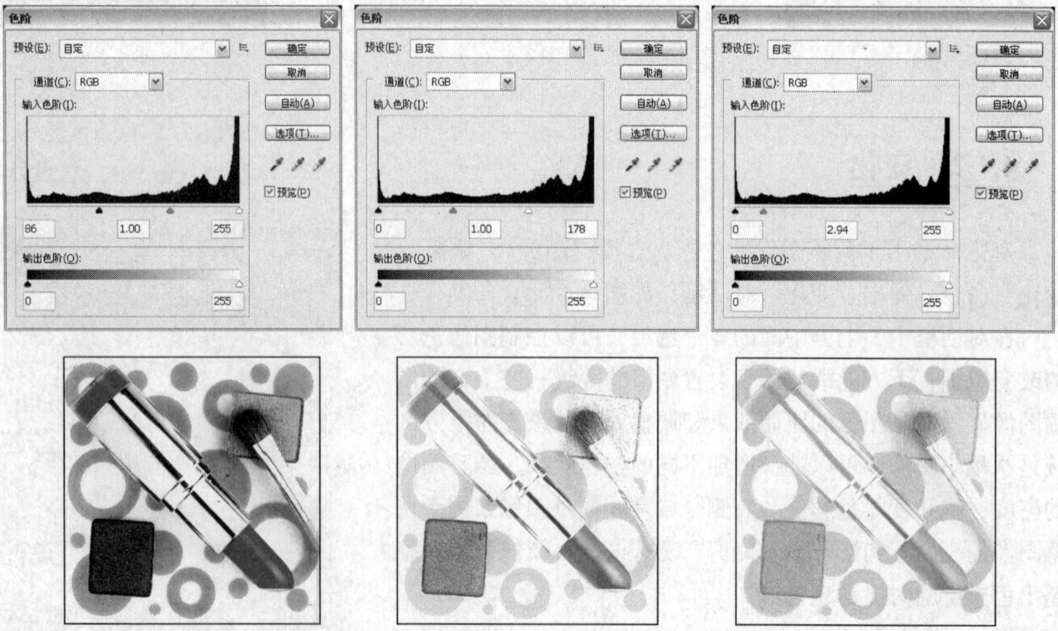

图 4-7

输出色阶：可以通过输入数值或拖曳三角滑块来控制图像的亮度范围。左侧数值框和黑色滑块用于调整图像的最暗像素的亮度；右侧数值框和白色滑块用于调整图像的最亮像素的亮度。输出色阶的调整将增加图像的灰度，降低图像的对比度。

调整“输出色阶”选项的 2 个滑块后，图像产生的不同色彩效果，如图 4-8 所示。

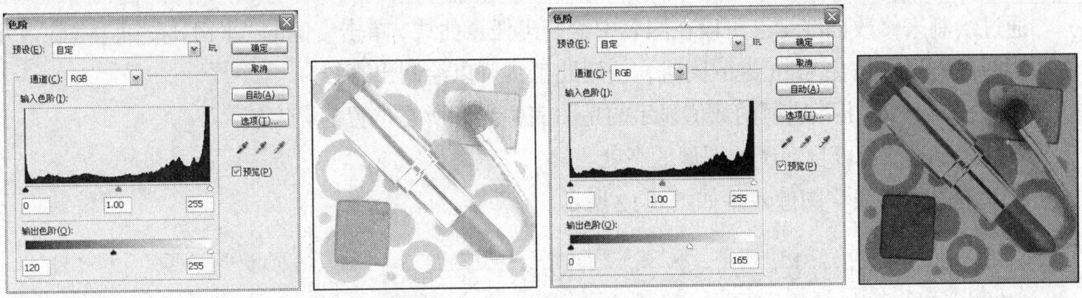

图 4-8

自动：可自动调整图像并设置层次。

选项：单击此按钮，弹出“自动颜色校正选项”对话框，系统将以 0.10%来对图像进行加亮和变暗。

取消：按住 Alt 键，“取消”按钮转换为“复位”按钮，单击此按钮可以将刚调整过的色阶复位还原，然后重新进行设置。

：分别为黑色吸管工具、灰色吸管工具和白色吸管工具。选中黑色吸管工具，用鼠标在图像中单击，图像中暗于单击点的所有像素都会变为黑色；用灰色吸管工具在图像中单击，单击点的像素都会变为灰色，图像中的其他颜色也会相应地调整；用白色吸管工具在图像中单击，图像中亮于单击点的所有像素都会变为白色。双击任意吸管工具，在弹出的颜色选择对话框中设置吸管颜色。

预览：勾选此复选框，可以即时显示图像的调整结果。

4.1.4　曲线

曲线命令可以通过调整图像色彩曲线上的任意一个像素点来改变图像的色彩范围。打开一幅图像，选择“曲线”命令，或按 Ctrl+M 组合键，弹出“曲线”对话框，如图 4-9 所示。在图像中单击并按住鼠标不放，如图 4-10 所示，“曲线”对话框中的调解曲线上显示出一个小圆圈，它表示图像中单击处的像素数值，效果如图 4-11 所示。

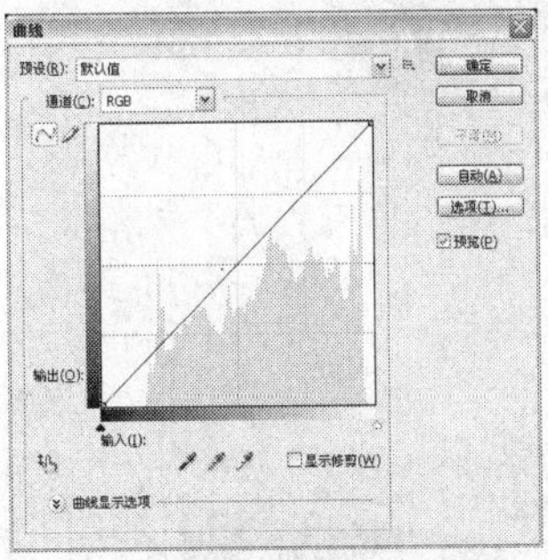

图 4-9

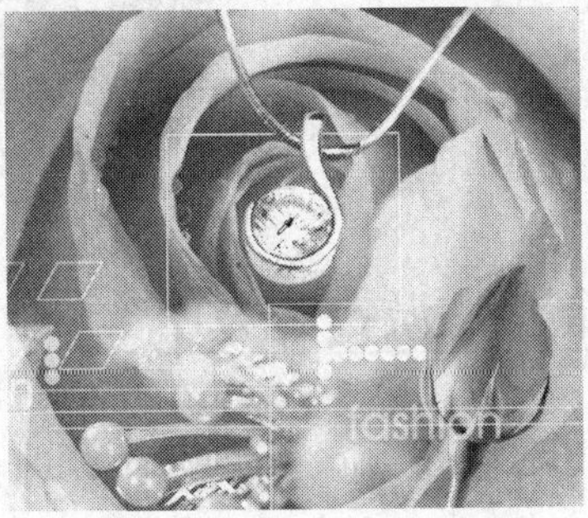

图 4-10

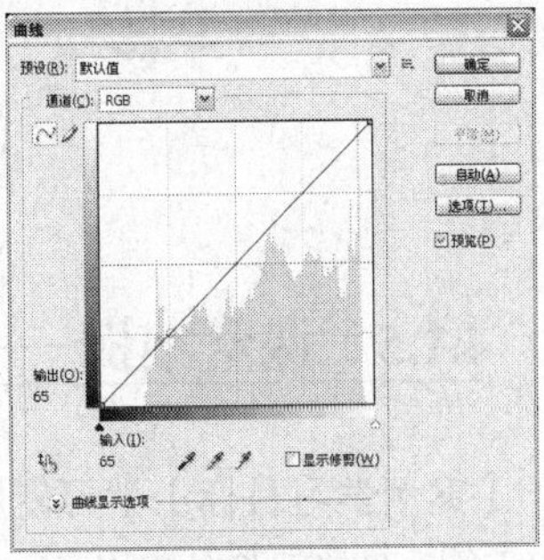

图 4-11

通道：用于选择调整图像的颜色通道。

在图表中的 X 轴为色彩的输入值，Y 轴为色彩的输出值。曲线代表了输入和输出色阶的关系。

编辑点以修改曲线：在默认状态下使用此工具，在图表曲线上单击，可以增加控制点，拖曳控制点可以改变曲线的形状，拖曳控制点到图表外可以将删除控制点。

通过绘制来修改曲线：可以在图表中绘制出任意曲线，单击右侧的“平滑”按钮 平滑(M) 可使曲线变得光滑。按住 Shift 键的同时，使用此工具可以绘制出直线。

“输入”和“输出”选项的数值显示的是图表中光标所在位置的亮度值。

自动 自动(A) ：可自动调整图像的亮度。

设置不同的曲线，图像效果如图 4-12 所示。

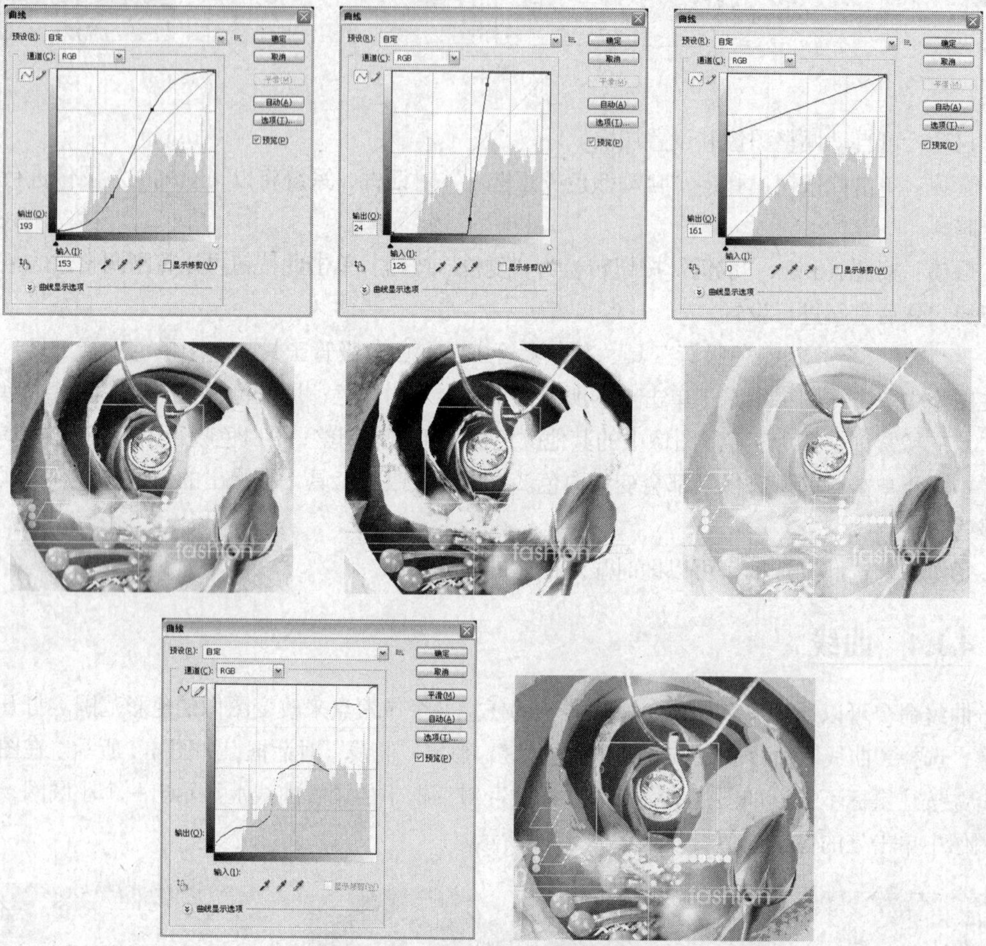

图 4-12

4.1.5 课堂案例——制作旅游宣传卡片

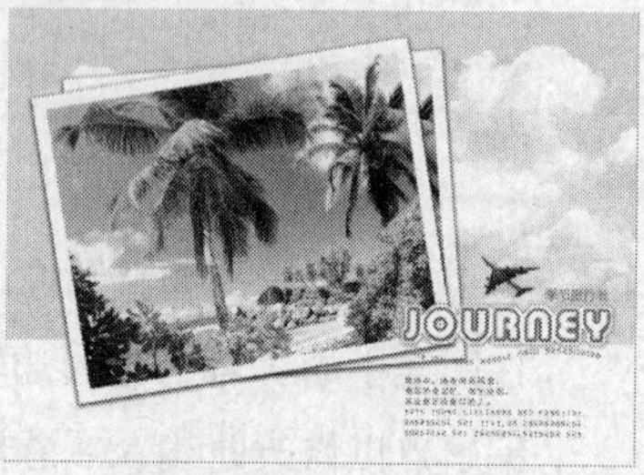

图 4-13

【案例学习目标】学习使用亮度/对比度命令、色阶命令和曲线命令调整图像的颜色。

【案例知识要点】使用亮度/对比度命令、色阶命令和曲线命令调整图片的颜色。旅游宣传卡片效果如图 4-13 所示。

【效果所在位置】光盘/Ch04/效果/制作旅游宣传卡片.psd。

1. 添加图片并调整颜色

（1）按 Ctrl+O 组合键，打开光盘中的“Ch04 > 素材 > 制

作旅游宣传卡片 > 01”文件，如图 4-14 所示。

（2）按 Ctrl+O 组合键，打开光盘中的“Ch04 > 素材 > 制作旅游宣传卡片 > 02”文件，选择“移动”工具，将图片拖曳到图像窗口的适当位置，效果如图 4-15 所示，在“图层”控制面板中生成新的图层并将其命名为“风景”。

图 4-14

图 4-15

（3）选择“图像 > 调整 > 亮度/对比度”命令，在弹出的对话框中进行设置，如图 4-16 所示，单击“确定”按钮，效果如图 4-17 所示。

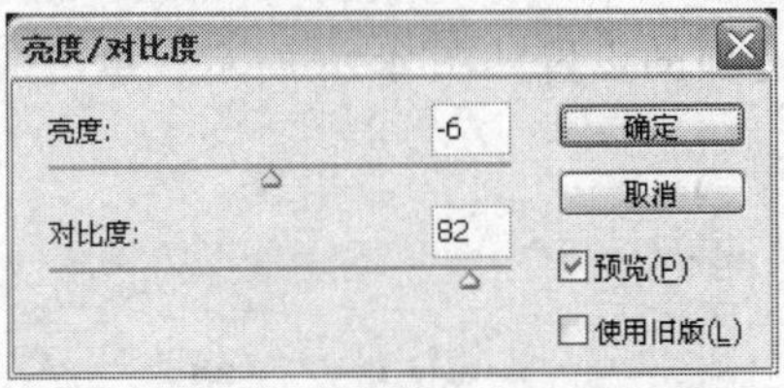

图 4-16

图 4-17

（4）选择“图像 > 调整 > 色阶”命令，在弹出的对话框中进行设置，如图 4-18 所示，单击“确定”按钮，效果如图 4-19 所示。

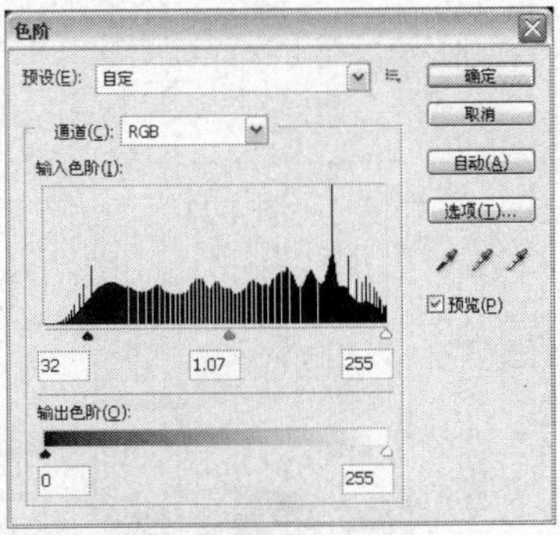

图 4-18

图 4-19

（5）选择“图像 > 调整 > 曲线”命令，弹出“曲线”对话框，在曲线上单击鼠标左键，添加控制点，将“输入”选项设为 120，“输出”选项设为 126；再次单击鼠标左键添加控制点，将“输入”选项设为 153，“输出”选项设为 176，如图 4-20 所示，单击“确定”按钮，效果如图 4-21 所示。

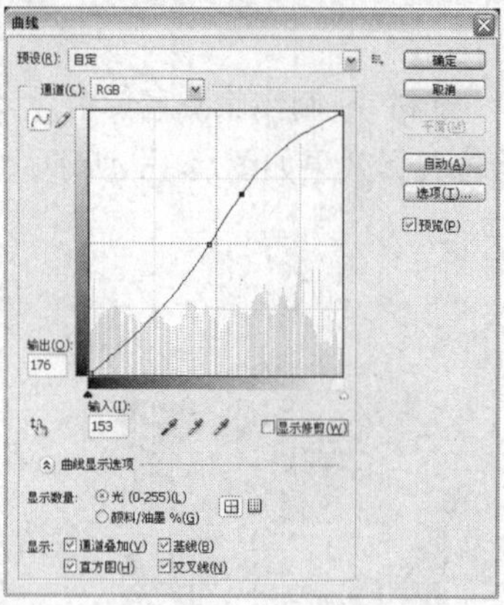

图 4-20

图 4-21

2. 编辑图片

（1）按 Ctrl+T 组合键，在图像周围出现变换框，将鼠标光标放在变换框的控制手柄外边，光标变为旋转图标↰，拖曳鼠标将图像旋转到适当的角度，按 Enter 键确定操作，效果如图 4-22 所示。

（2）单击“图层”控制面板下方的“添加图层样式”按钮 fx，在弹出的菜单中选择“投影”命令，并在弹出的对话框中进行设置，如图 4-23 所示；选择“描边”选项，切换到相应的对话框中，将描边颜色设为白色，其他选项的设置如图 4-24 所示，单击“确定”按钮，效果如图 4-25 所示。

图 4-22

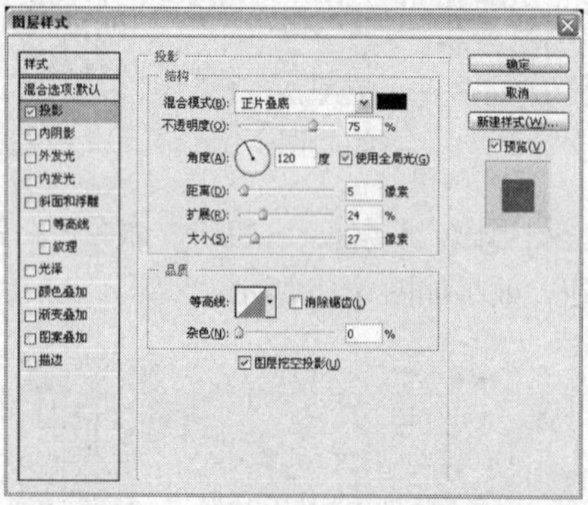

图 4-23

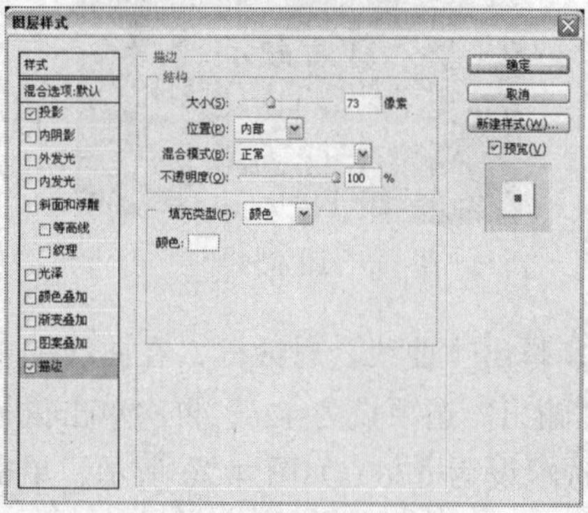

图 4-24

图 4-25

（3）将“风景”图层拖曳到控制面板下方的“创建新图层”按钮上进行复制，生成新的图层“风景 副本”，如图 4-26 所示。将复制的图像旋转至适当的角度，效果如图 4-27 所示。

（4）按 Ctrl+O 组合键，打开光盘中的“Ch04 > 素材 > 制作旅游宣传卡片 > 03”文件，选择“移动”工具，将文字拖曳到适当的位置，效果如图 4-28 所示，在“图层”控制面板中生成新的图层并将其命名为“文字”。旅游宣传卡片效果制作完成。

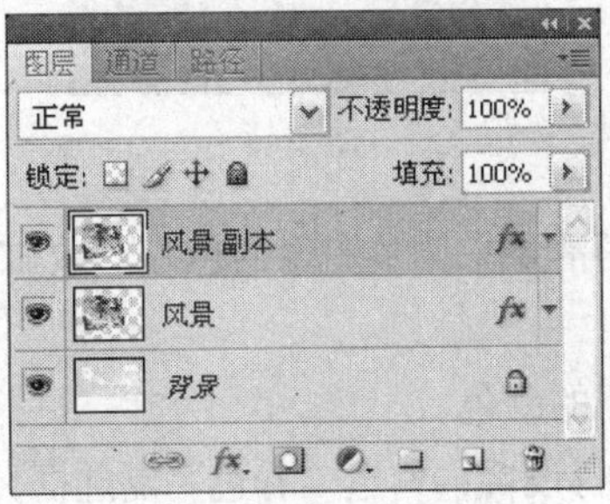

图 4-26

图 4-27

图 4-28

4.1.6　曝光度

原始图像效果如图 4-29 所示，选择“图像 > 调整 > 曝光度”命令，弹出“曝光度”对话框。在对话框中进行设置，如图 4-30 所示，单击“确定”按钮，即可调整图像的曝光度，如图 4-31 所示。

图 4-29

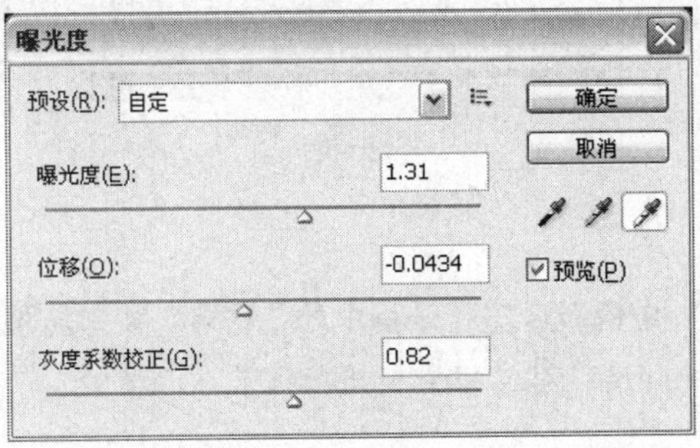

图 4-30

图 4-31

曝光度：调整色彩范围的高光端，对极限阴影的影响很轻微。

位移：使阴影和中间调变暗，对高光的影响很轻微。

灰度系数校正：使用乘方函数调整图像灰度系数。

4.1.7　色相/饱和度

通过色相/饱和度命令可以调节图像的色相和饱和度。原始图像效果如图 4-32 所示，选择“图像 > 调整 > 色相/饱和度”命令，或按 Ctrl+U 组合键，弹出“色相/饱和度”对话框。在对话框中进行设置，如图 4-33 所示，单击“确定”按钮效果如图 4-34 所示。

图 4-32

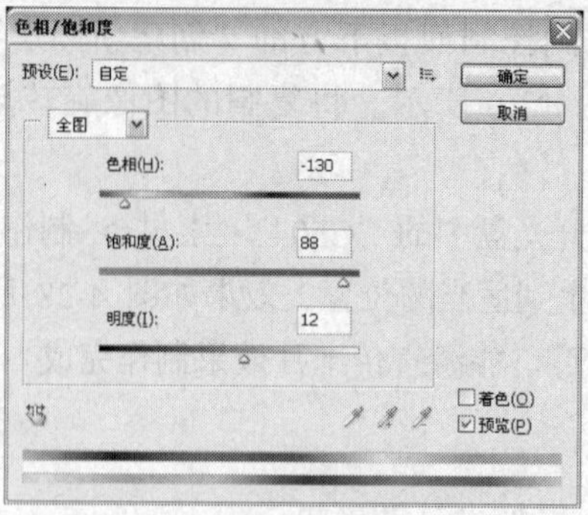

图 4-33

图 4-34

编辑：用于选择要调整的色彩范围，可以通过拖曳各选项中的滑块来调整图像的色彩、饱和度和亮度。

着色：用于在由灰度模式转化而来的色彩模式图像中填加需要的颜色。

原始图像效果如图 4-35 所示，在“色相/饱和度”对话框中进行设置，勾选“着色”复选框，如图 4-36 所示，单击“确定”按钮后图像效果如图 4-37 所示。

图 4-35

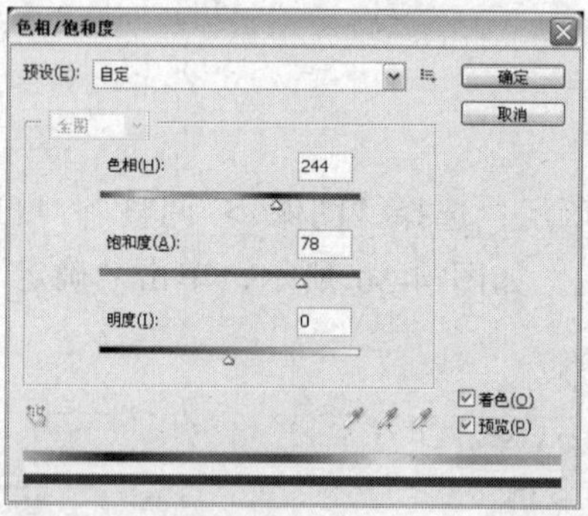

图 4-36

图 4-37

技巧

按住 Alt 键，“色相/饱和度”对话框中的“取消”按钮转换为“复位”按钮，单击“复位”按钮，可以对“色相/饱和度”对话框重新进行设置。

4.1.8 色彩平衡

色彩平衡命令用于调节图像的色彩平衡度。选择“图像 > 调整 > 色彩平衡”命令，或按 Ctrl+B 组合键，弹出“色彩平衡”对话框，如图 4-38 所示。

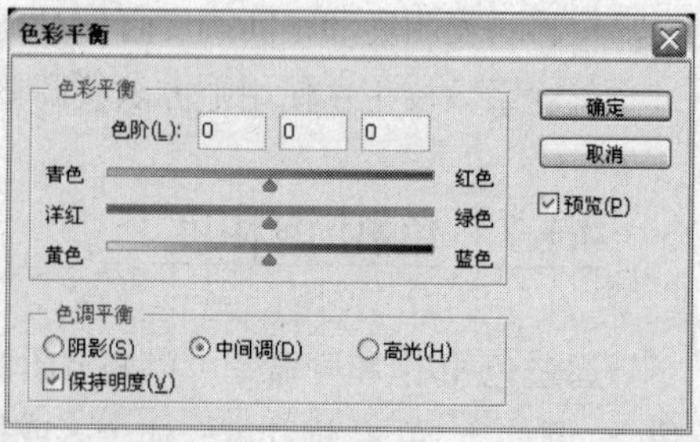

图 4-38

色彩平衡：用于添加过渡色来平衡色彩效果，拖曳滑块可以调整整个图像的色彩，也可以在“色阶”选项的数值框中直接输入数值调整图像的色彩。

色调平衡：用于选取图像的阴影、中间调和高光。

保持亮度：用于保持原图像的亮度。

设置不同的色彩平衡后，图像效果如图 4-39 所示。

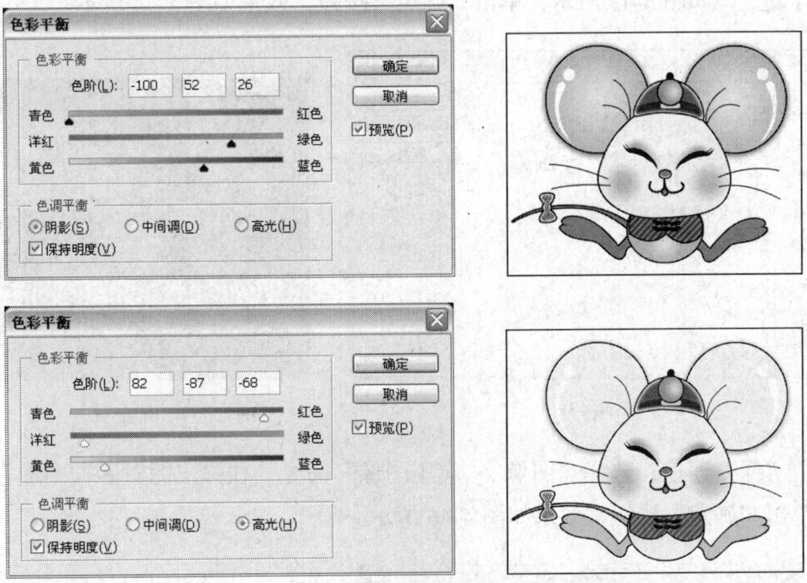

图 4-39

4.1.9　课堂案例——制作一次成像照片

【案例学习目标】学习使用色阶命令调整图片的颜色。

【案例知识要点】使用应用图像命令和色阶命令调整图片的颜色，使用亮度/对比度命令调整图片的亮度，使用画布大小命令调整画布的大小，使用文字工具输入需要的文字。一次成像照片效果如图 4-40 所示。

图 4-40

【效果所在位置】光盘/Ch04/效果/制作一次成像照片.psd。

1. 应用图像调整图片颜色

（1）按 Ctrl+O 组合键，打开光盘中的“Ch04 > 素材 > 制作一次成像照片 > 01”文件，效果如图 4-41 所示。

（2）在“图层”控制面板中，将“背景”图层拖曳到“创建新图层”按钮 上进行复制，生成新的图层“背景 副本”，如图 4-42 所示。

图 4-41

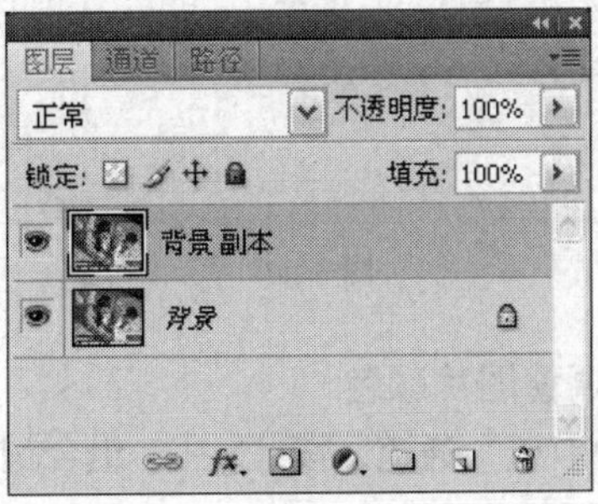

图 4-42

（3）选择“通道”控制面板，选中“蓝”通道，选择“图像 > 应用图像”命令，在弹出的对话框中进行设置，如图 4-43 所示，单击“确定”按钮，效果如图 4-44 所示。

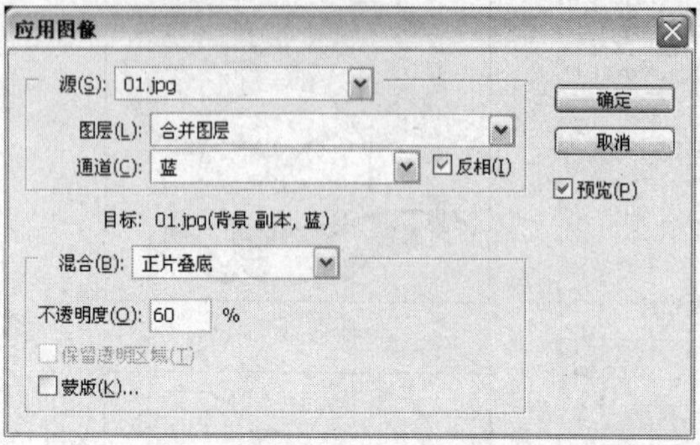

图 4-43

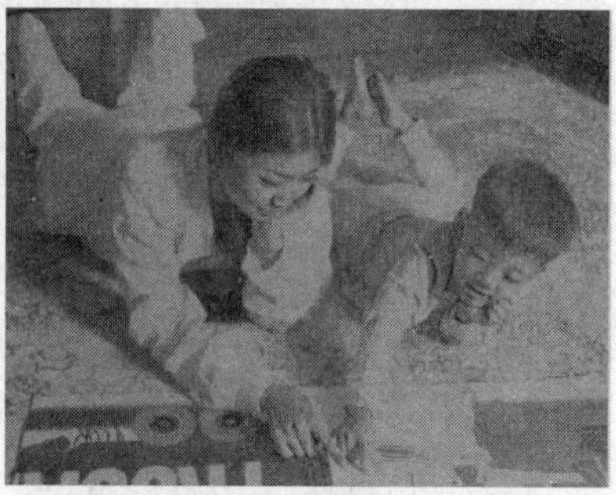

图 4-44

（4）选中“绿”通道，选择“图像 > 应用图像”命令，在弹出的对话框中进行设置，如图 4-45 所示，单击“确定”按钮，效果如图 4-46 所示。

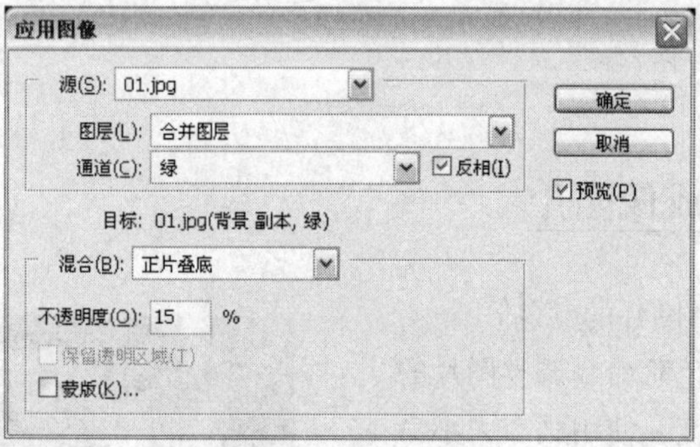

图 4-45

图 4-46

（5）选中“红”通道，选择“图像 > 应用图像”命令，在弹出的对话框中进行设置，如图 4-47 所示，单击“确定”按钮，效果如图 4-48 所示。

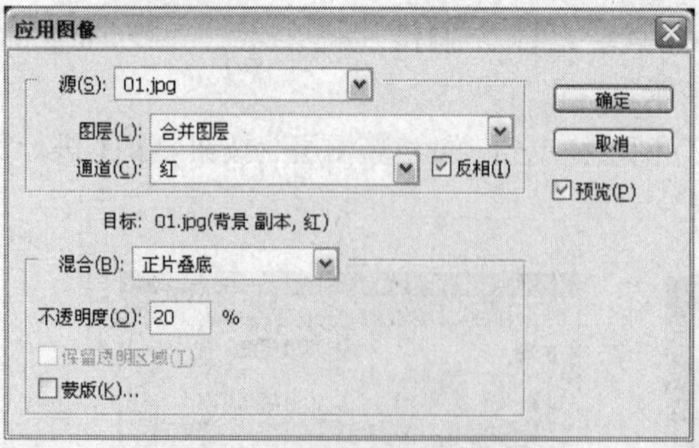

图 4-47

图 4-48

2. 色阶调整图片颜色

（1）选中“蓝”通道，按 Ctrl+L 组合键，在弹出的“色阶”对话框中进行设置，如图 4-49 所示，单击“确定”按钮，效果如图 4-50 所示。

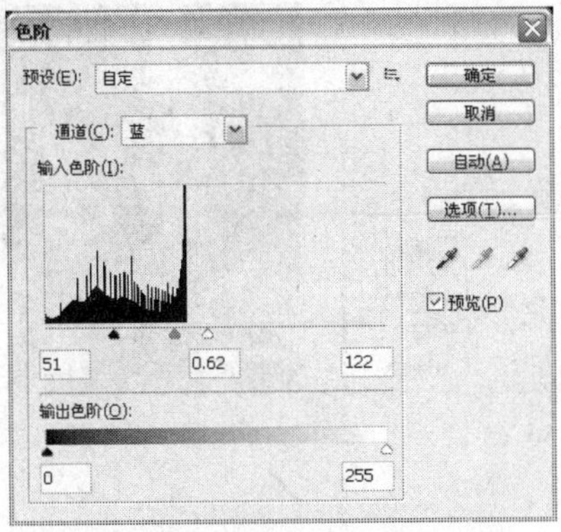

图 4-49

图 4-50

（2）选中“绿”通道，按 Ctrl+L 组合键，在弹出的“色阶”对话框中进行设置，如图 4-51 所示，单击“确定”按钮，效果如图 4-52 所示。

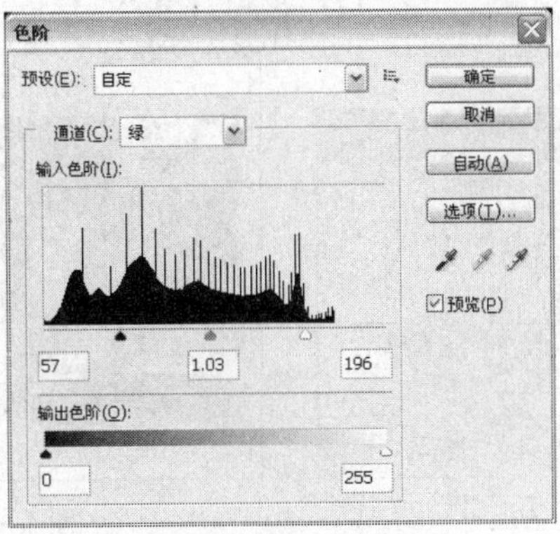

图 4-51

图 4-52

（3）选中“红”通道，按 Ctrl+L 组合键，在弹出的“色阶”对话框中进行设置，如图 4-53 所示，单击“确定”按钮，效果如图 4-54 所示。

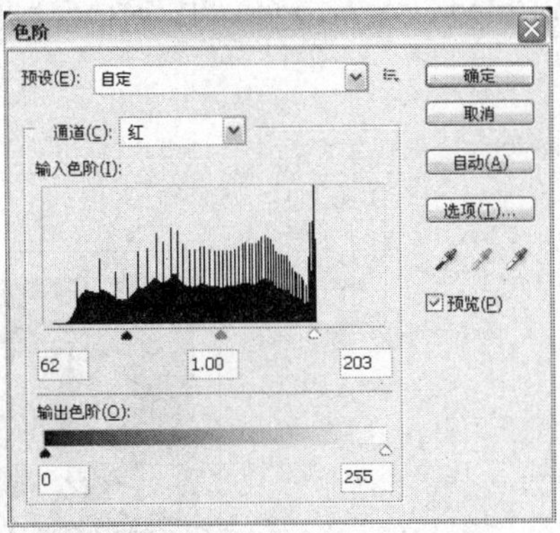

图 4-53

图 4-54

（4）选中“RGB”通道，图像效果如图 4-55 所示。选择“图层”控制面板，选中“背景 副本”图层，选择“图像 > 调整 > 亮度/对比度”命令，在弹出的对话框中进行设置，如图 4-56 所示，单击“确定”按钮，效果如图 4-57 所示。

图 4-55

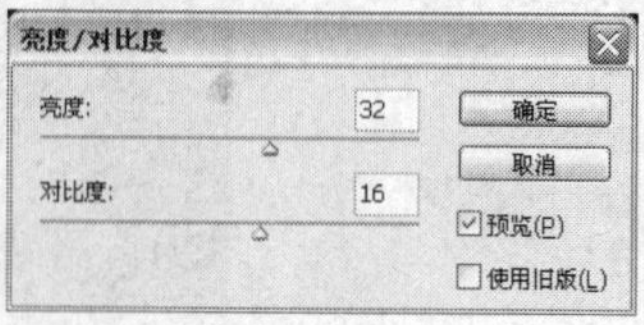

图 4-56

图 4-57

3. 调整画布大小

（1）选中“背景”图层。选择“图像 > 画布大小”命令，在弹出的“画布大小”对话框中进行设置，如图 4-58 所示，单击“确定”按钮。用白色填充背景图层，如图 4-59 所示，效果如图 4-60 所示。

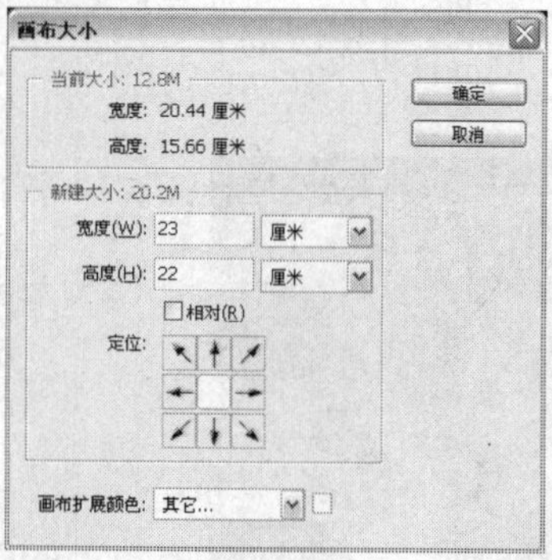

图 4-58

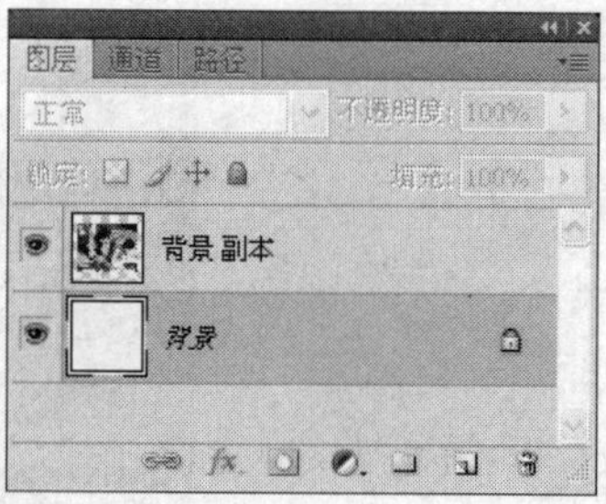

图 4-59

图 4-60

（2）选中“背景 副本”图层，选择“移动”工具，将图片拖曳到适当的位置，效果如图 4-61 所示。

（3）单击“图层”控制面板下方的“添加图层样式”按钮 fx，在弹出的菜单中选择“描边”命令，将描边颜色设为灰色（其 R、G、B 的值分别为 226、226、226），其他选项的设置如图 4-62 所示，单击“确定”按钮，效果如图 4-63 所示。

图 4-61

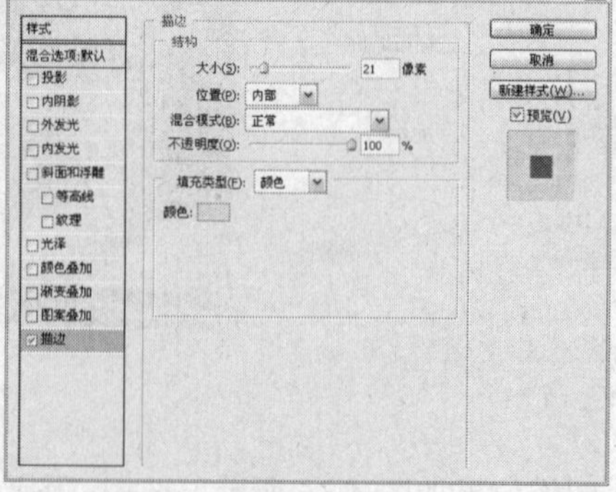

图 4-62

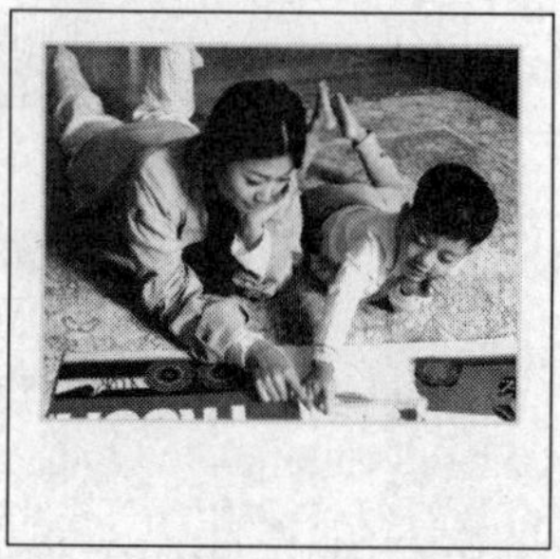

图 4-63

（4）选择“横排文字”工具 T，在属性栏中选择合适的字体并设置文字大小，输入需要的黑色文字，如图 4-64 所示，在“图层”控制面板中生成新的图层。一次成像照片效果制作完成，如图 4-65 所示。

图 4-64

图 4-65

4.2　对图像进行特殊颜色处理

应用去色、反相、阈值、色调分离、渐变映射命令对图像进行特殊颜色处理。

4.2.1　去色

去色命令能够去除图像中的颜色。选择“图像 > 调整 >去色”命令，或按 Shift+Ctrl+U 组合键，可以去掉图像中的色彩，使图像变为灰度图，但图像的色彩模式并不改变。通过“去色”命令可以对图像选区中的图像进行去掉图像色彩的处理。

4.2.2　反相

选择“图像 > 调整 > 反相”命令，或按 Ctrl+I 组合键，可以将图像或选区的像素反转为其补色，使其出现底片效果。不同色彩模式的图像反相后的效果如图 4-66 所示。

原始图像效果

RGB 色彩模式反相后的效果

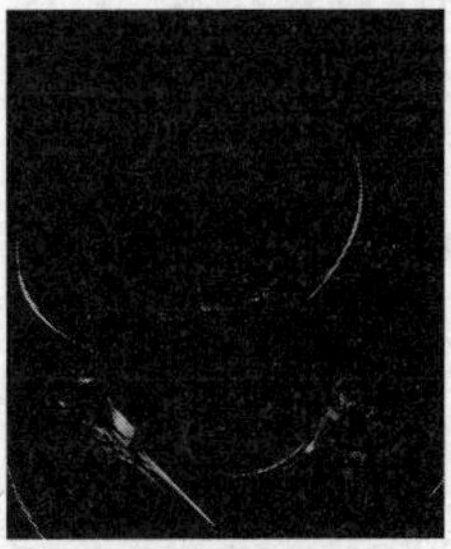

CMYK 色彩模式反相后的效果

图 4-66

提示　反相效果是对图像的每一个色彩通道进行反相后的合成效果，不同色彩模式的图像反相后的效果是不同的。

4.2.3 阈值

阈值命令可以提高图像色调的反差度。原始图像效果如图 4-67 所示，选择“图像 > 调整 > 阈值”命令，弹出“阈值”对话框。在对话框中拖曳滑块或在“阈值色阶”选项的数值框中输入数值，可以改变图像的阈值，系统将大于阈值的像素变为白色，小于阈值的像素变为黑色，使图像具有高度反差，如图 4-68 所示，单击“确定”按钮，图像效果如图 4-69 所示。

图 4-67

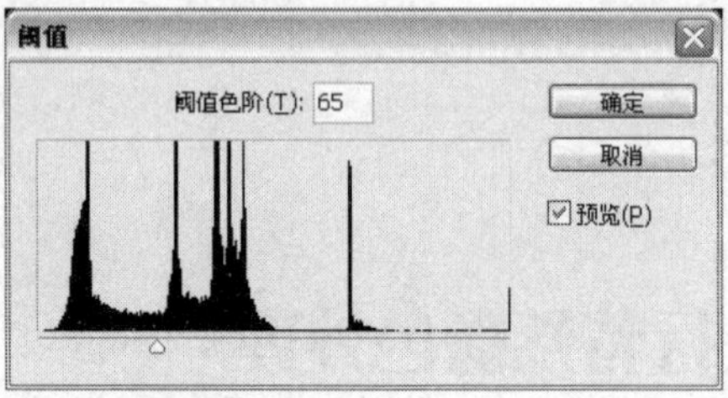

图 4-68

图 4-69

4.2.4 课堂案例——调整照片为单色

【案例学习目标】学习使用去色命令和曲线命令制作照片的单色效果。

【案例知识要点】使用矩形工具、添加图层样式命令制作矩形效果，使用去色命令调整图片的颜色，使用亮度/对比度命令调整图片的亮度，使用曲线命令制作图片的单色照片效果。调整照片为单色效果如图 4-70 所示。

【效果所在位置】光盘/Ch04/效果/调整照片为单色.psd。

图 4-70

1. 制作背景效果

（1）按 Ctrl+O 组合键，打开光盘中的“Ch04 > 素材 > 调整照片为单色 > 01”文件，效果如图 4-71 所示。

（2）将前景色设为白色，新建图层并将其命名为“矩形”。选择“矩形”工具 ，选中属性栏中的“填充像素”按钮 ，在图像窗口中绘制一个矩形，如图 4-72 所示。

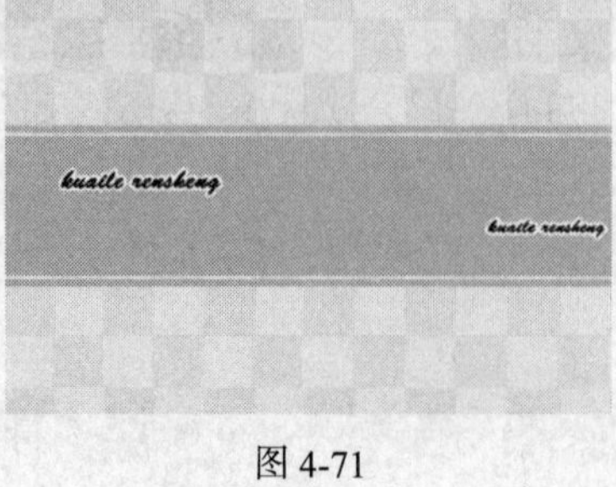

图 4-71

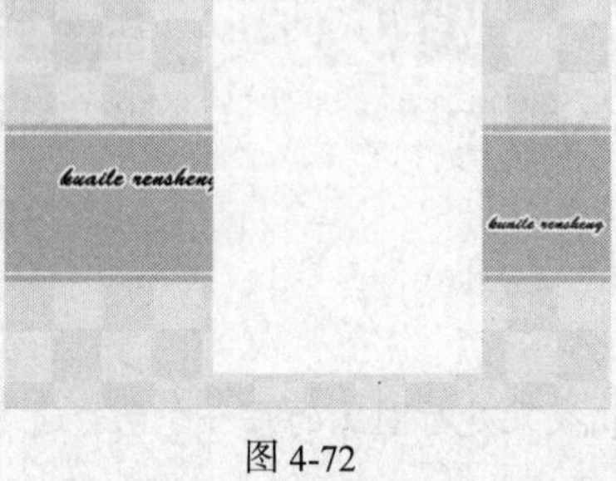
图 4-72

（3）按 Ctrl+T 组合键，在图像周围出现变换框，将鼠标光标放在变换框的控制手柄外边，光标将变为旋转图标，拖曳鼠标将图像到适当的角度，按 Enter 键确定操作，效果如图 4-73 所示。

（4）单击“图层”控制面板下方的“添加图层样式”按钮 fx，在弹出的菜单中选择“投影”命令，并在弹出的对话框中进行设置，如图 4-74 所示；选择“内阴影”选项，弹出相应的对话框，选项的设置如图 4-75 所示；选择“描边”选项，弹出相应的对话框，将描边颜色设为白色，其他选项的设置如图 4-76 所示，单击“确定”按钮，效果如图 4-77 所示。

图 4-73

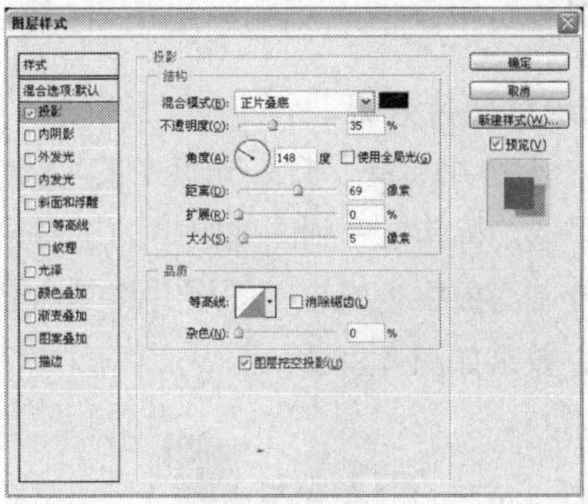

图 4-74

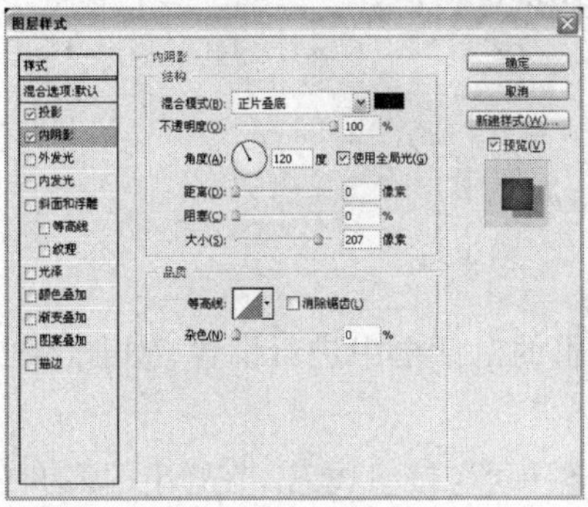

图 4-75

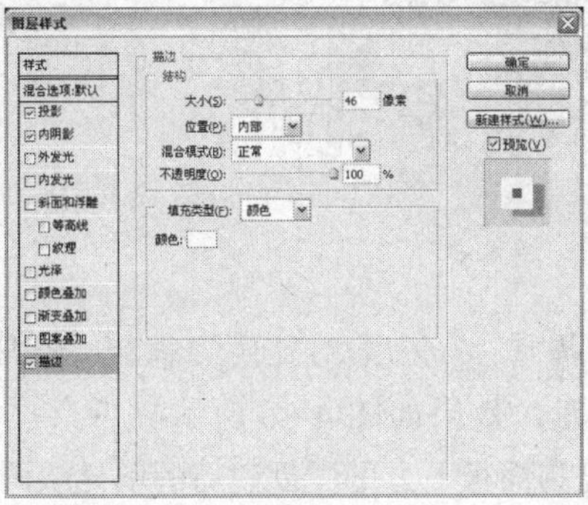

图 4-76

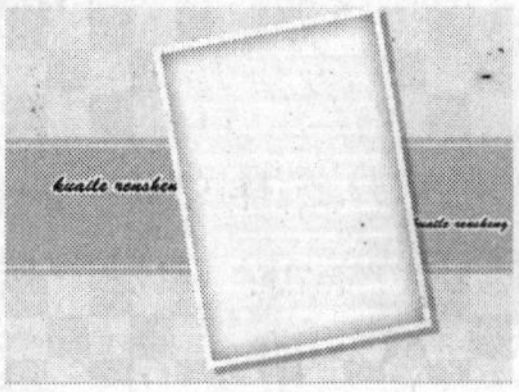

图 4-77

（5）将“矩形”图层拖曳到控制面板下方的“创建新图层”按钮上进行复制，生成新的图层“矩形 副本”，如图 4-78 所示。将复制出的图形旋转到适当的角度，并调整图形的大小，效果如图 4-79 所示。

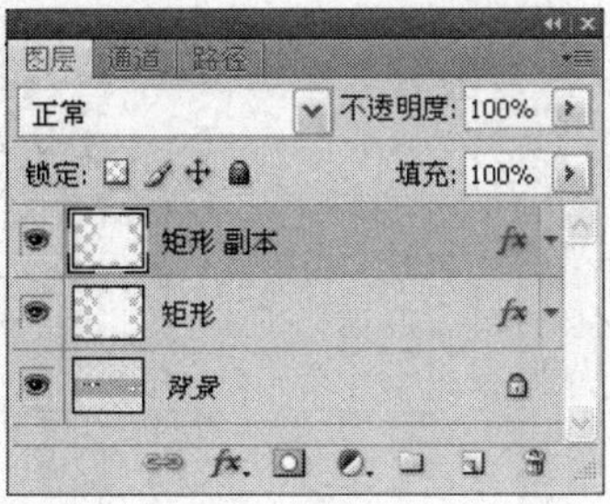

图 4-78

图 4-79

（6）将“矩形 副本”图层拖曳到“矩形”图层的下方，如图 4-80 所示，效果如图 4-81 所示。用相同方法复制另外一个矩形，并调整图形的大小及角度，效果如图 4-82 所示。

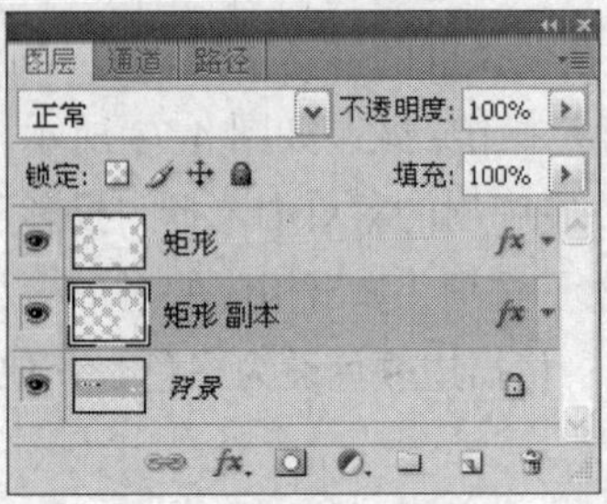

图 4-80

图 4-81

图 4-82

2. 制作单色照片效果

（1）按 Ctrl+O 组合键，打开光盘中的“Ch04 > 素材 > 调整照片为单色 > 02”文件，选择“移动”工具，将其拖曳到图像窗口的适当位置，并调整其大小及角度，效果如图 4-83 所示，在“图层”控制面板中生成新的图层并将其命名为“人物”。选择“图像 > 调整 > 去色”命令，将图片去色，效果如图 4-84 所示。

图 4-83

图 4-84

（2）选择“图像 > 调整 > 亮度/对比度”命令，在弹出的对话框中进行设置，如图 4-85 所示，单击“确定”按钮，效果如图 4-86 所示。

（3）单击“图层”控制面板下方的“创建新的填充或调整图层”按钮，在弹出的菜单中选择“曲线”命令，并在“图层”控制面板中生成“曲线 1”图层，同时弹出“曲线”面板，单击“通道”选项右侧的按钮，在弹出的下拉列表中选择“蓝”，然后在曲线上单击鼠标添加控制点，将“输入”选项设为 100，“输出”选项设为 165，如图 4-87 所示；单击“通道”选项右侧的按钮，在弹出的下拉列表中选择“绿”，然后在曲线上单击鼠标添加控制点，将“输入”选项设为 156，“输出”选项设为 139，如图 4-88 所示。

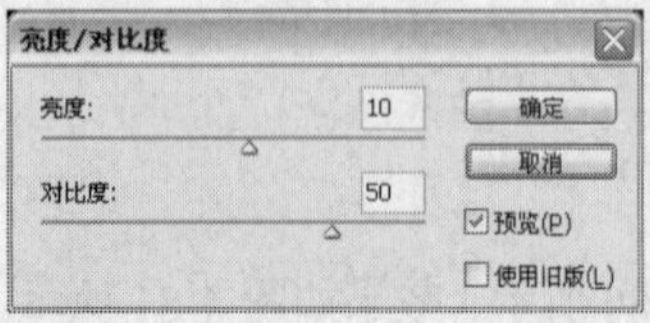

图 4-85

图 4-86

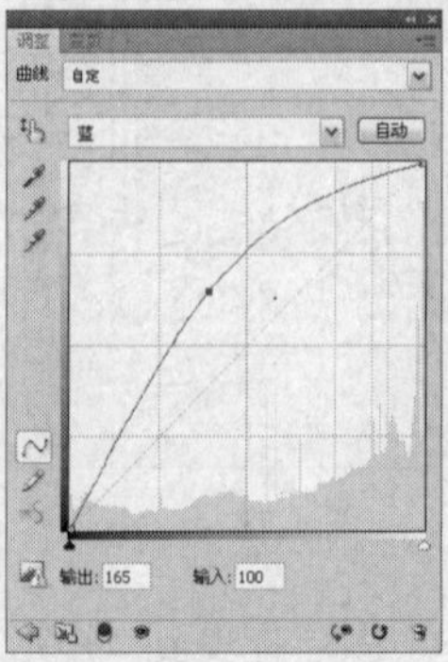

图 4-87

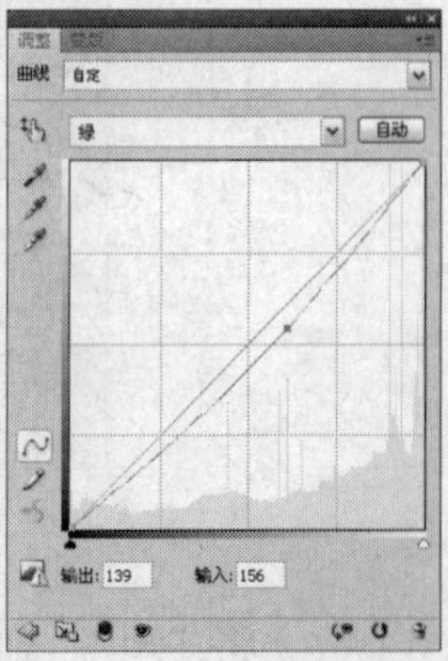

图 4-88

（4）单击“通道”选项右侧的按钮，在弹出的下拉列表中选择“红”，并在曲线上单击鼠标添加控制点，将“输入”选项设为 100，“输出”选项设为 169，如图 4-89 所示，图像效果如图 4-90 所示。选中“矩形 副本 2”图层，将“矩形 副本 2”图层拖曳到“曲线 1”图层的上方，效果如图 4-91 所示。

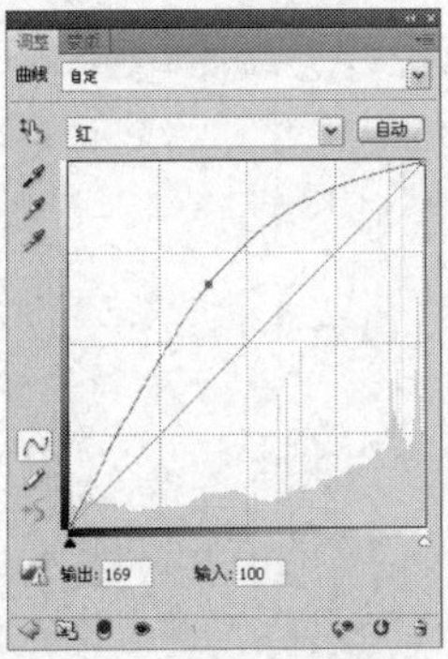

图 4-89

图 4-90

图 4-91

（5）按住 Alt 键的同时，将鼠标放在“人物”图层和“矩形”图层的中间，鼠标光标变为，如图 4-92 所示，单击鼠标左键，创建剪贴蒙版，效果如图 4-93 所示。用相同的方法制作“曲线 1”图层和“人物”图层的剪贴蒙版，效果如图 4-94 所示。

图 4-92

图 4-93

图 4-94

（6）选择“横排文字”工具，在属性栏中选择合适的字体并设置文字大小，输入需要的黑色文字，如图 4-95 所示。单击“图层”控制面板下方的“添加图层样式”按钮，在弹出的下拉菜单中选择“描边”命令，将描边颜色设为白色，其他选项的设置如图 4-96 所示，单击“确定”按钮，效果如图 4-97 所示。调整照片为单色效果制作完成。

图 4-95

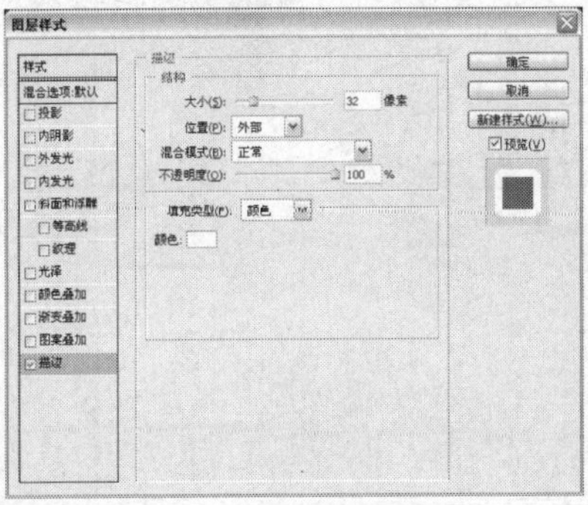

图 4-96

图 4-97

课堂练习——制作艺术照片效果

【练习知识要点】使用色彩平衡命令制作艺术照片效果，如图 4-98 所示。

【效果所在位置】光盘/Ch04/效果/制作艺术照片效果.psd。

图 4-98

课后习题——制作美丽夜景

【习题知识要点】使用色阶命令调整图片的亮度。美丽夜景效果如图 4-99 所示。

【效果所在位置】光盘/Ch04/效果/制作美丽夜景.psd。

图 4-99

第5章 应用文字与图层

本章主要介绍了 Photoshop 中文字与图层的应用技巧。通过本章的学习可以快速地掌握点文字、段落文字的输入方法、变形文字的设置、路径文字的制作以及应用对图层操作制作多变图像效果的技巧。

课堂学习目标

- 掌握文本的输入与编辑方法
- 掌握创建变形文字与路径文字的方法
- 了解图层的基础知识
- 掌握新建填充和调整图层的方法
- 运用图层的混合模式编辑图像
- 掌握图层样式的应用
- 运用图层蒙版编辑图像
- 掌握剪贴蒙版的应用

5.1 文本的输入与编辑

应用文字工具输入文字并使用字符控制面板对文字进行调整。

5.1.1 输入水平、垂直文字

选择“横排文字”工具，或按 T 键，属性栏如图 5-1 所示。

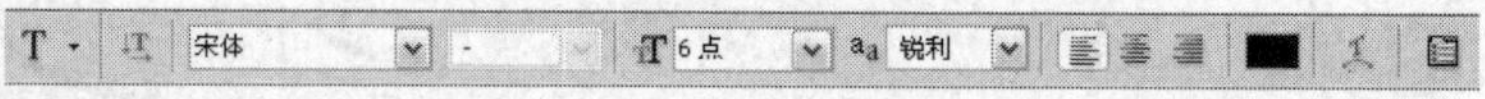

图 5-1

更改文本方向：用于选择文字输入的方向。

宋体：用于设定文字的字体及属性。

6 点：用于设定字体的大小。

锐利：用于消除文字的锯齿，包括无、锐利、犀利、浑厚和平滑 5 个选项。

：用于设定文字的段落格式，分别是左对齐、居中对齐和右对齐。

：用于设置文字的颜色。

创建文字变形：用于对文字进行变形操作。

切换字符和段落调板：用于打开“段落”和“字符”控制面板。

取消所有当前编辑：用于取消对文字的操作。

提交所有当前编辑：用于确定对文字的操作。

选择“直排文字”工具，可以在图像中建立垂直文本，创建垂直文本工具属性栏和创建文本工具属性栏的功能基本相同。

5.1.2 输入段落文字

建立段落文字图层就是以段落文字框的方式建立文字图层。将“横排文字”工具移动到图像窗口中，鼠标光标变为图标。单击并按住鼠标左键不放，拖曳鼠标在图像窗口中创建一个段落定界框，如图 5-2 所示。插入点显示在定界框的左上角，段落定界框具有自动换行的功能，如果输入的文字较多，则当文字遇到定界框时，会自动换到下一行显示，输入文字，效果如图 5-3 所示。如果输入的文字需要分段落，可以按 Enter 键进行操作，还可以对定界框进行旋转、拉伸等操作。

图 5-2

图 5-3

5.1.3　栅格化文字

“图层”控制面板中文字图层的效果如图 5-4 所示，选择“图层 > 栅格化 > 文字”命令，可以将文字图层转换为图像图层，如图 5-5 所示。也可用鼠标右键单击文字图层，在弹出的菜单中选择“栅格化文字”命令。

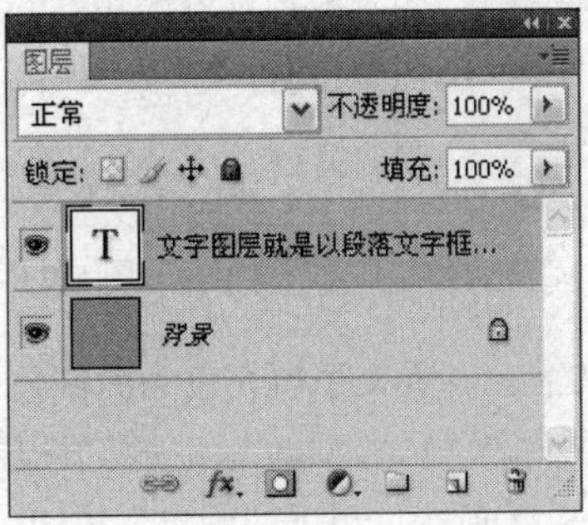

图 5-4

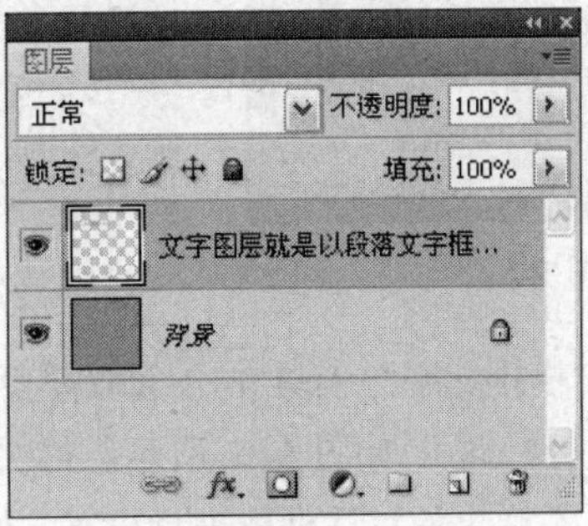

图 5-5

5.1.4　载入文字的选区

通过文字工具在图像窗口中输入文字后，在“图层”控制面板中会自动生成文字图层，如果需要文字的选区，可以将此文字图层载入选区。按住 Ctrl 键的同时，单击文字图层的缩览图，即可载入文字选区。

5.1.5　课堂案例——制作个性日历

【案例学习目标】学习使用文字工具添加日历文字。

【案例知识要点】使用横排文字工具和直排文字工具输入需要的文字，使用文字变形命令制作文字变形效果，使用添加图层样式命令为文字添加描边和投影。个性日历效果如图 5-6 所示。

【效果所在位置】光盘/Ch05/效果/制作个性日历.psd。

图 5-6

（1）按 Ctrl+O 组合键，打开光盘中的“Ch05 > 素材 > 制作个性日历 > 01”文件，如图 5-7

所示。选择“横排文字”工具 T，输入需要的文字并分别选取文字，在属性栏中分别选择合适的字体并设置文字大小，如图 5-8 所示，在“图层”控制面板中生成新的文字图层，如图 5-9 所示。

图 5-7

图 5-8

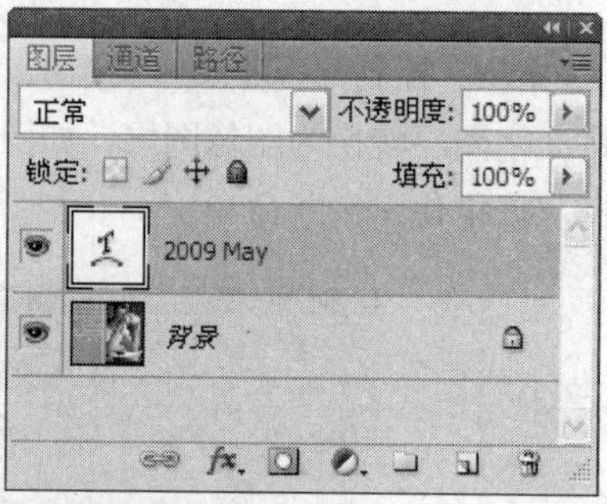

图 5-9

（2）选择“横排文字”工具 T，选取需要的文字，设置文字填充色为深红色（其 R、G、B 的值分别为 64、17、8），如图 5-10 所示。再次选取文字“2009 May”。选择“图层 > 文字 > 文字变形”命令，在弹出的对话框中进行设置，如图 5-11 所示，单击“确定”按钮，效果如图 5-12 所示。

图 5-10

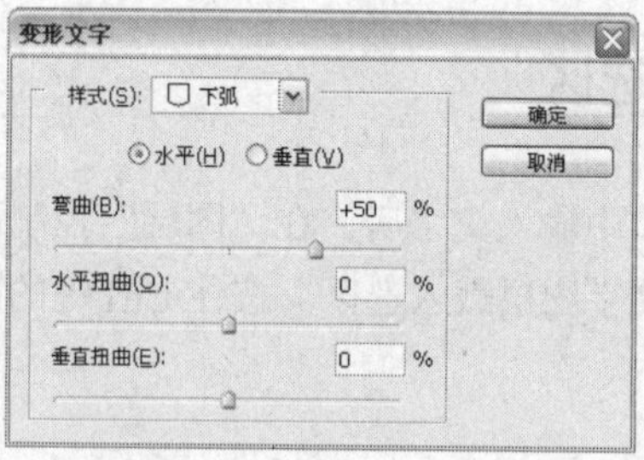

图 5-11

图 5-12

（3）选择“直排文字”工具 T，输入需要的白色文字并将文字选取，在属性栏中选择合适的字体并设置文字大小，效果如图 5-13 所示，在“图层”控制面板中生成新的文字图层。

（4）将“Under May Sunlight”图层拖曳到控制面板下方的“创建新图层”按钮 上进行复制，生成新的图层“Under May Sunlight 副本”，如图 5-14 所示。按 Ctrl+T 组合键，在文字周围出现控制手柄，调整文字的大小，按 Enter 键确定操作，效果如图 5-15 所示。

图 5-13

图 5-14

图 5-15

（5）在“图层”控制面板上方将该副本图层的“填充”选项设为 0，如图 5-16 所示。单击“图层”控制面板下方的“添加图层样式”按钮 fx，在弹出的菜单中选择“描边”命令，并在弹出的对话框中将描边颜色设置为白色，其他选项的设置如图 5-17 所示，单击“确定”按钮，效果如图 5-18 所示。将“Under May Sunlight 副本”图层拖曳到“Under May Sunlight”图层的下方。

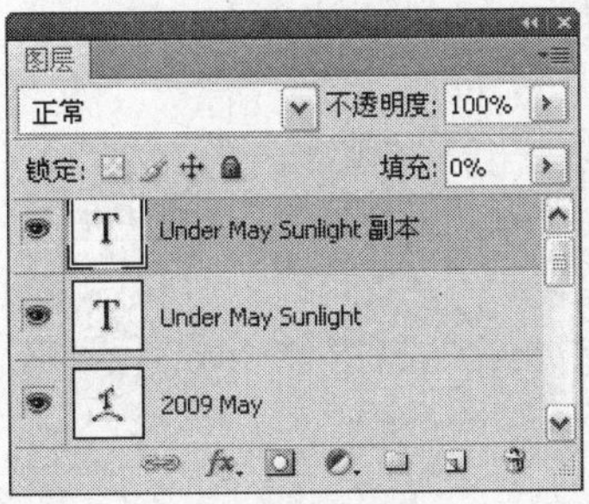

图 5-16

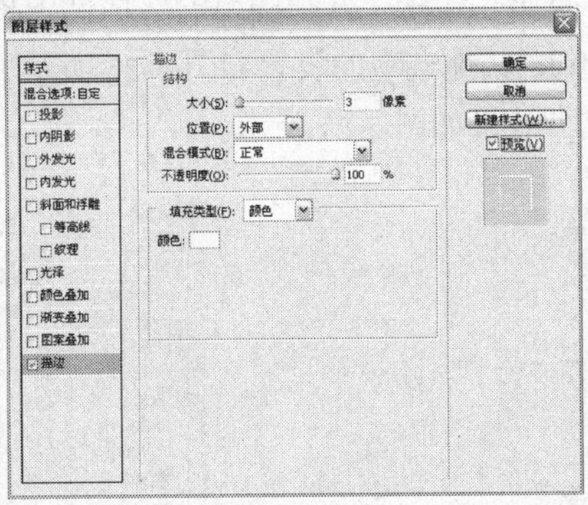

图 5-17

图 5-18

（6）选中“Under May Sunlight”图层，将前景色设为深红色（其 R、G、B 的值分别为 64、17、8）。选择“横排文字”工具 T，输入需要的文字并将文字选取，在属性栏中选择合适的字体并设置文字大小，如图 5-19 所示，在“图层”控制面板中生成新的文字图层，如图 5-20 所示。

图 5-19

图 5-20

（7）选择“横排文字”工具 T，输入需要的白色文字并将文字选取，在属性栏中选择合适的字体并设置文字大小，如图 5-21 所示，在“图层”控制面板中生成新的文字图层。按 Ctrl+T 组合键，弹出的“字符”面板，将“设置所选字符的字符间距调整”选项 AV 设置为 200，如图 5-22 所示，文字效果如图 5-23 所示。

图 5-21

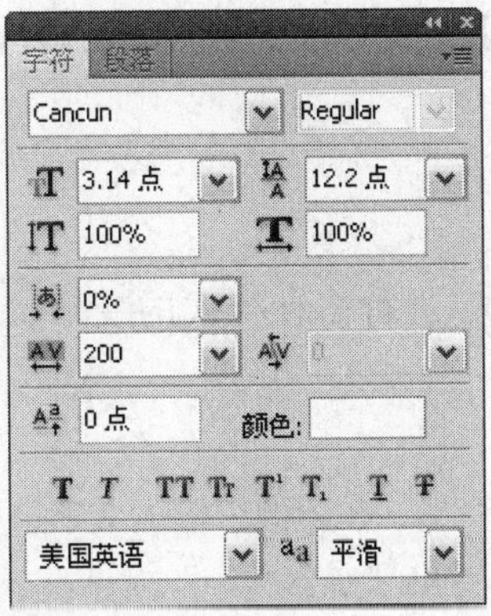

图 5-22

图 5-23

（8）选择“横排文字”工具，分别选取需要的文字，将其填充为红色（其 R、G、B 的值分别为 230、0、18），效果如图 5-24 所示。单击“图层”控制面板下方的“添加图层样式”按钮，在弹出的菜单中选择“投影”命令，并在弹出的对话框中将投影颜色设为深红色（其 R、G、B 的值分别为 133、59、49），其他选项的设置如图 5-25 所示，单击“确定”按钮，效果如图 5-26 所示。个性日历制作完成，效果如图 5-27 所示。

图 5-24

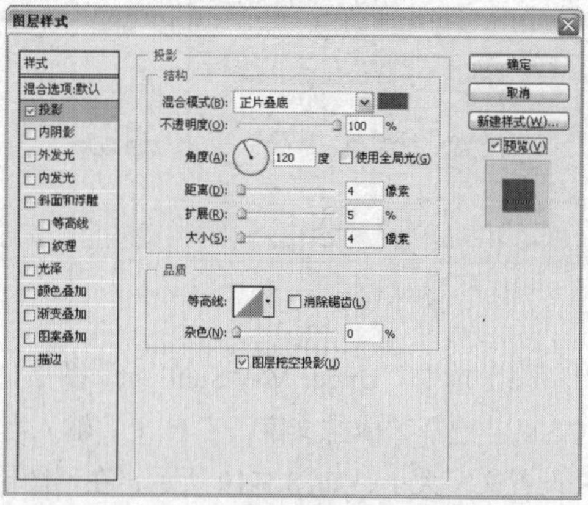

图 5-25

图 5-26

图 5-27

5.2 创建变形文字与路径文字

在 Photoshop 中，应用创建变形文字与路径文字命令制作出多样的文字变形。

5.2.1 变形文字

应用变形文字面板可以将文字进行多种样式的变形，如扇形、旗帜、波浪、膨胀、扭转等。

1. 制作扭曲变形文字

根据需要可以对文字进行各种变形。在图像中输入文字，如图 5-28 所示，单击文字工具属性栏中的“创建文字变形”按钮，弹出“变形文字”对话框，如图 5-29 所示，在“样式”选项的下拉列表中包含多种文字的变形效果，如图 5-30 所示。

图 5-28

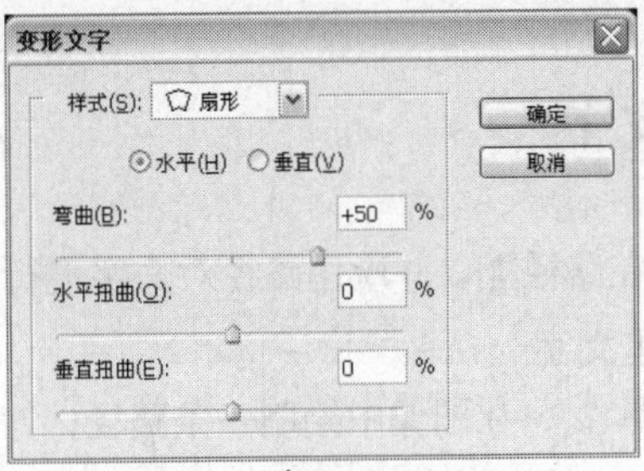

图 5-29

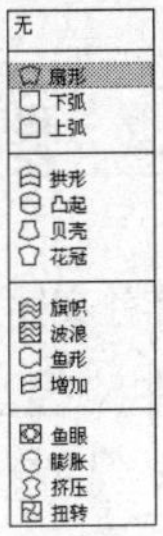

图 5-30

文字的多种变形效果，如图 5-31 所示。

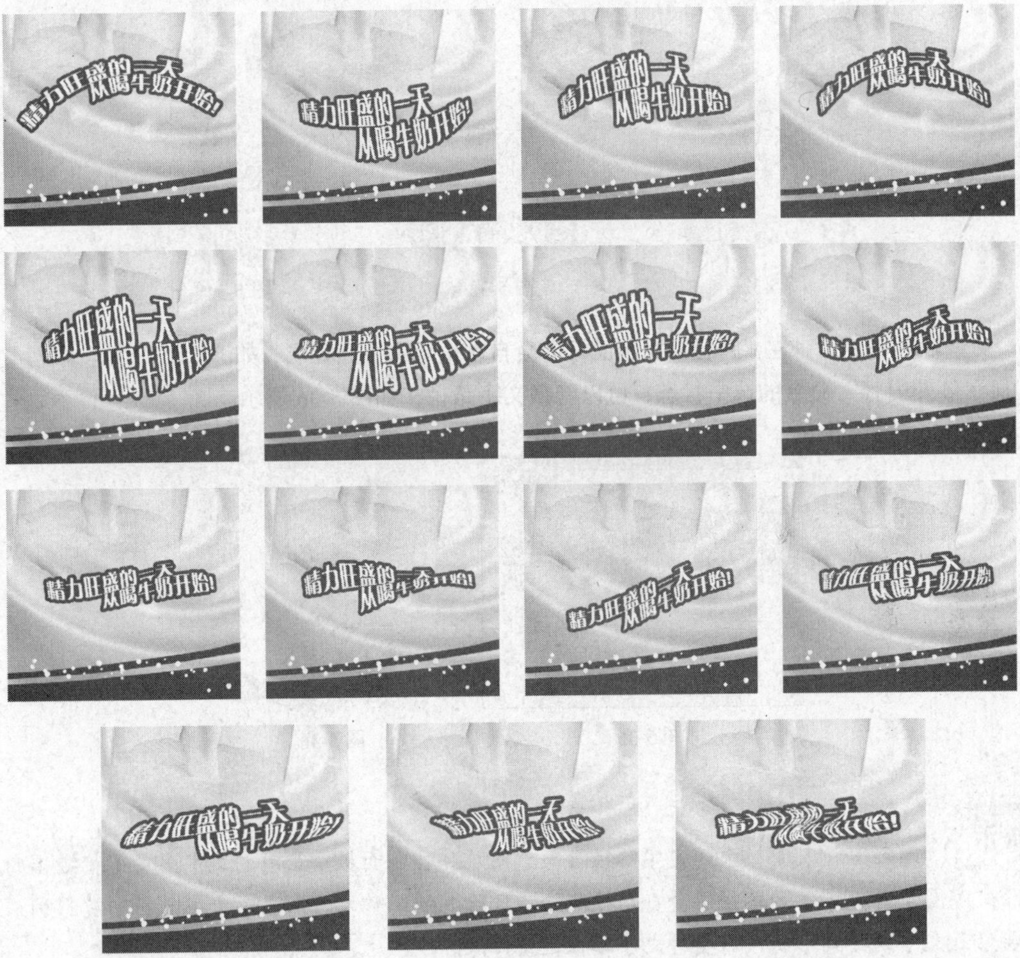

图 5-31

2. 设置变形选项

如果要修改文字的变形效果，可以调出“变形文字”对话框，在对话框中重新设置样式或更改当前应用样式的数值。

3. 取消文字变形效果

如果要取消文字的变形效果，可以调出“变形文字”对话框，在“样式”选项的下拉列表中选择“无”。

5.2.2 路径文字

可以将文字建立在路径上，并应用路径对文字进行调整。

1. 在路径上创建文字

选择“钢笔”工具，在图像中绘制一条路径，如图 5-32 所示。选择“横排文字”工具T，将鼠标光标放在路径上，鼠标光标将变为图标，如图 5-33 所示，单击路径出现闪烁的光标，此处为输入文字的起始点。输入的文字会沿着路径的形状进行排列，效果如图 5-34 所示。

图 5-32

图 5-33

图 5-34

文字输入完成后，在“路径”控制面板中会自动生成文字路径层，如图 5-35 所示。取消“视图/显示额外内容”命令的选中状态，可以隐藏文字路径，如图 5-36 所示。

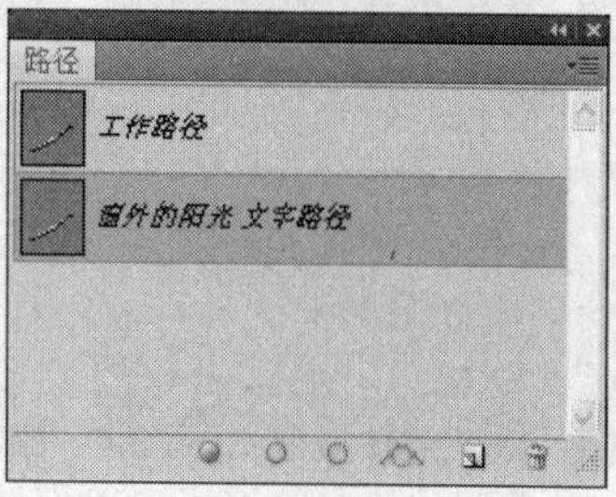

图 5-35

图 5-36

提示

“路径”控制面板中的文字路径层与“图层”控制面板中相对的文字图层是相链接的，删除文字图层时，文字的路径层会自动被删除，删除其他工作路径不会对文字的排列有影响。如果要修改文字的排列形状，需要对文字路径进行修改。

2. 在路径上移动文字

选择“路径选择”工具，将鼠标光标放置在文字上，鼠标光标显示为图标，如图 5-37 所示，单击并沿着路径拖曳鼠标，可以移动文字，效果如图 5-38 所示。

图 5-37

图 5-38

3. 在路径上翻转文字

选择“路径选择”工具，将鼠标光标放

置在文字上，鼠标光标显示为图标，如图 5-39 所示，将文字向路径内部拖曳，可以沿路径翻转文字，效果如图 5-40 所示。

图 5-39

图 5-40

4. 修改路径绕排文字的形态

创建了路径绕排文字后，同样可以编辑文字绕排的路径。选择“直接选择”工具，在路径上单击，路径上显示出控制手柄，拖曳控制手柄修改路径的形状，如图 5-41 所示，文字会按照修改后的路径进行排列，效果如图 5-42 所示。

图 5-41

图 5-42

5.3 图层基础知识

在 Photoshop 中掌握图层基础知识，可以快速掌握图层的基本概念以及对图层进行复制、合并、删除等基础调整的方法。

5.3.1 “图层”控制面板

“图层”控制面板列出了图像中的所有图层、组和图层效果。可以使用“图层”控制面板显示和隐藏图层、创建新图层以及处理图层组，还可以在其弹出式菜单中设置其他命令和选项，如图 5-43 所示。

图 5-43

在“图层”控制面板上方有 2 个系统按钮，分别是“折叠为图标”按钮和“关闭”按钮。单击“折叠为图标”按钮可以将“图层”控制面板折叠为图标大小；单击“关闭”按钮可以关闭“图层”控制面板。

设置图层的混合模式 ：用于设定图层的混合模式，它包含有 22 种图层混合模式。

不透明度：用于设定图层的不透明度。

填充：用于设定图层的填充百分比。

眼睛图标 ：用于打开或隐藏图层中的内容。

锁链图标 ：表示图层与图层之间的链接关系。

图标 T：表示此图层为可编辑的文字层。

图标 fx：为图层效果图标。

在"图层"控制面板的上方有 4 个工具图标，如图 5-44 所示。

锁定: ☒ ∕ ✛ ⬛

图 5-44

锁定透明像素 ☒：用于锁定当前图层中的透明区域，使透明区域不能被编辑。

锁定图像像素 ∕：使当前图层和透明区域不能被编辑。

锁定位置 ✛：使当前图层不能被移动。

锁定全部 ⬛：使当前图层或序列完全被锁定。

在"图层"控制面板的下方有 7 个工具按钮图标，如图 5-45 所示。

⊖ fx. ▣ ⊘. ▭ ◫ ⬚

图 5-45

链接图层 ⊖：将选中图层进行链接，方便多个图层同时操作。

添加图层样式 fx.：为当前图层添加图层样式效果。

添加图层蒙版 ▣：将在当前层上创建一个蒙版。在图层蒙版中，黑色代表隐藏图像，白色代表显示图像。可以使用画笔等绘图工具对蒙版进行绘制，还可以将蒙版转换成选择区域。

创建新的填充或调整图层 ⊘.：可对图层进行颜色填充和效果调整。

创建新组 ▭：用于新建一个文件夹，可在其中放入图层。

创建新图层 ◫：用于在当前图层的上方创建一个新图层。

删除图层 ⬚：即垃圾桶，可以将不需要的图层拖到此处进行删除。

单击"图层"控制面板右上方的图标 ，弹出其命令菜单，如图 5-46 所示。

新建图层...	Shift+Ctrl+N
复制图层 (D)...	
删除图层	
删除隐藏图层	
新建组 (G)...	
从图层新建组 (A)...	
锁定组内的所有图层 (L)	
转换为智能对象 (M)	
编辑内容	
图层属性 (P)...	
混合选项...	
编辑调整	
创建剪贴蒙版 (C)	Alt+Ctrl+G
链接图层 (K)	
选择链接图层 (S)	
向下合并 (E)	Ctrl+E
合并可见图层 (V)	Shift+Ctrl+E
拼合图像 (F)	
动画选项	▶
面板选项	
关闭	
关闭选项卡组	

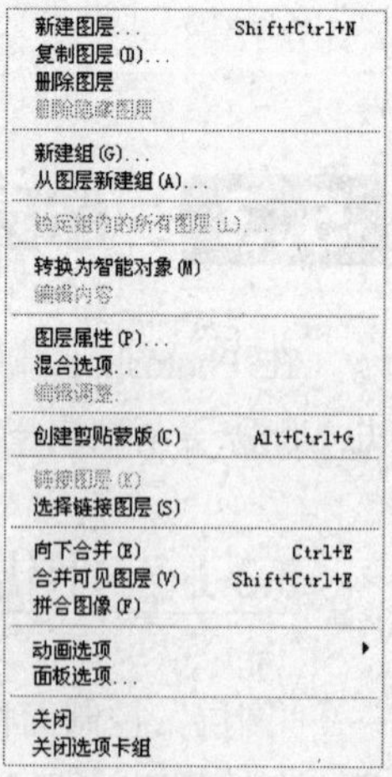

图 5-46

5.3.2　新建与复制图层

应用新建图层命令可以创建新的图层，应用复制图层命令可以将已有的图层进行复制。

1．新建图层

单击"图层"控制面板右上方的图标 ，弹出其命令菜单，选择"新建图层"命令，弹出"新建图层”对话框，如图 5-47 所示。

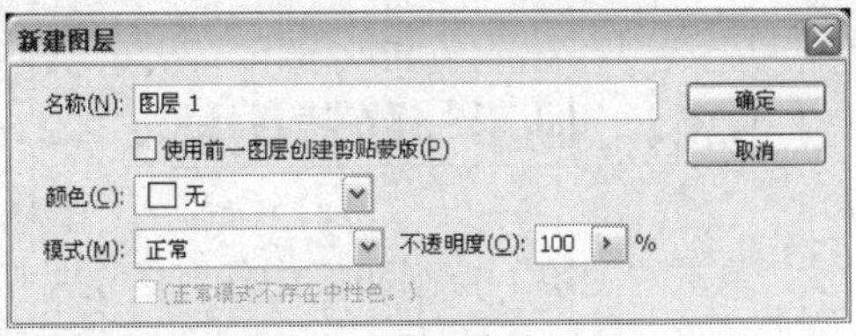

图 5-47

名称：用于设定新图层的名称，可以选择与前一图层创建剪贴蒙版。

颜色：用于设定新图层的颜色。

模式：用于设定当前图层的合成模式。

不透明度：用于设定当前图层的不透明度值。

单击“图层”控制面板下方的“创建新图层”按钮，可以创建一个新图层。按住 Alt 键的同时，单击“创建新图层”按钮，将弹出“新建图层”对话框。

选择“图层 > 新建 > 图层”命令，弹出“新建图层”对话框。按 Shift+Ctrl+N 组合键，也可以弹出“新建图层”对话框。

2. 复制图层

单击“图层”控制面板右上方的图标，弹出其命令菜单，选择“复制图层”命令，弹出“复制图层”对话框，如图 5-48 所示。

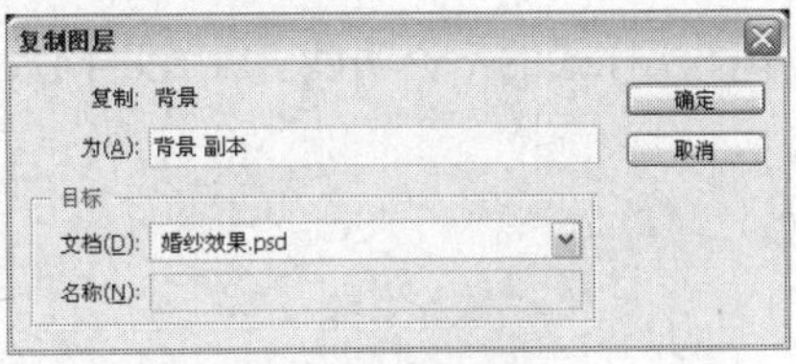

图 5-48

为：用于设定复制层的名称。

文档：用于设定复制层的文件来源。

将需要复制的图层拖曳到控制面板下方的“创建新图层”按钮上，可以将所选的图层复制为一个新图层。

选择“图层 > 复制图层”命令，弹出“复制图层”对话框。

打开目标图像和需要复制的图像。将图像中需要复制的图层直接拖曳到目标图像的图层中，图层复制完成。

5.3.3 合并与删除图层

在编辑图像的过程中，可以将图层进行合并，并将无用的图层进行删除。

1. 合并图层

“向下合并”命令用于向下合并图层。单击“图层”控制面板右上方的图标，在弹出的菜单中选择“向下合并”命令，或按 Ctrl+E 组合键即可合并图层。

“合并可见图层”命令用于合并所有可见层。单击“图层”控制面板右上方的图标，在弹出的菜单中选择“合并可见图层”命令，或按 Shift+Ctrl+E 组合键即可合并可见图层。

“拼合图像”命令用于合并所有的图层。单击图层控制面板右上方的图标，在弹出的菜单中选择“拼合图像”命令。

2. 删除图层

单击图层控制面板右上方的图标，弹出其命令菜单，选择“删除图层”命令，弹出提示对话框，如图 5-49 所示。

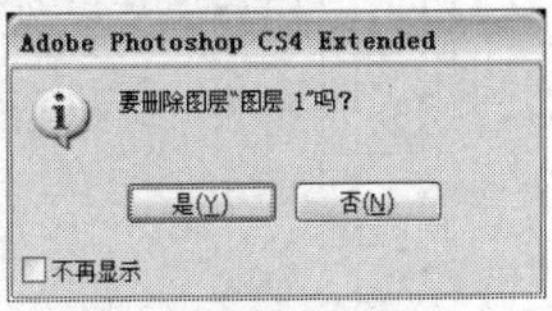

图 5-49

选中要删除的图层，单击“图层”控制面板下方的“删除图层”按钮，即可删除图层。或将需要删除的图层直接拖曳到“删除图层”按钮上进行删除。

选择“图层 > 删除 > 图层”命令，即可删除图层。

5.3.4　显示与隐藏图层

单击“图层”控制面板中任意图层左侧的眼睛图标，可以隐藏或显示这个图层。

按住 Alt 键的同时，单击“图层”控制面板中的任意图层左侧的眼睛图标，此时，图层控制面板中将只显示这个图层，其他图层被隐藏。

5.3.5　图层的不透明度

通过“图层”控制面板上方的“不透明度”选项和“填充”选项可以调节图层的不透明度。“不透明度”选项可以调节图层中的图像、图层样式和混合模式的不透明度；“填充”选项不能调节图层样式的不透明度。设置不同数值时，图像产生的不同效果如图 5-50 所示。

图 5-50

5.3.6　图层组

当编辑多层图像时，为了方便操作，可以将多个图层建立在一个图层组中。单击“图层”控制面板右上方的图标，在弹出的菜单中选择“新建组”命令，弹出“新建组”对话框，单击“确定”按钮，新建一个图层组，如图 5-51 所示。选中要放置到组中的多个图层，如图 5-52 所示，将其向图层组中拖曳，选中的图层被放置在图层组中，如图 5-53 所示。

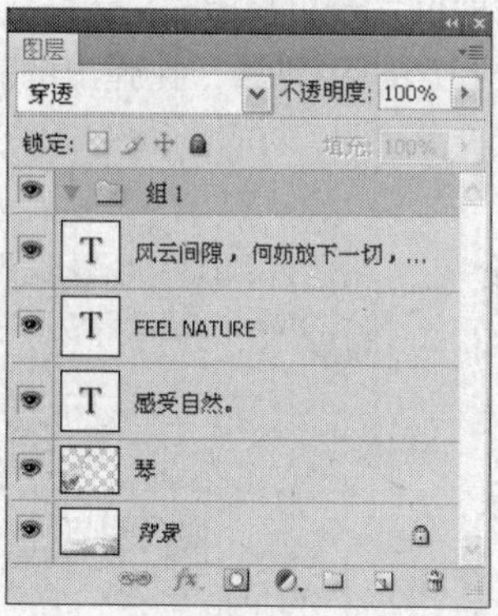

图 5-51

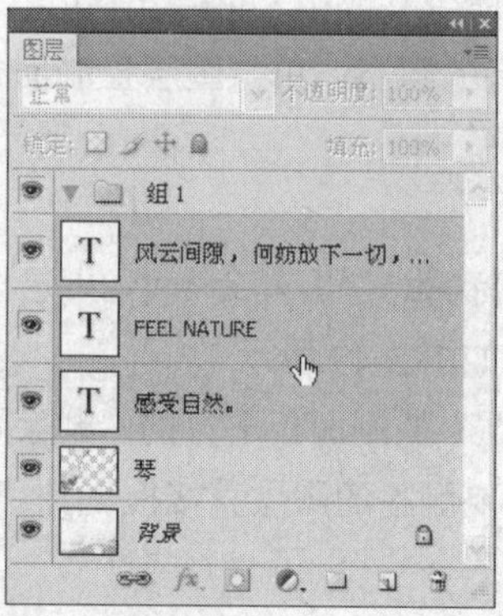

图 5-52

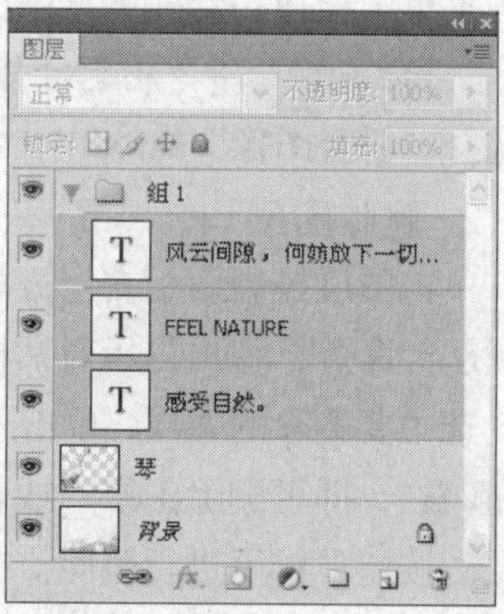

图 5-53

提示

单击“图层”控制面板下方的“创建新组”按钮，可以新建图层组。选择“图层 > 新建 > 组 ”命令，也可新建图层组。还可选中要放置在图层组中的所有图层，按 Ctrl+G 组合键，自动生成新的图层组。

5.4 新建填充和调整图层

应用填充图层命令可以为图像填充纯色、渐变色或图案。应用调整图层命令可以对图像的色彩与色调、混合与曝光度等进行调整。

5.4.1 使用填充图层

当需要新建填充图层时，选择“图层 > 新建填充图层”命令，弹出填充图层的 3 种方式，如图 5-54 所示。选择其中的一种方式，弹出“新建图层”对话框，如图 5-55 所示，单击“确定”按钮，将根据选择的填充方式弹出不同的填充对话框。以“渐变填充”为例，如图 5-56 所示，单击“确定”按钮，“图层”控制面板和图像的效果如图 5-57、图 5-58 所示。

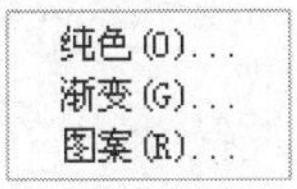

图 5-54

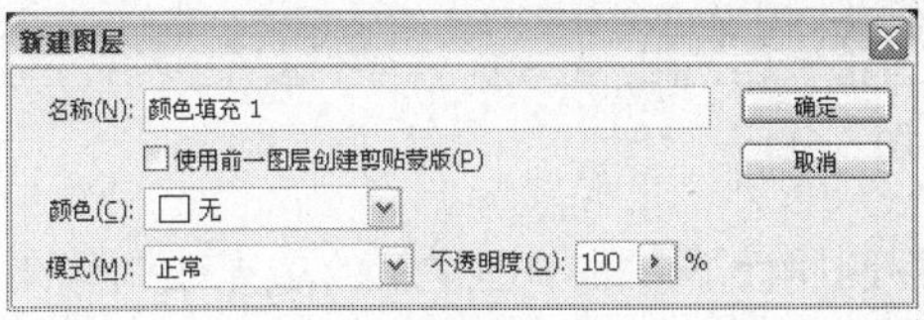

图 5-55

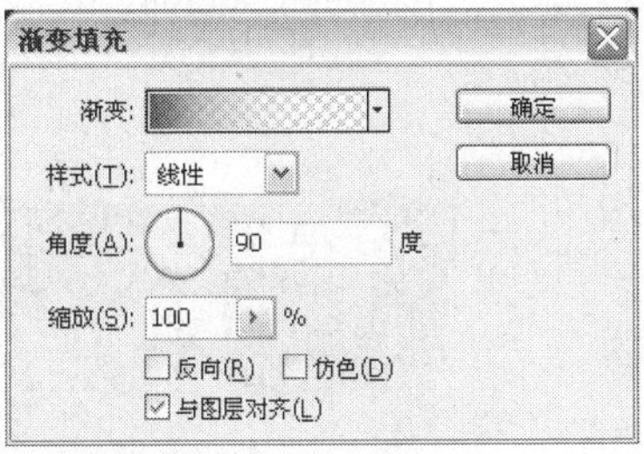

图 5-56

图 5-57

图 5-58

单击“图层”控制面板下方的“创建新的填充和调整图层”按钮，在弹出的菜单中选择需要的填充方式。

5.4.2 使用调整图层

当需要对一个或多个图层进行色彩调整时，选择“图层 > 新建调整图层”命令，弹出调整图层的多种方式，如图 5-59 所示。选择其中的一种方式，将弹出“新建图层”对话框，如图 5-60 所示。选择不同的调整方式，将弹出不同的调整对话框，以“色阶”为例，如图 5-61 所示，单击“确定”按钮，“图层”控制面板和图像的效果如图 5-62、图 5-63 所示。

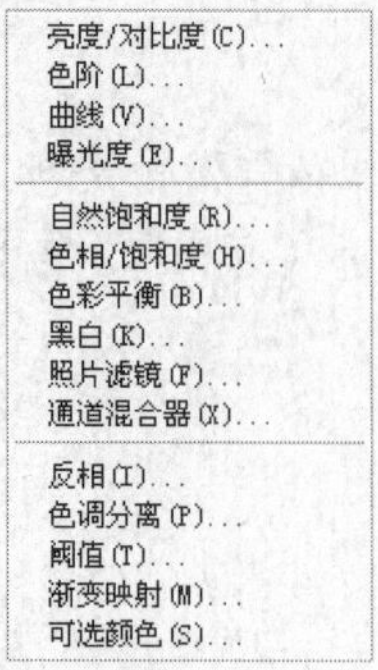

图 5-59

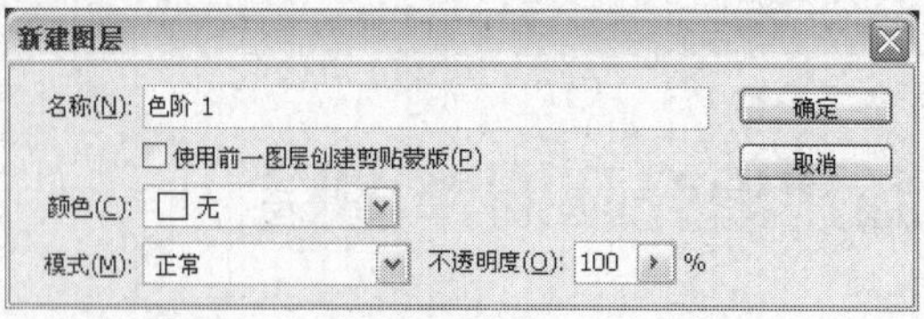

图 5-60

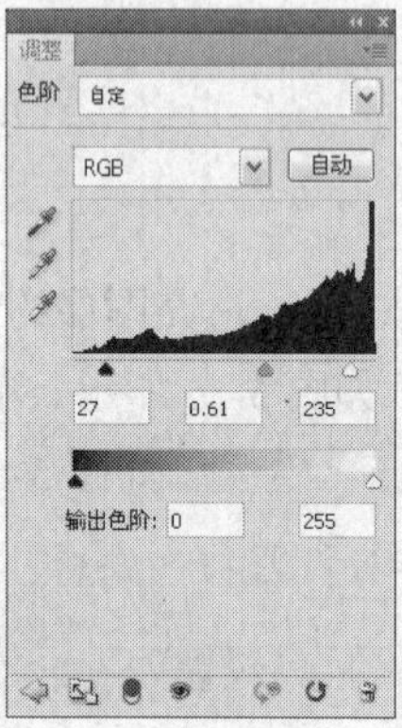

图 5-61

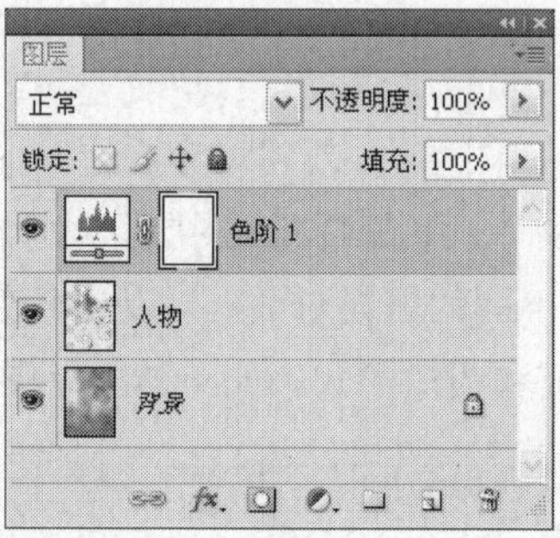

图 5-62

图 5-63

单击“图层”控制面板下方的“创建新的填充或调整图层”按钮，在弹出的菜单中选择需要的调整方式。

5.4.3 课堂案例——制作水彩画

【案例学习目标】学习使用创建调整图层命令调整图片颜色制作水彩画效果。

【案例知识要点】使用色相/饱和度命令和色阶命令调整图片的颜色，使用混合模式命令和不透明度制作图片的叠加效果。水彩画效果如图 5-64 所示。

【效果所在位置】光盘/Ch05/效果/制作水彩画.psd。

图 5-64

（1）按 Ctrl+N 组合键，新建一个文件：宽度为 25 厘米，高度为 16.63 厘米，分辨率为 300 像素/英寸，颜色模式为 RGB，背景内容为白色，单击“确定”按钮。

（2）按 Ctrl+O 组合键，打开光盘中的“Ch05 > 素材 > 制作水彩画 > 01”文件，选择“移动”工具，将图片拖曳到图像窗口中，调整其大小和位置，效果如图 5-65 所示，在“图层”控制面板中生成新的图层并将其命名为“风景”。

（3）将“风景”图层拖曳到控制面板下方的“创建新图层”按钮上进行复制，生成新的图层“风景 副本”。单击“图层”控制面板下方的“创建新的填充或调整图层”按钮，在弹出的菜单中选择“色相/饱和度”命令，在“图层”控制面板中生成“色相/饱和度 1”图层，同时弹出“色相/饱和度”面板，选项的设置如图 5-66 所示，图像效果如图 5-67 所示。

图 5-65

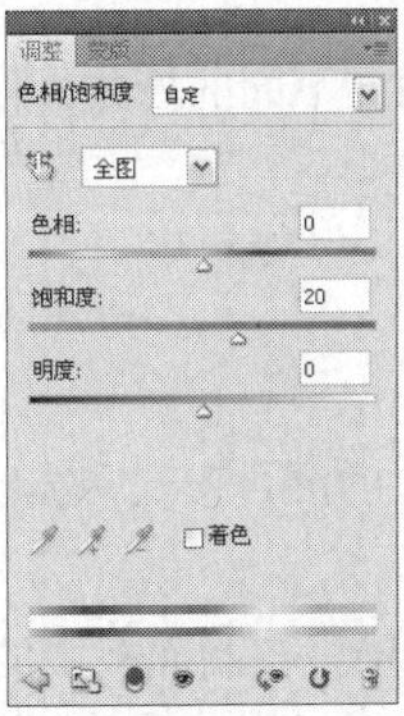

图 5-66

图 5-67

（4）单击“图层”控制面板下方的“创建新的填充或调整图层”按钮 ，在弹出的菜单中选择“色阶”命令，在“图层”控制面板中生成“色阶 1”图层，同时弹出“色阶”面板，选项的设置如图 5-68 所示，图像效果如图 5-69 所示。

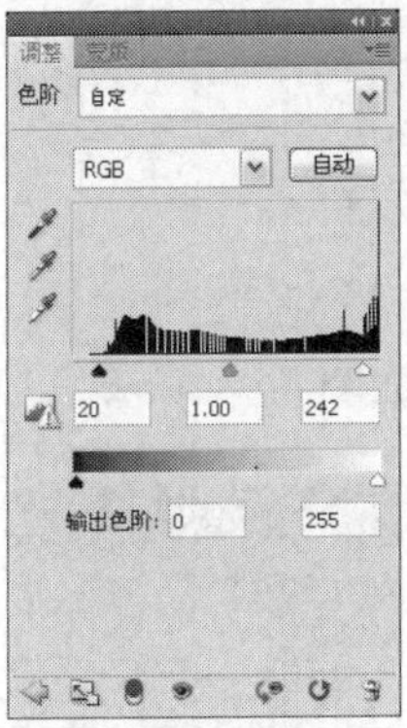

图 5-68

图 5-69

（5）在“图层”控制面板的上方，将“风景 副本”图层的混合模式设为“叠加”，“不透明度”选项设为 50%，如图 5-70 所示，效果如图 5-71 所示。

（6）选中“色阶 1”图层。按 Ctrl+O 组合键，打开光盘中的“Ch05 > 素材 > 制作水彩画 > 02”文件，选择“移动”工具 ，将图片拖曳到图像窗口的适当位置，效果如图 5-72 所示，同时在“图层”控制面板中生成新的图层并将其命名为“框架”。水彩画效果制作完成。

图 5-70

图 5-71

图 5-72

5.5 图层的混合模式

图层的混合模式命令用于为图层添加不同的模式，使图像产生不同的效果。

5.5.1 使用混合模式

在“图层”控制面板中，“设置图层的混合模式”选项 正常 用于设定图层的混合模式，它包含有 23 种模式。

打开一幅图像如图 5-73 所示，“图层”控制面板中的效果如图 5-74 所示。

图 5-73

图 5-74

在对“人物”图层应用不同的图层模式后，图像效果如图 5-75 所示。

正常　溶解　变暗　正片叠底　颜色加深

线性加深　深色　变亮　滤色　颜色减淡

图 5-75（1）

续前图

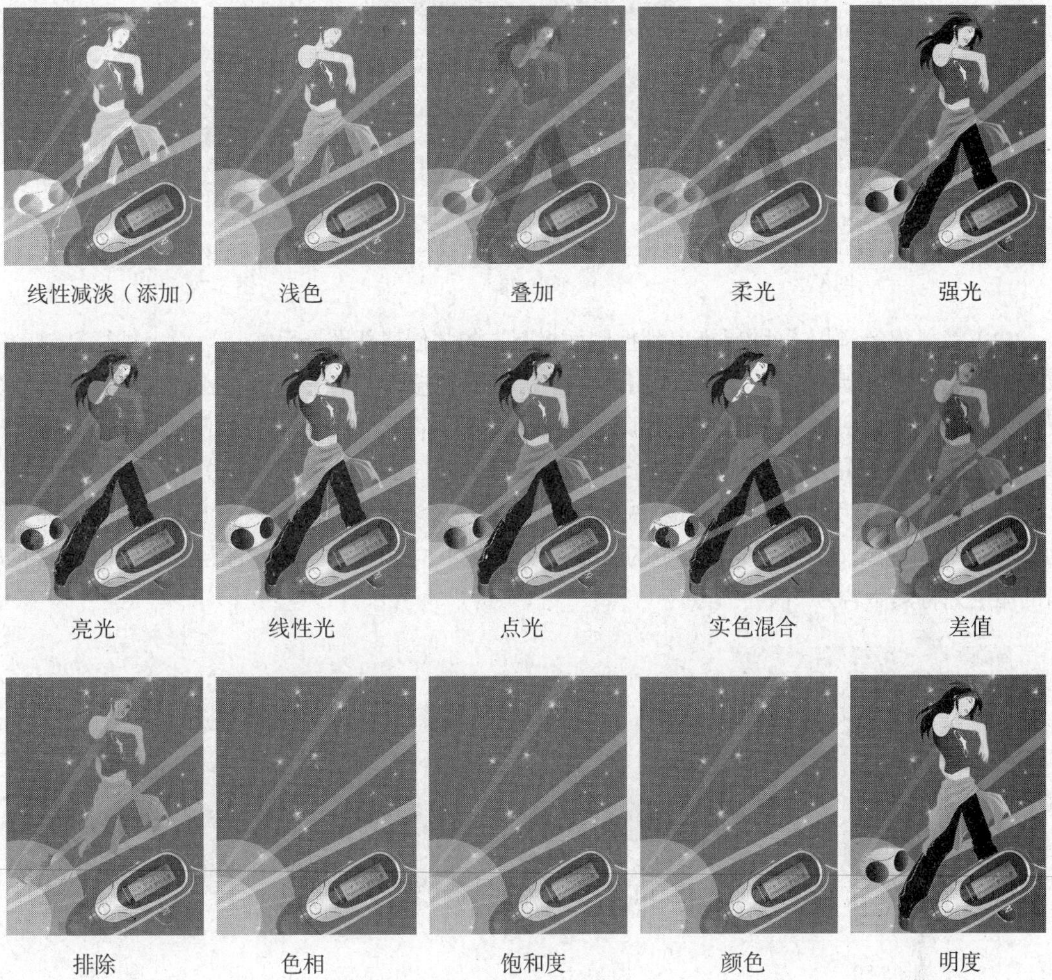

图 5-75（2）

5.5.2　课堂案例——制作栅格特效

【案例学习目标】学习使用混合模式命令制作图片的不同叠加效果。

【案例知识要点】使用混合模式命令调整图像的颜色，使用马赛克滤镜命令制作图像的马赛克效果，使用椭圆选框工具绘制装饰圆形。栅格特效效果如图 5-76 所示。

图 5-76

【效果所在位置】光盘/Ch05/效果/制作栅格特效.psd。

1. 调整图像的颜色

（1）按 Ctrl+O 组合键，打开光盘中的“Ch05 > 素材 > 制作栅格特效 > 01”文件，效果如图 5-77 所示。在“图层”控制面板中，将“背景”图层拖曳到控制面板下方的“创建新图层”按钮上进行复制，生成新的图层“背景 副本”。将副本图层的混合模式设为“叠加”，如图 5-78 所示，图像效果如图 5-79 所示。

图 5-77

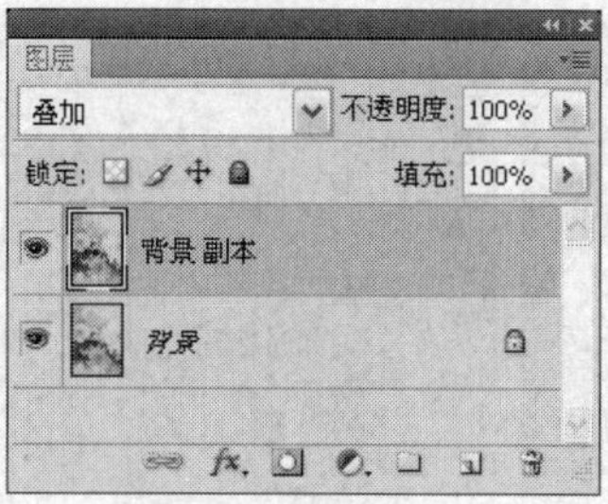

图 5-78

图 5-79

（2）将“背景 副本”图层拖曳到控制面板下方的“创建新图层”按钮上进行复制，生成新的图层“背景 副本 2”。选择“滤镜 > 像素化 > 马赛克”命令，在弹出的对话框中进行设置，如图 5-80 所示，单击“确定”按钮，效果如图 5-81 所示。在“图层”控制面板上方，将“背景 副本 2”图层的混合模式设为“强光”，图像效果如图 5-82 所示。

（3）按 Ctrl+O 组合键，打开光盘中的“Ch05 > 素材 > 制作栅格特效 > 02”文件，选择“移动”工具，拖曳文字到图像窗口中的上方，效果如图 5-83 所示，在“图层”控制面板中生成新的图层并将其命名为“文字”。

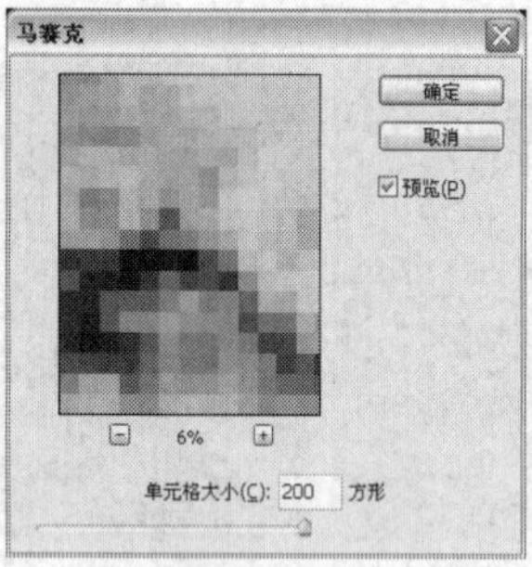

图 5-80

图 5-81

图 5-82

图 5-83

2. 绘制装饰圆形

（1）新建图层并将其命名为“圆形”。选择“椭圆选框”工具，按住 Shift 键的同时，在图像窗口的右下方绘制一个圆形选区，如图 5-84 所示。单击属性栏中的“从选区减去”按钮，在选区内部再绘制一个圆形选区，如图 5-85 所示。用白色填充选区，按 Ctrl+D 组合键，取消选区，效果如图 5-86 所示。

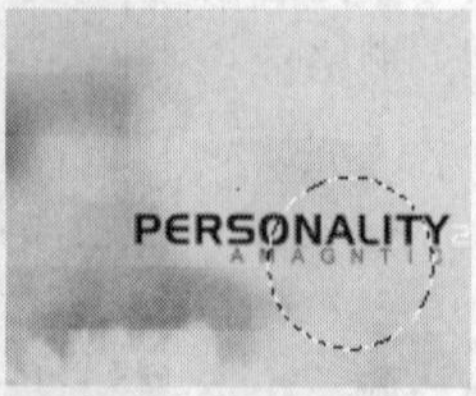

图 5-84

图 5-85

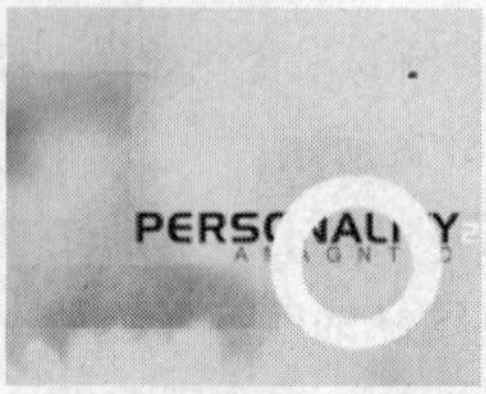

图 5-86

（2）在“图层”控制面板上方，将“圆形”图层的混合模式设为“叠加”，“不透明度”选项设为 80%，如图 5-87 所示，效果如图 5-88 所示。

（3）将“圆形”图层拖曳到控制面板下方的“创建新图层”按钮上进行复制，生成新的图层“圆形 副本”。选择“移动”工具，拖曳复制的圆形到适当的位置。按 Ctrl+T 组合键，图形周围出现控制手柄，拖曳控制手柄调整图形的大小，按 Enter 键确定操作，效果如图 5-89 所示。栅格特效制作完成，效果如图 5-90 所示。

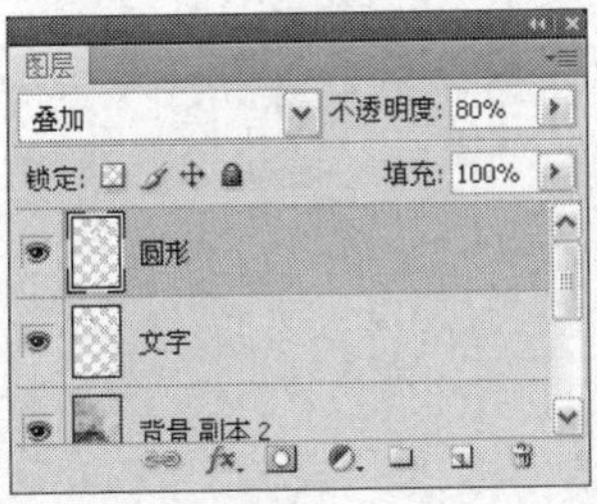

图 5-87

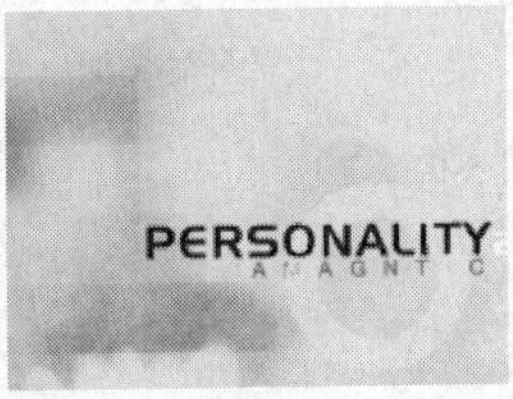

图 5-88

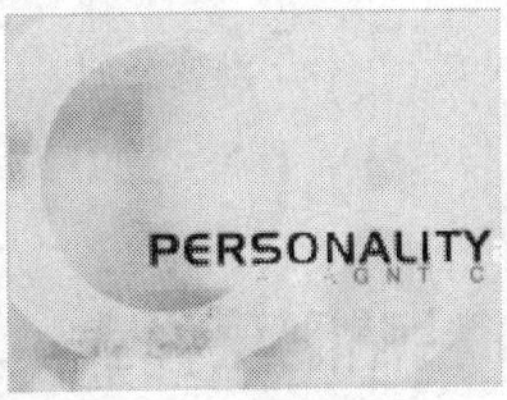

图 5-89

图 5-90

5.6 图层样式的应用

Photoshop 提供了多种图层样式可供选择，可以单独为图像添加一种样式，还可同时为图像添加多种样式。应用图层样式命令可以为图像添加投影、外发光、斜面、浮雕等效果，制作特殊效果的文字和图形。

5.6.1 图层样式

单击“图层”控制面板下方的“添加图层样式”按钮 fx，在弹出的菜单中选择不同的图层样式，生成的效果如图 5-91 所示。

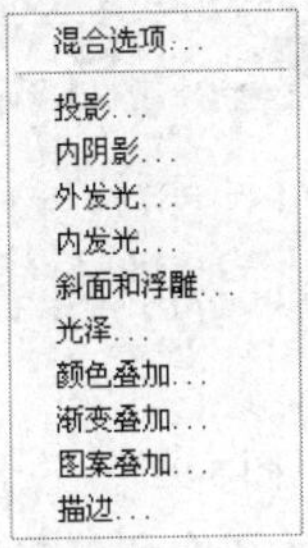

图层样式

原效果

投影

内阴影

外发光

内发光

斜面和浮雕

光泽

图 5-91（1）

续前图

颜色叠加　　渐变叠加　　图案叠加　　描边

图 5-91（2）

5.6.2　拷贝和粘贴图层样式

“拷贝图层样式”和“粘贴图层样式”命令是对多个图层应用相同的样式效果的快捷方式。用鼠标右键单击要拷贝样式的图层，在弹出的菜单中选择“拷贝图层样式”命令，再选择要粘贴样式的图层，单击鼠标右键，在弹出的菜单中选择“粘贴图层样式”命令即可。

5.6.3　清除图层样式

当对图像所应用的样式不满意时，可以将样式进行清除。选中要清除样式的图层，单击“样式”控制面板下方的“清除样式”按钮，即可将图像中添加的样式清除。

5.6.4　课堂案例——制作相框

【案例学习目标】学习使用添加图层样式命令制作相框效果。

【案例知识要点】使用添加图层样式命令添加图片的渐变描边，使用打开图片命令和移动工具添加相框。相框效果如图 5-92 所示。

【效果所在位置】光盘/Ch05/效果/制作相框.psd。

图 5-92

（1）按 Ctrl+O 组合键，打开光盘中的“Ch05 > 素材 > 制作相框 > 01、02”文件，选择“移动”工具，将 02 素材拖曳到 01 素材的图像窗口中，效果如图 5-93 所示，在“图层”控制面板中生成新的图层并将其命名为“人物图片”，如图 5-94 所示。

图 5-93

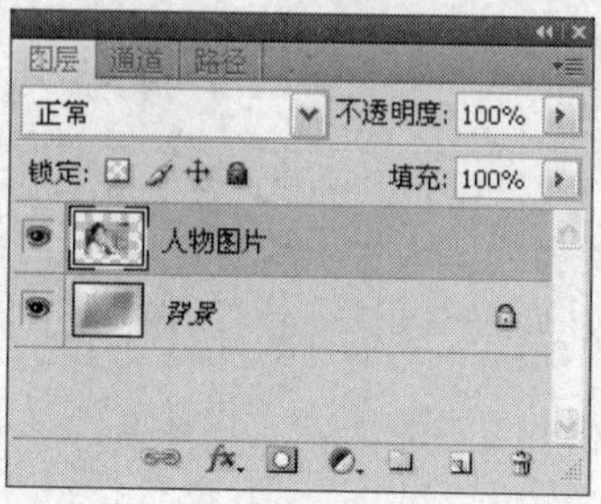

图 5-94

（2）单击“图层”控制面板下方的“添加图层样式”按钮 fx.，在弹出的菜单中选择“描边”命令，弹出对话框，在“填充类型”选项的下拉列表中选择“渐变”选项，单击“渐变”选项右侧的“点按可编辑渐变”按钮，弹出“渐变编辑器”对话框，在“位置”选项中分别输入 0、50、100 几个位置点，分别设置几个位置点颜色的 RGB 值为：0（255、255、255），50（204、204、204），100（255、255、255），如图 5-95 所示，单击“确定”按钮，返回到“描边”对话框，其他选项的设置如图 5-96 所示，单击“确定”按钮，效果如图 5-97 所示。

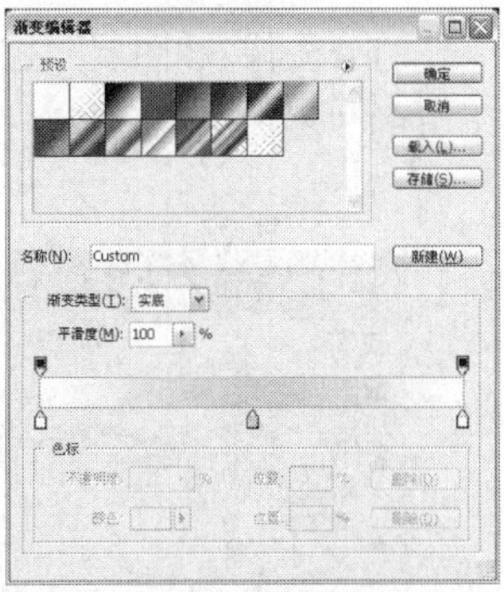

图 5-95

（3）按 Ctrl+O 组合键，打开光盘中的“Ch05 > 素材 > 制作相框 > 03”文件。选择“移动”工具，拖曳 03 图片到图像窗口的适当位置，效果如图 5-98 所示，在“图层”控制面板中生成新的图层并将其命名为“装饰图形”。相框效果制作完成。

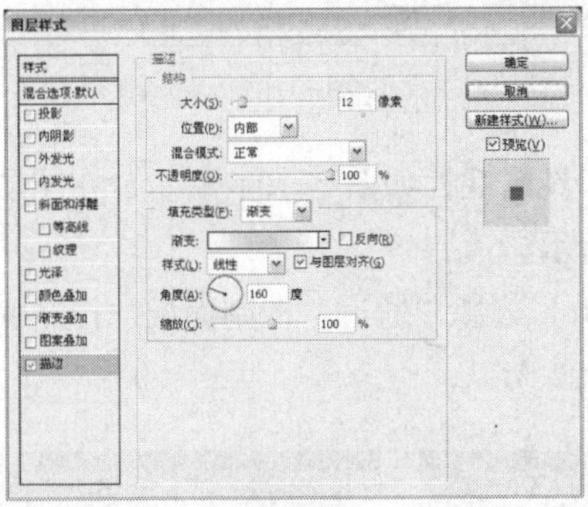

图 5-96

图 5-97

图 5-98

5.7 图层蒙版

在编辑图像时可以为某一图层或多个图层添加蒙版，并对添加的蒙版进行编辑、隐藏、链接、删除等操作。

5.7.1 添加图层蒙版

单击“图层”控制面板下方的“添加图层蒙版”按钮，可以创建一个图层蒙版，如图 5-99 所示。按住 Alt 键的同时，单击“图层”控制面板下方的“添加图层蒙版”按钮，可以创建一个遮盖图层全部的蒙版，如图 5-100 所示。

选择“图层 > 图层蒙版 > 显示全部”命令，效果如图 5-99 所示。选择“图层 > 图层蒙版 > 隐藏全部”命令，效果如图 5-100 所示。

图 5-99

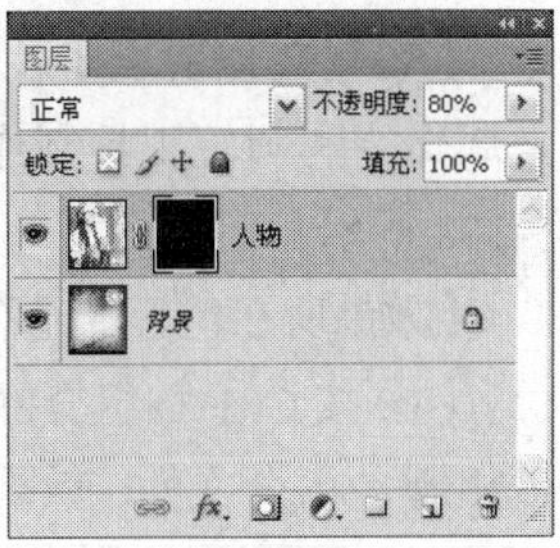

图 5-100

5.7.2 编辑图层蒙版

打开图像，“图层”控制面板和图像效果如图 5-101、图 5-102 所示。单击“图层”控制面板下方的“添加图层蒙版”按钮，为图层创建蒙版，效果如图 5-103 所示。

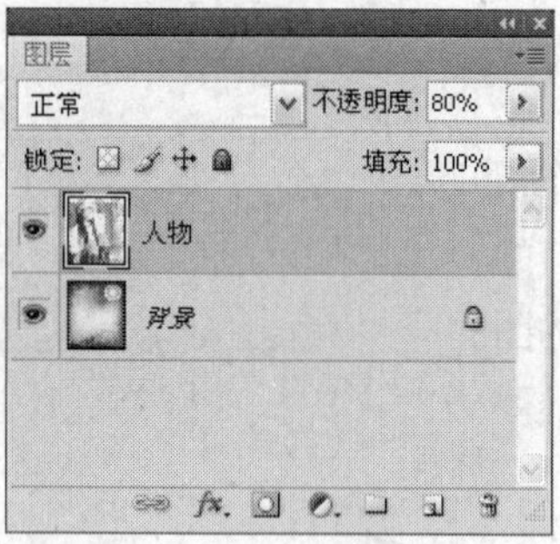

图 5-101

图 5-102

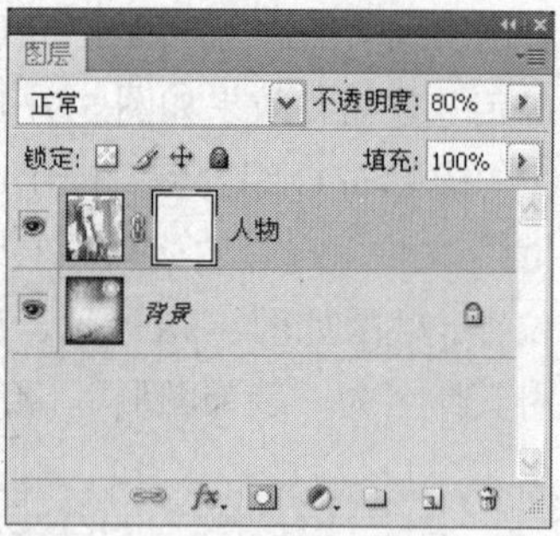

图 5-103

选择“画笔”工具，将前景色设置为黑色，“画笔”工具属性栏如图 5-104 所示，在图层的蒙版中按所需的效果进行喷绘，人物图像效果如图 5-105 所示。

在“图层”控制面板中，图层的蒙版效果如图 5-106 所示。选择“通道”控制面板，控制面板中显示出图层的蒙版通道，如图 5-107 所示。

图 5-104

图 5-105

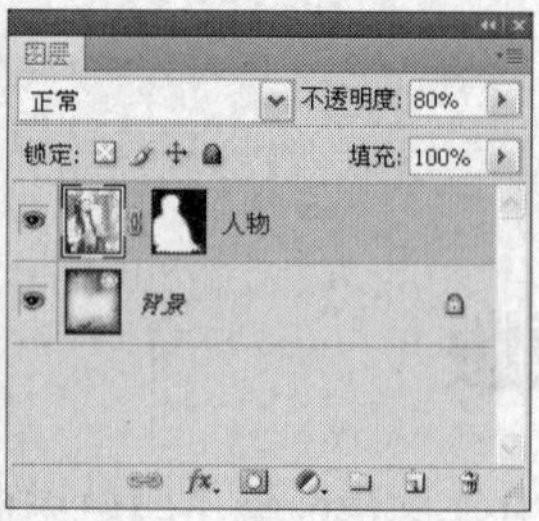

图 5-106

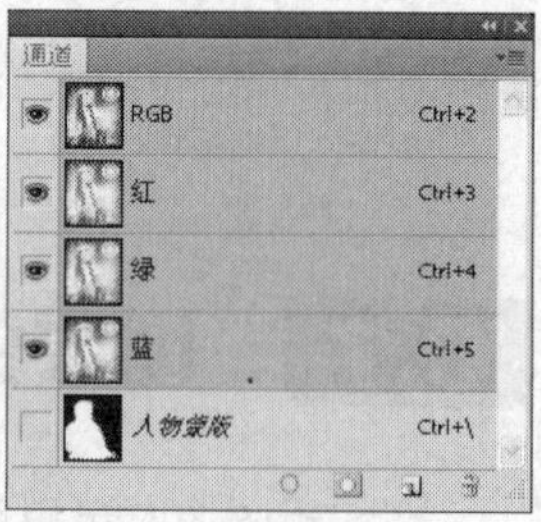

图 5-107

5.7.3 课堂案例——制作宝贝相册

【案例学习目标】学习使用添加图层蒙版命令制作图片颜色的部分遮罩效果。

【案例知识要点】使用去色命令改变图片的颜色，使用添加蒙版命令和画笔工具制作局部颜色遮罩效果。宝贝相册效果如图 5-108 所示。

图 5-108

【效果所在位置】光盘/Ch05/效果/制作宝贝相册.psd。

（1）按 Ctrl+O 组合键，打开光盘中的“Ch05 > 素材 > 制作宝贝相册 > 01”文件，效果如图 5-109 所示。

（2）按 Ctrl+O 组合键，打开光盘中的“Ch05 > 素材 > 制作宝

贝相册 > 02”文件，选择“移动”工具，将图片拖曳到图像窗口的适当位置，如图 5-110 所示，在“图层”控制面板中生成新的图层并将其命名为“图片”。

（3）将“图片”图层拖曳到控制面板下方的“创建新图层”按钮上进行复制，生成新的图层“图层 副本”，如图 5-111 所示。按 Ctrl+Shift+U 组合键，将图像去色，效果如图 5-112 所示。

图 5-109

图 5-110

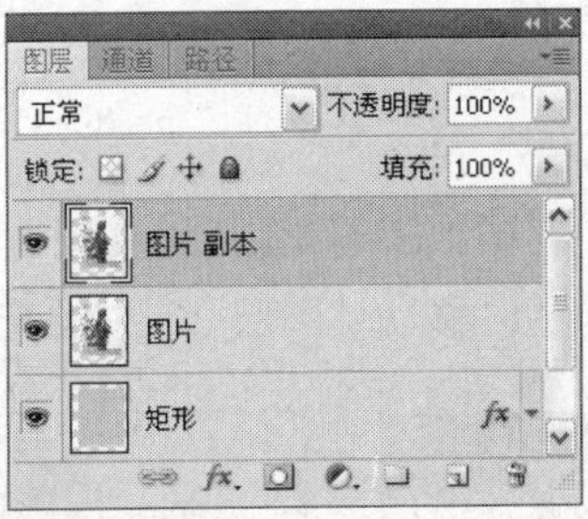

图 5-111

图 5-112

（4）单击“图层”控制面板下方的“添加图层蒙版”按钮，为“图片 副本”图层添加蒙版，如图 5-113 所示。将前景色设为黑色。选择“画笔”工具，在人物图像上进行涂抹，显示出人物颜色，效果如图 5-114 所示。

（5）按 Ctrl+O 组合键，打开光盘中的“Ch05 > 素材 > 制作宝贝相册 > 03”文件，选择“移动”工具，将文字拖曳到图像窗口中的适当位置，效果如图 5-115 所示，在“图层”控制面板中生成新的图层并将其命名为“文字”。宝贝相册效果制作完成。

图 5-113

图 5-114

图 5-115

5.8 剪贴蒙版的应用

剪贴蒙版是使用某个图层的内容来遮盖其上方的图层，遮盖效果由基底图层决定。

5.8.1 剪贴蒙版

打开一幅图片，如图 5-116 所示，“图层”控制面板中的效果如图 5-117 所示，按住 Alt 键的同时，将鼠标放置到“图层 1”和“图层 2”的中间位置，鼠标光标变为，如图 5-118 所示。

图 5-116

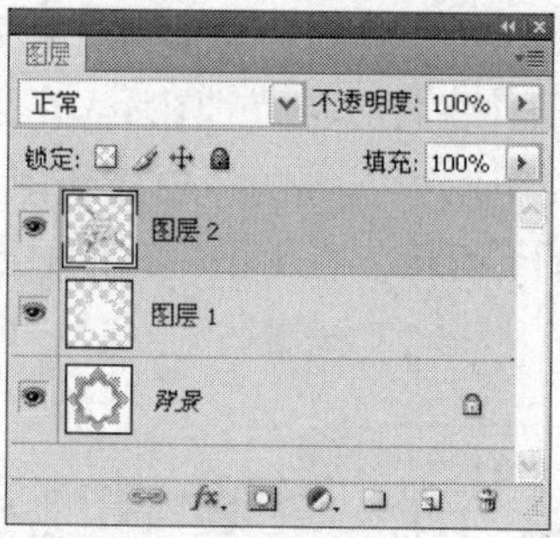

图 5-117

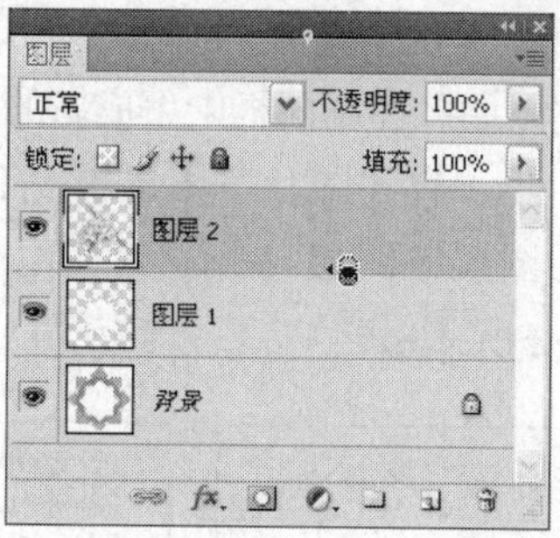

图 5-118

单击鼠标左键，制作图层的剪贴蒙版，如图 5-119 所示，图像窗口中的效果如图 5-120 所示。用“移动”工具可以随时移动“图层 2”中的花朵图像，效果如图 5-121 所示。

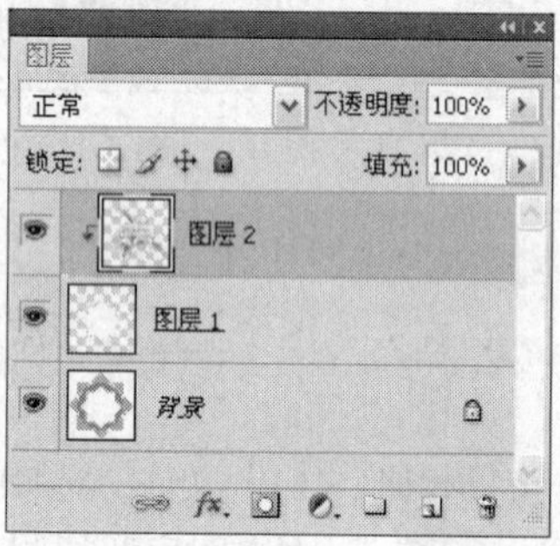

图 5-119

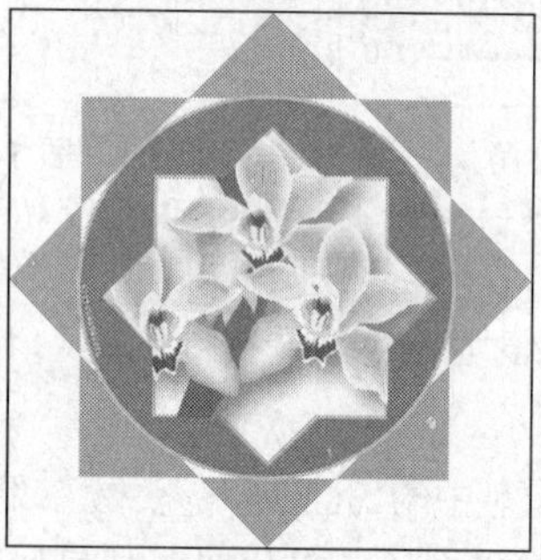

图 5-120

图 5-121

如果要取消剪贴蒙版，可以选中剪贴蒙版组中上方的图层，选择“图层 > 释放剪贴蒙版”命令，或按 Alt+Ctrl+G 组合键即可删除。

5.8.2 课堂案例——制作戒指广告

【案例学习目标】学习使用剪贴蒙版命令制作图片的蒙版效果。

【案例知识要点】使用描边命令添加人物的描边，使用剪贴蒙版命令制作蒙版人物，使用横排文字工具输入宣传文字。戒指广告效果如图 5-122 所示。

【效果所在位置】光盘/Ch05/效果/制作戒指广告.psd。

图 5-122

1. 添加并编辑图片

（1）按 Ctrl+N 组合键，新建一个文件：宽度为 29.7 厘米，高度为 21 厘米，分辨率为 300 像素/英寸，颜色模式为 RGB，背景内容为白色，单击“确定”按钮。按 Ctrl+O 组合键，打开光盘中的“Ch05 > 素材 > 制作戒指广告 > 01”文件。选择“移动”工具，将图片拖曳到图像窗口中，并调整其大小和位置，如图 5-123 所示，在“图层”控制面板中生成新的图层并将其命名为“纹理”。

（2）在“图层”控制面板上方，将“纹理”图层的“不透明度”选项设为 15%，如图 5-124 所示，效果如图 5-125 所示。

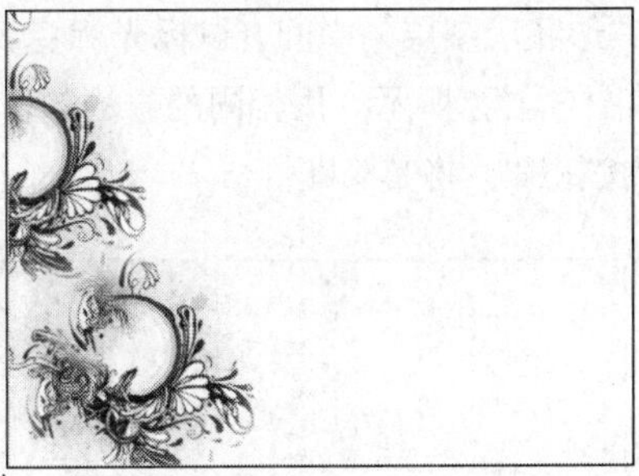

图 5-123

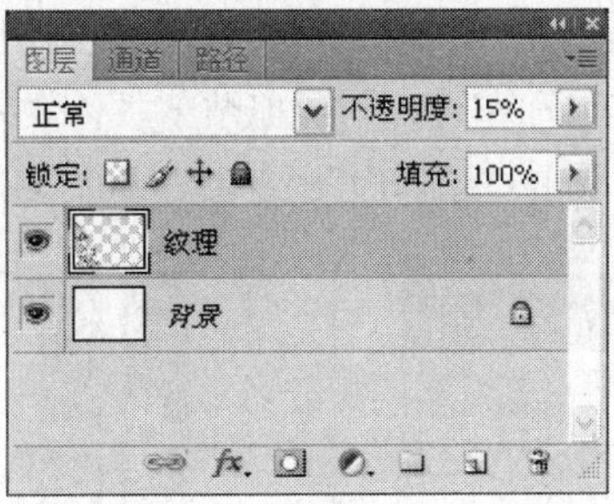

图 5-124

图 5-125

（3）单击“图层”控制面板下方的“创建新组”按钮，生成新的图层组并将其命名为“图像”。新建图层并将其命名为“形状”。将前景色设为粉红色（其 R、G、B 的值分别为 239、47、114）。选择“矩形”工具，单击属性栏中的“填充像素”按钮，在图像窗口的右上方拖曳鼠标绘制矩形，如图 5-126 所示。将前景色设为紫色（其 R、G、B 的值分别为 119、67、137），用相同的方法绘制矩形，效果如图 5-127 所示。

图 5-126

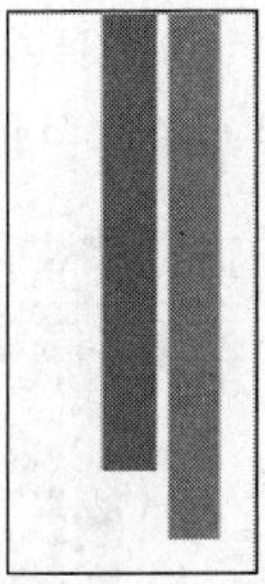

图 5-127

（4）按 Ctrl+O 组合键，打开光盘中的“Ch05 > 素材 > 制作戒指广告 > 02”文件。选择“移动”工具，将图片拖曳到图像窗口的适当位置，如图 5-128 所示，在“图层”控制面板中生成新的图层并将其命名为“人物”。

（5）单击“图层”控制面板下方的“添加图层样式”按钮，在弹出的菜单中选择“描边”命令，将描边颜色设为白色，其他选项的设置如图 5-129 所示，单击“确定”按钮，效果如图 5-130 所示。

图 5-128

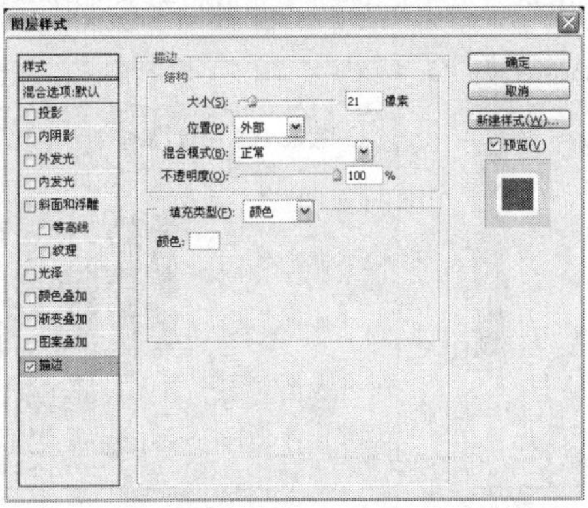

图 5-129

图 5-130

（6）按住 Alt 键的同时，将鼠标放在“人物”图层和“形状”图层的中间，鼠标光标变为，如图 5-131 所示，单击鼠标左键，创建剪贴蒙版，效果如图 5-132 所示。用相同的方法制作出如图 5-133 所示的效果。单击“图像”图层组左侧的三角形按钮，将其隐藏。

图 5-131

图 5-132

图 5-133

2. 添加文字

（1）选择“横排文字”工具，在属性栏中分别选择合适的字体并设置文字大小，分别输入需要的黑色文字，效果如图 5-134 所示，图层面板如图 5-135 所示。

图 5-134

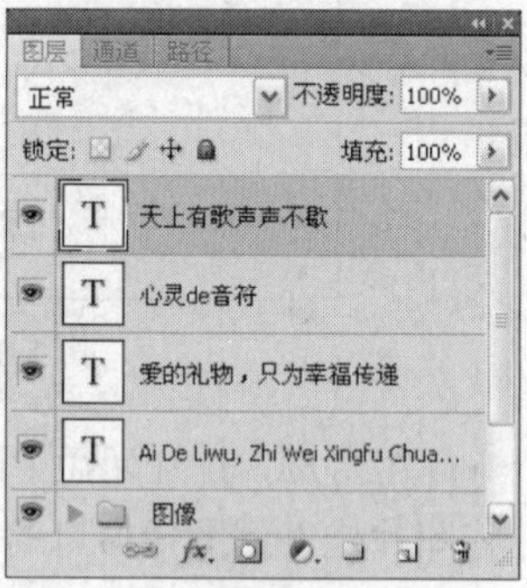

图 5-135

（2）按 Ctrl+O 组合键，打开光盘中的“Ch05 > 素材 > 制作戒指广告 > 07”文件。选择“移动”工具，将图片拖曳到图像窗口的适当位置，如图 5-136 所示，在“图层”控制面板中生成新的图层并将其命名为“戒指 1”。戒指广告制作完成，效果如图 5-137 所示。

图 5-136

图 5-137

课堂练习——制作趣味文字效果

【练习知识要点】使用画笔工具绘制白光图形，使用钢笔工具绘制白色线条，使用画笔工具和模糊命令制作白色底图，使用矩形选框工具和滤镜命令制作圆环图案，使用图层样式命令和套索工具制作文字特殊效果。趣味文字效果如图 5-138 所示。

【效果所在位置】光盘/Ch05/效果/制作趣味文字效果.psd。

图 5-138

课后习题——制作下雪效果

【习题知识要点】使用点状化滤镜命令添加图片的点状化效果，使用去色命令和混合模式命令调整图片的颜色。下雪效果如图 5-139 所示。

【效果所在位置】光盘/Ch05/效果/制作下雪效果.psd。

图 5-139

第6章

使用通道与滤镜

本章主要介绍了通道与滤镜的使用方法。通过对本章的学习，掌握通道的基本操作、通道蒙版的创建和使用方法，以及滤镜功能的使用技巧，以便能快速、准确地创作出生动精彩的图像。

课堂学习目标

- 掌握通道的操作方法和技巧
- 运用通道蒙版编辑图像
- 了解滤镜库的功能
- 掌握滤镜的应用方法
- 掌握滤镜的使用技巧

6.1 通道的操作

应用通道控制面板可以对通道进行创建、复制、删除、分离、合并等操作。

6.1.1 通道控制面板

通道控制面板可以管理所有的通道并对通道进行编辑。选择“窗口 > 通道”命令，弹出“通道”控制面板，如图 6-1 所示。

在“通道”控制面板的右上方有 2 个系统按钮，分别是“折叠为图标”按钮和“关闭”按钮。单击“折叠为图标”按钮可以将控制面板折叠，只显示图标。单击“关闭”按钮可以将控制面板关闭。

在“通道”控制面板中，放置区用于存放当前图像中存在的所有通道。在通道放置区中，如果选中的只是其中的一个通道，则只有这个通道处于选中状态，通道上将出现一个深色条。如果想选中多个通道，可以按住 Shift 键，再单击其他通道。通道左侧的眼睛图标用于显示或隐藏颜色通道。

在“通道”控制面板的底部有 4 个工具按钮，如图 6-2 所示。

图 6-1

图 6-2

将通道作为选区载入：用于将通道作为选择区域调出。

将选区存储为通道：用于将选择区域存入通道中。

创建新通道：用于创建或复制新的通道。

删除当前通道：用于删除图像中的通道。

6.1.2 创建新通道

在编辑图像的过程中，可以建立新的通道。

单击“通道”控制面板右上方的图标，弹出其命令菜单，选择“新建通道”命令，弹出“新建通道”对话框，如图 6-3 所示。

名称：用于设置当前通道的名称。

色彩指示：用于选择两种区域方式。

颜色：用于设置新通道的颜色。

不透明度：用于设置当前通道的不透明度。

单击“确定”按钮，“通道”控制面板中将创建一个新通道，即 Alpha 1，面板如图 6-4 所示。

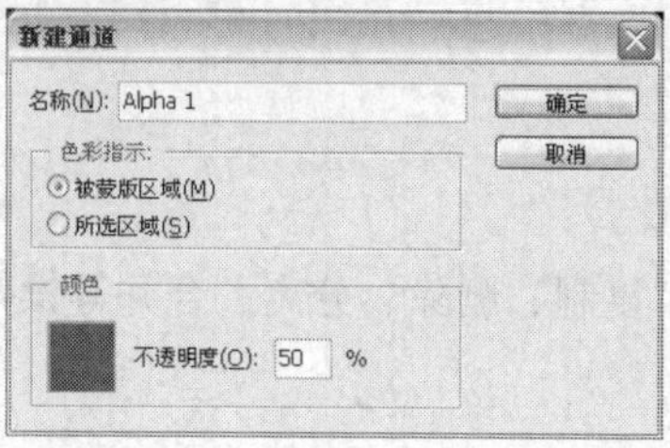

图 6-3

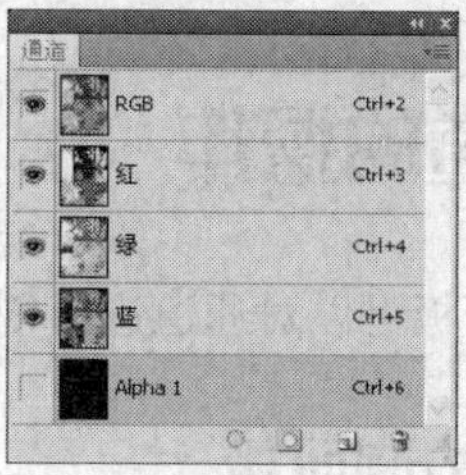

图 6-4

单击“通道”控制面板下方的“创建新通道”按钮，也可以创建一个新通道。

6.1.3 复制通道

复制通道命令用于将现有的通道进行复制，产生相同属性的多个通道。

单击“通道”控制面板右上方的图标，弹出其命令菜单，选择“复制通道”命令，弹出“复制通道”对话框，如图 6-5 所示。

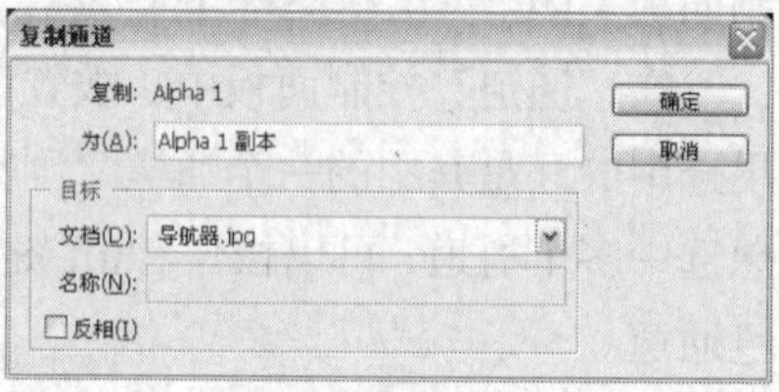

图 6-5

为：用于设置复制出的新通道的名称。

文档：用于设置复制通道的文件来源。

将“通道”控制面板中需要复制的通道拖曳到下方的“创建新通道”按钮上，即可将所选的通道复制为一个新的通道。

6.1.4 删除通道

不用的或废弃的通道可以将其删除，以免影响操作。

单击“通道”控制面板右上方的图标，弹出其命令菜单，选择“删除通道”命令，即可将通道删除。

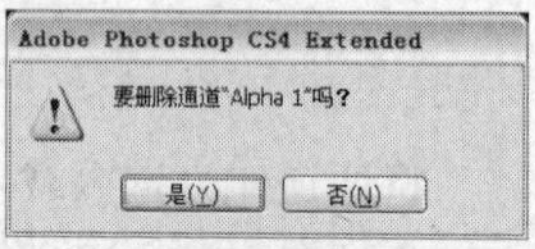

图 6-6

单击“通道”控制面板下方的“删除当前通道”按钮，弹出提示对话框，如图 6-6 所示，单击“是”按钮，将通道删除。也可将需要删除的通道直接拖曳到“删除当前通道”按钮上进行删除。

6.1.5 课堂案例——使用通道更换照片背景

【案例学习目标】学习使用通道面板抠出人物。

【案例知识要点】使用通道控制面板、反相命令和画笔工具抠出人物。使用颗粒滤镜命令添加图片的颗粒效果。使用渐变映射命令调整图片的颜色。抠出人物头发效果如图 6-7 所示。

图 6-7

【效果所在位置】光盘/Ch06/效果/使用通道更换照片背景.psd。

1. 抠出人物头发

（1）按 Ctrl+O 组合键，打开光盘中的“Ch06 > 素材 > 使用通道更换

照片背景 > 01、02”文件，效果如图 6-8、图 6-9 所示。

（2）选中 02 素材文件。选择“通道”控制面板，选中“绿”通道，将其拖曳到“通道”控制面板下方的“创建新通道”按钮上进行复制，生成新的通道“绿 副本”，如图 6-10 所示。按 Ctrl+I 组合键，将图像反相，图像效果如图 6-11 所示。

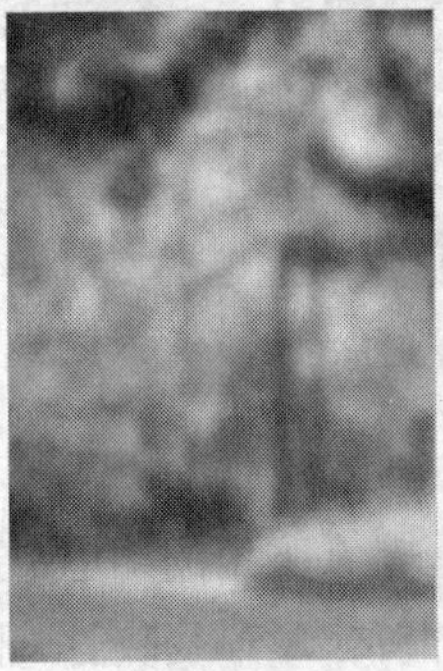
图 6-8

图 6-9

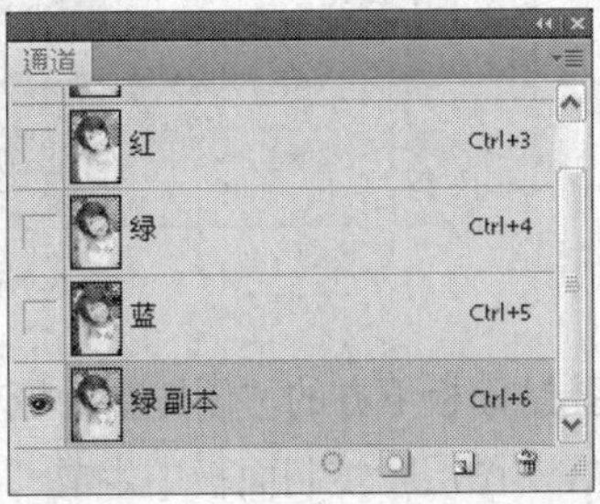

图 6-10

图 6-11

（3）将前景色设置为白色。选择“画笔”工具，在属性栏中单击“画笔”选项右侧的按钮，弹出画笔选择面板，将“主直径”选项设为 150，将“硬度”选项设为 0，在图像窗口中将人物部分涂抹为白色，效果如图 6-12 所示。将前景色设为黑色。在图像窗口的灰色背景上涂抹，效果如图 6-13 所示。

（4）按住 Ctrl 键的同时，单击“绿 副本”通道，白色图像周围生成选区。选中“RGB”通道，按 Ctrl+C 组合键，将选区中的内容复制，选择“图层”控制面板，按 Ctrl+V 组合键，将复制的内容粘贴，在“图层”控制面板中生成新的图层并将其命名为“人物图片”，如图 6-14 所示。

图 6-12

图 6-13

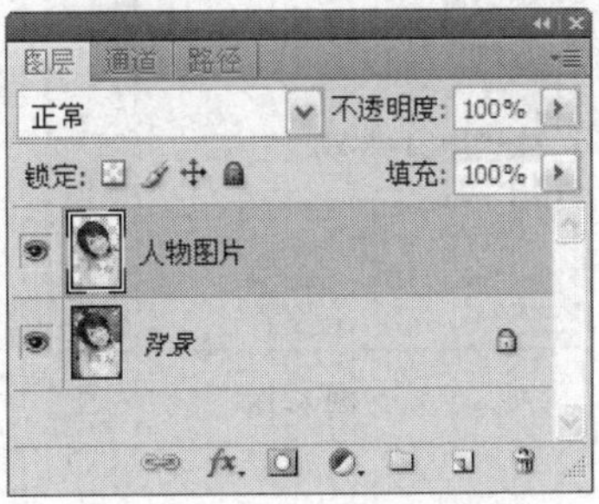

图 6-14

2. 添加并调整图片颜色

（1）选中 01 图片，按 Ctrl+A 组合键，图像窗口中生成选区，按 Ctrl+C 组合键，复制选区中的内容。在 02 图像窗口中，按 Ctrl+V 组合键，将选区中的内容粘贴到图像窗口中，在“图层”控制面中生成新的图层并将其命名为“风景图片”，拖曳到“人物图片”图层的下方，图像效果如图 6-15 所示。

（2）将“人物图片”图层拖曳到“图层”控制面板下方的“创建新图层”按钮上进行复制，生成新的图层“人物图片 副本”。选择“滤镜 > 纹理 > 颗粒”命令，在弹出的对话框中进行设置，如图 6-16 所示，单击“确定”按钮，效果如图 6-17 所示。

图 6-15

图 6-16

图 6-17

（3）单击“图层”控制面板下方的“创建新的填充或调整图层”按钮，在弹出的菜单中选择“渐变映射”命令，在“图层”控制面板中生成“渐变映射 1”图层，同时弹出“渐变映射”面板。单击“点按可编辑渐变”按钮，弹出“渐变编辑器”对话框，在“位置”选项中分别输入 0、41、100 几个位置点，分别设置几个位置点颜色的 RGB 值为：0（12、6、102），41（233、150、5），100（248、234、195），如图 6-18 所示，单击“确定”按钮，效果如图 6-19 所示。

（4）按 Ctrl+O 组合键，打开光盘中的“Ch06 > 素材 > 使用通道更换照片背景 > 03”文件，选择“移动”工具，将文字图形拖曳到图像窗口的适当位置，效果如图 6-20 所示，在“图层”控制面板中生成新的图层并将其命名为“文字”。使用通道更换照片背景效果制作完成。

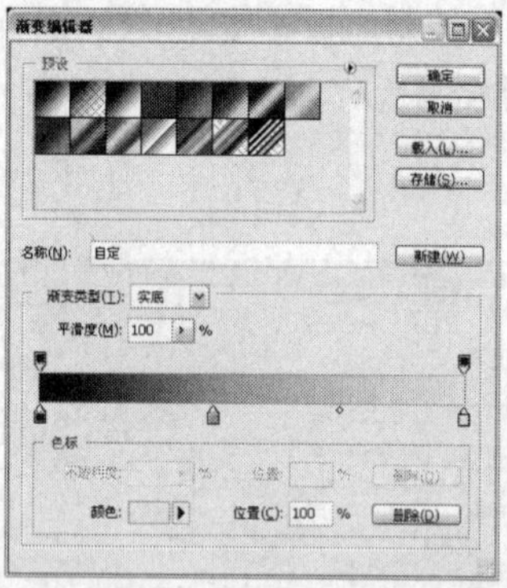

图 6-18

图 6-19

图 6-20

6.2 通道蒙版

在通道中可以快速地创建蒙版，还可以存储蒙版。

6.2.1 快速蒙版的制作

选择快速蒙版命令，可以使图像快速地进入蒙版编辑状态。打开一幅图像，效果如图 6-21 所示。选择“魔棒”工具，在魔棒工具属性栏中进行设定，如图 6-22 所示。按住 Shift 键，魔棒工具光标旁出现“+”号，连续单击选择红色棋子图形，如图 6-23 所示。

图 6-21

图 6-22

图 6-23

单击工具箱下方的“以快速蒙版模式编辑”按钮，进入蒙版状态，选区暂时消失，图像的未选择区域变为红色，如图 6-24 所示。“通道”控制面板中将自动生成快速蒙版，如图 6-25 所示。快速蒙版图像如图 6-26 所示。

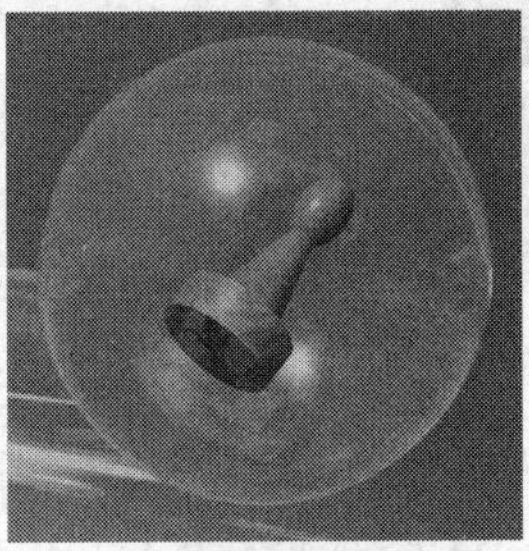

图 6-24

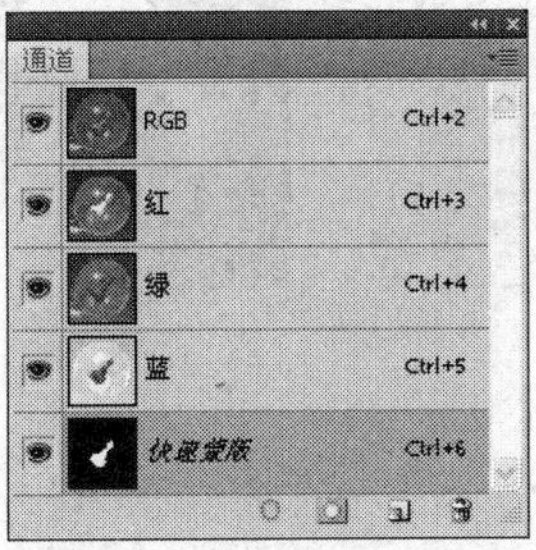

图 6-25

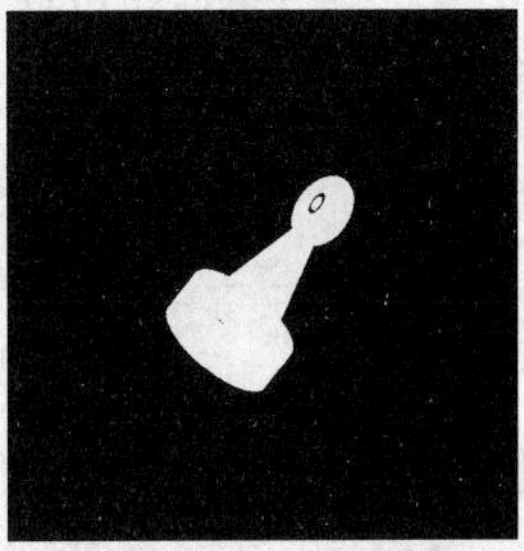

图 6-26

提示　系统预设蒙版颜色为半透明的红色。

选择“画笔”工具，在画笔工具属性栏中进行设定，如图 6-27 所示。将快速蒙版中的棋子图形绘制成白色，图像效果和快速蒙版如图 6-28、图 6-29 所示。

图 6-27

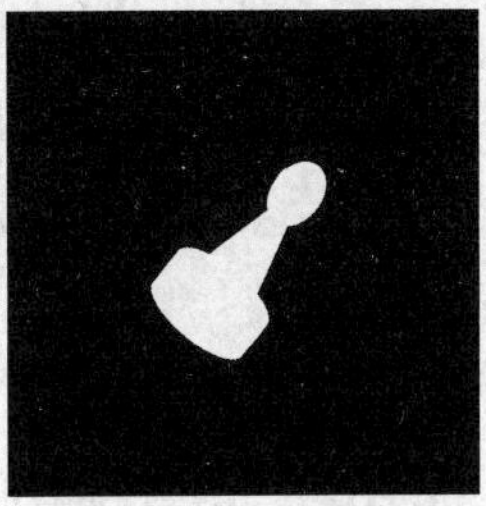

图 6-28

图 6-29

6.2.2　在 Alpha 通道中存储蒙版

可以将编辑好的蒙版存储到 Alpha 通道中。

用选取工具选中主体人物，生成选区，效果如图 6-30 所示。选择“选择 > 存储选区”命令，弹出“存储选区”对话框，如图 6-31 所示进行设定，单击“确定”按钮，建立通道蒙版“人物”。或单击“通道”控制面板中的“将选区存储为通道”按钮，建立通道蒙版“人物”，效果如图 6-32、图 6-33 所示。

图 6-30

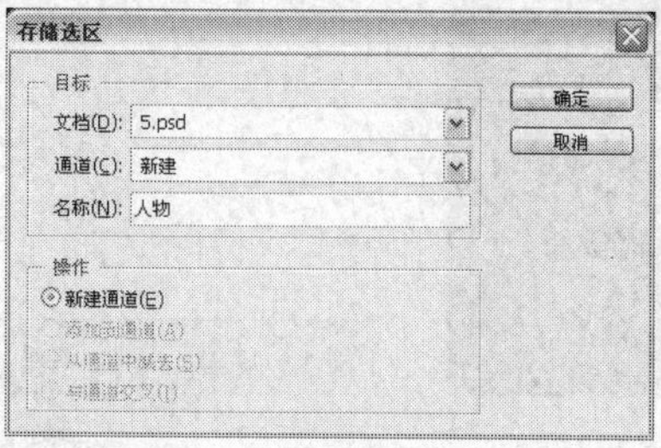

图 6-31

图 6-32

图 6-33

将图像保存，再次打开图像时，选择“选择 > 载入选区”命令，弹出“载入选区”对话框，如图 6-34 所示进行设定，单击“确定”按钮，将“人物”通道的选区载入。或单击“通道”控制面板中的“将通道作为选区载入”按钮 ，将“人物”通道作为选区载入，效果如图 6-35 所示。

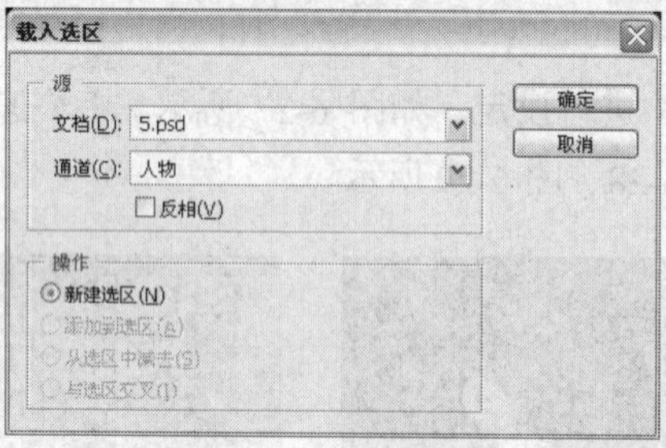

图 6-34

图 6-35

6.2.3 课堂案例——使用快速蒙版更换背景

【案例学习目标】学习使用快速蒙版按钮和画笔工具抠出人物图片并更换背景。

【案例知识要点】使用添加图层蒙版按钮、以快速蒙版模式编辑按钮、画笔工具和以标准模式编辑按钮更改图片的背景。使用快速蒙版更换背景效果如图 6-36 所示。

图 6-36

【效果所在位置】光盘/Ch06/效果/使用快速蒙版更换背景.psd。

（1）按 Ctrl+O 组合键，打开光盘中的“Ch06 > 素材 > 使用快速蒙版更换背景 > 01、02”文件，效果如图 6-37、图 6-38 所示。

（2）选择“移动”工具，将 02 图片拖曳到 01 图像窗口中，效果如图 6-39 所示，在“图层”控制面板中生成新的图层并将其命名为“人物图片”。

图 6-37

图 6-38

图 6-39

（3）单击“图层”控制面板下方的“添加图层蒙版”按钮，为“人物图片”图层添加蒙版，如图 6-40 所示。单击工具箱下方的“以快速蒙版模式编辑”按钮，进入快速蒙版编辑模式。将前景色设置为黑色。选择“画笔”工具，在属性栏中单击“画笔”选项右侧的按钮，弹出画笔选择面板，将“主直径”选项设为 150，将“硬度”选项设为 100，用鼠标在图像窗口中涂抹出两个人物，涂抹后的区域变为红色，如图 6-41 所示。

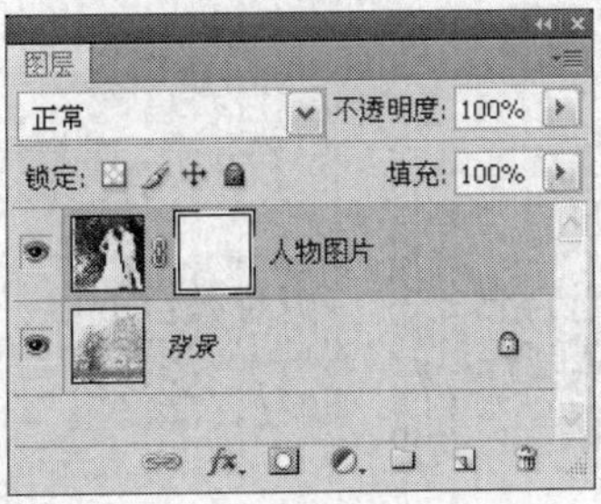

图 6-40

图 6-41

（4）单击工具箱下方的“以标准模式编辑”按钮，返回标准编辑模式，红色区域以外的部分生成选区。单击选中“人物图片”图层的图层蒙版缩览图，填充选区为黑色，效果如图 6-42 所示。按 Ctrl+D 组合键，取消选区。

（5）按 Ctrl+O 组合键，打开光盘中的“Ch06 > 素材 > 使用快速蒙版更换背景 > 03”文件，选择“移动”工具，将文字图形拖曳到图像窗口的左上方，效果如图 6-43 所示，在“图层”控制面板中生成新的图层。使用快速蒙版更换背景制作完成。

图 6-42

图 6-43

6.3 滤镜库的功能

Photoshop CS4 的滤镜库将常用滤镜组组合在一个面板中，以折叠菜单的方式显示，并为每一个滤镜提供了直观的效果预览，使用十分方便。

选择“滤镜 > 滤镜库”命令，弹出“滤镜库”对话框，在对话框中部为滤镜列表，每个滤镜组下面包含了多个特色滤镜，单击需要的滤镜组，可以浏览到滤镜组中的各个滤镜和其相应的滤镜效果。

在“滤镜库”对话框中可以创建多个效果图层，每个图层可以应用不同的滤镜，从而使图像产生多个滤镜叠加后的效果。

为图像添加“喷溅”滤镜，如图 6-44 所示，单击“新建效果图层”按钮，生成新的效果图层，如图 6-45 所示。为图像添加“强化的边缘”滤镜，2 个滤镜叠加后的效果如图 6-46 所示。

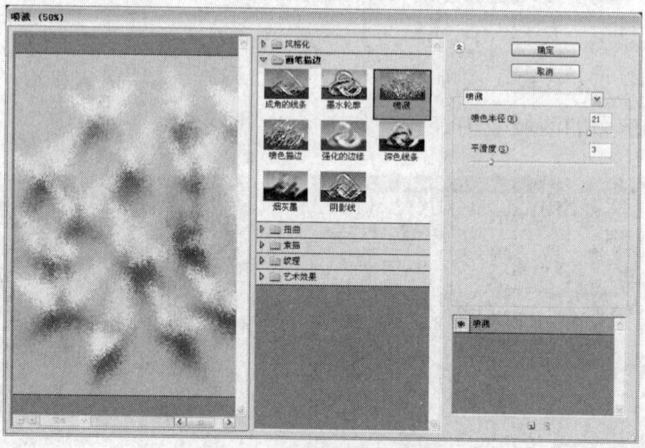

图 6-44

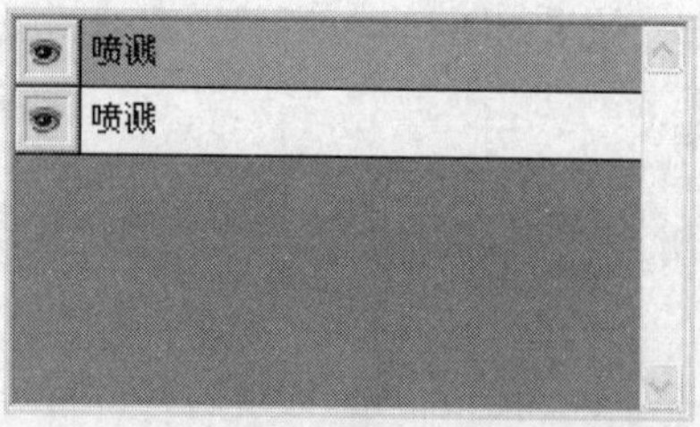

图 6-45

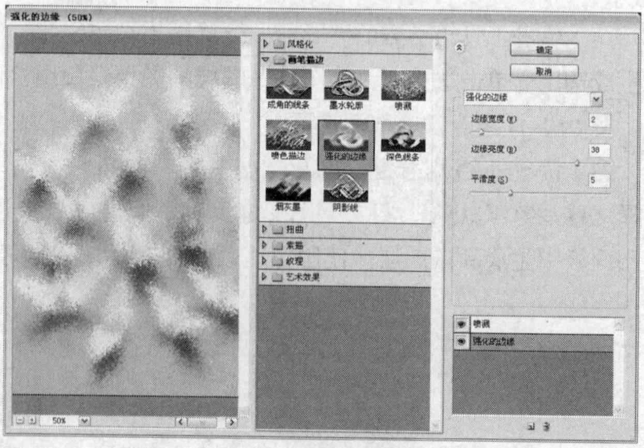

图 6-46

6.4 滤镜的应用

Photoshop CS4 的滤镜菜单下提供了多种滤镜，选择这些滤镜命令，可以制作出奇妙的图像效果。

单击“滤镜”菜单，弹出如图 6-47 所示的下拉菜单。Photoshop CS4 滤镜菜单被分为 6 部分，并用横线划分开。

第 1 部分为最近一次使用的滤镜，没有使用滤镜时，此命令为灰色，不可选择。使用任意一种滤镜后，当需要重复使用这种滤镜时，只要直接选择这种滤镜或按 Ctrl+F 组合键，即可重复使用。

第 2 部分为转换为智能滤镜，智能滤镜可随时进行修改操作。

第 3 部分为 4 种 Photoshop CS4 滤镜，每个滤镜的功能都十分强大。

第 4 部分为 13 种 Photoshop CS4 滤镜组，每个滤镜组中都包含多个子滤镜。

第 5 部分为 Digimarc 滤镜。

第 6 部分为浏览联机滤镜。

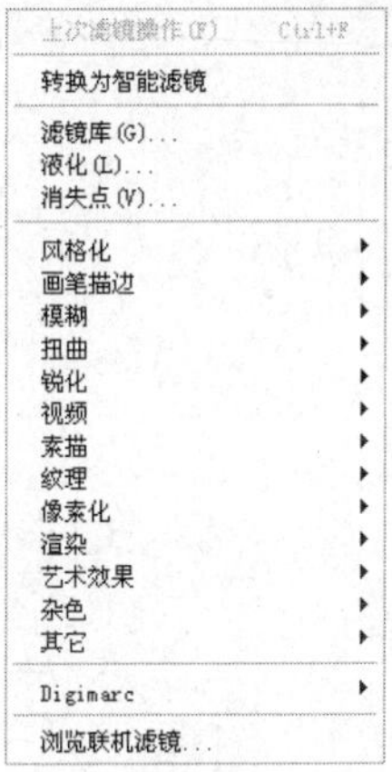

图 6-47

6.4.1　杂色滤镜

杂色滤镜可以混合干扰，制作出着色像素图案的纹理。杂色滤镜的子菜单项如图 6-48 所示。应用不同的滤镜制作出的效果如图 6-49 所示。

原图

减少杂色

蒙尘与划痕

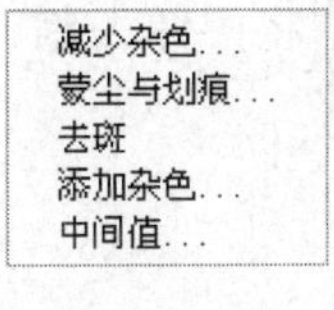

图 6-48

去斑

添加杂色

中间值

图 6-49

6.4.2　渲染滤镜

渲染滤镜可以在图片中产生照明的效果，它可以产生不同的光源效果和夜景效果。渲染滤镜菜单如图 6-50 所示。应用不同的滤镜制作出的效果如图 6-51 所示。

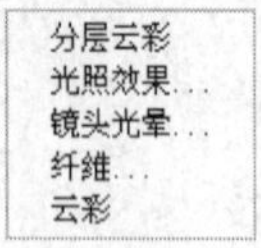

图 6-50

原图　分层云彩　光照效果

镜头光晕　纤维　云彩

图 6-51

6.4.3 课堂案例——制作怀旧照片

图 6-52

【案例学习目标】学习使用添加杂色滤镜命令为图片添加杂色。

【案例知识要点】使用去色命令将图片变为黑白效果，使用亮度/对比度命令调整图片的亮度，使用添加杂色滤镜命令为图片添加杂色，使用变化命令、云彩滤镜命令和纤维滤镜命令制作怀旧色调。怀旧照片效果如图 6-52 所示。

【效果所在位置】光盘/Ch06/效果/制作怀旧照片.psd。

1. 调整图片颜色

（1）按 Ctrl+O 组合键，打开光盘中的“Ch06 > 素材 > 制作怀旧照片 > 01”文件，效果如图 6-53 所示。选择“图像 > 调整 > 去色”命令，将图像去色，效果如图 6-54 所示。

图 6-53

图 6-54

（2）选择“图像 > 调整 > 亮度/对比度”命令，在弹出的对话框中进行设置，如图 6-55 所示，单击“确定”按钮，效果如图 6-56 所示。

（3）选择“滤镜 > 杂色 > 添加杂色”命令，在弹出的对话框中进行设置，如图 6-57 所示，单击“确定”按钮，效果如图 6-58 所示。

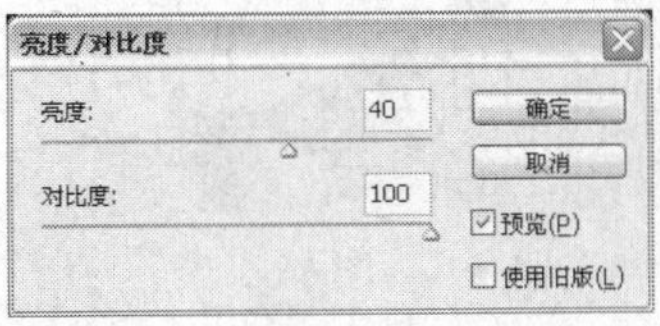

图 6-55

图 6-56

图 6-57

图 6-58

2. 制作怀旧颜色

（1）选择“图像 > 调整 > 变化”命令，弹出“变化”对话框，单击 2 次“加深黄色”缩略图，如图 6-59 所示，单击“确定”按钮，图像效果如图 6-60 所示。

（2）新建图层并将其命名为“滤镜效果”，如图 6-61 所示。按 D 键，在工具箱中将前景色和背景色恢复成默认的黑白两色。选择“滤镜 > 渲染 > 云彩”命令，效果如图 6-62 所示。

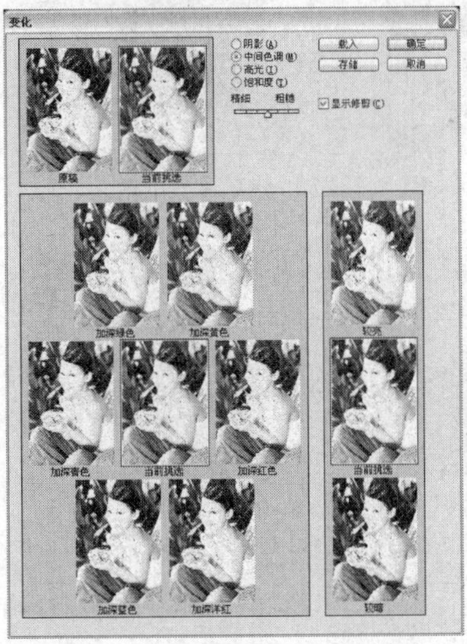

图 6-59

图 6-60

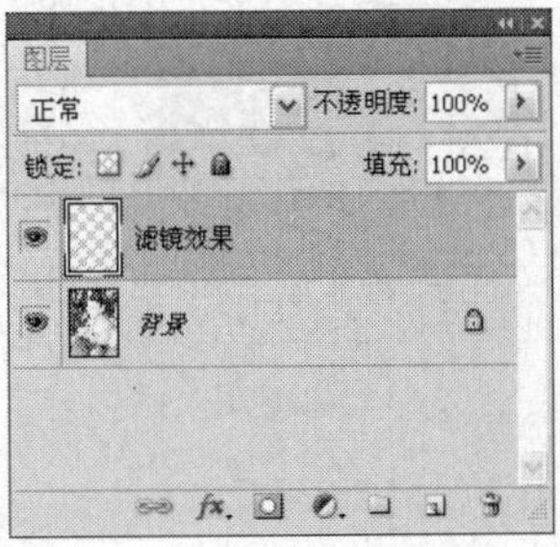

图 6-61

图 6-62

（3）选择“滤镜 > 渲染 > 纤维”命令，在弹出的对话框中进行设置，如图 6-63 所示，单击“确定”按钮，效果如图 6-64 所示。

（4）在“图层”控制面板上方，将“滤镜效果”图层的混合模式设为“颜色加深”，效果如图 6-65 所示。按 Ctrl+O 组合键，打开光盘中的“Ch06 > 素材 > 制作怀旧照片 > 02”文件。选择

"移动"工具，将文字拖曳到图像窗口中，效果如图 6-66 所示，在"图层"控制面板中生成新的图层。怀旧照片制作完成。

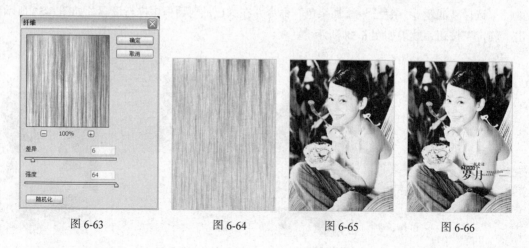

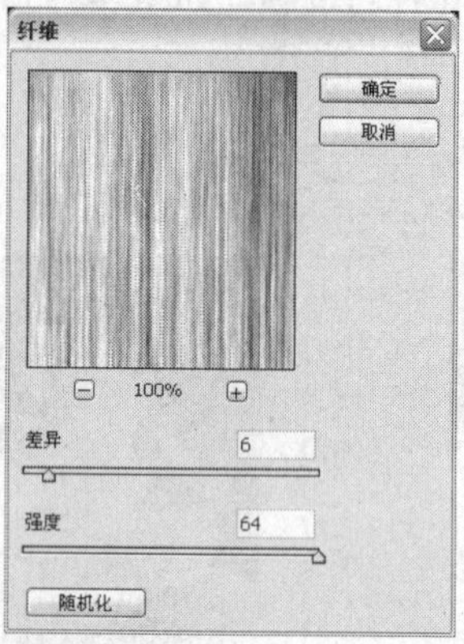

图 6-63

图 6-64

图 6-65

图 6-66

6.4.4 纹理滤镜

纹理滤镜可以使图像中各颜色之间产生过渡变形的效果。纹理滤镜菜单如图 6-67 所示。应用不同的滤镜制作出的效果如图 6-68 所示。

龟裂缝...
颗粒...
马赛克拼贴...
拼缀图...
染色玻璃...
纹理化...

图 6-67

图 6-68

6.4.5 像素化滤镜

像素化滤镜可以用于将图像分块或将图像平面化。像素化滤镜的菜单如图 6-69 所示。应用不同的滤镜制作出的效果如图 6-70 所示。

原图　　彩块化　　彩色半调　　点状化

晶格化　　马赛克　　碎片　　铜板雕刻

图 6-69

图 6-70

6.4.6　艺术效果滤镜

艺术效果滤镜在 RGB 颜色模式和多通道颜色模式下才可用。艺术效果滤镜菜单如图 6-71 所示。应用不同的滤镜制作出的效果如图 6-72 所示。

原图　　壁画　　彩色铅笔　　粗糙蜡笔

底纹效果　　调色刀　　干画笔　　海报边缘

海绵　　绘画涂抹　　胶片颗粒　　木刻

图 6-72（1）

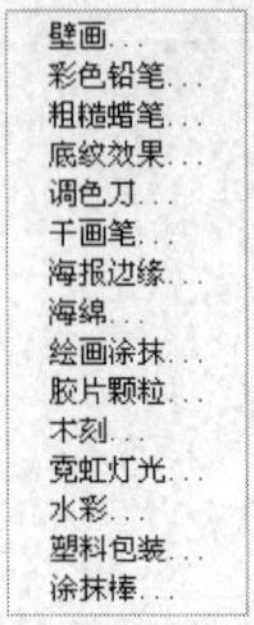

图 6-71

续前图

霓虹灯光　　水彩　　塑料包装　　涂抹棒

图 6-72（2）

6.4.7　课堂案例——像素化效果

【案例学习目标】学习使用纹理滤镜、像素化滤镜和艺术效果滤镜制作像素化效果。

【案例知识要点】使用磁性套索工具勾出瓢虫图像，使用马赛克拼贴滤镜命令制作马赛克底图效果，使用马赛克滤镜命令、绘画涂抹滤镜命令和粗糙蜡笔滤镜命令制作瓢虫的像素化效果。像素化效果如图 6-73 所示。

【效果所在位置】光盘/Ch06/效果/像素化效果.psd。

图 6-73

1. 勾出图像并制作马赛克底图

（1）按 Ctrl+O 组合键，打开光盘中的“Ch06 > 素材 > 像素化效果 > 01”文件，效果如图 6-74 所示。选择“磁性套索”工具，沿着瓢虫边缘绘制瓢虫的轮廓，瓢虫边缘生成选区，效果如图 6-75 所示。

图 6-74

图 6-75

（2）按 Shift+Ctrl+I 组合键，将选区反选，如图 6-76 所示。选择“滤镜 > 纹理 > 马赛克拼贴”

命令，在弹出的对话框中进行设置，如图 6-77 所示，单击“确定”按钮，效果如图 6-78 所示。

图 6-76

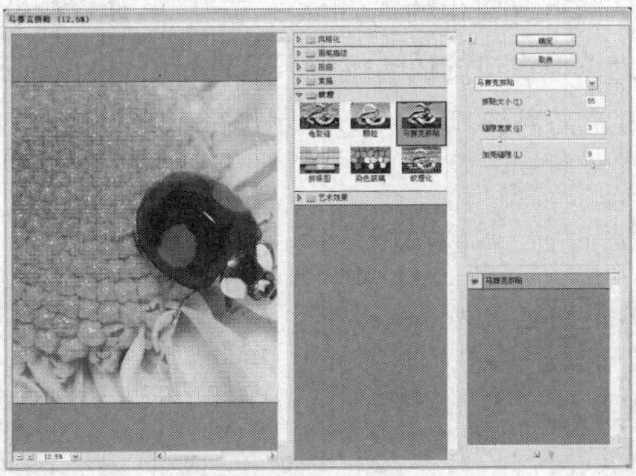

图 6-77

图 6-78

2. 制作瓢虫像素化效果

（1）按 Shift+Ctrl+I 组合键，将选区反选。按 Ctrl+J 组合键，将选区中的图像复制，在“图层”控制面板中生成新的图层并将其命名为“瓢虫”，如图 6-79 所示。选择“滤镜 > 像素化 > 马赛克”命令，在弹出的对话框中进行设置，如图 6-80 所示，单击“确定”按钮，效果如图 6-81 所示。

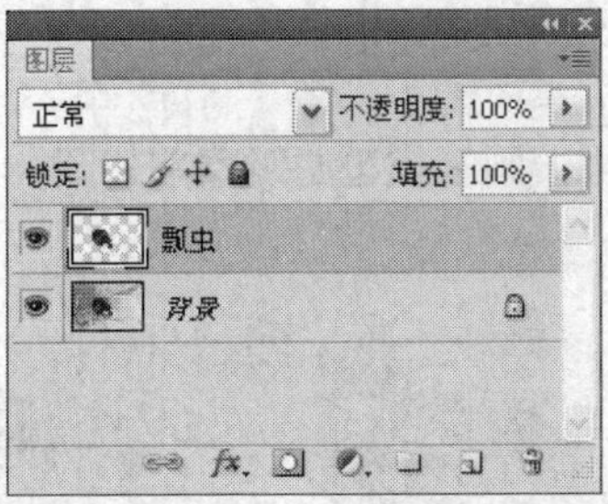

图 6-79

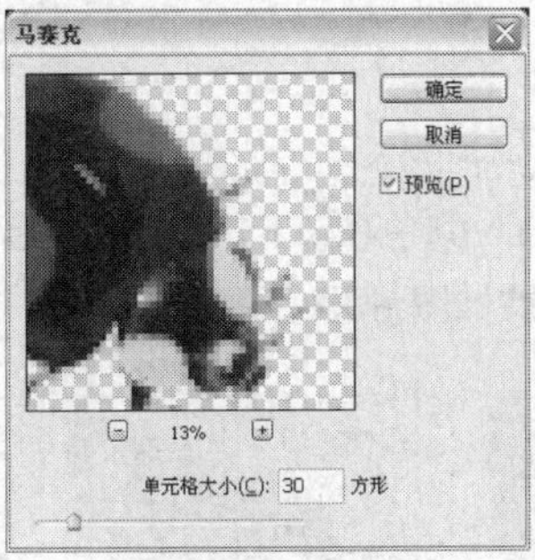

图 6-80

图 6-81

（2）选择“滤镜 > 艺术效果 > 绘画涂抹”命令，在弹出的对话框中进行设置，如图 6-82 所示，单击“确定”按钮，效果如图 6-83 所示。

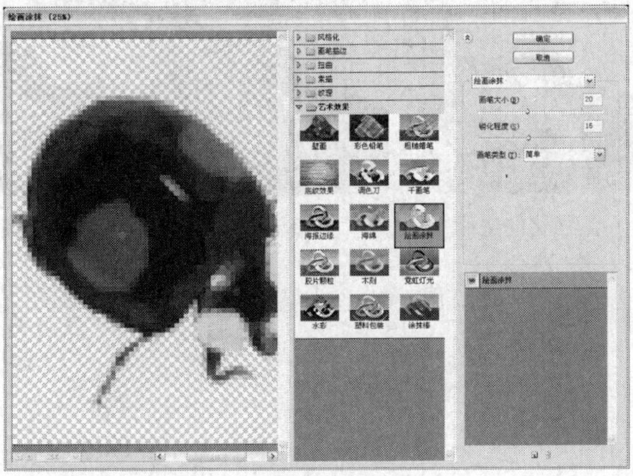

图 6-82

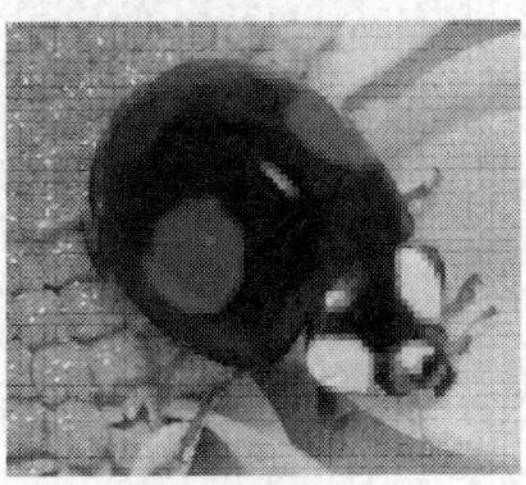

图 6-83

（3）选择“滤镜 > 艺术效果 > 粗糙蜡笔”命令，在弹出的对话框中进行设置，如图 6-84

所示，单击“确定”按钮，效果如图 6-85 所示。

（4）按 Ctrl+O 组合键，打开光盘中的“Ch06 > 素材 > 像素化效果 > 02”文件，选择“移动”工具，将图形拖曳到图像窗口的适当位置，效果如图 6-86 所示，在“图层”控制面板中生成新的图层并将其命名为“文字”。像素化效果制作完成。

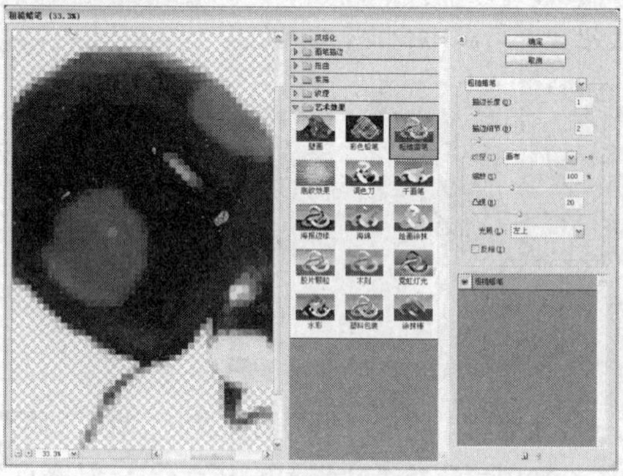

图 6-84

图 6-85

图 6-86

6.4.8　画笔描边滤镜

画笔描边滤镜对 CMYK 和 Lab 颜色模式的图像都不起作用。画笔描边滤镜菜单如图 6-87 所示。应用不同的滤镜制作出的效果如图 6-88 所示。

成角的线条...
墨水轮廓...
喷溅...
喷色描边...
强化的边缘...
深色线条...
烟灰墨...
阴影线...

图 6-87

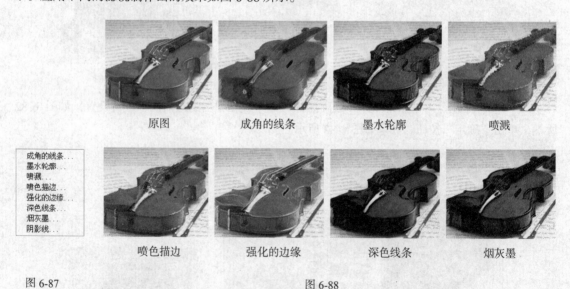

原图　成角的线条　墨水轮廓　喷溅

喷色描边　强化的边缘　深色线条　烟灰墨

图 6-88

6.4.9　风格化滤镜

风格化滤镜可以产生印象派以及其他风格画派作品的效果，它是完全模拟真实艺术手法进行创作的。风格化滤镜菜单如图 6-89 所示。应用不同的滤镜制作出的效果如图 6-90 所示。

| 原图 | 查找边缘 | 等高线 | 风 | 浮雕效果 |

查找边缘
等高线…
风…
浮雕效果…
扩散…
拼贴…
曝光过度
凸出…
照亮边缘…

| 扩散 | 拼贴 | 曝光过度 | 凸出 | 照亮边缘 |

图 6-89

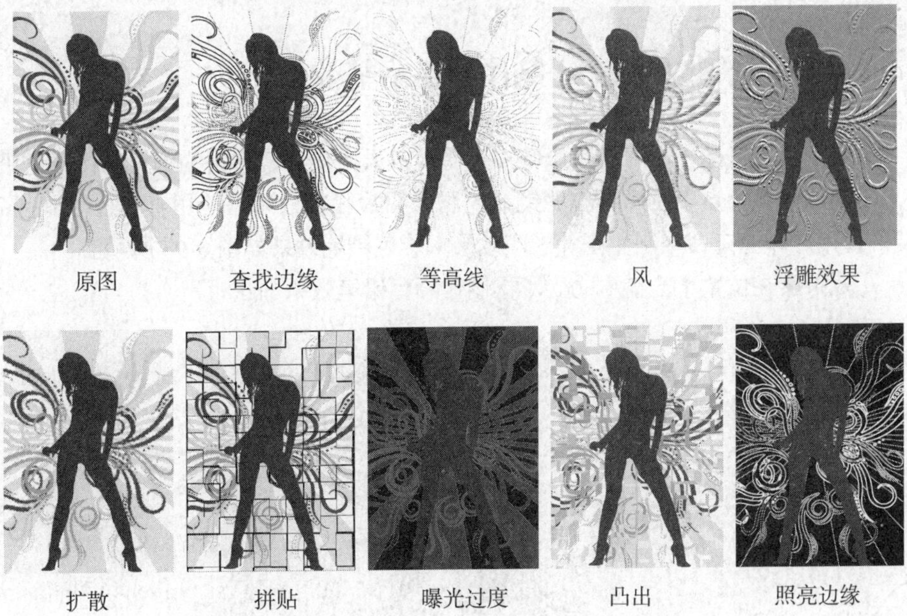

图 6-90

6.4.10　素描滤镜

素描滤镜可以制作出多种绘画效果。素描滤镜只对 RGB 或灰度模式的图像起作用。素描滤镜菜单如图 6-91 所示。应用不同的滤镜制作出的效果如图 6-92 所示。

| 原图 | 半调图案 | 便条纸 | 粉笔和炭笔 | 铬黄 |

半调图案…
便条纸…
粉笔和炭笔…
铬黄
绘图笔…
基底凸现…
水彩画纸…
撕边…
塑料效果…
炭笔…
炭精笔…
图章…
网状…
影印…

| 绘图笔 | 基底凸显 | 水彩画纸 | 撕边 | 塑料效果 |

| 炭笔 | 炭精笔 | 图章 | 网状 | 影印 |

图 6-91

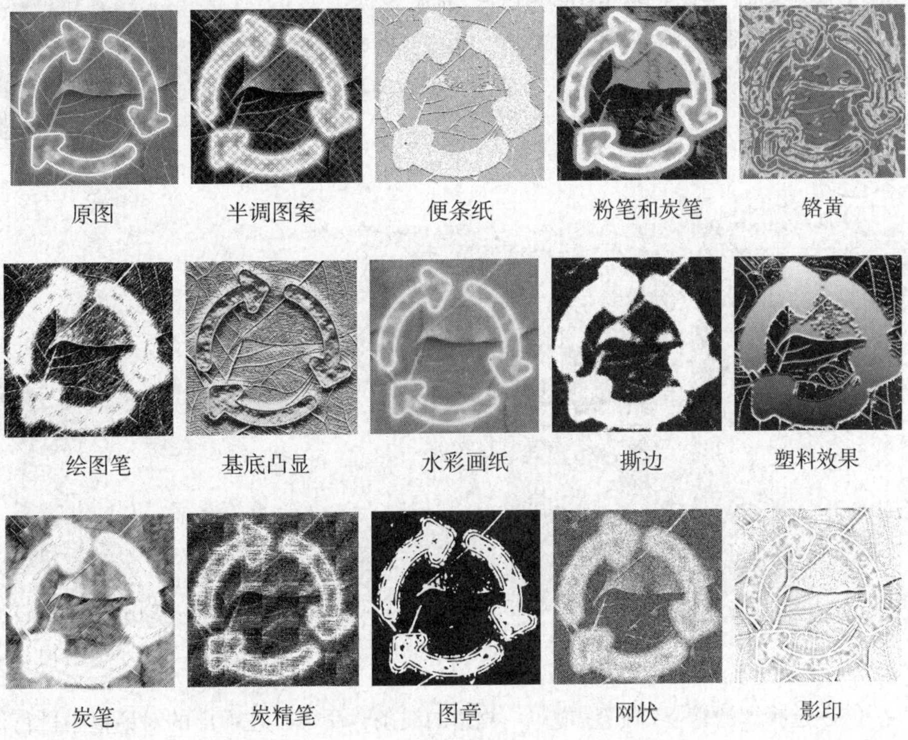

图 6-92

6.4.11 课堂案例——制作彩色铅笔效果

【案例学习目标】学习使用画笔描边滤镜、风格化滤镜和素描滤镜制作彩色铅笔效果。

【案例知识要点】使用颗粒滤镜命令添加图片颗粒效果。使用查找边缘滤镜命令调整图片色调。使用影印滤镜命令制作图片影印效果。彩色铅笔效果如图 6-93 所示。

【效果所在位置】光盘/Ch06/效果/制作彩色铅笔效果.psd。

图 6-93

1. 添加图片颗粒效果

（1）按 Ctrl+O 组合键，打开光盘中的“Ch06 > 素材 > 制作彩色铅笔效果 > 01”文件，效果如图 6-94 所示。将“背景”图层拖曳到控制面板下方的“创建新图层”按钮 上进行复制，生成新的图层“背景 副本”。

图 6-94

（2）选择“滤镜 > 纹理 > 颗粒”命令，在弹出的对话框中进行设置，如图 6-95 所示，单击“确定”按钮，效果如图 6-96 所示。

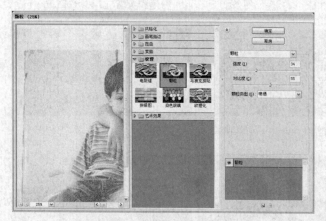

图 6-95

图 6-96

（3）选择“滤镜 > 画笔描边 > 成角的线条”命令，在弹出的对话框中进行设置，如图 6-97 所示，单击“确定”按钮，效果如图 6-98 所示。

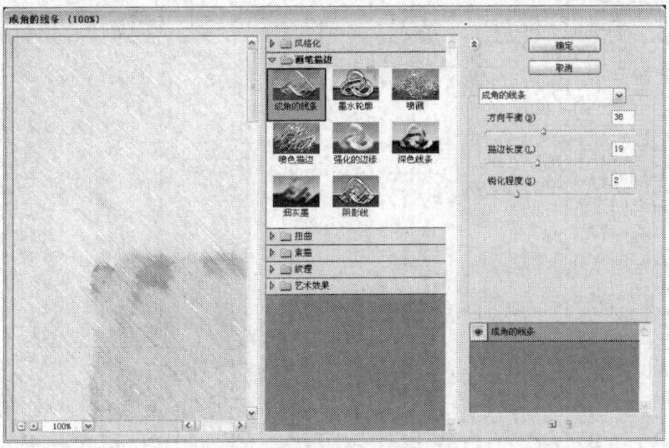

图 6-97

图 6-98

（4）将“背景 副本”图层连续两次拖曳到控制面板下方的“创建新图层”按钮上进行复制，生成“背景 副本 2”和“背景 副本 3”图层。隐藏这两个图层，选中“背景 副本”图层，单击“图层”控制面板下方的“添加图层蒙版”按钮，为“背景 副本”图层添加蒙版，如图 6-99 所示。

（5）按 D 键，将工具箱中的前景色和背景色恢复为默认黑白两色。选择“画笔”工具，在属性栏中单击“画笔”选项右侧的按钮，弹出画笔选择面板，将“主直径”选项设为 200，将“硬度”选项设为 0，在图像窗口中涂抹两个男孩的脸部，将脸部显示，效果如图 6-100 所示。

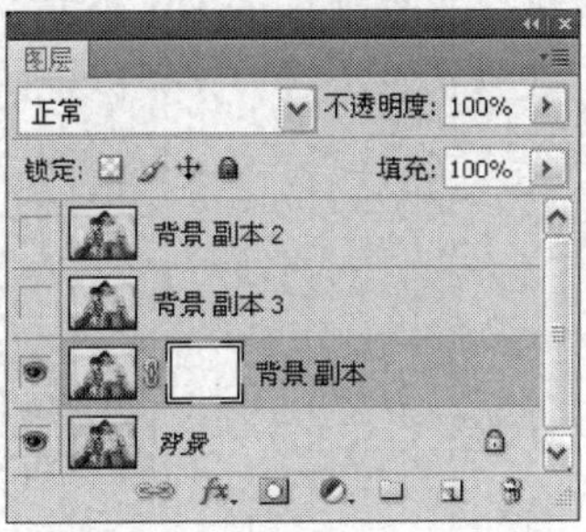

图 6-99

图 6-100

2. 制作彩色铅笔效果

（1）显示并选中“背景 副本 3”图层。选择“滤镜 > 风格化 > 查找边缘”命令，效果如图 6-101 所示。将“背景 副本 3”图层的混合模式设为“叠加”，将“不透明度”选项设为 90%，如图 6-102 所示，图像效果如图 6-103 所示。

图 6-101

图 6-102

图 6-103

（2）显示并选中“背景 副本 2”图层。选择“滤镜 > 素描 > 影印”命令，在弹出的对话框中进行设置，如图 6-104 所示，单击“确定”按钮，图像效果如图 6-105 所示。

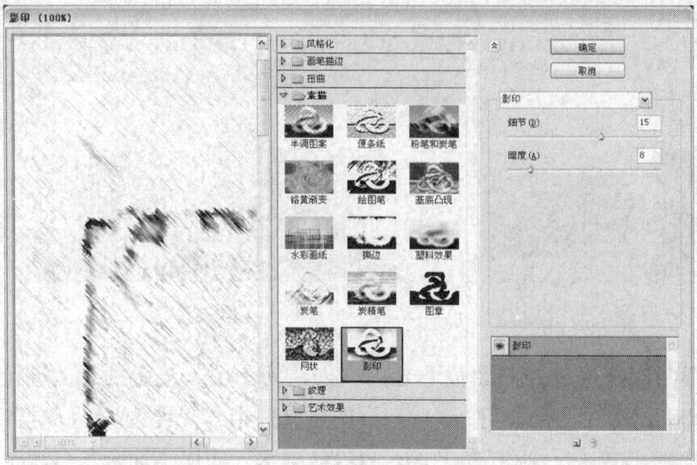

图 6-104

图 6-105

（3）将“背景 副本 2”图层的混合模式设为“强光”，“不透明度”选项设为 80%，如图 6-106 所示，图像效果如图 6-107 所示。

（4）按 Ctrl+O 组合键，打开光盘中的“Ch06 > 素材 > 制作彩色铅笔效果 > 02”文件，选择“移动”工具，将文字拖曳到图像窗口的右侧，效果如图 6-108 所示。彩色铅笔效果制作完成。

图 6-106

图 6-107

图 6-108

6.5 滤镜使用技巧

重复使用滤镜、对局部图像使用滤镜可以使图像产生更加丰富、生动的变化。

6.5.1 重复使用滤镜

如果在使用一次滤镜后，效果不理想，可以按 Ctrl+F 组合键，重复使用滤镜。重复使用染色玻璃滤镜的不同效果如图 6-109 所示。

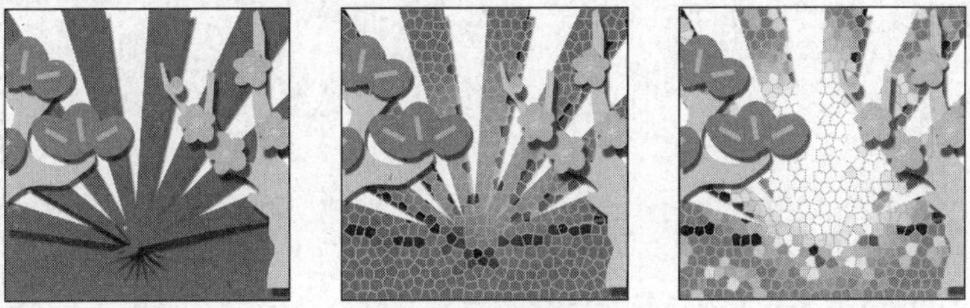

图 6-109

6.5.2　对图像局部使用滤镜

对图像局部使用滤镜，是常用的处理图像的方法。在要应用的图像上绘制选区，如图 6-110 所示，对选区中的图像使用球面化滤镜，效果如图 6-111 所示。如果对选区进行羽化后再使用滤镜，就可以得到与原图融为一体的效果。在“羽化选区”对话框中设置羽化的数值，如图 6-112 所示，对选区进行羽化后再使用滤镜得到的效果如图 6-113 所示。

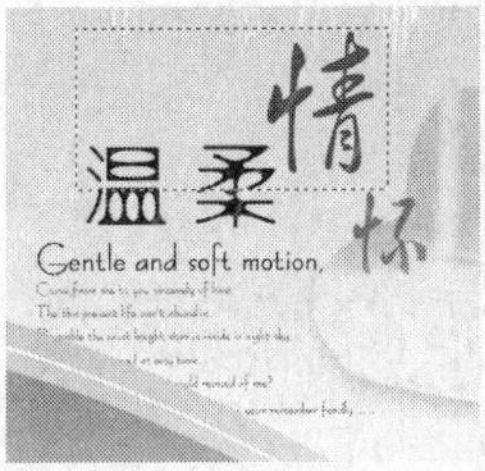

图 6-110

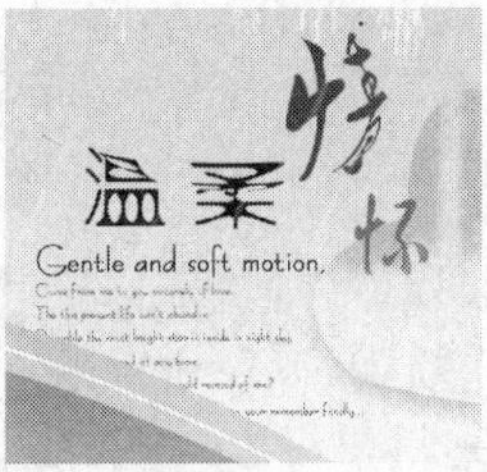

图 6-111

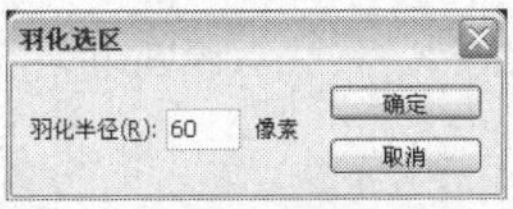

图 6-112

图 6-113

课堂练习——制作国画效果

【练习知识要点】使用滤镜命令制作背景，使用去色命令将图片去色，使用添加杂色命令添加图片杂色，使用色彩平衡命令调整图片的颜色，使用自定形状工具和描边命令制作装饰边框。国画效果如图 6-114 所示。

【效果所在位置】光盘/Ch06/效果/制作国画效果.psd。

图 6-114

课后习题——制作时尚装饰画

【习题知识要点】使用旋转扭曲命令制作圆形底图变形效果，使用高斯模糊命令添加底图模糊效果，使用彩色半调命令制作底图特殊效果，使用画笔工具绘制小草，使用自定形状工具绘制装饰符号。时尚装饰画效果如图 6-115 所示。

【效果所在位置】光盘/Ch06/效果/制作时尚装饰画.psd。

图 6-115

下　篇

案例实训篇

第7章 插画设计

现代插画艺术发展迅速，已经被广泛应用于杂志、报刊、广告、包装和纺织品领域。使用 Photoshop CS4 绘制的插画简洁明快，独特新颖，已经成为最流行的插画表现形式。本章以多个主题的插画为例，讲解了插画的多种绘制表现方法和制作技巧。

课堂学习目标

- 了解插画的应用领域
- 了解插画的分类
- 了解插画的风格特点
- 掌握插画的绘制思路
- 掌握插画的绘制方法和技巧

7.1 插画设计概述

插画，就是用来解释说明一段文字的图画。广告、杂志、说明书、海报、书籍、包装等平面的作品中，凡是用来做“解释说明”用的都可以称之为插画。

7.1.1 插画的应用领域

通行于国外市场的商业插画包括出版物插图、卡通吉祥物插图、影视与游戏美术设计插图和广告插画 4 种形式。在中国，插画已经遍布于平面和电子媒体、商业场馆、公众机构、商品包装、影视演艺海报、企业广告，甚至 T 恤、日记本和贺年片。

7.1.2 插画的分类

插画的种类繁多，可以分为商业广告类插画、海报招贴类插画、儿童读物类插画、艺术创作类插画、流行风格类插画，如图 7-1 所示。

商业广告类插画

海报招贴类插画

儿童读物类插画

艺术创作类插画

流行风格类插画

图 7-1

7.1.3 插画的风格特点

插画的风格和表现形式多样，有抽象手法的、写实手法的、黑白的、彩色的、运用材料的、照片的、电脑制作的，现代插画运用到的技术手段更加丰富。

7.2 时尚人物插画

7.2.1 案例分析

时尚人物插画是报刊杂志、商业广告中经常会用到的插画内容。现代时尚的插画风格和清新独特的内容，可以为报刊、杂志、商业广告增色不少。本例是为杂志中的时尚栏目设计创作的插画，画面要表现现代都市青年女性在假期中轻松快意的生活。

在绘制思路上，首先要设计都市背景下的生活景象，从典型的都市街景入手，绘制出街头的元素，如交通信号灯、斑马线及楼体的玻璃幕墙和反光。再绘制一个时尚女孩，这也是画面的核心。从女孩的五官开始绘制，接着绘制身体部分，注意对人物的刻画细致准确。整体用色简洁大方、搭配得当，表现出都市女孩的青春靓丽。最后再绘制一个音乐耳机，表现出都市流行音乐的魅力。

本例将使用钢笔工具来绘制人物轮廓，使用路径转化为选区命令和填充命令为人体各部分填充需要的颜色，使用画笔工具和描边命令制作眉毛和眼眶，使用椭圆选框工具和羽化选区命令绘制腮红，使用移动工具添加背景图片。

7.2.2 案例设计

本案例设计流程如图 7-2 所示。

图 7-2

7.2.3 案例制作

1. 绘制头部

（1）按 Ctrl+N 组合键，新建一个文件：宽度为 21 厘米，高度为 30 厘米，分辨率为 200 像素/英寸，颜色模式为 RGB，背景内容为白色，单击“确定”按钮。将前景色设为蓝色（其 R、G、B 的值分别为 131、201、227），按 Alt + Delete 组合键，用前景色填充“背景”图层。

（2）单击“图层”控制面板下方的“创建新组”按钮 ，生成新的图层组并将其命名为“头部”。新建图层并将其命名为“脸形”。选择“钢笔”工具 ，选中属性栏中的“路径”按钮 ，在图像窗口中拖曳鼠标绘制路径，如图 7-3 所示。

（3）按 Ctrl+Enter 组合键，将路径转换为选区。将前景色设为肉色（其 R、G、B 的值分别为 244、221、207）。按 Alt+Delete 组合键，用前景色填充选区，按 Ctrl+D 组合键，取消选区，效果如图 7-4 所示。

（4）新建图层并将其命名为“头发”。将前景色设为黑色。选择“钢笔”工具，在图像窗口中绘制路径，如图 7-5 所示。

（5）按 Ctrl+Enter 组合键，将路径转换为选区。按 Alt+Delete 组合键，用前景色填充选区。按 Ctrl+D 组合键，取消选区，效果如图 7-6 所示。

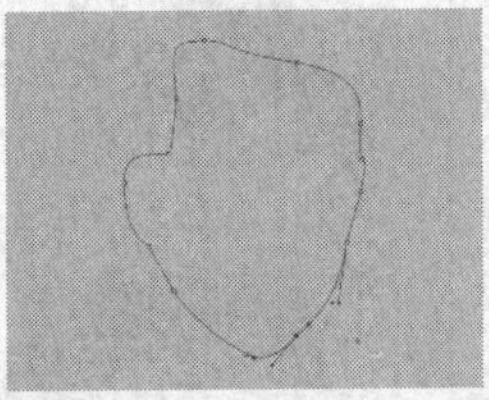
图 7-3

图 7-4

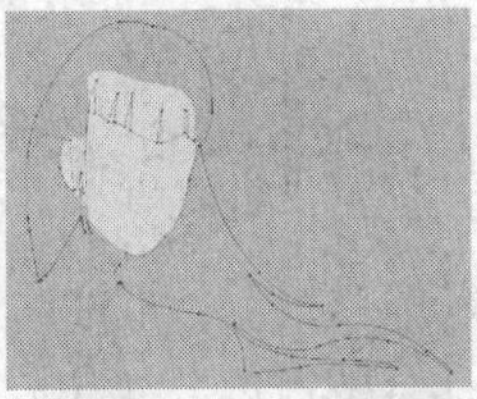
图 7-5

图 7-6

（6）新建图层并将其命名为“眉毛”。选择“钢笔”工具，在图像窗口中绘制多条路径，效果如图 7-7 所示。选择“画笔”工具，在属性栏中单击“画笔”选项右侧的按钮，弹出画笔选择面板，在面板中选择画笔形状，如图 7-8 所示。

图 7-7

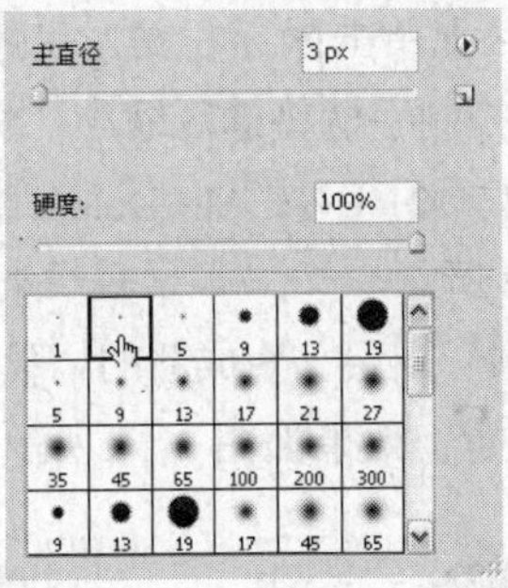

图 7-8

（7）选择“路径选择”工具，将多个路径同时选取，在路径上单击鼠标右键，在弹出的菜单中选择“描边路径”命令，在弹出的对话框中进行设置，如图 7-9 所示，单击“确定”按钮，按 Enter 键，隐藏路径，效果如图 7-10 所示。

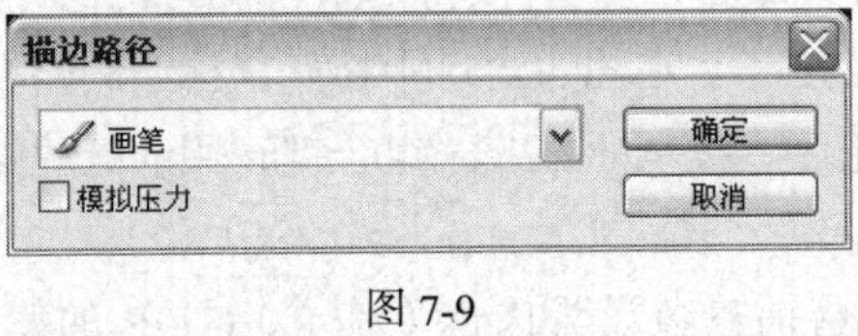

图 7-9

图 7-10

（8）新建图层并将其命名为“眼影”。选择“钢笔”工具，在图像窗口中绘制两个路径，如图 7-11 所示。将前景色设为粉红色（其 R、G、B 的值分别为 237、184、181）。按 Ctrl + Enter 组合键，将路径转换为选区。按 Alt+Delete 组合键，用前景色填充选区。按 Ctrl+D 组合键，取消选区，效果如图 7-12 所示。

（9）将“眼影”图层拖曳到“图层”控制面板下方的“创建新图层”按钮上进行复制，生成新的图层“眼影 副本”，再将其拖曳到“眼影”图层的下方，如图 7-13 所示。将前景色设为淡红色（其 R、G、B 的值分别为 243、133、128）。按住 Ctrl 键的同时，单击“眼影 副本”图层的图层缩览图，图形周围生成选区，按 Alt+Delete 组合键，用前景色填充选区。按 Ctrl+D 组合键，取消选区。选择“移动”工具，将淡红色的眼影图形向下拖曳到适当位置，图像效果如图 7-14 所示。

图 7-11

图 7-12

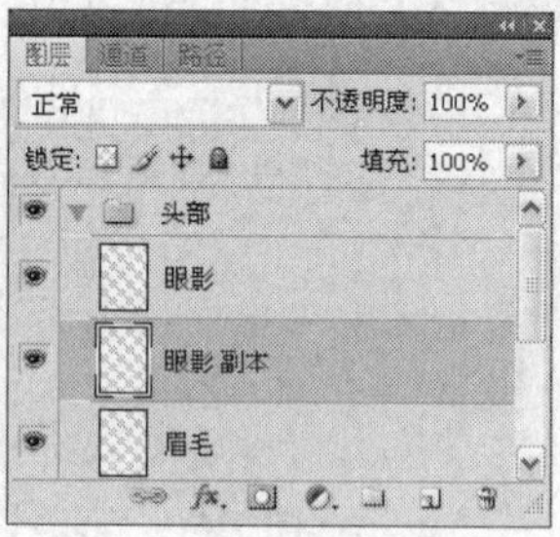

图 7-13

图 7-14

（10）新建图层并将其命名为“眼睛”，拖曳到“眉毛”图层的下方。将前景色设为绿色（其 R、G、B 的值分别为 99、160、90）。选择“椭圆选框”工具，按住 Shift 键的同时，在图像窗口中绘制一个圆形选区，按 Alt+Delete 组合键，用前景色填充选区，效果如图 7-15 所示。

（11）在圆形选区上单击鼠标右键，在弹出的菜单中选择“变换选区”命令，图像周围出现控制手柄，向内拖曳控制手柄将选区缩小，按 Enter 键确定操作。将前景色设为淡蓝色（其 R、G、B 的值分别为 0、124、121）。按 Alt+Delete 组合键，用前景色填充选区，按 Ctrl+D 组合键，取消选区，效果如图 7-16 所示。

（12）复制“眼睛”图层，生成新的“眼睛 副本”图层。选择“移动”工具，将复制出的图形拖曳到适当的位置，效果如图 7-17 所示。

图 7-15

图 7-16

图 7-17

（13）选中“眼影”图层。新建图层并将其命名为“嘴”。将前景色设为粉色（其 R、G、B 的值分别为 242、135、182）。选择“钢笔”工具，在图像窗口中拖曳鼠标绘制路径，如图 7-18 所示。按 Ctrl+Enter 组合键，将路径转换为选区。按 Alt+Delete 组合键，用前景色填充选区。按 Ctrl+D 组合键，取消选区，如图 7-19 所示。

（14）新建图层并将其命名为“鼻子”。将前景色设为肉色（其 R、G、B 的值分别为 230、205、191）。选择“钢笔”工具，在图像窗口中绘制路径，如图 7-20 所示。按 Ctrl+Enter 组合键，将路径转换为选区。按 Alt+Delete 组合键，用前景色填充选区。按 Ctrl+D 组合键，取消选区，效果如图 7-21 所示。

图 7-18

图 7-19

图 7-20

图 7-21

（15）新建图层并将其命名为“腮红”。将前景色设为浅紫色（其 R、G、B 的值分别为 225、173、196）。选择“椭圆选框”工具，按住 Shift 键的同时，在图像窗口中绘制圆形选区，按 Shift+F6 组合键，在弹出的“羽化选区”对话框中进行设置，如图 7-22 所示，单击“确定”按钮。按 Alt+Delete 组合键，用前景色填充选区。按 Ctrl+D 组合键，取消选区，图像效果如图 7-23 所示。

（16）复制“腮红”图层，生成新的“腮红 副本”图层。选择“移动”工具，在图像窗口中拖曳复制出的图形到适当的位置，如图 7-24 所示。单击“头部”图层组前面的三角形按钮，将“头部”图层组隐藏。

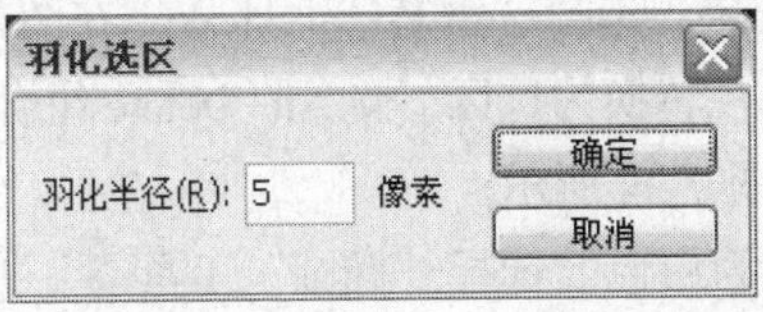

图 7-22

图 7-23

图 7-24

2. 绘制身体部分

（1）新建图层组并将其命名为“身体”，拖曳到“头部”图层组的下方。新建图层并将其命名为“身体”。选择“钢笔”工具，在图像窗口中拖曳鼠标绘制路径，如图 7-25 所示。

（2）将前景色设为肉色（其 R、G、B 的值分别为 243、221、207）。按 Ctrl+Enter 组合键，将路径转换为选区，按 Alt+Delete 组合键，用前景色填充选区，按 Ctrl+D 组合键，取消选区，效果如图 7-26 所示。

（3）新建图层并将其命名为“衣服”。将前景色设为黄色（其 R、G、B 的值分别为 255、212、0）。选择“钢笔”工具，在图像窗口中绘制路径，如图 7-27 所示。按 Ctrl+Enter 组合键，将路径转换为选区。按 Alt+Delete 组合键，用前景色填充选区。按 Ctrl+D 组合键，取消选区，效果如图 7-28 所示。

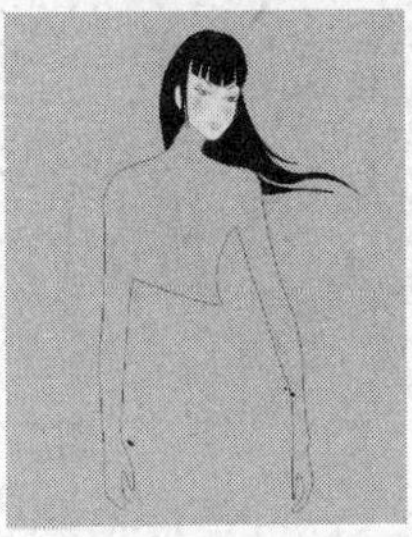

图 7-25

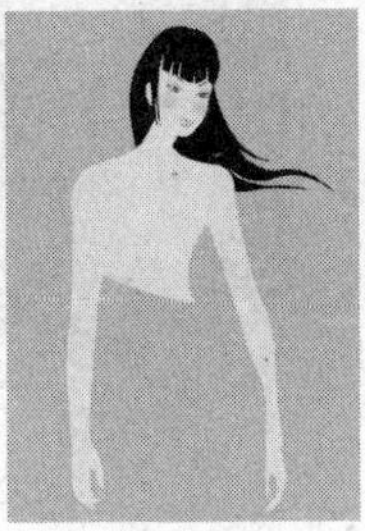

图 7-26

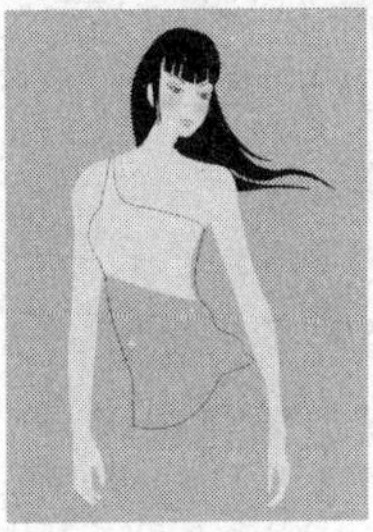

图 7-27

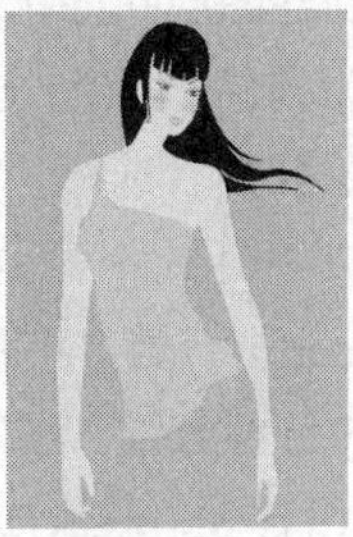

图 7-28

（4）新建图层并将其命名为“裤子”。将前景色设为蓝色（其 R、G、B 的值分别为 0、72、130）。

选择“钢笔”工具，在图像窗口中绘制路径，如图 7-29 所示。按 Ctrl+Enter 组合键，将路径转换为选区。按 Alt+Delete 组合键，用前景色填充选区。按 Ctrl+D 组合键，取消选区，效果如图 7-30 所示。

（5）新建图层并将其命名为“光线”。将前景色设为白色。选择“钢笔”工具，在图像窗口中绘制路径，如图 7-31 所示。按 Ctrl+Enter 组合键，将路径转换为选区。按 Alt+Delete 组合键，用前景色填充选区。按 Ctrl+D 组合键，取消选区。在“图层”控制面板上方，将“光线”图层的“不透明度”选项设为 15%，效果如图 7-32 所示。

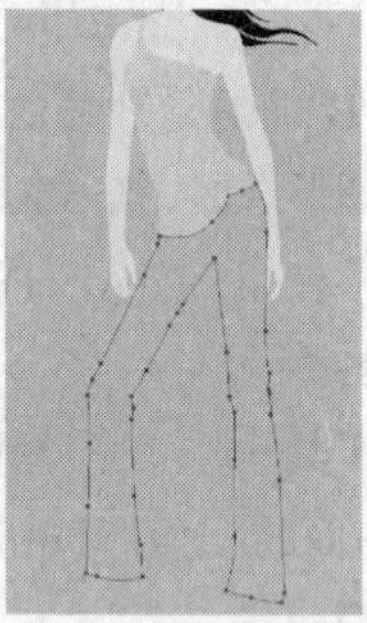

图 7-29

图 7-30

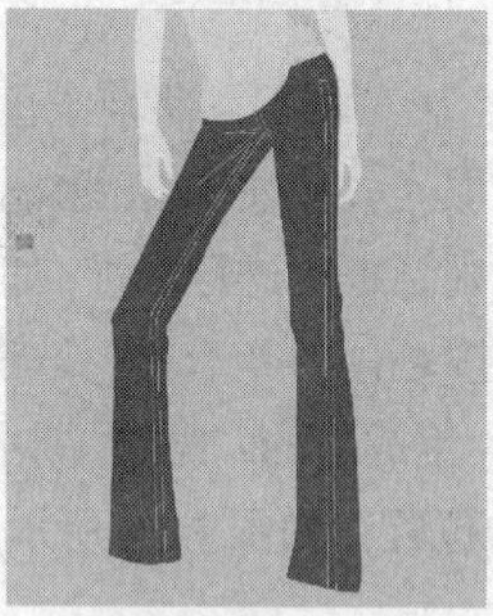

图 7-31

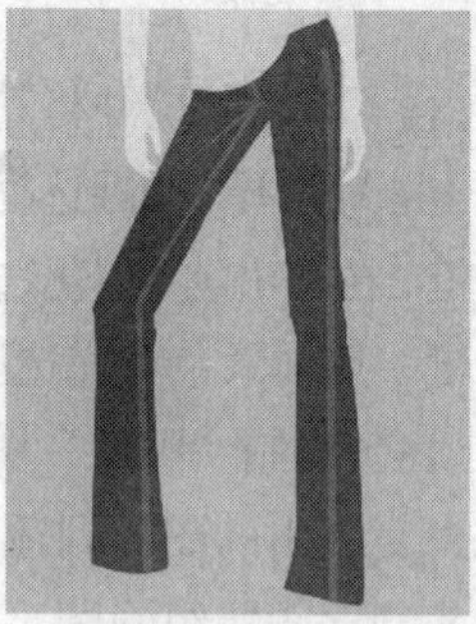

图 7-32

（6）新建图层并将其命名为“腰带”。将前景色设为橘黄色（其 R、G、B 的值分别为 247、147、29）。单击“裤子”图层前面的眼睛图标，隐藏该图层。选择“钢笔”工具，在图像窗口中绘制路径，如图 7-33 所示。按 Ctrl+Enter 组合键，将路径转换为选区。按 Alt+Delete 组合键，用前景色填充选区。按 Ctrl+D 组合键，取消选区，效果如图 7-34 所示。

（7）新建图层并将其命名为“白色圆点”。将前景色设为白色。选择“椭圆”工具，选中属性栏中的“填充像素”按钮，按住 Shift 键的同时，拖曳鼠标在图像窗口中绘制圆形。单击“裤子”图层前面的空白图标，显示图层，效果如图 7-35 所示。

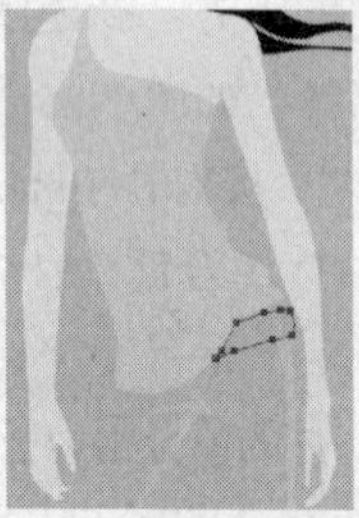

图 7-33

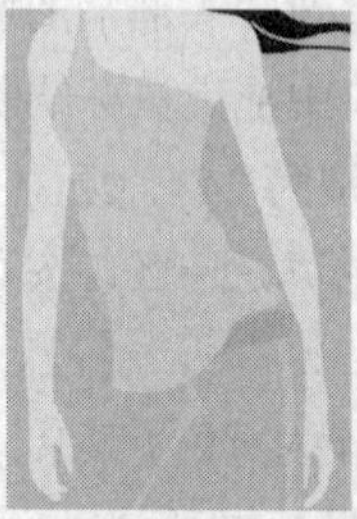

图 7-34

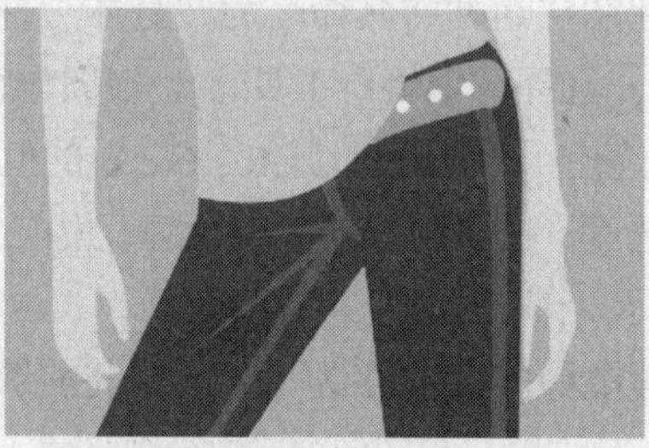

图 7-35

（8）新建图层并将其命名为“脚”。将前景色设为肉色（其 R、G、B 的值分别为 244、221、207）。选择“钢笔”工具，在图像窗口中绘制路径，如图 7-36 所示。按 Ctrl+Enter 组合键，将路径转换为选区。按 Alt+Delete 组合键，用前景色填充选区。按 Ctrl+D 组合键，取消选区，如图 7-37 所示。

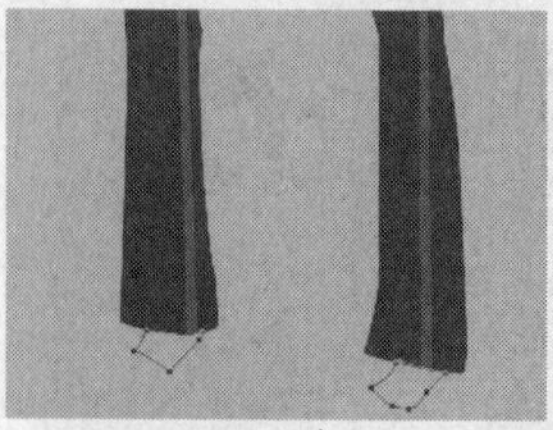

图 7-36

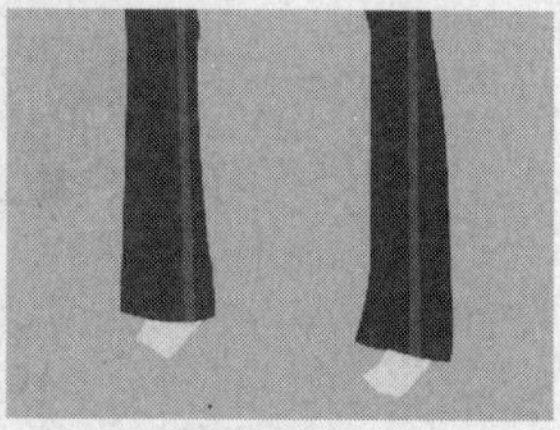

图 7-37

（9）新建图层并将其命名为“鞋”。将前景色设为蓝色（其 R、G、B 的值分别为 0、72、130）。选择“钢笔”工具，在图像窗口中绘制路径，如图 7-38 所示。按 Ctrl+Enter 组合键，将路径转换为选区。按 Alt+Delete 组合键，用前景色填充选区。按 Ctrl+D 组合键，取消选区，效果如图 7-39 所示。单击“身体”图层组前面的三角形按钮，将“身体”图层组隐藏。

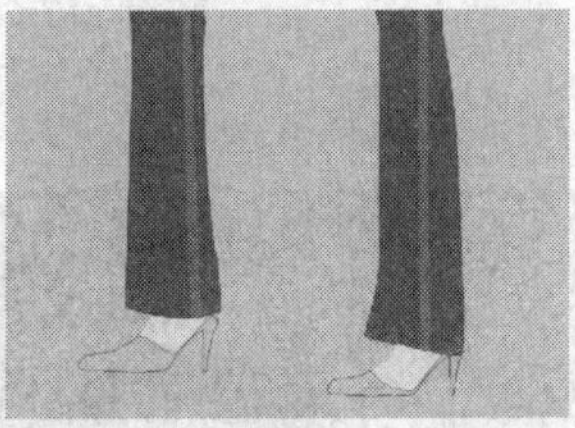

图 7-38

图 7-39

（10）按 Ctrl+O 组合键，打开光盘中的“Ch07 > 素材 > 时尚人物插画 > 01”文件，选择“移动”工具，将图片拖曳到图像窗口的适当位置，在“图层”控制面板中生成新的图层并将其命名为“背景图片”，拖曳到“背景”图层的上方，如图 7-40 所示，效果如图 7-41 所示。

（11）选中“头部”图层组。按 Ctrl+O 组合键，打开光盘中的“Ch07 > 素材 > 时尚人物插画 > 02”文件，选择“移动”工具，将图片拖曳到图像窗口中，如图 7-42 所示，在“图层”控制面板中生成新的图层并将其命名为“耳机”。时尚人物插画效果制作完成。

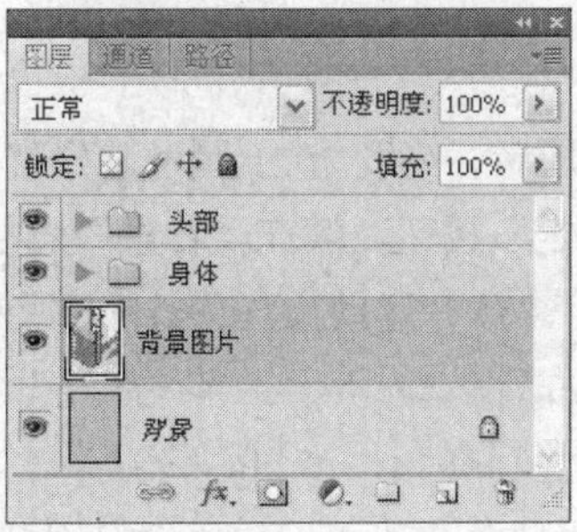

图 7-40

图 7-41

图 7-42

7.3　体育运动插画

7.3.1　案例分析

体育运动插画是运动类网站、杂志和报纸最喜欢的宣传和表现形式之一。体育运动是年轻人的最爱，体育运动插画要表现出运动给人带来的健康、努力、积极和进取的精神风貌。插画的风格要体现出现代感、科技感和运动感，可以采用夸张的艺术手法来进行插画的绘制。

在设计思路上，通过圆和点的构成编排制作出背景图形的律动感，烘托出插画的运动气氛。通过对运动人物图片的调色和加边处理来强化人物的动感和冲击力。画面大胆地采用黑色背景，圆和点采用鲜明的红色和紫色，人物的边线采用亮丽的蓝色，使插画的色彩形成大的反差，使观看插画的读者很容易被吸引和感染。

本例将使用椭圆工具绘制路径。使用画笔工具、自由变换命令和描边路径命令制作装饰图形。使用去色命令和色阶命令调整图片的颜色。使用描边命令为图片添加描边效果。

7.3.2 案例设计

本案例设计流程如图 7-43 所示。

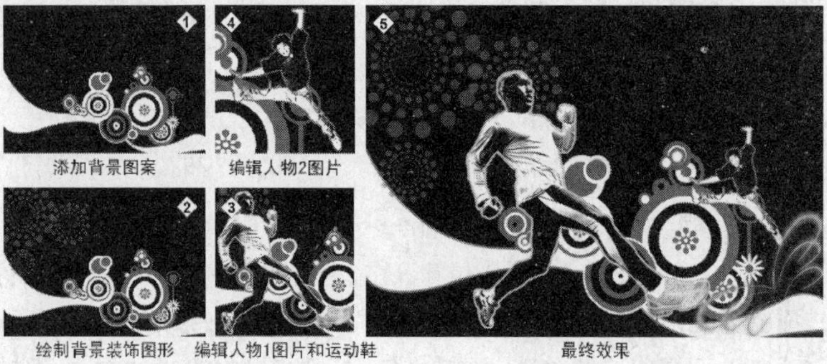

图 7-43

7.3.3 案例制作

1. 绘制装饰图形

（1）按 Ctrl+N 组合键，新建一个文件：宽度为 29.7 厘米，高度为 21 厘米，分辨率为 200 像素/英寸，颜色模式为 RGB，背景内容为白色，单击“确定”按钮。填充“背景”图层为黑色。

（2）按 Ctrl+O 组合键，打开光盘中的“Ch07 > 素材 > 体育运动插画 > 01”文件，选择“移动”工具，将图片拖曳到图像窗口的适当位置，效果如图 7-44 所示，在“图层”控制面板中生成新的图层并将其命名为“装饰”。

（3）新建图层并将其命名为“画笔”。将前景色设为亮紫色（其 R、G、B 的值分别为 229、0、205）。选择“椭圆”工具，选中属性栏中的“路径”按钮，按住 Shift 键的同时，在图像窗口的左上方绘制路径，效果如图 7-45 所示。

图 7-44

图 7-45

（4）选择“画笔”工具，单击属性栏中的“切换画笔面板”按钮，选择“画笔预设”选项，在弹出的“画笔预设”面板中进行设置，如图 7-46 所示。选择“画笔笔尖形状”选项，在弹出的面板中进行设置，如图 7-47 所示。

（5）选择“路径选择”工具，选取路径，在路径上单击鼠标右键，在弹出的菜单中选择“描边路径”命令，在弹出的对话框中进行设置，如图 7-48 所示，单击“确定”按钮，效果如图 7-49 所示。

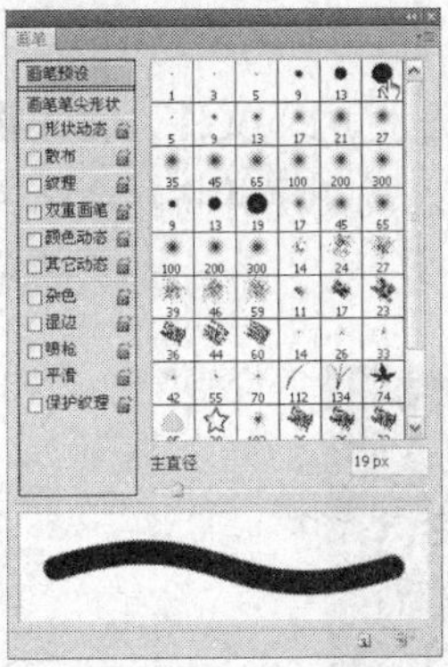

图 7-46

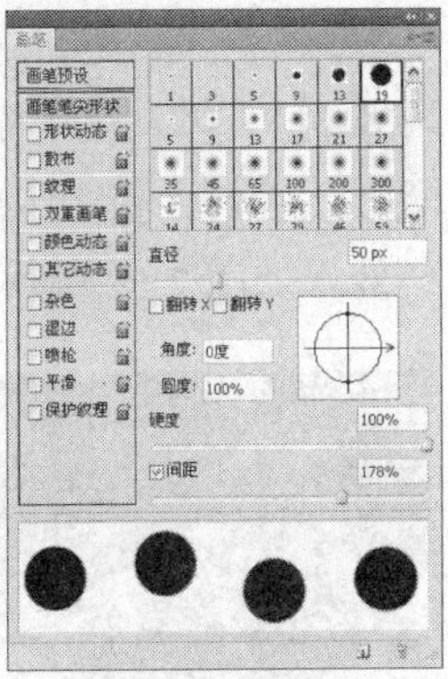

图 7-47

图 7-48

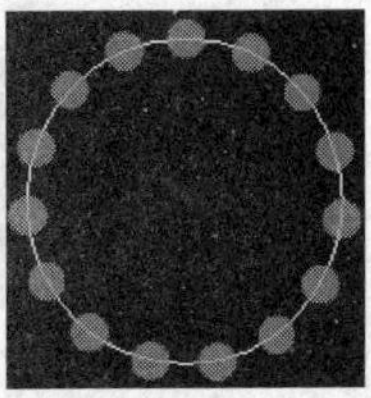

图 7-49

（6）在路径上单击鼠标右键，在弹出的菜单中选择“自由变换路径”命令，按住 Shift+Alt 组合键的同时，向内拖曳控制手柄，等比例缩小路径，按 Enter 键确定操作，效果如图 7-50 所示。选择“画笔”工具，单击属性栏中的“切换画笔面板”按钮，选择“画笔笔尖形状”选项，在弹出的面板中进行设置，如图 7-51 所示。

（7）选择“路径选择”工具，在图像窗口单击鼠标右键，在弹出的菜单中选择“描边路径”命令，弹出对话框，单击“确定”按钮，效果如图 7-52 所示。用相同的方法再制作出多个图形，按 Enter 键，隐藏路径，效果如图 7-53 所示。

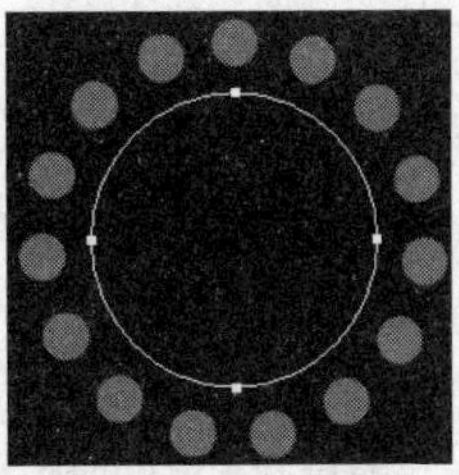

图 7-50

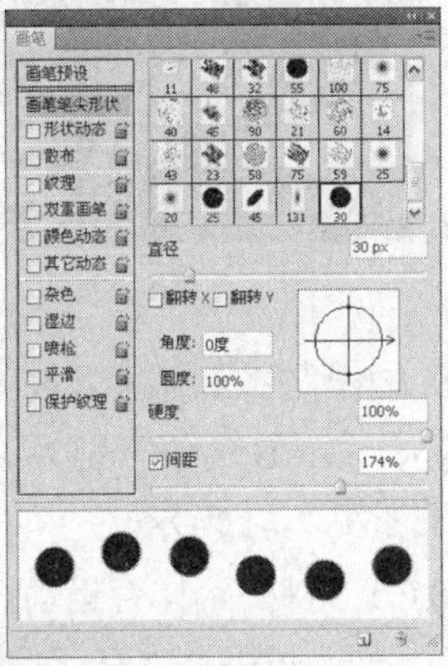

图 7-51

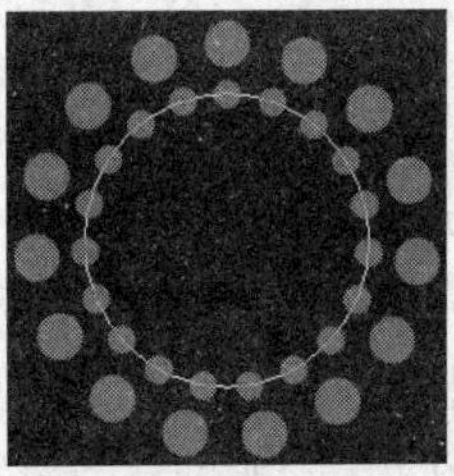

图 7-52

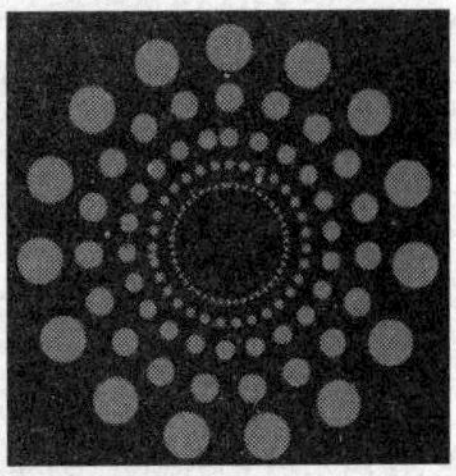

图 7-53

（8）在“图层”控制面板上方，将“画笔”图层的“不透明度”选项设为 50%，效果如图 7-54 所示。复制两次“画笔”图层，选择“移动”工具，在图像窗口中分别对复制出的图形进行缩放和移动操作，效果如图 7-55 所示。

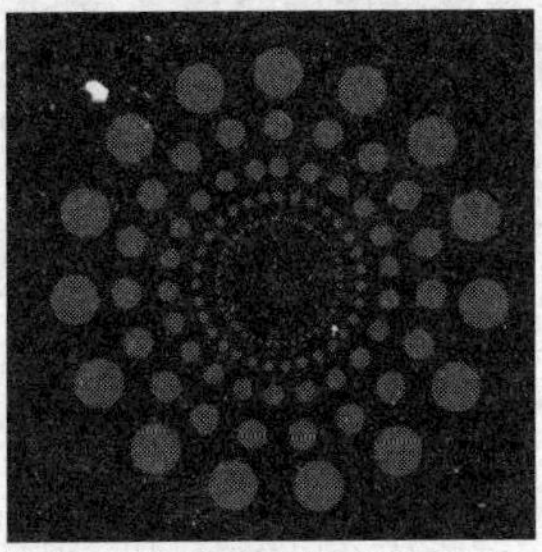

图 7-54

图 7-55

2. 添加并编辑图片

（1）按 Ctrl+O 组合键，打开光盘中的“Ch07 > 素材 > 体育运动插画 > 02”文件，将人物图片拖曳到图像窗口中，效果如图 7-56 所示，在“图层”控制面板中生成新的图层并将其命名为“人物”。按 Shift+Ctrl+U 组合键，将人物图片去色，效果如图 7-57 所示。

图 7-56

图 7-57

（2）按 Ctrl+L 组合键，弹出“色阶”对话框，选项的设置如图 7-58 所示，单击“确定”按钮，效果如图 7-59 所示。

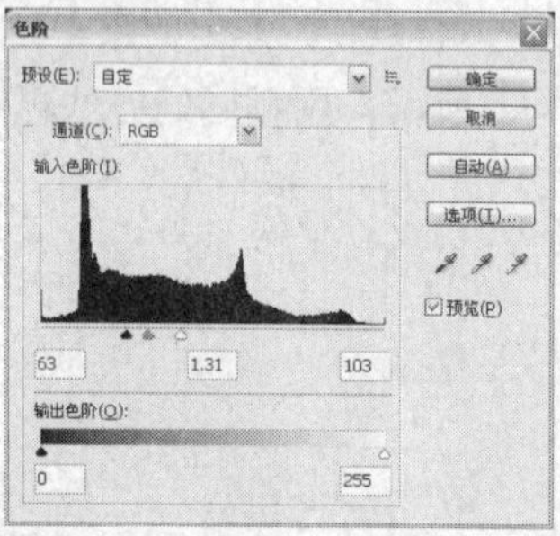

图 7-58

图 7-59

（3）单击“图层”控制面板下方的“添加图层样式”按钮 fx.，在弹出的菜单中选择“描边”命令，弹出对话框，将描边颜色设为天蓝色（其 R、G、B 的值分别为 67、239、254），其他选项的设置如图 7-60 所示，单击“确定”按钮，效果如图 7-61 所示。

（4）按 Ctrl+O 组合键，打开光盘中的“Ch07 > 素材 > 体育运动插画 > 03、04”文件，分别将 02、03 图片拖曳到图像窗口中的适当位置，效果如图 7-62 所示，在“图层”控制面板中分别生成新的图层并将其命名为“运动鞋”、“人物 2”，如图 7-63 所示。

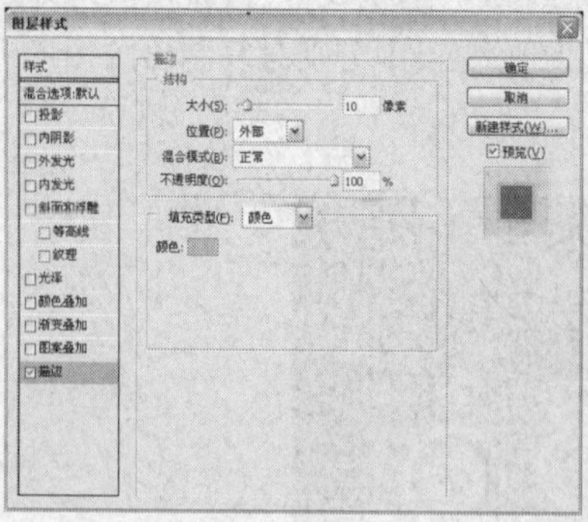

图 7-60

图 7-61

图 7-62

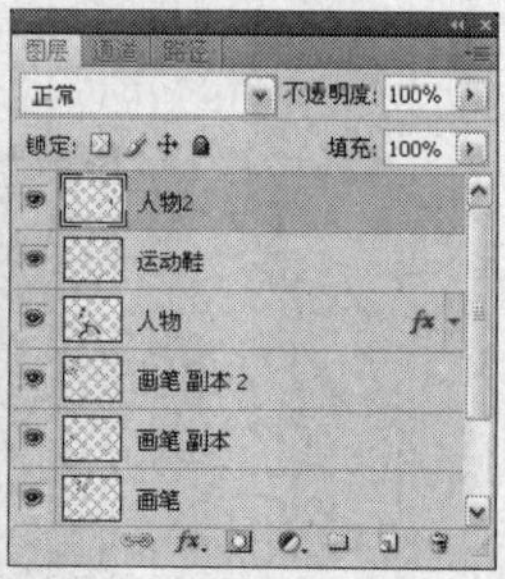

图 7-63

（5）选择“人物 2”图层。按 Shift+Ctrl+U 组合键，将人物图片去色，如图 7-64 所示。按 Ctrl+L 组合键，在弹出的“色阶”对话框中进行设置，如图 7-65 所示，单击“确定”按钮，效果如图 7-66 所示。

图 7-64

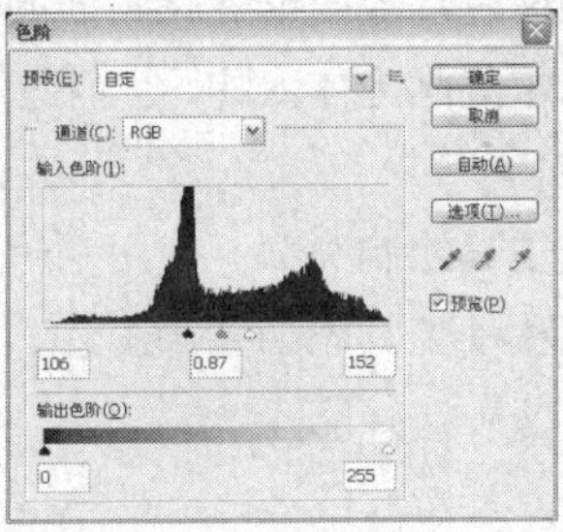

图 7-65

图 7-66

（6）单击“图层”控制面板下方的“添加图层样式”按钮 fx，在弹出的菜单中选择“描边”命令，弹出对话框，将描边颜色设为红色（其 R、G、B 的值分别为 255、0、0），其他选项的设置如图 7-67 所示，单击“确定”按钮，效果如图 7-68 所示。

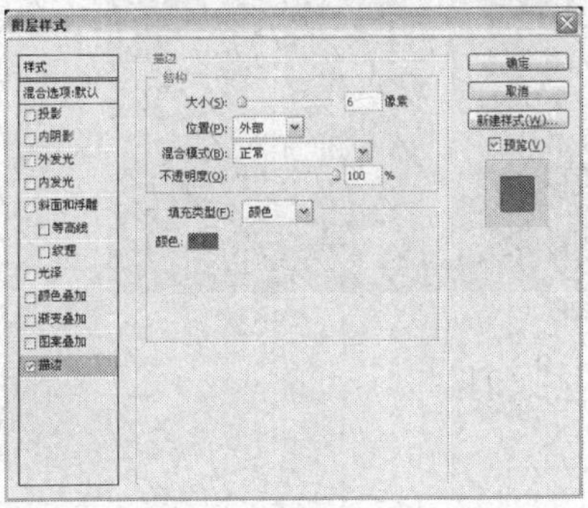

图 7-67

图 7-68

（7）按 Ctrl+O 组合键，打开光盘中的“Ch07 > 素材 > 体育运动插画 > 05”文件，选择“移动”工具，拖曳图片到图像窗口的适当位置，效果如图 7-69 所示，在“图层”控制面板中生成新的图层并将其命名为“蝴蝶”。体育运动插画效果制作完成，如图 7-70 所示。

图 7-69

图 7-70

7.4 都市生活插画

7.4.1 案例分析

都市生活插画是为小说的故事情节配的插画。这要求插画的表现形式和画面效果要充分表达小说的风格和思想。读者通过观看插画能够更好地理解小说的内容和意境。

在设计思路上，通过红色背景和绿色草地图形强化画面的颜色反差，增强画面的视觉效果。使用艺术的手法和明快的表现形式着重刻画主体人物，使塑造的人物具有感染力。使用装饰星形、草等图形使画面风趣诙谐，张力十足。

本例将使用圆角矩形工具和渐变工具绘制头部。使用钢笔工具和渐变工具绘制头发。使用椭圆工具和内阴影命令制作眼睛。使用移动工具添加装饰图片。

7.4.2 案例设计

本案例设计流程如图 7-71 所示。

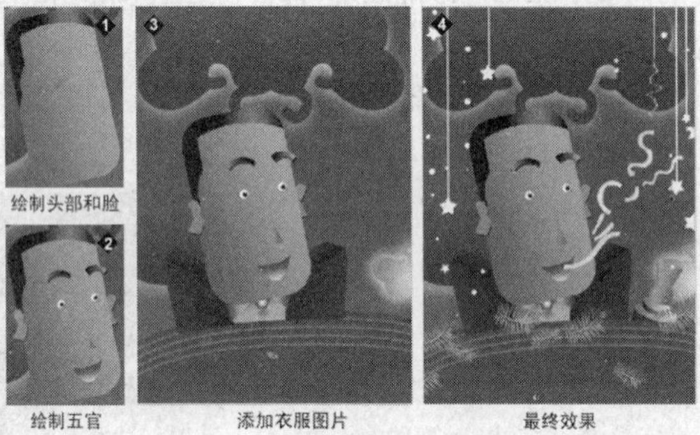

图 7-71

7.4.3 案例制作

1. 绘制人物头部图形

（1）按 Ctrl+O 组合键，打开光盘中的“Ch07 > 素材 > 都市生活插画 > 01”文件，效果如图 7-72 所示。

（2）单击“图层”控制面板下方的“创建新组”按钮 ，生成新的图层组并将其命名为“人物”。新建图层并将其命名为“脸”。将前景色设为白色。选择“圆角矩形”工具 ，选中属性栏中的“填充像素”按钮 ，将“半径”选项设为 5cm，拖曳鼠标绘制图形，如图 7-73 所示。

（3）按住 Ctrl 键的同时，单击“脸”图层的图层缩览图，图形周围生成选区。选择“渐变”工具 ，将渐变色设为从暗红色（其 R、G、B 的值分别为 192、52、59）到浅红色（其 R、G、B 的值分别为 215、132、148）。按住 Shift 键的同时，在选区中从左向右拖曳渐变色，效果如图 7-74 所示。按 Ctrl+D 组合键，取消选区，并将其旋转至适当的角度，效果如图 7-75 所示。

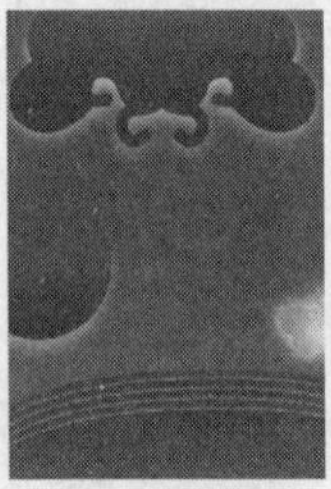
图 7-72

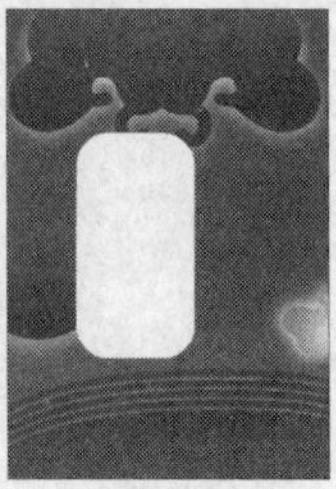
图 7-73

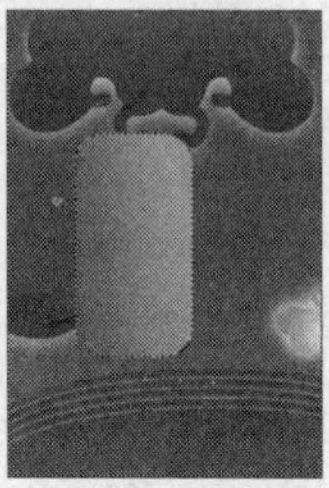
图 7-74

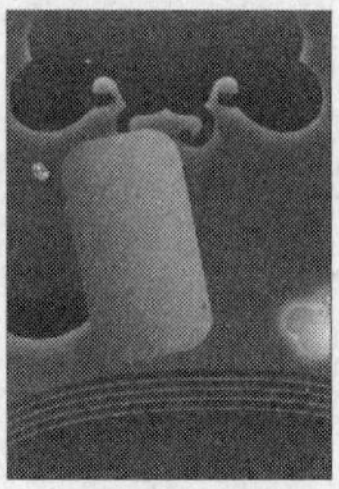
图 7-75

（4）新建图层并将其命名为“头发”。选择“钢笔”工具，选中属性栏中的“路径”按钮，拖曳鼠标绘制路径，如图 7-76 所示。按 Ctrl+Enter 组合键，将路径转换为选区。

（5）选择“渐变”工具，单击属性栏中的“点按可编辑渐变”按钮，弹出“渐变编辑器”对话框，在“位置”选项中分别输入 0、40、75、100 这 4 个位置点，分别设置位置点颜色的 RGB 值为：0（0、5、110）、40（0、0、12）、75（74、122、177）、100（3、5、4），如图 7-77 所示，单击“确定”按钮。

（6）在选区中从左至右拖曳渐变色，效果如图 7-78 所示。按 Ctrl+D 组合键，取消选区。选中“头发”图层，按 Ctrl+Alt+G 组合键，为“头发”图层创建剪贴蒙版，效果如图 7-79 所示。

图 7-76

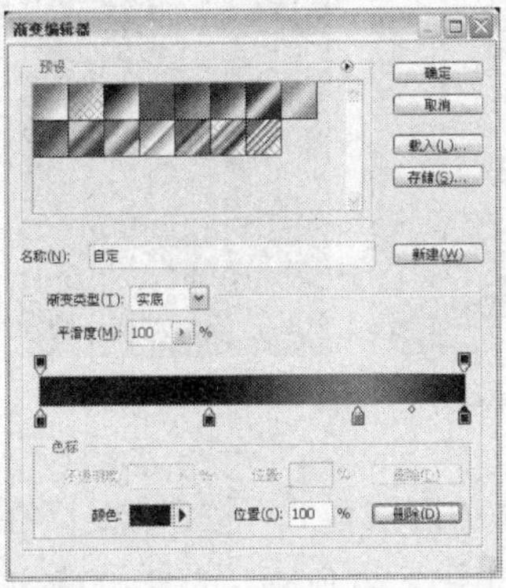

图 7-77

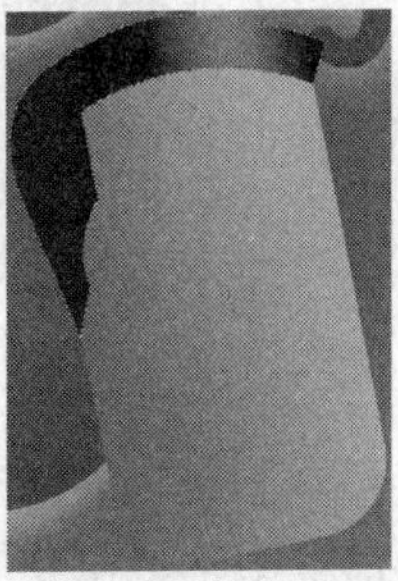
图 7-78

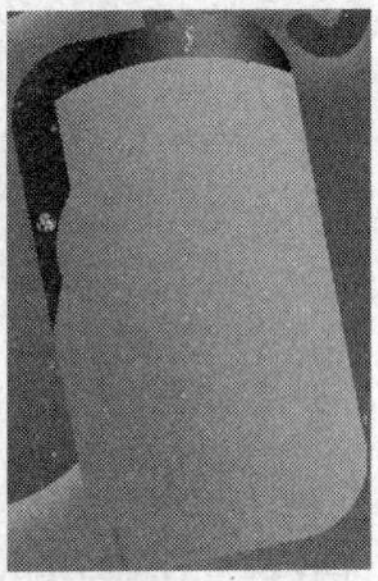
图 7-79

（7）新建图层并将其命名为“耳朵”。选择“钢笔”工具，拖曳鼠标绘制路径，按 Ctrl+Enter 组合键，将路径转换为选区，用橘黄色（其 R、G、B 的值分别为 215、114、16）填充选区，按 Ctrl+D 组合键，取消选区，效果如图 7-80 所示。

（8）单击“图层”控制面板下方的“添加图层样式”按钮，在弹出的菜单中选择“投影”命令，在弹出的对话框中进行设置，如图 7-81 所示，单击“确定”按钮，效果如图 7-82 所示。

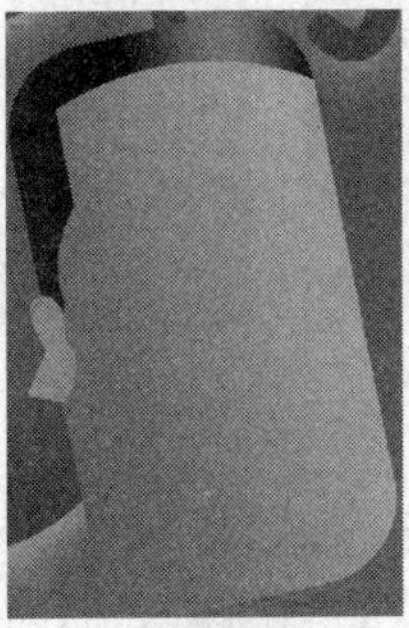
图 7-80

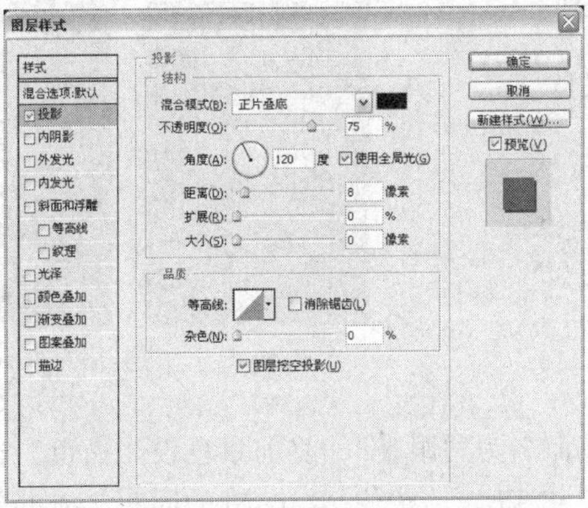

图 7-81

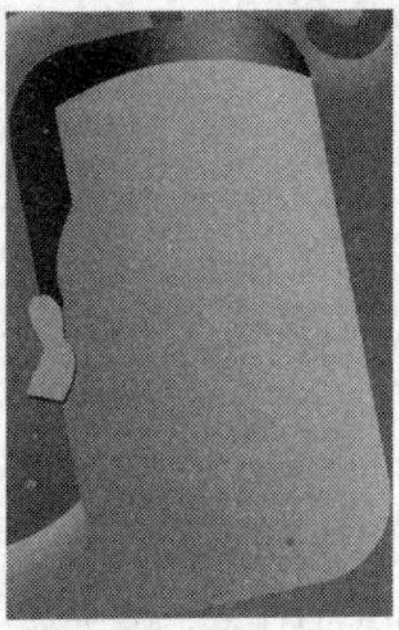
图 7-82

（9）将“耳朵”图层拖曳到控制面板下方的“创建新图层”按钮上进行复制，生成新的图层“耳朵 副本”，并将其拖曳到“脸”图层的下方，如图 7-83 所示。按 Ctrl+T 组合键，在图像周围出现控制手柄，单击鼠标右键，在弹出的菜单中选择“水平翻转”命令，按 Enter 键确定操作。选择“移动”工具，将复制的图形拖曳到适当的位置，如图 7-84 所示。

（10）选中“耳朵”图层。新建图层并将其命名为“眉毛”。选择“钢笔”工具，拖曳鼠标绘制路径，如图 7-85 所示。按 Ctrl+Enter 组合键，将路径转换为选区。选择“渐变”工具，将渐变色设为从灰色（其 R、G、B 的值分别为 135、135、137）到黑色。按住 Shift 键的同时，在选区中从左向右拖曳渐变色，按 Ctrl+D 组合键，取消选区，效果如图 7-86 所示。

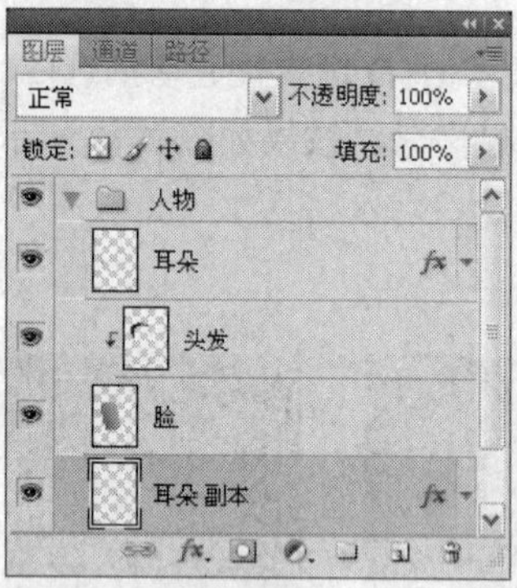

图 7-83

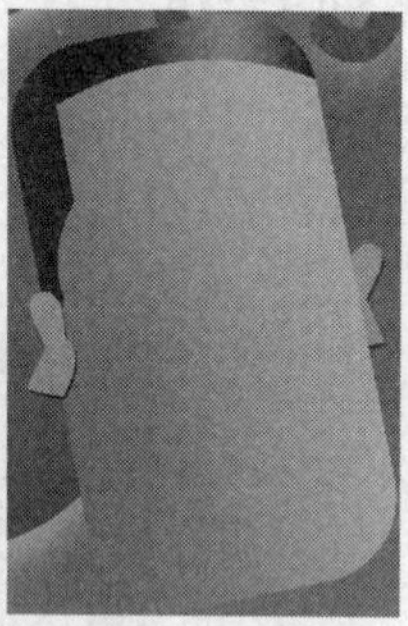
图 7-84

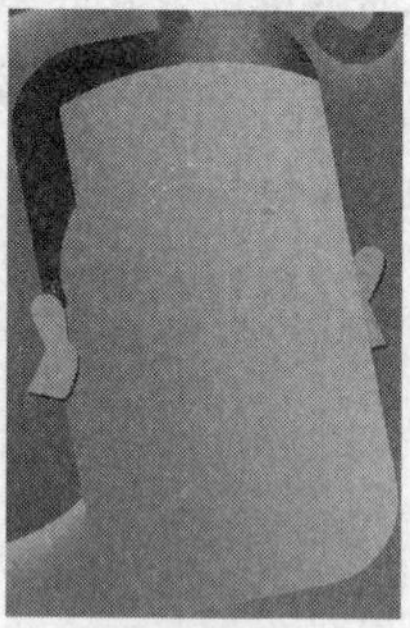
图 7-85

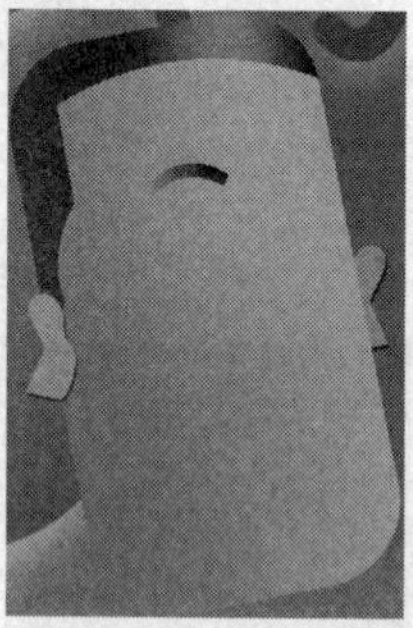
图 7-86

（11）单击“图层”控制面板下方的“添加图层样式”按钮，在弹出的菜单中选择“投影”命令，在弹出的对话框中进行设置，如图 7-87 所示，单击“确定”按钮，效果如图 7-88 所示。

（12）用相同的方法绘制另一个眉毛图形，如图 7-89 所示。选中“眉毛”图层，单击鼠标右键，在弹出的菜单中选择“拷贝图层样式”命令，选中“眉毛 1”图层，单击鼠标右键，在弹出的菜单中选择“粘贴图层样式”命令，效果如图 7-90 所示。

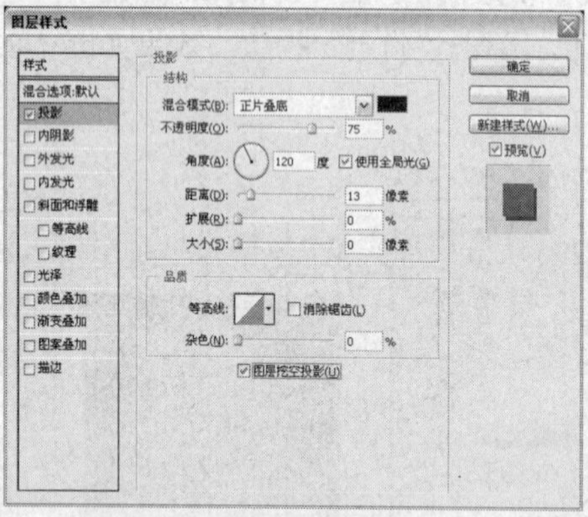

图 7-87

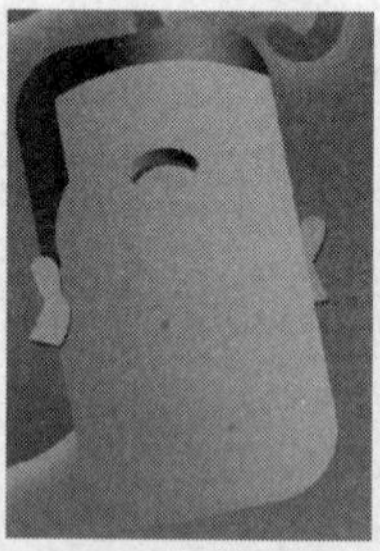
图 7-88

图 7-89

图 7-90

（13）新建图层并将其命名为“眼睛”。将前景色设为白色。选择“椭圆”工具，选中属性栏中的“填充像素”按钮，按住 Shift 键的同时，拖曳鼠标绘制圆形，如图 7-91 所示。

（14）单击“图层”控制面板下方的“添加图层样式”按钮，在弹出的菜单中选择“内阴影”命令，在弹出的对话框中进行设置，如图 7-92 所示，单击“确定”按钮，效果如图 7-93 所示。

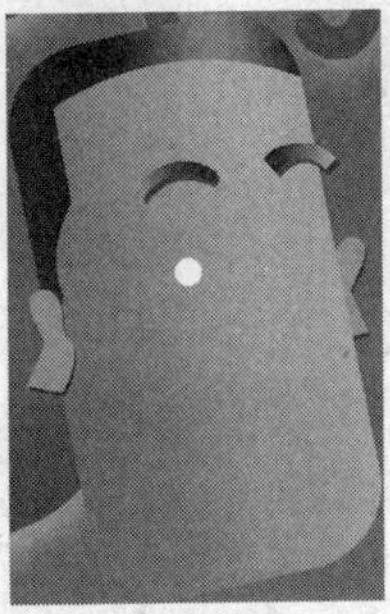

图 7-91

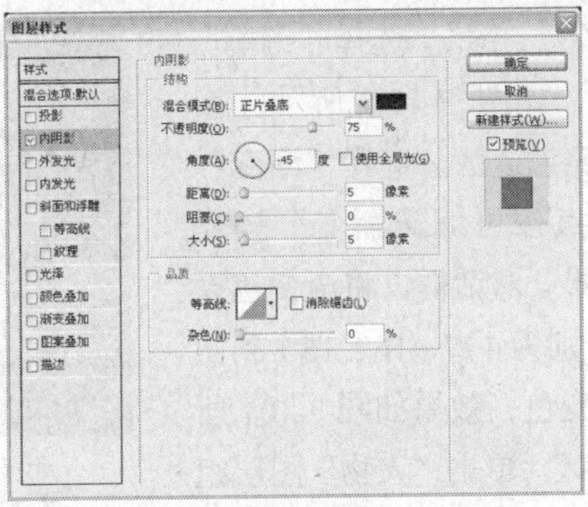

图 7-92

图 7-93

（15）用相同的方法绘制黑色圆形，如图 7-94 所示。按住 Shift 键的同时，单击“眼睛”图层，将“眼睛”图层和“黑眼珠”图层同时选中，拖曳到控制面板下方的“创建新图层”按钮 上进行复制，生成新的图层“眼睛副本”和“黑眼珠副本”，如图 7-95 所示。选择“移动”工具，拖曳复制出的图形到适当的位置，效果如图 7-96 所示。

图 7-94

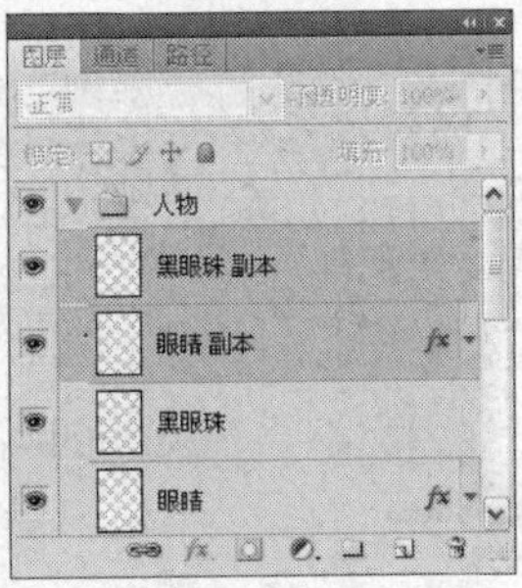

图 7-95

图 7-96

（16）新建图层并将其命名为“鼻子”。选择“钢笔”工具，选中属性栏中的“路径”按钮，拖曳鼠标绘制路径，如图 7-97 所示。按 Ctrl+Enter 组合键，将路径转换为选区。

（17）选择“渐变”工具，单击属性栏中的“点按可编辑渐变”按钮，弹出“渐变编辑器”对话框，在“位置”选项中分别输入 50、100 两个位置点，分别设置位置点颜色的 RGB 值为：50（208、126、139）、100（170、77、91），在色带上方选取左侧的不透明色标，将“不透明度”选项设为 0，如图 7-98 所示，单击“确定”按钮。选中属性栏中的“线性渐变”按钮，在选区中从左向右拖曳渐变色，按 Ctrl+D 组合键，取消选区，效果如图 7-99 所示。

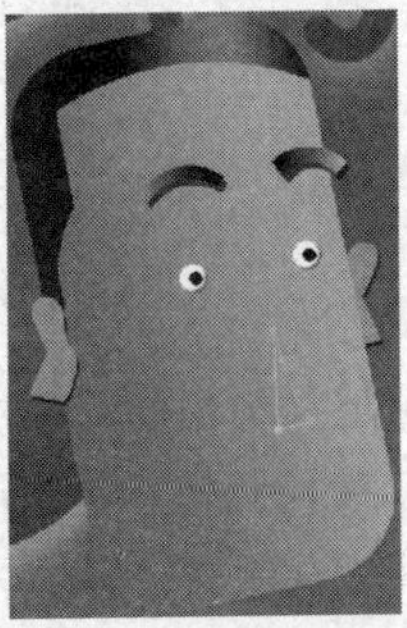

图 7-97

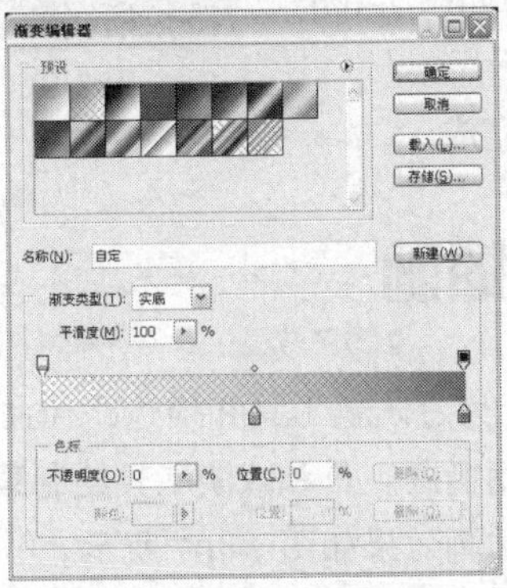

图 7-98

图 7-99

（18）新建图层并将其命名为“嘴”。选择“钢笔”工具，拖曳鼠标绘制路径，如图 7-100 所示。按 Ctrl+Enter 组合键，将路径转换为选区。选择“渐变”工具，单击属性栏中的“点按可编辑渐变”按钮，弹出“渐变编辑器”对话框，将渐变色设为从红色（其 R、G、B 的值分别为 177、16、16）到白色。在选区中从上向下拖曳渐变色，效果如图 7-101 所示。按 Ctrl+D 组合键，取消选区。单击“人物”图层组左侧的三角形按钮，将其隐藏。

图 7-100

图 7-101

2. 添加素材图片

（1）按 Ctrl+O 组合键，打开光盘中的“Ch07 > 素材 > 都市生活插画 > 02”文件，选择“移动”工具，将图片拖曳到图像窗口的适当位置，如图 7-102 所示，在“图层”控制面板中生成新的图层并将其命名为“衣服”，拖曳到“背景”图层的上方，如图 7-103 所示，效果如图 7-104 所示。

图 7-102

图 7-103

图 7-104

（2）选中“人物”图层组图层。按 Ctrl+O 组合键，打开光盘中的“Ch07 > 素材 > 都市生活插画 > 03、04、05”文件，选择“移动”工具，分别将 03、04、05 素材拖曳到图像窗口的适当位置，效果如图 7-105 所示，在“图层”控制面板中生成新的图层并将其命名为“手”、“烟”、“装饰”，如图 7-106 所示。

图 7-105

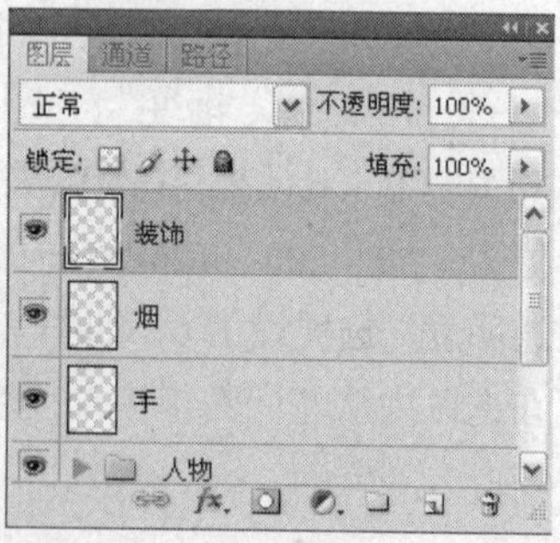

图 7-106

（3）都市生活插画效果制作完成。

课堂练习 1——购物插画

【练习知识要点】使用钢笔工具、画笔工具和描边路径命令绘制人物轮廓，使用添加图层样式命令为发丝添加描边效果，使用椭圆工具和减淡工具绘制眼球，使用画笔工具绘制鼻子，使用移动工具添加宣传性文字。购物插画效果如图 7-107 所示。

【效果所在位置】光盘/Ch07/效果/购物插画.psd。

图 7-107

课堂练习 2——幼儿读物插画

【练习知识要点】使用投影命令为图形添加投影效果，使用动作面板复制图形，使用钢笔工具绘制多个图形，使用椭圆工具绘制树叶图形，使用画笔工具为路径添加描边效果，使用自定形状工具绘制图形。幼儿读物插画效果如图 7-108 所示。

【效果所在位置】光盘/Ch07/效果/幼儿读物插画.psd。

图 7-108

课后习题——插画贺卡

【习题知识要点】使用渐变工具和钢笔工具制作背景效果，使用自定形状工具绘制树图形。使用椭圆工具绘制山体图形，使用钢笔工具、填充命令和外发光命令制作云彩图形，使用画笔工具绘制亮光图形，使用投影命令添加图片黑色投影。插画贺卡效果如图 7-109 所示。

【效果所在位置】光盘/Ch07/效果/插画贺卡.psd。

图 7-109

第8章 照片模板设计

使用照片模板可以为照片快速添加图案、文字和特效，照片模板主要用于日常照片的美化处理或影楼后期设计。从实用性和趣味性出发，可以为数码照片精心设计别具一格的模板。本章以多个主题的照片模板为例，讲解了照片模板的设计与制作技巧。

课堂学习目标

- 了解照片模板的功能
- 了解照片模板的特色和分类
- 掌握照片模板的设计思路
- 掌握照片模板的设计手法
- 掌握照片模板的制作技巧

8.1 照片模板设计概述

照片模板是把针对不同人群的照片根据不同的需要进行艺术加工，制作出独具匠心，可多次使用的模板，如图 8-1 所示。照片模板根据年龄的不同可分为儿童照片模板、青年照片模板、中年照片模板和老年照片模板；根据模板的设计形式可分为古典型模板、神秘型模板、豪华型模板等；根据使用用途的不同可分为婚纱照片模板、写真照片模板、个性照片模板等。

图 8-1

8.2 幸福童年照片模板

8.2.1 案例分析

儿童照片模板主要是针对孩子们的生活喜好，个性特点，为孩子们量身设计出的多种新颖独特、童趣横生的模板。本例将通过对图片的合理编排，展示儿童的生活情趣，充分体现其快乐幸福的童年生活。

在设计思路上，通过背景装饰花形显示模板的活泼新颖，通过手绘漫画图形和文字显示出儿童的天真，对 3 个不同相框的巧妙排列，将孩子童真、可爱的一面展示出来，最后用变形文字展示儿童的活泼和可爱。整体设计以粉色为主，将女孩乖巧可爱的天性充分展现。

本例将使用矩形选框工具、渐变工具和动作面板制作背景，使用钢笔工具和画笔工具制作色块，使用横排文字工具添加文字，使用移动工具添加素材图片。

8.2.2 案例设计

本案例设计流程如图 8-2 所示。

图 8-2

8.2.3 案例制作

1. 制作背景效果

（1）按 Ctrl+N 组合键，新建一个文件：宽度为 29.7 厘米，高度为 21 厘米，分辨率为 300 像素/英寸，颜色模式为 RGB，背景内容为白色，单击“确定”按钮。选择“渐变”工具，单击属性栏中的“点按可编辑渐变”按钮，弹出“渐变编辑器”对话框，将渐变色设为从深粉色（其 R、G、B 的值分别为 248、149、193）到粉色（其 R、G、B 的值分别为 255、195、199），如图 8-3 所示，单击“确定”按钮。按住 Shift 键的同时，在图像窗口中从上至下拖曳渐变色，效果如图 8-4 所示。

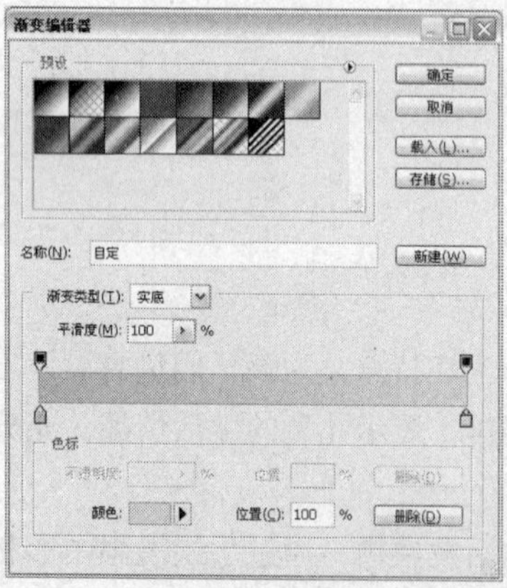

图 8-3

图 8-4

（2）新建图层并将其命名为“矩形”。选择“矩形选框”工具，在图像窗口的左侧绘制一个矩形选区。选择“渐变”工具，单击属性栏中的“点按可编辑渐变”按钮，弹出“渐变编辑器”对话框，将渐变色设为从深粉色（其 R、G、B 的值分别为 247、131、180）到粉色（其 R、G、B 的值分别为 252、161、162），如图 8-5 所示，单击“确定”按钮。按住 Shift 键的同时，在矩形选区中从上至下拖曳渐变色，按 Ctrl+D 组合键，取消选区，效果如图 8-6 所示。

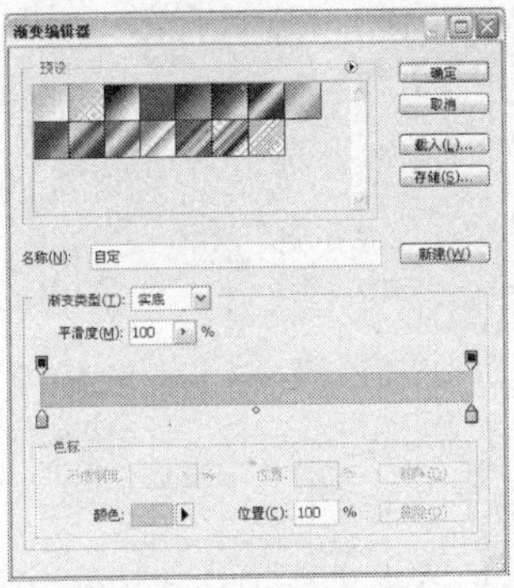

图 8-5

图 8-6

（3）按 Alt+F9 组合键，弹出“动作”控制面板。单击面板下方的“创建新动作”按钮，弹出“新建动作”对话框，如图 8-7 所示，单击“记录”按钮，开始记录动作。选择“移动”工具，按住 Alt+Shift 组合键的同时，水平向右拖曳图形到适当的位置，复制出新的图形，如图 8-8 所示。

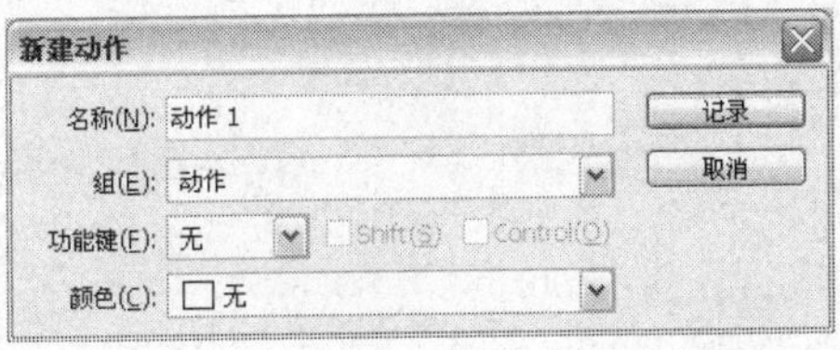

图 8-7

图 8-8

（4）单击“动作”控制面板下方的“停止播放/记录”按钮，如图 8-9 所示。多次单击“动作”控制面板下方的“播放选定的动作”按钮，复制出多个图形，效果如图 8-10 所示。

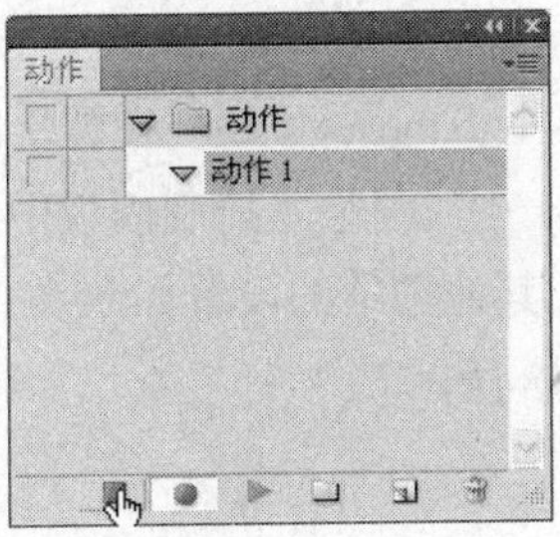

图 8-9

图 8-10

（5）按住 Shift 键的同时，选中所有的矩形图层，按 Ctrl+E 组合键，合并图层，并将其命名为“渐变矩形”。单击“图层”控制面板下方的“添加图层蒙版”按钮，为“渐变矩形”图层添加蒙版，如图 8-11 所示。选择“渐变”工具，将渐变色设为从黑色到白色。按住 Shift 键的同时，在图像窗口中从下至上拖曳渐变色，效果如图 8-12 所示。

（6）按 Ctrl+O 组合键，打开光盘中的“Ch08 > 素材 > 幸福童年照片模板 > 01”文件。选择“移动”工具，将图片拖曳到图像窗口的下方，如图 8-13 所示，在“图层”控制面板中生成新的图层并将其命名为“花”。

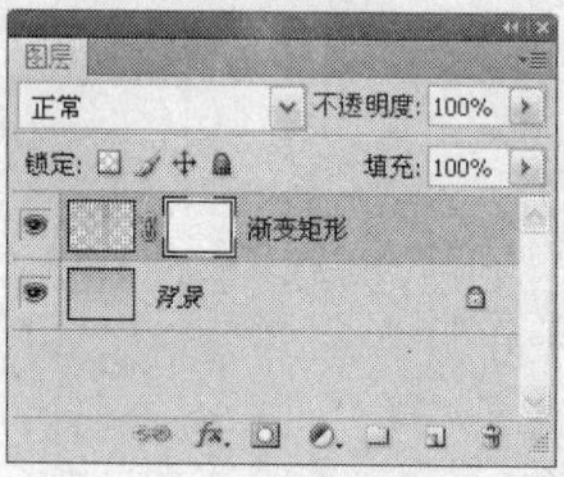

图 8-11

图 8-12

图 8-13

2. 绘制色块并添加图片和文字

（1）新建图层并将其命名为“粉色块 1”。将前景色设为粉色（其 R、G、B 的值分别为 225、220、217）。选择“钢笔”工具，选中属性栏中的“路径”按钮，在图像窗口的左侧绘制路径，将路径转换为选区，用前景色填充选区并取消选区，效果如图 8-14 所示。

（2）单击“图层”控制面板下方的“添加图层样式”按钮，在弹出的菜单中选择“投影”命令，弹出对话框，将投影颜色设为深粉色（其 R、G、B 的值分别为 224、156、169），其他选项的设置如图 8-15 所示，单击“确定”按钮，效果如图 8-16 所示。

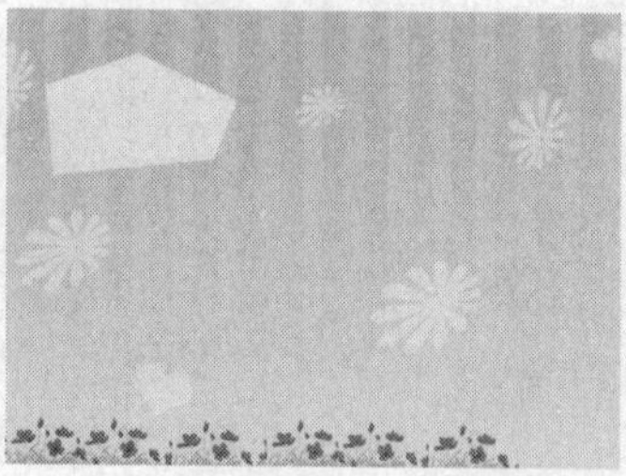

图 8-14

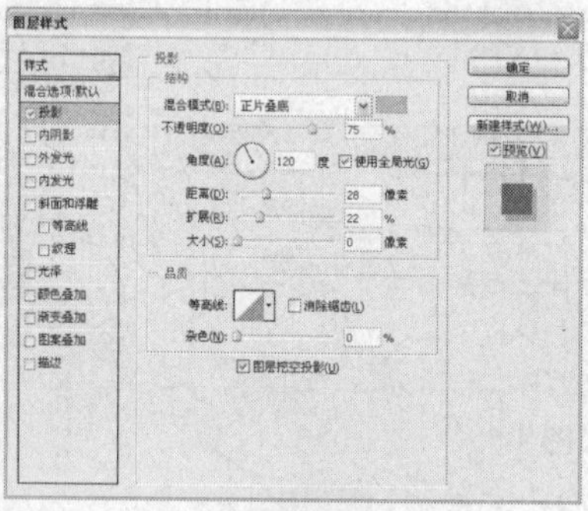

图 8-15

图 8-16

（3）新建图层组并将其命名为“虚线”，新建图层并将其命名为“虚线”，将前景色设为粉色（其 R、G、B 的值分别为 255、123、153）。选择“画笔”工具，单击属性栏中的“切换画笔面板”按钮，弹出“画笔”控制面板，单击面板右上方的图标，在弹出的菜单中选择“方头画笔”选项，弹出提示对话框，单击“追加”按钮。在“画笔”控制面板中选择“画笔笔尖形状”选项，切换到相应的面板，选择需要的画笔形状，其他选项的设置如图 8-17 所示。按住 Shift 键的同时，在图像窗口中绘制一条虚线，效果如图 8-18 所示。

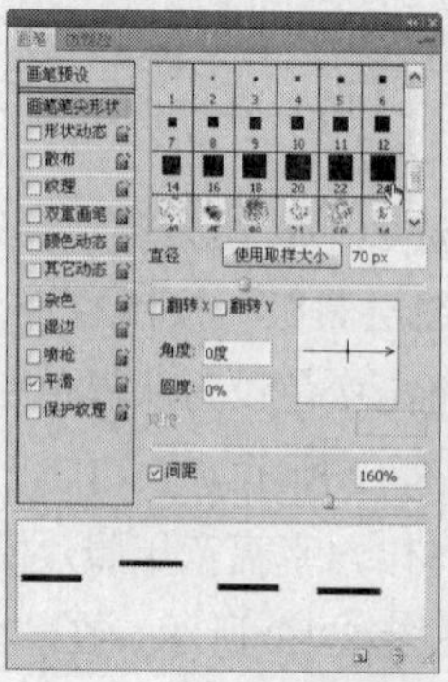

图 8-17

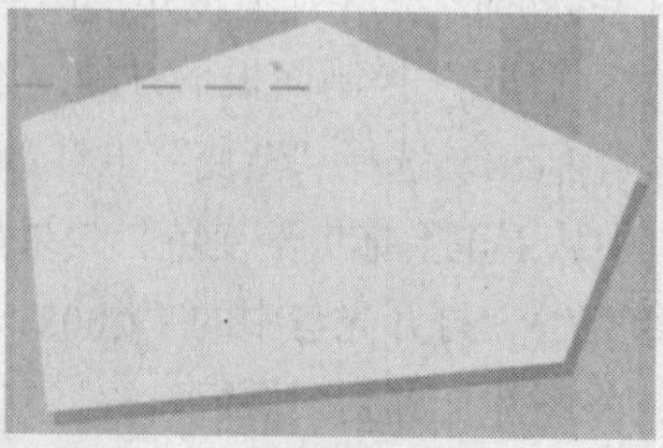

图 8-18

（4）选择“移动”工具，将虚线拖曳到适当的位置并旋转其角度，效果如图 8-19 所示。新建图层并将其命名为“虚线 2”、“虚线 3”、“虚线 4”、“虚线 5”，如图 8-20 所示。选择“画笔”工具，分别在相应的图层中绘制虚线并旋转其角度，效果如图 8-21 所示。在“图层”控制面板中单击“虚线”图层组前面的三角形按钮，将“虚线”图层组中的图层隐藏。

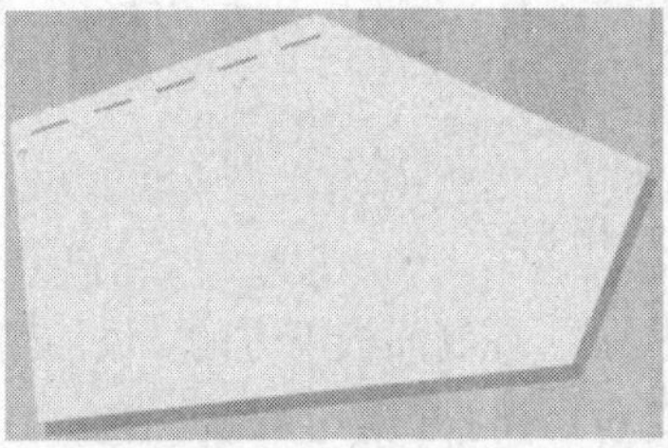

图 8-19

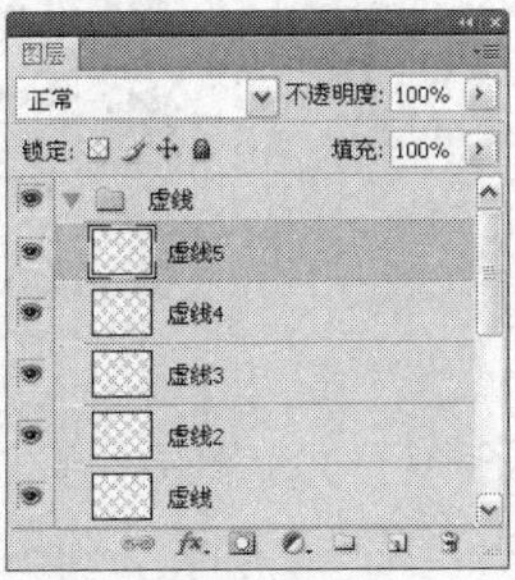

图 8-20

图 8-21

（5）新建图层组并将其命名为“色块 1”。按 Ctrl+O 组合键，打开光盘中的“Ch08 > 素材 > 幸福童年照片模板 > 02、03”文件。选择“移动”工具，分别拖曳素材图片到图像窗口的适当位置，效果如图 8-22 所示，在“图层”控制面板中分别生成新的图层并命名为“卡通头像”、“卡通房屋”，如图 8-23 所示。

图 8-22

图 8-23

（6）将前景色设为洋红色（其 R、G、B 的值分别为 254、40、114）。选择“横排文字”工具，分别输入需要的文字，分别选取文字，在属性栏中选择合适的字体并设置文字大小，调整文字到适当的间距和行距，如图 8-24 所示，在“图层”控制面板中分别生成新的文字图层，如图 8-25 所示。

图 8-24

图 8-25

（7）选中“快乐 1.”文字图层。单击“图层”控制面板下方的“添加图层样式”按钮，在弹出的菜单中选择“描边”命令，弹出对话框，将描边颜色设为洋红色（其 R、G、B 值分别为 254、40、114），其他选项的设置如图 8-26 所示，单击“确定”按钮，效果如图 8-27 所示。

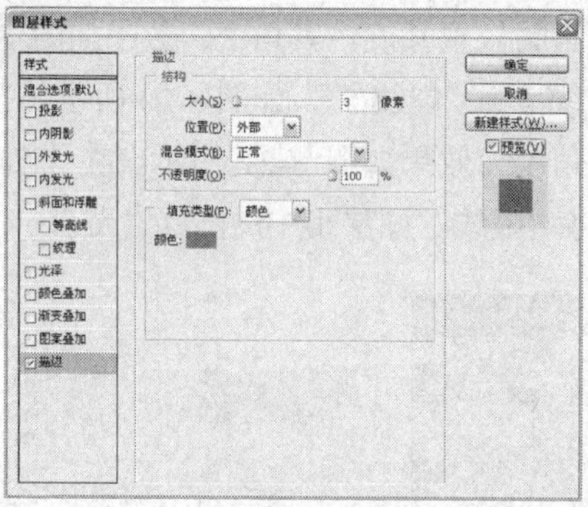

图 8-26

图 8-27

（8）选中“和家人一起住在大房子中!”文字图层。单击“图层”控制面板下方的“添加图层样式”按钮 ，在弹出的菜单中选择“描边”命令，弹出对话框，将描边颜色设为白色，其他选项的设置如图 8-28 所示，单击“确定”按钮，效果如图 8-29 所示。在“图层”控制面板中单击“色块 1”图层组前面的三角形按钮，将“色块 1”图层组中的图层隐藏。

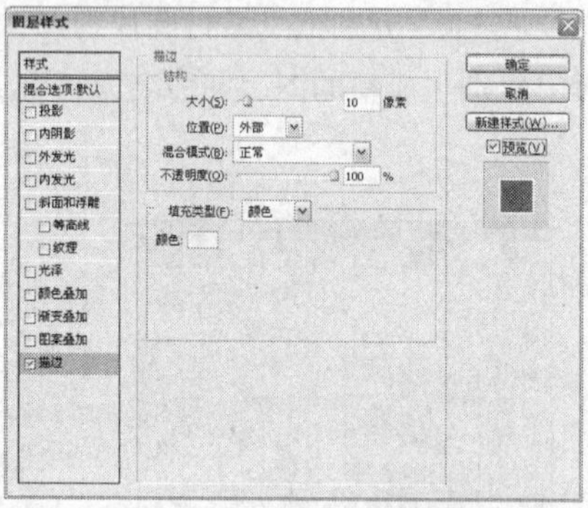

图 8-28

图 8-29

（9）新建图层并将其命名为“粉色块 2”。将前景色设为粉色（其 R、G、B 的值分别为 225、220、217）。选择“钢笔”工具 ，在图像窗口的右侧绘制路径，将路径转换为选区，用前景色填充选区并取消选区，效果如图 8-30 所示。

（10）单击“图层”控制面板下方的“添加图层样式”按钮 ，在弹出的菜单中选择“投影”命令，弹出对话框，将投影颜色设为深粉色（其 R、G、B 的值分别为 224、156、169），其他选项的设置如图 8-31 所示，单击“确定”按钮，效果如图 8-32 所示。

图 8-30

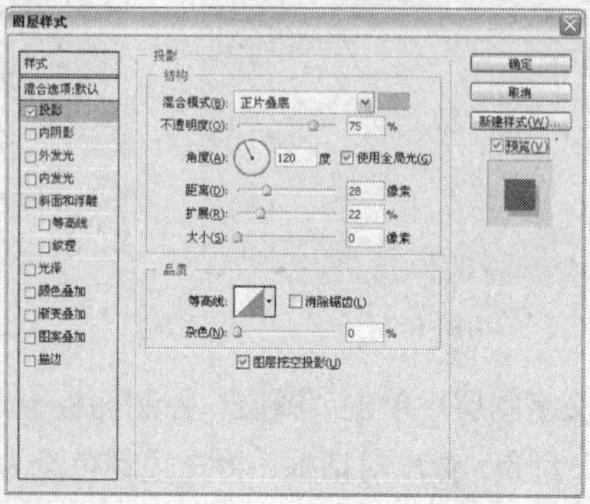

图 8-31

图 8-32

（11）用上述所讲的方法，新建图层组并将其命名为“虚线 2”。分别新建图层并将其命名为“虚线”、“虚线 2”、“虚线 3”、“虚线 4”、“虚线 5”、“虚线 6”，如图 8-33 所示。将前景色设为粉色（其 R、G、B 的值分别为 238、106、134）。选择“画笔”工具，分别在相应的图层中绘制虚线并旋转其角度，效果如图 8-34 所示。在“图层”控制面板中单击“虚线 2”图层组前面的三角形按钮，将“虚线 2”图层组中的图层隐藏。

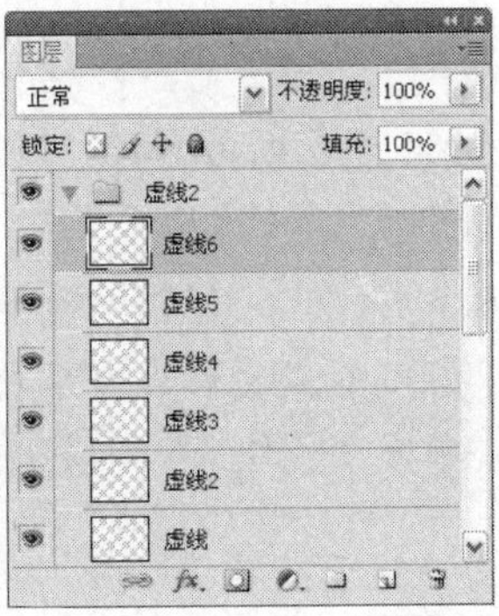

图 8-33

图 8-34

（12）新建图层组并将其命名为“色块 2”。按 Ctrl+O 组合键，打开光盘中的“Ch08 > 素材 > 幸福童年照片模板 > 04”文件。选择“移动”工具，将人物图像拖曳到图像窗口中，效果如图 8-35 所示，在“图层”控制面板中生成新的图层并将其命名为“人物”。将前景色设为洋红色（其 R、G、B 的值分别为 254、40、114）。选择“横排文字”工具，分别输入需要的文字，分别选取文字，在属性栏中选择合适的字体并设置文字大小，调整文字到适当的间距和行距，如图 8-36 所示，在“图层”控制面板中分别生成新的文字图层。

图 8-35

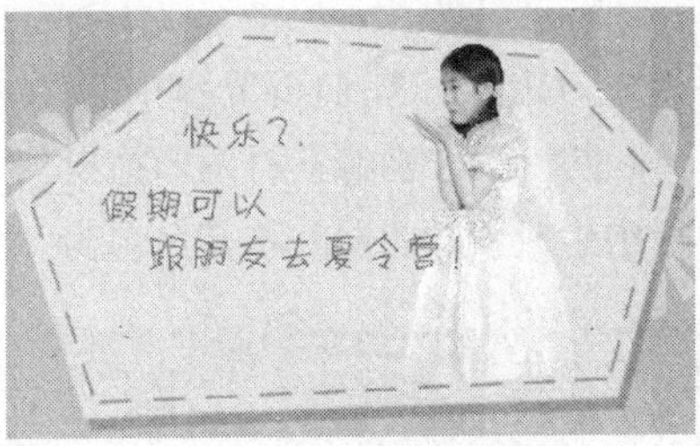

图 8-36

（13）在“快乐 1.”图层上单击鼠标右键，在弹出的菜单中选择“拷贝图层样式”命令；在“快乐 2.”图层上单击鼠标右键，在弹出的菜单中选择“粘贴图层样式”命令；在“和家人一起住在大房子中!”图层上单击鼠标右键，在弹出的菜单中选择“拷贝图层样式”命令；在“假期可以跟朋友去夏令营!”图层上单击鼠标右键，在弹出的菜单中选择“粘贴图层样式”命令，图像效果如图 8-37 所示。

（14）按 Ctrl+O 组合键，打开光盘中的“Ch08 > 素材 > 幸福童年照片模板 > 05”文件。选择“移动”工具，将帽子图片拖曳到图像窗口中，效果如图 8-38 所示，在“图层”控制面板中生成新的图层并将其命名为“帽子”。单击“色块 2”图层组前面的三角形按钮，将“色块 2”图层组中的图层隐藏。

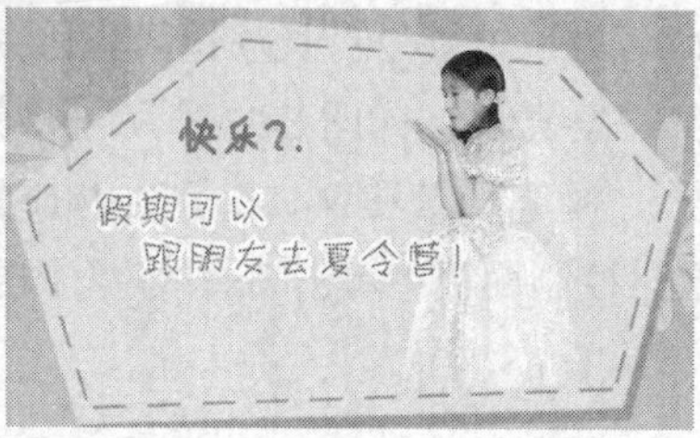

图 8-37

图 8-38

（15）用相上述所讲的方法制作出第 3 个色块，效果如图 8-39 所示，“图层”控制面板如图 8-40 所示。

（16）按 Ctrl+O 组合键，打开光盘中的“Ch08 > 素材 > 幸福童年照片模板 > 06”文件。选择“移动”工具，将人物图像拖曳到图像窗口中，效果如图 8-41 所示，在“图层”控制面板中生成新的图层并将其命名为“人物 2”。单击“色块 3”图层组前面的三角形按钮，将其隐藏。

图 8-39

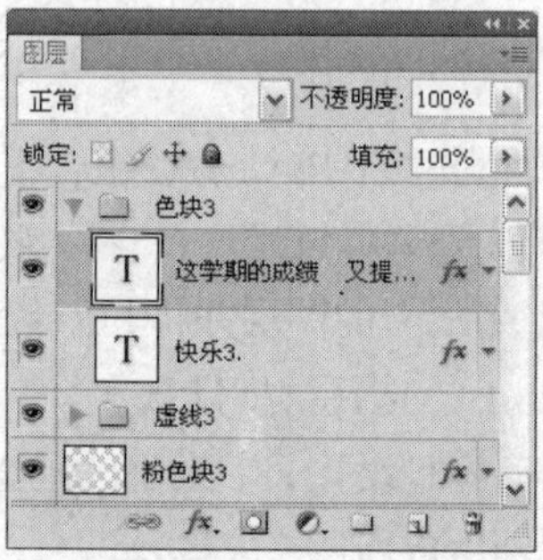

图 8-40

图 8-41

（17）按 Ctrl+O 组合键，打开光盘中的“Ch08 > 素材 > 幸福童年照片模板 > 07、08”文件。选择“移动”工具，分别将素材图形拖曳到图像窗口的适当位置，效果如图 8-42 所示，在“图层”控制面板中生成新的图层并将其命名为“人物 3”、“文字”，如图 8-43 所示。

图 8-42

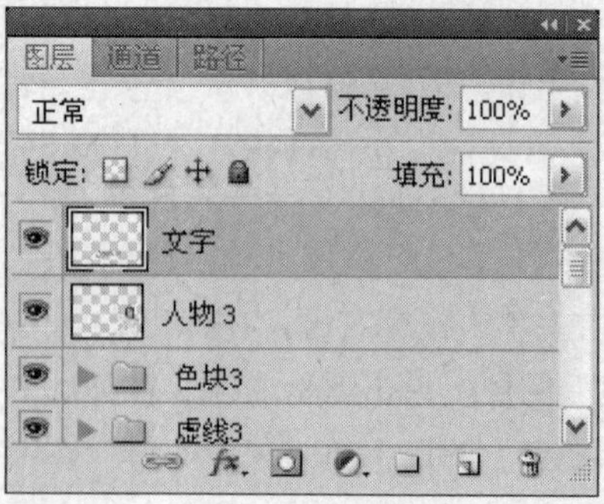

图 8-43

（18）选中“人物 3”图层。单击“图层”控制面板下方的“添加图层样式”按钮，在弹出的菜单中选择“投影”命令，弹出对话框，将投影颜色设为深粉色（其 R、G、B 的值分别为 230、118、134），其他选项的设置如图 8-44 所示，单击“确定”按钮，效果如图 8-45 所示。幸福童年照片模板效果制作完成，如图 8-46 所示。

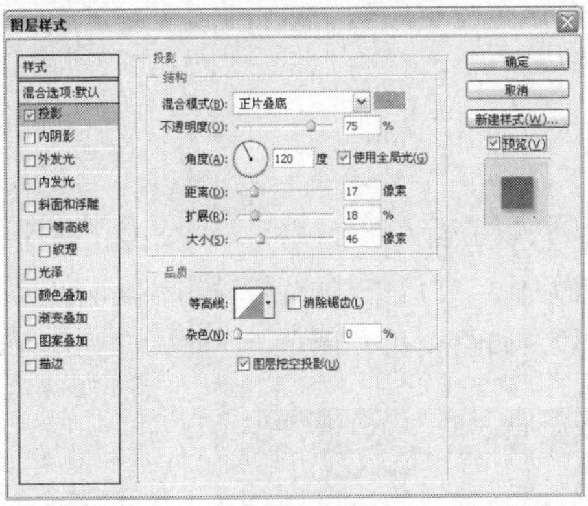

图 8-44

图 8-45

图 8-46

8.3 亲密爱人照片模板

8.3.1 案例分析

亲密爱人照片模板主要是将情侣的亲密照片进行艺术加工处理，使之产生浪漫、温馨的效果。本例的亲密爱人照片模板要通过梦境般的氛围，烘托出爱人的亲密和享受幸福的感觉。

在设计思路上，蓝色背景和烟雾缭绕的群山映衬出人间仙境之感；两颗心和图片的完美结合寓意心心相印、永不分离；通过后面的两个小相框和前面的大相片，产生远近变化，使设计更有层次感；用白色光感的图形装饰主题文字，使设计更加意味深长。这个设计用色以蓝色为主，寓意青春美丽、甜蜜爱情的永恒。

本例将使用图层蒙版和画笔工具制作合成效果，使用矩形选框工具和喷溅命令制作相框，使用外发光命令为图片添加发光效果，使用文字工具添加文字，使用画笔工具绘制文字周围的白光。

8.3.2 案例设计

本案例设计流程如图 8-47 所示。

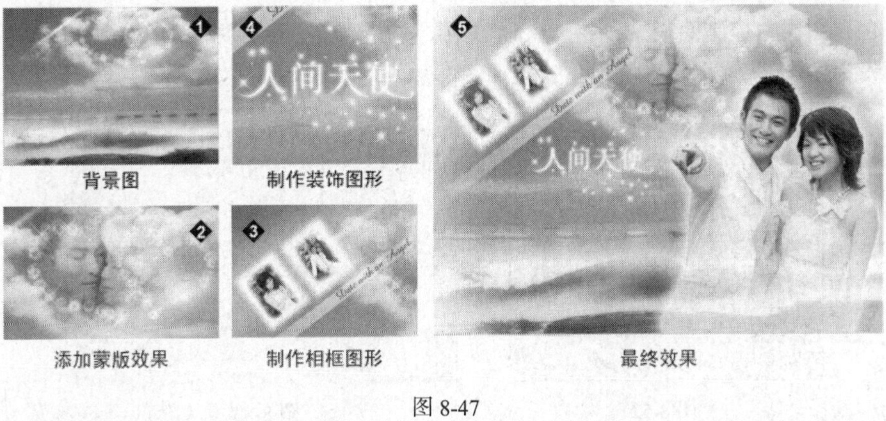

图 8-47

8.3.3　案例制作

1.　添加图片并进行编辑

（1）按 Ctrl+O 组合键，打开光盘中的“Ch08 > 素材 > 亲密爱人照片模板 > 01、02”文件，选择“移动”工具，将 02 素材拖曳到 01 素材的图像窗口中，并调整其位置，如图 8-48 所示，在“图层”控制面板中生成新的图层并将其命名为“心形”，如图 8-49 所示。

图 8-48

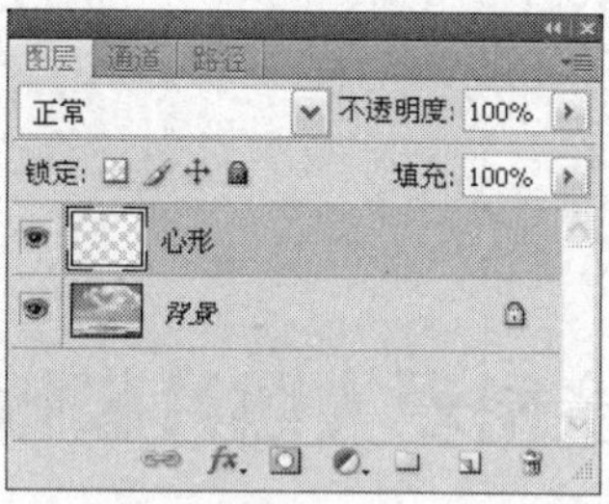

图 8-49

（2）按 Ctrl+O 组合键，打开光盘中的“Ch08 > 素材 > 亲密爱人照片模板 > 03”文件，选择“移动”工具，将人物图片拖曳到图像窗口中，效果如图 8-50 所示，在“图层”控制面板中生成新的图层并将其命名为“人物”。单击控制面板下方的“添加图层蒙版”按钮，为“人物”图层添加蒙版。

（3）选择“渐变”工具，单击属性栏中的“点按可编辑渐变”按钮，弹出“渐变编辑器”对话框，将渐变色设为从白色到黑色，单击“确定”按钮。选中属性栏中的“径向渐变”按钮，按住 Shift 键的同时，在图片上由中间至右侧拖曳渐变色，效果如图 8-51 所示。

图 8-50

图 8-51

（4）在“图层”控制面板中，将“人物”图层拖曳到“心形”图层的下方，并将其“不透明度”选项设为 70%，如图 8-52 所示，效果如图 8-53 所示。

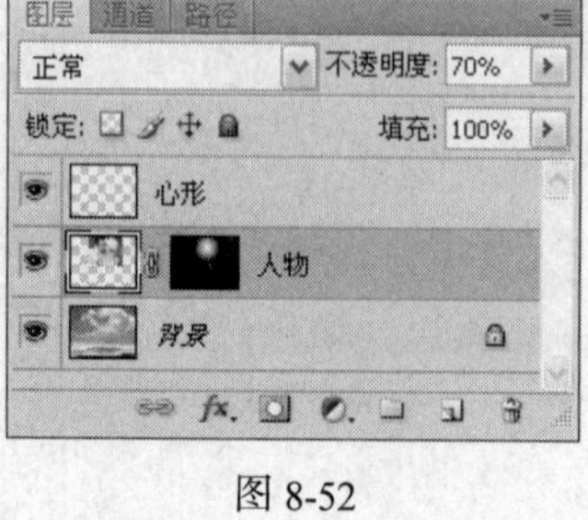

图 8-52

图 8-53

（5）新建图层并将其命名为“黄色高光”。将前景色设为黄色（其 R、G、B 的值分别为 231、250、141），按 Alt+Delete 组合键，用前景色填充图层，图像效果如图 8-54 所示。单击控制面板下方的“添加图层蒙版”按钮，为“黄色高光”图层添加蒙版。

（6）按 Ctrl+Delete 组合键，用背景色填充蒙版。选择“画笔”工具，在属性栏中单击“画笔”选项右侧的按钮，弹出画笔选择面板，选择需要的画笔形状，如图 8-55 所示，将“主直径”选项设为 500px。在属性栏中将“不透明度”选项设为 50%。在图片上方进行涂抹，效果如图 8-56 所示。

图 8-54

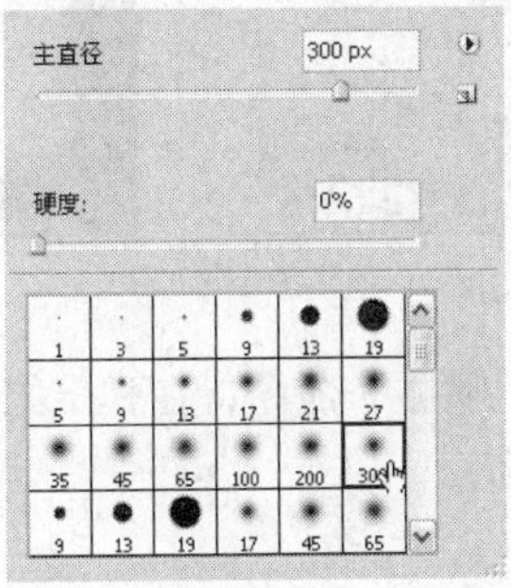

图 8-55

图 8-56

（7）在“图层”控制面板上方，将“黄色高光”图层的“填充”选项设为 60%，如图 8-57 所示，图像效果如图 8-58 所示。

（8）按 Ctrl+O 组合键，打开光盘中的“Ch08 > 素材 > 亲密爱人照片模板 > 04”文件，选择“移动”工具，将人物图片拖曳到图像窗口中，效果如图 8-59 所示，在“图层”控制面板中生成新的图层并将其命名为“人物 1”。

图 8-57

图 8-58

图 8-59

2. 制作相框图形

（1）新建图层并将其命名为“编辑矩形”。选择“矩形选框”工具，绘制一个矩形选区，如图 8-60 所示。按 Shift+F6 组合键，弹出“羽化选区”对话框，选项的设置如图 8-61 所示，单击“确定”按钮，效果如图 8-62 所示。

图 8-60

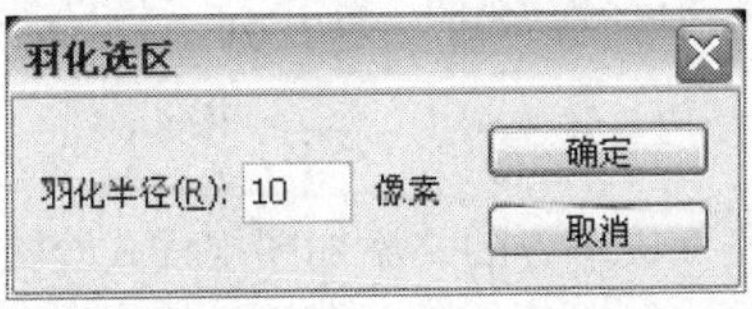

图 8-61

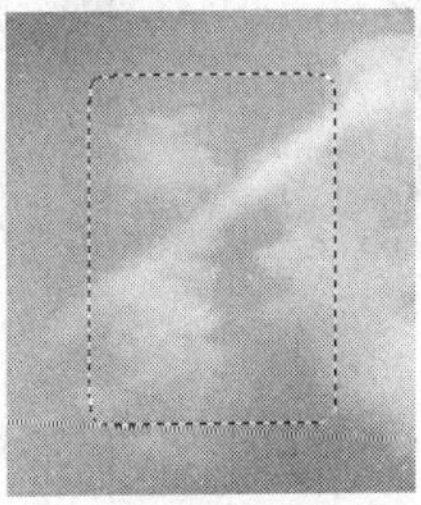
图 8-62

（2）在“通道”控制面板中，单击下方的“将选区存储为通道”按钮，生成“Alpha1”通道。单击选取“Alpha1”通道，如图 8-63 所示，图像窗口中的效果如图 8-64 所示。按 Ctrl+D 组合键，取消选区。

图 8-63

图 8-64

（3）选择“滤镜 > 画笔描边 > 喷溅”命令，在弹出的对话框中进行设置，如图 8-65 所示，单击“确定”按钮，效果如图 8-66 所示。

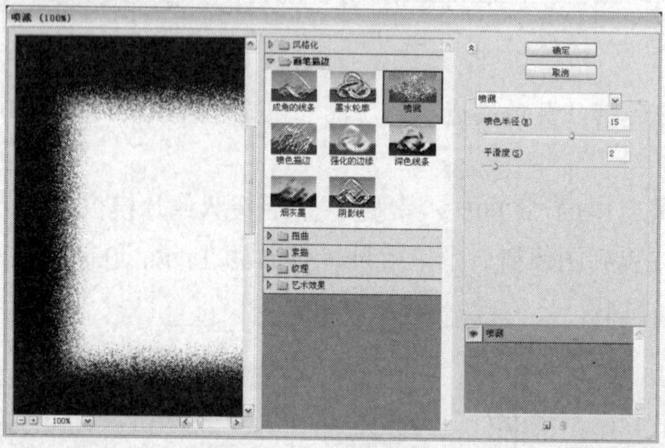

图 8-65

图 8-66

（4）按住 Ctrl 键的同时，单击“Alpha1”通道的通道缩览图，图形周围生成选区，如图 8-67 所示，选择“RGB”通道，图像效果如图 8-68 所示。选中“编辑矩形”图层，用白色填充选区，按 Ctrl+D 组合键，取消选区，效果如图 8-69 所示。

（5）按 Ctrl+T 组合键，图形周围出现变换框，拖曳鼠标调整其位置和角度，按 Enter 键确认操作，效果如图 8-70 所示。

图 8-67

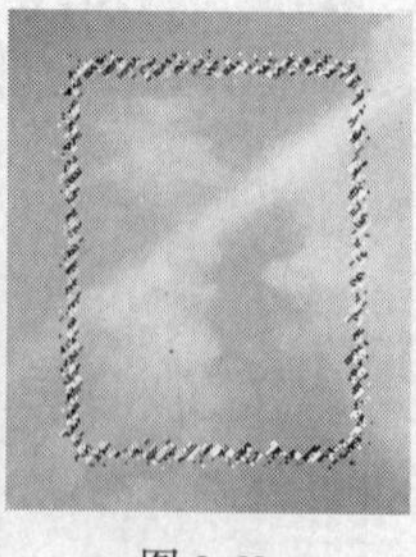

图 8-68

图 8-69

图 8-70

（6）单击“图层”控制面板下方的“添加图层样式”按钮，在弹出的菜单中选择“外发光”命令，弹出对话框，设置发光颜色为橘黄色（其 R、G、B 的值分别为 255、226、125），其他选项的设置如图 8-71 所示，单击“确定”按钮，效果如图 8-72 所示。

（7）选择“移动”工具，按住 Alt 键的同时，拖曳图形到适当的位置，复制图形，效果如图 8-73 所示，在“图层”控制面板中生成新的副本图层。

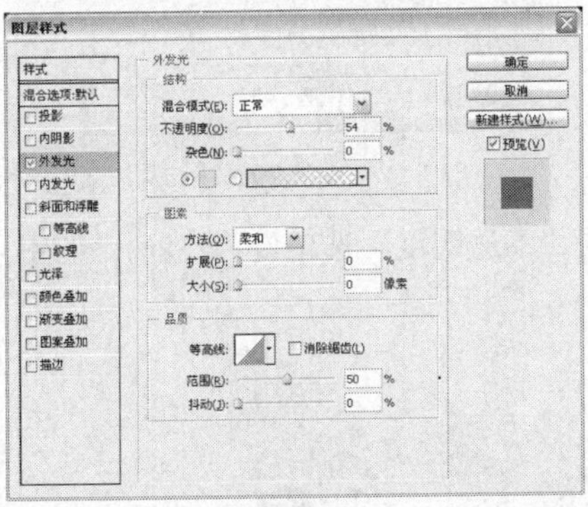

图 8-71

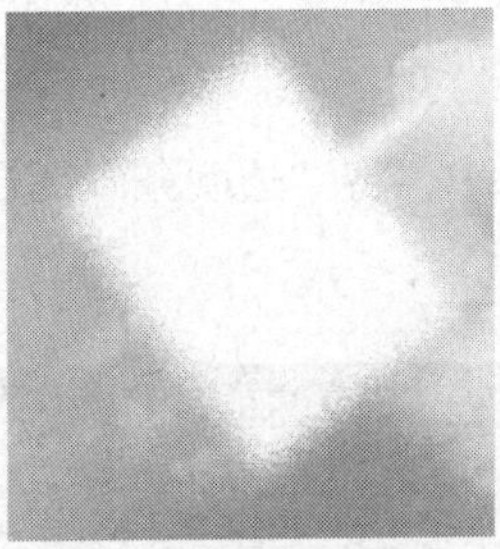

图 8-72

图 8-73

（8）按 Ctrl+O 组合键，打开光盘中的“Ch08 > 素材 > 亲密爱人照片模板 > 05、06”文件，选择“移动”工具，分别将人物图片拖曳到图像窗口中，并调整其位置和角度，效果如图 8-74 所示，在“图层”控制面板中分别生成新的图层并将其命名为“人物 2”、“人物 3”，如图 8-75 所示。

图 8-74

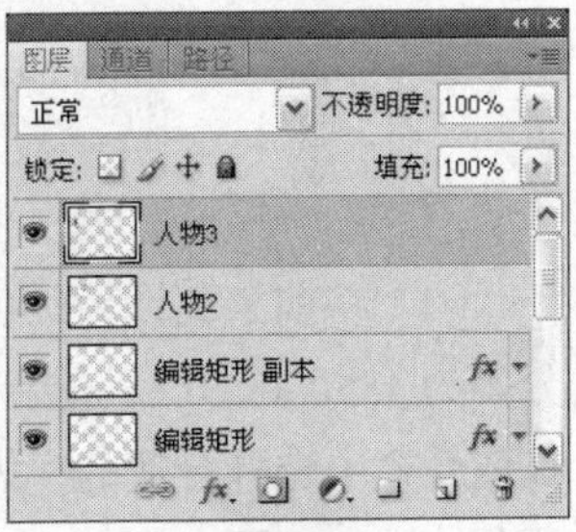

图 8-75

3. 添加装饰图形和文字

（1）新建图层并将其命名为“透明条”。将前景色设为白色。选择“矩形选框”工具，绘制一个矩形选区，如图 8-76 所示。选择“渐变”工具，单击属性栏中的“点按可编辑渐变”按钮，弹出“渐变编辑器”对话框，选择“预设”选项框中的“前景色到透明渐变”，如图 8-77 所示，单击“确定”按钮。选中属性栏中的“对称渐变”按钮，按住 Shift 键的同时，在选区中由中间向右拖曳渐变色，效果如图 8-78 所示。按 Ctrl+D 组合键，取消选区。

（2）选择“移动”工具，将其拖曳到适当的位置。按 Ctrl+T 组合键，图形周围出现变换框，拖曳鼠标旋转其角度，按 Enter 键确认操作，效果如图 8-79 所示。

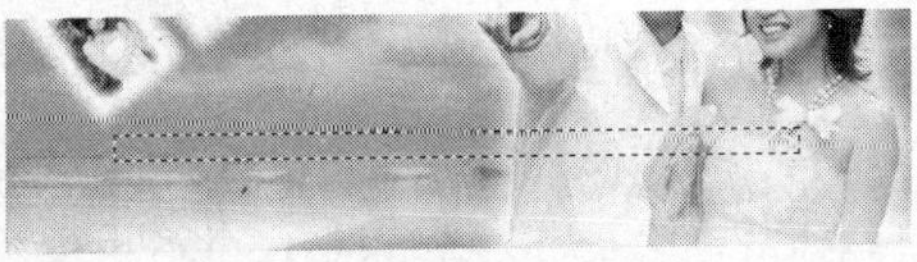

图 8-76

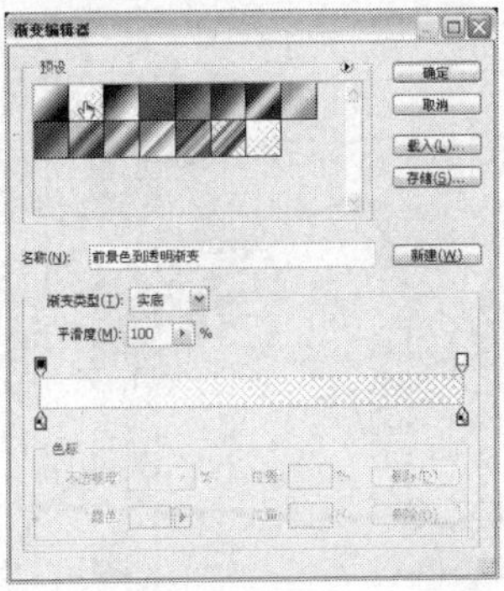

图 8-77

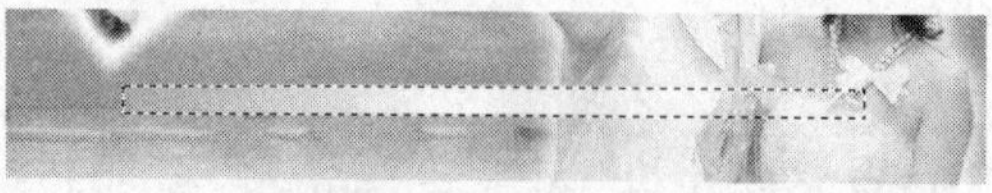

图 8-78

图 8-79

（3）在“图层”控制面板中，将“透明条”图层的“不透明度”选项设为 58%，如图 8-80 所示，图像效果如图 8-81 所示。

图 8-80

图 8-81

（4）将前景色设为红色（其 R、G、B 的值分别为 155、0、0）。选择“横排文字”工具 T，在属性栏中选择合适的字体并设置大小，输入需要的文字，如图 8-82 所示，在“图层”控制面板中生成新的文字图层。选择“移动”工具，按 Ctrl+T 组合键，文字周围出现变换框，拖曳鼠标调整其角度和位置，按 Enter 键确认操作，效果如图 8-83 所示。

图 8-82

图 8-83

（5）按 Ctrl+O 组合键，打开光盘中的“Ch08 > 素材 > 亲密爱人照片模板 > 07”文件，选择“移动”工具，将文字拖曳到图像窗口中，效果如图 8-84 所示，在“图层”控制面板中生成新的图层并将其命名为“文字”。

（6）单击“图层”控制面板下方的“添加图层样式”按钮 fx，在弹出的菜单中选择“外发光”命令，弹出对话框，设置发光颜色为白色，其他选项的设置如图 8-85 所示，单击“确定”按钮，效果如图 8-86 所示。

图 8-84

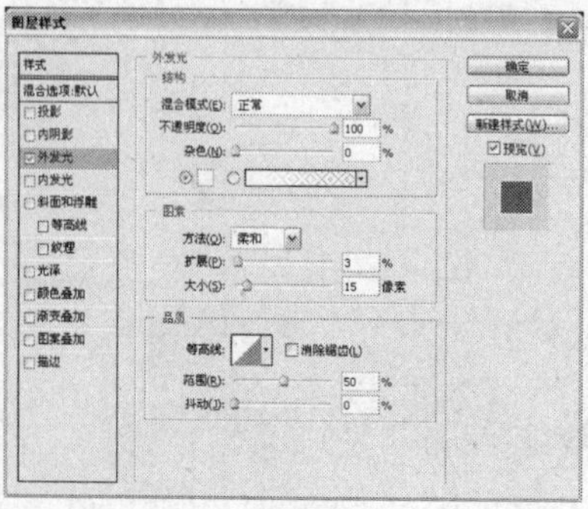

图 8-85

图 8-86

（7）新建图层并将其命名为“星星”。将前景色设为白色。选择“画笔”工具，单击属性栏中的“切换画笔面板”按钮，弹出“画笔”控制面板。选择“画笔笔尖形状”选项，在弹出的画笔面板中选择需要的画笔形状，其他选项的设置如图 8-87 所示。选择“形状动态”选项，在弹出的面板中进行设置，如图 8-88 所示。选择“散布”选项，在弹出的面板中进行设置，如图 8-89 所示。在图像窗口中拖曳鼠标绘制图形，效果如图 8-90 所示。

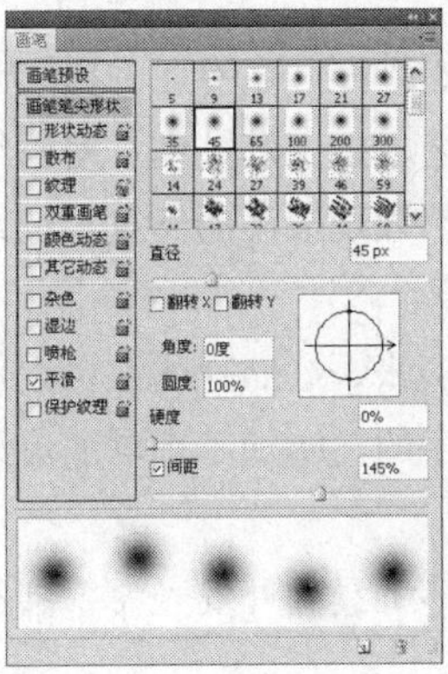

图 8-87

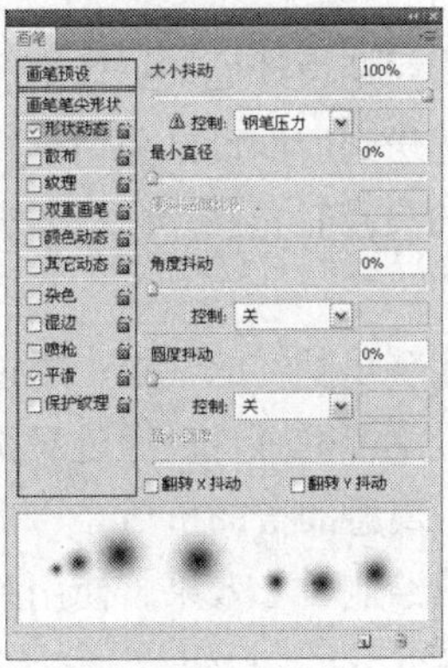

图 8-88

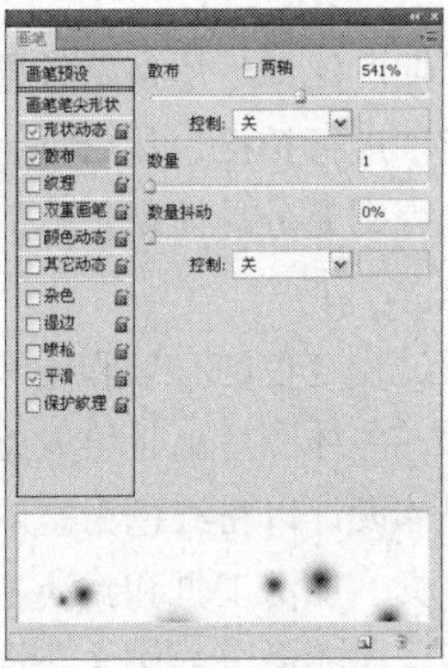

图 8-89

图 8-90

（8）选择“画笔”工具，在属性栏中单击“画笔”选项右侧的按钮，弹出画笔选择面板，单击面板右上方的按钮，在弹出的菜单中选择“混合画笔”命令，弹出提示对话框，单击“追加”按钮。在画笔选择面板中选择需要的画笔，如图 8-91 所示。按 [和] 键，调整画笔的大小，在图像窗口中多次单击，绘制出的效果如图 8-92 所示。

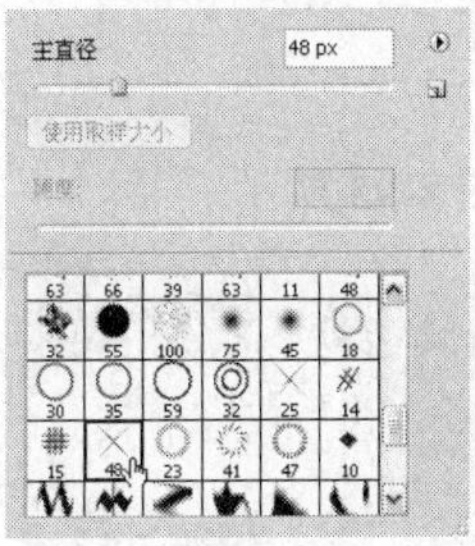

图 8-91

图 8-92

（9）新建图层并将其命名为“白色边缘”。选择“渐变”工具，单击属性栏中的“点按可编辑渐变”按钮，弹出“渐变编辑器”对话框，选择“预设”选项框中的“前景色到透明渐变”，将渐变色带右侧的滑块和右上方的不透明度色标的“位置”选项均设为 40，如图 8-93 所示，单击“确定”按钮。选中属性栏中的“径向渐变”按钮，勾选“反向”复选框，在图像窗口中由中间向右拖曳渐变色，效果如图 8-94 所示。按 Ctrl+D 组合键，取消选区。亲密爱人照片模板制作完成。

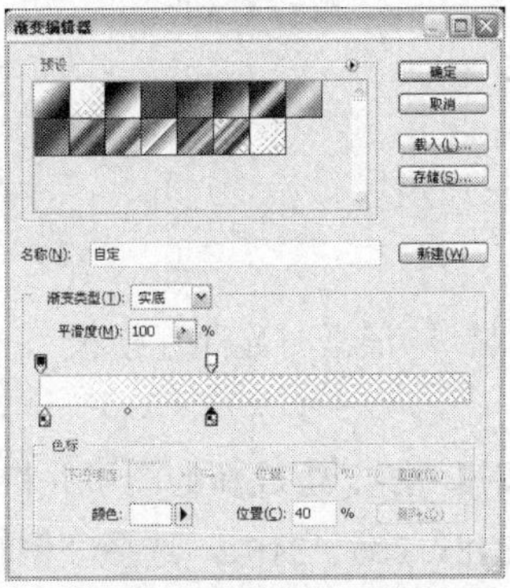

图 8-93

图 8-94

8.4 浪漫时光照片模板

8.4.1 案例分析

婚纱照片模板被长期广泛地运用在婚纱摄影后期设计处理工作中。婚纱照片由专业的摄影师在室内布景或室外环境中进行拍摄，然后将照片送到后期设计公司进行艺术加工和处理。使婚纱照片的艺术性和个性化得到充分的体现。本例的浪漫时光照片模板要突出表现浪漫的气氛，记录下新婚爱人的幸福时光。

在设计思路上，通过粉红色的心形和气泡表现出梦幻的气氛；通过多张婚纱照片的编辑表现出新婚生活的多姿多彩，主体图片更是给人恩爱幸福的感觉；通过对文字的艺术加工来增加浪漫的情调，突显主题。整体设计以粉红色为基调，寓意甜蜜的生活。

本例将使用钢笔工具、加深工具和减淡工具绘制桃心效果，使用画笔工具和外发光命令制作主题人物，使用多种图层样式命令制作文字特效。

8.4.2 案例设计

本案例设计流程如图 8-95 所示。

图 8-95

8.4.3 案例制作

1. 绘制装饰图形

（1）按 Ctrl+O 组合键，打开光盘中的“Ch08 > 素材 > 浪漫时光照片模板 > 01”文件，效果如图 8-96 所示。

（2）单击“图层”控制面板下方的“创建新图层”按钮 ，生成新的图层并将其命名为“桃心”。将前景色设为浅粉色（其 R、G、B 的值分别为 248、206、216）。选择“钢笔”工具 ，在图像窗口的左下方绘制一个心形路径，按 Ctrl+Enter 组合键，将路径转换为选区，如图 8-97 所示。按 Alt+Delete 组合键，用前景色填充选区，如图 8-98 所示。按 Ctrl+D 组合键，取消选区。

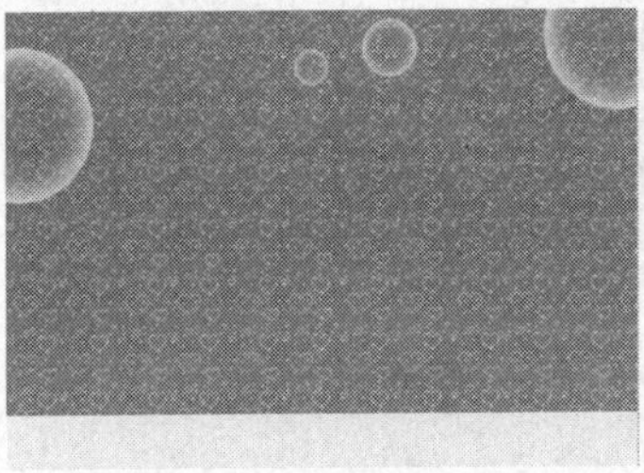
图 8-96

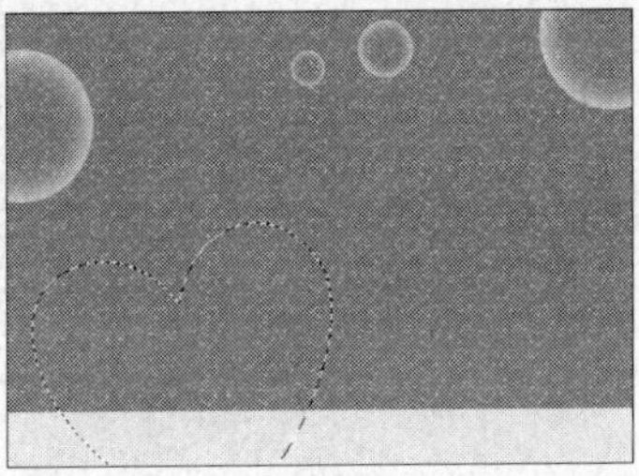
图 8-97

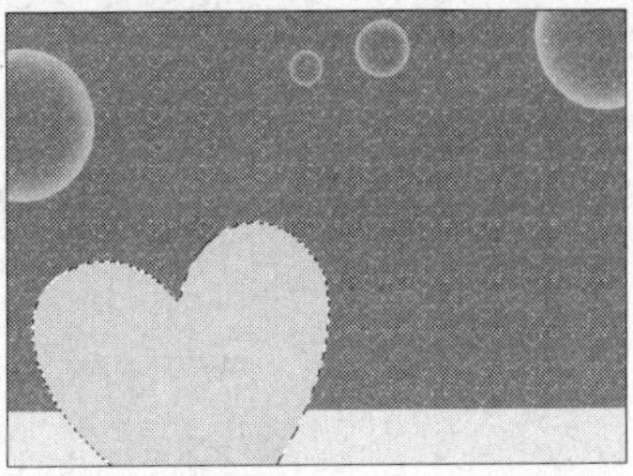
图 8-98

（3）将“桃心”图层拖曳到控制面板下方的“创建新图层”按钮上进行复制，生成新的图层“桃心 副本”，如图 8-99 所示。按 Ctrl+T 组合键，图形周围出现控制手柄，按住 Shift+Alt 组合键的同时，向内拖曳控制手柄，将图像等比例缩小，并拖曳到适当的位置，按 Enter 键确定操作。按住 Ctrl 键的同时，用鼠标单击“桃心 副本”图层的图层缩览图，载入选区，如图 8-100 所示。

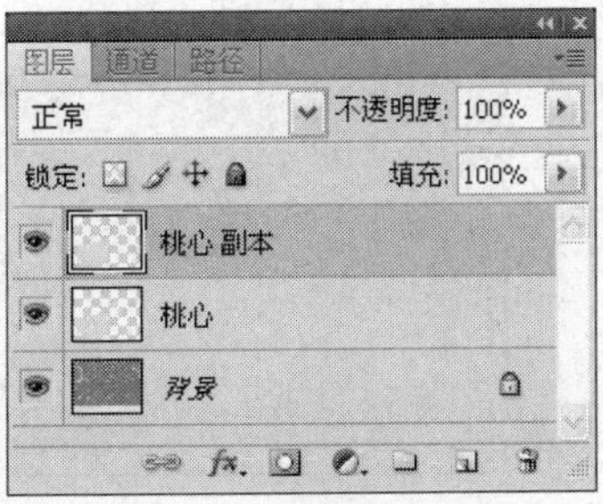

图 8-99

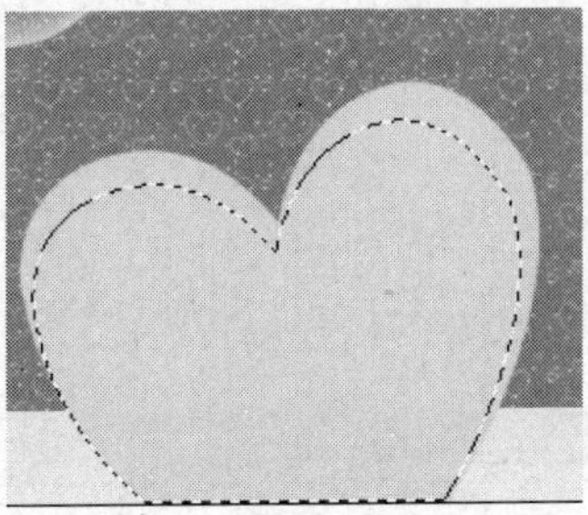
图 8-100

（4）选择“加深”工具，在属性栏中将“画笔”选项设为 300，在“范围”选项的下拉列表中选择“中间调”，将“曝光度”选项设为 50%，如图 8-101 所示。用鼠标在选区内侧的边缘进行涂抹，如图 8-102 所示。选择“减淡”工具，用鼠标在选区中的左上方进行涂抹，如图 8-103 所示。

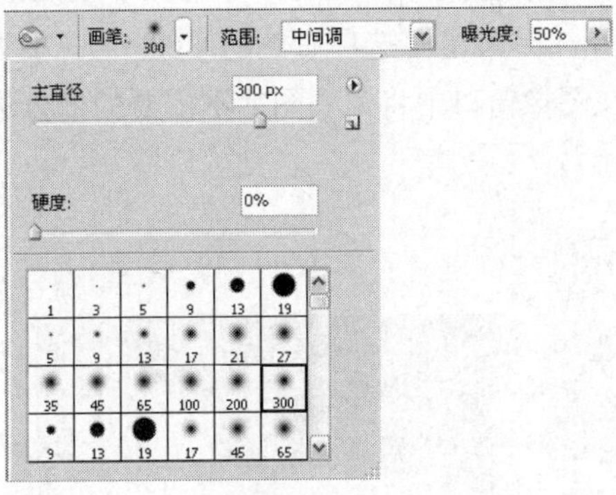

图 8-101

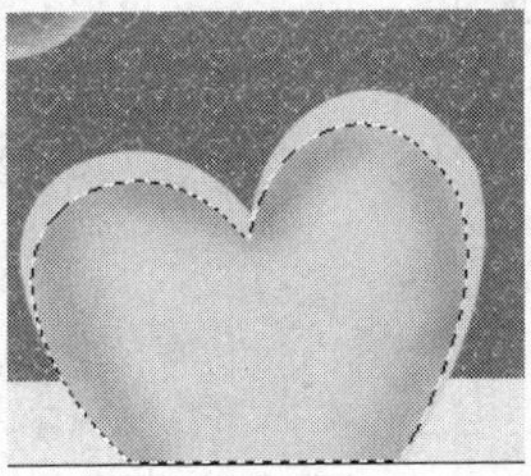
图 8-102

图 8-103

（5）选择“图像 > 调整 > 色阶”命令，在弹出的对话框中进行设置，如图 8-104 所示，单击“确定”按钮，效果如图 8-105 所示。按 Ctrl+D 组合键，取消选区。

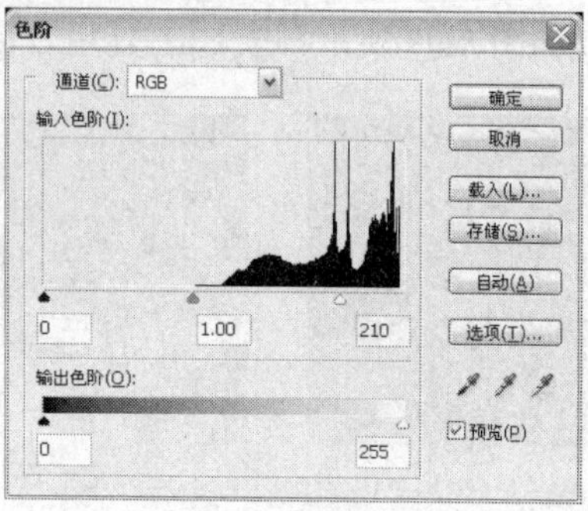

图 8-104

图 8-105

（6）单击“图层”控制面板下方的“添加图层样式”按钮，在弹出的菜单中选择“外发光”命令，弹出对话框，将外发光颜色设为白色，其他选项的设置如图 8-106 所示，单击“确定”按钮，效果如图 8-107 所示。

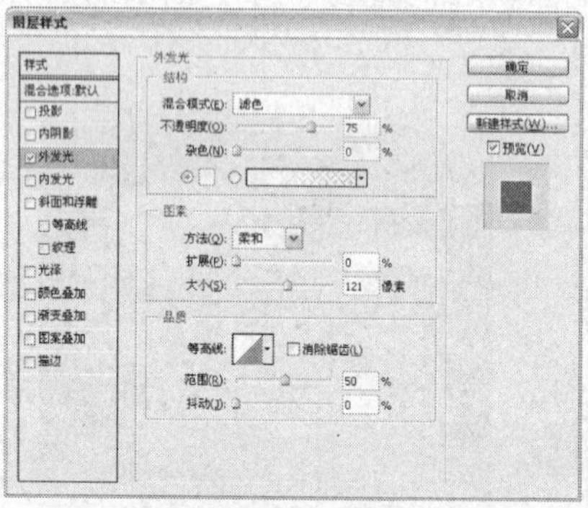

图 8-106

图 8-107

2. 添加人物照片并进行编辑

（1）按 Ctrl+O 组合键，打开光盘中的“Ch08 > 素材 > 浪漫时光照片模板 > 02”文件，选择“移动”工具，将人物图片拖曳到图像窗口中，如图 8-108 所示，在“图层”控制面板中生成新的图层并将其命名为“人物”。

（2）单击“图层”控制面板下方的“添加图层蒙版”按钮，为“人物”图层添加蒙版。将前景色设为黑色。选择“画笔”工具，在属性栏中单击“画笔”选项右侧的按钮，弹出画笔选择面板，选择需要的画笔形状，如图 8-109 所示，在图像窗口中将人物图片不需要的部分进行擦除，图像效果如图 8-110 所示。

图 8-108

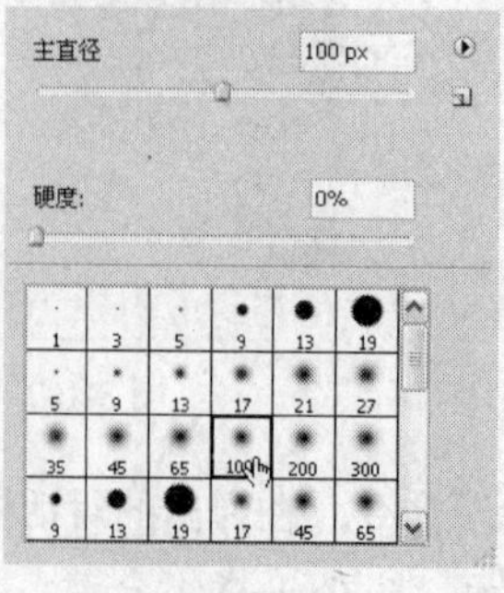

图 8-109

图 8-110

（3）单击“图层”控制面板下方的“添加图层样式”按钮 fx，在弹出的菜单中选择“外发光”命令，弹出对话框，将发光颜色设置为白色，其他选项的设置如图 8-111 所示，单击“确定”按钮，效果如图 8-112 所示。

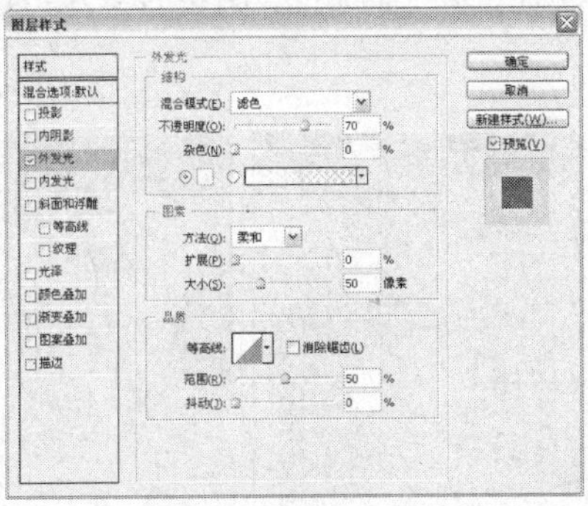

图 8-111

图 8-112

（4）按 Ctrl+O 组合键，打开光盘中的“Ch08 > 素材 > 浪漫时光照片模板 > 03、04”文件，如图 8-113、图 8-114 所示。

（5）选择“移动”工具，将素材 03 图片拖曳到图像窗口中，在“图层”控制面板中生成新的图层并将其命名为“照片 1”，如图 8-115 所示。按 Ctrl+T 组合键，图片周围出现控制手柄，将鼠标光标放在变换框的控制手柄附近，光标变为旋转图标，拖曳鼠标将图片旋转到适当的角度，并调整其大小，按 Enter 键确定操作，效果如图 8-116 所示。

图 8-113

图 8-114

图 8-115

图 8-116

（6）单击“图层”控制面板下方的“添加图层样式”按钮 fx，在弹出的菜单中选择“描边”命令，弹出对话框，将描边颜色设为浅粉色（其 R、G、B 的值分别为 249、183、183），其他选项的设置如图 8-117 所示，单击“确定”按钮，效果如图 8-118 所示。

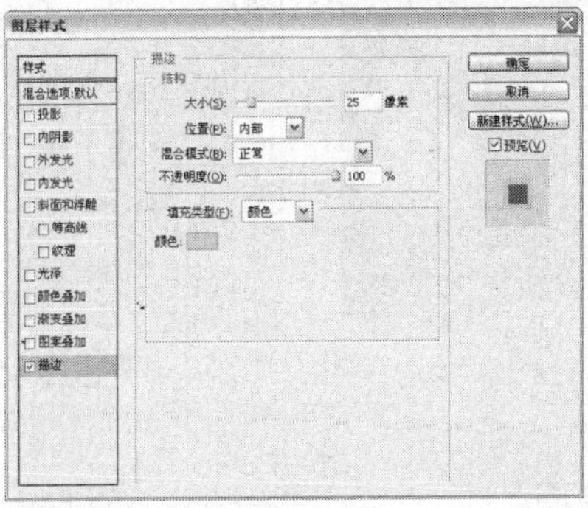

图 8-117

图 8-118

（7）选择“移动”工具，将素材 04 图片拖曳到图像窗口中，在“图层”控制面板中生成新的图层并将其命名为“照片 2”，如图 8-119 所示。用相同的方法调整图片的角度和大小，并添加相同的描边效果，如图 8-120 所示。

（8）在“图层”控制面板中，将“照片 2”图层拖曳到“照片 1”图层的下方，如图 8-121 所示，图像窗口中的效果如图 8-122 所示。

图 8-119

图 8-120

图 8-121

图 8-122

（9）将“照片 1”图层拖曳到控制面板下方的“创建新图层”按钮上进行复制，生成新的图层“照片 1 副本”，并将其拖曳到“照片 2”图层的下方，如图 8-123 所示。选择“移动”工具，拖曳复制出的图像到适当的位置，并调整适当的角度，效果如图 8-124 所示。

图 8-123

图 8-124

（10）用相同的方法制作其他照片效果，并调整图层的前后顺序，如图 8-125 所示，图像效果如图 8-126 所示。选中“照片 1”图层，按住 Shift 键的同时，单击“照片 3”图层，将两个图层之间的所有图层同时选取，按 Ctrl+G 组合键，将其编组并命名为“照片”，如图 8-127 所示。

图 8-125

图 8-126

图 8-127

3. 添加并编辑文字

（1）在“图层”控制面板中，将“照片”图层组拖曳到“桃心”图层的上方，如图 8-128

图 8-128

图 8-129

所示。选中“人物”图层。按 Ctrl+O 组合键，打开光盘中的“Ch08 > 素材 > 浪漫时光照片模板 > 05”文件，选择“移动”工具，将文字图形拖曳到图像窗口的适当位置，如图 8-129 所示，在“图层”控制面板中生成新的图层并将其命名为“文字”。

（2）单击“图层”控制面板下方的“添加图层样式”按钮，在弹出的菜单中选择“投影”命令，弹出对话框，将投影颜色设为紫色（其 R、G、B 的值分别为 153、0、70），单击“等高线”选项右侧的按钮，在弹出的面板中选择“环形-双”图标，如图 8-130 所示，其他选项的设置如图 8-131 所示，单击“确定”按钮，效果如图 8-132 所示。

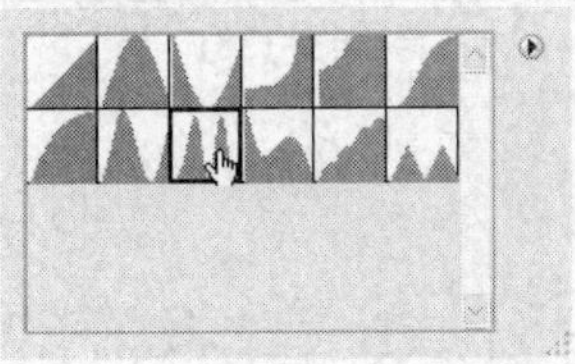

图 8-130

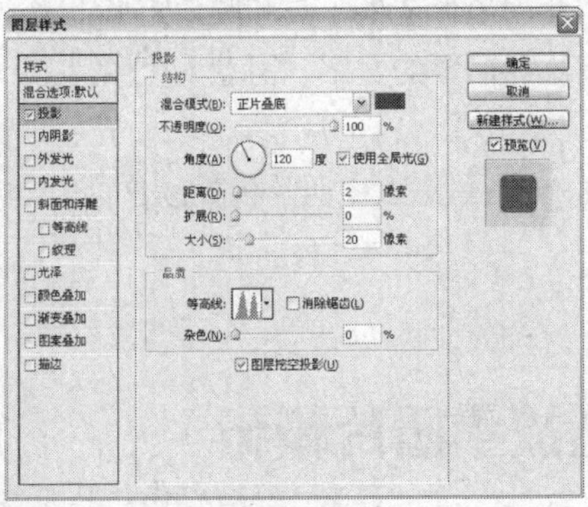

图 8-131

图 8-132

（3）单击“图层”控制面板下方的“添加图层样式”按钮，在弹出的菜单中选择“颜色叠加”命令，弹出对话框，将叠加颜色设为紫色（其 R、G、B 的值分别为 181、8、87），其他选项的设置如图 8-133 所示，单击“确定”按钮，效果如图 8-134 所示。

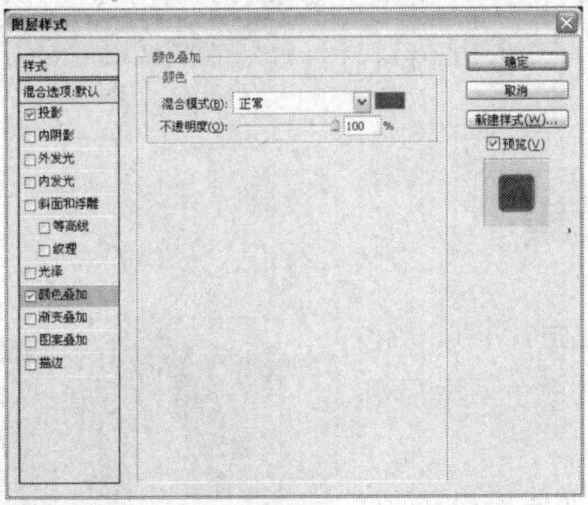

图 8-133

图 8-134

（4）选择“横排文字”工具，在属性栏中分别选择合适的字体并设置文字大小，分别填充适当的颜色，如图 8-135 所示，在“图层”控制面板中分别生成新的图层，如图 8-136 所示。浪漫时光照片模板制作完成，效果如图 8-137 所示。

图 8-135

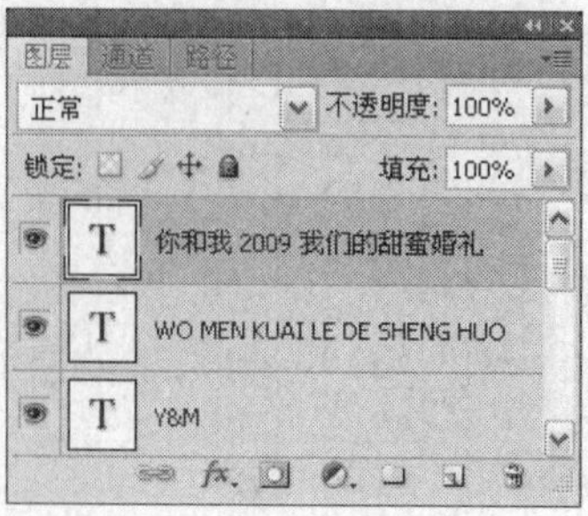

图 8-136

图 8-137

课堂练习 1——写意人生照片模板

【练习知识要点】使用添加杂色滤镜命令制作背景，使用混合模式命令制作图片的渐隐效果，使用矩形选框工具和圆角矩形工具制作胶片，使用直排文字工具添加需要的文字。写意人生照片模板效果如图 8-138 所示。

【效果所在位置】光盘/Ch08/效果/写意人生照片模板.psd。

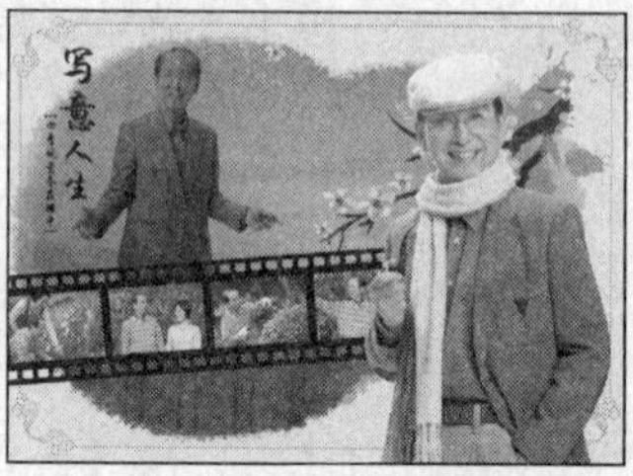

图 8-138

课堂练习 2——童话故事照片模板

【练习知识要点】使用定义图案命令制作背景效果，使用描边路径命令为圆角矩形添加描边，使用图层样式命令为圆角矩形添加特殊效果，使用剪贴蒙版命令制作人物图片的剪贴效果，使用自定义形状工具和图层样式命令添加装饰图片。童话故事照片模板效果如图 8-139 所示。

【效果所在位置】光盘/Ch08/效果/童话故事照片模板.psd。

图 8-139

课后习题——幸福相伴照片模板

【习题知识要点】使用点状化滤镜命令添加图片的点状化效果，使用去色命令和混合模式命令调整图片的颜色。幸福相伴照片模板效果如图 8-140 所示。

【效果所在位置】光盘/Ch08/效果/幸福相伴照片模板.psd。

图 8-140

第9章 卡片设计

卡片，是人们增进交流的一种载体，是传递信息、交流情感的一种方式。卡片的种类繁多，有邀请卡、祝福卡、生日卡、圣诞卡、新年贺卡等。本章以多种题材的卡片为例，讲解卡片的设计和制作技巧。

课堂学习目标

- 了解卡片的功能
- 了解卡片的分类
- 掌握卡片的设计思路
- 掌握卡片的制作方法和技巧

9.1 卡片设计概述

卡片是设计师无穷无尽的想象力的表现，可以成为让人弥足珍贵的收藏品。无论是贺卡、请柬、宣传卡的设计，都彰显出卡片在生活中极大的艺术价值。卡片效果如图 9-1 所示。

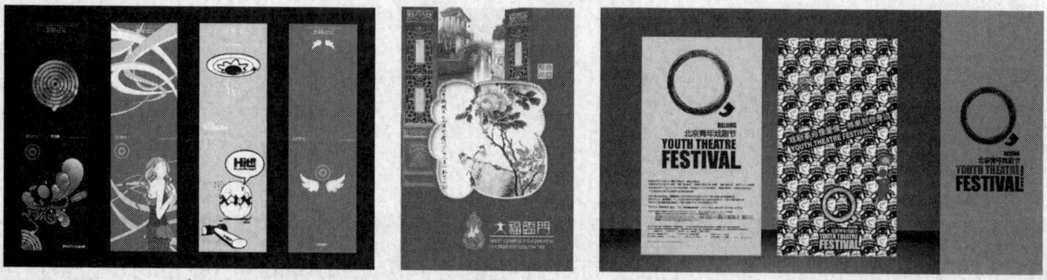

图 9-1

9.2 新年贺卡

9.2.1 案例分析

新年是一个重要节日，新年在中国又叫元旦，在中国民间是一个隆重而热闹的传统节日。新年到来时，亲友们互送吉祥和祝福，希望都以积极、自信的姿态面对新的一年。本例的新年贺卡要表现出新年喜庆、祥和、祝福的气氛。

在设计思路上，首先背景的红色和金色图形烘托出喜庆的气氛，通过对多个图形元素的叠加制作出新年的热闹、祥和、富足之态。通过对人物图片的编辑表现出人们对新年的向往和对未来生活的憧憬。通过灵活编排文字的手法送出祝福语，使节日的主题和寓意更加明确清晰。

本例将通过使用点状化命令、亮度/对比度命令和魔棒工具制作背景杂点，使用描边命令和变换图形命令编辑人物图片，使用画笔工具绘制亮点，使用自定形状工具绘制雪花图形。

9.2.2 案例设计

本案例设计流程如图 9-2 所示。

图 9-2

9.2.3　案例制作

1. 绘制背景底图

（1）按 Ctrl+N 组合键，新建一个文件：宽为 30 厘米，高为 18 厘米，分辨率为 300 像素/英寸，颜色模式为 RGB，背景内容为白色，单击“确定”按钮。

（2）选择“渐变”工具，单击属性栏中的“点按可编辑渐变”按钮，弹出“渐变编辑器”对话框，将渐变色设为从暗红色（其 R、G、B 的值分别为 135、10、16）到红色（其 R、G、B 的值分别为 191、18、26），如图 9-3 所示，单击“确定”按钮。选中属性栏中的“线性渐变”按钮，在图像窗口中从左侧向中间拖曳渐变色，效果如图 9-4 所示。

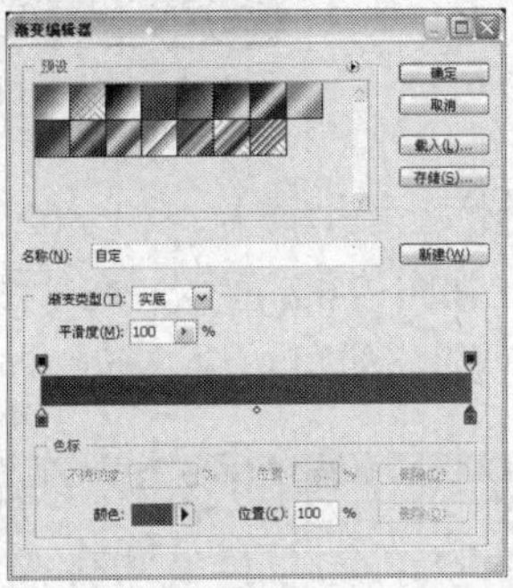

图 9-3

图 9-4

（3）新建图层生成“图层 1”。按 D 键，恢复默认的前景色和背景色为黑、白两色。按 Ctrl+Delete 组合键，用背景色填充图层。选择“滤镜 > 像素化 > 点状化”命令，在弹出的对话框中进行设置，如图 9-5 所示，单击“确定”按钮，效果如图 9-6 所示。

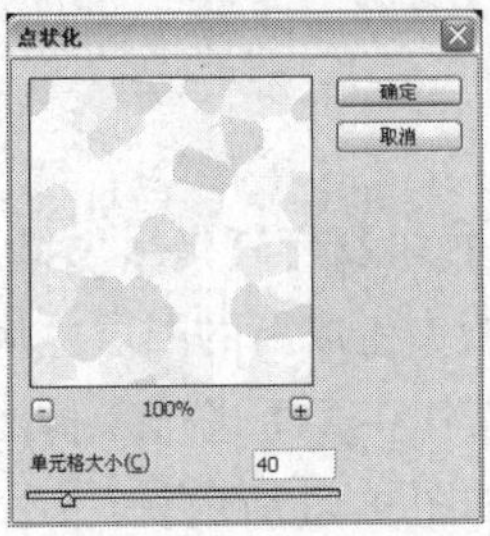

图 9-5

图 9-6

（4）选择“图像 > 调整 > 亮度/对比度”命令，在弹出的对话框中进行设置，如图 9-7 所示，单击“确定”按钮，效果如图 9-8 所示。

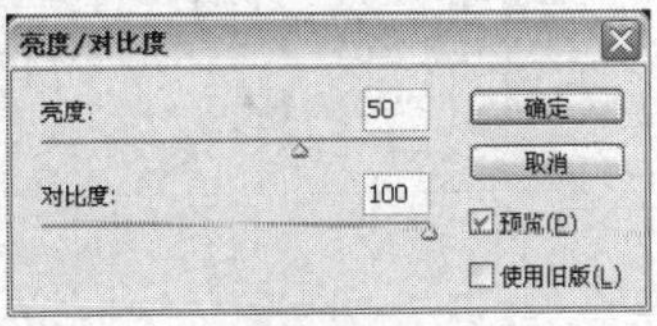

图 9-7

图 9-8

（5）新建图层并将其命名为“杂点”。将前景色设为橘黄色（其 R、G、B 的值分别 227、176、0）。选择“魔棒”工具，在属性栏中将“容差”选项设为 10，在图像窗口的右下方单击，生成选区，如图 9-9 所示。按 Ctrl+Shift+I 组合键，将选区反选。按 Alt+Delete 组合键，用前景色填充选区，按 Ctrl+D 组合键，取消选区，效果如图 9-10 所示。将“图层 1”拖曳到“图层”控制面板下方的“删除图层”按钮上，删除图层，效果如图 9-11 所示。

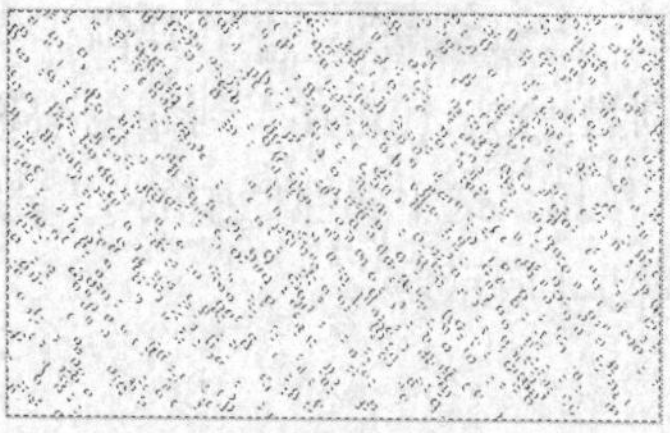

图 9-9

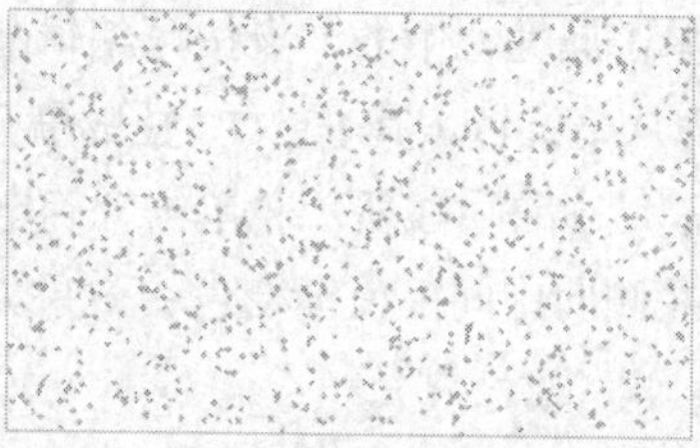

图 9-10

图 9-11

（6）按 Ctrl+O 组合键，打开光盘中的“Ch09 > 素材 > 新年贺卡 > 01、02”文件，选择“移动”工具，分别将图形拖曳到图像窗口的适当位置，如图 9-12 所示，在“图层”控制面板中分别生成新的图层并将其命名为“白色图形”、“红色矩形”，如图 9-13 所示。

图 9-12

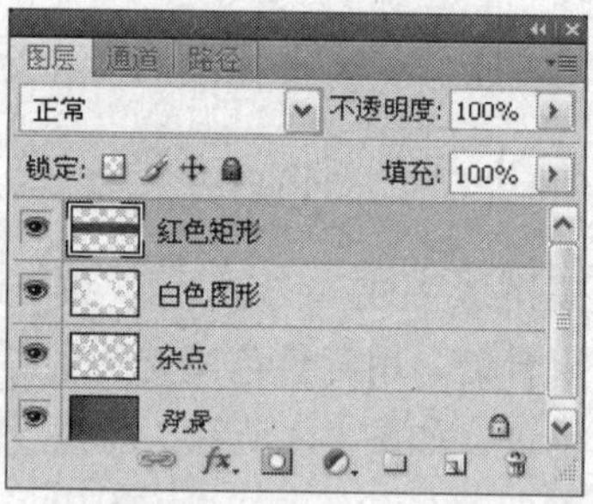

图 9-13

2. 添加并编辑人物图片

（1）按 Ctrl+O 组合键，打开光盘中的“Ch09 > 素材 > 新年贺卡 > 03”文件，将人物图片拖曳到图像窗口中，如图 9-14 所示，在“图层”控制面板中生成新的图层并将其命名为“人物”。将“人物”图层拖曳到控制面板下方的“创建新图层”按钮上进行复制，复制两次，生成两个副本图层，并分别将其拖曳到“人物”图层的下方，如图 9-15 所示。

图 9-14

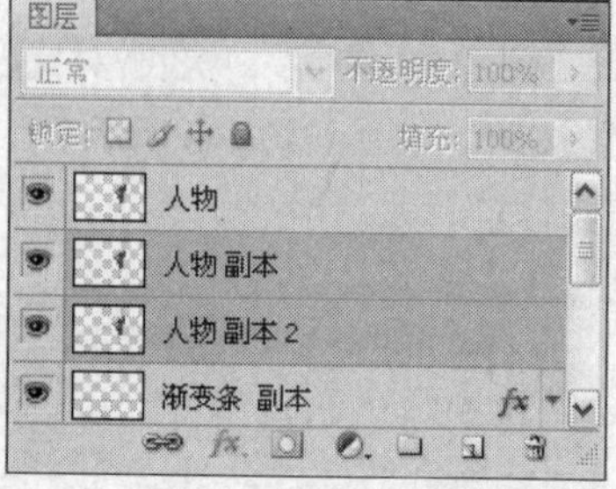

图 9-15

（2）选中“人物”图层。单击“图层”控制面板下方的“添加图层样式”按钮，在弹出的菜单中选择“描边”命令，弹出对话框，将描边颜色设为橘黄色（其 R、G、B 的值分别为 251、203、73），其他选项的设置如图 9-16 所示，单击“确定”按钮，效果如图 9-17 所示。

（3）将前景色设为黄绿色（其 R、G、B 的值分别为 170、132、0）。选中“人物副本”图层。按住 Ctrl 键的同时，单击“人物副本”图层的缩览图，图像周围生成选区，如图 9-18 所示。按 Alt+Delete 组合键，用前景色填充选区。按 Ctrl+D 组合键，取消选区。选择“移动”工具，将人物副本图形拖曳到适当的位置，效果如图 9-19 所示。

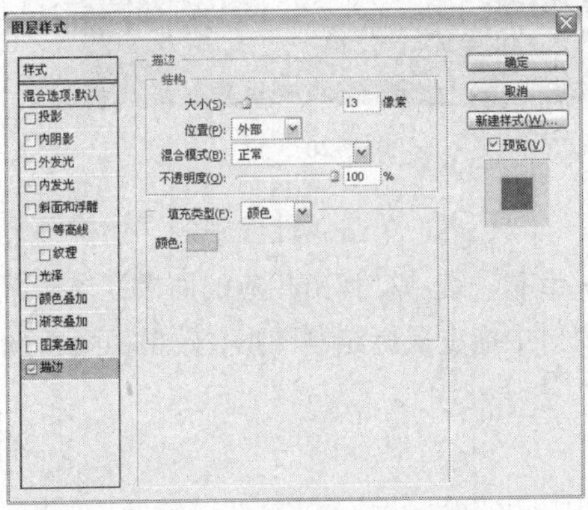

图 9-16

图 9-17

图 9-18

图 9-19

（4）选中“人物副本 2”图层。按住 Ctrl 键的同时，单击“人物副本 2”图层的缩览图，图像周围生成选区，如图 9-20 所示。按 Delete 键，删除选区中的图像。选择“矩形选框”工具，在选区中单击鼠标右键，在弹出的菜单中选择“描边”命令，弹出对话框，将描边颜色设为白色，其他选项的设置如图 9-21 所示，单击“确定”按钮，为选区描边，按 Ctrl+D 组合键，取消选区。

（5）选择“移动”工具，按 Ctrl+T 组合键，在图像周围出现变换框，按住 Alt+Shift 组合键的同时，向外拖曳控制手柄，等比例放大图形，并将其拖曳到适当的位置，按 Enter 键确定操作，效果如图 9-22 所示。在“图层”控制面板中，按住 Shift 键的同时，单击“人物”图层，将“人物”图层及其两个副本图层同时选取，按 Ctrl+G 组合键，将其编组并命名为“人物”，如图 9-23 所示。

图 9-20

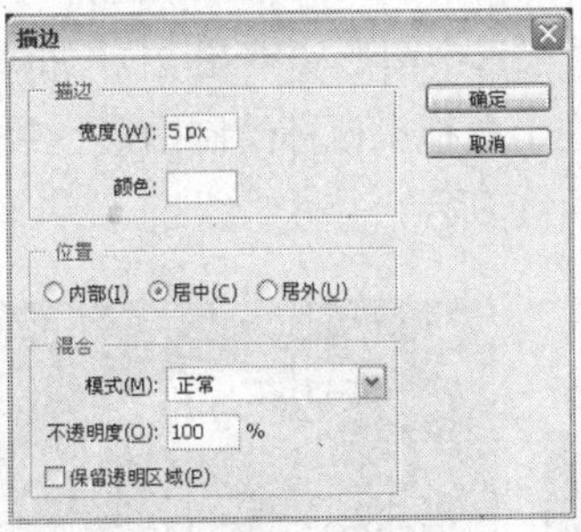

图 9-21

图 9-22

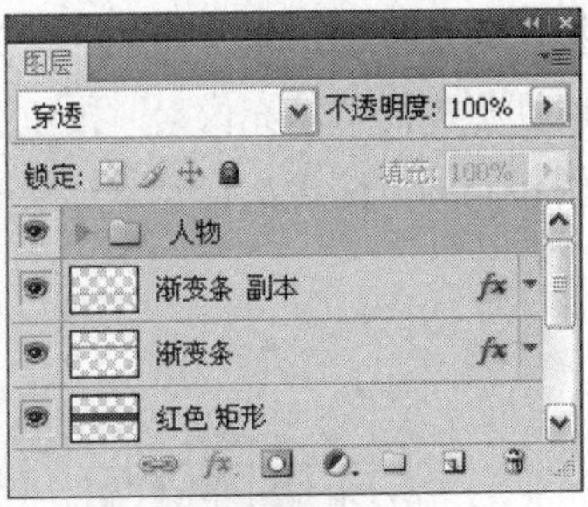

图 9-23

（6）新建图层并将其命名为“亮点 1”。将前景色设为白色。选择“画笔”工具，单击属性栏中的“切换画笔面板”按钮，弹出“画笔”控制面板，选择“画笔笔尖形状”选项，弹出相应的面板，选择需要的画笔形状，其他选项的设置如图 9-24 所示。选择“散布”选项，弹出相应的面板，选项的设置如图 9-25 所示。在图像窗口中拖曳鼠标绘制图形，效果如图 9-26 所示。

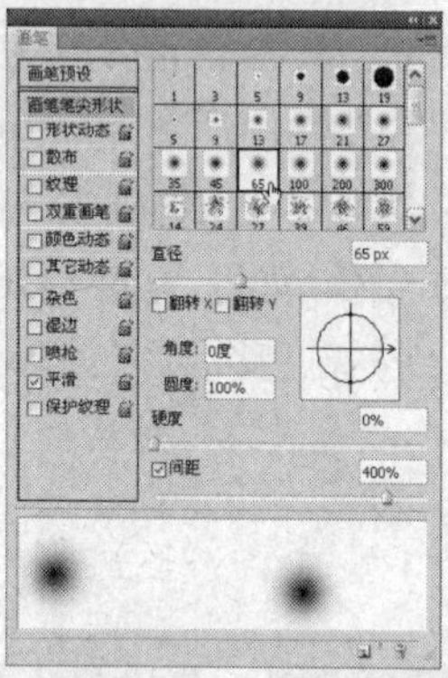

图 9-24

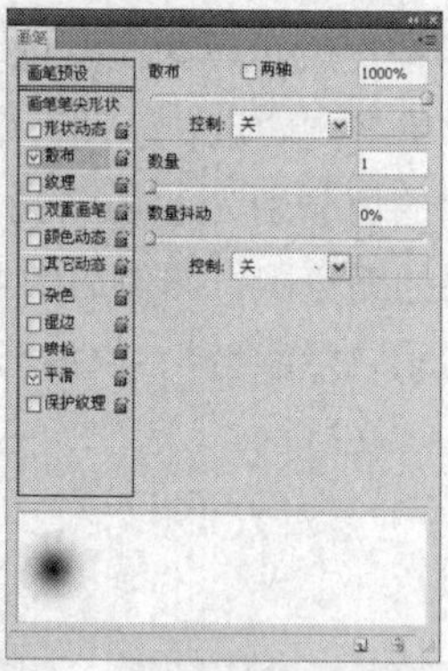

图 9-25

图 9-26

（7）新建图层并将其命名为“亮点 2”。选择“画笔”工具，单击属性栏中的“切换画笔面板”按钮，弹出“画笔”控制面板，选择“画笔笔尖形状”选项，弹出相应的面板，选择需要的画笔形状，其他选项的设置如图 9-27 所示。在图像窗口中拖曳鼠标绘制图形，效果如图 9-28 所示。

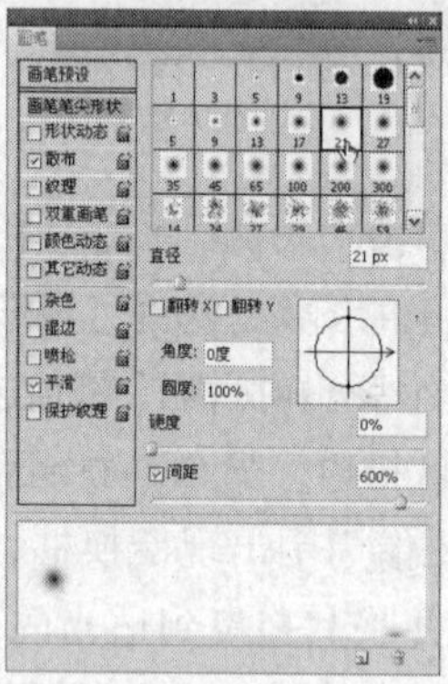

图 9-27

图 9-28

（8）新建图层并将其命名为“雪花”。选择“自定形状”工具，单击属性栏中的“形状”选项，弹出“形状”面板，单击面板右上方的按钮，在弹出的菜单中选择“自然”选项，弹出提示对话框，单击“追加”按钮。在“形状”面板中选中图形“雪花 2”，如图 9-29 所示。选中属性栏中的“填充像素”按钮，在图像窗口的左上角拖曳鼠标绘制图形，效果如图 9-30 所示。用相同的方法再次拖曳鼠标绘制图形，效果如图 9-31 所示。

图 9-29

图 9-30

图 9-31

（9）按 Ctrl+O 组合键，打开光盘中的“Ch09 > 素材 > 新年贺卡 > 04”文件，选择“移动”

工具，将文字拖曳到图像窗口的适当位置，如图 9-32 所示，在“图层”控制面板中生成新的图层并将其命名为“文字”。新年贺卡效果制作完成，如图 9-33 所示。

图 9-32

图 9-33

9.3 婚庆请柬

9.3.1 案例分析

在婚礼举行前需要给亲朋好友发送婚庆请柬，婚庆请柬的装帧设计上应精美雅致，创造出喜庆、浪漫、温馨的气氛。使被邀请者体会到主人的热情与诚意，感受到亲切和喜悦。婚庆请柬的设计要将现代元素与传统文化相结合，表现出新时代婚礼的特色和风格。

在设计制作上，通过金色纹理的背景图展示出婚礼的尊贵，将颇具现代感的折页和传统特色的金色花形图案完美结合，凸显出典雅大方、别致温馨的效果，最后通过浮雕文字和戒指图形烘托出请柬主题，展示时尚浪漫之感。

本例将使用纹理化滤镜、减淡和加深工具制作背景效果，使用移动工具添加图案和文字，使用投影命令为文字添加投影效果，使用多边形套索工具和高斯模糊滤镜命令制作图片的投影。

9.3.2 案例设计

本案例设计流程如图 9-34 所示。

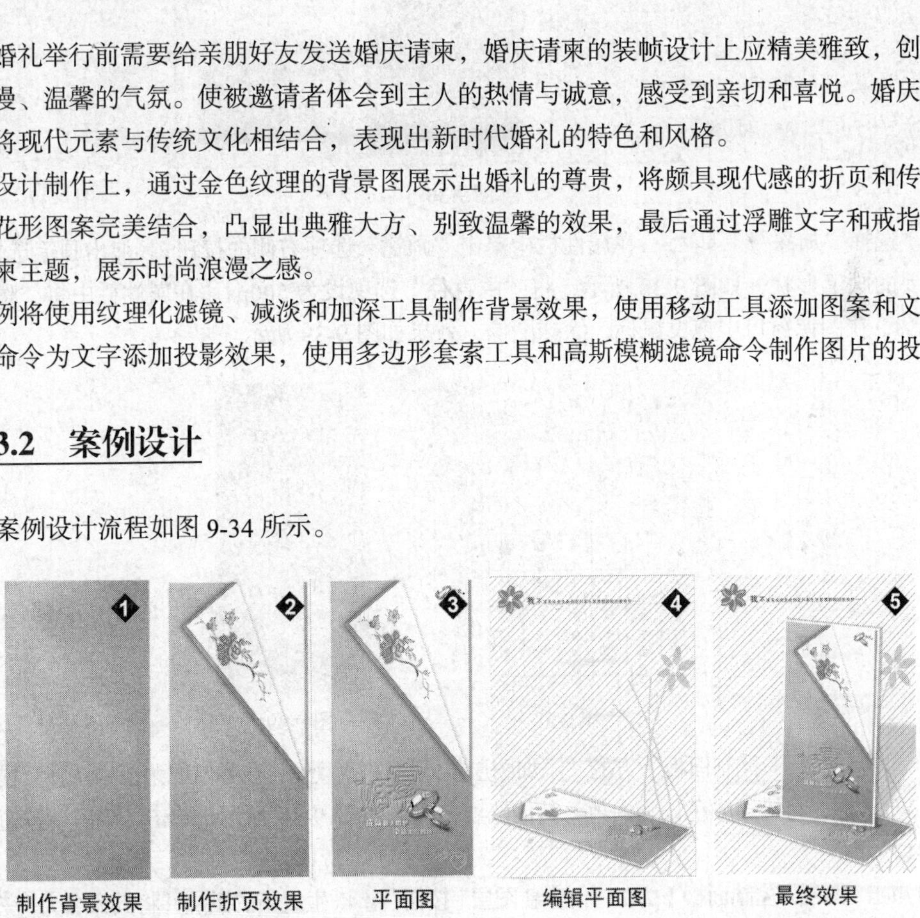

图 9-34

9.3.3 案例制作

1. 制作背景图像

（1）按 Ctrl+N 组合键，新建一个文件：宽度为 13 厘米，高度为 26 厘米，分辨率为 300 像素/英寸，颜色模式为 RGB，背景内容为白色，单击“确定”按钮。

（2）单击“图层”控制面板下方的“创建新图层”按钮 ，生成新的图层并将其命名为“长方矩形”。将前景色设为浅黄色（其 R、G、B 的值分别为 217、214、145）。按 Alt+Delete 组合键，用前景色填充图层，效果如图 9-35 所示。

（3）选择“滤镜 > 纹理 > 纹理化”命令，在弹出的对话框中进行设置，如图 9-36 所示，单击“确定”按钮，效果如图 9-37 所示。

图 9-35

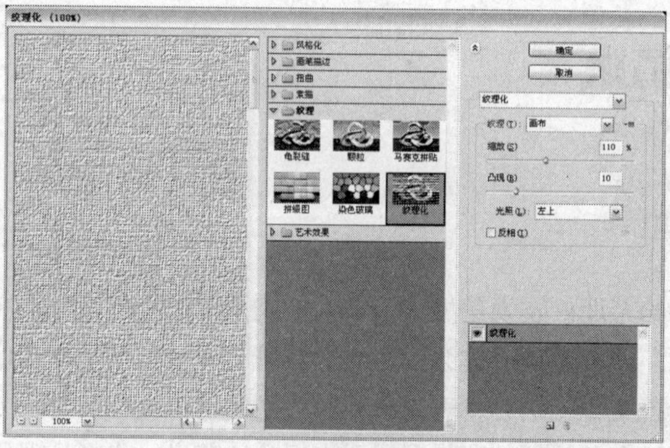

图 9-36

图 9-37

（4）选择“加深”工具 ，在属性栏中单击“画笔”选项右侧的按钮 ，弹出画笔选择面板，选择需要的画笔形状，如图 9-38 所示，将“主直径”选项设为 500px，在属性栏中将“曝光度”设为 50%，在图像窗口中拖曳鼠标，涂抹图像，效果如图 9-39 所示。

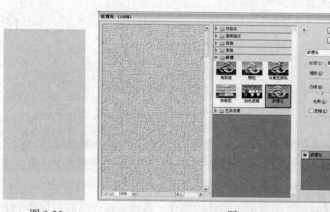

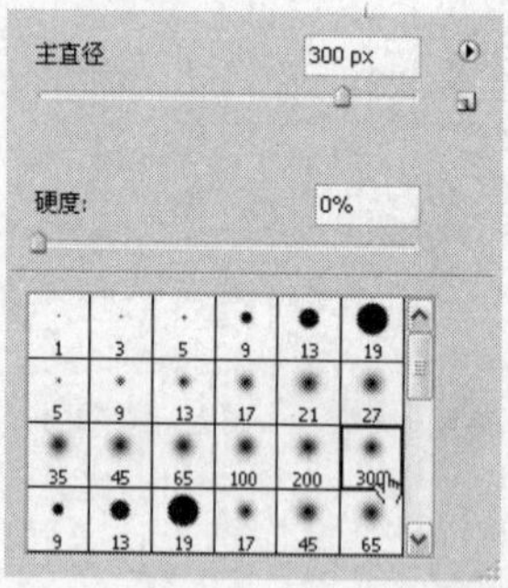

图 9-38

图 9-39

（5）单击“图层”控制面板下方的“添加图层样式”按钮 fx，在弹出的菜单中选择“描边”命令，弹出对话框，将描边颜色设为白色，其他选项的设置如图 9-40 所示，单击“确定”按钮，效果如图 9-41 所示。

（6）单击“图层”控制面板下方的“创建新图层”按钮 ，生成新的图层并将其命名为“三角形”。将前景色设为土黄色（其R、G、B 的值分别为 185、177、76）。选择“钢笔”工具 ，选中属性栏中的“路径”按钮，在图像窗口中绘制路径，如图 9-42 所示。按 Ctrl+Enter 组合键，将路径转化为选区。按 Alt+Delete 组合键，用前景色填充选区。按 Ctrl+D 组合键，取消选区，效果如图 9-43 所示。

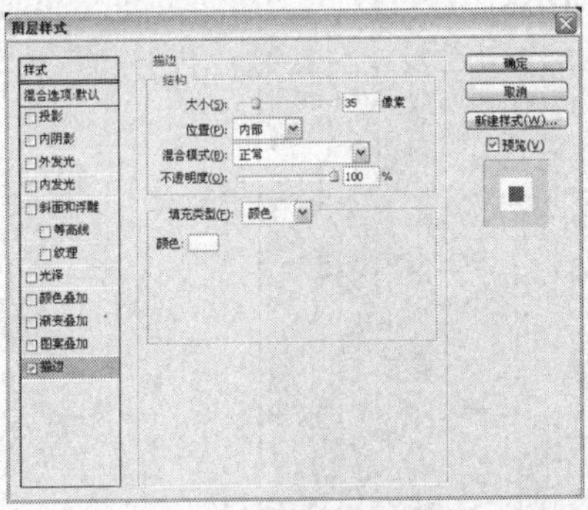

图 9-40

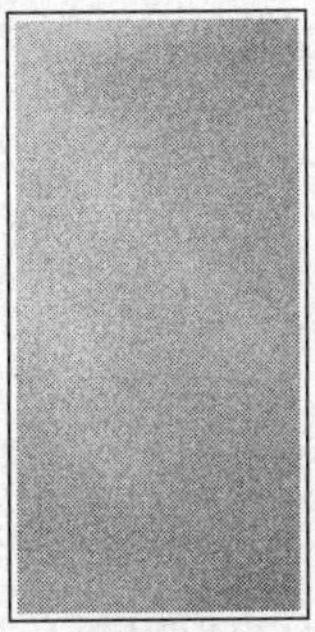

图 9-41

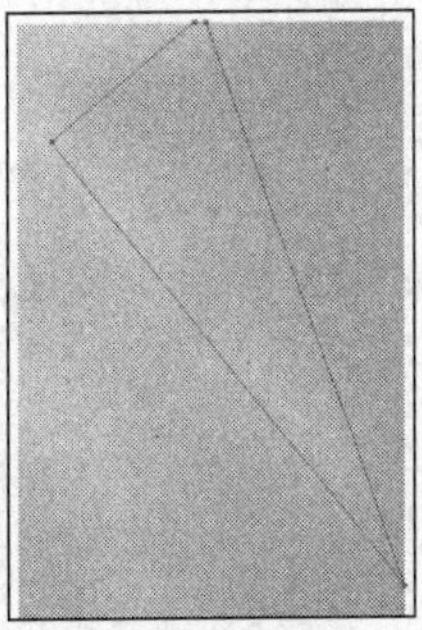

图 9-42

图 9-43

（7）选择“滤镜 > 纹理 > 纹理化”命令，在弹出的对话框中进行设置，如图 9-44 所示，单击“确定”按钮，图像效果如图 9-45 所示。

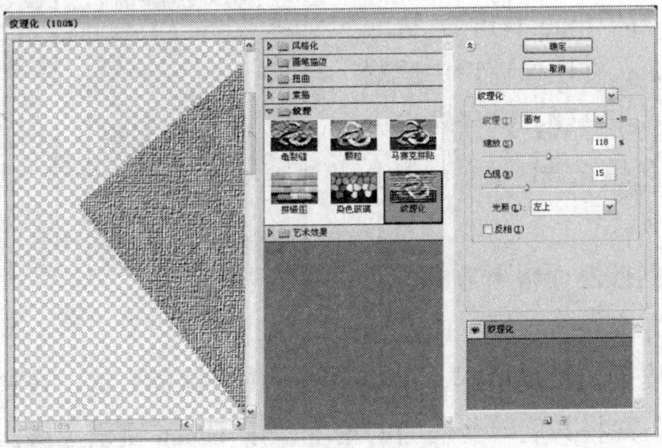

图 9-44

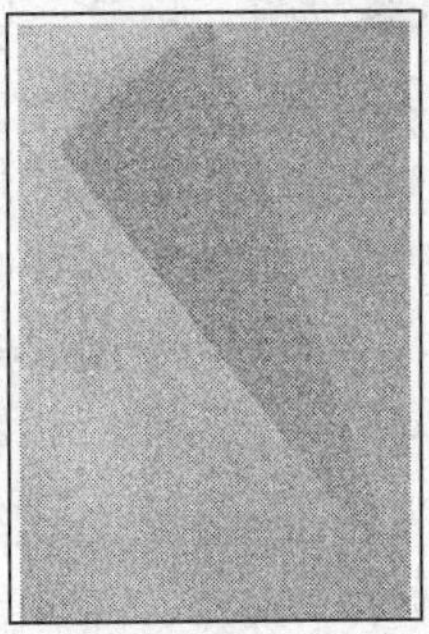

图 9-45

（8）选择“减淡”工具，在属性栏中单击“画笔”选项右侧的按钮，弹出画笔选择面板，选择需要的画笔形状，如图 9-46 所示，将“主直径”选项设为 500px。在属性栏中将“曝光度”选项设为 50%，在图像窗口单击鼠标涂抹图像，效果如图 9-47 所示。

（9）单击“图层”控制面板下方的“添加图层样式”按钮 fx，在弹出的菜单中选择“投影”命令，在弹出的对话框中进行设置，如图 9-48 所示，单击“确定”按钮，效果如图 9-49 所示。

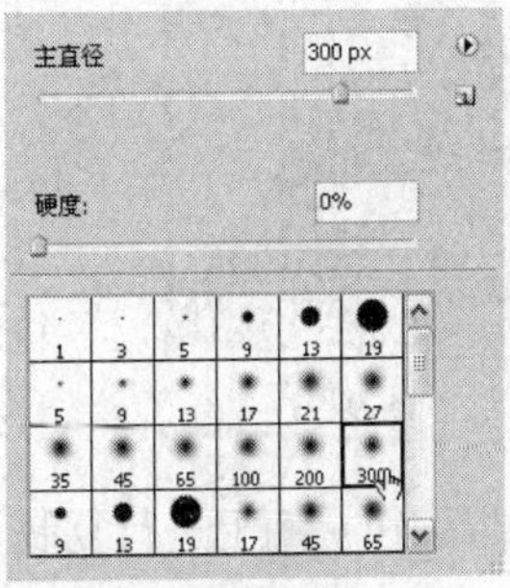

图 9-46

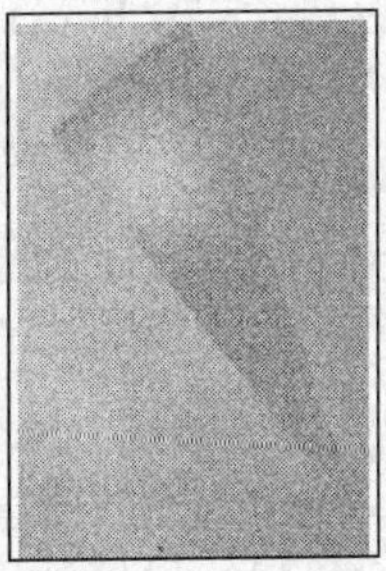

图 9-47

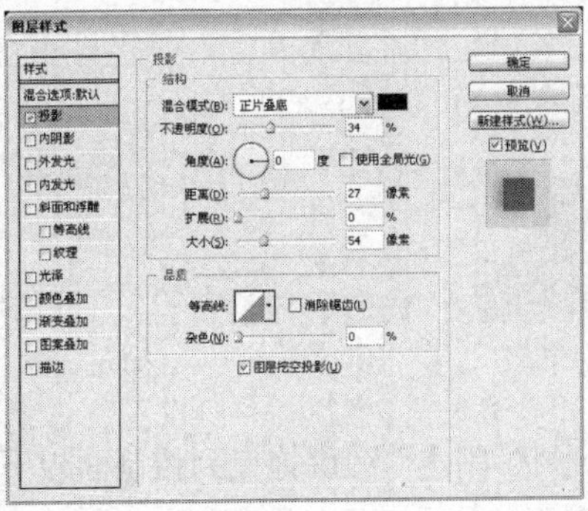

图 9-48

图 9-49

（10）单击“图层”控制面板下方的“添加图层样式”按钮 fx，在弹出的菜单中选择“描边”命令，弹出对话框，设置描边颜色为棕色（其 R、G、B 的值分别为 99、92、1），其他选项的设置如图 9-50 所示，单击“确定”按钮，效果如图 9-51 所示。

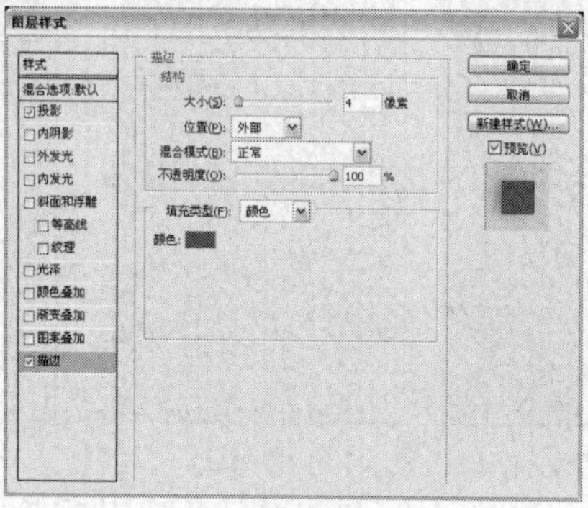

图 9-50

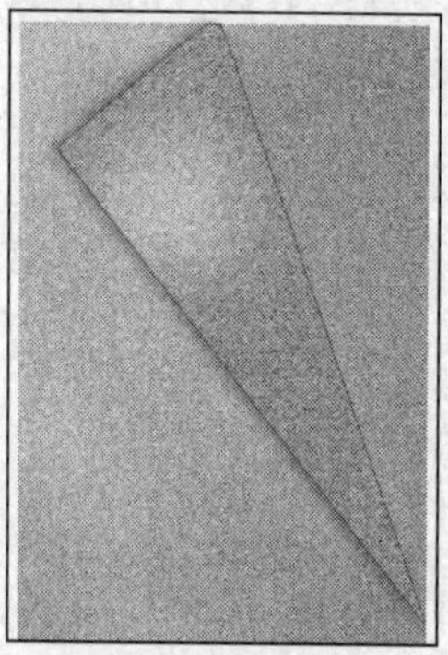

图 9-51

（11）单击“图层”控制面板下方的“创建新图层”按钮，生成新的图层并将其命名为“白色形状”。将前景色设为白色。选择“钢笔”工具，在图像窗口中绘制路径，如图 9-52 所示。按 Ctrl+Enter 组合键，路径转换为选区。按 Alt+Delete 组合键，用前景色填充选区。按 Ctrl+D 组合键，取消选区，效果如图 9-53 所示。

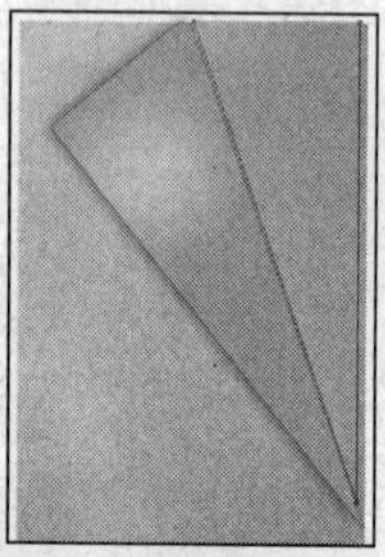

图 9-52

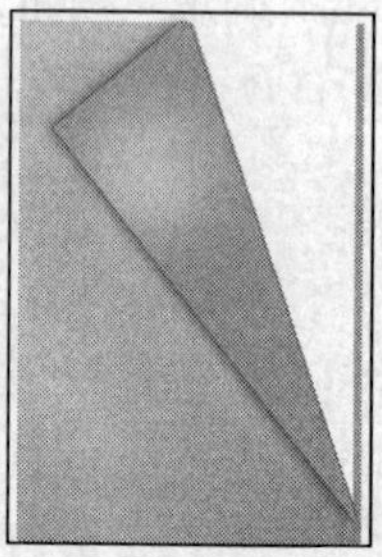

图 9-53

（12）将“白色形状”图层拖曳到控制面板下方的“创建新图层”按钮上进行复制，生成新的图层“白色形状 副本”。按 Ctrl+T 组合键，图像周围出现变换框，在变换框内单击鼠标右键，在弹出的菜单中选择“水平翻转”命令，翻转图形，并将其旋转至适当的角度，按 Enter 键确定操作，图像效果如图 9-54 所示。

（13）单击“图层”控制面板下方的“添加图层样式”按钮 fx，在弹出的菜单中选择“投影”命令，在弹出的对话框中进行设置，如图 9-55 所示，单击“确定”按钮，效果如图 9-56 所示。

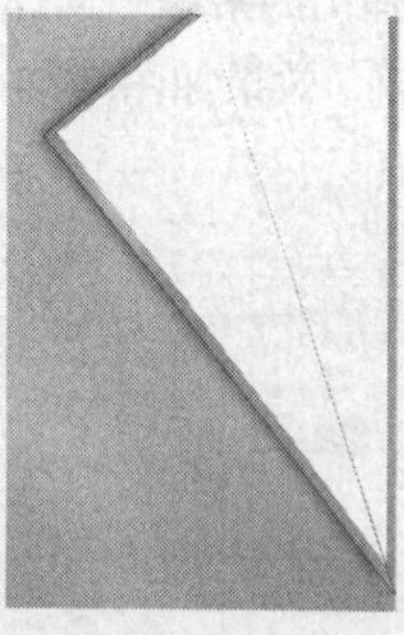

图 9-54

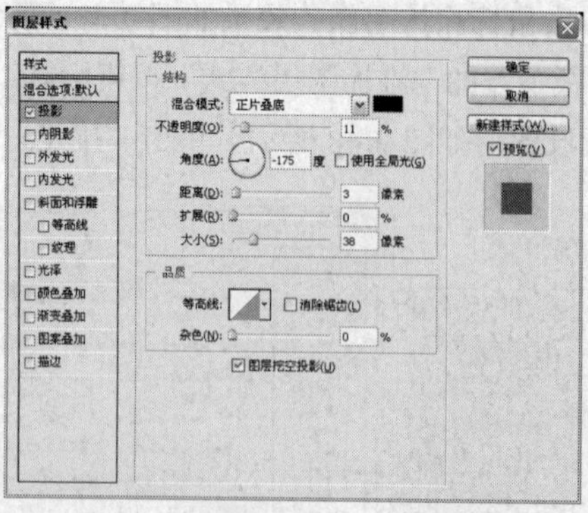

图 9-55

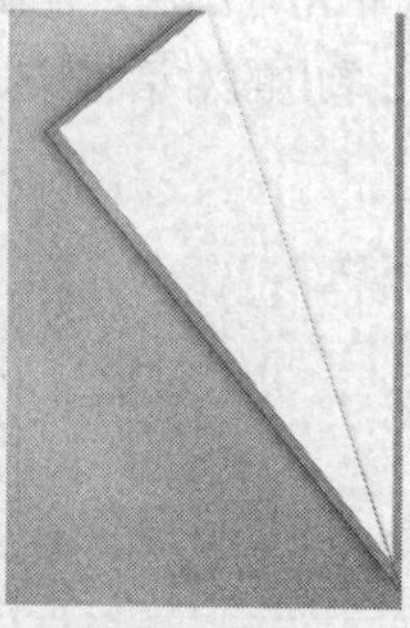

图 9-56

（14）将“白色形状 副本”图层拖曳到控制面板下方的“创建新图层”按钮上进行复制，生成新的图层“白色形状 副本 2”，如图 9-57 所示，效果如图 9-58 所示。

（15）按 Ctrl+O 组合键，打开光盘中的“Ch09 > 素材 > 婚庆请柬 > 01、02”文件，选择“移动”工具，分别将 01、02 图形拖曳到图像窗口的适当位置，效果如图 9-59 所示，在“图层”控制面板中生成新的图层并将其命名为“花形”、“婚宴”，如图 9-60 所示。

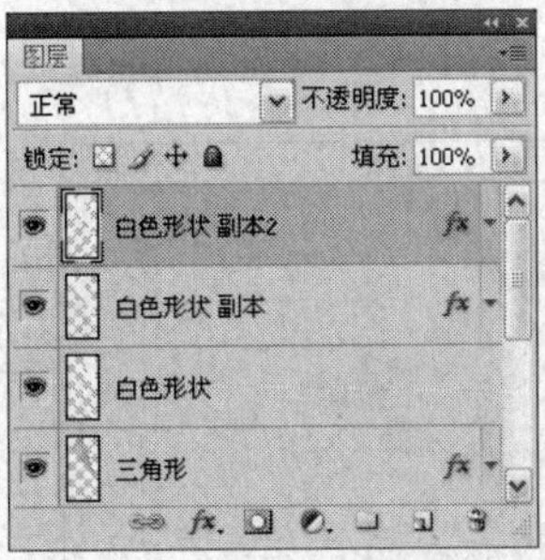

图 9-57

图 9-58

图 9-59

图 9-60

2. 添加装饰图形

（1）按 Ctrl+O 组合键，打开光盘中的“Ch09 > 素材 > 婚庆请柬 > 03”文件，选择“移动”工具，将戒指图片拖曳到图像窗口的右下方，效果如图 9-61 所示，在“图层”控制面板中生成新的图层并将其命名为“戒指”。

（2）选择“横排文字”工具 T，在属性栏中选择合适的字体并设置大小，输入需要的白色文字，并适当的调整文字间距，如图 9-62 所示，在“图层”控制面板中生成新的文字图层。

图 9-61

图 9-62

（3）单击“图层”控制面板下方的“添加图层样式”按钮 fx，在弹出的菜单中选择“投影”命令，在弹出的对话框中进行设置，如图 9-63 所示，单击“确定”按钮，效果如图 9-64 所示。

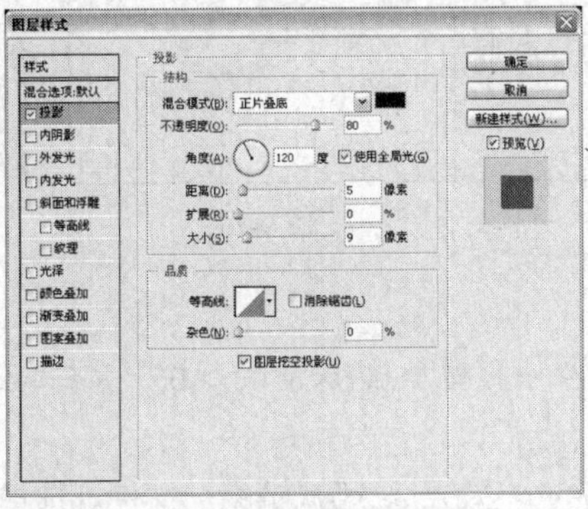

图 9-63

图 9-64

（4）按 Ctrl+O 组合键，打开光盘中的“Ch09 > 素材 > 婚庆请柬 > 04”文件，选择“移动”

工具，将图形拖曳到图像窗口的右下方，效果如图 9-65 所示，在“图层”控制面板中生成新的图层并将其命名为“心形”，如图 9-66 所示。

（5）将“戒指”图层拖曳到控制面板下方的“创建新图层”按钮上进行复制，生成新图层“戒指副本”，并拖曳到“图层”控制面板的最上方。选择“移动”工具，将复制出的副本图形拖曳到适当的位置，并调整其大小，效果如图 9-67 所示。

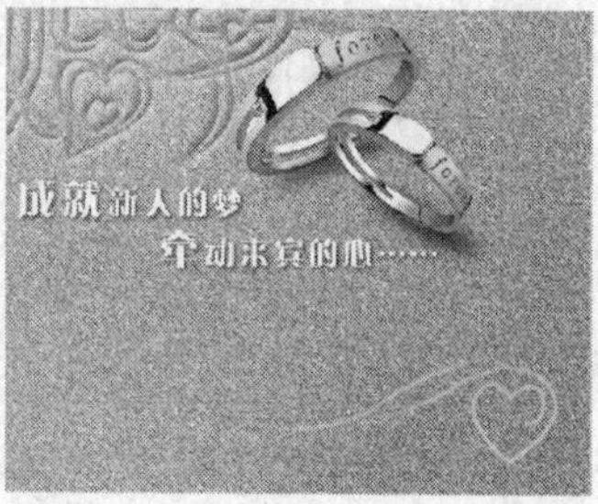

图 9-65

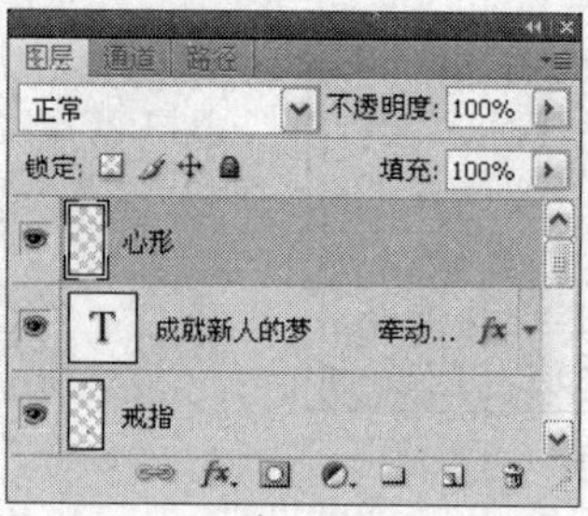

图 9-66

图 9-67

（6）单击“图层”控制面板下方的“创建新图层”按钮，生成新的图层并将其命名为“直线”。将前景色设为黑色。选择“直线”工具，选中属性栏中的“填充像素”按钮，将“粗细”选项设为 3px，按住 Shift 键的同时，拖曳鼠标绘制直线，效果如图 9-68 所示。

（7）选择“椭圆”工具，选中属性栏中的“填充像素”按钮，按住 Shift 键的同时，在图像窗口中绘制圆形，效果如图 9-69 所示。

（8）将前景色设为红色（其 R、G、B 的值分别为 160、0、0）。选择“横排文字”工具，在属性栏中选择合适的字体并设置大小，输入需要的文字并将其选取，适当的调整文字间距，效果如图 9-70 所示，在“图层”控制面板中生成新的文字图层。“婚庆请柬”效果制作完成，如图 9-71 所示。按 Ctrl+S 组合键，弹出“储存为”对话框，将文件名设为“婚庆请柬”，保存图像为 PSD 格式，单击“确定”按钮，将图像保存。

图 9-68

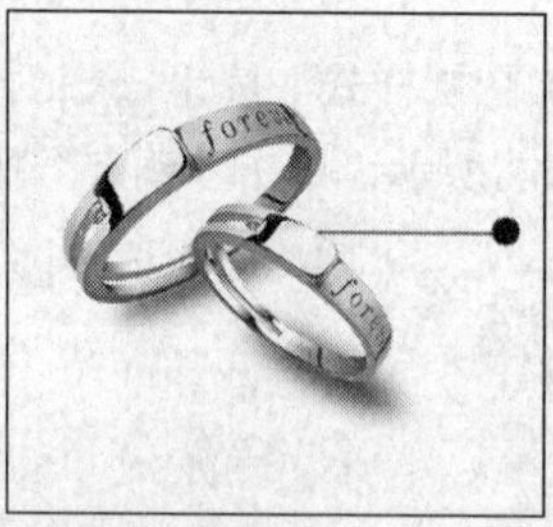
图 9-69

图 9-70

图 9-71

3. 制作请柬展示效果

（1）按 Ctrl+O 组合键，打开光盘中的“Ch09 > 素材 > 婚庆请柬 > 05”文件，效果如图 9-72 所示。

（2）按 Ctrl+O 组合键，打开光盘中的“Ch09 > 效果 > 婚庆请柬”文件。选择“图层 > 合并可见图层”命令，合并所有图层。选择“移动”工具，将图像窗口中的图像拖曳到新建的文件中，如图 9-73 所示，在“图层”控制面板中生成新的图层并将其命名为“请柬”。

（3）将“请柬”图层拖曳到控制面板下方的“创建新图层”按钮上进行复制，生成新的图层“请柬 副本”。单击“请柬 副本”图层左边的眼睛图标，将该图层隐藏，如图 9-74 所示。

（4）选中“请柬”图层。按 Ctrl+T 组合键，图像周围出现变换框，按住 Ctrl 键的同时，拖曳变换框的控制手柄，使图形扭曲变形，按 Enter 键确定操作，效果如图 9-75 所示。

图 9-72

图 9-73

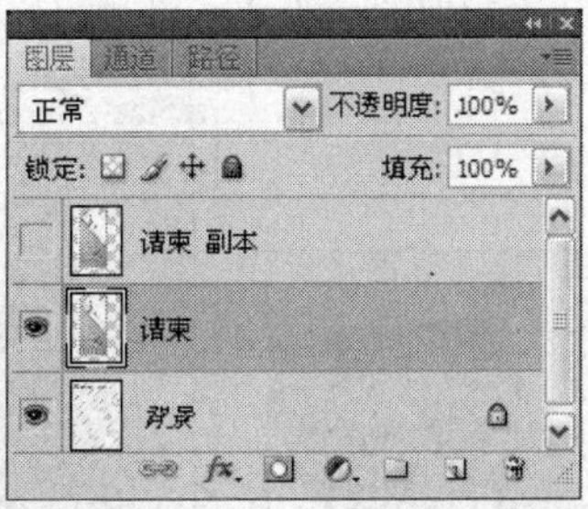

图 9-74

图 9-75

（5）单击“图层”控制面板下方的“添加图层样式”按钮，在弹出的菜单中选择“投影”命令，在弹出的对话框中进行设置，如图 9-76 所示，单击“确定”按钮，效果如图 9-77 所示。

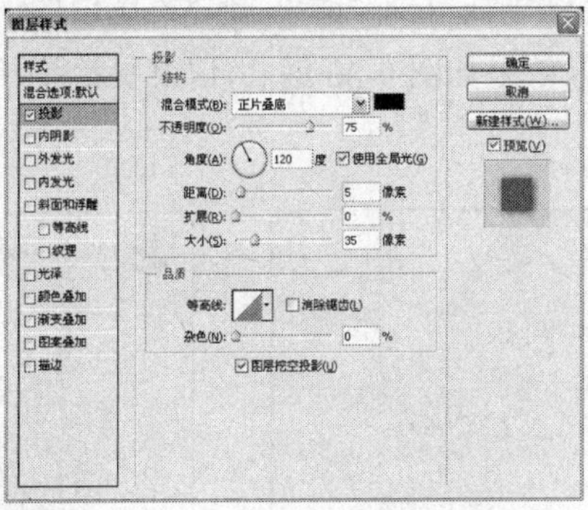

图 9-76

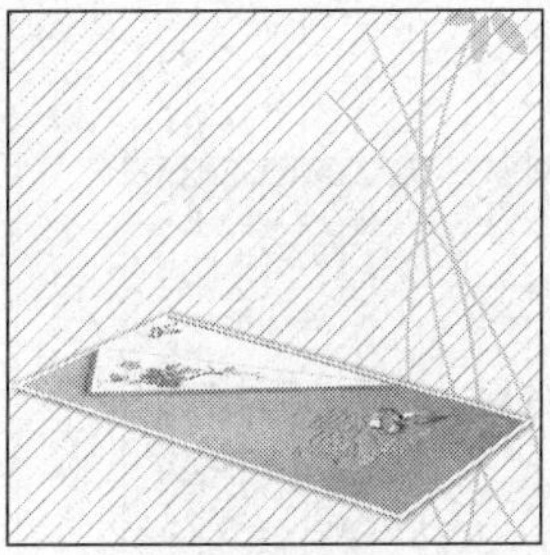

图 9-77

（6）显示并选中“请柬 副本”图层。按 Ctrl+T 组合键，图像周围出现变换框，按住 Ctrl 键的同时，拖曳变换框的控制手柄，使图形扭曲变形，按 Enter 键确定操作，效果如图 9-78 所示。

（7）单击“图层”控制面板下方的“添加图层样式”按钮，在弹出的菜单中选择“投影”选项，在弹出的对话框中进行设置，如图 9-79 所示，单击“确定”按钮，效果如图 9-80 所示。

图 9-78

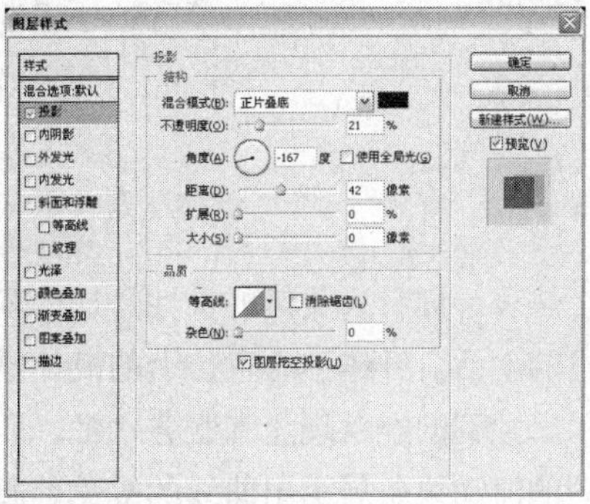

图 9-79

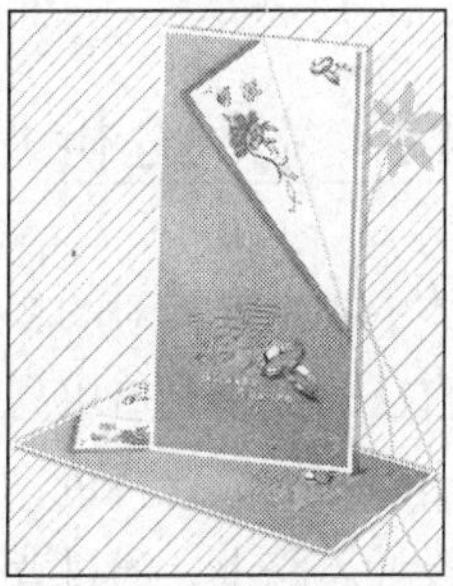

图 9-80

（8）单击“图层”控制面板下方的“创建新图层”按钮，生成新的图层并将其命名为“投影”。将前景色设为黑色。选择“多边形套索”工具，在图像窗口中单击鼠标绘制不规则选区，效果如图 9-81 所示。按 Alt+Delete 组合键，用前景色填充选区。按 Ctrl+D 组合键，取消选区。选择“移动”工具，将图形拖曳到适当的位置，效果如图 9-82 所示。

（9）选择“滤镜 > 模糊 > 高斯模糊”命令，在弹出的对话框中进行设置，如图 9-83 所示，单击“确定”按钮，效果如图 9-84 所示。

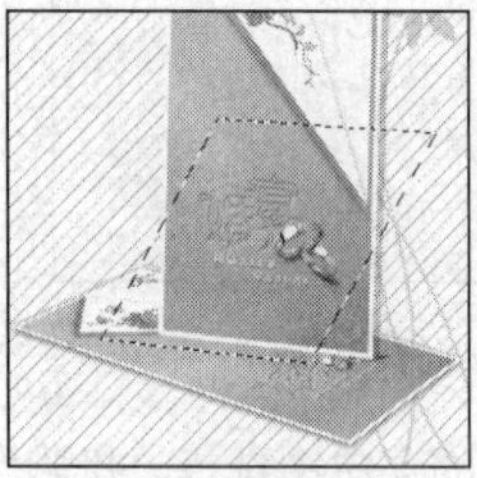

图 9-81

图 9-82

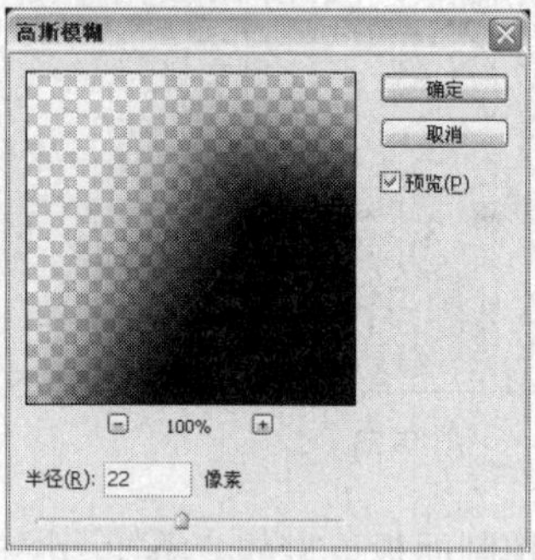

图 9-83

图 9-84

（10）在“图层”控制面板中，将“投影”图层拖曳到“请柬 副本”图层的下方，并将其“不透明度”选项设为 15%，如图 9-85 所示，图像效果如图 9-86 示。“请柬展示效果”制作完成，如图 9-87 所示。

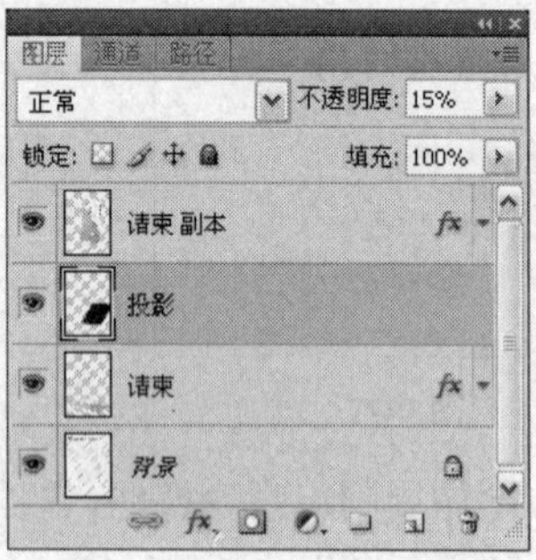

图 9-85

图 9-86

图 9-87

9.4 美体宣传卡

9.4.1 案例分析

纤体中心主要针对的客户是热衷于健身、美体的女性。这些客户都是都市的白领和精英，她们关注自己的健康，追求高质量的生活。纤体中心宣传卡的设计要表现出舒雅的锻炼氛围，要充分体现出公司的经营特色，展示出独到的经营理念和服务水平。

在设计思路上，通过背景图的流动线条展示出曲线的柔美。通过人物图片和花朵图形的巧妙结合表现出人与自然，人与健康的互动关系。添加标志和名称使卡片主题更加突出。通过同色系的 3 块宣传板展示公司的经营特色和经营理念，充分宣传产品功能和服务。

本例将使用多边形套索工具和移动工具复制并添加花图形，使用外发光命令为小标添加发光效果，使用圆角矩形工具绘制宣传板，使用画笔工具为宣传板添加虚线描边，使用文字工具输入需要的宣传语。

9.4.2　案例设计

本案例设计流程如图 9-88 所示。

图 9-88

9.4.3　案例制作

1.　添加并编辑素材

（1）按 Ctrl+O 组合键，打开光盘中的“Ch09 > 素材 > 美体宣传卡 > 01”文件，如图 9-89 所示。

（2）按 Ctrl+O 组合键，打开光盘中的“Ch09 > 素材 > 美体宣传卡 > 02、03”文件，选择“移动”工具，分别拖曳图形到图像窗口的适当位置，如图 9-90 所示，在“图层”控制面板中生成新的图层并将其命名为“花朵”、“人物”，如图 9-91 所示。

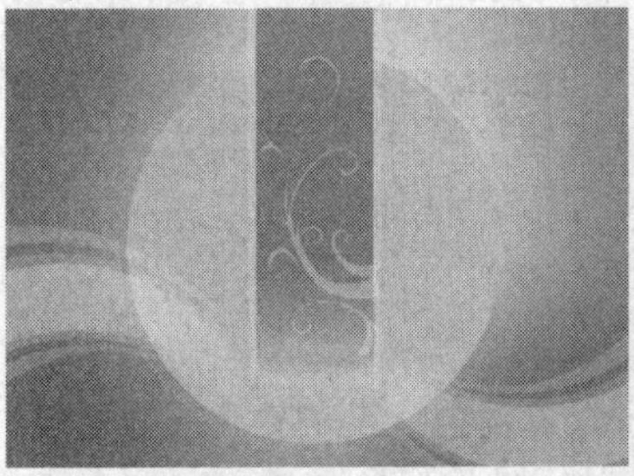

图 9-89

图 9-90

图 9-91

（3）选中“花朵”图层。单击“图层”控制面板下方的“添加图层样式”按钮 fx，在弹出的菜单中选择“投影”命令，弹出对话框，将投影颜色设为暗红色（其 R、G、B 的值分别为 178、66、27），其他选项的设置如图 9-92 所示，单击“确定”按钮，效果如图 9-93 所示。

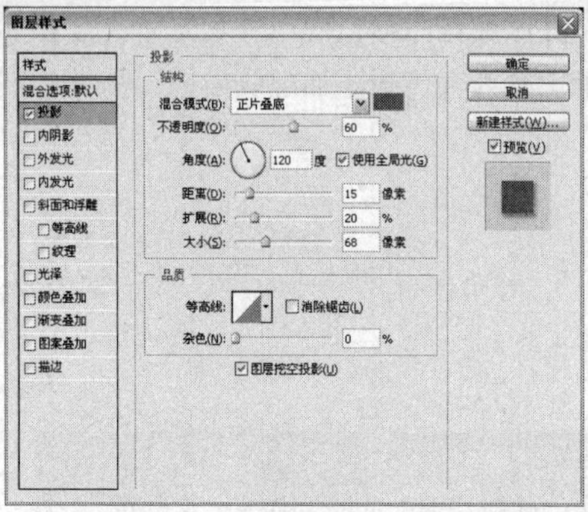

图 9-92

图 9-93

（4）单击“人物”图层左侧的眼睛图标，将图层隐藏。选择“多边形套索”工具，在图像窗口中绘制选区，如图 9-94 所示。按 Ctrl+J 组合键，将选区中的图像复制，在“图层”控制面板中生成新的图层并将其命名为“花朵 2”，如图 9-95 所示。

图 9-94

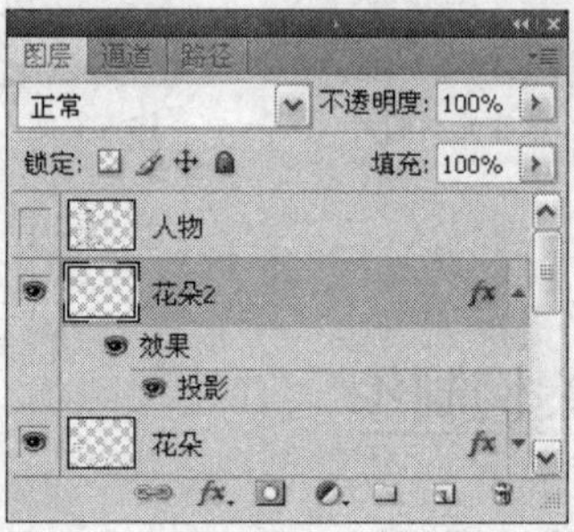

图 9-95

（5）选择“移动”工具，将复制的图形拖曳到图像窗口的适当位置，并调整图形的大小，如图 9-96 所示。将“花朵 2”图层拖曳到“人物”图层的上方。用相同的方法复制另外一个图形，并调整图形的大小和位置，如图 9-97 所示，在“图层”控制面板中生成新的图层并将其命名为“花朵 3”，将“花朵 3”图层拖曳到“花朵 2”图层的上方，如图 9-98 所示。单击“人物”图层左侧的空白图标，显示隐藏图层。

图 9-96

图 9-97

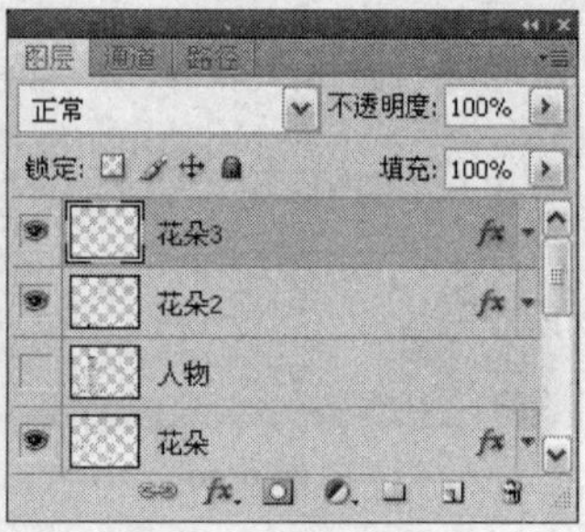

图 9-98

（6）按 Ctrl+O 组合键，打开光盘中的“Ch09 > 素材 > 美体宣传卡 > 04”文件，选择“移动”工具，拖曳图形到图像窗口的适当位置，如图 9-99 所示，在“图层”控制面板中生成新的图层并将其命名为“亮光”，如图 9-100 所示。

图 9-99

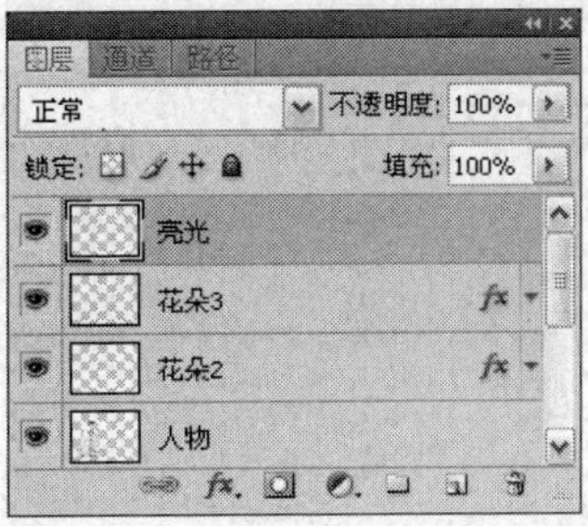

图 9-100

（7）按 Ctrl+O 组合键，打开光盘中的“Ch09 > 素材 > 美体宣传卡 > 05”文件，选择“移动”工具，拖曳图形到图像窗口的适当位置，如图 9-101 所示，在“图层”控制面板中生成新的图层并将其命名为“小标”。

（8）单击“图层”控制面板下方的“添加图层样式”按钮 fx，在弹出的菜单中选择“外发光”命令，弹出对话框，将发光颜色设为黄色（其 R、G、B 的值分别为 255、255、190），其他选项的设置如图 9-102 所示，单击“确定”按钮。在“图层”控制面板的上方，将“小标”图层的“填充”选项设为 0%，效果如图 9-103 所示。

图 9-101

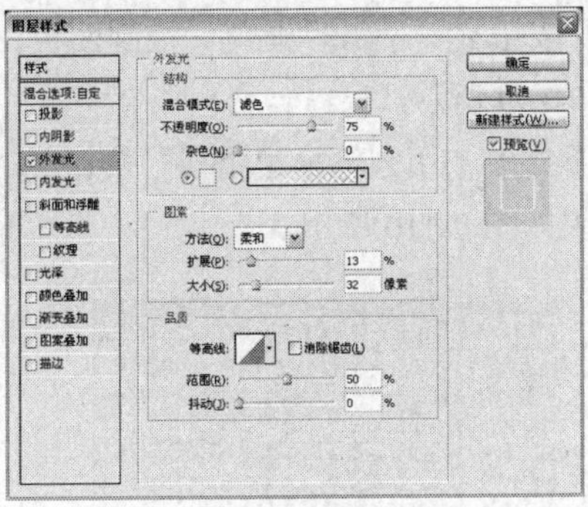

图 9-102

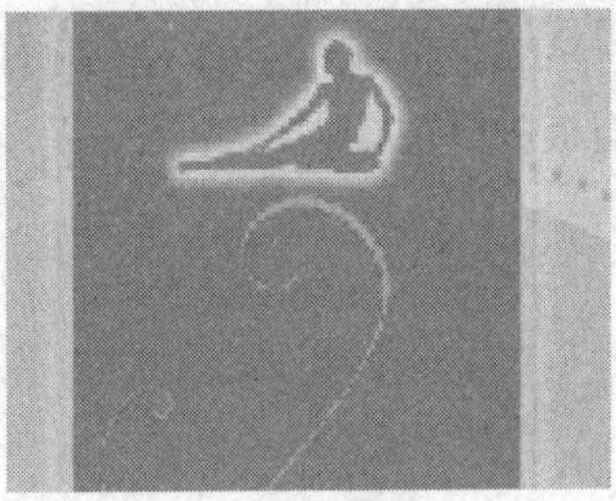

图 9-103

（9）将前景色设为白色。选择“横排文字”工具 T，在属性栏中分别选择合适的字体并设置文字的大小，输入需要的白色文字，如图 9-104 所示，在“图层”控制面板中分别生成新的文字图层，如图 9-105 所示。

图 9-104

图 9-105

（10）单击“图层”控制面板下方的“添加图层样式”按钮 fx，在弹出的菜单中选择“投影”命令，弹出对话框，将投影颜色设为红色（其 R、G、B 的值分别为 191、16、56），其他选项的设置如图 9-106 所示，单击“确定”按钮，效果如图 9-107 所示。

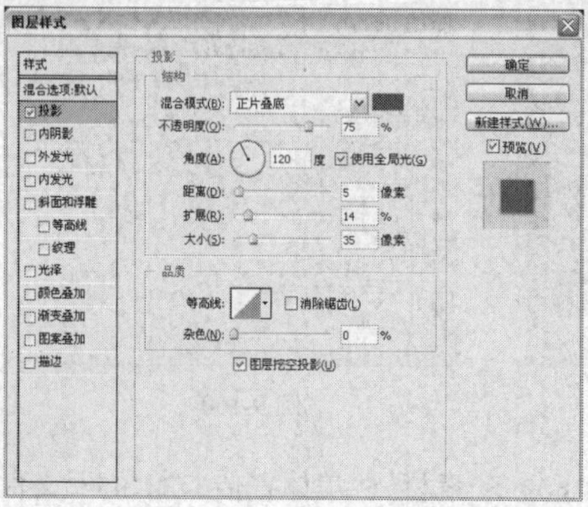

图 9-106

图 9-107

2. 添加宣传板图形

（1）单击“图层”控制面板下方的“创建新组”按钮，生成新的图层组并将其命名为“宣传板”。新建图层并将其命名为“圆形圆点”。选择“椭圆”工具，选中属性栏中的“路径”按钮，拖曳鼠标绘制圆形路径，如图 9-108 所示。

（2）将前景色设为洋红色（其 R、G、B 的值分别为 254、131、151）。选择“画笔”工具，在属性栏中单击“切换画笔面板”按钮，弹出“画笔”控制面板，选择“画笔笔尖形状”选项，在弹出的面板中进行设置，如图 9-109 所示。

（3）单击“路径”控制面板下方的“用画笔描边路径”按钮，描边路径。单击“路径”面板的空白处，将路径隐藏，效果如图 9-110 所示。

图 9-108

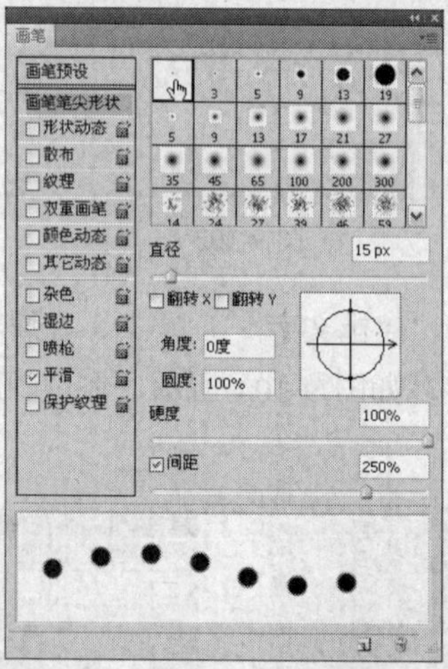

图 9-109

图 9-110

（4）新建图层并将其命名为“色块”。将前景色设为粉色（其 R、G、B 的值分别为 253、109、166）。选择“圆角矩形”工具，选中属性栏中的“填充像素”按钮，将“半径”选项设为 60px，在图像窗口中拖曳鼠标绘制圆角矩形，如图 9-111 所示。

（5）单击“图层”控制面板下方的“添加图层样式”按钮，在弹出的菜单中选择“投影”命令，在弹出的对话框中进行设置，如图 9-112 所示，单击“确定”按钮，效果如图 9-113 所示。

图 9-111

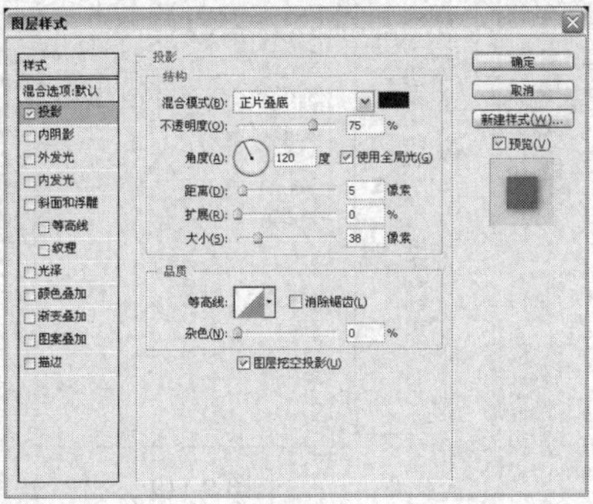

图 9-112

图 9-113

（6）新建图层并将其命名为“方块圆点”。将前景色设为浅粉色（其 R、G、B 的值分别为 254、156、173）。按住 Ctrl 键的同时，单击“色块”图层的图层缩览图，载入选区。单击“路径”控制面板下方的“从选区生成工作路径”按钮，将选区变为路径，如图 9-114 所示。选择“画笔”工具，单击“路径”控制面板下方的“用画笔描边路径”按钮，如图 9-115 所示。

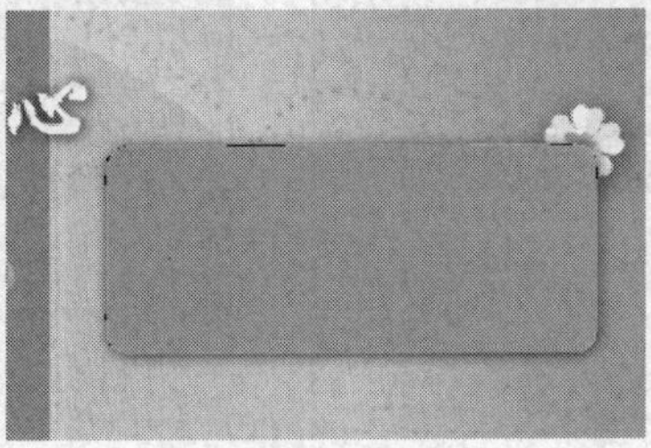

图 9-114

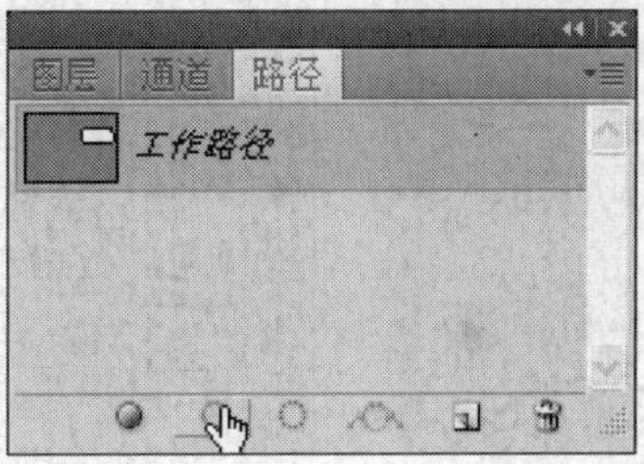

图 9-115

（7）单击“路径”面板的空白处，将路径隐藏，效果如图 9-116 所示。新建图层并将其命名为“圆形色块”。将前景色设为粉色（其 R、G、B 的值分别为 254、156、197）。选择“椭圆”工具，选中属性栏中的“填充像素”按钮，在图像窗口中拖曳鼠标绘制圆形，如图 9-117 所示。

图 9-116

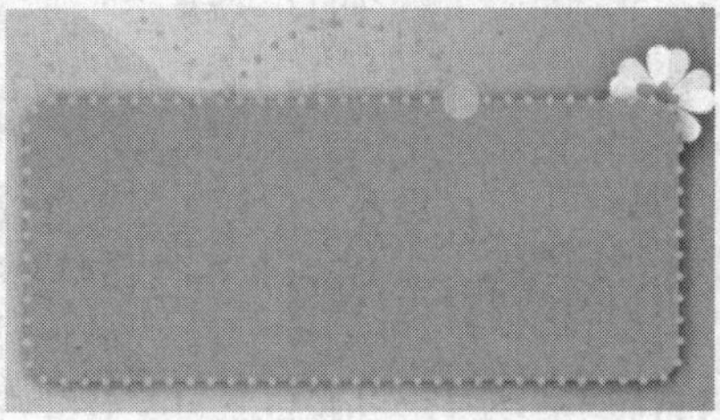

图 9-117

（8）单击“图层”控制面板下方的“添加图层样式”按钮，在弹出的菜单中选择“投影”命令，在弹出的对话框中进行设置，如图 9-118 所示；选择“描边”选项，切换到相应的对话框，将描边颜色设为洋红色（其 R、G、B 的值分别为 249、53、130），其他选项的设置如图 9-119 所示，单击“确定”按钮，效果如图 9-120 所示。

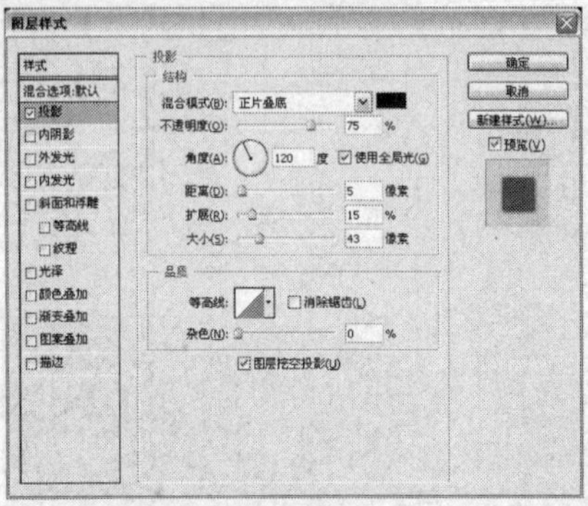

图 9-118

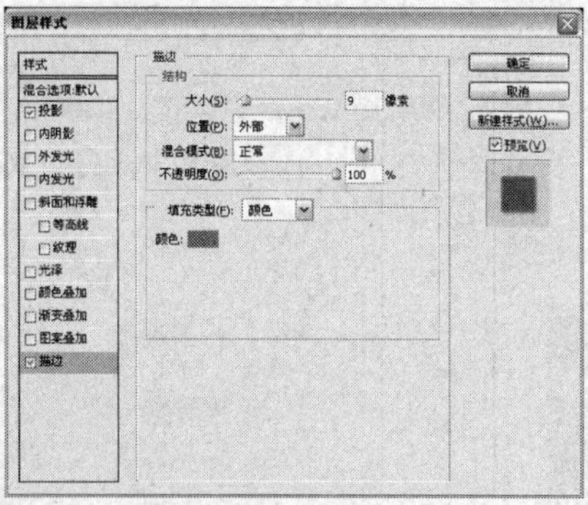

图 9-119

图 9-120

（9）用上述所讲的方法绘制出蓝色与橘黄色图形，效果如图 9-121 所示，图层面板如图 9-122 所示。

（10）将前景色设为白色。选择“横排文字”工具 T，在属性栏中选择合适的字体并设置文字的大小，输入需要的白色文字，如图 9-123 所示，在“图层”控制面板中生成新的文字图层。

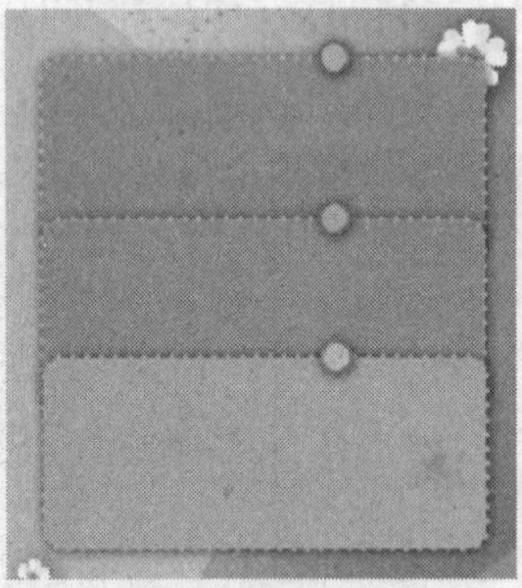

图 9-121

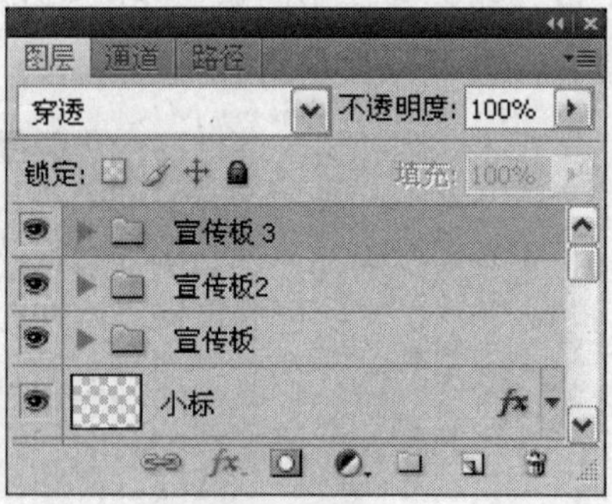

图 9-122

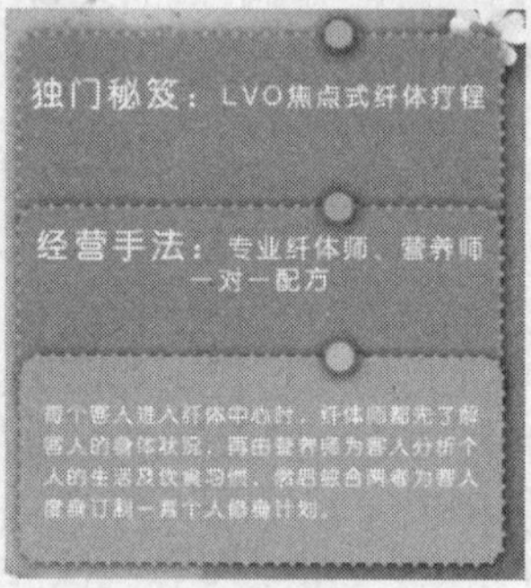

图 9-123

（11）选择“横排文字”工具 T，在属性栏中选择合适的字体并设置文字的大小，输入需要的白色文字，如图 9-124 所示，在“图层”控制面板中分别生成新的文字图层，如图 9-125 所示。美体宣传卡效果制作完成，如图 9-126 所示。

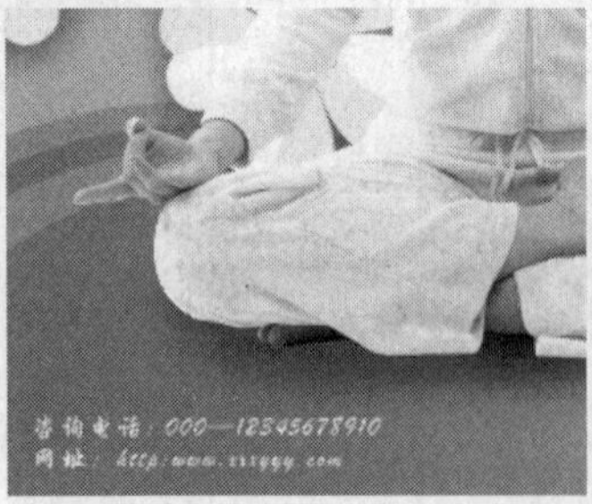

图 9-124

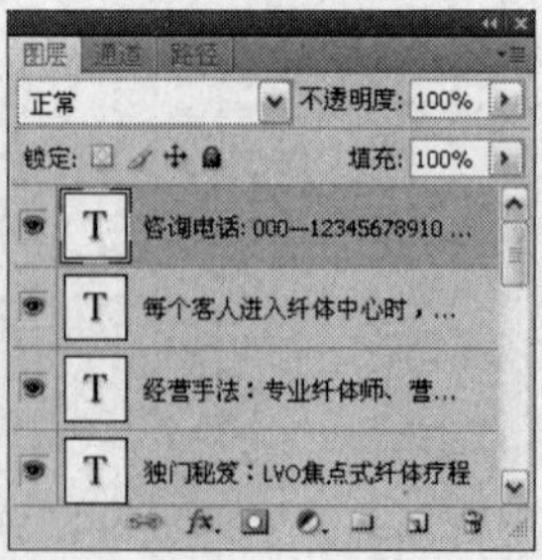

图 9-125

图 9-126

课堂练习 1——圣诞贺卡

【练习知识要点】使用自定形状工具和定义图案命令定义图案，使用椭圆选框工具和羽化命令绘制雪人身体，使用钢笔工具、椭圆工具和自定形状工具绘制雪人的其他部分，使用移动工具添加素材图片和文字。圣诞贺卡效果如图 9-127 所示。

【效果所在位置】光盘/Ch09/效果/圣诞贺卡.psd。

图 9-127

课堂练习 2——春节贺卡

【练习知识要点】使用选框工具绘制相交选区，使用横排文字工具添加文字，使用字符面板更改文字属性，使用图层样式命令为文字添加特殊效果，使用自定形状工具绘制装饰图形。春节贺卡效果如图 9-128 所示。

【效果所在位置】光盘/Ch09/效果/春节贺卡.psd。

图 9-128

课后习题——个性请柬

【习题知识要点】使用添加图层蒙版命令和渐变工具制作图形的渐隐效果，使用矩形工具和投影命令制作请柬内页，使用钢笔工具、渐变工具和投影命令制作卷页效果，使用自定形状工具和画笔工具绘制装饰图形。个性请柬效果如图 9-129 所示。

【效果所在位置】光盘/Ch09/效果/个性请柬.psd。

图 9-129

第10章 宣传单设计

宣传单是直销广告的一种，对宣传活动和促销商品有着重要的作用。宣传单通过派送、邮递等形式，可以有效地将信息传达给目标受众。本章以不同类型的宣传单为例，讲解了宣传单的设计方法和制作技巧。

课堂学习目标

- 了解宣传单的作用
- 了解宣传单的发放方式
- 掌握宣传单的设计思路
- 掌握宣传单的设计手法
- 掌握宣传单的制作技巧

10.1 宣传单设计概述

宣传单是将产品和活动信息传播出去的一种广告形式，其最终目的都是为了帮助客户推销产品，如图 10-1 所示。宣传单可以是单页，也可以做成多页形成宣传册。

图 10-1

10.2 摄像机产品宣传单

10.2.1 案例分析

摄像机产品主要针对的客户是喜欢记录精彩生活的 DV 爱好者。在宣传单设计上要通过摄像产品图片展示出摄像机强大的功能和使用的便捷，要突出表现出摄像机给人们生活带来的真实记录，保留住人们的美好记忆。

在设计思路上，以阳光海滩图片为背景，表现出生活中的美好景象。通过对拍摄影像照片的重新组合和编排表现出甜蜜的度假时光；使用摄像机产品和度假画面的组合，展示出摄像机清晰准确的拍摄功能；通过宣传性文字来更细致地介绍产品的优势和特性。整个设计表达了一种美好生活要瞬间捕捉的愿望。

本例将使用色彩平衡命令改变图片的颜色，使用添加图层蒙版命令和画笔工具制作照片合成效果，使用横排文字工具添加宣传性文字。

10.2.2 案例设计

本案例设计流程如图 10-2 所示。

图 10-2

10.2.3 案例制作

1. 添加图片并进行编辑

（1）按 Ctrl+O 组合键，打开光盘中的“Ch10 >素材 > 摄像机产品宣传单 > 01”文件，效果如图 10-3 所示。

（2）新建图层并将其命名为“白色填充”。选择“矩形选框”工具[]，在图像窗口中绘制选区，如图 10-4 所示，填充选区为白色并取消选区，效果如图 10-5 所示。

图 10-3

图 10-4

图 10-5

（3）单击“图层”控制面板下方的“添加图层样式”按钮 fx，在弹出的菜单中选择“投影”命令，在弹出的对话框中进行设置，如图 10-6 所示，单击“确定”按钮，效果如图 10-7 所示。

（4）按 Ctrl+O 组合键，打开光盘中的“Ch10 >素材 > 摄像机产品宣传单 > 02”文件，选择“移动”工具，将海滩图片拖曳到白色矩形的上方，并调整图像的大小，如图 10-8 所示，在“图层”控制面板中生成新的图层并将其命名为“海滩”。

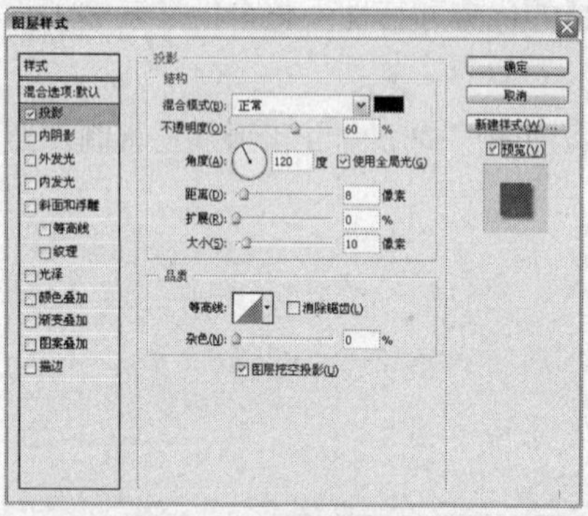

图 10-6

图 10-7

图 10-8

（5）按住 Ctrl 键的同时，单击“海滩”图层的图层缩览图，图像周围生成选区。单击“图层”控制面板下方的“创建新的填充或调整图层”按钮，在弹出的菜单中选择“色彩平衡”命令，在“图层”控制面板中生成“色彩平衡 1”图层，同时在弹出的“色彩平衡”面板中进行设置，如图 10-9 所示。效果如图 10-10 所示。

（6）按 Ctrl+O 组合键，打开光盘中的“Ch10 > 素材 > 摄像机产品宣传单 > 03”文件，选择“移动”工具，将人物图片拖曳到图像窗口中，效果如图 10-11 所示，在“图层”控制面板中生成新的图层并将其命名为“人物图片”。

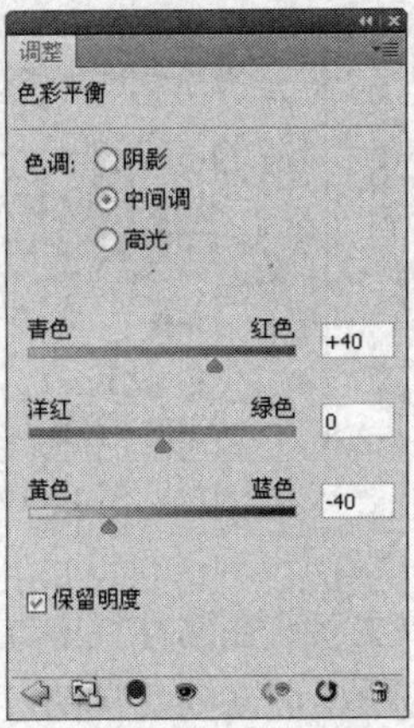

图 10-9

图 10-10

图 10-11

（7）为“人物图片”图层添加图层蒙版，在图像窗口中绘制一个矩形选区，如图 10-12 所示。将选区填充为黑色。选择“画笔”工具，将前景色设为白色，在 04 图片上进行涂抹显示出图片中的人物，图像效果如图 10-13 所示，“图层”控制面板如图 10-14 所示。

图 10-12

图 10-13

图 10-14

（8）按 Ctrl+O 组合键，打开光盘中的“Ch10 > 素材 > 摄像机产品宣传单 > 04”文件，选择“移动”工具，将脚印图片拖曳到图像窗口中，效果如图 10-15 所示，在“图层”控制面板中生成新的图层并将其命名为“脚印”。

（9）选中“白色填充”图层到“脚印”图层之间的所有图层，按 Ctrl+G 组合键，将其编组并命名为“照片”。在图像窗口中调整图像的角度，效果如图 10-16 所示。复制“照片”图层组，并调整其位置和角度，效果如图 10-17 所示。

图 10-15

图 10-16

图 10-17

（10）按 Ctrl+O 组合键，打开光盘中的“Ch10 > 素材 > 摄像机产品宣传单 > 05、06”文件，选择“移动”工具，分别将图片拖曳到图像窗口的适当位置，效果如图 10-18 所示，在“图层”控制面板中生成新的图层并将其命名为“海星”、“摄像机”，如图 10-19 所示。

图 10-18

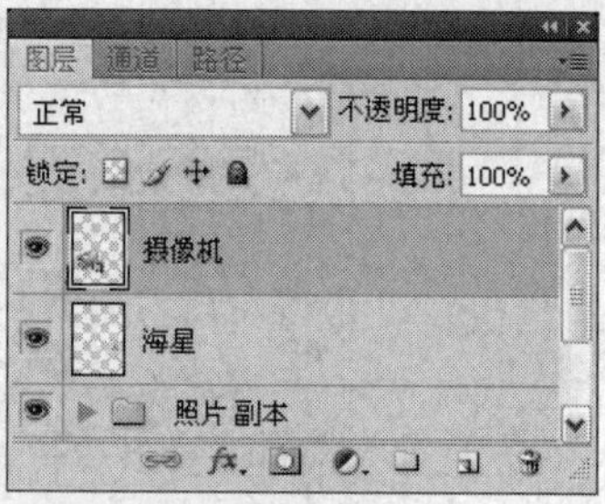

图 10-19

2. 制作宣传语

（1）选择“横排文字”工具，输入需要的文字，分别选取文字，在属性栏中选择合适的字体并设置文字大小，效果如图 10-20 所示。在“图层”控制面板中生成新的文字图层，将该文字图层复制，并适当调整其位置，效果如图 10-21 所示。

（2）继续复制文字图层，填充为白色并调整到适当的位置，效果如图 10-22 所示。选择“横排文字”工具，分别输入需要的文字，分别选取文字，在属性栏中选择合适的字体并设置文字大小，调整文字的间距和行距，效果如图 10-23 所示。摄像机产品宣传单制作完成。

图 10-20

图 10-21

图 10-22

图 10-23

10.3 餐饮企业宣传单

10.3.1 案例分析

浙记餐馆是一家经营江浙菜系的主题餐馆。江浙菜以选料严谨、制作精细、清鲜嫩爽、注重原味、品种繁多、因时制宜而享誉国内外，是美食爱好者的首选。在宣传单设计上要表现出江浙的地域文化，突出餐馆的特色菜品。

在设计思路上，通过背景的传统红色和江浙风景图片的巧妙结合，展示餐馆的地域特色；通过对不同菜肴图片的编排展示宣传本店的招牌菜品；通过装饰图形和文字设计，突出餐馆的定位和文化特色。整体的设计风格体现出独具特色的江南美食文化。

本例将使用去色命令将图像去色，使用高斯模糊命令制作图像的模糊效果，使用椭圆工具和画笔工具制作白色装饰图形，使用移动工具添加菜肴图片，使用描边命令为宣传文字添加描边。

10.3.2　案例设计

本案例设计流程如图 10-24 所示。

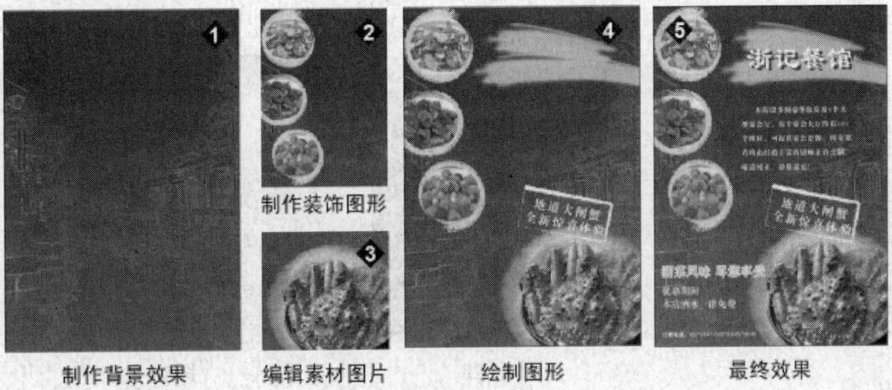

图 10-24

10.3.3　案例制作

1. 合成背景图像

（1）按 Ctrl+N 组合键，新建一个文件：宽度为 21 厘米，高度为 29.7 厘米，分辨率为 200 像素/英寸，颜色模式为 RGB，背景内容为白色，单击“确定”按钮。

（2）选择“渐变”工具，单击属性栏中的“点按可编辑渐变”按钮，弹出“渐变编辑器”对话框，将渐变色设为从暗红色（其 R、G、B 的值分别为 111、11、13）到红色（其 R、G、B 的值分别为 200、33、41），如图 10-25 所示，单击“确定”按钮。选中属性栏中的“线性渐变”按钮，按住 Shift 键的同时，在图像窗口中从上向下拖曳渐变色，效果如图 10-26 所示。

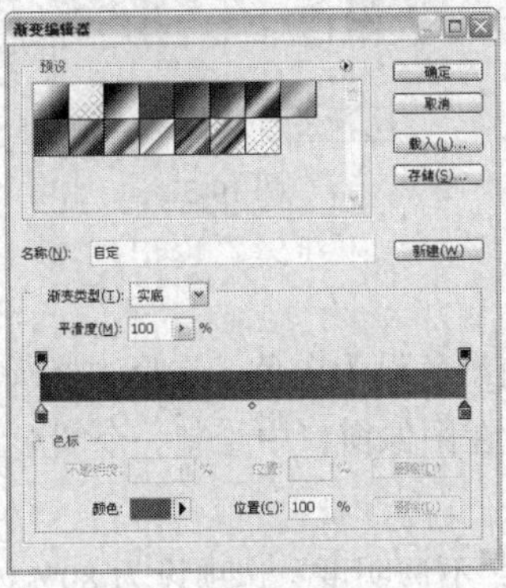

图 10-25

图 10-26

（3）按 Ctrl+O 组合键，打开光盘中的“Ch10 > 素材 > 餐饮企业宣传单 > 01”文件，选择“移动”工具，将建筑图片拖曳到图像窗口的适当位置，效果如图 10-27 所示，在“图层”控制面板中生成新的图层并将其命名为“建筑”。

（4）按 Ctrl+Shift+U 组合键，将图片去色，效果如图 10-28 所示。复制“建筑”图层，生成“建筑 副本”图层。按 Ctrl+I 组合键，将“建筑 副本”图层中的图像进行反相。在“图层”控制面板上方，将该图层的混合模式设为“颜色减淡”，如图 10-29 所示。

图 10-27

图 10-28

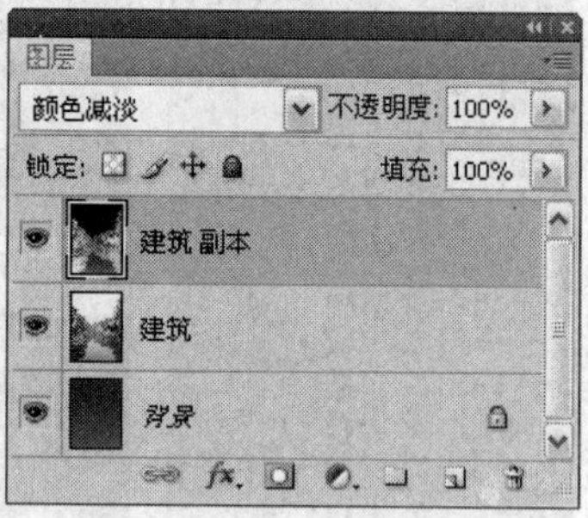

图 10-29

（5）选择“滤镜 > 模糊 > 高斯模糊”命令，在弹出的对话框中进行设置，如图 10-30 所示，单击“确定”按钮，效果如图 10-31 所示。

（6）在“图层”控制面板中，按住 Shift 键的同时，单击“建筑”和“建筑 副本”图层，按 Ctrl+E 组合键，合并图层并将其命名为“建筑”。按 Ctrl+I 组合键，将图像反相。在“图层”控制面板上方，将该图层的混合模式设为“滤色”，“不透明度”选项设为 60%，如图 10-32 所示。图像效果如图 10-33 所示。

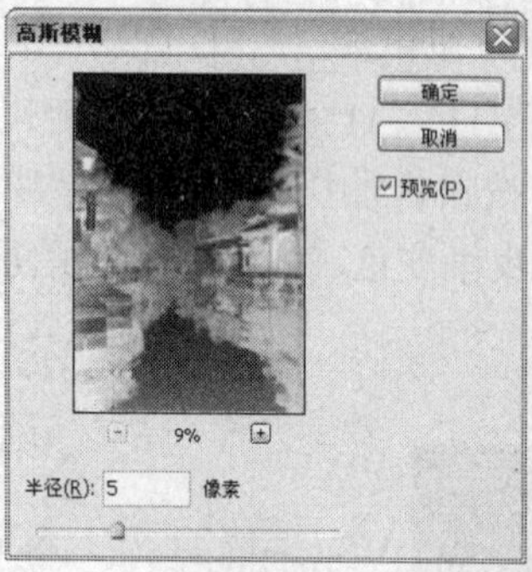

图 10-30

图 10-31

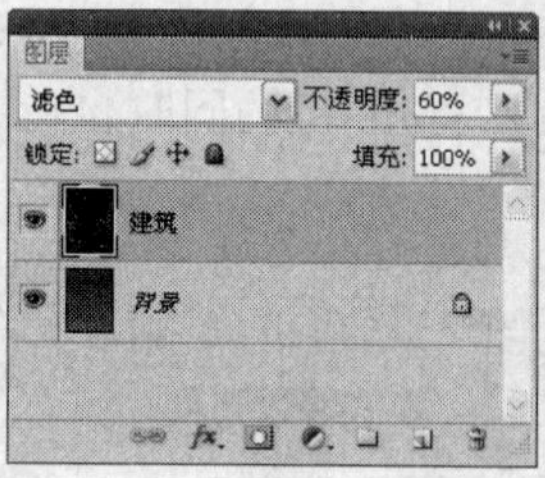

图 10-32

图 10-33

2. 绘制图形并添加图片

（1）新建图层并将其命名为“圆环”。将前景色设为白色。选择“椭圆”工具，选中属性栏中的“路径”按钮，按住 Shift 键的同时，在图像窗口中绘制一个圆形路径，效果如图 10-34 所示。

（2）选择“画笔”工具，在属性栏中将“不透明度”选项设为 80%。单击属性栏中的“切换画笔面板”按钮，弹出“画笔”控制面板，选择“画笔笔尖形状”选项，弹出相应的面板，选择需要的画笔形状，其他选项的设置如图 10-35 所示。选择“形状动态”选项，在弹出的面板中进行设置，如图 10-36 所示。

图 10-34

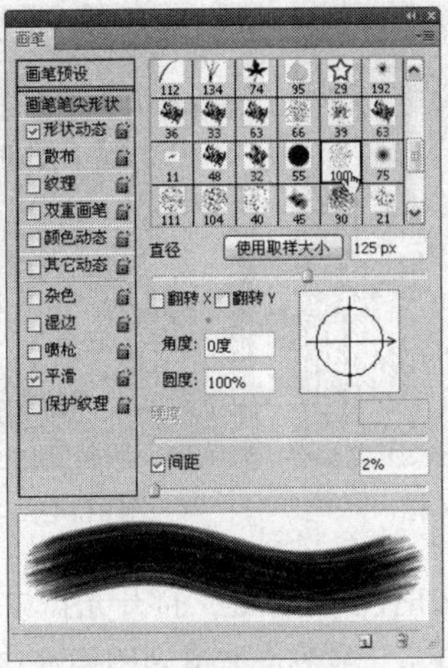

图 10-35

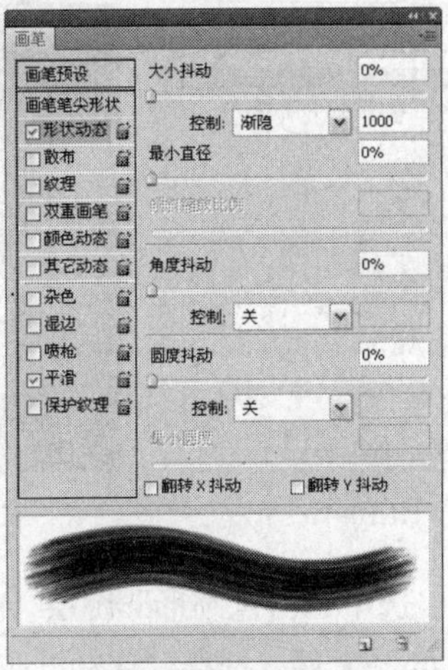

图 10-36

（3）选择“双重画笔”选项，弹出相应的面板。单击面板右上方的图标，在弹出的菜单中选择“人造材质画笔”选项，弹出提示对话框。单击“追加”按钮，在“画笔”控制面板中选择需要的画笔形状，其他选项的设置如图 10-37 所示。单击“路径”控制面板下方的“用画笔描边路径”按钮，描边路径并将路径隐藏，图像效果如图 10-38 所示。

（4）按 Ctrl+T 组合键，在图形周围出现变换框，在变换框中单击鼠标右键，在弹出的菜单中选择“垂直翻转”命令，垂直翻转图形，按 Enter 键确定操作，效果如图 10-39 所示。

（5）新建图层并将其命名为“白色圆形”。选择“椭圆”工具，选中属性栏中的“填充像素”按钮，在图像窗口中绘制一个圆形，效果如图 10-40 所示。

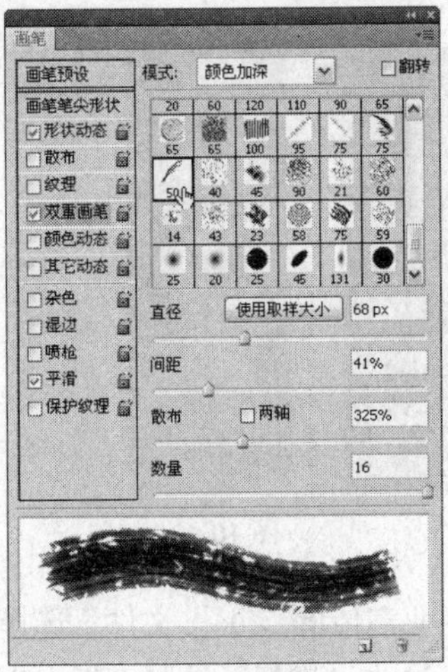

图 10-37

图 10-38

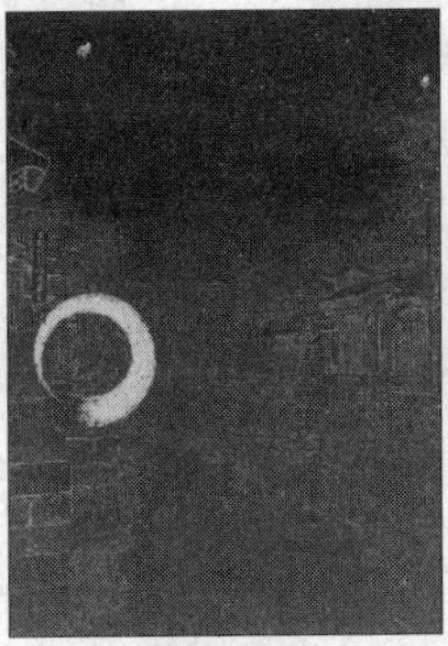

图 10-39

图 10-40

（6）按住 Shift 键的同时，将“圆环”图层和“白色圆形”图层同时选取，并拖曳到“创建新图层”按钮上进行复制，生成新的副本图层，如图 10-41 所示。选择“移动”工具，拖曳复制的图形到适当的位置并调整其大小及角度，效果如图 10-42 所示。用相同的方法再次复制图形，并在图像窗口中调整图像的位置、大小及角度，效果如图 10-43 所示。“图层”控制面板如图 10-44 所示。

图 10-41

图 10-42

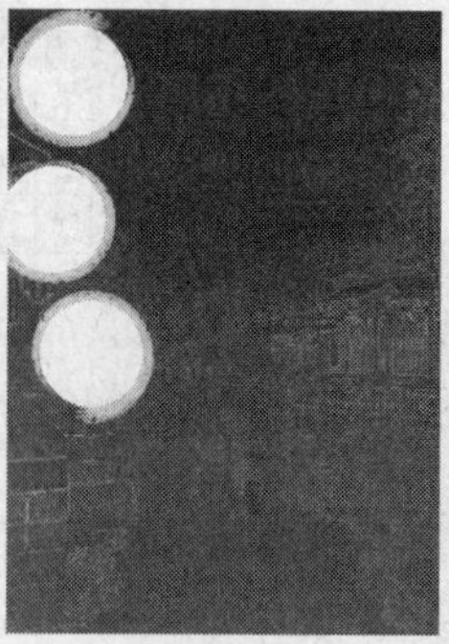

图 10-43

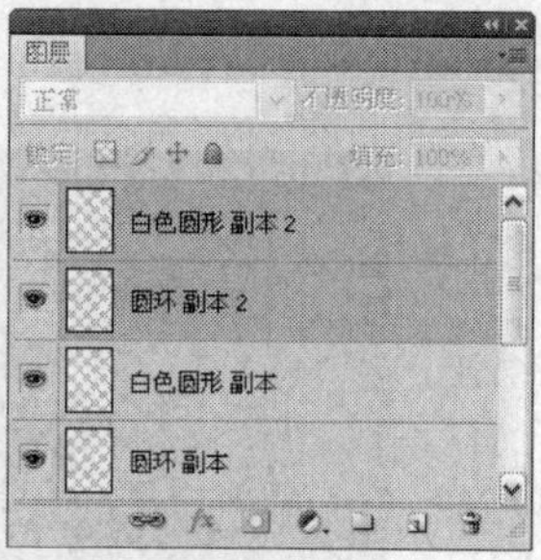

图 10-44

（7）选中“白色圆形”图层。按 Ctrl+O 组合键，打开光盘中的“Ch10 >素材 > 餐饮企业宣传单 > 02”文件，选择“移动”工具，将图片拖曳到图像窗口的左侧，效果如图 10-45 所示，在“图层”控制面板中生成新的图层并将其命名为“菜肴”。按 Ctrl+Alt+G 组合键，为该图层创建剪贴蒙版，效果如图 10-46 所示。

（8）选中“白色圆形 副本”图层。按 Ctrl+O 组合键，打开光盘中的“Ch10 > 素材 > 餐饮企业宣传单 > 03”文件，选择“移动”工具，将图片拖曳到图像窗口的适当位置，如图 10-47 所示。在“图层”控制面板中生成新的图层并将其命名为“菜肴 2”。按 Ctrl+Alt+G 组合键，为该图层创建剪贴蒙版。

（9）选中“白色圆形 副本 2”图层。打开光盘中的“Ch10 > 素材 > 餐饮企业宣传单 > 04”文件，选择“移动”工具，将图片拖曳到图像窗口的适当位置，在“图层”控制面板中生成新的图层并将其命名为“菜肴 3”。按 Ctrl+Alt+G 组合键，为该图层创建剪贴蒙版，效果如图 10-48 所示。

图 10-45

图 10-46

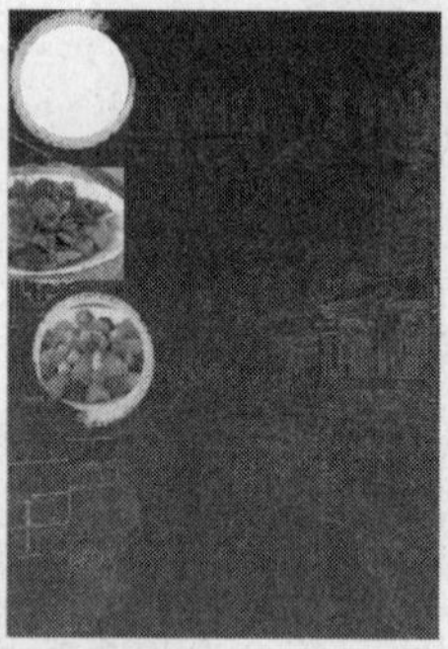

图 10-47

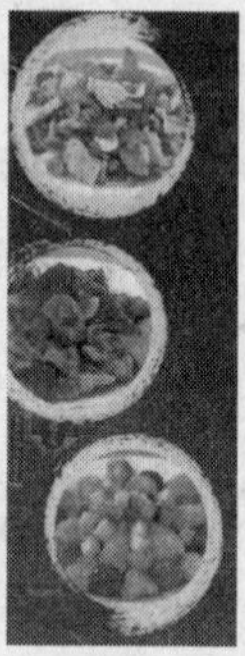

图 10-48

（10）按 Ctrl+O 组合键，打开光盘中的“Ch10 > 素材 > 餐饮企业宣传单 > 05”文件，选择“移动”工具，将图片拖曳到图像窗口的右下方，如图 10-49 所示，在“图层”控制面板中生成新的图层并将其命名为“图形”。按 Ctrl+I 组合键，将图像进行反相，效果如图 10-50 所示。

（11）在“图层”控制面板上方，将该图层的混合模式设为“滤色”。复制“图形”图层，生成“图形 副本”图层。在“图层”控制面板上方，将副本图层的“不透明度”选项设为 40%，效果如图 10-51 所示。

（12）按 Ctrl+O 组合键，打开光盘中的“Ch10 > 素材 > 餐饮企业宣传单 > 06”文件，选择“移动”工具，将图片拖曳到图像窗口的右下方，如图 10-52 所示，在“图层”控制面板中生成新的图层并将其命名为“菜肴 4”。

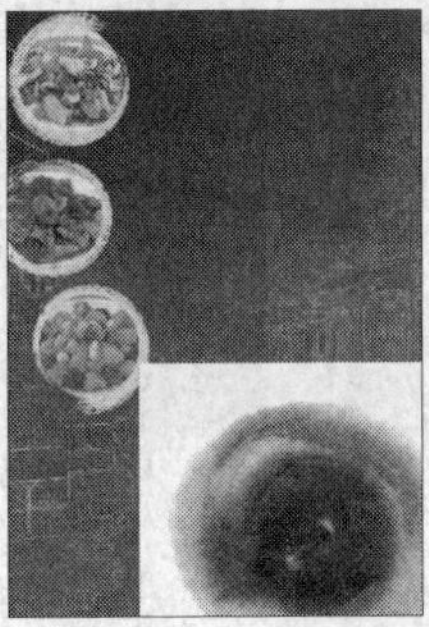

图 10-49

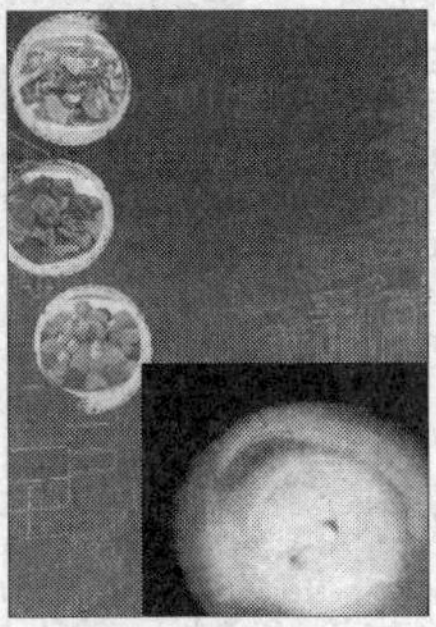

图 10-50

图 10-51

图 10-52

3. 添加宣传性文字

（1）按 Ctrl+O 组合键，打开光盘中的“Ch10 >素材 > 餐饮企业宣传单 > 07”文件，选择“移动”工具，将图形拖曳到图像窗口中，效果如图 10-53 所示，在“图层”控制面板中生成新的图层并将其命名为“边框”，如图 10-54 所示。

图 10-53

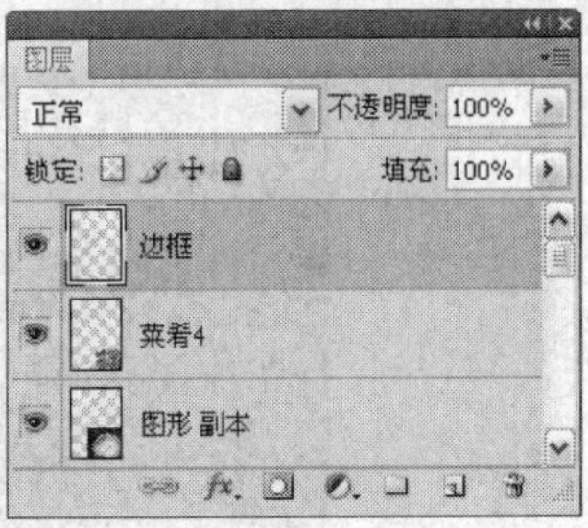

图 10-54

（2）选择“横排文字”工具，输入需要的白色文字，选取文字，在属性栏中选择合适的字体并设置文字大小，调整文字到适当的间距和行距，在“图层”控制面板中生成新的文字图层。选择“移动”工具，按 Ctrl+T 组合键，在文字周围出现变换框，拖曳鼠标旋转文字到适当的角度，按 Enter 键确定操作，效果如图 10-55 所示。

（3）新建图层并将其命名为“黄色线条”。将前景色设为黄色（其 R、G、B 的值分别为 254、174、0）。选择“画笔”工具，在属性栏中将“不透明度”选项的设为 100%，单击属性栏中的“切换画笔面板”按钮，选择“画笔笔尖形状”选项，弹出相应的面板，选择需要的画笔形状，其他选项的设置如图 10-56 所示。选择“形状动态”选项，在弹出的面板中进行设置，如图 10-57 所示，在图像窗口的上方绘制图形，效果如图 10-58 所示。

图 10-55

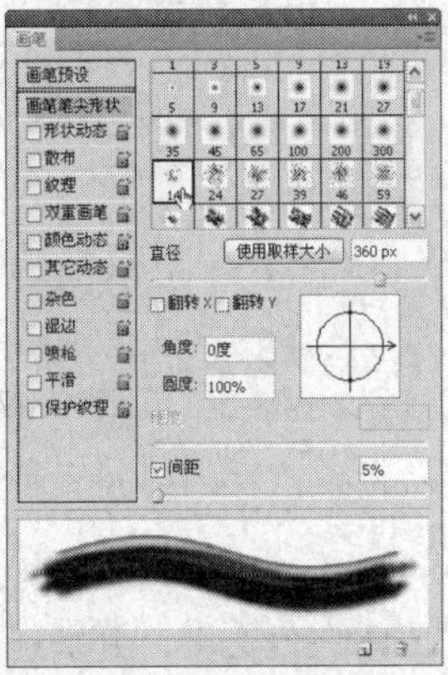

图 10-56

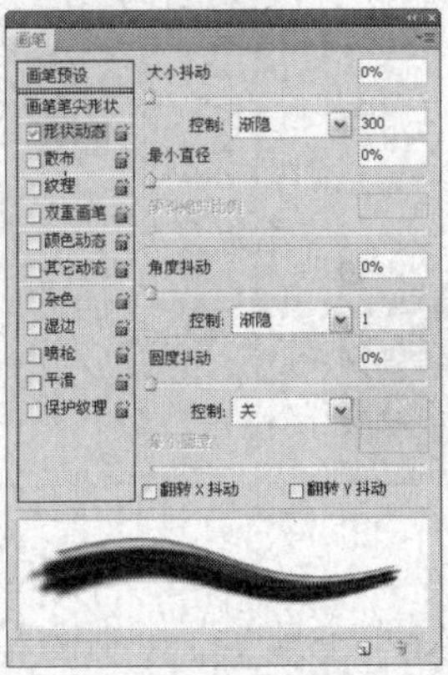

图 10-57

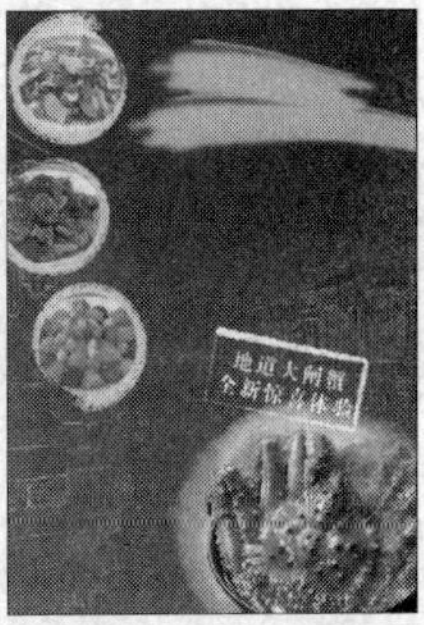

图 10-58

（4）将前景色设为暗红色（其 R、G、B 的值分别为 102、9、10）。选择“横排文字”工具 T，输入需要的文字，选取文字，在属性栏中选择合适的字体并设置文字大小，按 Alt+ →组合键，调整文字到适当的间距，效果如图 10-59 所示。在“图层”控制面板中生成新的文字图层，复制该文字图层，填充文字为白色并调整文字的位置，如图 10-60 所示。

图 10-59

图 10-60

（5）选择“横排文字”工具 T，输入需要的白色文字，选取文字，在属性栏中选择合适的字体并设置文字大小，效果如图 10-61 所示。在“图层”控制面板中生成新的文字图层，按 Ctrl+T 组合键，弹出“字符”面板，在面板中设置文字的间距和行距，如图 10-62 所示。分别选中需要的文字，填充文字为黄色（其 R、G、B 的值分别为 254、174、0），效果如图 10-63 所示。

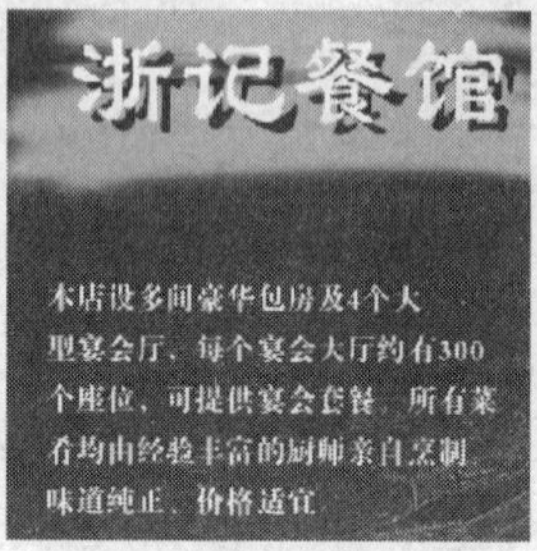

图 10-61

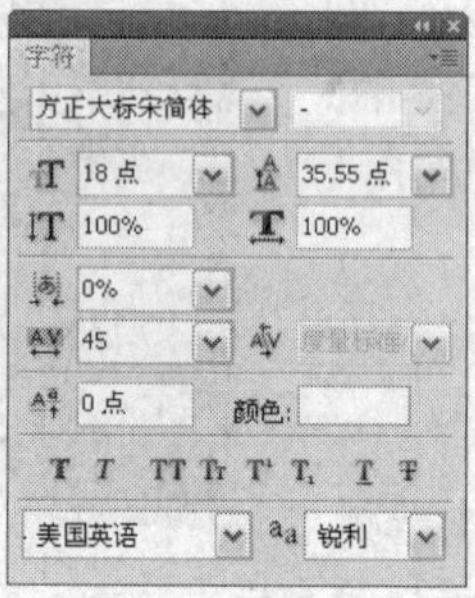

图 10-62

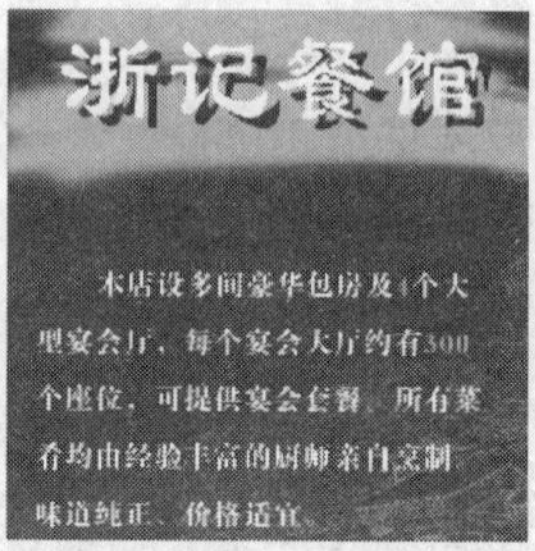

图 10-63

（6）将前景色设为黄色（其 R、G、B 的值分别为 255、175、0）。选择“横排文字”工具 T，输入需要的文字，选取文字，在属性栏中选择合适的字体并设置文字大小，按 Alt+ →组合键，调整文字到适当的间距，效果如图 10-64 所示，在“图层”控制面板中生成新的文字图层。

（7）单击“图层”控制面板下方的“添加图层样式”按钮 fx，在弹出的菜单中选择“描边”命令，弹出对话框，将描边颜色设为白色，其他选项的设置如图 10-65 所示。单击“确定”按钮，效果如图 10-66 所示。

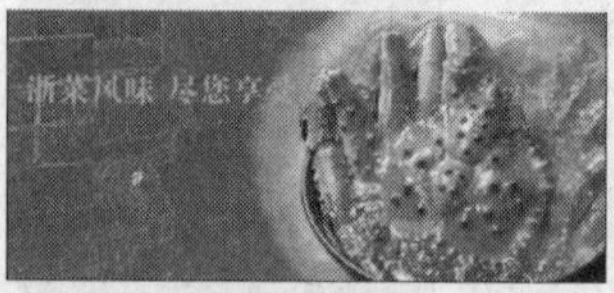

图 10-64

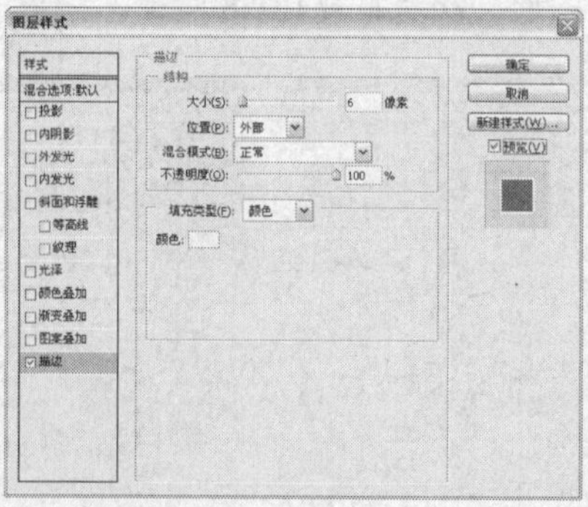

图 10-65

图 10-66

（8）选择“横排文字”工具 T，分别输入需要的白色文字，分别选取文字，在属性栏中选择合适的字体并设置文字大小，调整文字到适当的间距和行距，效果如图 10-67 所示。餐饮企业宣传单效果制作完成，如图 10-68 所示。

图 10-67

图 10-68

10.4 旅游胜地宣传单

10.4.1 案例分析

月坨岛是著名的海岛旅游胜地，她美若天堂、湛蓝海水清澈见底，常使旅游者醉心于海天一色的海岛美景。在宣传单设计上要凸显出月坨岛的美，要营造出放松心情、亲近自然的休闲氛围。

在设计思路上，挑选出迷人的海岛风光照片来作为背景图，表现出旅游景区的真实美景；通过多张度假娱乐项目图片表现出旅游地的景色和娱乐设施，展示出轻松自然、多姿多彩的生活理念；通过不同的色块和旋转文字介绍宣传主题及旅游地的相关信息，体现出活泼、自然、动感的一面。

本例将使用色彩平衡命令改变图片的颜色，使用图层蒙版和画笔工具制作图片的合成效果，使用矩形选框工具和文字工具制作宣传语。

10.4.2 案例设计

本案例设计流程如图 10-69 所示。

编辑素材图片　　输入文字　　最终效果

图 10-69

10.4.3 案例制作

1. 制作背景图像

（1）按 Ctrl+O 组合键，打开光盘中的“Ch10 > 素材 > 旅游胜地宣传单 > 01、02”文件，选择“移动”工具，将 02 素材拖曳到 01 素材的图像窗口右侧，效果如图 10-70 所示，在“图层”控制面板中生成新的图层并将其命名为“人物”，如图 10-71 所示。

图 10-70

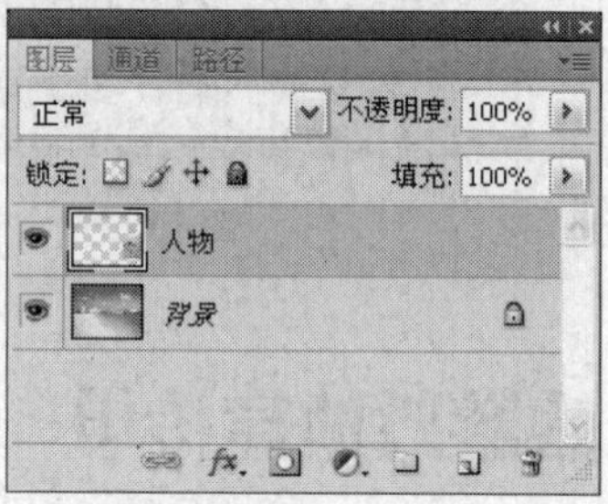

图 10-71

（2）单击“图层”控制面板下方的“添加图层蒙版”按钮，为“人物”图层添加蒙版。选择“画笔”工具，在属性栏中单击“画笔”选项右侧的按钮，弹出画笔选择面板，选择需要的画笔形状，如图 10-72 所示，在人物图像周围的海水上进行涂抹，擦除不需要的图像，效果如图 10-73 所示。

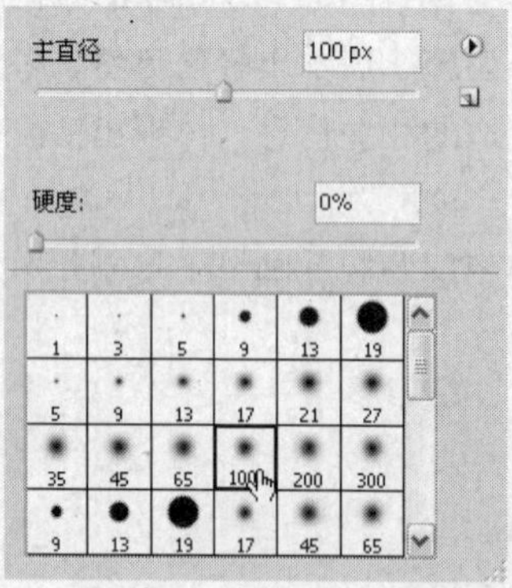

图 10-72

图 10-73

2. 制作照片图形

（1）新建图层并将其命名为“白色矩形”。选择“矩形选框”工具，在图像窗口的下方绘制选区，填充为白色，取消选区，效果如图 10-74 所示。

（2）新建图层并将其命名为“灰色线条”。选择“钢笔”工具，选中属性栏中的“路径”按钮，在白色矩形上绘制一条直线路径，如图 10-75 所示。将前景色设为灰色（其 R、G、B 的值分别为 213、213、213）。选择“画笔”工具，在属性栏中单击“画笔”选项右侧的按钮，弹出画笔选择面板，将“主直径”选项设为 15，其他选项为默认值。选择“路径选择”工具，在路径上单击鼠标右键，在弹出的菜单中选择“描边路径”命令，弹出对话框，在列表中选择画笔工具，单击“确定”按钮，将路径隐藏，效果如图 10-76 所示。

图 10-74

图 10-75

图 10-76

（3）新建图层并将其命名为“形状变换”。选择“矩形选框”工具，在图像窗口的左下方绘制选区。填充为白色，并取消选区。按 Ctrl+T 组合键，在“图形”周围出现变换框，将鼠标光标放在变换框的控制手柄附近，光标变为旋转图标，拖曳鼠标将图形旋转至适当的角度，按 Enter 键确定操作，效果如图 10-77 所示。

（4）单击“图层”控制面板下方的“添加图层样式”按钮，在弹出的菜单中选择“投影”命令，在弹出的对话框中进行设置，如图 10-78 所示，单击“确定”按钮，效果如图 10-79 所示。

图 10-77

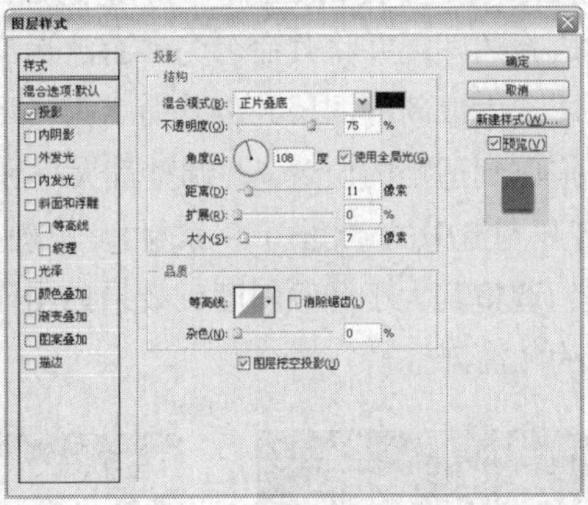

图 10-78

图 10-79

（5）按 Ctrl+O 组合键，打开光盘中的“Ch10 > 素材 > 旅游胜地宣传单 > 03”文件，选择“移动”工具，将人物图片拖曳到白色矩形的上方，调整其大小和倾斜度，效果如图 10-80 所示。在“图层”控制面板中生成新的图层并将其命名为“水上运动”。单击控制面板下方的“创建新的填充或调整图层”按钮，在弹出的菜单中选择“色彩平衡”命令，在“图层”控制面板中生成“色彩平衡 1”图层，同时在弹出的“色彩平衡”面板中进行设置，如图 10-81 所示。效果如图 10-82 所示。

图 10-80

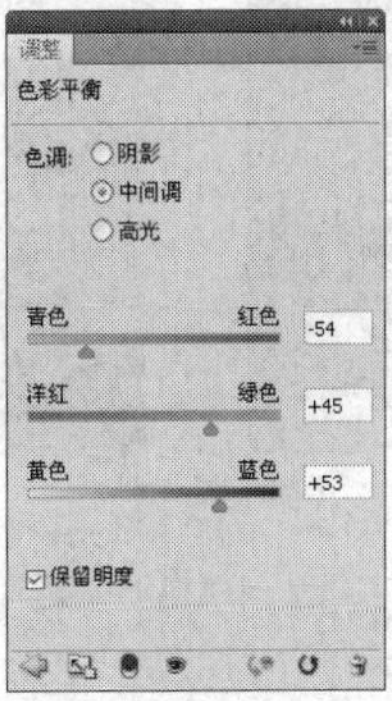

图 10-81

图 10-82

（6）将“形状变换”图层拖曳到控制面板下方的“创建新图层”按钮上进行复制，生成新的图层并将其命名为“形状变换 2”，拖曳到所有图层的上方，如图 10-83 所示。在图像窗口中将复制出的图形拖曳到适当的位置，并旋转其角度和倾斜度，效果如图 10-84 所示。

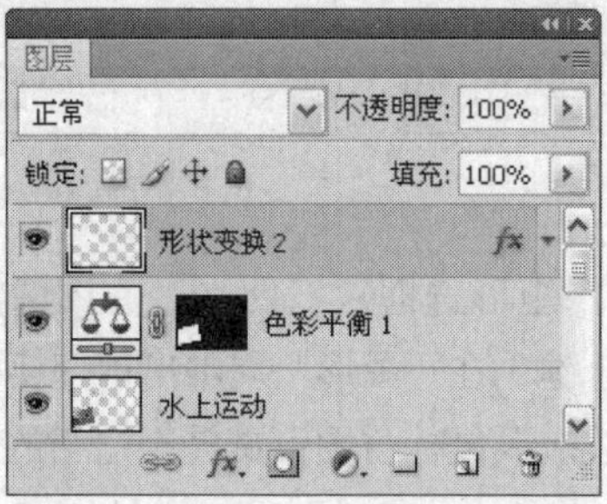

图 10-83

图 10-84

（7）按 Ctrl+O 组合键，打开光盘中的“Ch10 > 素材 > 旅游胜地宣传单 > 04”文件，选择“移动”工具，将人物图片拖曳到白色矩形的上方，调整其大小和倾斜度，效果如图 10-85 所示，在“图层”控制面板中生成新的图层并将其命名为“游泳运动”。

（8）复制“形状变换”图层，生成新的图层并将其命名为“形状变换 3”，如图 10-86 所示。在图像窗口中将复制出的图形拖曳到适当的位置，并调整其大小和倾斜度，效果如图 10-87 所示。

（9）按 Ctrl+O 组合键，打开光盘中的“Ch10 > 素材 > 旅游胜地宣传单 > 05”文件，将人物图片拖曳到白色矩形的上方，调整其大小和倾斜度，效果如图 10-88 所示，在“图层”控制面板中生成新的图层并将其命名为“海滩”。

图 10-85

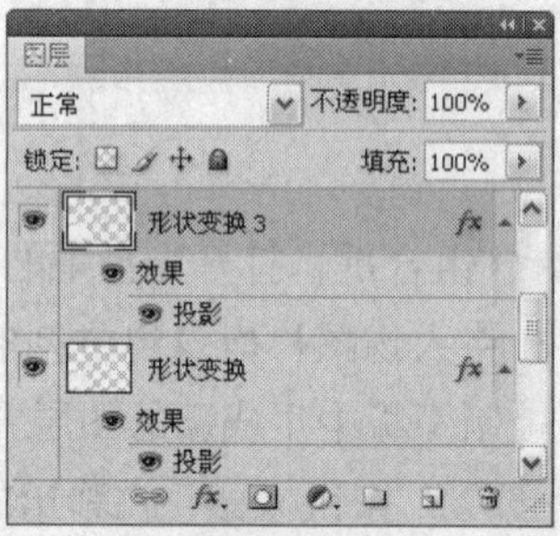

图 10-86

图 10-87

图 10-88

3. 绘制标志

（1）按 Ctrl+O 组合键，打开光盘中的“Ch10 > 素材 > 旅游胜地宣传单 > 06”文件，选择

“移动”工具，将图片拖曳到图像窗口的适当位置，效果如图 10-89 所示，在“图层”控制面板中生成新的图层并将其命名为“标志”。

（2）新建图层并将其命名为“色块矩形”。选择“矩形选框”工具，在图像窗口中绘制一个矩形选区。选择“选择 > 变换选区”命令，在选区周围出现变换框，将鼠标光标放在变换框的控制手柄附近，光标变为旋转图标，拖曳鼠标将选区旋转至适当的位置，按 Enter 键确定操作。填充选区为橙黄色（其 R、G、B 的值分别为 253、144、17），按 Ctrl+D 组合键，取消选区，效果如图 10-90 所示。

图 10-89

图 10-90

（3）选择“横排文字”工具，输入需要的白色文字，选取文字，在属性栏中选择合适的字体并设置文字大小，在“图层”控制面板中生成新的文字图层。选择“移动”工具，按 Ctrl+T 组合键，在文字周围出现变换框，将文字旋转到适当的角度，按 Enter 键确定操作，效果如图 10-91 所示。用相同的方法，绘制多个不同颜色的图形，分别在图形上输入需要的文字，效果如图 10-92 所示，“图层”面板如图 10-93 所示。

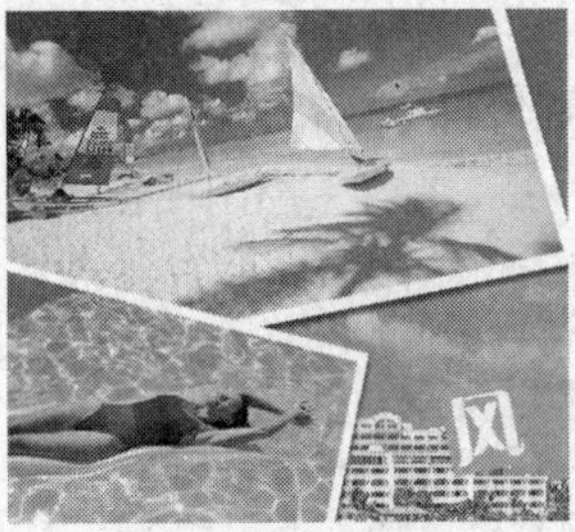

图 10-91

图 10-92

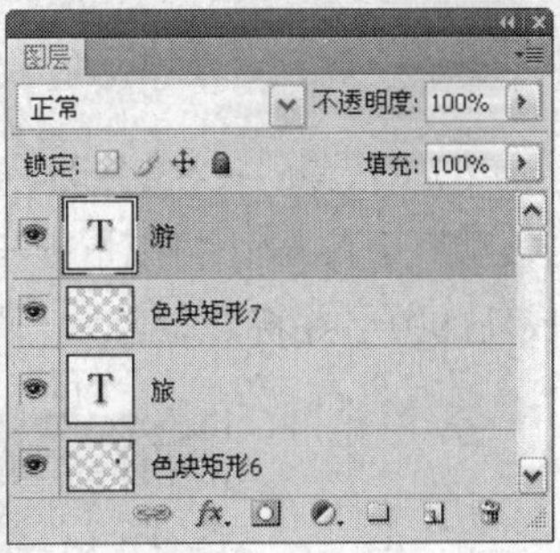

图 10-93

（4）选择“横排文字”工具，输入需要的白色文字，选取文字，在属性栏中选择合适的字体并设置文字大小，按 Alt+ →组合键，调整文字到适当的间距，如图 10-94 所示，在“图层”控制面板中生成新的文字图层。

（5）选择“横排文字”工具，分别输入天蓝色（其 R、G、B 的值分别为 38、155、212）文字、蓝色（其 R、G、B 的值分别为 33、101、199）文字和灰色（其 R、G、B 的值分别为 124、124、124）文字，分别选取文字，在属性栏中选择合适的字体并设置文字大小，选取需要的文字调整到适当的间距，效果如图 10-95 所示，在“图层”控制面板中分别生成新的文字图层。

图 10-94

图 10-95

（6）选中“行”图层。单击“图层”控制面板下方的“添加图层样式”按钮 fx，在弹出的菜单中选择“投影”命令，在弹出的对话框中进行设置，如图 10-96 所示，单击“确定”按钮，效果如图 10-97 所示。在“行”文字图层上单击鼠标右键，在弹出的菜单中选择“拷贝图层样式”命令，在“程”文字图层上单击鼠标右键，在弹出的菜单中选择“粘贴图层样式”命令，效果如图 10-98 所示。

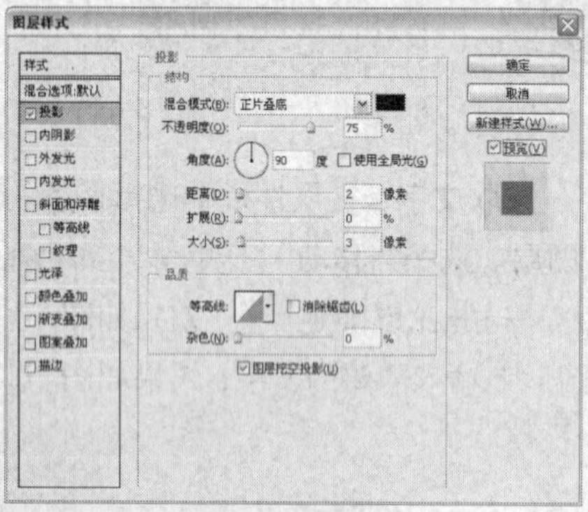

图 10-96

图 10-97

图 10-98

（7）按 Ctrl+O 组合键，打开光盘中的“Ch10 > 素材 > 旅游胜地宣传单 > 07”文件，选择“移动”工具，将图形拖曳到图像窗口的右下方，如图 10-99 所示，在“图层”控制面板中生成新的图层并将其命名为“图形”。旅游胜地宣传单效果制作完成，效果如图 10-100 所示。

图 10-99

图 10-100

课堂练习 1——匹萨宣传单

【练习知识要点】使用多边形套索工具、定义图案命令和填充命令绘制背景效果，使用横排文字工具和创建文字变形命令制作立体文字，使用添加图层样式命令为图片添加外发光效果，使用椭圆工具和文字工具制作宣传文字。匹萨宣传单效果如图 10-101 所示。

【效果所在位置】光盘/Ch10/效果/匹萨宣传单.psd。

图 10-101

课堂练习 2——空调宣传单

【练习知识要点】使用椭圆工具和图层样式命令制作装饰圆形，使用自定形状工具绘制装饰星形，使用文字工具输入宣传文字。空调宣传单效果如图 10-102 所示。

【效果所在位置】光盘/Ch10/效果/空调宣传单.psd。

图 10-102

课后习题——水果店宣传单

【习题知识要点】使用钢笔工具绘制背景底图，使用动感模糊命令制作白色模糊效果，使用添加图层样式命令制作圆形的立体效果，使用彩色半调命令制作装饰图形，使用变形文字命令制作飘带文字。水果店宣传单效果如图 10-103 所示。

【效果所在位置】光盘/Ch10/效果/水果店宣传单.psd。

图 10-103

第11章 海报设计

海报是广告艺术中的一种大众化载体，又名“招贴”或“宣传画”。由于海报具有尺寸大、远视性强、艺术性高的特点，因此，海报在宣传媒介中占有重要的地位。本章以多个主题的海报为例，讲解了海报的设计方法和制作技巧。

课堂学习目标

- 了解海报的概念
- 了解海报的种类和特点
- 了解海报的表现方式
- 掌握海报的设计思路
- 掌握海报的制作方法和技巧

11.1 海报设计概述

海报分布在各街道、影剧院、展览会、商业闹区、车站、码头、公园等公共场所。海报用来完成一定的宣传任务。文化类的海报招贴，更加接近于纯粹的艺术表现，是最能张扬个性的一种设计艺术形式，可以在其中注入一个设计师的精神、一个企业的精神，甚至是一个国家、一个民族的精神。商业海报招贴具有一定的商业意义，其艺术性服务于商业目的。

11.1.1　海报的种类

海报按其应用不同大致可以分为商业海报、文化海报、电影海报和公益海报等，如图 11-1 所示。

商业海报　文化海报　电影海报　公益海报

图 11-1

11.1.2　海报的特点

尺寸大：海报张贴于公共场所，会受到周围环境和各种因素的干扰，所以必须以大画面及突出的形象和色彩展现在人们面前。其画面尺寸有全开、对开、长三开及特大画面（八张全开）等。

远视强：为了使来去匆忙的人们留下视觉印象，除了尺寸大之外，海报设计还要充分体现定位设计的原理。以突出的商标、标志、标题、图形，或对比强烈的色彩，或大面积的空白，或简练的视觉流程使海报成为视觉焦点。

艺术性高：商业海报的表现形式以具体艺术表现力的摄影、造型写实的绘画或漫画形式表现为主，给人们留下真实感人的画面和富有幽默情趣的感受；而非商业海报，内容广泛、形式多样，艺术表现力丰富。特别是文化艺术类的海报，根据广告主题可以充分发挥想象力，尽情施展艺术手段。

11.1.3　海报的表现方式

文字语言的视觉表现：在海报中，标题的第一功能是吸引注意，第二功能是帮助潜在消费者作出购买意向，第三功能是引导潜在消费者阅读正文，因此，在编辑画面时，标题要放在醒目的位置，比如考虑视觉中心。在海报中，标语可以放在画面的任何位置，如果将其放在显要的位置，可以替代标题而发挥作用，如图 11-2 所示。

非文字语言的视觉表现：在海报中，插画的地位十分重要，它比文字更具有表现力。插画主要包括三大功能，吸引消费者注意力、快速将海报主题传达给消费者、促使消费者进一步得知海报信息的细节，如图 11-3 所示。

在海报的视觉表现中，还要注意处理好图文比例的关系，即进行海报的视觉设计时是以文字语言为主还是以非文字语言为主，要根据具体情况而定。

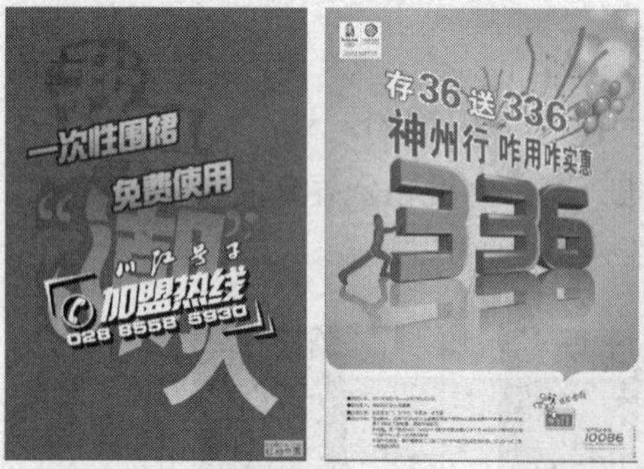

图 11-2

图 11-3

11.2 电脑产品海报

11.2.1 案例分析

对于经常与电脑打交道的人来说，电脑的“脸”——显示器，是大家最关注的问题之一。如果大家每天面对的是一个色彩柔和、清新亮丽的“笑脸”，工作效率一定会提高；当用电脑来放松娱乐时，一个好的显示器是必不可少的。本例是为液晶显示器设计制作宣传海报，要抓住产品的功能特色和销售卖点。

在设计思路上，通过深蓝色的海浪背景和装饰圆点图形使设计在动、静之间有力的融合，起到呼应宣传语、增加视觉冲击力的作用；画面中弧线的分割，增强了设计的时尚感和潮流感；使用海底世界图片和显示器屏幕相结合，表现出屏幕逼真的现场显示效果，有一种身临其境的感觉；通过详细的介绍文字，突出产品的独特功能。

本例将使用钢笔工具和椭圆工具绘制装饰图形，使用自由变换命令将图形变形，使用改变混合模式和不透明度制作图形的叠加效果，使用自定形状工具添加符号。

11.2.2 案例设计

本案例设计流程如图 11-4 所示。

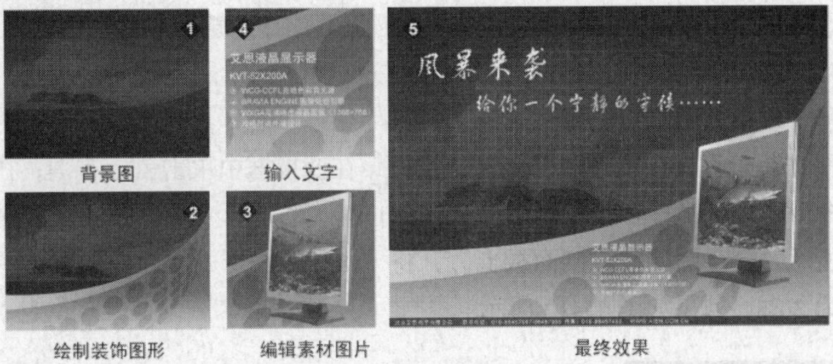

图 11-4

11.2.3　案例制作

1. 绘制装饰图形

（1）按 Ctrl+O 组合键，打开光盘中的“Ch11 > 素材 > 电脑产品海报 > 01”文件，效果如图 11-5 所示。

（2）新建图层并将其命名为“图形 1”。选择“钢笔”工具，在图像窗口中绘制路径，如图 11-6 所示。按 Ctrl+Enter 组合键，将路径转换为选区。选择“渐变”工具，将渐变色设为从淡蓝色（其 R、G、B 值分别为 160、226、252）到蓝色（其 R、G、B 值分别为 51、96、167），按住 Shift 键的同时，在选区中从左向右拖曳出渐变色。按 Ctrl+D 组合键，取消选区，效果如图 11-7 所示。

图 11-5

图 11-6

图 11-7

（3）新建图层并将其命名为“图形 2”。选择“钢笔”工具，在图像窗口中绘制路径，如图 11-8 所示。按 Ctrl+Enter 组合键，将路径转换为选区。选择“渐变”工具，将渐变色设为从蓝色（其 R、G、B 值分别为 47、91、164）到浅蓝色（其 R、G、B 值分别为 149、213、243），按住 Shift 键的同时，在选区中从上向下拖曳出渐变色。按 Ctrl+D 组合键，取消选区，效果如图 11-9 所示。

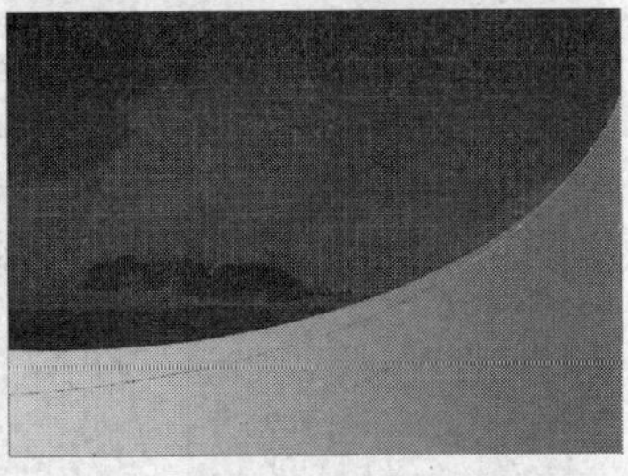

图 11-8

图 11-9

（4）新建图层并将其命名为“圆形”。选择“椭圆”工具，选中属性栏中的“路径”按钮，按住 Shift 键的同时，绘制多个圆形路径，按 Ctrl+Enter 组合键，将路径转换为选区，填充选区为黑色并取消选区，效果如图 11-10 所示。

（5）按 Ctrl+T 组合键，在图形周围出现变换框，在变换框中单击鼠标右键，在弹出的菜单中选择“变形”命令，分别拖曳各个控制点到适当的位置，将图形变形，按 Enter 键确定操作，效果如图 11-11 所示。在“图层”控制面板上方，将“圆形”图层的混合模式设为“叠加”，“不透明度”选项设为 30%，效果如图 11-12 所示。

图 11-10

图 11-11

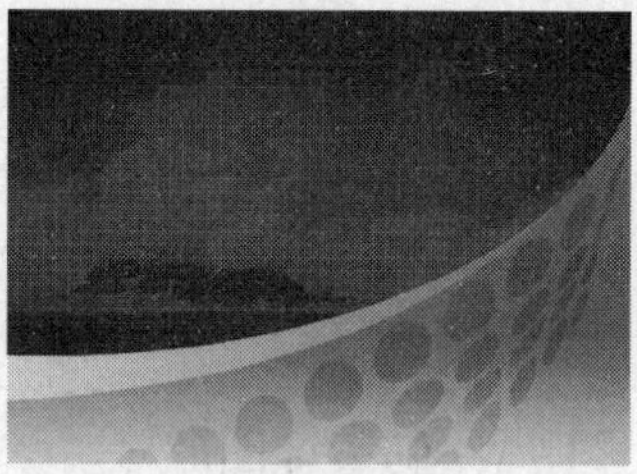
图 11-12

2. 添加图片与介绍文字

（1）按 Ctrl+O 组合键，打开光盘中的“Ch11 >素材 > 电脑产品海报 > 02”文件，选择“移动”工具，将显示器图片拖曳到图像窗口的右下方，效果如图 11-13 所示，在“图层”控制面板中生成新的图层并将其命名为“显示器”。

（2）新建图层并将其命名为“屏幕”。选择“钢笔”工具，在显示器的屏幕上绘制路径，按 Ctrl+Enter 组合键，将路径转换为选区，如图 11-14 所示。填充选区为黑色并取消选区，效果如图 11-15 所示。

图 11-13

图 11-4

图 11-15

（3）按 Ctrl+O 组合键，打开光盘中的“Ch11 >素材 > 电脑产品海报 > 03”文件，选择“移动”工具，将海底图片拖曳到图像窗口中，效果如图 11-16 所示。在“图层”控制面板中生成新的图层并将其命名为“海底世界”。按住 Alt 键的同时，将鼠标放在“海底世界”图层和“屏幕”图层的中间，当鼠标光标变为时，单击鼠标，创建“海底世界”图层的剪贴蒙版，图像效果如图 11-17 所示。

图 11-16

图 11-17

（4）选择“横排文字”工具，分别输入

需要的白色文字，并分别选取文字，在属性栏中选择合适的字体并设置文字大小，适当地调整文字的行距，如图 11-18 所示，在“图层”控制面板中生成多个文字图层。

（5）新建图层并将其命名为“符号”。将前景色设为白色，选择“自定形状”工具，单击属性栏中的“形状”选项，弹出“形状”面板。单击面板右上方的按钮，在弹出的菜单中选择“全部”选项，弹出提示对话框，单击“确定”按钮，在“形状”选择面板中选择需要的形状，如图 11-19 所示。选中属性栏中的“填充像素”按钮，在图像窗口中绘制图形，效果如图 11-20 所示。

图 11-18

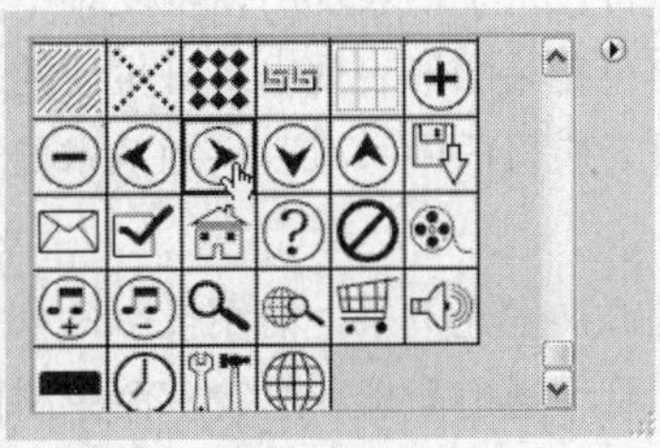
图 11-19

图 11-20

（6）将“符号”图层拖曳到控制面板下方的“创建新图层”按钮上复制 3 次，在“图层”控制面板中分别生成 3 个新的副本图层，如图 11-21 所示。选择“移动”工具，在图像窗口中分别拖曳复制出的图形到适当的位置，效果如图 11-22 所示。

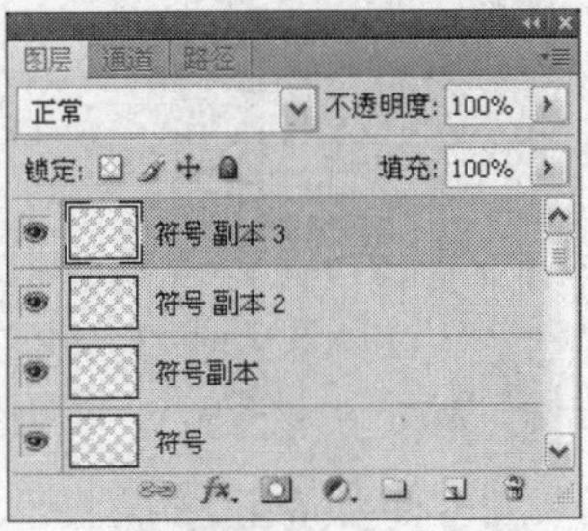

图 11-21

图 11-22

（7）新建图层并将其命名为“蓝色长条”。将前景色设为蓝色（其 R、G、B 的值分别为 6、40、107）。选择“矩形”工具，选中属性栏中的“填充像素”按钮，在图像窗口的下方绘制矩形，效果如图 11-23 所示。选择“横排文字”工具，输入需要的白色文字，选取文字，在属性栏中选择合适的字体并设置文字大小，调整文字到适当的间距，效果如图 11-24 所示，在“图层”控制面板中生成新的文字图层。电脑产品海报效果制作完成。

图 11-23

图 11-24

11.3 饮料产品海报

11.3.1 案例分析

在炎炎夏日中来一杯清凉冰爽的饮品，一定会神清气爽，倍感惬意。本例是为夏日的饮品设计的海报，在设计上要从饮品的口味和特色入手，表现出休闲夏日中一杯饮品带来的清凉感受。

在设计思路上，通过绿色背景和白色花朵图形表现出夏日生活的自然轻松之感；通过饮品图片展现所宣传饮品的口味和色泽；通过对广告语中“冰”字的艺术处理和其他宣传文字的编辑，突出“冰凉清爽一夏”的主题。

本例将使用外发光命令为果汁图片添加发光效果，使用投影命令为花朵图形添加投影，使用直排文字工具输入宣传语，使用钢笔工具、通道面板和滤镜库命令制作蓝色装饰图形。

11.3.2 案例设计

本案例设计流程如图 11-25 所示。

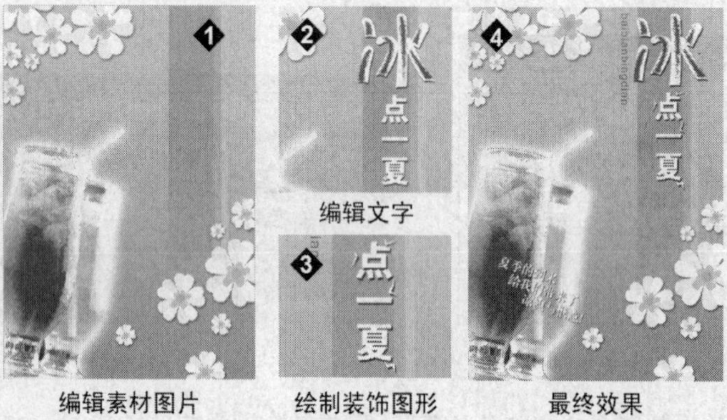

图 11-25

11.3.3 案例制作

1．添加装饰矩形

（1）按 Ctrl+N 组合键，新建一个文件：宽度为 21 厘米，高度为 29 厘米，分辨率为 200 像素/英寸，颜色模式为 RGB，背景内容为白色，单击“确定”按钮。

（2）选择“渐变”工具，单击属性栏中的“点按可编辑渐变”按钮，弹出“渐变编辑器”对话框，将渐变色设为从淡绿色（其 R、G、B 的值分别为 194、227、13）到绿色（其 R、G、B 的值分别为 124、186、6），如图 11-26 所示，单击“确定”按钮。选中属性栏中的“线性渐变”按钮，按住 Shift 键的同时，在图像窗口中从上向下拖曳渐变色，效果如图 11-27 所示。

（3）单击“图层”控制面板下方的“创建新图层”按钮，生成新的图层并将其命名为“矩形 1”。选择“矩形选框”工具，绘制一个矩形选区。填充选区为橙色（其 R、G、B 的值分别为 250、147、0），按 Ctrl+D 组合键，取消选区，效果如图 11-28 所示。用相同的方法，绘制深黄色（其 R、G、B 的值分别为 253、172、0）矩形和黄色（其 R、G、B 的值分别为 255、208、0）矩形，效果如图 11-29 所示。

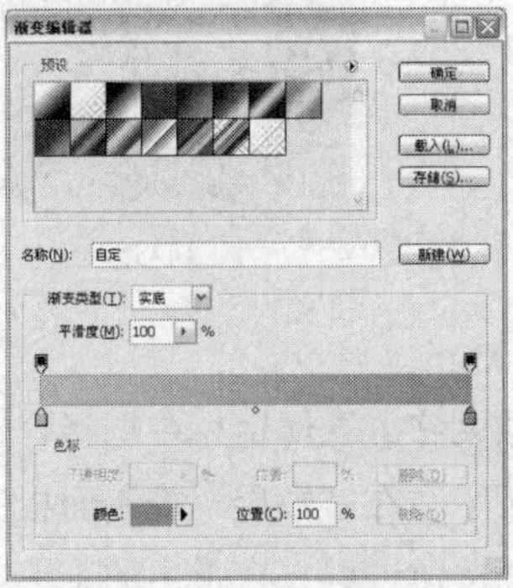

图 11-26

图 11-27

图 11-28

图 11-29

2. 导入并编辑图片

（1）按 Ctrl+O 组合键，打开光盘中的“Ch11 > 素材 > 饮料产品海报 > 01”文件，选择“移动”工具，将果汁图片拖曳到图像窗口中，效果如图 11-30 所示，在“图层”控制面板中生成新的图层并将其命名为“果汁”。

（2）单击“图层”控制面板下方的“添加图层样式”按钮，在弹出的菜单中选择“外发光”命令，在弹出的对话框中进行设置，如图 11-31 所示，单击“确定”按钮，效果如图 11-32 所示。

图 11-30

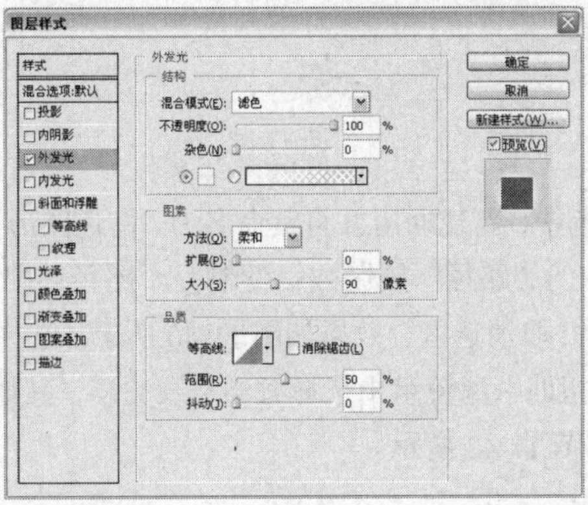

图 11-31

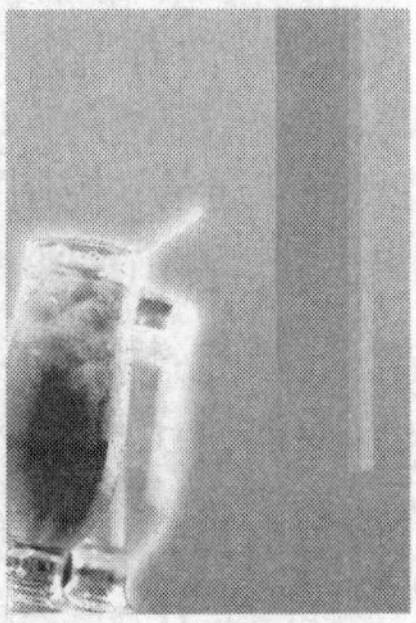

图 11-32

（3）按 Ctrl+O 组合键，打开光盘中的“Ch11 > 素材 > 饮料产品海报 > 02”文件，选择“移动”工具，将图片拖曳到图像窗口中，效果如图 11-33 所示，在“图层”控制面板中生成新的图层并将其命名为“花”。

（4）单击“图层”控制面板下方的“添加图层样式”按钮，在弹出的菜单中选择“投影”命令，在弹出的对话框中进行设置，如图 11-34 所示，单击“确定”按钮，图像效果如图 11-35 所示。

图 11-33

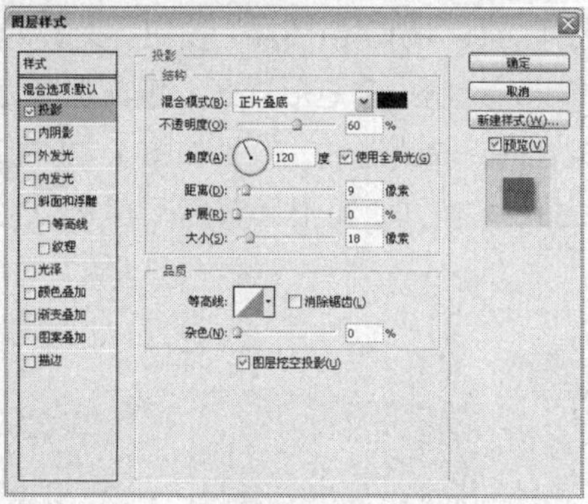

图 11-34

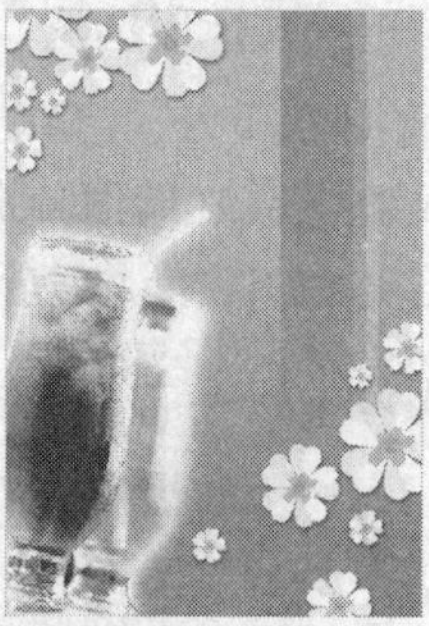

图 11-35

3. 添加宣传语

（1）选择“直排文字”工具 ，输入需要的白色文字。选取文字，在属性栏中选择合适的字体并设置文字大小，调整文字到适当的间距，效果如图 11-36 所示，在“图层”控制面板中生成新的文字图层。单击“图层”控制面板下方的“添加图层样式”按钮 ，在弹出的菜单中选择“投影”命令，在弹出的对话框中进行设置，如图 11-37 所示。单击“确定”按钮，效果如图 11-38 所示。

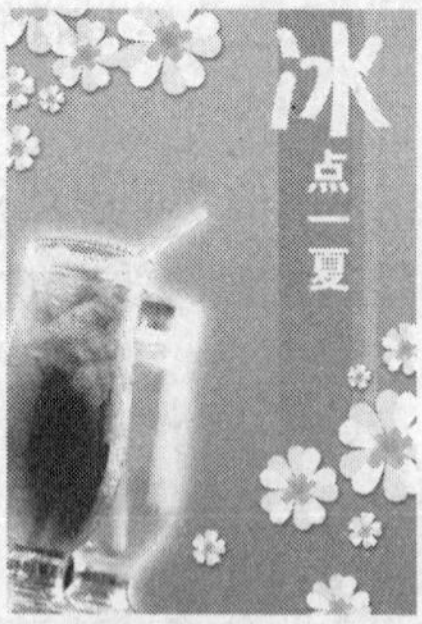

图 11-36

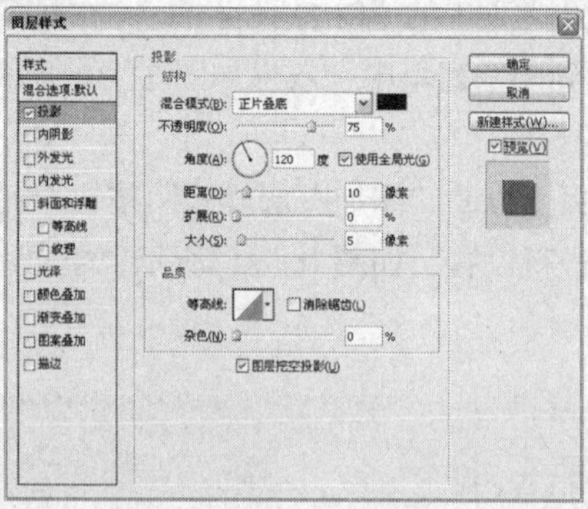

图 11-37

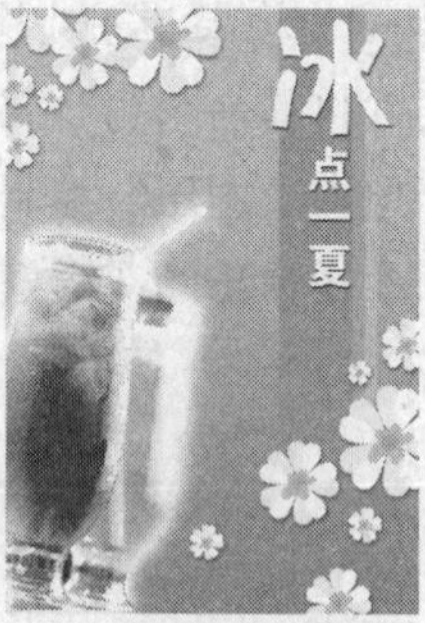

图 11-38

（2）在“通道”控制面板中，新建通道并将其命名为“白色图形”，如图 11-39 所示。选择“钢笔”工具 ，选中属性栏中的“路径”按钮 ，绘制一个路径，按 Ctrl+Enter 组合键，将路径转换为选区，填充选区为白色并取消选区，效果如图 11-40 所示。选择“滤镜 > 滤镜库”命令，弹出“滤镜库”对话框，在“扭曲”滤镜组中选择海洋波纹滤镜，其他选项的设置如图 11-41 所示。单击“确定”按钮，效果如图 11-42 所示。

图 11-39

图 11-40

图 11-41

图 11-42

（3）按住 Ctrl 键的同时，单击“白色图形”通道的缩览图，图形周围生成选区。在“图层”控制面板中，新建图层并将其命名为“蓝色文字 1”，图像效果如图 11-43 所示。将前景色设为蓝色（其 R、G、B 的值分别为 0、114、182）。按 Alt+Delete 组合键，用前景色填充选区。按 Ctrl+D 组合键，取消选区，效果如图 11-44 所示。

（4）用相同的方法制作出其他蓝色图形，效果如图 11-45 所示。新建图层并将其命名为“白色图形”。选择“钢笔”工具，绘制多个路径，按 Ctrl+Enter 组合键，将路径转换为选区，填充选区为白色并取消选区，效果如图 11-46 所示。

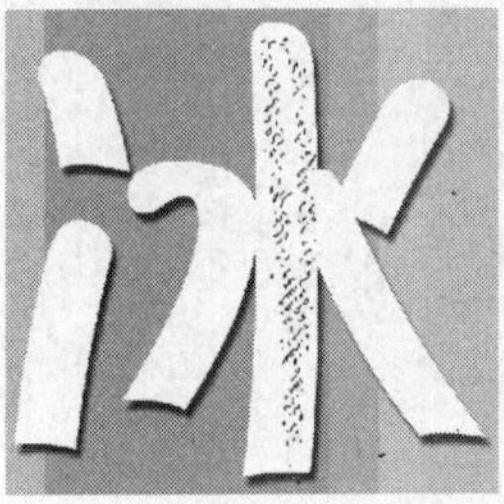

图 11-43

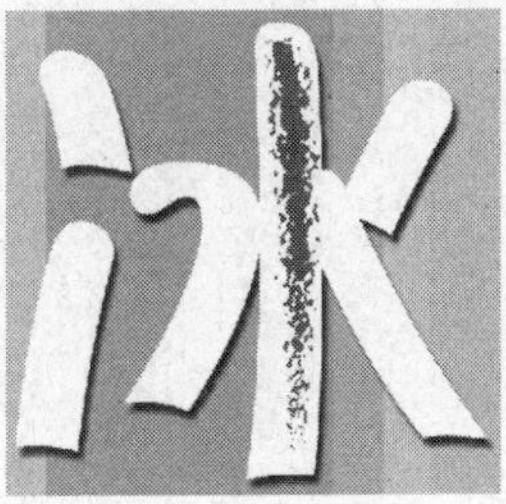

图 11-44

图 11-45

图 11-46

（5）单击“图层”控制面板下方的“添加图层样式”按钮 fx，在弹出的菜单中选择“投影”命令，在弹出的对话框中进行设置，如图 11-47 所示。单击“确定”按钮，效果如图 11-48 所示。

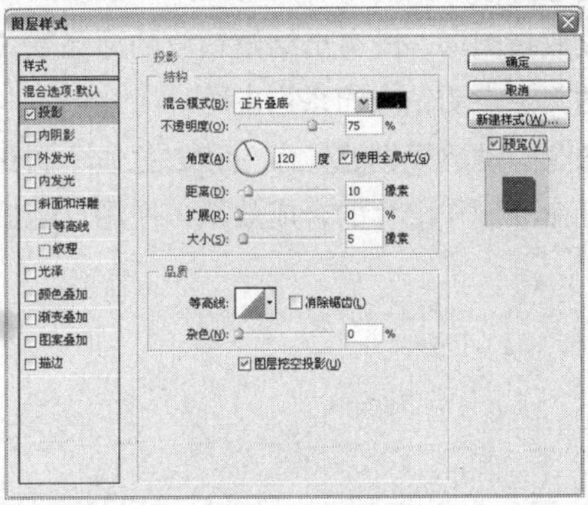

图 11-47

图 11-48

（6）选择“直排文字”工具 T，在图像窗口中输入墨绿色（其 R、G、B 的值分别为 100、117、12）文字。选取文字，在属性栏中选择合适的字体并设置文字大小，调整文字到适当的间距，效果如图 11-49 所示，在“图层”控制面板中生成新的文字图层。选择“横排文字”工具 T，在图像窗口中输入白色文字，选取文字，在属性栏中选择合适的字体并设置文字大小，将文字旋转到适当的角度，效果如图 11-50 所示。

（7）单击“图层”控制面板下方的“添加图层样式”按钮 fx，在弹出的菜单中选择“投影”命令，在弹出的对话框中进行设置，如图 11-51 所示，单击“确定”按钮。饮料产品海报制作完成，效果如图 11-52 所示。

图 11-49

图 11-50

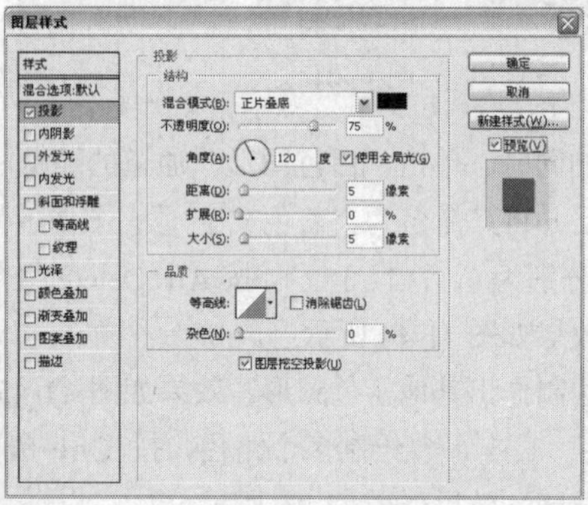

图 11-51

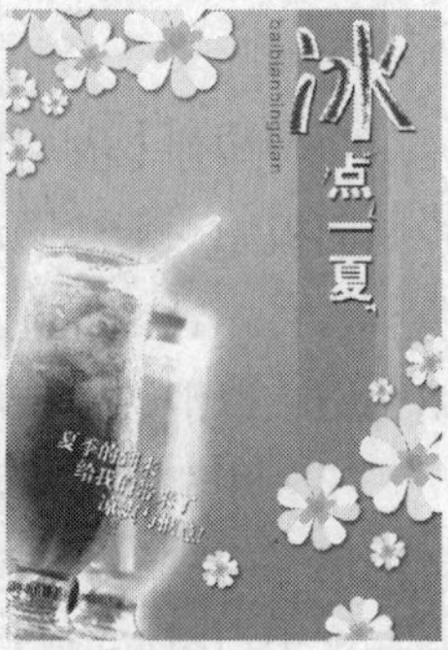

图 11-52

11.4 结婚钻戒海报

11.4.1 案例分析

即将步入婚姻殿堂的情侣一定想要为心爱之人购买爱情信物，而结婚钻戒就是最好的爱情信物。在结婚钻戒海报设计上要营造出温馨浪漫的气氛，表达出对爱情的忠贞和对未来美好生活的向往。

在设计思路上，通过雪景图片的完美组合制作出静中有动的效果，浪漫的银白世界寓意着爱情的纯洁；使用两颗装饰心形衬托出两枚戒指图形，既突出结婚钻戒的漂亮款式和材质，又揭示出心心相印的爱情主题；最后通过设计的文字点明钻戒的系列主题。

本例将使用渐变工具、点状化滤镜命令、动感模糊滤镜命令和去色命令制作雪花，使用添加图层蒙版命令、混合模式命令和不透明度命令制作图片的合成效果，使用自定形状工具、高斯模糊命令和画笔工具绘制装饰图形。

11.4.2 案例设计

本案例设计流程如图 11-53 所示。

制作背景效果　　绘制装饰图形　　编辑素材图片　　最终效果

图 11-53

11.4.3　案例制作

1. 制作雪花效果

（1）按 Ctrl+O 组合键，打开光盘中的“Ch11 > 素材 > 结婚钻戒海报 > 01”文件，效果如图 11-54 所示。

（2）新建图层并将其命名为“雪花”。选择“渐变”工具，单击属性栏中的“点按可编辑渐变”按钮，弹出“渐变编辑器”对话框，将渐变色设为从灰色（其 R、G、B 的值分别为 114、114、114）到白色，如图 11-55 所示，单击“确定”按钮。按住 Shift 键的同时，在图像窗口中由上至下拖曳渐变色，效果如图 11-56 所示。

图 11-54

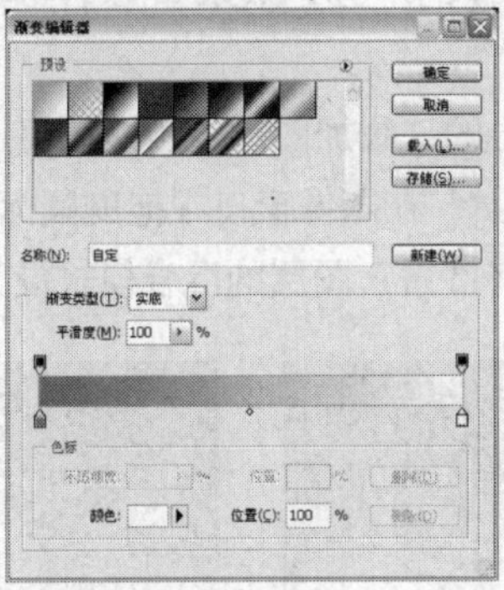

图 11-55

图 11-56

（3）选择“滤镜 > 像素化 > 点状化”命令，在弹出的对话框中进行设置，如图 11-57 所示，单击“确定”按钮，效果如图 11-58 所示。

（4）选择“滤镜 > 模糊 > 动感模糊”命令，在弹出的对话框中进行设置，如图 11-59 所示，单击“确定”按钮，效果如图 11-60 所示。

（5）选择“图像 > 调整 > 去色”命令，将图像去色，效果如图 11-61 所示。

（6）单击“图层”控制面板下方的“添加图层蒙版”按钮，为“雪花”图层添加蒙版。将前景色设为黑色。选择“画笔”工具，在属性栏中单击“画笔”选项右侧的按钮，弹出画笔选择面板，将“主直径”选项设为 100，将“硬度”选项设为 0%。在属性栏中将“不透明度”选项设为 50%，在图像窗口中拖曳鼠标擦除不需要的图像，效果如图 11-62 所示。

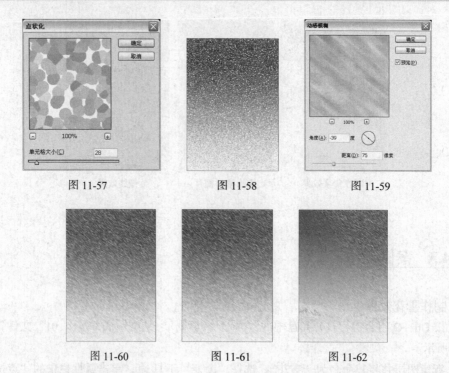

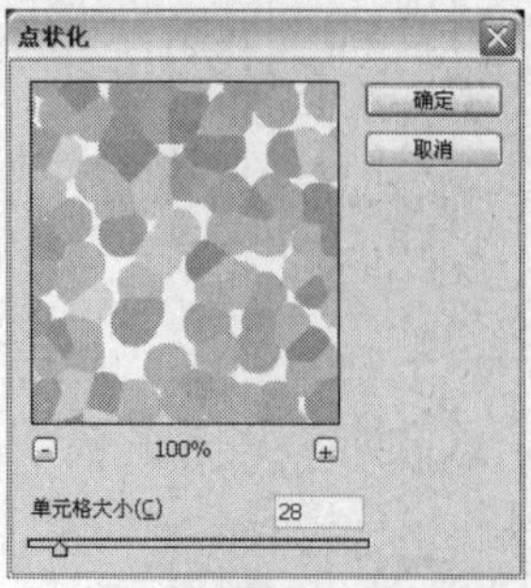

图 11-57

图 11-58

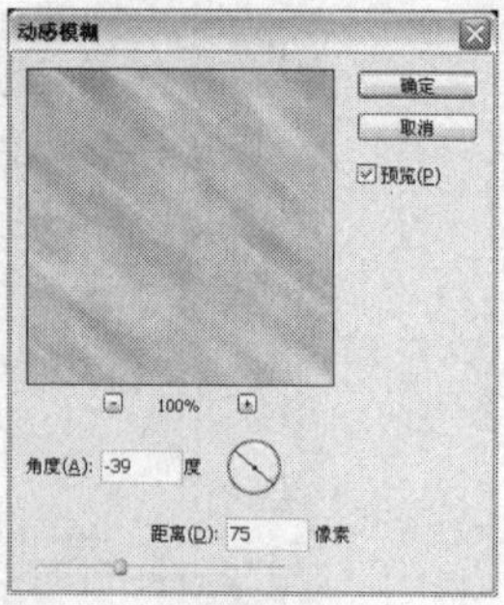

图 11-59

图 11-60

图 11-61

图 11-62

（7）在“图层”控制面板上方，将“雪花”图层的混合模式设为“滤色”，“不透明度”选项设为 54%，效果如图 11-63 所示。

（8）按 Ctrl+O 组合键，打开光盘中的“Ch11 > 素材 > 结婚钻戒海报 > 02”文件，选择“移动”工具，将图片拖曳到图像窗口的下方，效果如图 11-64 所示，在“图层”控制面板中生成新的图层并将其命名为“雪”。

（9）单击“图层”控制面板下方的“添加图层蒙版”按钮，为“雪”图层添加蒙版。将前景色设为黑色。选择“画笔”工具，在图像窗口中拖曳鼠标擦除不需要的图像，效果如图 11-65 所示。在“图层”控制面板上方，将“雪”图层的混合模式设为“变暗”，效果如图 11-66 所示。

图 11-63

图 11-64

图 11-65

图 11-66

2. 制作装饰图形

（1）单击“图层”控制面板下方的“创建新组”按钮，生成新的图层组并将其命名为“戒指”。新建图层生成“图层 1”。将前景色设为白色。选择“自定形状”工具，单击属性栏中的“形状”选项，弹出“形状”面板，在“形状”面板中选中图形“红心形卡”，如图 11-67 所示。选中属性栏中的“路径”按钮，在图像窗口中拖曳鼠标绘制路径，如图 11-68 所示。

（2）按 Ctrl+Enter 组合键，将路径转换为选区，按 Alt+Delete 组合键，用前景色填充选区，按 Ctrl+D 组合键，取消选区，效果如图 11-69 所示。在“图层”控制面板上方，将“图层 1”图层的“填充”选项设为 0%，如图 11-70 所示。

图 11-67

图 11-68

图 11-69

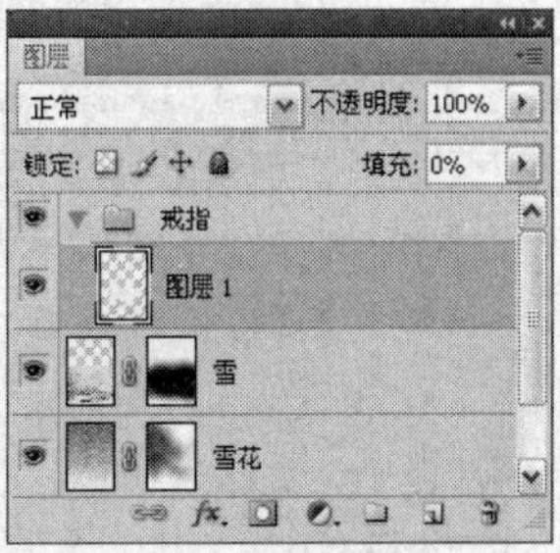

图 11-70

（3）单击“图层”控制面板下方的“添加图层样式”按钮 fx.，在弹出的菜单中选择“内发光”命令，弹出对话框，将发光颜色设为白色，其他选项的设置如图 11-71 所示，单击“确定”按钮，效果如图 11-72 所示。

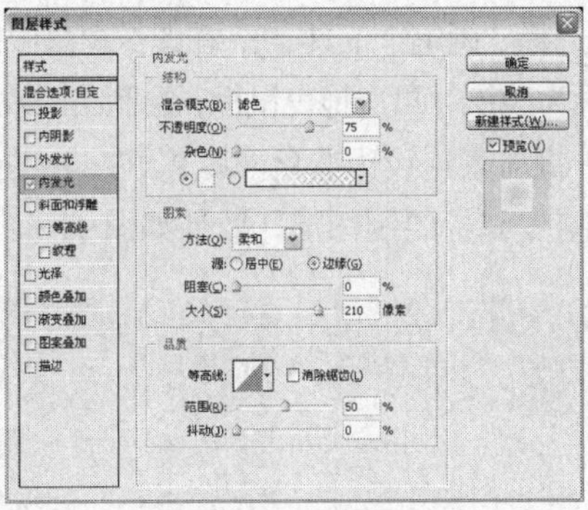

图 11-71

图 11-72

（4）新建图层生成“图层 2”。按住 Shift 键的同时，用鼠标单击“图层 1”图层，将需要的图层同时选取，按 Ctrl+E 组合键，合并图层并将其命名为“心形”，如图 11-73 所示。

（5）选择“滤镜 > 模糊 > 高斯模糊”命令，在弹出的对话框中进行设置，如图 11-74 所示，单击“确定”按钮，效果如图 11-75 所示。

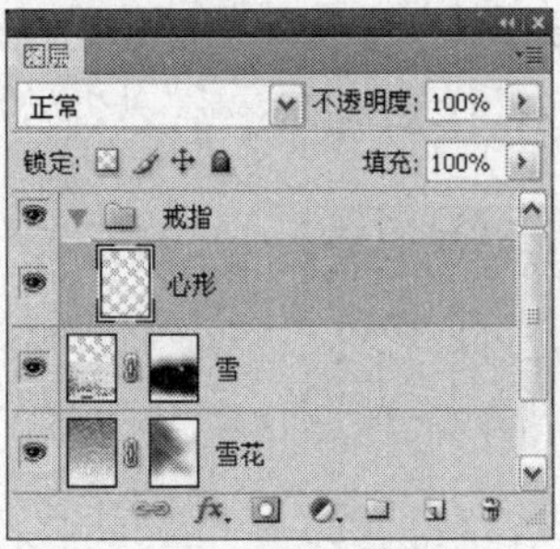

图 11-73

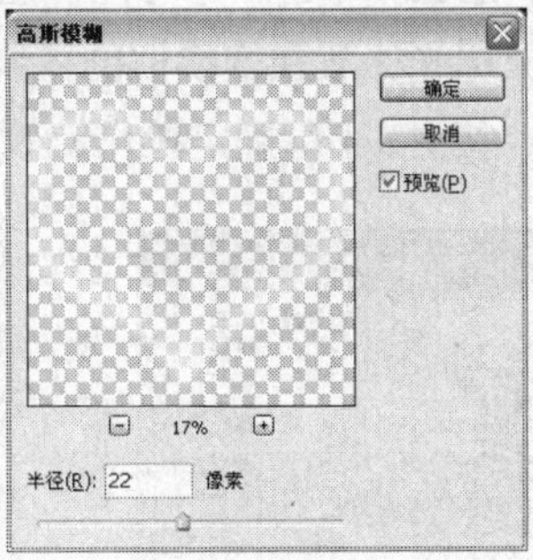

图 11-74

图 11-75

（6）新建图层并将其命名为“画笔 1”。选择“画笔”工具，单击属性栏中的“切换画笔面板”按钮，弹出“画笔”控制面板，选择“画笔笔尖形状”选项，弹出“画笔笔尖形状”面板，选择“尖角 30”画笔，其他选项的设置如图 11-76 所示；选择“形状动态”选项，在弹出的面板中进行设置，如图 11-77 所示；选择“散布”选项，在弹出的面板中进行设置，如图 11-78 所示。在心形周围拖曳鼠标绘制图形，效果如图 11-79 所示。

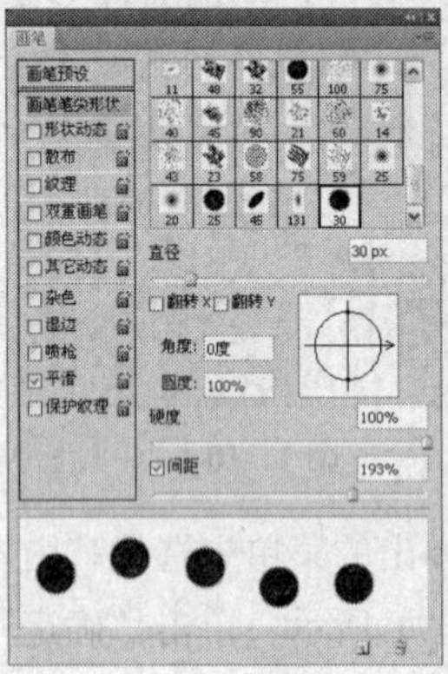
图 11-76

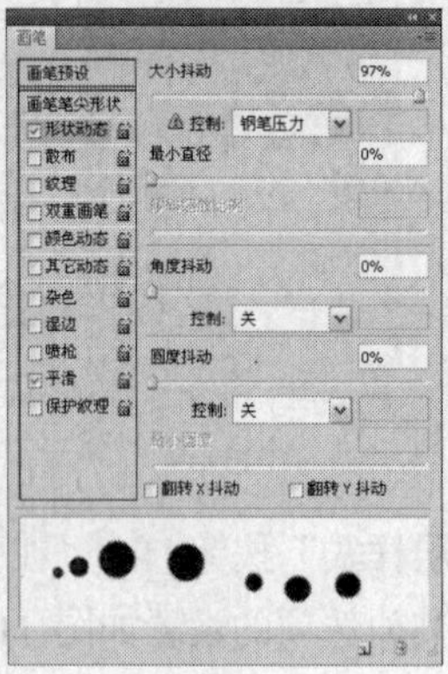
图 11-77

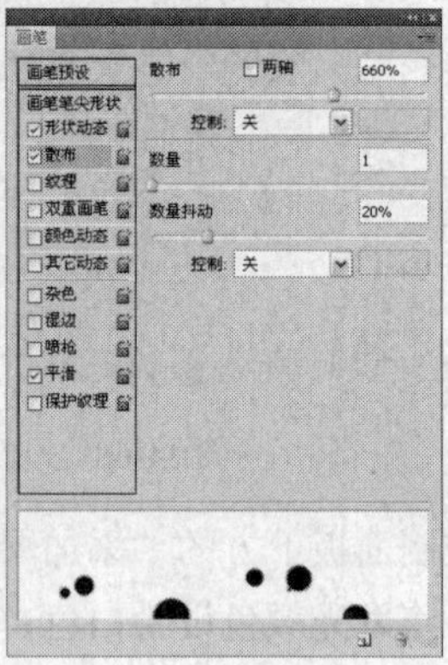
图 11-78

图 11-79

（7）新建图层并将其命名为“画笔 2”。选择“画笔”工具，在图像窗口中拖曳鼠标绘制图形，效果如图 11-80 所示。将“不透明度”选项设为 50%，再次拖曳鼠标，绘制出的效果如图 11-81 所示。

（8）新建图层并将其命名为“画笔 3”。将前景色设为蓝色（其 R、G、B 的值分别为 36、138、225）。选择“画笔”工具，在心形周围拖曳鼠标绘制图形，效果如图 11-82 所示。

图 11-80

图 11-81

图 11-82

（9）按住 Shift 键的同时，用鼠标单击所有的“画笔”图层，将其同时选取，按 Ctrl+E 组合键，合并图层并将其命名为“水晶心”，如图 11-83 所示。

（10）按住 Shift 键的同时，用鼠标单击“心形”图层，将两个图层同时选取。按 Ctrl+T 组合键，图形周围出现变换框，将鼠标光标放在变换框的控制手柄附近，光标变为旋转图标，拖曳鼠标将图形旋转到适当的角度，按 Enter 键确定操作，效果如图 11-84 所示。

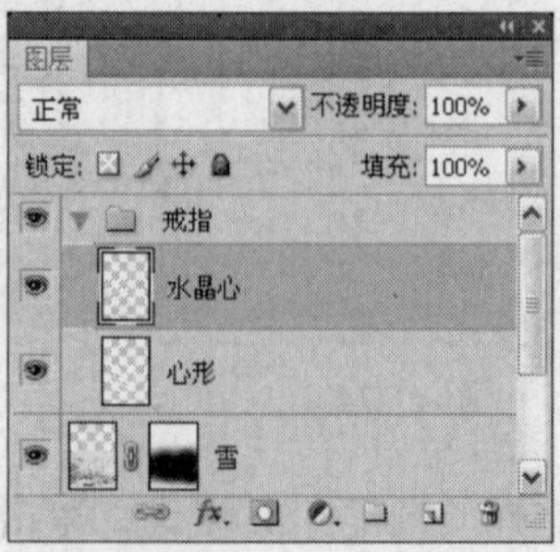

图 11-83

图 11-84

（11）将选中的图层拖曳到控制面板下方的“创建新图层”按钮 上进行复制，生成新的副本图层，如图 11-85 所示。

（12）按 Ctrl+T 组合键，图形周围出现变换框，将鼠标光标放在变换框控制手柄的附近，光标变为旋转图标，拖曳鼠标将图形旋转到适当的角度，并调整其大小，按 Enter 键确定操作，效果如图 11-86 所示。

（13）按 Ctrl+O 组合键，打开光盘中的“Ch11 > 素材 > 结婚钻戒海报 > 03”文件。选择“移动”工具，将戒指图片拖曳到图像窗口中，效果如图 11-87 所示，在“图层”控制面板中生成新的图层并将其命名为“戒指”。单击“戒指”图层组前面的三角形按钮，将“戒指”图层组中的图层隐藏。

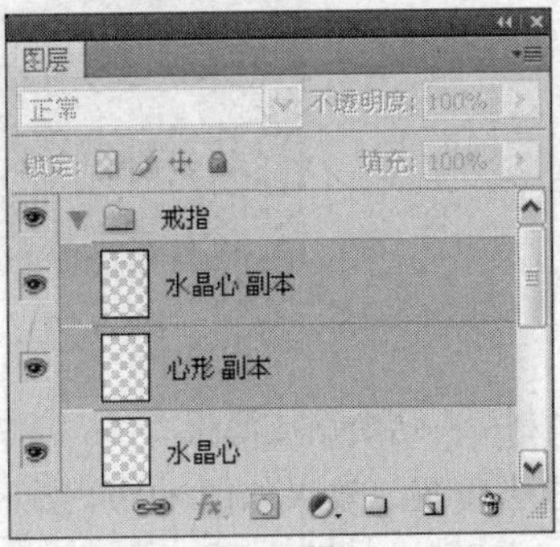

图 11-85

图 11-86

图 11-87

3. 添加并编辑文字

（1）按 Ctrl+O 组合键，打开光盘中的“Ch11 > 素材 > 结婚钻戒海报 > 04、05”文件，选择“移动”工具，分别将图片拖曳到图像窗口的适当位置，效果如图 11-88 所示，在“图层”控制面板中生成新的图层并将其命名为“银色梦幻”、“结婚”。

（2）单击“图层”控制面板下方的“添加图层样式”按钮 *fx*，在弹出的菜单中选择“投影”命令，弹出对话框，将投影颜色设为深蓝色（其 R、G、B 的值分别为 17、67、127），其他选项的设置如图 11-89 所示，单击“确定”按钮，效果如图 11-90 所示。

图 11-88

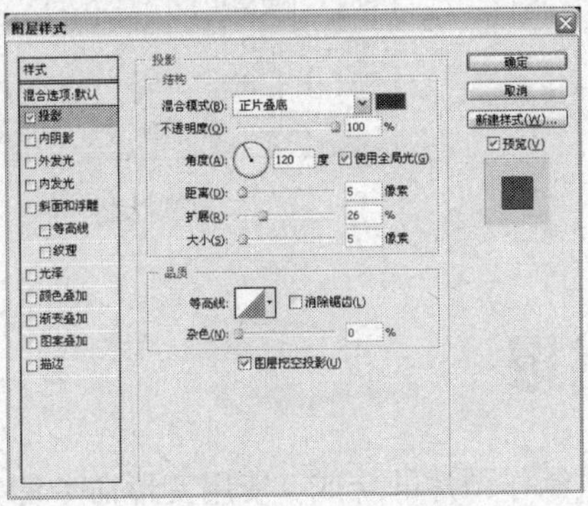

图 11-89

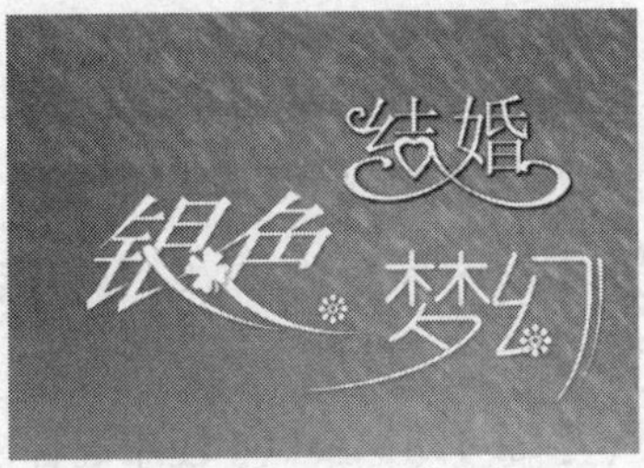

图 11-90

（3）选择“横排文字”工具 T，分别在属性栏中选择合适的字体并设置文字大小，分别输入需要的白色文字，选取文字并调整文字到适当的间距，如图 11-91 所示，在“图层”控制面板中分别生成新的文字图层。

（4）选中“钻饰”文字图层。单击“图层”控制面板下方的“添加图层样式”按钮 fx，在弹出的菜单中选择“投影”命令，弹出对话框，将投影颜色设为深蓝色（其 R、G、B 值分别为 17、67、127），其他选项的设置如图 11-92 所示。单击“确定”按钮，效果如图 11-93 所示。

图 11-91

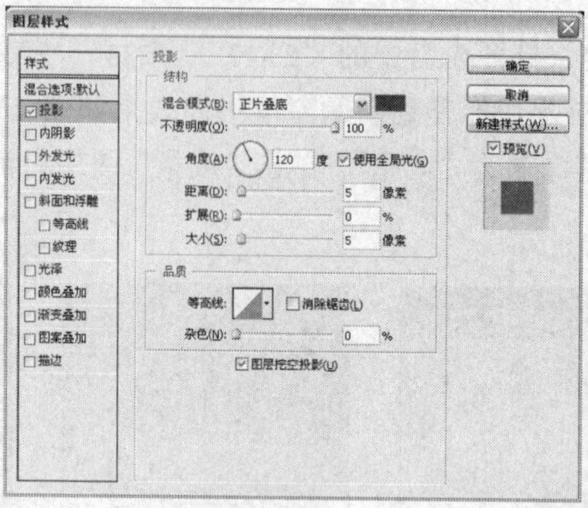

图 11-92

图 11-93

（5）按 Ctrl+O 组合键，打开光盘中的“Ch11 > 素材 > 结婚钻戒海报 > 06、07”文件，选择“移动”工具，分别将图形拖曳到图像窗口的适当位置，效果如图 11-94 所示，在“图层”控制面板中生成新的图层并将其命名为“文字”、“太阳”，如图 11-95 所示。结婚钻戒海报效果制作完成。

图 11-94

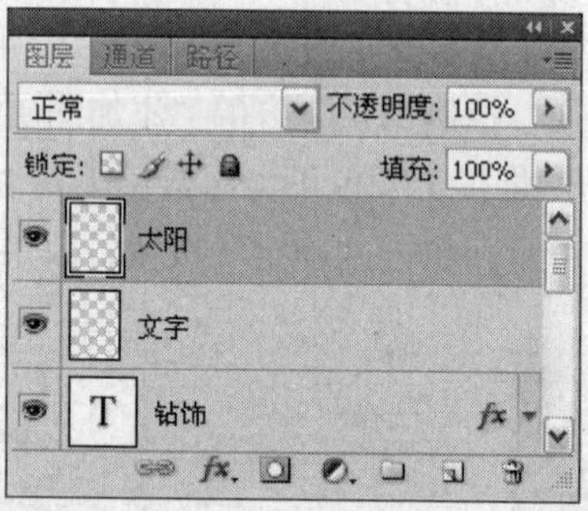

图 11-95

课堂练习 1——手表海报

【练习知识要点】使用混合模式制作图片的合成，使用变形命令调整图形的形状，使用椭圆工具和橡皮擦工具制作光，使用自定形状工具和多种图层样式命令制作皇冠，使用矩形选框工具、渐变工具和变形命令制作蝴蝶翅膀，使用横排文字工具添加宣传语。手表海报效果如图 11-96 所示。

【效果所在位置】光盘/Ch11/效果/手表海报.psd。

图 11-96

课堂练习 2——影视剧海报

【练习知识要点】使用混合模式命令制作图片的叠加效果，使用钢笔工具和自定形状工具绘制装饰图形，使用圆角矩形工具和内阴影命令制作电视图形，使用文字工具输入介绍性文字，使用添加图层样式命令制作文字特效。影视剧海报效果如图 11-97 所示。

【效果所在位置】光盘/Ch11/效果/影视剧海报.psd。

图 11-97

课后习题——酒吧海报

【习题知识要点】使用钢笔工具绘制装饰底图，使用扩展选区命令制作人物投影，使用混合模式命令制作图片的叠加效果，使用文字工具输入宣传性文字。酒吧海报效果如图 11-98 所示。

【效果所在位置】光盘/Ch11/效果/酒吧海报.psd。

图 11-98

第12章 广告设计

广告以多样的形式出现在城市中，是城市商业发展的写照。广告一般通过电视、报纸、霓虹灯等媒体来发布。好的户外广告要强化视觉冲击力，抓住观众的视线。本章以多个题材的广告为例，讲解广告的设计方法和制作技巧。

课堂学习目标

- 了解广告的概念
- 了解广告的特点
- 了解广告的分类
- 掌握广告的设计思路
- 掌握广告的表现手段
- 掌握广告的制作技巧

12.1 广告设计概述

广告是为了某种特定的需要，通过一定的媒体形式公开而广泛地向公众传递信息的宣传手段。它的本质是传播，广告效果如图 12-1 所示。

图 12-1

12.1.1　广告的特点

广告不同于一般大众传播和宣传活动，主要表现如下。

（1）广告是一种传播工具，是将某一项商品的信息，由这项商品的生产或经营机构（广告主）传送给一群用户和消费者。

（2）做广告需要付费。

（3）广告进行的传播活动是带有说服性的。

（4）广告是有目的、有计划，是连续的。

（5）广告不仅对广告主有利，而且对目标对象也有好处，它可使用户和消费者得到有用的信息。

12.1.2　广告的分类

由于分类的标准不同，看待问题的角度各异，导致广告的种类很多。

（1）以传播媒介为标准可分为：报纸广告、杂志广告、电视广告、电影广告、网络广告、包装广告、广播广告、招贴广告、POP 广告、交通广告、直邮广告等。随着新媒介的不断增加，依媒介划分的广告种类也会越来越多。

（2）以广告目的为标准可分为：产品广告、企业广告、品牌广告、观念广告、公益广告。

（3）以广告传播范围为标准可分为：国际性广告、全国性广告、地方性广告、区域性广告。

12.2 咖啡广告

12.2.1　案例分析

“咖啡”（Coffee）一词源自希腊语“Kaweh”，意思是“力量与热情”。喝咖啡可以放松心情、缓解疲劳。目前世界上很多国家，都有自己的咖啡文化，对制作和饮用咖啡也是颇有讲究。本例是为一家咖啡厅设计的宣传广告，在设计的过程中要抓紧咖啡这种饮品和现代都市生活文化的联系，表现出轻松自然、浪漫温馨的气氛。

在设计思路上，利用咖啡厅图片的模糊效果为背景，表现出自然时尚的咖啡文化氛围。通过装饰图形和咖啡产品图片的完美结合突出显示广告主体，咖啡杯的香气缭绕制造出了轻松惬意之感。精心设计的广告语使广告诉求更加清晰准确。右下角的咖啡厅标志和名称告诉广告受众这样美妙的地方就是这家咖啡厅。

本例将使用椭圆选框工具和矩形选框工具绘制装饰图形，使用文字工具和字符面板添加装饰文字，使用移动工具和羽化命令制作咖啡杯的合成效果，使用钢笔工具和图层的不透明度命令制作咖啡香气。

12.2.2 案例设计

本案例设计流程如图 12-2 所示。

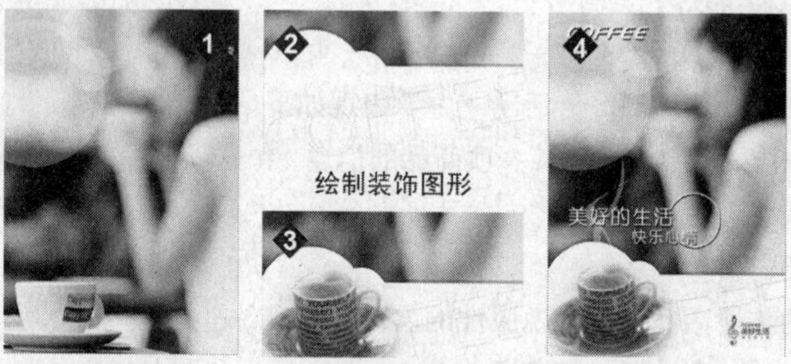

背景图　　编辑素材图片　　最终效果

图 12-2

12.2.3 案例制作

1. 添加图片并制作形状图形

（1）按 Ctrl+O 组合键，打开光盘中的“Ch12 > 素材 > 咖啡广告 > 01”文件，效果如图 12-3 所示。单击“图层”控制面板下方的“创建新图层”按钮，生成新的图层并将其命名为“形状”。将前景色设为白色。选择“矩形选框”工具，在图像窗口下方绘制矩形选区，如图 12-4 所示。

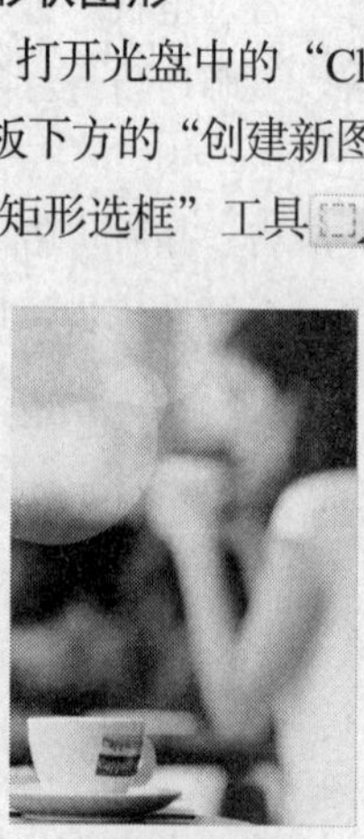

图 12-3

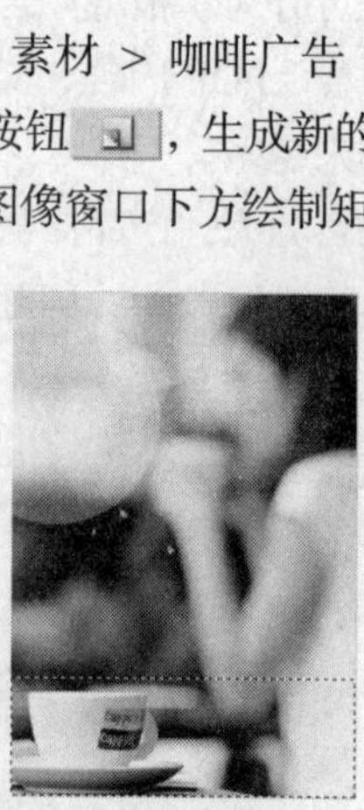

图 12-4

（2）选择“椭圆选框”工具，单击属性栏中的“添加到选区”按钮，在矩形选区上方拖曳鼠标绘制圆形选区，如图 12-5 所示。再次绘制圆形选区，效果如图 12-6 所示。

图 12-5

图 12-6

（3）按 Alt+Delete 组合键，用前景色填充选区，按 Ctrl+D 组合键，取消选区。单击“图层”控制面板下方的“添加图层样式”按钮，在弹出的菜单中选择“投影”命令，在弹出的对话框中进行设置，如图 12-7 所示，单击“确定”按钮，效果如图 12-8 所示。

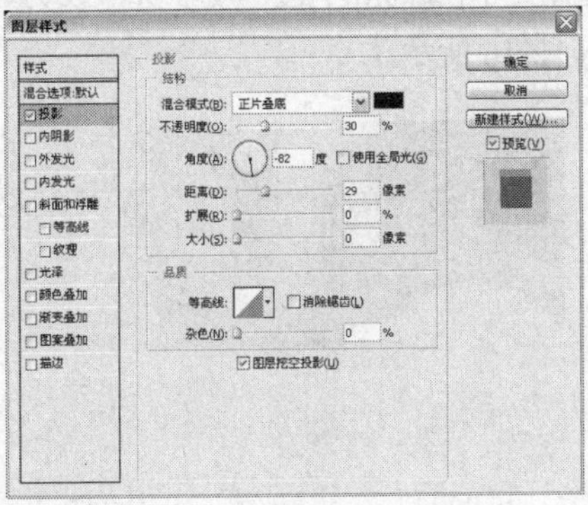

图 12-7

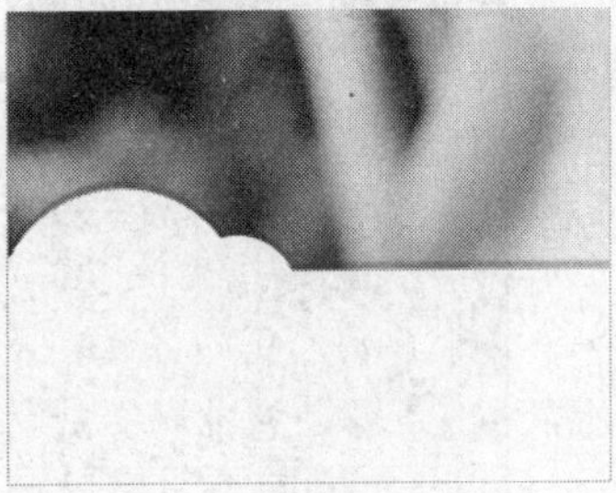

图 12-8

2. 编辑文字

（1）选择“横排文字”工具，输入需要的黑色文字并将其选取，在属性栏中选择合适的字体并设置文字大小，如图 12-9 所示，在“图层”控制面板中生成新的文字图层。按 Ctrl+T 组合键，弹出“字符”面板，单击“仿粗体”按钮，如图 12-10 所示，文字效果如图 12-11 所示。

图 12-9

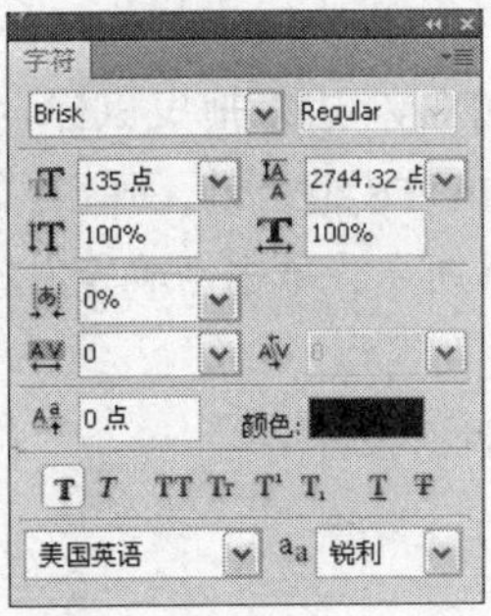

图 12-10

图 12-11

（2）选择“移动”工具，选取文字。按 Ctrl+T 组合键，文字周围出现变换框，将鼠标光标放在变换框的控制手柄外边，光标变为旋转图标，拖曳鼠标将文字旋转至适当的角度，按 Enter 键确定操作，效果如图 12-12 所示。

（3）单击“图层”控制面板下方的“添加图层样式”按钮 fx.，在弹出的菜单中选择“投影”命令，在弹出的对话框中进行设置，如图 12-13 所示，单击“确定”按钮，效果如图 12-14 所示。

图 12-12

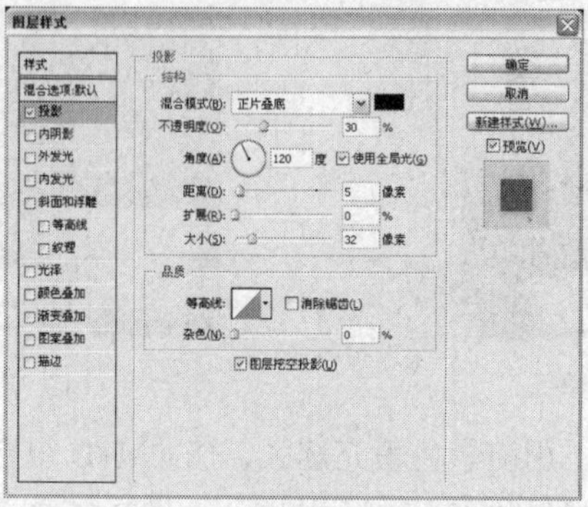

图 12-13

图 12-14

（4）在“图层”控制面板上方，将“COFFEE”图层的“不透明度”选项设为 60%，“填充”选项设为 0%，如图 12-15 所示，图像效果如图 12-16 所示。

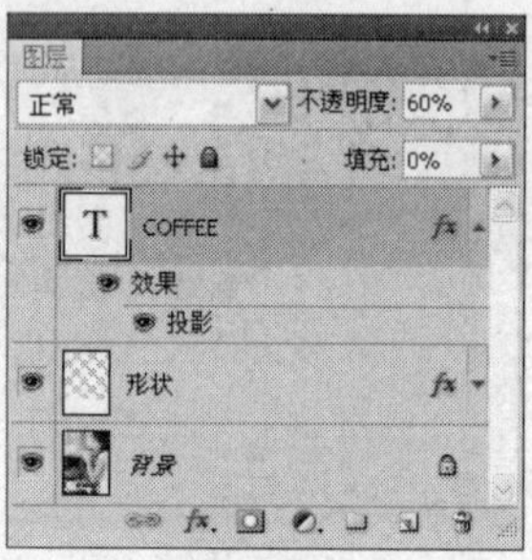

图 12-15

图 12-16

3. 制作装饰图形

（1）按 Ctrl+O 组合键，打开光盘中的“Ch12 > 素材 > 咖啡广告 > 02”文件，选择“移动”工具，将咖啡图片拖曳到图像窗口的左下方，效果如图 12-17 所示，在“图层”控制面板中生成新的图层并将其命名为“咖啡杯”。

图 12-17

（2）选择“套索”工具，沿着咖啡杯边缘拖曳鼠标，绘制不规则选区，如图 12-18 所示。按 Shift+F6 组合键，弹出“羽化选区”对话框，选项的设置如图 12-19 所示，单击“确定”按钮，效果如图 12-20 所示。

图 12-18

图 12-19

图 12-20

（3）单击“图层”控制面板下方的“添加图层蒙版”按钮，为“咖啡杯”图层添加蒙版，如图 12-21 所示，效果如图 12-22 所示。

图 12-21

图 12-22

（4）单击“图层”控制面板下方的“创建新图层”按钮，生成新的图层并将其命名为“线条 1”。选择“钢笔”工具，在咖啡杯上方绘制路径，如图 12-23 所示。

（5）按 Ctrl+Enter 组合键，将路径转换为选区。按 Alt+Delete 组合键，用白色填充选区。按 Ctrl+D 组合键，取消选区，效果如图 12-24 所示。在“图层”控制面板上方，将“线条 1”图层的“不透明度”选项设为 40%，效果如图 12-25 所示。

图 12-23

图 12-24

图 12-25

（6）单击“图层”控制面板下方的“创建新图层”按钮，生成新的图层并将其命名为“线条 2”。选择“钢笔”工具，用相同的方法绘制路径，并将路径转换为选区，用白色填充选区并取消选区，效果如图 12-26 所示。

（7）在“图层”控制面板上方，将“线条 2”图层的“不透明度”选项设为 40%，图像效果如图 12-27 所示。

图 12-26

图 12-27

4. 编辑文字并制作圆环图形

（1）选择“横排文字”工具，输入需要的白色文字并将其选取，在属性栏中选择合适的字体并设置文字大小，如图 12-28 所示，在“图层”控制面板中生成新的文字图层。按 Ctrl+T 组合键，弹出“字符”面板，将“设置所选字符的字距调整”选项设为 100，并单击“全部大写字母”按钮，如图 12-29 所示，文字效果如图 12-30 所示。

图 12-28

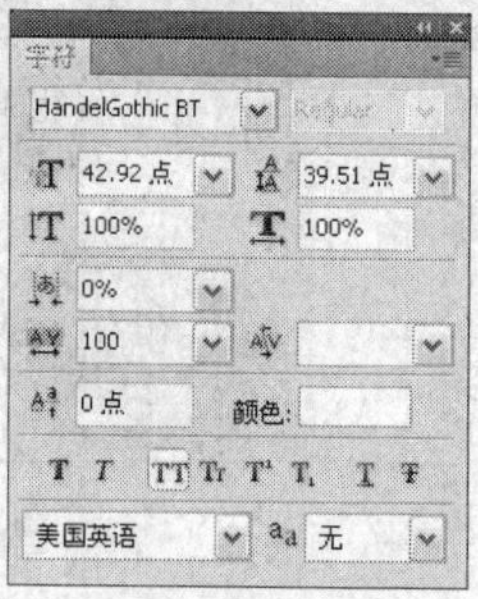

图 12-29

图 12-30

（2）选择“移动”工具，按 Ctrl+T 组合键，文字周围出现变换框，按住 Ctrl 键的同时，向右拖曳变换框右上方的控制手柄，使文字斜切变形，按 Enter 键确定操作，效果如图 12-31 所示。

（3）单击“图层”控制面板下方的“添加图层样式”按钮，在弹出的菜单中选择“投影”命令，在弹出的对话框中进行设置，如图 12-32 所示，单击“确定”按钮，效果如图 12-33 所示。

图 12-31

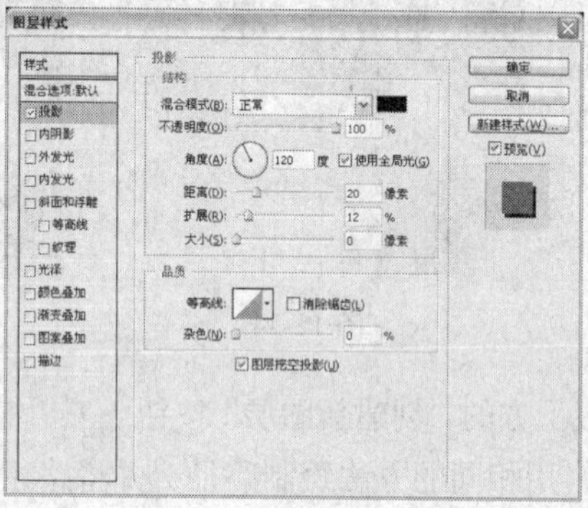

图 12-32

图 12-33

（4）按 Ctrl+O 组合键，打开光盘中的“Ch12 > 素材 > 咖啡广告 > 03、04”文件，选择“移动”工具，分别拖曳图片到图像窗口的适当位置，如图 12-34 所示，在“图层”控制面板中分别生成新的图层并将其命名为“文字”、“装饰”，如图 12-35 所示。咖啡广告制作完成。

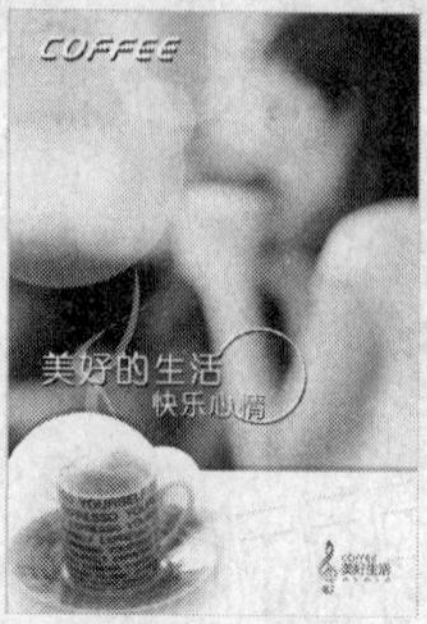

图 12-34

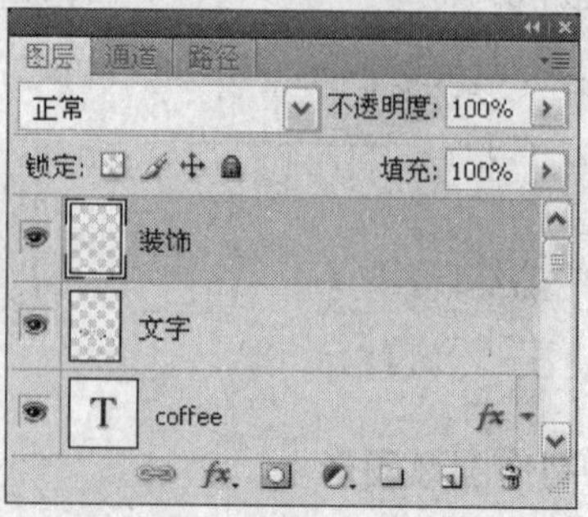

图 12-35

12.3 房地产广告

12.3.1 案例分析

每个人都希望买到称心如意的房子，每个家庭都希望住在舒适温馨的环境中。房地产公司的责任就是要为大众建设高品质的生活社区。本例是为房地产项目设计制作的广告，在广告设计中要体现出清新自然的居住环境和时尚现代的建筑风格。

在设计思路上，从整体环境入手，通过大片的云彩来展示大自然的清新氛围，使用花瓣素材寓意项目的文化感。通过楼房素材图片显示广告主体楼盘，表现出安全稳重之感。添加广告语和介绍性文字详细介绍房屋的居住环境和建筑特色，点明项目的设计主题。

本例将使用图层蒙版和画笔工具擦除不需要的建筑图像。使用外发光命令为建筑添加外发光效果。使用动感模糊滤镜命令制作楼房的模糊效果。使用横排文字工具和投影命令添加宣传性文字。

12.3.2 案例设计

本案例设计流程如图 12-36 所示。

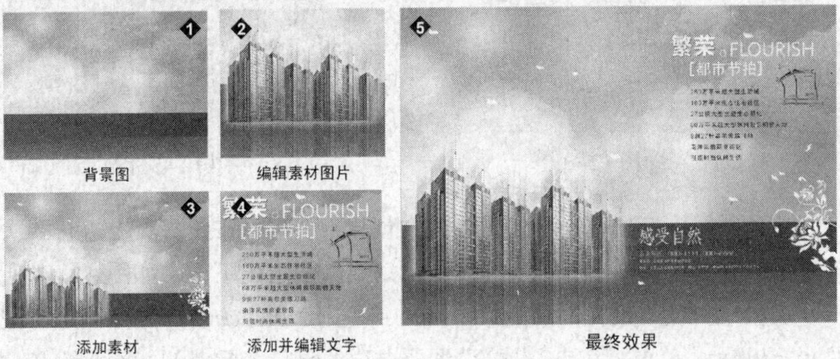

图 12-36

12.3.3 案例制作

1. 添加并编辑图片

（1）按 Ctrl+O 组合键，打开光盘中的“Ch12 > 素材 > 房地产广告 > 01、02”文件，选择“移动”工具，将 02 素材图片拖曳到 01 素材的图像窗口中，效果如图 12-37 所示，在“图层”控制面板中生成新的图层并将其命名为“房屋”，如图 12-38 所示。

图 12-37

（2）单击“图层”控制面板下方的“添加图层蒙版”按钮，为“房屋”图层添加蒙版。选择“画笔”工具，在属性栏中单击“画笔”选项右侧的按钮，弹出画笔选择面板，选择需要的画笔形状，如图 12-39 所示。在图片右侧拖曳鼠标擦除不需要的图像，效果如图 12-40 所示。

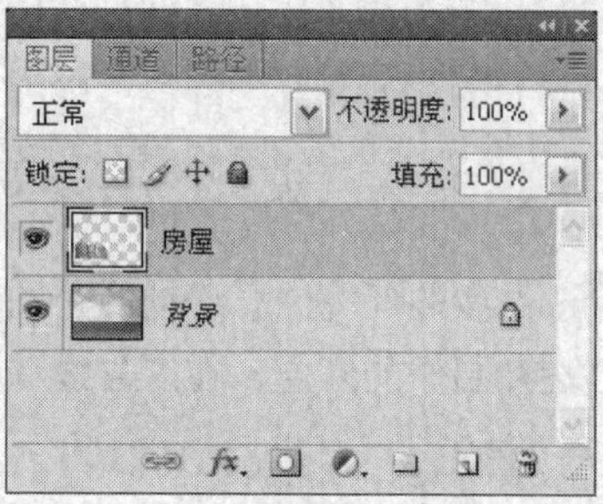

图 12-38

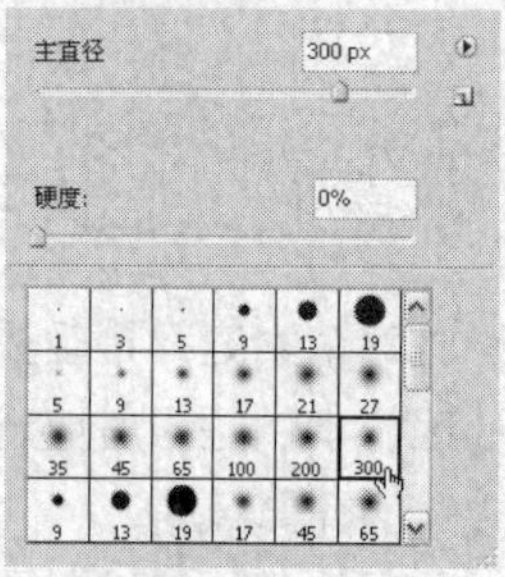

图 12-39

图 12-40

（3）单击“图层”控制面板下方的“添加图层样式”按钮，在弹出的菜单中选择“外发光”命令，弹出对话框，将“发光颜色”设为白色，其他选项的设置如图 12-41 所示，单击“确定”按钮，效果如图 12-42 所示。

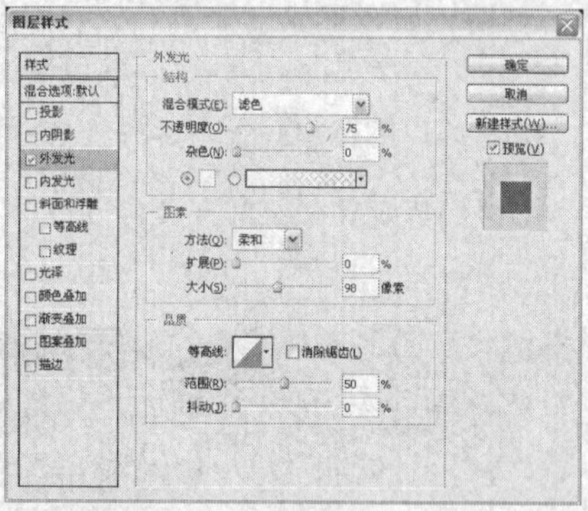

图 12-41

图 12-42

（4）将“房屋”图层拖曳到控制面板下方的“创建新图层”按钮上进行两次复制，生成两个新的副本图层。将“房屋副本”图层拖曳到“房屋”图层的下方，如图 12-43 所示。分别将“房屋 副本”、“房屋 副本 2”的“图层效果”拖曳到控制面板下方的“删除图层”按钮上进行删除，如图 12-44 所示。单击“房屋 副本 2”图层左边的眼睛图标，隐藏图层，效果如图 12-45 所示。

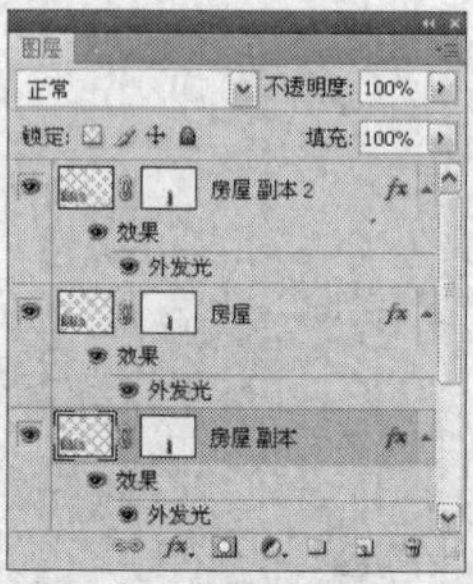

图 12-43

图 12-44

图 12-45

（5）选择“滤镜 > 模糊 > 动感模糊”命令，在弹出的对话框中进行设置，如图 12-46 所示，单击“确定”按钮，效果如图 12-47 所示。

（6）显示并选择“房屋 副本 2”图层。按 Ctrl+T 组合键，图像周围出现变换框，在变换框内单击鼠标右键，在弹出的菜单中选择“垂直翻转”命令，并将图形垂直向下拖曳到适当的位置，按 Enter 键确认操作，效果如图 12-48 所示。

（7）在“图层”控制面板上方，将“房屋 副本 2”图层的“不透明度”选项设为 23%，效果如图 12-49 所示。

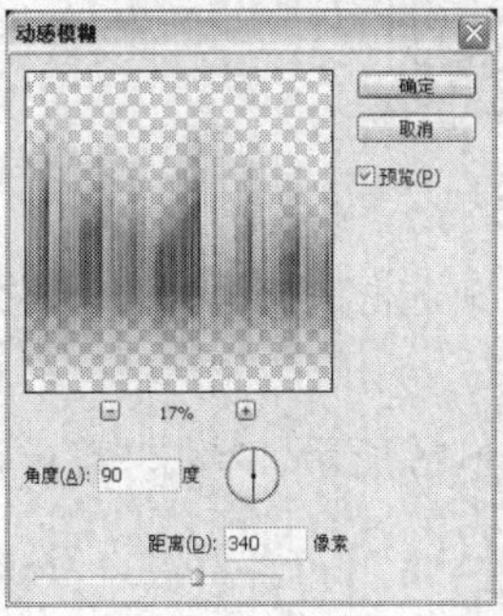

图 12-46

图 12-47

图 12-48

图 12-49

（8）按 Ctrl+O 组合键，打开光盘中的“Ch12 > 素材 > 房地产广告 > 03”文件，选择“移动”工具，将花纹图形拖曳到图像窗口的右下方，效果如图 12-50 所示，在“图层”控制面板中生成新的图层并将其命名为“花纹”。

（9）按 Ctrl+O 组合键，打开光盘中的“Ch12 > 素材 > 房地产广告 > 04”文件，选择“移动”工具，将花瓣图形拖曳到图像窗口的中心位置，效果如图 12-51 所示，在“图层”控制面板中生成新的图层并将其命名为“花瓣”。

图 12-50

图 12-51

2. 添加文字

（1）单击“图层”控制面板下方的“创建新组”按钮，生成新的图层组并将其命名为“文字 1”。选择“横排文字”工具，输入需要的白色文字并将其选取，在属性栏中选择合适的字体并设置文字大小，效果如图 12-52 所示，在“图层”控制面板中生成新的文字图层。

图 12-52

（2）单击“图层”控制面板下方的“添加图层样式”按钮，在弹出的菜单中选择“投影”命令，在弹出的对话框中进行设置，如图 12-53 所示，单击“确定”按钮，效果如图 12-54 所示。

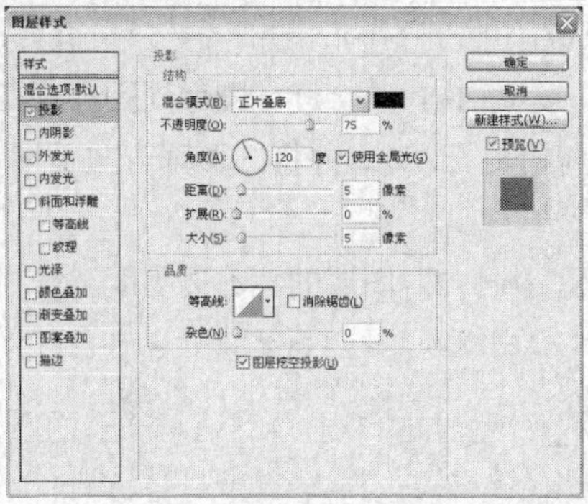

图 12-53

图 12-54

（3）新建图层并将其命名为“圆环”。将前景色设为白色。选择“椭圆选框”工具，按住 Shift 键的同时，拖曳鼠标绘制圆形选区，效果如图 12-55 所示。

（4）选择“编辑 > 描边”命令，在弹出的对话框中进行设置，如图 12-56 所示，单击“确定”按钮。按 Ctrl+D 组合键，取消选区，效果如图 12-57 所示。

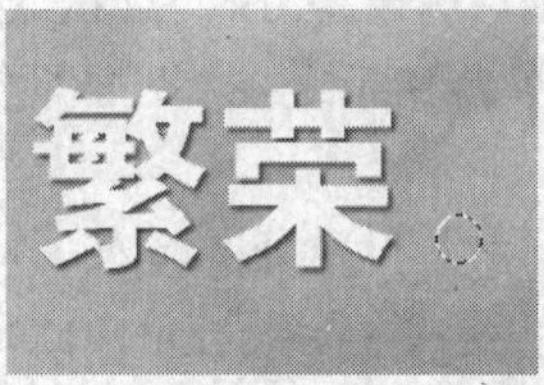

图 12-55

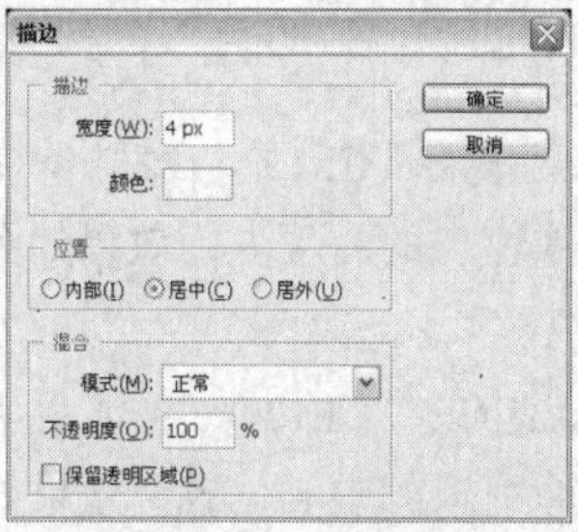

图 12-56

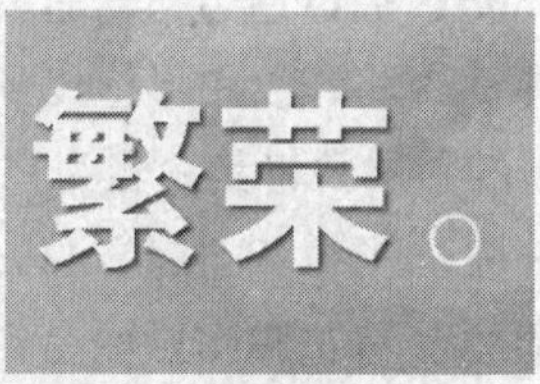

图 12-57

（5）选择“横排文字”工具，输入需要的白色文字并将其选取，在属性栏中选择合适的字体并设置文字大小，如图 12-58 所示，在“图层”控制面板中分别生成新的文字图层。

（6）选择“横排文字”工具，输入需要的黑色文字并将其选取，在属性栏中选择合适的字体并设置文字大小，如图 12-59 所示，在“图层”控制面板中生成新的文字图层。

（7）选择“窗口 > 字符”命令，弹出“字符”面板，选项的设置如图 12-60 所示，文字效果如图 12-61 所示。

图 12-58

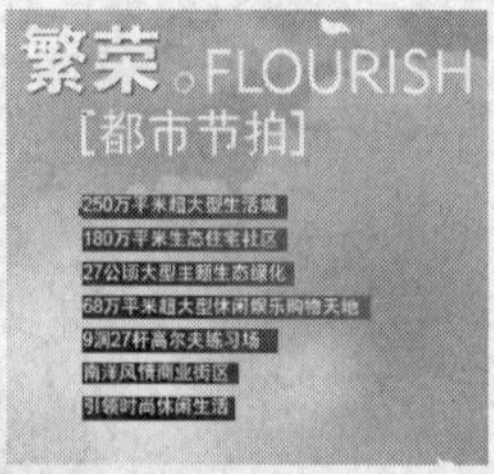

图 12-59

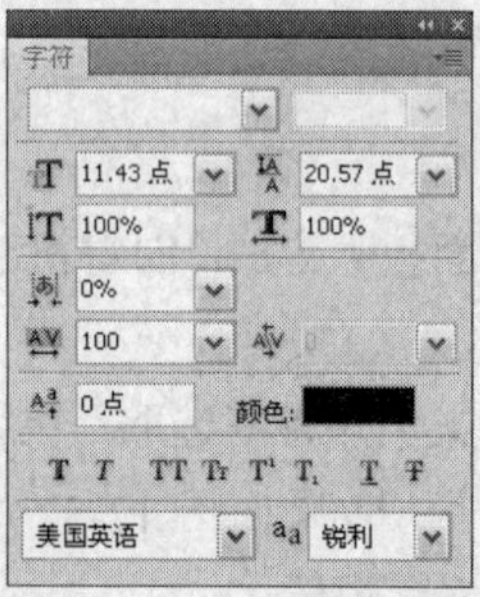

图 12-60

图 12-61

（8）选择“横排文字”工具，分别选取文字“250”、“180”、“27”、“68”、“9”、“27”，并填充文字为暗绿色（其 R、G、B 的值分别为 47、70、7），取消选取状态，文字效果如图 12-62 所示。

（9）按 Ctrl+O 组合键，打开光盘中的“Ch12 > 素材 > 房地产广告 > 05”文件，选择“移动”工具，将地图图形拖曳到图像窗口的右上方，在“图层”控制面板中生成新的图层并将其命名为“地图”。将该图层的混合模式选项设为“正片叠底”，效果如图 12-63 所示。“文字 1”图层组效果制作完成。

图 12-62

图 12-63

（10）单击“图层”控制面板下方的“创建新组”按钮，生成新的图层组并将其命名为“文字 2”。选择“横排文字”工具T，输入需要的白色文字并将其选取，在属性栏中选择合适的字体并设置文字大小，按 Alt+ ←组合键，适当地调整文字间距，如图 12-64 所示，在“图层”控制面板中生成新的文字图层。

（11）选择“横排文字”工具T，输入需要的文字并将其选取，在属性栏中选择合适的字体并设置文字大小，填充文字为墨绿色（其 R、G、B 的值分别为 17、48、50），如图 12-65 所示，在“图层”控制面板中生成新的文字图层。

图 12-64

图 12-65

（12）选择“横排文字”工具T，分别输入需要的文字并将其选取，在属性栏中选择合适的字体并设置文字大小，分别填充文字适当的颜色，并调整文字的间距，如图 12-66 所示，在“图层”控制面板中分别生成新的文字图层，如图 12-67 所示。“文字 2”图层组效果制作完成。房地产广告制作完成，效果如图 12-68 所示。

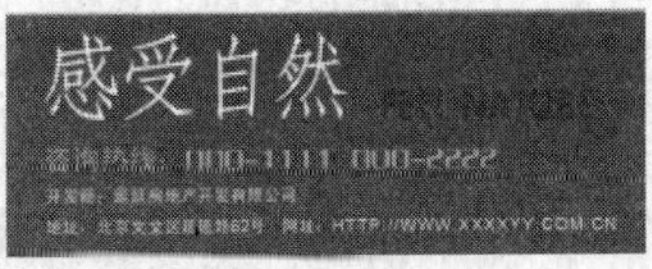

图 12-66

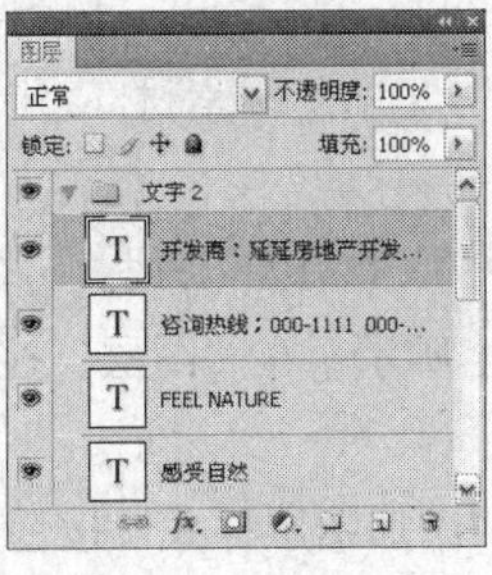

图 12-67

图 12-68

12.4 牙膏广告

12.4.1 案例分析

牙膏可以对抗很多的口腔问题，如防蛀修护、减少牙龈问题、牙齿敏感和牙结石的形成，更能去除牙菌斑、清新口气、洁白牙齿等。本例是一个牙膏宣传广告，主要针对的客户是经常洁净牙齿、保护口腔的普通大众。在广告设计上要表现出口腔健康，生活更健康的概念。

在设计思路上，使用浅蓝色的天空和绿色大地展示出清新秀丽、自然健康的氛围。青年人物图片的使用给人以活泼、积极、快乐生活的理念。主体变形文字给人以柔和清爽的感觉，并与牙膏的图片相呼应，点明保持洁净牙齿，拥有健康生活的主题。

本例将使用亮度/对比度命令调整人物图片的颜色。使用横排文字工具、钢笔工具和添加图层样式命令制作广告语。使用扩展命令和渐变工具制作广告语底图。使用横排文字工具和描边命令添加小标题。

12.4.2 案例设计

本案例设计流程如图 12-69 所示。

背景图　　编辑文字　　最终效果

图 12-69

12.4.3 案例制作

1. 添加背景图片

（1）按 Ctrl+O 组合键，打开光盘中的“Ch12 > 素材 > 牙膏广告 > 01”文件，效果如图 12-70 所示。

（2）按 Ctrl+O 组合键，打开光盘中的“Ch12 > 素材 > 牙膏广告 > 02”文件，将人物图片拖曳到图像窗口的下方，效果如图 12-71 所示，在“图层”控制面板中生成新的图层并将其命名为“人物”。

（3）单击“图层”控制面板下方的“添加图层样式”按钮 fx.，在弹出的菜单中选择“投影”命令，在弹出的对话框中进行设置，如图 12-72 所示，单击“确定”按钮，效果如图 12-73 所示。

图 12-70

图 12-71

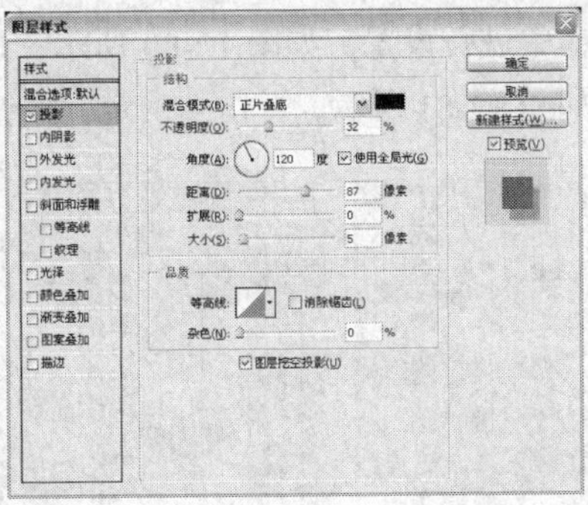

图 12-72

图 12-73

（4）按住 Ctrl 键的同时，单击“人物”图层的图层缩览图，人物周围生成选区。单击“图层”控制面板下方的“创建新的填充或调整图层”按钮，在弹出的菜单中选择“亮度/对比度”命令，“图层”控制面板中生成“亮度/对比度 1”图层，同时弹出“亮度/对比度”面板，在面板中进行设置，如图 12-74 所示，效果如图 12-75 所示。

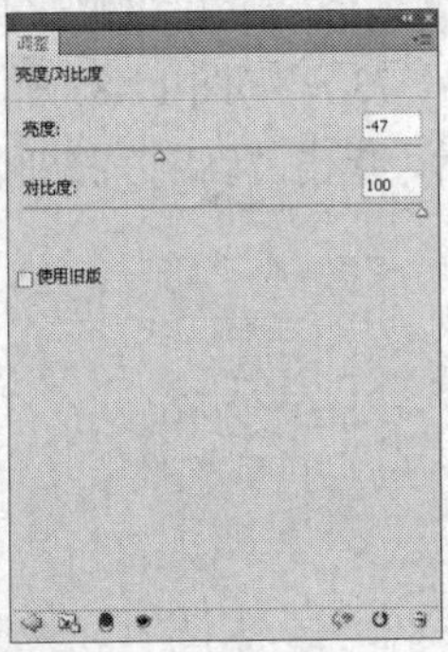

图 12-74

图 12-75

2. 编辑文字并添加图片

（1）选择“横排文字”工具，输入需要的文字并将其选取，在属性栏中选择合适的字体并设置文字大小，如图 12-76 所示，在“图层”控制面板中生成新的文字图层。按 Ctrl+T 组合键，弹出“字符”面板，将“设置所选字符的字距调整”选项设为 20，如图 12-77 所示，文字效果如图 12-78 所示。

（2）选择“移动”工具，按 Ctrl+T 组合键，文字周围出现变换框，按住 Ctrl 键的同时，拖曳变换框右上方的控制手柄，使文字斜切变形，按 Enter 键确定操作，效果如图 12-79 所示。

图 12-76

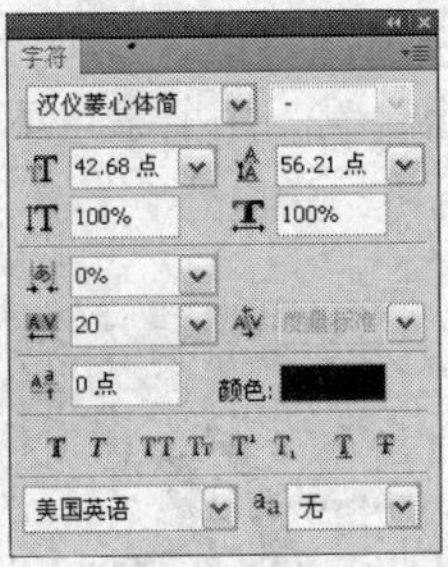

图 12-77

图 12-78

图 12-79

（3）单击“图层”控制面板下方的“添加图层样式”按钮，在弹出的菜单中选择“投影”

命令，在弹出的对话框中进行设置，如图 12-80 所示；选择“斜面和浮雕”选项，切换到相应的对话框，选项的设置如图 12-81 所示，单击“确定”按钮，效果如图 12-82 所示。

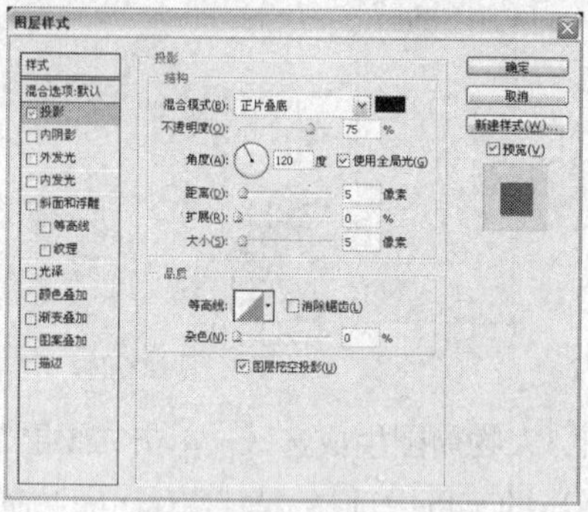

图 12-80

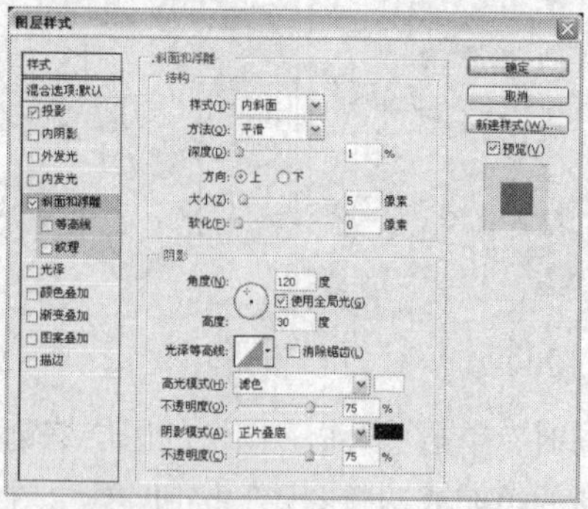

图 12-81

图 12-82

（4）单击“图层”控制面板下方的“添加图层样式”按钮 fx，在弹出的菜单中选择“渐变叠加”命令，弹出对话框，单击“点按可编辑渐变”按钮，弹出“渐变编辑器”对话框，将渐变色设为从白色到黄色（其 R、G、B 的值分别为 255、243、73），如图 12-83 所示，单击“确定”按钮。返回到“渐变叠加”对话框，选项的设置如图 12-84 所示，单击“确定”按钮，效果如图 12-85 所示。

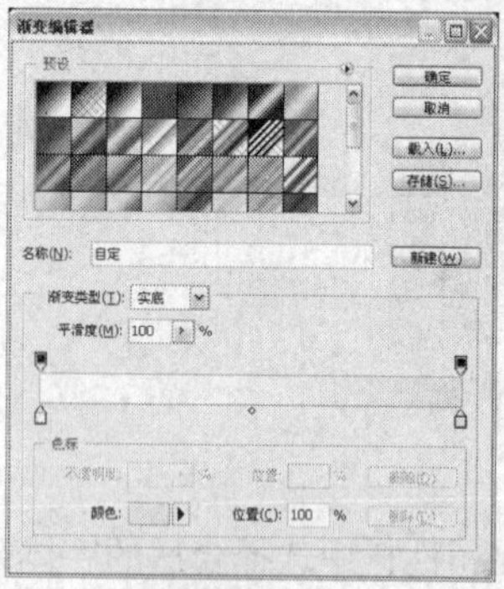

图 12-83

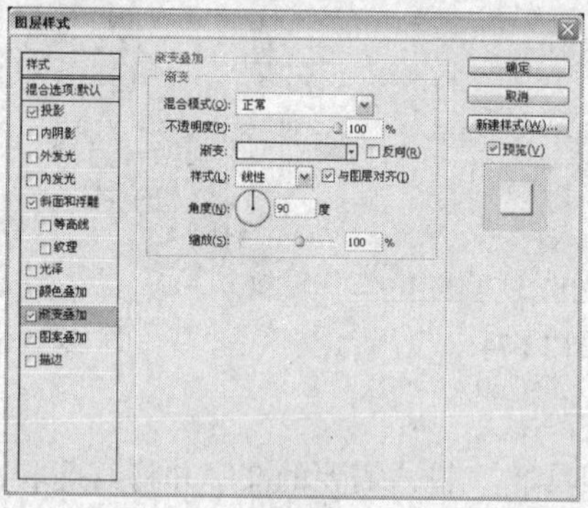

图 12-84

图 12-85

（5）新建图层并将其命名为“形状 1”。按 D 键，将工具箱中的前景色和背景色恢复为默认的黑白两色。选择“钢笔”工具，单击属性栏中的“路径”按钮，在图像窗口中拖曳鼠标绘制路径，如图 12-86 所示。按 Ctrl+Enter 组合键，将路径转换为选区。按 Alt+Delete 组合键，用前景色填充选区。按 Ctrl+D 组合键，取消选区，效果如图 12-87 所示。

（6）新建图层并将其命名为“形状 2”。选择“钢笔”工具，在图像窗口中绘制路径。按 Ctrl+Enter 组合键，将路径转换为选区。按 Alt+Delete 组合键，用前景色填充选区，取消选区后，效果如图 12-88 所示。

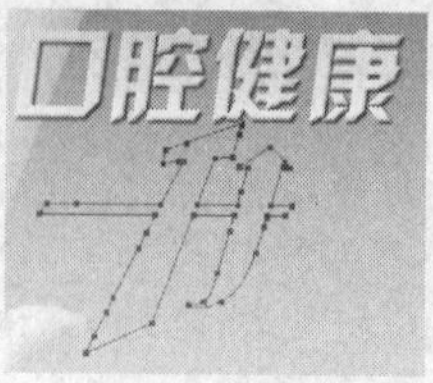

图 12-86

图 12-87

图 12-88

（7）选择“横排文字”工具T，输入需要的文字并将其选取，在属性栏中选择合适的字体并设置文字大小，在“图层”控制面板中生成新的文字图层。在“字符”面板中，将“设置所选字符的字距调整”选项AV设为 20，文字效果如图 12-89 所示。

图 12-89

（8）选择“移动”工具，按 Ctrl+T 组合键，文字周围出现变换框，按住 Ctrl 键的同时，拖曳变换框右上方的控制手柄，使文字斜切变形，按 Enter 键确定操作，效果如图 12-90 所示。

图 12-90

（9）新建图层并将其命名为“形状 3”。选择“钢笔”工具，用上述所讲的方法，在文字下方分别绘制不规则路径。按 Ctrl+Enter 组合键，路径转换为选区，用前景色填充选区，取消选区后，效果如图 12-91 所示。

（10）在“图层”控制面板中，按住 Shift 键的同时，选取“形状 1”和“形状 2”图层，按 Ctrl+E 组合键，合并图层，并将其命名为“升”，效果如图 12-92 所示。

图 12-91

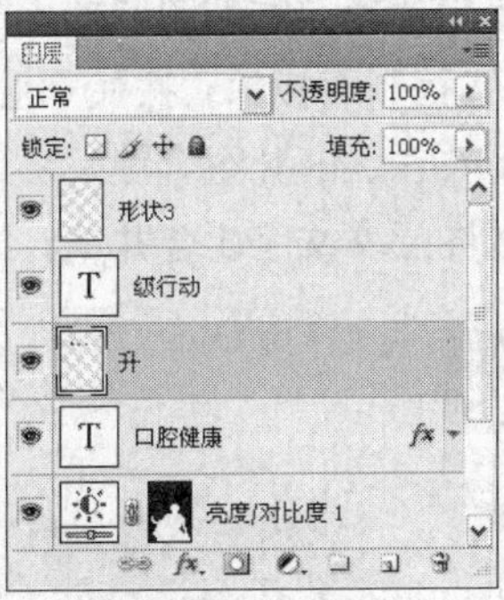

图 12-92

（11）单击“图层”控制面板下方的“添加图层样式”按钮fx，在弹出的菜单中选择“投影”命令，在弹出的对话框中进行设置，如图 12-93 所示；选择“渐变叠加”选项，切换到相应的对话框，单击“点按可编辑渐变”按钮，弹出“渐变编辑器”对话框，在“位置”选项中分别输入 0、88 两个位置点，分别设置两个位置点颜色的 RGB 值为：0（244、155、0），88（255、251、197），如图 12-94 所示，单击“确定”按钮。返回到“渐变叠加”对话框，选项的设置如图 12-95 所示，单击“确定”按钮，效果如图 12-96 所示。

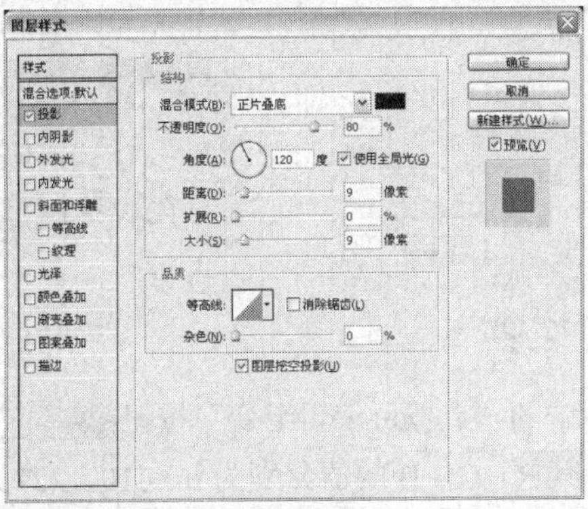

图 12-93

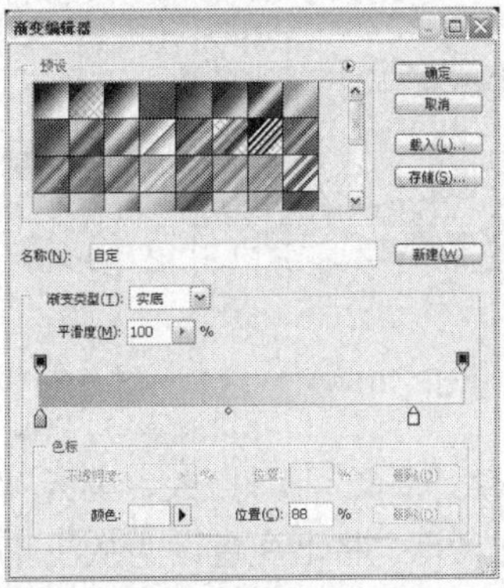

图 12-94

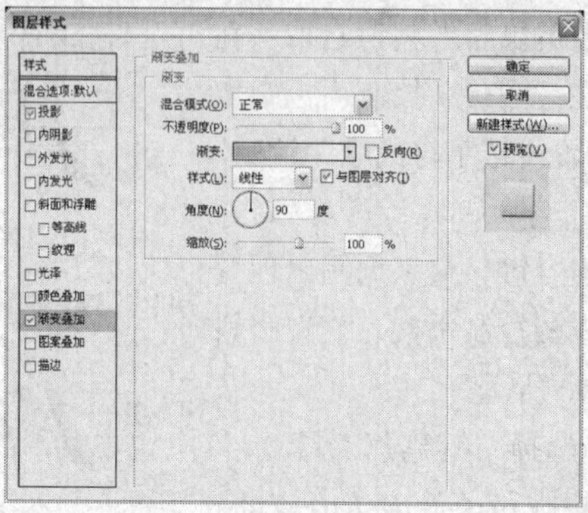

图 12-95

图 12-96

（12）在“图层”控制面板中，按住 Shift 键的同时，选择“级行动”和“形状 3”图层，按 Ctrl+E 组合键，合并图层并将其命名为“文字”，如图 12-97 所示。选择“移动”工具，在“升”图层上单击鼠标右键，在弹出的菜单中选择“拷贝图层样式”命令；在“文字”图层上单击鼠标右键，在弹出的菜单中选择“粘贴图层样式”命令，效果如图 12-98 所示。

（13）在“图层”控制面板中，按住 Shift 键，同时选择“文字”、“升”、“口腔健康”图层，如图 12-99 所示，按 Ctrl+Alt+E 组合键，将选中图层中的图像复制并合并到一个新的图层中，在控制面板中生成新的图层“文字（合并）”，如图 12-100 所示。

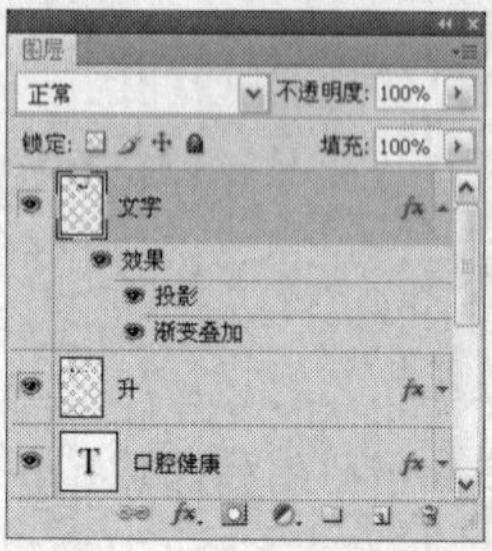

图 12-97

图 12-98

图 12-99

图 12-100

（14）在“图层”控制面板中，将“文字（合并）”图层拖曳到“升”图层的下方。按住 Ctrl 键的同时，单击“文字（合并）”图层的图层缩览图，文字周围生成选区，如图 12-101 所示。选择“选择 > 修改 > 扩展”命令，在弹出的对话框中进行设置，如图 12-102 所示，单击“确定”按钮，效果如图 12-103 所示。

图 12-101

图 12-102

图 12-103

（15）选择“渐变”工具，单击属性栏中的“点按可编辑渐变”按钮，弹出“渐变编辑器”对话框，将渐变色设为从浅蓝色（其 R、G、B 的值分别为 0、110、227）到蓝色（其 R、G、B 的值分别为 0、69、130），如图 12-104 所示，单击“确定”按钮。在选区中从左至右拖曳渐变色，按 Ctrl+D 组合键，取消选区，效果如图 12-105 所示。

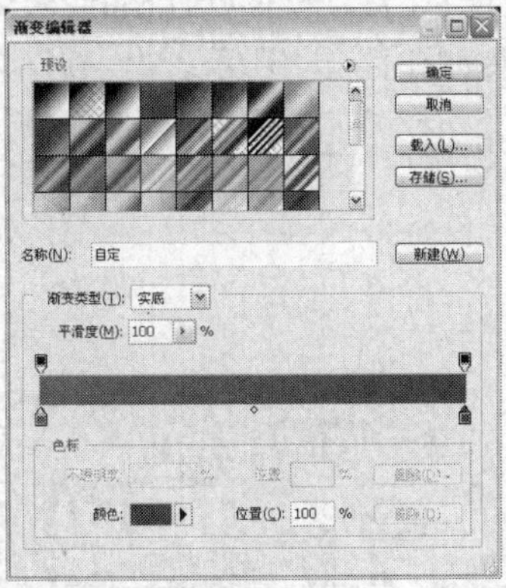

图 12-104

图 12-105

（16）单击“图层”控制面板下方的“添加图层样式”按钮，在弹出的菜单中选择“外发光”命令，弹出对话框，将发光颜色设为白色，其他选项的设置如图 12-106 所示，单击“确定”按钮，效果如图 12-107 所示。

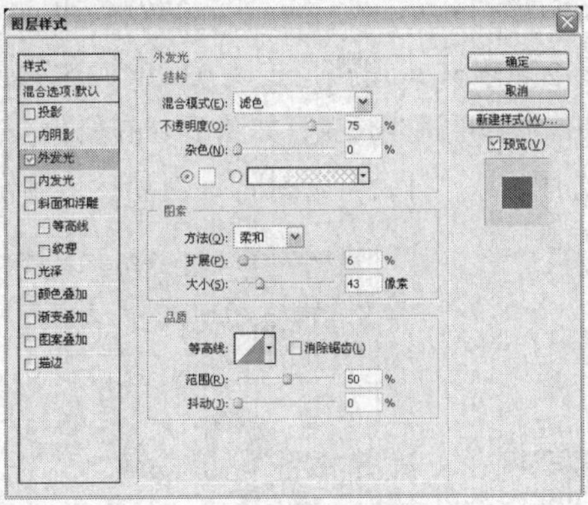

图 12-106

图 12-107

（17）选择“横排文字”工具，分别输入需要的文字，在属性栏中选择合适的字体并设置文字大小，在“图层”控制面板中分别生成新的文字图层。选择“移动”工具，分别选取文字图层。按 Ctrl+T 组合键，文字周围出现变换框，按住 Ctrl 键的同时，拖曳变换框右上方的控制手柄，使文字斜切变形，按 Enter 键确定操作，效果如图 12-108 所示。

（18）选择“横排文字”工具，分别选取文字，填充文字为白色。再次选取“大功能……”文字，在“字符”面板中，将“设置所选字符的字距调整”选项设为 100，文字效果如图 12-109 所示。

图 12-108

图 12-109

（19）单击“图层”控制面板下方的“添加图层样式”按钮 fx.，在弹出的菜单中选择“描边”命令，弹出对话框，将“描边颜色”设置为蓝色（其 R、G、B 值分别为 0、64、121），其他选项的设置如图 12-110 所示，单击“确定”按钮，效果如图 12-111 所示。

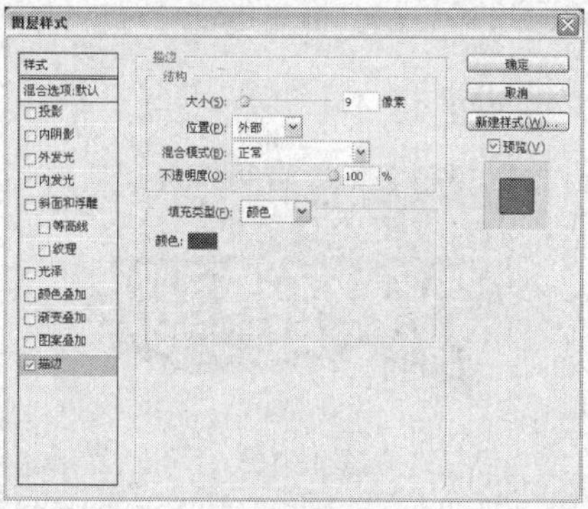

图 12-110

图 12-111

（20）在“大功能……”文字图层上单击鼠标右键，在弹出的菜单中选择“拷贝图层样式”命令，分别在“6”、“3”文字图层上单击鼠标右键，在弹出的菜单中选择“粘贴图层样式”命令，效果如图 12-112 所示。

（21）按 Ctrl+O 组合键，打开光盘中的“Ch12 > 素材 > 牙膏广告 >03、04、05”文件，选择“移动”工具，分别将 03、04、05 素材拖曳到图像窗口的适当位置，如图 12-113 所示，在“图层”控制面板中分别生成新的图层并将其命名为“装饰图像”、“牙膏”、“图形”。牙膏广告制作完成。

图 12-112

图 12-113

课堂练习 1——笔记本电脑广告

【练习知识要点】使用描边命令和钢笔工具编辑素材图片，使用剪贴蒙版命令将人物图片剪贴到主体对象中，使用椭圆工具和羽化选区命令绘制装饰图形，使用横排文字工具添加宣传性文字。笔记本电脑广告的效果如图 12-114 所示。

【效果所在位置】光盘/Ch12/效果/笔记本电脑广告.psd。

图 12-114

课堂练习 2——化妆品广告

【练习知识要点】使用渐变工具绘制背景效果，使用添加图层蒙版命令和渐变工具制作图片的渐隐效果，使用混合模式命令改变图片的颜色，使用画笔工具擦除不需要的图像，使用文字工具添加宣传性文字。化妆品广告效果如图 12-115 所示。

【效果所在位置】光盘/Ch12/效果/化妆品广告.psd。

图 12-115

课后习题——汽车广告

【习题知识要点】使用直线工具绘制装饰图形，使用动感模糊命令制作模糊效果，使用色相/饱和度命令改变图片的颜色，使用画笔工具绘制装饰图形，使用添加图层样式命令制作图片的立体效果，使用文字工具添加介绍性文字。汽车广告效果如图 12-116 所示。

【效果所在位置】光盘/Ch12/效果/汽车广告.psd。

图 12-116

第13章 书籍装帧设计

精美的书籍装帧设计可以使读者享受到阅读的愉悦。书籍装帧整体设计所考虑的项目包括开本设计、封面设计、版本设计、使用材料等内容。本章以多个主题的书籍设计为例，讲解封面的设计方法和制作技巧。

课堂学习目标

- 了解书籍装帧设计的概念
- 了解书籍装帧设计的结构
- 掌握书籍装帧的设计思路
- 掌握书籍装帧的表现手段
- 掌握书籍装帧的制作技巧

13.1 书籍装帧设计概述

书籍装帧设计是指书籍的整体设计。它包括的内容很多，其中封面、扉页和插图设计是其中的三大主体设计要素。

13.1.1 书籍结构图

书籍结构图效果如图 13-1 所示。

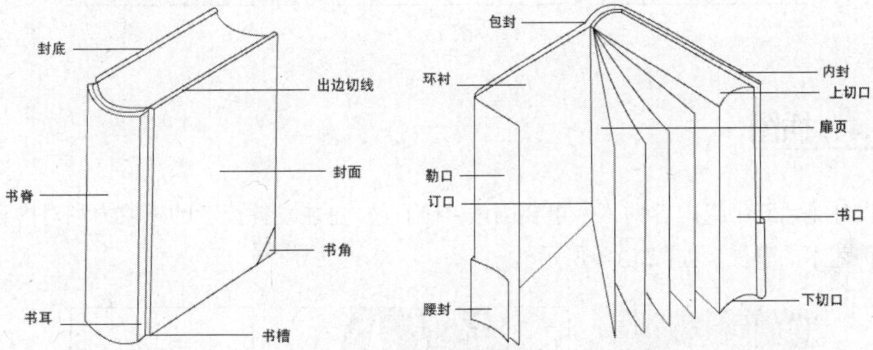

图 13-1

13.1.2 封面

封面是书籍的外表和标志，兼有保护书籍内文页和美化书籍外在形态的作用，是书籍装帧的重要组成部分，如图 13-2 所示。封面包括平装和精装两种。

要把握书籍的封面设计，就要注意把握书籍封面的 5 个要素：文字、材料、图案、色彩和工艺。

图 13-2

13.1.3 扉页

扉页是指封面或环衬页后的那一页。上面所载的文字内容与封面的要求类似，但要比封面文字的内容详尽。扉页的背面可以空白，也可以适当加一点图案作装饰点缀。

扉页除向读者介绍书名、作者名和出版社名外，还是书的入口和序曲，因而是书籍内部设计的重点。它的设计能表现出书籍的内容、时代精神和作者风格，如图 13-3 所示。

图 13-3

13.1.4　插图

插图设计是活跃书籍内容的一个重要因素。有了它，更能发挥读者的想象力和对内容的理解，并获得一种艺术的享受，如图 13-4 所示。

图 13-4

13.1.5　正文

书籍的核心和最基本的部分是正文，它是书籍设计的基础。正文设计的主要任务是方便读者，减少阅读的困难和疲劳，同时给读者以美的享受，如图 13-5 所示。

正文包括几大要素：开本、版芯、字体、行距、重点标志、段落起行、页码、页标题、注文以及标题。

图 13-5

13.2 化妆美容书籍设计

13.2.1 案例分析

彩妆是大概念，包括生活妆、宴会妆、透明妆、烟熏妆、舞台妆等，指的是用粉底、蜜粉、口红、眼影、胭脂等有颜色的化妆品化在脸上的妆。彩妆能改变形象，使自己的脸更漂亮，更令人关注。本书结合了作者的多年经验，是一本介绍如何化彩妆和选择护肤产品、美容工具以及使其效果得到最大发挥的"美容指南"。在封面设计上要表现出青春的气息和活力，创造出美的奇迹。

在设计思路上，白色的背景和淡蓝色的花卉图案相叠加，表现出彩妆文化的高雅。封面中间将女性图片放置在一个有装饰花边的椭圆形图案中，表现出女性在镜子中化妆的气氛。通过对书籍名称的设计与变形更好地与书的内容和主题相呼应，表现出书的时尚和青春气息。封面中粉色的应用更显示出了女性温柔美丽的天性。封底和书脊的设计与封面相呼应，使整个设计和谐统一，体现出时尚温馨的情调。

本例将使用新建参考线命令制作参考线。使用椭圆工具、内阴影命令和创建剪贴蒙版命令制作封面相框图形。使用将选区转化为路径命令和画笔工具为相框添加描边。使用钢笔工具和自定形状工具绘制装饰图形。使用横排文字工具和描边命令添加封底文字。

13.2.2 案例设计

本案例设计流程如图 13-6 所示。

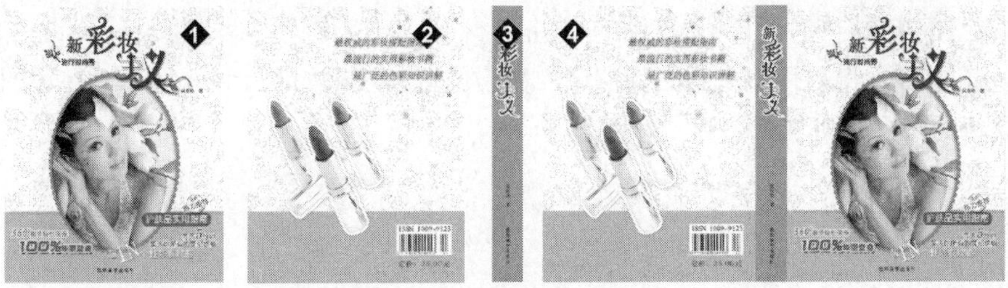

制作封面效果　　制作封底效果　　制作书脊效果　　最终效果

图 13-6

13.2.3 案例制作

1. 制作封面效果

（1）按 Ctrl+N 组合键，新建一个文件：宽度为 45.6 厘米，高度为 26.6 厘米，分辨率为 300 像素/英寸，颜色模式为 RGB，背景内容为白色，单击"确定"按钮。

（2）选择"视图 > 新建参考线"命令，在弹出的对话框中进行设置，如图 13-7 所示，单击"确定"按钮，效果如图 13-8 所示。用相同的方法在 21 厘米、24 厘米、45.3 厘米处新建参考线，效果如图 13-9 所示。

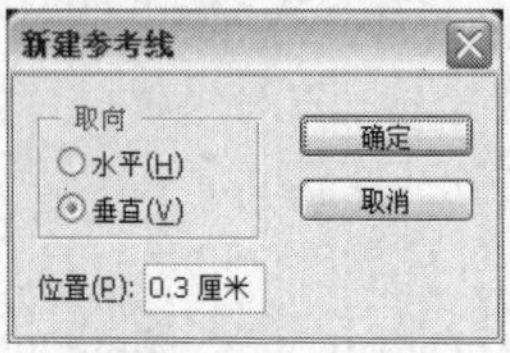

图 13-7

图 13-8

图 13-9

（3）选择“视图 > 新建参考线”命令，在弹出的对话框中进行设置，如图 13-10 所示，单击“确定”按钮，效果如图 13-11 所示。用相同的方法在 26.3 厘米处新建参考线，效果如图 13-12 所示。

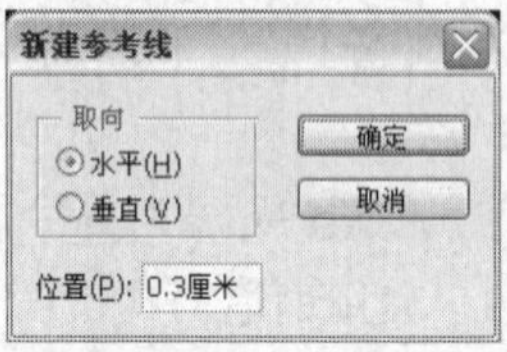

图 13-10

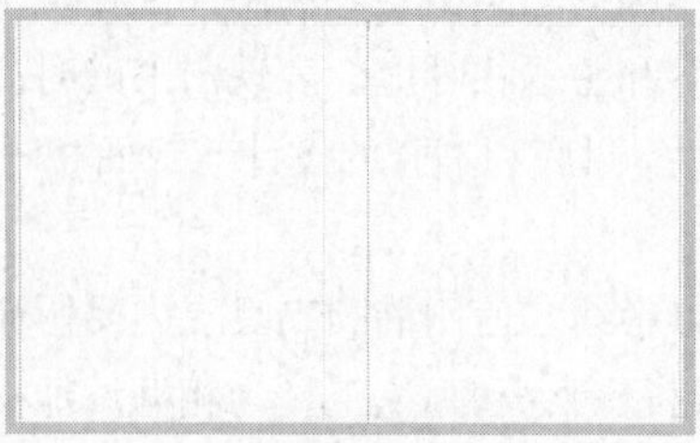

图 13-11

图 13-12

（4）单击“图层”控制面板下方的“创建新组”按钮，生成新的图层组并将其命名为“封面”。按 Ctrl+O 组合键，打开光盘中的“Ch13 > 素材 > 化妆美容书籍设计 > 01”文件，选择“移动”工具，将图片拖曳到图像窗口的适当位置，效果如图 13-13 所示，在“图层”控制面板中生成新的图层并将其命名为“底纹”。

（5）按 Ctrl+O 组合键，打开光盘中的“Ch13 > 素材 > 化妆美容书籍设计 > 02”文件，选择“移动”工具，将图片拖曳到图像窗口的适当位置，效果如图 13-14 所示，在“图层”控制面板中生成新的图层并将其命名为“彩色条”。

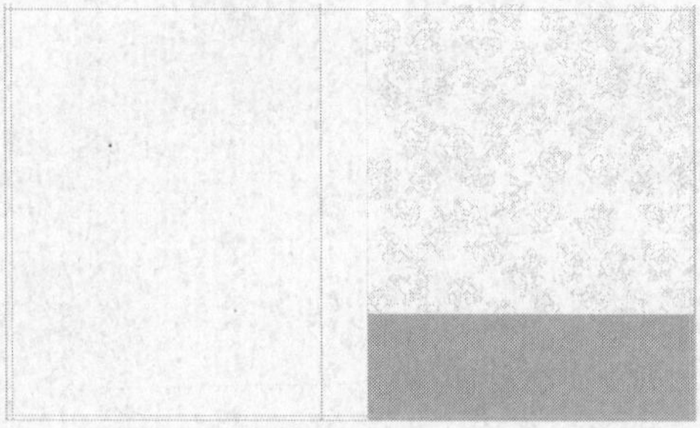

图 13-13

图 13-14

（6）新建图层并将其命名为“椭圆形”。将前景色设为淡黄色（其 R、G、B 的值分别为 255、241、211）。选择“椭圆”工具，单击属性栏中的“填充像素”按钮，在图像窗口中绘制椭圆形，如图 13-15 所示。

（7）单击“图层”控制面板下方的“添加图层样式”按钮 fx，在弹出的菜单中选择“内阴影”命令，弹出对话框，将阴影颜色设为暗红色（其 R、G、B 值分别为 111、7、7），其他选项的设置如图 13-16 所示，单击“确定”按钮，效果如图 13-17 所示。

图 13-15

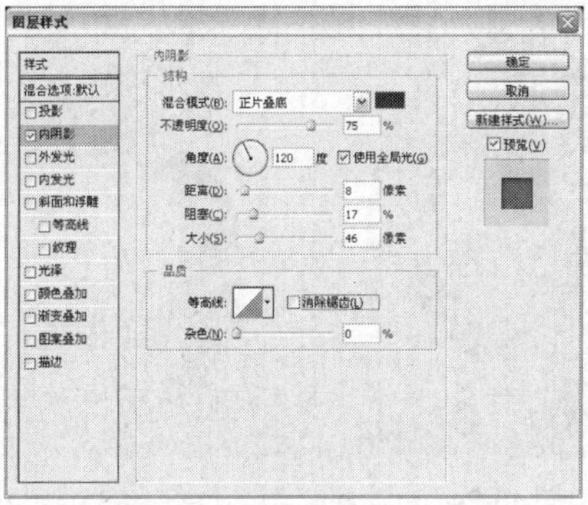

图 13-16

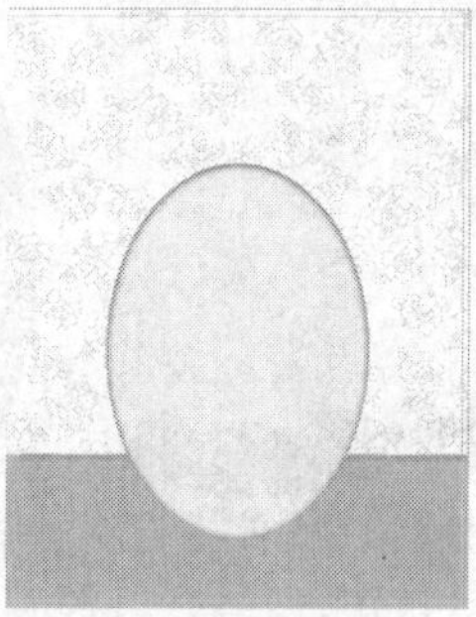

图 13-17

（8）按 Ctrl+O 组合键，打开光盘中的“Ch13 > 素材 > 化妆美容书籍设计 > 03”文件，选择“移动”工具，将人物图片拖曳到椭圆形上，效果如图 13-18 所示，在“图层”控制面板中生成新的图层并将其命名为“人物”。按住 Alt 键的同时，将鼠标放在“人物”图层和“椭圆形”图层的中间，鼠标光标变为图标，如图 13-19 所示，单击鼠标左键，创建剪贴蒙版，效果如图 13-20 所示。

图 13-18

图 13-19

图 13-20

（9）新建图层并将其命名为“边框”，拖曳到“椭圆形”图层的下方。将前景色设为红色（其 R、G、B 的值分别为 254、70、101）。按住 Ctrl 键的同时，单击“椭圆形”图层的缩览图，图像周围生成选区，如图 13-21 所示。在“路径”控制面板中，单击面板下方的“从选区生成工作路径”按钮，将选区转换为路径，效果如图 13-22 所示。

图 13-21

图 13-22

（10）选择“画笔”工具，单击属性栏中的“切换画笔面板”按钮，弹出“画笔”控制面板，选择“画笔笔尖形状”选项，在弹出的面板中进行设置，如图 13-23 所示。在“路径”控制面板中，单击“用画笔描边路径”按钮，将路径描边，效果如图 13-24 所示。单击“路径”面板的空白处，将路径隐藏。

（11）按 Ctrl+O 组合键，打开光盘中的“Ch13 > 素材 > 化妆美容书籍设计 > 04”文件，选择“移动”工具，将图片拖曳到图像窗口的适当位置，效果如图 13-25 所示，在“图层”控制面板中生成新的图层并将其命名为“文字”，如图 13-26 所示。

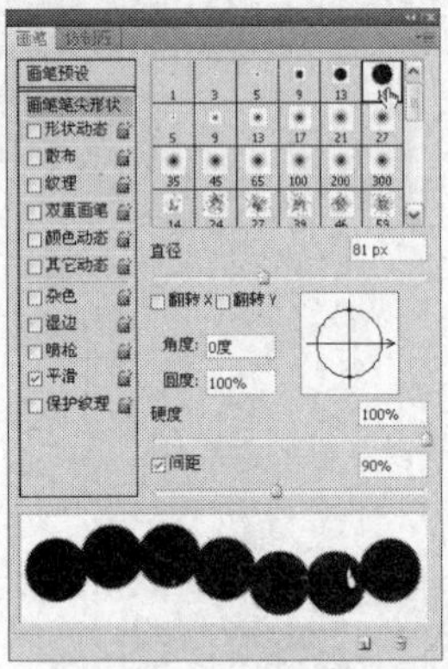

图 13-23

图 13-24

图 13-25

图 13-26

（12）新建图层并其命名为“线条”。将前景色设为褐色（其 R、G、B 的值分别为 99、13、19）。选择“钢笔”工具，单击属性栏中的“路径”按钮，在图像窗口中拖曳鼠标绘制路径，如图 13-27 所示。选择“画笔”工具，在属性栏中单击“画笔”选项右侧的按钮，弹出画笔选择面板，选择需要的画笔形状，如图 13-28 所示。选择“路径选择”工具，选取路径，单击鼠标右键，在弹出的菜单中选择“描边路径”命令，弹出对话框，单击“确定”按钮，按 Enter 键，隐藏路径，效果如图 13-29 所示。

图 13-27

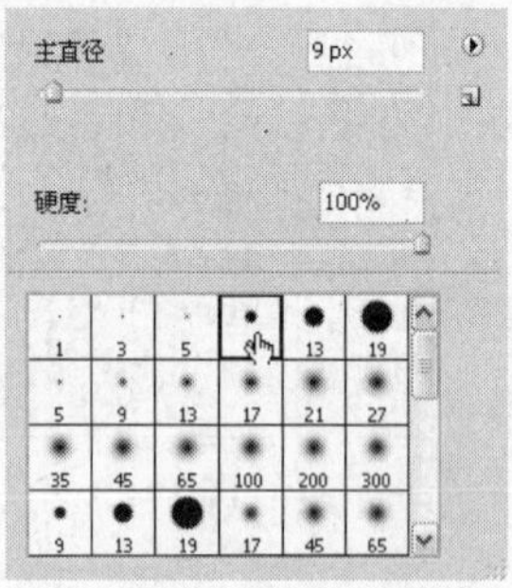

图 13-28

图 13-29

（13）单击“图层”控制面板下方的“添加图层样式”按钮，在弹出的菜单中选择“投影”命令，弹出对话框，将投影颜色设为灰色（其 R、G、B 的值分别为 124、114、114），其他选项的设置如图 13-30 所示，单击“确定”按钮，效果如图 13-31 所示。

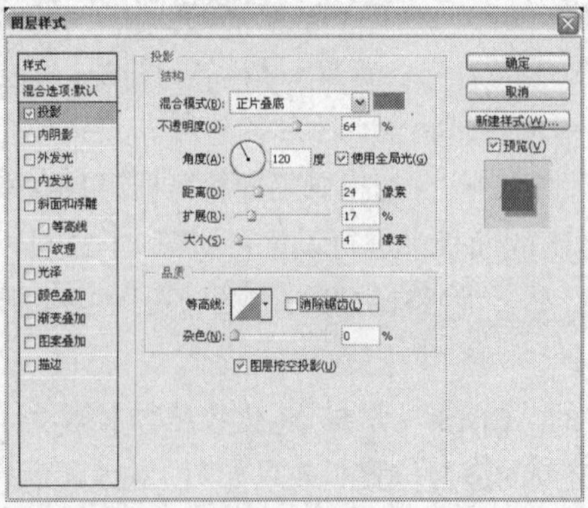

图 13-30

图 13-31

（14）新建图层并将其命名为“图形”。选择“自定形状”工具，单击属性栏中的“形状”选项，弹出“形状”面板，单击面板右上方的按钮，在弹出的菜单中选择“装饰”选项，弹出提示对话框，单击“确定”按钮。在“形状”面板中选中“装饰 7”图形，如图 13-32 所示。单击属性栏中的“填充像素”按钮，在适当的位置拖曳鼠标绘制图形，效果如图 13-33 所示。

（15）按 Ctrl+T 组合键，在图形周围出现变换框，将鼠标置于变换框的外边，鼠标光标变为旋转图标，拖曳鼠标将其旋转到适当的角度，并调整其位置，按 Enter 键确认操作，效果如图 13-34 所示。

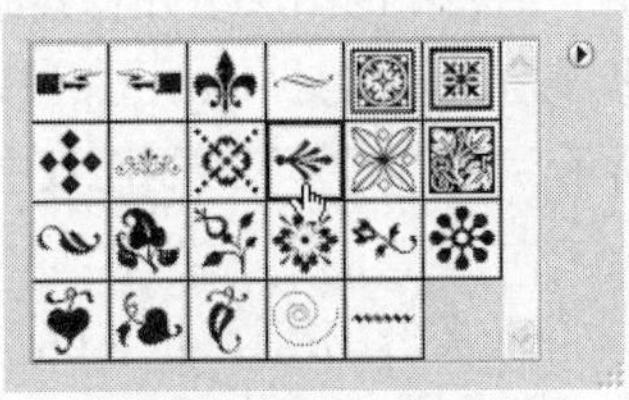
图 13-32

图 13-33

图 13-34

（16）在“线条”图层上单击鼠标右键，在弹出的菜单中选择“拷贝图层样式”命令，然后在“图形”图层上单击鼠标右键，在弹出的菜单中选择“粘贴图层样式”命令，效果如图 13-35 所示。

（17）选择“横排文字”工具，在属性栏中选择合适的字体并设置文字大小，输入需要的文字，如图 13-36 所示，在“图层”控制面板中生成新的文字图层。在“流行时尚秀”图层上单击鼠标右键，在弹出的菜单中选择“栅格化文字”命令，将文字图层转化为普通图层，如图 13-37 所示。

图 13-35

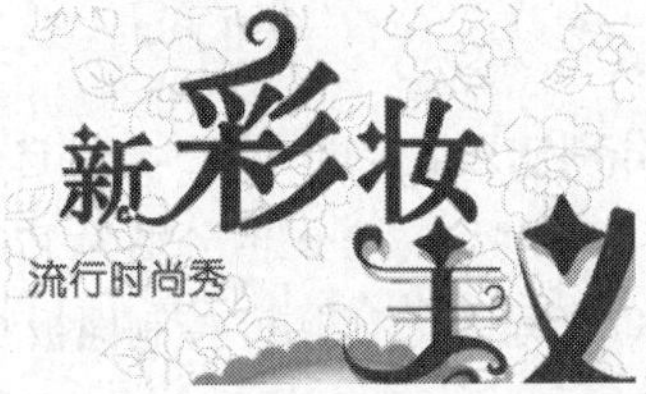

图 13-36

图 13-37

（18）按住 Ctrl 键的同时，单击“流行时尚秀”图层的图层缩览图，在文字周围生成选区，如图 13-38 所示。选择“选择 > 修改 > 扩展”命令，在弹出的对话框中进行设置，如图 13-39 所示，单击“确定”按钮。按 Alt+Delete 组合键，用前景色填充选区。按 Ctrl+D 组合键，取消选区，效果如图 13-40 所示。用以上所讲的方法制作左侧的图形，效果如图 13-41 所示。

图 13-38

图 13-39

图 13-40

图 13-41

（19）按 Ctrl+O 组合键，打开光盘中的“Ch13 > 素材 > 化妆美容书籍设计 > 05”文件，选择“移动”工具，将文字拖曳到图像窗口中，效果如图 13-42 所示，在“图层”控制面板中生成新的图层并将其命名为“文字 1”，如图 13-43 所示。单击“封面”图层组左侧的三角形按钮，并将其隐藏。

图 13-42

图 13-43

2. 制作封底效果

（1）单击“图层”控制面板下方的“创建新组”按钮，生成新的图层组并将其命名为“封底”。按 Ctrl+O 组合键，打开光盘中的“Ch13 > 素材 > 化妆美容书籍设计 > 01”文件，选择“移动”工具，将图片拖曳到图像窗口中，效果如图 13-44 所示，在“图层”控制面板中生成新的图层并将其命名为“底纹 1”。

（2）按 Ctrl+O 组合键，打开光盘中的“Ch13 > 素材 > 化妆美容书籍设计 > 06、07、08”文件，选择“移动”工具，分别将图片拖曳到图像窗口的适当位置，效果如图 13-45 所示，在“图层”控制面板中分别生成新的图层，如图 13-46 所示。

图 13-44

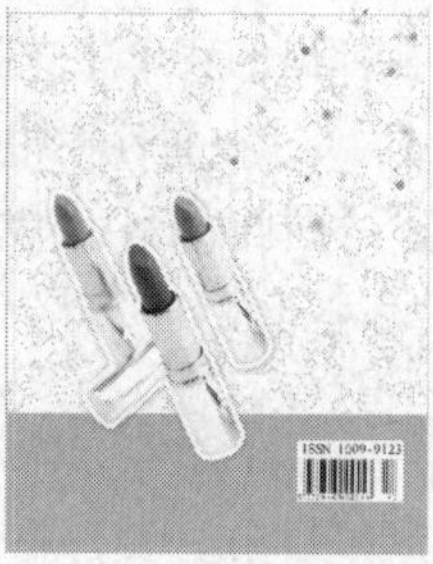

图 13-45

图 13-46

（3）选择“横排文字”工具，分别输入需要的文字，分别选取文字并在属性栏中选择合适的字体和文字大小，填充文字为深粉色（其 R、G、B 的值分别为 170、82、109）和红色（其 R、G、B 的值分别为 152、12、32），如图 13-47 所示，在“图层”控制面板中生成新的文字图层，如图 13-48 所示。

图 13-47

图 13-48

（4）选中“最权威的彩妆搭配指南……”图层。单击“图层”控制面板下方的“添加图层样式”按钮，在弹出的菜单中选择“描边”命令，弹出对话框，将描边颜色设为浅粉色（其 R、G、B 的值分别为 252、210、217），其他选项的设置如图 13-49 所示，单击“确定”按钮，效果如图 13-50

所示。单击“封底”图层组左侧的三角形按钮▼，并将其隐藏。

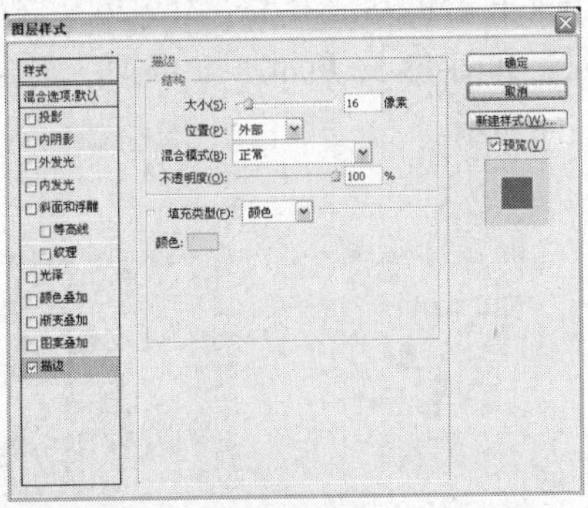

图 13-49

图 13-50

3. 制作书脊效果

（1）单击“图层”控制面板下方的“创建新组”按钮，生成新的图层组并将其命名为“书脊”。新建图层并将其命名为“矩形”。将前景色设为洋红色（其 R、G、B 的值分别为 250、101、122）。选择“矩形”工具，单击属性栏中的“填充像素”按钮，拖曳鼠标绘制矩形，如图 13-51 所示。

（2）按 Ctrl+O 组合键，打开光盘中的“Ch13 > 素材 > 化妆美容书籍设计 > 09”文件，选择“移动”工具，将图片拖曳到图像窗口的适当位置，效果如图 13-52 所示，在“图层”控制面板中生成新的图层并将其命名为“文字 2”。

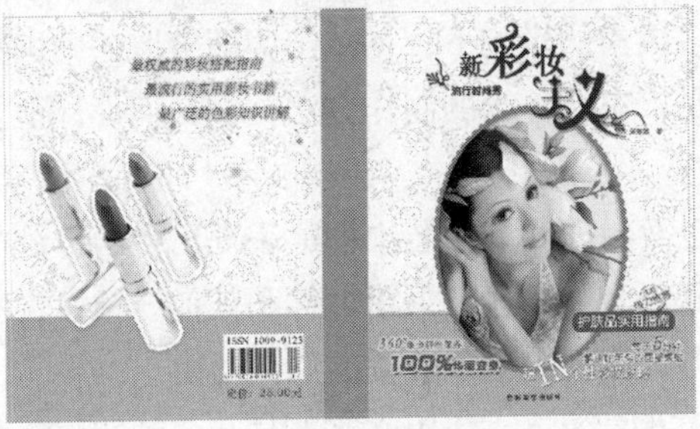

图 13-51

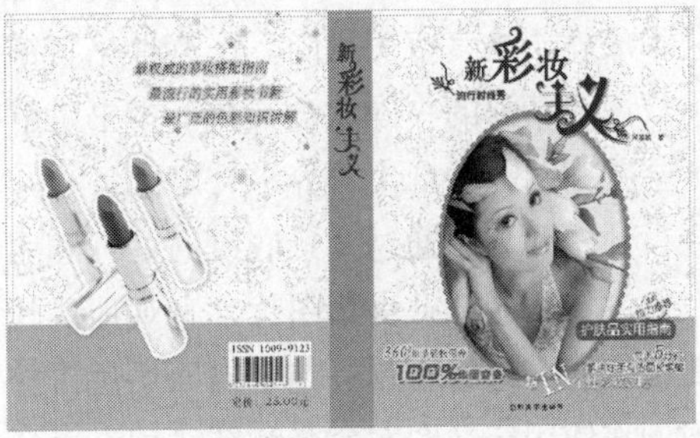

图 13-52

（3）单击“图层”控制面板下方的“添加图层样式”命令 *fx*，在弹出的菜单中选择“描边”命令，弹出对话框，将描边颜色设为白色，其他选项的设置如图 13-53 所示，单击“确定”按钮，效果如图 13-54 所示。

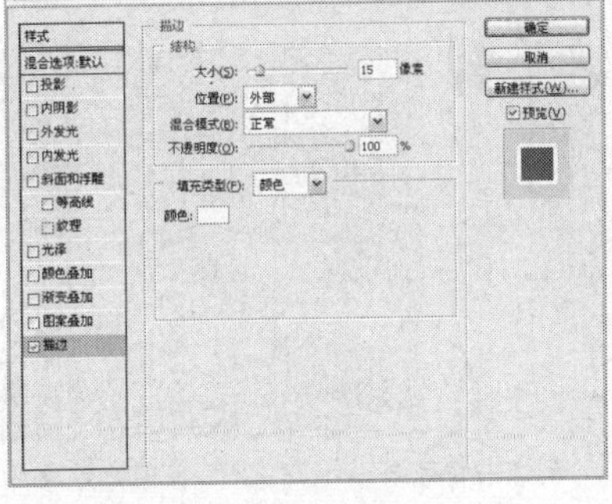

图 13-53

图 13-54

（4）选择“横排文字”工具 T，分别输入需要的文字，分别选取文字并在属性栏中选择合适的字体和文字大小，填充文字为深棕色（其 R、G、B 的值分别为 53、21、26）、黑色，如图 13-55 所示，在“图层”控制面板中生成新的文字图层，如图 13-56 所示。按 Ctrl+；组合键，隐藏参考线，化妆美容书籍设计效果制作完成，如图 13-57 所示。

图 13-55

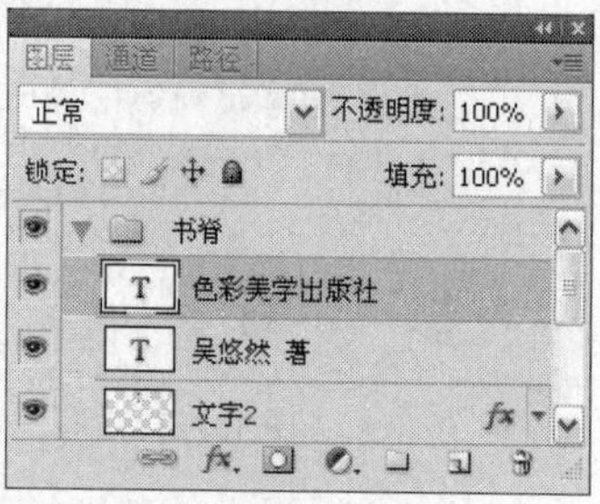

图 13-56

图 13-57

13.3 美食滋补书籍设计

13.3.1 案例分析

在中国传统文化教育中的阴阳五行哲学思想、儒家伦理道德观念、中医营养摄生学说，还有文化艺术成就、饮食审美风尚、民族性格特征诸多因素的影响下，创造出彪炳史册的中国烹饪技艺，形成博大精深的中国饮食文化。本书讲解的是广东营养汤的制作方法，在封面设计上要层次分明、主题突出，表现出营养滋补之感。

在设计思路上，通过背景底纹的处理和用色以及封面四周的装饰框，表现出中国传统文化的元素。通过典型的滋补食物图片，直观地反映书籍内容。通过对书籍名称和其他介绍性文字的变形，突出表达书籍的主题。整个封面用色古朴大方，体现出中华美食的悠久历史。

本例将使用定义图案命令和图案填充命令制作背景效果。使用文字工具和多种图层样式命令制作书名。使用钢笔工具和文字工具制作路径文字。使用文字变形命令制作文字变形效果。

13.3.2 案例设计

本案例设计流程如图 13-58 所示。

制作封面效果 制作封底效果 制作书脊效果 最终效果

图 13-58

13.3.3　案例制作

1. 制作背景效果

（1）按 Ctrl+N 组合键，新建一个文件：宽度为 45.6 厘米，高度为 26.6 厘米，分辨率为 300 像素/英寸，颜色模式为 RGB，背景内容为白色，单击“确定”按钮。将前景色设为棕色（其 R、G、B 的值分别为 193、139、73），按 Alt+Delete 组合键，用前景色填充背景图层。

（2）选择“视图 > 新建参考线”命令，在弹出的对话框中进行设置，如图 13-59 所示，单击“确定”按钮，效果如图 13-60 所示。用相同的方法在 21 厘米、24 厘米、45.3 厘米处新建参考线，效果如图 13-61 所示。

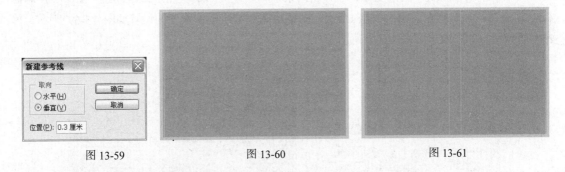

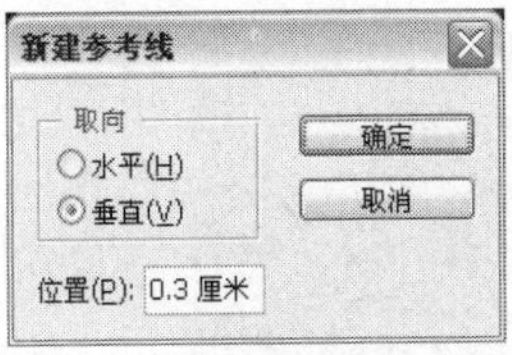

图 13-59

图 13-60

图 13-61

（3）选择“视图 > 新建参考线”命令，在弹出的对话框中进行设置，如图 13-62 所示，单击“确定”按钮，效果如图 13-63 所示。用相同的方法在 26.3 厘米处新建参考线，效果如图 13-64 所示。

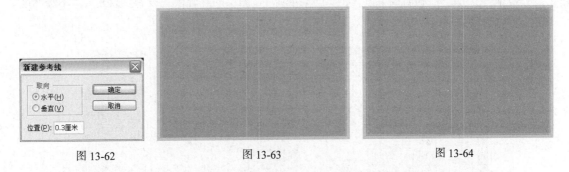

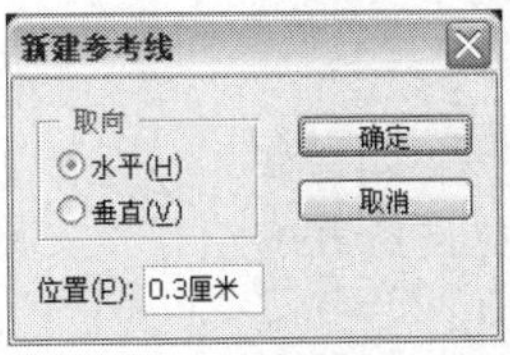

图 13-62

图 13-63

图 13-64

（4）单击“图层”控制面板下方的“创建新组”按钮，生成新的图层组并将其命名为“封面”。新建图层生成“图层 1”。单击“背景”图层左侧的眼睛图标，将该图层隐藏。

（5）将前景色设为黑色。选择“自定形状”工具，单击属性栏中的“形状”选项，弹出“形状”面板。单击面板右上方的按钮，在弹出的菜单中选择“符号”选项，弹出提示对话框，单击“确定”按钮，在“形状”面板中选中“靶心”图形，如图 13-65 所示。单击属性栏中的“填充像素”按钮，拖曳鼠标绘制图形，如图 13-66 所示。

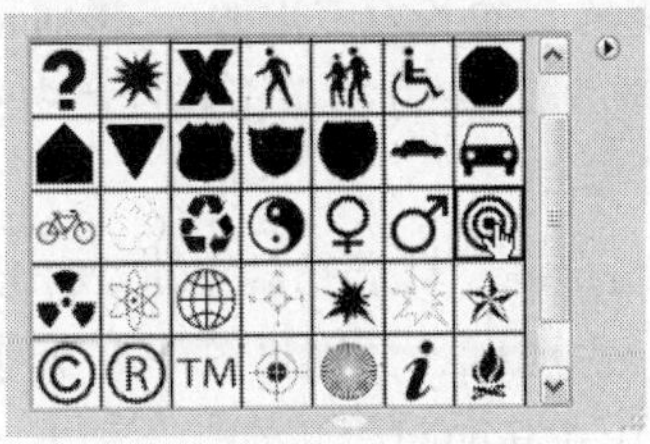

图 13-65

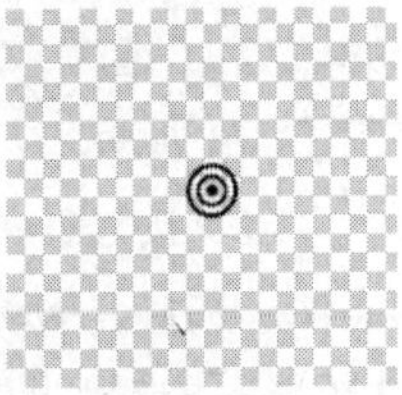

图 13-66

（6）选择“矩形选框”工具，在图像窗口中拖曳鼠标绘制选区，如图 13-67 所示。选择“编辑 > 定义图案”命令，在弹出的对话框中进行设置，如图 13-68 所示，单击“确定”按钮，图案定义完成。按 Ctrl+D 组合键，取消选区。单击“图层 1”图层左侧的眼睛图标，将其隐藏。

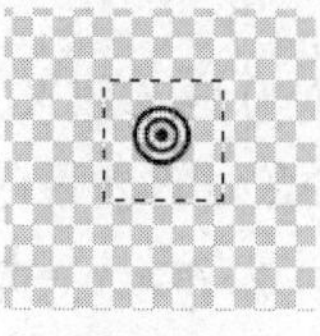
图 13-67

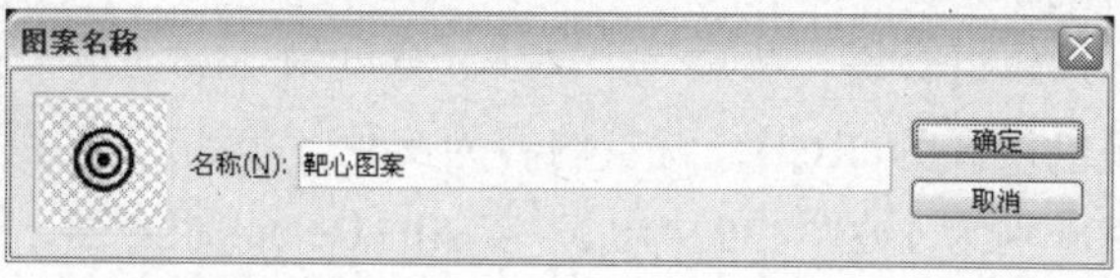

图 13-68

（7）单击“背景”图层左侧的空白图标，显示隐藏图层。单击“图层”控制面板下方的“创建新的填充或调整图层”按钮，在弹出的菜单中选择“图案填充”命令，在“图层”控制面板中生成“图案填充 1”图层，同时弹出“图案填充”对话框，选项的设置如图 13-69 所示，单击“确定”按钮，效果如图 13-70 所示。

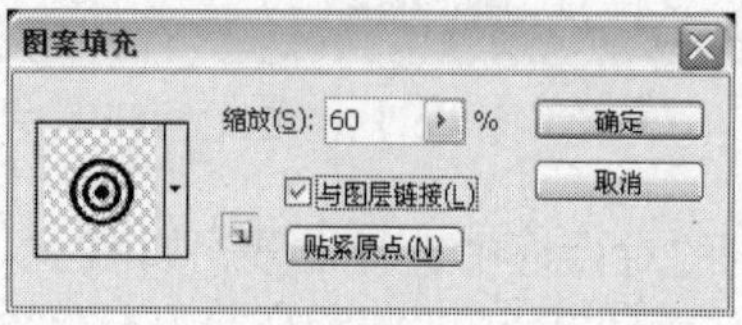

图 13-69

图 13-70

（8）在“图层”控制面板上方，将“图案填充 1”图层的混合模式设为“柔光”，“不透明度”选项设为 31%，如图 13-71 所示，效果如图 13-72 所示。

图 13-71

图 13-72

2. 制作封面效果

（1）新建图层并将其命名为“矩形”。将前景色设为深棕色（其 R、G、B 的值分别为 160、93、32）。选择“矩形”工具，单击属性栏中的“填充像素”按钮，拖曳鼠标绘制矩形，如图 13-73 所示。

（2）按 Ctrl+O 组合键，打开光盘中的“Ch13 > 素材 > 美食滋补书籍设计 > 01、02、03”文件，选择“移动”工具，分别将图片拖曳到图像窗口的适当位置，效果如图 13-74 所示，在“图层”控制面板中生成新的图层并将其命名为“装饰”、“美食”、“书名”。

图 13-73

图 13-74

（3）新建图层并将其命名为“红色矩形”。将前景色设为深红色（其 R、G、B 的值分别为 147、0、0）。选择“矩形”工具，单击属性栏中的“填充像素”按钮，拖曳鼠标绘制矩形，如图 13-75 所示。单击“图层”控制面板下方的“添加图层样式”按钮 fx，在弹出的菜单中选择“投影”命令，在弹出的对话框中进行设置，如图 13-76 所示。

图 13-75

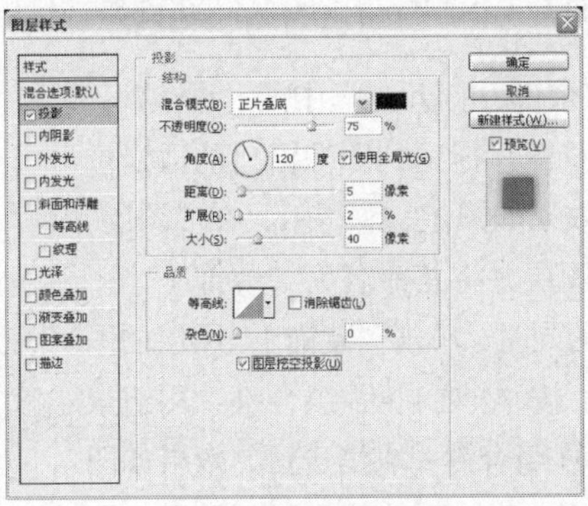

图 13-76

（4）选择“内阴影”选项，切换到相应的对话框，选项的设置如图 13-77 所示；选择“描边”选项，切换到相应的对话框，将描边颜色设为土黄色（其 R、G、B 的值分别为 193、139、73），其他选项的设置如图 13-78 所示，单击“确定”按钮，效果如图 13-79 所示。

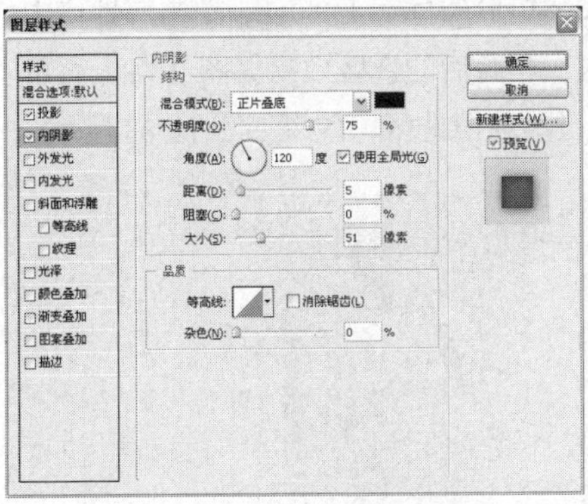

图 13-77

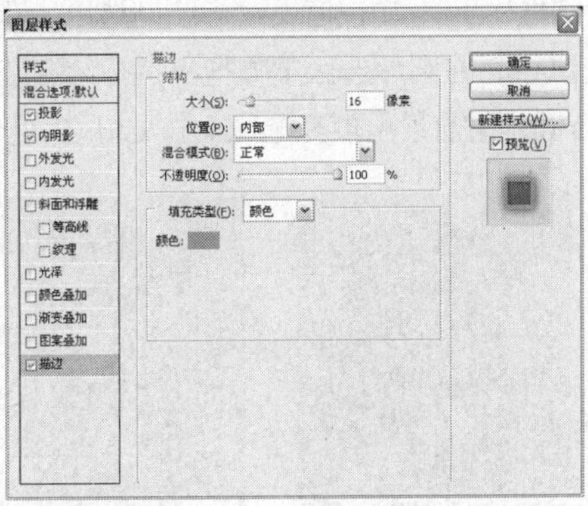

图 13-78

图 13-79

（5）将前景色设为土黄色（其 R、G、B 的值分别为 193、139、73）。选择“直排文字”工具，在属性栏中选择合适的字体并设置文字大小，输入需要的文字，如图 13-80 所示，在“图层”控制面板中生成新的文字图层。

（6）单击“图层”控制面板下方的“添加图层样式”按钮 fx.，在弹出的菜单中选择“描边”命令，弹出对话框，将描边颜色设为土黄色（其 R、G、B 的值分别为 193、139、73），其他选项的设置如图 13-81 所示，单击“确定”按钮，效果如图 13-82 所示。

图 13-80

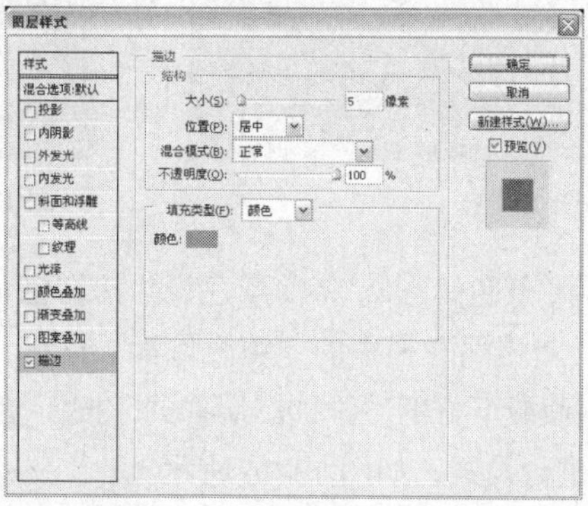

图 13-81

图 13-82

（7）按 Ctrl+O 组合键，打开光盘中的“Ch13 > 素材 > 美食滋补书籍设计 > 02”文件，选择“移动”工具，将图片拖曳到图像窗口的适当位置，并调整其大小，效果如图 13-83 所示，在“图层”控制面板中生成新的图层并将其命名为“装饰 1”。

（8）按住 Ctrl 键的同时，单击“装饰 1”图层的图层缩览图，载入选区。按 Alt+Delete 组合键，用前景色填充选区，按 Ctrl+D 组合键，取消选区，效果如图 13-84 所示。用相同的方法绘制其他图形，效果如图 13-85 所示。

图 13-83

图 13-84

图 13-85

（9）新建图层并将其命名为“圆形”。将前景色设为深红色（其 R、G、B 的值分别为 167、0、0）。选择“椭圆”工具，单击属性栏中的“填充像素”按钮，拖曳鼠标绘制椭圆形，如图 13-86 所示。

（10）新建图层并将其命名为“半圆”。将前景色设为红色（其 R、G、B 的值分别为 160、93、32）。选择“椭圆选框”工具，拖曳鼠标绘制选区。选择“矩形选框”工具，单击属性栏中的“从选区减去”按钮，在圆形选区下方拖曳鼠标绘制选区，相减后的选区效果如图 13-87 所示。按 Alt+Delete 组合键，用前景色填充选区。按 Ctrl+D 组合键，取消选区，效果如图 13-88 所示。

图 13-86

图 13-87

图 13-88

（11）按 Ctrl+O 组合键，打开光盘中的“Ch13 > 素材 > 美食滋补书籍设计 > 04”文件，选择“移动”工具，将图片拖曳到图像窗口的适当位置，如图 13-89 所示，在“图层”控制面板中生成新的图层并将其命名为“红飘带”，如图 13-90 所示。

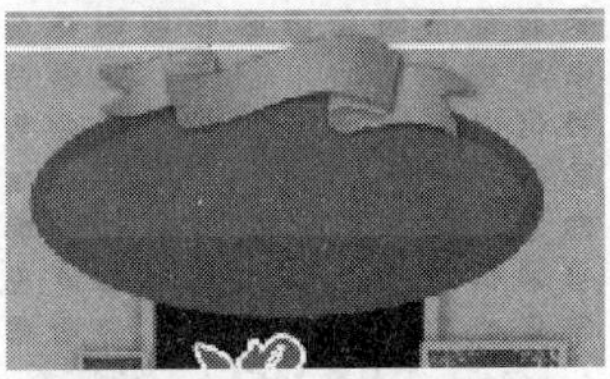

图 13-89

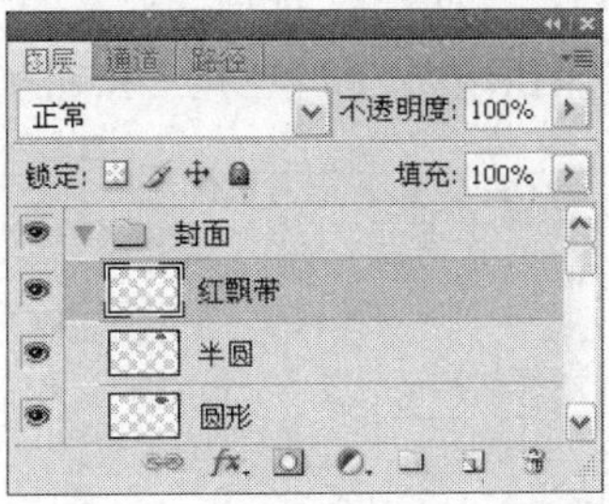

图 13-90

（12）选择“钢笔”工具，单击属性栏中的“路径”按钮，在图像窗口中单击鼠标绘制路径。将前景色设为白色。选择“横排文字”工具，在属性栏中选择合适的字体并设置文字大小，当鼠标光标停放在路径上时变为图标，单击路径插入光标，输入需要的文字，如图 13-91 所示，在“图层”控制面板中生成新的文字图层。

（13）选取文字，按 Ctrl+T 组合键，弹出“字符”面板，选项的设置如图 13-92 所示，隐藏路径后，效果如图 13-93 所示。

图 13-91

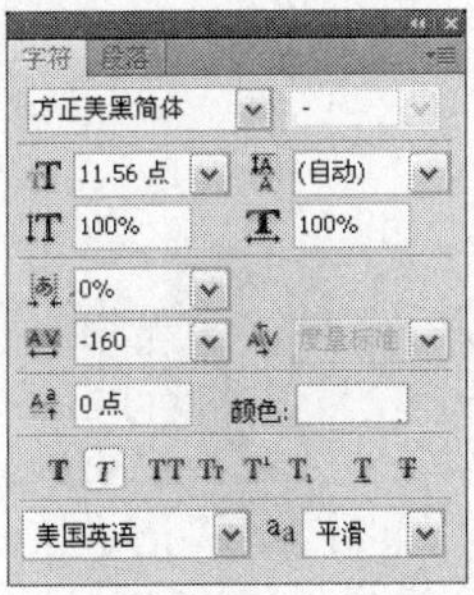

图 13-92

图 13-93

（14）选择“直排文字”工具和“横排文字”工具，输入需要的文字，分别选取文字并在属性栏中选择合适的字体和文字大小，填充文字为白色、棕色（其 R、G、B 的值分别为 193、139、73）、深棕色（其 R、G、B 的值分别为 53、21、26）和黑色，如图 13-94 所示，在“图层”控制面板中分别生成新的文字图层，如图 13-95 所示。

（15）选中“顶级主厨……”图层，选取文字，单击属性栏中的“创建文字变形”按钮，弹出“变形文字”对话框，选项的设置如图 13-96 所示，单击“确定”按钮，效果如图 13-97 所示。

图 13-94

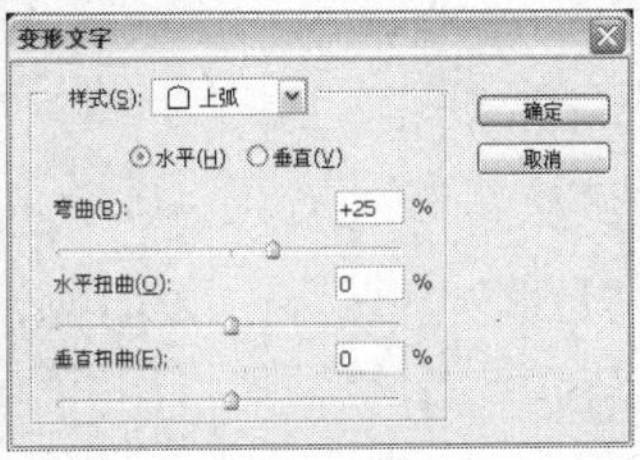

图 13-95

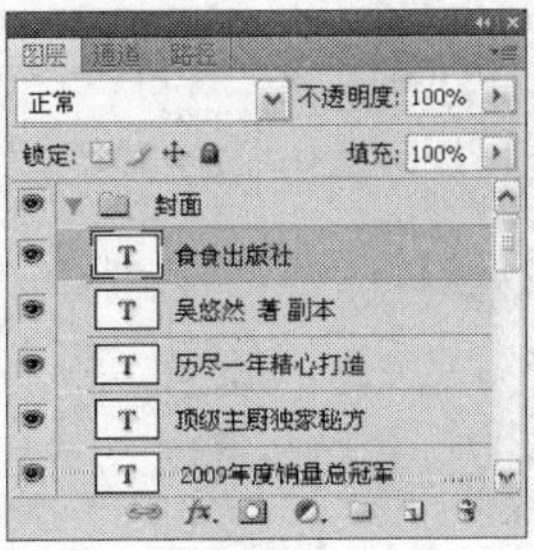

图 13-96

图 13-97

（16）选中“历尽一年精心打造”图层，选取文字，单击文字属性栏中的“创建文字变形”按钮，弹出“变形文字”对话框，选项的设置如图 13-98 所示，单击“确定”按钮，效果如图 13-99 所示。单击“封面”图层组左侧的三角形按钮，将其隐藏。

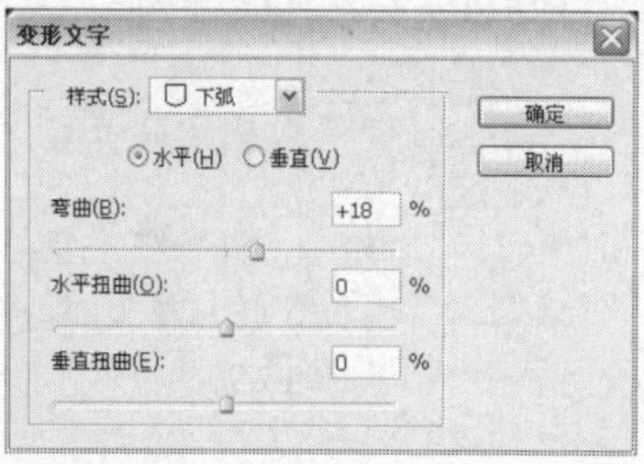

图 13-98

图 13-99

3. 制作封底效果

（1）单击“图层”控制面板下方的“创建新组”按钮，生成新的图层组并将其命名为“封底”。选择“钢笔”工具，单击属性栏中的“路径”按钮，在图像窗口中拖曳鼠标绘制路径，如图 13-100 所示。

（2）将前景色设为黑色。选择“横排文字”工具，在属性栏中选择合适的字体并设置文字大小，在绘制的路径中单击插入光标，输入需要的文字，隐藏路径，效果如图 13-101 所示，在“图层”控制面板中生成新的文字图层。

图 13-100

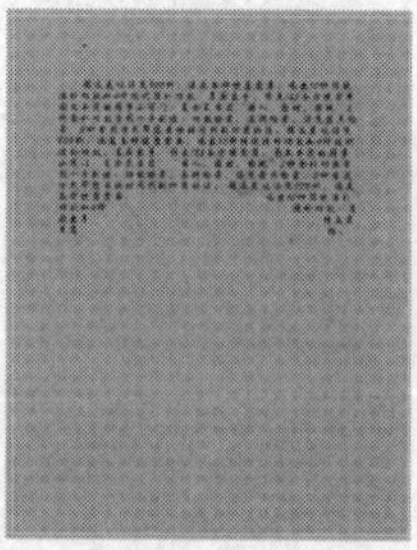

图 13-101

（3）按 Ctrl+O 组合键，打开光盘中的“Ch13 > 素材 > 美食滋补书籍设计 > 02”文件，选择“移动”工具，将图片拖曳到图像窗口中，并调整其大小和位置，效果如图 13-102 所示，在“图层”控制面板中生成新的图层并将其命名为“美食 1”，如图 13-103 所示。用上述所讲的方法绘制出如图 13-104 所示的效果。

图 13-102

图 13-103

图 13-104

（4）按 Ctrl+O 组合键，打开光盘中的“Ch13 > 素材 > 美食滋补书籍设计 > 01、05”文件，选择“移动”工具，分别将图片拖曳到图像窗口的适当位置，并调整其大小，效果如图 13-105 所示。在“图层”控制面板中生成新的图层并将其命名为“装饰 6”和“条形码”，如图 13-106 所示。

（5）将前景色设为黑色。选择“横排文字”工具，在属性栏中选择合适的字体并设置文字大小，输入需要的文字，如图 13-107 所示，在“图层”控制面板中生成新的文字图层。单击“封底”图层组左侧的三角形按钮，将其隐藏。

图 13-105

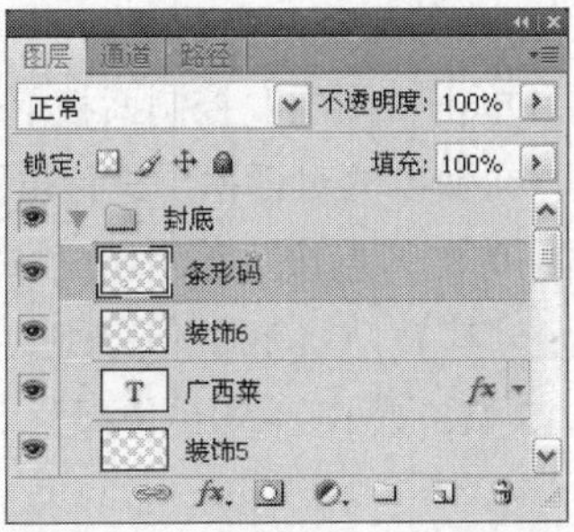

图 13-106

图 13-107

4. 制作书脊效果

（1）单击“图层”控制面板下方的“创建新组”按钮，生成新的图层组并将其命名为“书脊”。新建图层并将其命名为“土黄色矩形”。将前景色设为土黄色（其 R、G、B 的值分别为 213、173、114）。选择“矩形”工具，单击属性栏中的“填充像素”按钮，拖曳鼠标绘制矩形，如图 13-108 所示。

（2）新建图层并将其命名为“多个圆形”。将前景色设为深红色（其 R、G、B 的值分别为 177、0、0）。选择“椭圆”工具，单击属性栏中的“填充像素”按钮，按住 Shift 键的同时，在图像窗口中拖曳鼠标绘制多个圆形，如图 13-109 所示。

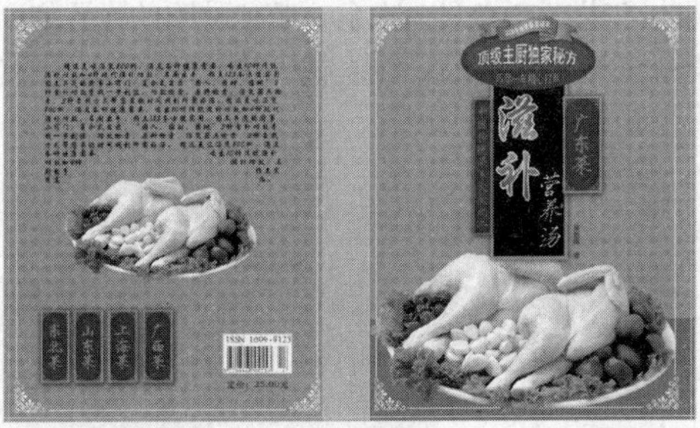

图 13-108

图 13-109

（3）选择“直排文字”工具，输入需要的文字，分别选取文字并在属性栏中选择合适的字体和文字大小，填充文字为白色、深棕色（其 R、G、B 的值分别为 53、21、26）和黑色，如图 13-110 所示，在“图层”控制面板中分别生成新的文字图层，如图 13-111 所示。

图 13-110

图 13-111

（4）选中“滋补营养汤”图层。单击“图层”控制面板下方的“添加图层样式”按钮，在弹出的菜单中选择“投影”命令，在弹出的对话框中进行设置，如图 13-112 所示。选择“渐变叠加”选项，切换到相应的对话框，单击“点按可编辑渐变”按钮，弹出“渐变编辑器”对话框，将渐变色设为从深蓝色（其 R、G、B 的值分别为 41、10、89）到橘黄色（其 R、G、B 的值分别为 255、124、0），如图 13-113 所示，单击“确定”按钮，返回到“渐变叠加”对话框，其他选项的设置如图 13-114 所示。

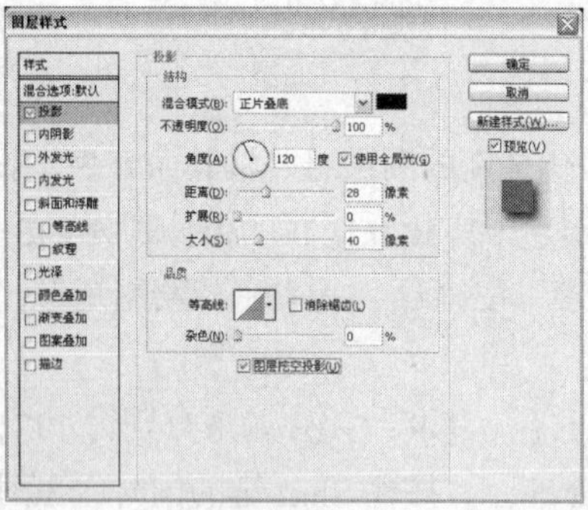

图 13-112

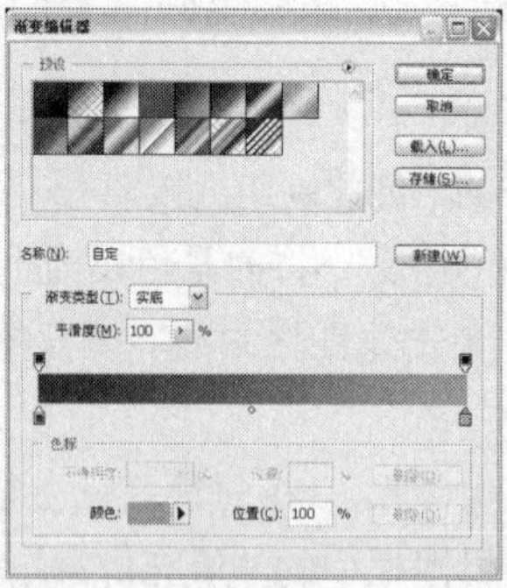

图 13-113

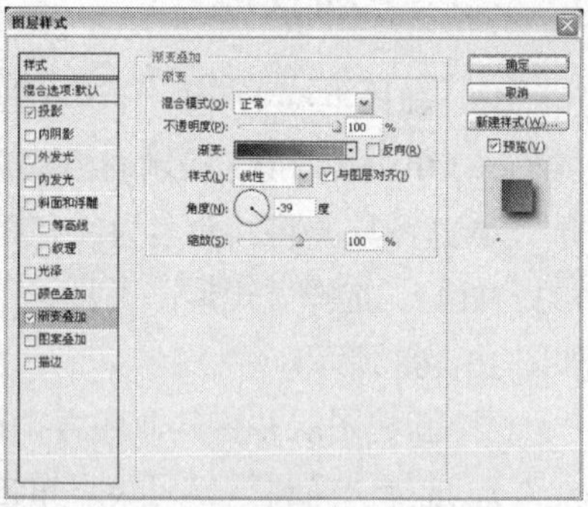

图 13-114

（5）选择“描边”选项，切换到相应的对话框，将描边颜色设为白色，其他选项的设置如图 13-115 所示，单击“确定”按钮，效果如图 13-116 所示。按 Ctrl+; 组合键，隐藏参考线。美食滋补书籍设计制作完成，效果如图 13-117 所示。

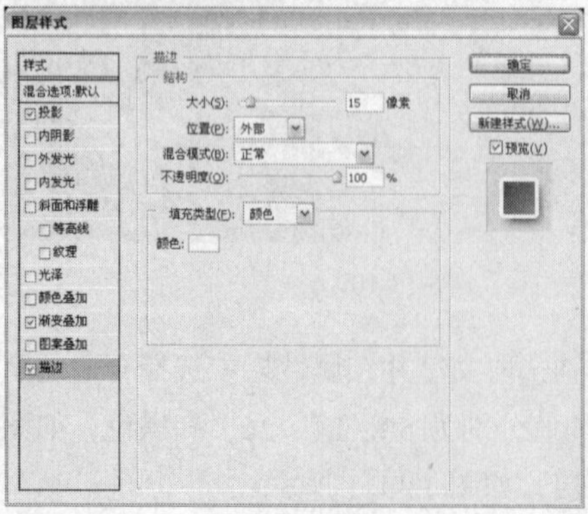

图 13-115

图 13-116

图 13-117

13.4 儿童教育书籍设计

13.4.1 案例分析

孩子是家庭的希望，更是国家的未来。孩子的教育和成长是一个需要得到广泛关注和重视的话题。本书是一本中国孩子成长日记的征文选，内容是和大家分享如何用爱来教育茁壮成长中的孩子。在封面设计上希望能表现出孩子不断健康成长和活泼欢快的气氛。

在设计思路上，通过书籍名称的变形设计表现出孩子活泼可爱的特点。楼房、灯光、蝴蝶、蒲公英和人物图片的组合搭配，富于变化，给人明亮柔和的感觉，表现出儿童的成长历程和精彩生活。封面整体颜色使用暖色橘黄色，给人以欢乐、活泼、幸福、充满希望之感。

本例将使用矩形选框工具和渐变工具绘制背景。使用画笔工具和投影命令制作背景装饰图形。使用文字工具、自定形状工具和钢笔工具添加标题文字。使用画笔工具绘制虚线。使用直线工具绘制文字的间隔直线。

13.4.2 案例设计

本案例设计流程如图 13-118 所示。

图 13-118

13.4.3 案例制作

1. 制作背景效果

（1）按 Ctrl+N 组合键，新建一个文件：宽度为 45.6 厘米，高度为 30.3 厘米，分辨率为 300 像素/英寸，颜色模式为 RGB，背景内容为白色，单击“确定”按钮。

（2）选择“视图 > 新建参考线”命令，在弹出的对话框中进行设置，如图 13-119 所示，单击“确定”按钮，效果如图 13-120 所示。用相同的方法在 21 厘米、24 厘米、45.3 厘米处新建参考线，效果如图 13-121 所示。

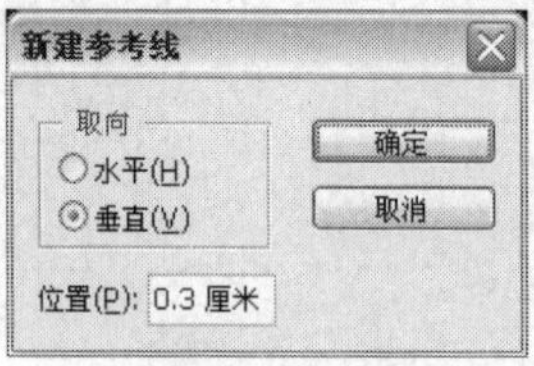

图 13-119

图 13-120

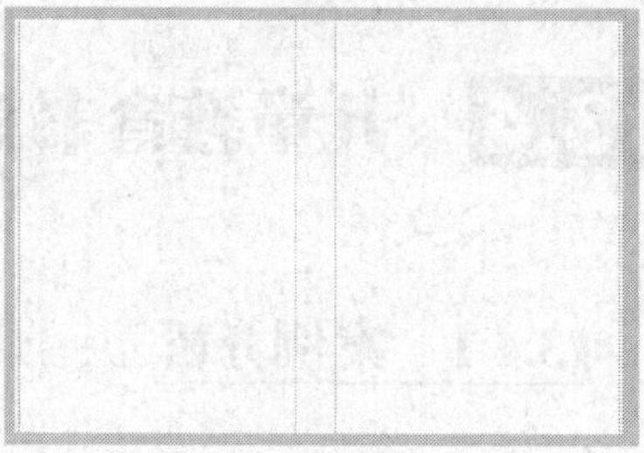

图 13-121

（3）选择“视图 > 新建参考线”命令，在弹出的对话框中进行设置，如图 13-122 所示，单击“确定”按钮，效果如图 13-123 所示。用相同的方法在 30 厘米处新建参考线，效果如图 13-124 所示。

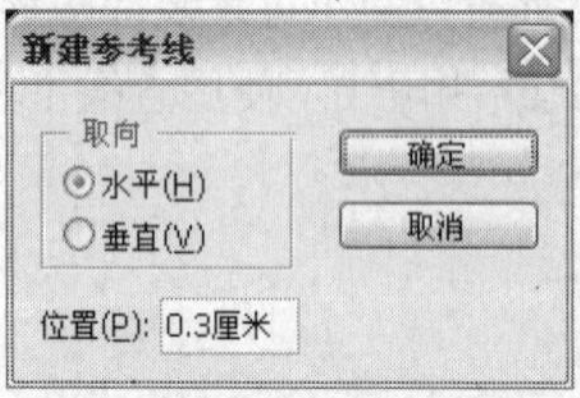

图 13-122

图 13-123

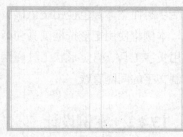

图 13-124

（4）新建图层并将其命名为“渐变矩形”。选择“矩形选框”工具，在图像窗口中拖曳鼠标绘制矩形选区，如图 13-125 所示。

（5）选择“渐变”工具，单击属性栏中的“点按可编辑渐变”按钮，弹出“渐变编辑器”对话框，将渐变色设为从橘黄色（其 R、G、B 的值分别为 242、188、26）到黄色（其 R、G、B 的值分别为 244、225、38），如图 13-126 所示，单击“确定”按钮。单击属性栏中的“线性渐变”按钮，按住 Shift 键的同时，在选区中由上向下拖曳渐变色，效果如图 13-127 所示。按 Ctrl+D 组合键，取消选区。

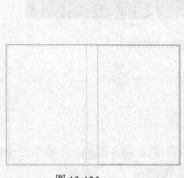

图 13-125

图 13-126

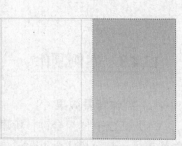

图 13-127

（6）将“渐变矩形”图层拖曳到控制面板下方的“创建新图层”按钮上进行复制，生成新的图层“渐变矩形 副本”，如图 13-128 所示。选择“移动”工具，将复制的图形拖曳到适当的位置，如图 13-129 所示。

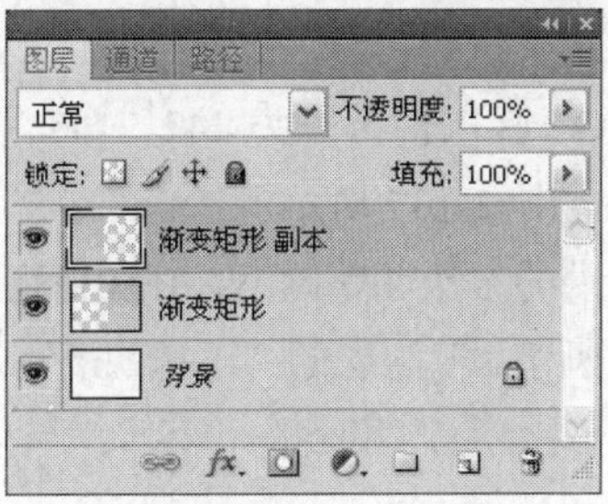

图 13-128

图 13-129

2. 制作封面效果

（1）单击“图层”控制面板下方的“创建新组”按钮 ，生成新的图层组并将其命名为“封面”。选中“渐变矩形”图层，将其拖曳到“封面”图层组中。按 Ctrl+O 组合键，打开光盘中的“Ch13 > 素材 > 儿童教育书籍设计 > 01”文件，选择“移动”工具，将图片拖曳到图像窗口的适当位置，效果如图 13-130 所示，在“图层”控制面板中生成新的图层并将其命名为“花纹”，如图 13-131 所示。

图 13-130

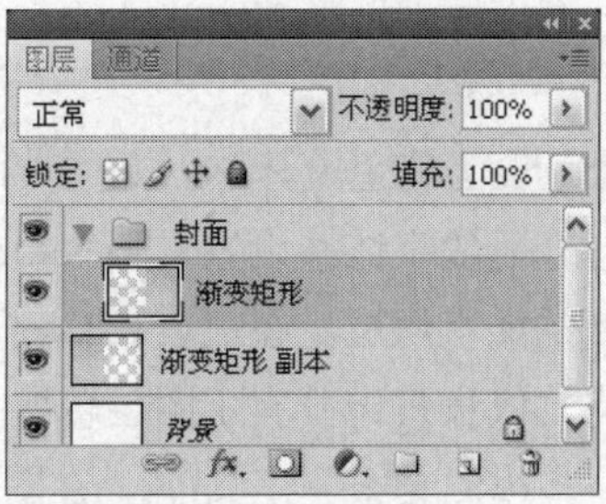

图 13-131

（2）新建图层并将其命名为“画笔”。将前景色设为白色。选择“画笔”工具，单击属性栏中的“切换画笔面板”按钮，弹出“画笔”控制面板，选择“画笔笔尖形状”选项，切换到“画笔笔尖形状”面板，选择需要的画笔形状，其他选项的设置如图 13-132 所示。选择“形状动态”选项，在弹出的“形状动态”面板中进行设置，如图 13-133 所示。

（3）选择“散布”选项，在弹出的“散布”面板中进行设置，如图 13-134 所示，在图像窗口中拖曳鼠标绘制图形，图像效果如图 13-135 所示。

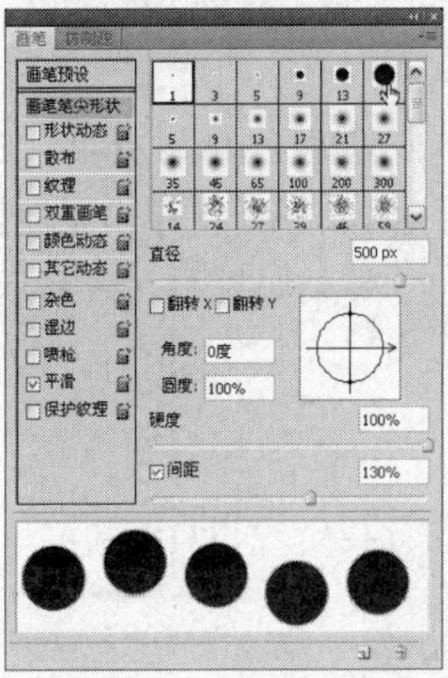

图 13-132

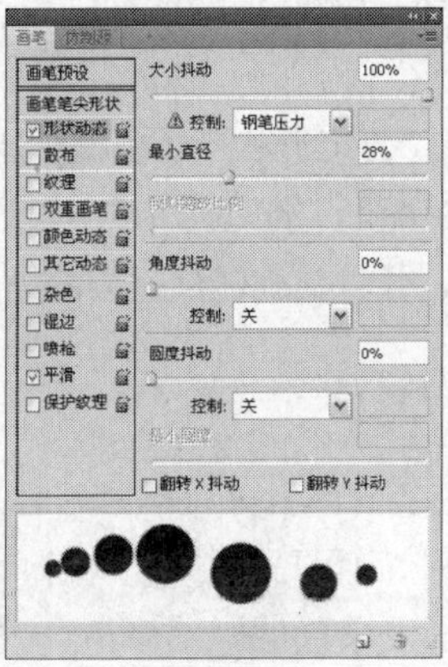

图 13-133

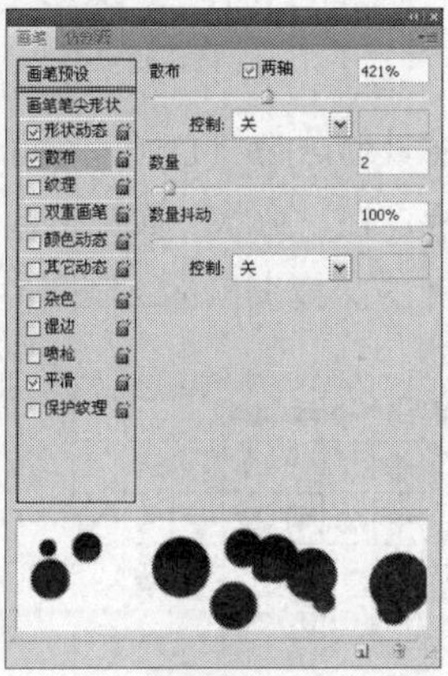

图 13-134

图 13-135

（4）单击“图层”控制面板下方的“添加图层样式”按钮 fx，在弹出的菜单中选择“投影”命令，弹出对话框，将投影颜色设为橘黄色（其 R、G、B 的值分别为 242、145、24），其他选项的设置如图 13-136 所示，单击“确定”按钮，效果如图 13-137 所示。

（5）新建图层并将其命名为“画笔 1”。用上述所讲的方法调整画笔，在图像窗口中绘制图形，如图 13-138 所示。在“图层”控制面板的上方，将“画笔 1”图层的“不透明度”选项设为 31%，效果如图 13-139 所示。

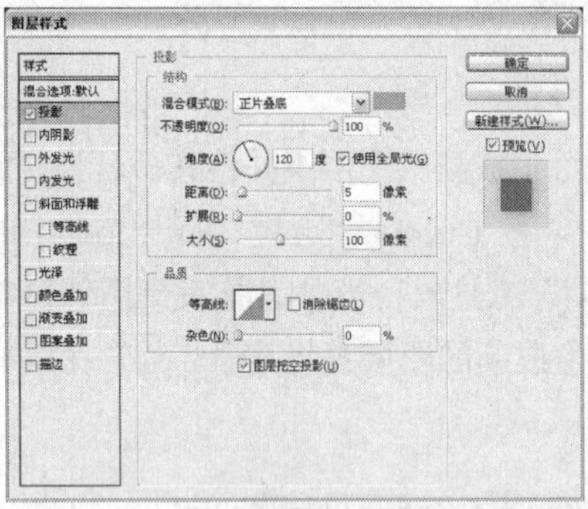

图 13-136

图 13-137

图 13-138

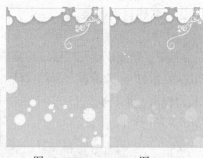

图 13-139

（6）将前景色设为红色（其 R、G、B 的值分别为 200、41、44）。选择“横排文字”工具 T，在属性栏中选择合适的字体并设置文字大小，输入需要的文字，如图 13-140 所示，在“图层”控制面板中生成新的文字图层。在“成长日记”图层上单击鼠标右键，在弹出的菜单中选择“栅格文字”命令，将“成长日记”文字图层转换为图像图层，如图 13-141 所示。

（7）选择“多边形套索”工具，在图像窗口中拖曳鼠标绘制选区，按 Delete 键，将选区中的图像删除，按 Ctrl+D 组合键，取消选区，效果如图 13-142 所示。用相同的方法再绘制一个选区，并将选区中的图像删除，如图 13-143 所示，取消选区。

图 13-140

图 13-141

图 13-142

图 13-143

（8）新建图层并将其命名为“心形”。选择“自定形状”工具，单击属性栏中的“形状”选项，弹出“形状”面板，在“形状”面板中选中图形“红心形卡”，如图 13-144 所示。单击属性栏中的“填充像素”按钮，拖曳鼠标绘制图形，并将其旋转到适当的角度，效果如图 13-145 所示。

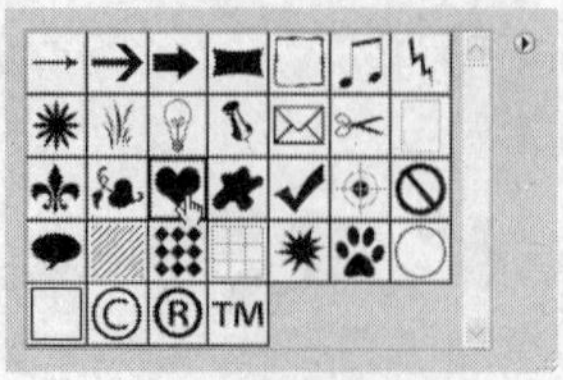

图 13-144

图 13-145

（9）新建图层并将其命名为“火形”。选择“自定形状”工具，单击属性栏中的“形状”选项，弹出“形状”面板，单击面板右上方的按钮，在弹出的菜单中选择“自然”选项，弹出提示对话框，单击“确定”按钮，在“形状”面板中选中“火焰”图形，如图 13-146 所示。单击属性栏中的“填充像素”按钮，拖曳鼠标绘制图形，效果如图 13-147 所示。

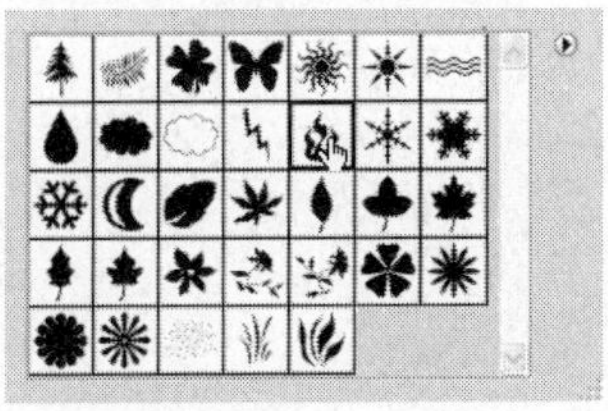
图 13-146

图 13-147

（10）新建图层并将其命名为“图形”。选择“钢笔”工具，单击属性栏中的“路径”按钮，在图像窗口中拖曳鼠标绘制路径，如图 13-148 所示。按 Ctrl+Enter 组合键，将路径转换为选区。按 Alt+Delete 组合键，用前景色填充选区，效果如图 13-149 所示。按 Ctrl+D 组合键，取消选区。

图 13-148

图 13-149

（11）按住 Shift 键的同时，单击“成长日记”图层，选中需要的多个图层，如图 13-150 所示。按 Ctrl+E 组合键，合并图层并将其命名为“成长日记”。按住 Ctrl 键的同时，单击“成长日记”图层的缩览图，载入选区。

（12）新建图层并命名为“文字边缘”，将其拖曳到“成长日记”图层的下方。选择“选择 > 修改 > 扩展”命令，在弹出的对话框中进行设置，如图 13-151 所示，单击“确定”按钮，用白色填充选区，效果如图 13-152 所示。按 Ctrl+D 组合键，取消选区。

图 13-150

图 13-151

图 13-152

（13）单击“图层”控制面板下方的“添加图层样式”按钮，在弹出的菜单中选择“投影”命令，弹出对话框，将投影颜色设为深灰色（其 R、G、B 的值分别为 35、24、21），其他选项的设置如图 13-153 所示。选择“描边”选项，切换到相应的对话框中，将描边颜色设为紫色（其 R、G、B 的值分别为 90、12、16），其他选项的设置如图 13-154 所示，单击“确定”按钮，效果如图 13-155 所示。

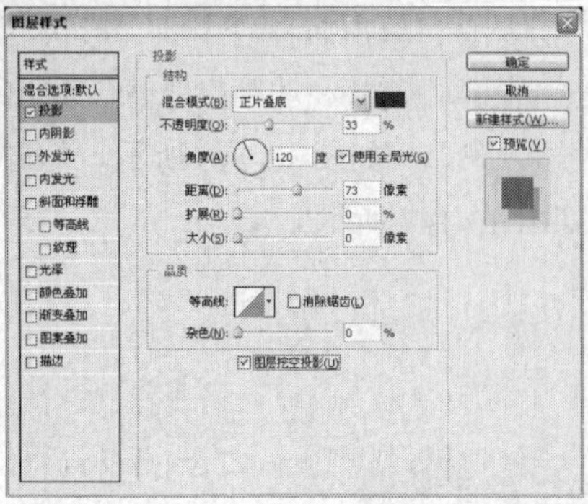

图 13-153

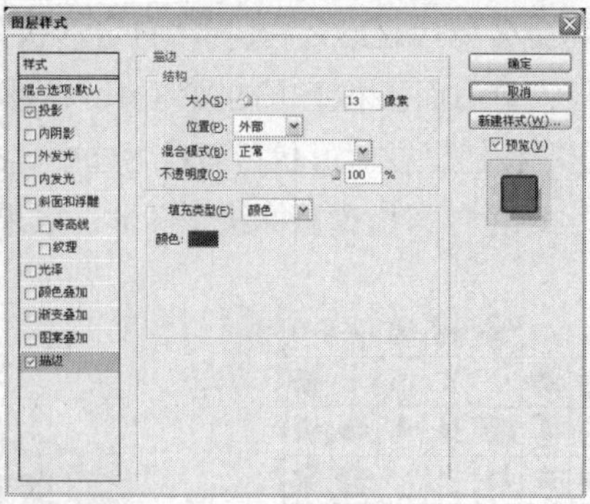

图 13-154

图 13-155

（14）用相同的方法制作其他文字，并填充不同的颜色，效果如图 13-156 所示。新建图层并将其命名为“形状”。选择“钢笔”工具，单击属性栏中的“路径”按钮，在图像窗口中拖曳鼠标绘制路径。按 Ctrl+Enter 组合键，将路径转换为选区，用白色填充选区，效果如图 13-157 所示。按 Ctrl+D 组合键，取消选区。

（15）在“文字边缘 2”图层上单击鼠标右键，在弹出的菜单中选择“拷贝图层样式”命令；在“形状”图层上单击鼠标右键，在弹出的菜单中选择“粘贴图层样式”命令，效果如图 13-158 所示。

图 13-156

图 13-157

图 13-158

（16）新建图层并将其命名为“圆形”。将前景色设为白色。选择“椭圆”工具，单击属性栏中的“填充像素”按钮，在图像窗口中拖曳鼠标绘制多个圆形，如图 13-159 所示。

（17）按住 Ctrl 键的同时，单击“圆形”图层的图层缩览图，载入选区。选择“画笔”工具，单击属性栏中的“切换画笔面板”按钮，弹出“画笔”控制面板，选择“画笔笔尖形状”选项，弹出“画笔笔尖形状”面板，选择需要的画笔形状，其他选项的设置如图 13-160 所示。单击“路径”控制面板下方的“从选区生成工作路径”按钮，将选区转换为路径，如图 13-161 所示。

图 13-159

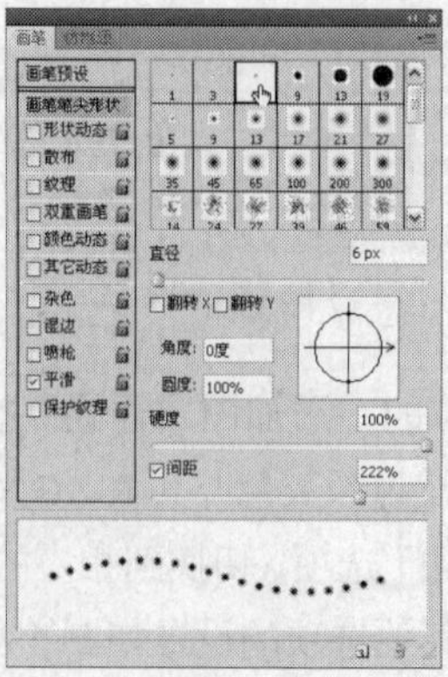

图 13-160

图 13-161

（18）将前景色设为黑色。单击“路径”控制面板下方的“用画笔描边路径”按钮，如图 13-162 所示，描边路径。单击“路径”面板的空白处，隐藏路径，效果如图 13-163 所示。

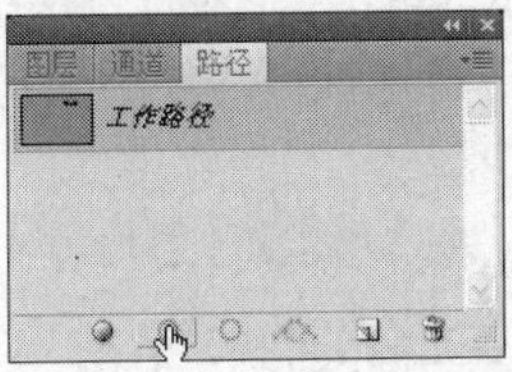

图 13-162

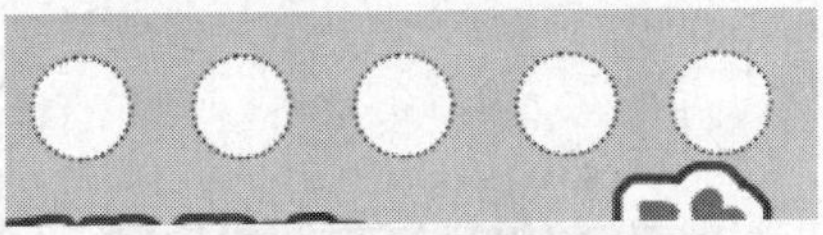
图 13-163

（19）新建图层并将其命名为“直线”。选择“直线”工具，单击属性栏中的“填充像素”按钮，将“粗细”选项设为 5 px，按住 Shift 键的同时，在图像窗口中拖曳鼠标绘制多条直线，效果如图 13-164 所示。

（20）选择“横排文字”工具，在属性栏中选择合适的字体并设置文字大小，输入需要的文字，在“图层”控制面板中生成新的文字图层，如图 13-166 所示。将输入的文字选取，按 Ctrl+→组合键，调整文字间距，效果如图 13-165 所示。

图 13-164

图 13-165

图 13-166

（21）按 Ctrl+O 组合键，打开光盘中的“Ch13 > 素材 > 儿童教育书籍设计 > 02”文件，选择“移动”工具，将图片拖曳到图像窗口的适当位置，效果如图 13-167 所示，在“图层”控制面板中生成新的图层并将其命名为“装饰”，如图 13-168 所示。

（22）新建图层并将其命名为“符号”。选择“自定形状”工具，单击属性栏中的“形状”选项，弹出“形状”面板，单击面板右上方的按钮，在弹出的菜单中选择“符号”选项，弹出提示对话框，单击“确定”按钮，在“形状”面板中选中图形“靶心”，如图 13-169 所示。单击属性栏中的“填充像素”按钮，拖曳鼠标绘制图形，效果如图 13-170 所示。

图 13-167

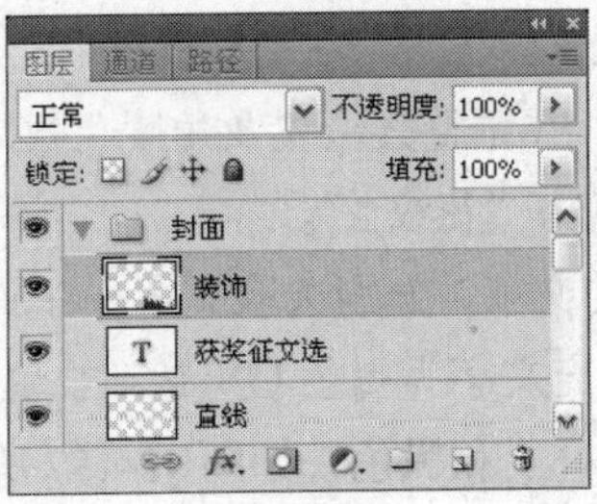

图 13-168

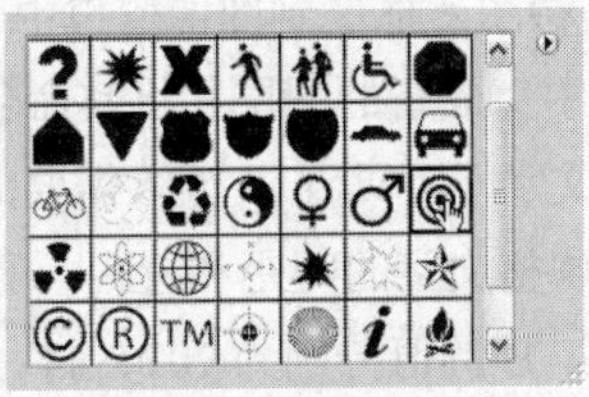
图 13-169

图 13-170

（23）选择“横排文字”工具，在属性栏中分别选择合适的字体并设置文字大小，输入需要的黑色文字和白色文字，在“图层”控制面板中分别生成新的文字图层，如图 13-171 所示。选取白色文字，适当调整文字的间距，效果如图 13-172 所示。单击“封面”图层组左侧的三角形按钮，将其隐藏。

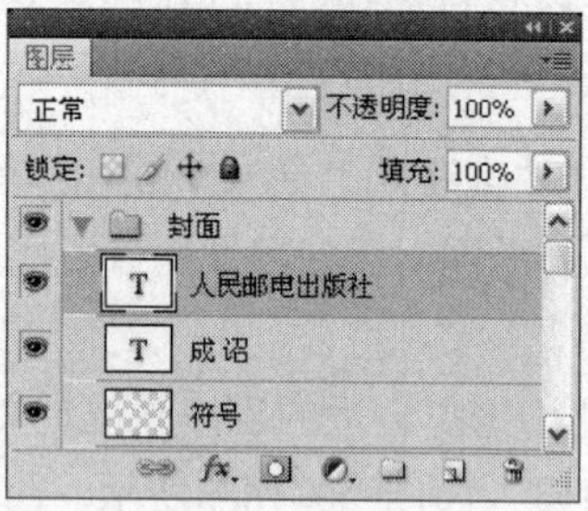

图 13-171

图 13-172

3. 制作封底效果

（1）单击“图层”控制面板下方的“创建新组”按钮，生成新的图层组并将其命名为“封底”。选中“渐变矩形 副本”图层，将其拖曳到“封底”图层组中，如图 13-173 所示。

（2）按 Ctrl+O 组合键，打开光盘中的“Ch13 > 素材 > 儿童教育书籍设计 > 03”文件，选择“移动”工具，将图片拖曳到图像窗口的适当位置，效果如图 13-174 所示，在“图层”控制面板中生成新的图层并将其命名为“图片”。在“图层”控制面板上方，将“图片”图层的混合模式设为“颜色加深”，效果如图 13-175 所示。

图 13-173

图 13-174

图 13-175

（3）按 Ctrl+O 组合键，打开光盘中的“Ch13 > 素材 > 儿童教育书籍设计 > 01”文件，选择“移动”工具，将图片拖曳到图像窗口中，并调整其位置及角度，效果如图 13-176 所示，在“图层”控制面板中生成新的图层并将其命名为“花纹 2”。

（4）选择“横排文字”工具，输入需要的文字，分别选取文字并在属性栏中选择合适的字体和文字大小，适当调整文字的间距和行距，填充文字为褐色（其 R、G、B 的值分别为 141、46、34）、红色（其 R、G、B 的值分别为 207、44、46）和黑色，如图 13-177 所示，在“图层”控制面板中生成新的文字图层，如图 13-178 所示。

图 13-176

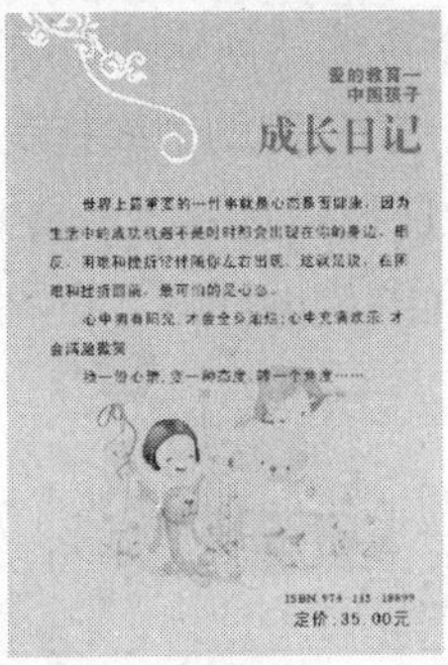

图 13-177

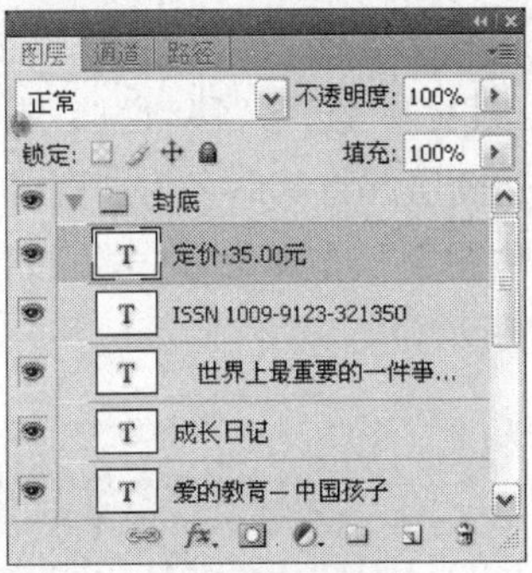

图 13-178

（5）选中“成长日记”图层，单击“图层”控制面板下方的“添加图层样式”按钮 fx，在弹出的菜单中选择“投影”命令，在弹出的对话框中进行设置，如图 13-179 所示；选择“描边”选项，切换到相应的对话框，将描边颜色设为白色，其他选项的设置如图 13-180 所示，单击“确定”按钮，效果如图 13-181 所示。

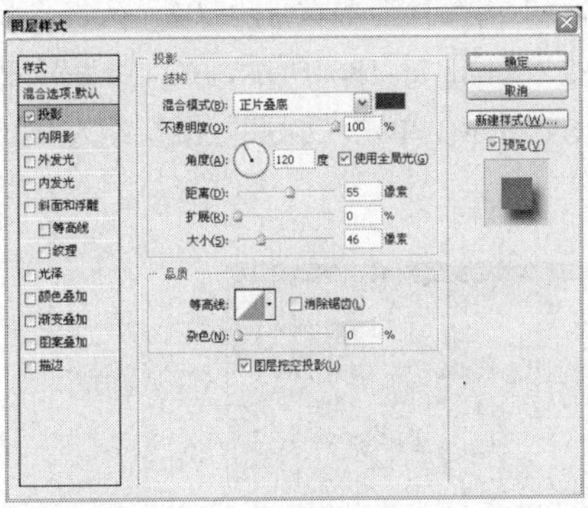

图 13-179

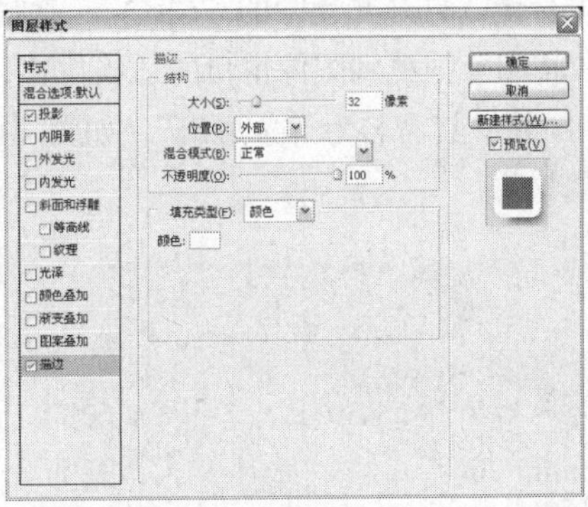

图 13-180

图 13-181

（6）选中“定价：35.00 元”图层。新建图层将其命名为“虚线”，并将前景色设为白色。选择“画笔”工具，单击属性栏中的“切换画笔面板”按钮，弹出“画笔”控制面板，选择“画笔笔尖形状”选项，切换到“画笔笔尖形状”面板，选择需要的画笔形状，其他选项的设置如图 13-182 所示。按住 Shift 键的同时，在图像窗口中拖曳鼠标绘制图形，如图 13-183 所示。

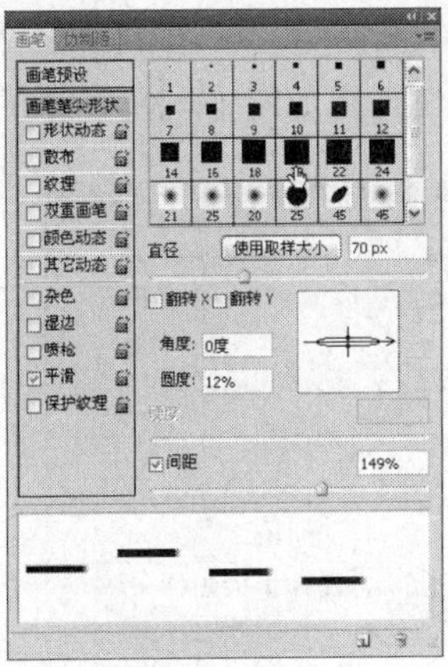

图 13-182

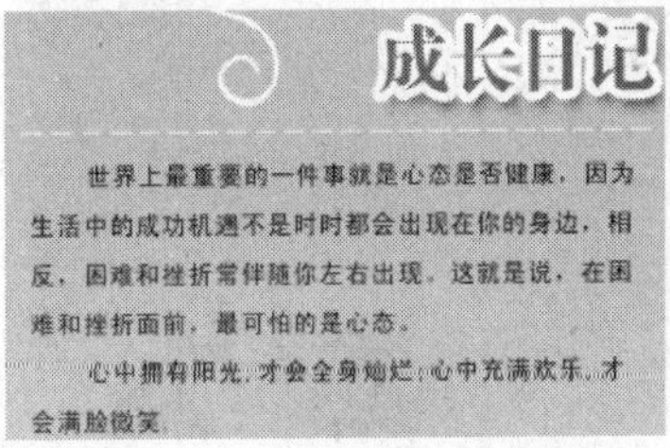

图 13-183

（7）将“虚线”图层拖曳到控制面板下方的“创建新图层”按钮 上进行复制，生成新的图层“虚线 副本”。选择“移动”工具，将复制的虚线拖曳到适当的位置，如图 13-184 所示。

（8）新建图层并将其命名为“直线”。选择“直线”工具，单击属性栏中的“填充像素”按钮，将“粗细”选项设为 5px，按住 Shift 键的同时，在图像窗口中拖曳鼠标绘制直线，效果如图 13-185 所示。

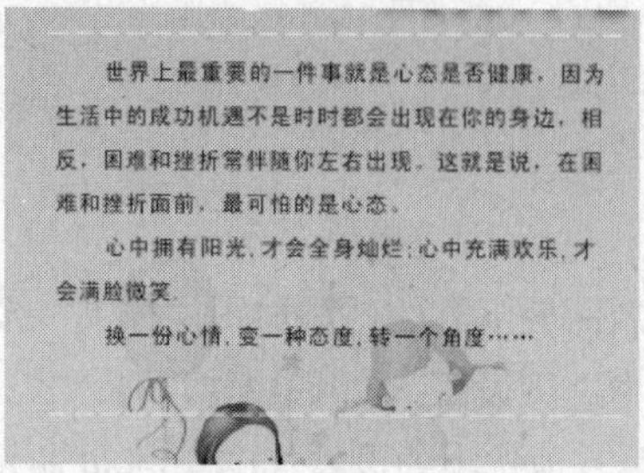

图 13-184

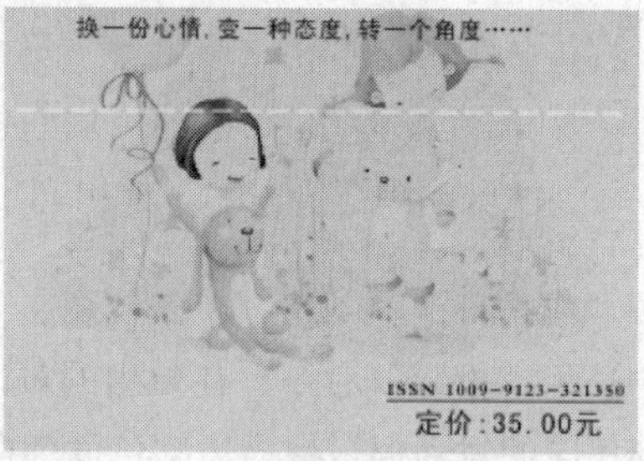

图 13-185

（9）按 Ctrl+O 组合键，打开光盘中的“Ch13 > 素材 > 儿童教育书籍设计 > 04”文件，选择“移动”工具，将图片拖曳到图像窗口的适当位置，效果如图 13-186 所示，在“图层”控制面板中生成新的图层并将其命名为“条形码”，如图 13-187 所示。单击“封底”图层组左侧的三角形按钮，将其隐藏。

图 13-186

图 13-187

4. 制作书脊效果

（1）单击“图层”控制面板下方的“创建新组”按钮，生成新的图层组并将其命名为“书脊”。选择“直排文字”工具，输入需要的文字，分别选取文字并在属性栏中选择合适的字体和文字大小，调整文字间距，填充文字颜色，如图 13-188 所示，在“图层”控制面板中分别生成新的文字图层，如图 13-189 所示。用上述所讲的方法制作出如图 13-190 所示的效果。

图 13-188

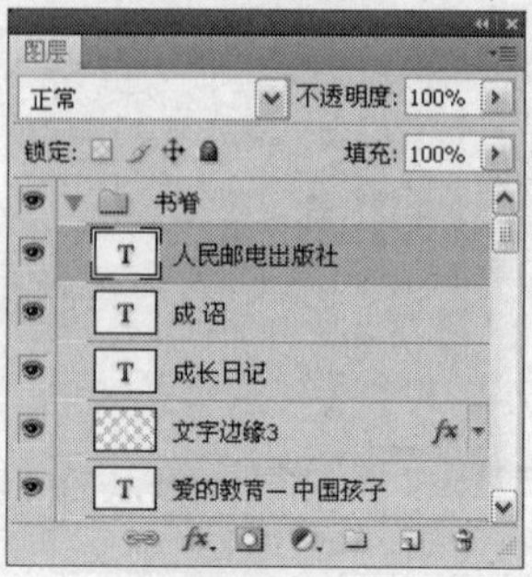

图 13-189

图 13-190

（2）新建图层并将其命名为“符号 1”。将前景色设为黑色。选择“自定形状”工具，单击属性栏中的“形状”选项，弹出“形状”面板，在“形状”面板中选中图形“靶心”，如图 13-191 所示。单击属性栏中的“填充像素”按钮，在图像窗口中拖曳鼠标绘制图形，效果如图 13-192 所示。按 Ctrl+；组合键，隐藏参考线。儿童教育书籍设计效果制作完成，如图 13-193 所示。

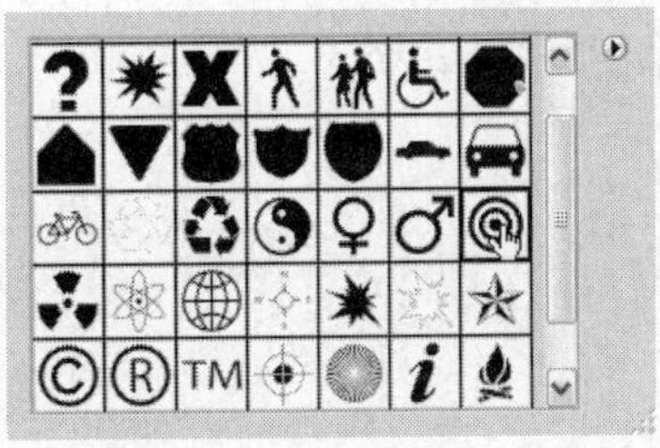

图 13-191

图 13-192

图 13-193

课堂练习 1——现代散文集书籍设计

【练习知识要点】使用混合模式命令制作图片的融合，使用文字工具和图层样式命令添加需要的文字，使用添加蒙版命令和画笔工具制作封底图片的融合，使用喷色描边命令制作图章。现代散文集书籍设计效果如图 13-194 所示。

【效果所在位置】光盘/Ch13/效果/现代散文集书籍设计.psd。

图 13-194

课堂练习 2——作文辅导书籍设计

【练习知识要点】使用渐变工具、添加杂色滤镜命令和钢笔工具制作背景底图，使用文字工具、椭圆工具和描边命令制作标志图形，使用文字工具、扩展命令和图层样式命令制作书名，使用圆角矩形工具和渐变工具制作封底标题。作文辅导书籍设计效果如图 13-195 所示。

【效果所在位置】光盘/Ch13/效果/作文辅导书籍设计.psd。

图 13-195

课后习题——青春年华书籍设计

【习题知识要点】使用圆角矩形工具和创建剪贴蒙版命令制作封面背景图，使用自定形状工具绘制装饰图形，使用文字工具和添加图层样式命令制作书名，使用混合模式命令制作图片的叠加。青春年华书籍设计效果如图 13-196 所示。

【效果所在位置】光盘/Ch13/效果/青春年华书籍设计.psd。

图 13-196

第14章 包装设计

包装代表着一个商品的品牌形象。好的包装可以让商品在同类产品中脱颖而出，吸引消费者的注意力并引发其购买行为。包装可以起到美化商品及传达商品信息的作用。包装更可以极大地提高商品的价值。本章以多个类别的包装为例，讲解包装的设计方法和制作技巧。

课堂学习目标

- 了解包装的概念
- 了解包装的分类
- 理解包装的设计定位
- 掌握包装的设计思路
- 掌握包装的制作方法和技巧

14.1 包装设计概述

包装最主要的功能是保护商品，其次是美化商品和传达信息。好的包装设计除了解决设计中的基本原则外，还要着重研究消费者的心理活动，才能在同类商品中脱颖而出，如图 14-1 所示。

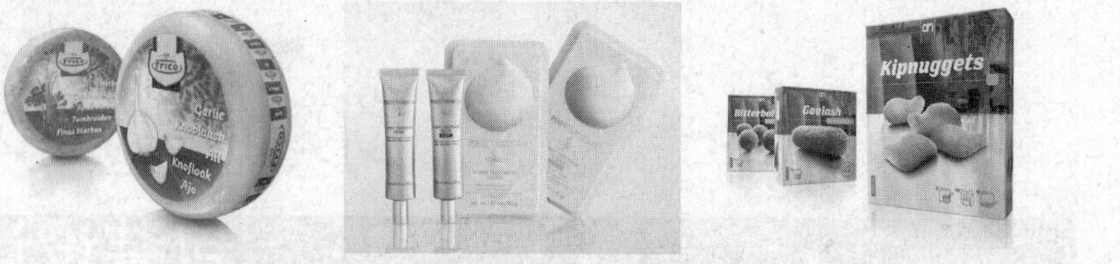

图 14-1

14.1.1 包装的分类

（1）按包装在流通中的作用分类：可分为运输包装和销售包装。

（2）按包装材料分类：一般可分为纸板、木材、金属、塑料、玻璃和陶瓷、纤维织品、复合材料等包装。

（3）按销售市场分类：分为内销商品包装和出口商品包装。

（4）按商品种类分类：分成建材商品包装、农牧水产品商品包装、食品和饮料商品包装、轻工日用品商品包装、纺织品和服装商品包装、化工商品包装，医药商品包装、机电商品包装、电子商品包装、兵器包装等。

14.1.2 包装的设计定位

商品包装应遵循“科学、经济、牢固、美观、适销”的原则。包装设计的定位思想要紧紧地联系着包装设计的构思。构思是设计的灵魂，构思的核心在于考虑表现什么和如何表现两个问题，如何在整理各种要素的基础上选准重点，突出主题，是设计构思的重要原则。

（1）以产品定位：以商品自身的图像为主体形象，也就是商品再现，将商品的照片直接运用在包装设计上，可以直接传达商品的信息，让消费者更容易理解与接受。

（2）以品牌定位：一般主要应用于品牌知名度较高的产品包装设计，在设计处理上以产品标志形象与品牌定性分析为重心。

（3）以消费者定位：着力于特定消费对象的定位表现，主要应用具有特定消费者的产品包装设计。

（4）以差别化定位：着力于针对竞争对方而加以较大的差别化的定位角度，以求自我独特个性化的设计表现。

（5）以传统定位：着力于某种民族性传统感的追求，用于富有浓郁地方传统特色的产品包装的具体处理上，对某些传统图形的应用加以形或色的改造。

（6）以文案定位：着力于产品有关信息的详尽文案介绍，在处理上应注意文案编排的风格特征，同时往往配以插图以丰富表现。

（7）以礼品性定位：着力于华贵或典雅的装饰效果。这类定位一般应用于高品位产品，设计处理有较大的灵活性。

（8）以纪念性定位：在包装上着力于对某种庆典活动、旅游活动、文化体育活动等特定纪念性的设计。

（9）以商品档次定位：要防止过分包装，必须做到包装材料与商品价值相称，要既保证商品的品味又要尽可能降低生产成本。

（10）以商品特殊属性定位：着力于商品特有的底纹处理或纹样或产品特有的色彩为主体形象，这类包装设计要根据产品本身的性质而进行。

14.2 舞蹈 CD 包装

14.2.1 案例分析

肚皮舞是一种带有阿拉伯风情的舞蹈形式，起源于中东地区，19 世纪末传入欧美地区，至今已遍布世界各地，成为一种较为知名的国际性舞蹈。本例是为唱片公司设计的肚皮舞唱片包装，在包装设计上希望能表现舞蹈独特的文化背景和舞步特色。

在设计思路上，通过暗绿色渐变背景和花纹表现出舞蹈的文化内涵和时代感。正在舞蹈的人物图片充分表现出舞蹈的类型和特点，通过设计的艺术文字充分表现出舞蹈的韵律和节奏感，下面反白的文字突出了舞蹈的主题。整体设计具有强烈的视觉冲击力和现代感。

本例将使用直排文字工具输入介绍性文字。使用渐变工具、描边命令和扩展选区命令制作主体文字。使用剪贴蒙版命令制作光盘封面。使用投影命令为图像添加投影制作包装展示效果。

14.2.2 案例设计

本案例设计流程如图 14-2 所示。

制作平面图效果

制作光盘封面

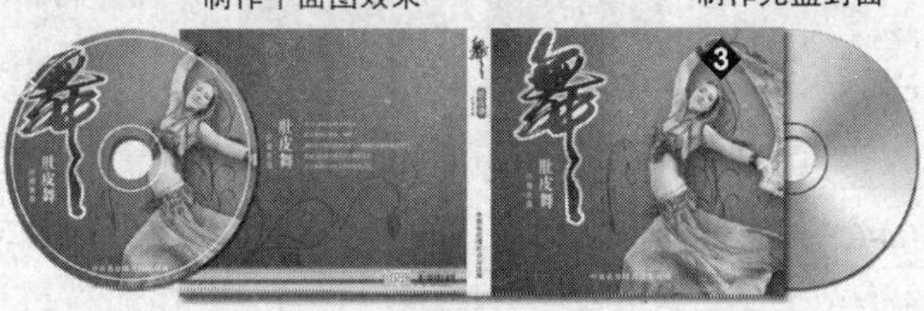

最终效果

图 14-2

14.2.3 案例制作

1. 制作 CD 包装封面和封底

（1）按 Ctrl+N 组合键，弹出“新建”对话框，设置宽度为 29 厘米，高度为 12.6 厘米，分辨率为 200 像素/英寸，颜色模式为 RGB，背景内容为白色，单击“确定”按钮，新建一个文件。

（2）按 Ctrl+O 组合键，打开光盘中的“Ch14 > 素材 > 舞蹈 CD 包装 > 01”文件，选择“移动”工具，将素材图片拖曳到图像窗口的适当位置，如图 14-3 所示，在“图层”控制面板中生成新的图层并将其命名为“底图”。

（3）新建图层并将其命名为“文字底图”。将前景色设为粉红色（其 R、G、B 的值分别为 228、0、127）。选择“椭圆”工具，单击属性栏中的“填充像素”按钮，在适当的位置绘制 4 个椭圆形，如图 14-4 所示。

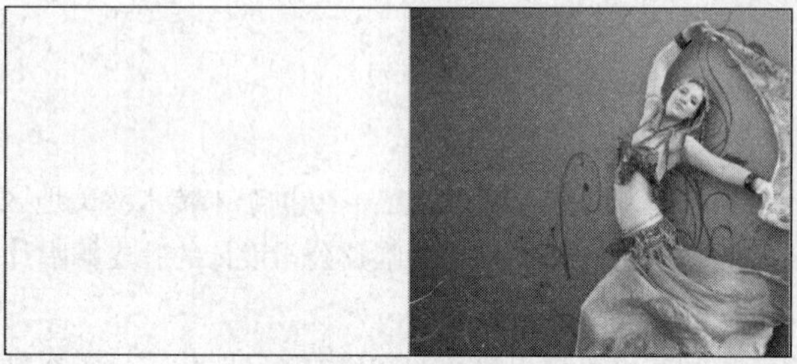
图 14-3

图 14-4

（4）将前景色设为白色。选择“直排文字”工具，在属性栏中选择合适的字体并设置大小，输入需要的白色文字，如图 14-5 所示，在“图层”控制面板中生成新的文字图层。选取文字，按 Ctrl+T 组合键，弹出“字符”面板，选项的设置如图 14-6 所示，文字效果如图 14-7 所示。

（5）选择“直排文字”工具，在属性栏中选择合适的字体并设置大小，输入需要的白色文字，如图 14-8 所示，在“图层”控制面板中生成新的文字图层。选取文字，按 Ctrl+T 组合键，弹出“字符”面板，选项的设置如图 14-9 所示，文字效果如图 14-10 所示。

图 14-5

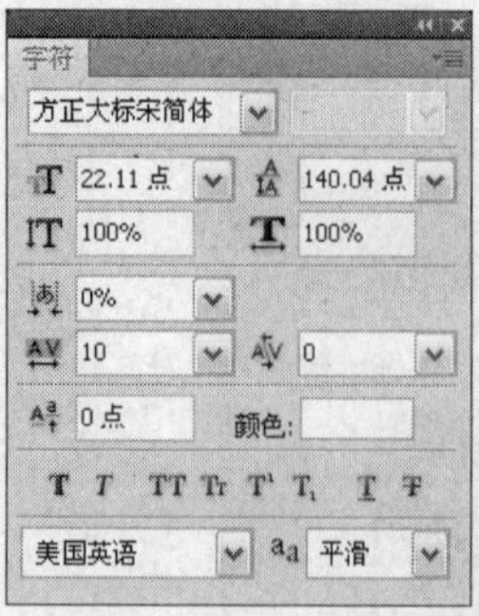

图 14-6

图 14-7

图 14-8

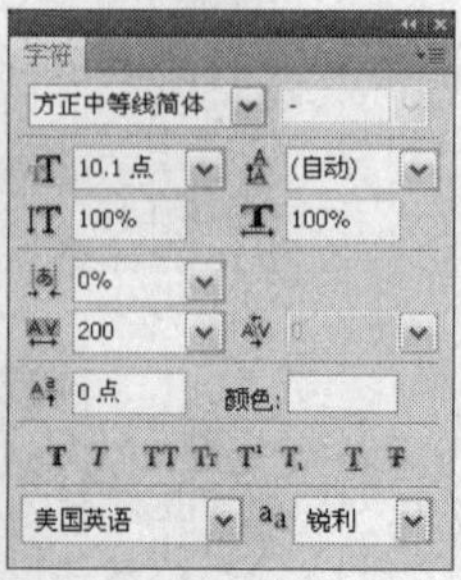

图 14-9

图 14-10

（6）按 Ctrl+O 组合键，打开光盘中的“Ch14 > 素材 > 舞蹈 CD 包装 > 02”文件，选择“移动”工具，将文字图片拖曳到图像窗口的适当位置，如图 14-11 所示，在“图层”控制面板中生成新的图层并将其命名为“舞”。

（7）按住 Ctrl 键的同时，单击“舞”图层的图层缩览图，文字周围生成选区，如图 14-12 所示。选择“渐变”工具，单击属性栏中的“点按可编辑渐变”按钮，弹出“渐变编辑器”对话框，在“位置”选项中分别输入 0、36、59、76、100 几个位置点，并分别设置几个位置点颜色的 RGB 值为：0（230、0、18）、36（83、0、0）、59（226、0、17）、76（79、0、0）、100（225、0、17），如图 14-13 所示，单击“确定”按钮。单击属性栏中的“线性渐变”按钮，在选区中从左上方向右下方拖曳渐变色，效果如图 14-14 所示。

图 14-11

图 14-12

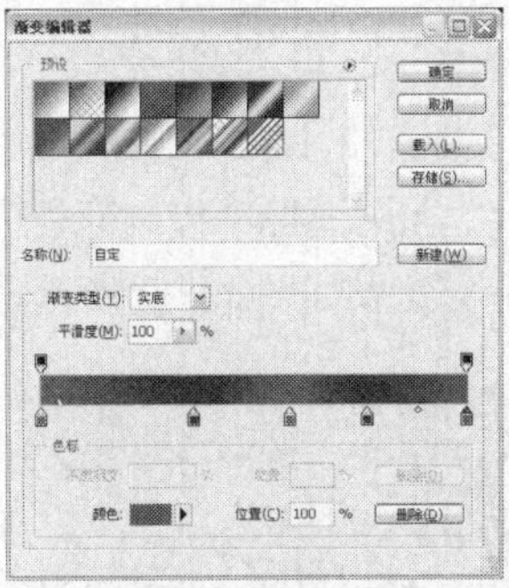

图 14-13

图 14-14

（8）单击“图层”控制面板下方的“添加图层样式”按钮，在弹出的菜单中选择“描边”命令，弹出对话框，将描边颜色设为白色，其他选项的设置如图 14-15 所示，单击“确定”按钮，图像效果如图 14-16 所示。

（9）选择“选择 > 修改 > 扩展”命令，弹出“扩展选区”对话框，选项的设置如图 14-17 所示，单击“确定”按钮，效果如图 14-18 所示。

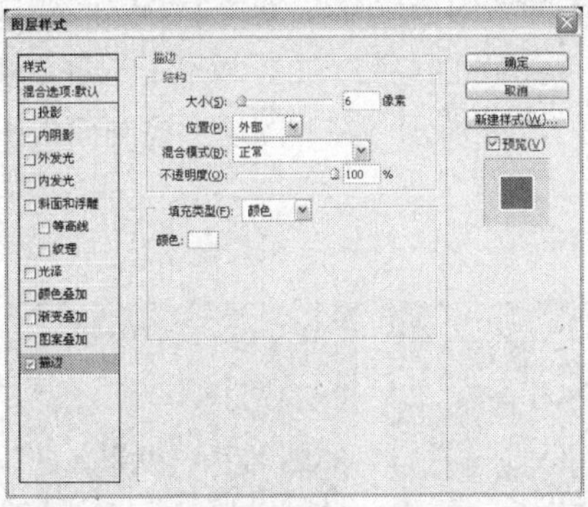

图 14-15

图 14-16

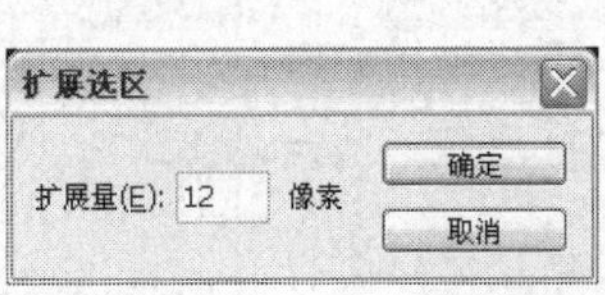

图 14-17

图 14-18

（10）新建图层并将其命名为“舞 1”。选择“渐变”工具，单击属性栏中的“点按可编辑渐变”按钮，弹出“渐变编辑器”对话框，在“位置”选项中分别输入 0、36、59、76、100 几个位置点，并分别设置几个位置点颜色的 RGB 值为：0（255、255、255）、36（140、139、142）、59（255、255、255）、76（143、143、144）、100（255、255、255），如图 14-19 所示，单击“确定”按钮。在选区中从左上方向右下方拖曳渐变色，效果如图 14-20 所示。

（11）将“舞 1”图层拖曳到“舞”图层的下方，图像效果如图 14-21 所示。按 Ctrl+D 组合键，取消选区。

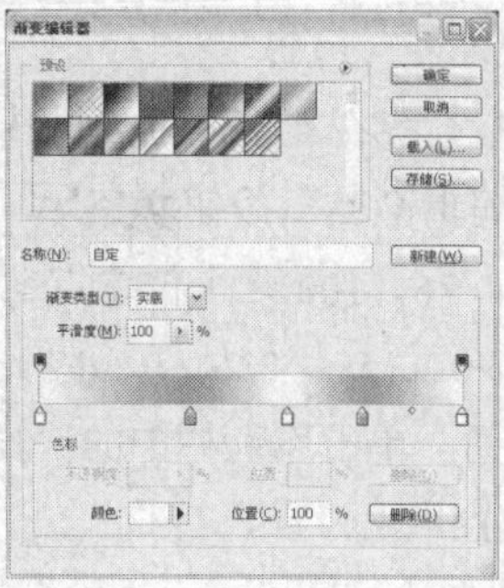

图 14-19

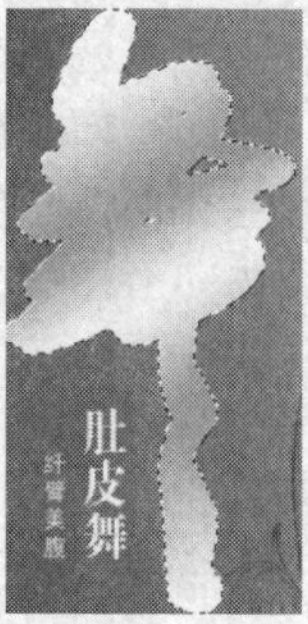

图 14-20

图 14-21

（12）选择“横排文字”工具，在属性栏中选择合适的字体并设置大小，输入需要的白色文字，如图 14-22 所示，在“图层”控制面板中生成新的文字图层。将文字选取，按 Alt+→组合键，适当调整文字间距，效果如图 14-23 所示。

图 14-22

图 14-23

（13）在“图层”控制面板中，按住 Shift 键的同时，单击“底图”图层，将除“背景”图层外的所有图层选取，如图 14-24 所示。按 Ctrl+G 组合键，将其编组并命名为“封面”，如图 14-25 所示。

（14）按 Ctrl+O 组合键，打开光盘中的“Ch14 > 素材 > 舞蹈 CD 包装 > 03”文件，选择“移动”工具，将素材图片拖曳到图像窗口的适当位置，如图 14-26 所示，在“图层”控制面板中生成新的图层并将其命名为“底图 1”。

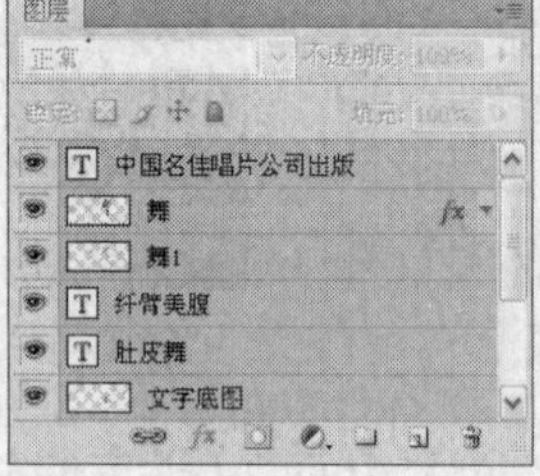

图 14-24

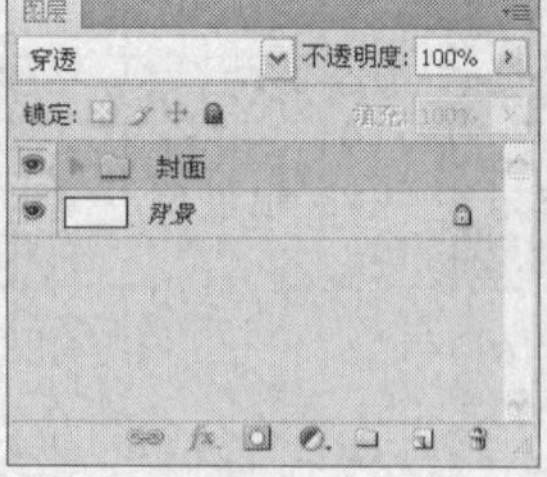

图 14-25

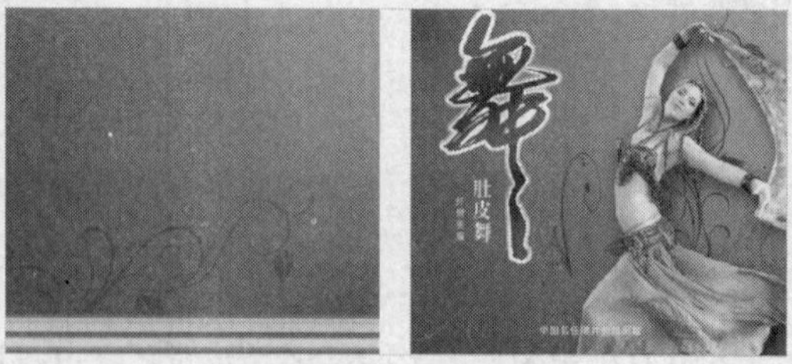

图 14-26

（15）在“图层”控制面板中，单击“封面”图层前面的三角按钮，显示其包含的图层。按住 Ctrl 键的同时，单击“纤臂美腹”、“肚皮舞”和“文字底图”图层，将其同时选取，拖曳到面板下方的“创建新图层”按钮上进行复制，生成新的副本图层，并将其拖曳到“底图 1”图层的上方，如图 14-27 所示。选择“移动”工具，在图像窗口中将复制的图形拖曳到适当的位置，效果如图 14-28 所示。单击“封面”图层前面的三角按钮，隐藏其包含的图层。

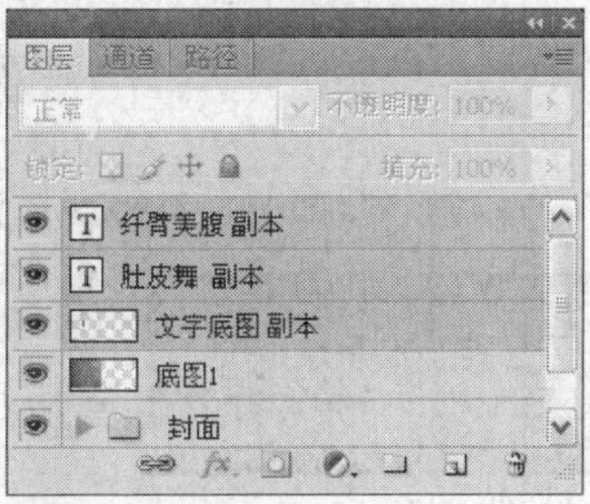

图 14-27

图 14-28

（16）选择“横排文字”工具 T，在属性栏中选择合适的字体并设置大小，在图像窗口中拖曳鼠标绘制文本框，如图 14-29 所示，输入需要的白色文字，如图 14-30 所示，在“图层”控制面板中生成新的文字图层。将文字选取，按 Ctrl+T 组合键，弹出“字符”面板，选项的设置如图 14-31 所示，文字效果如图 14-32 所示。

图 14-29

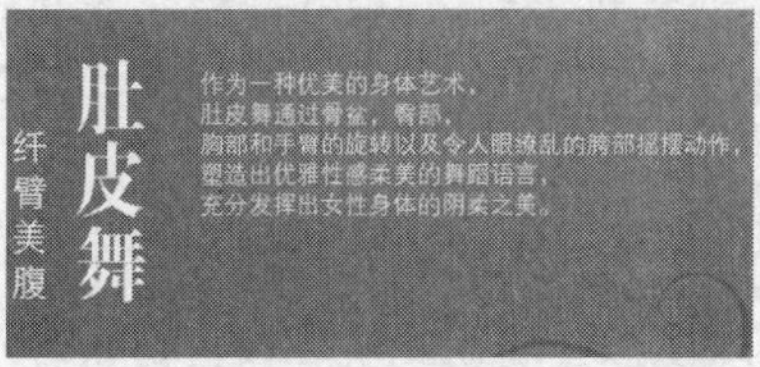

图 14-30

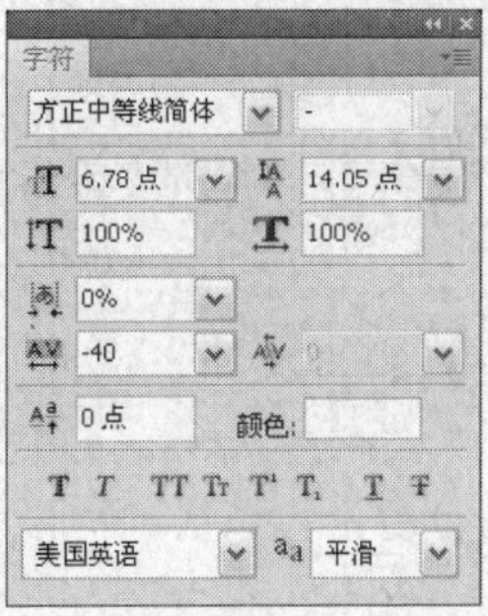

图 14-31

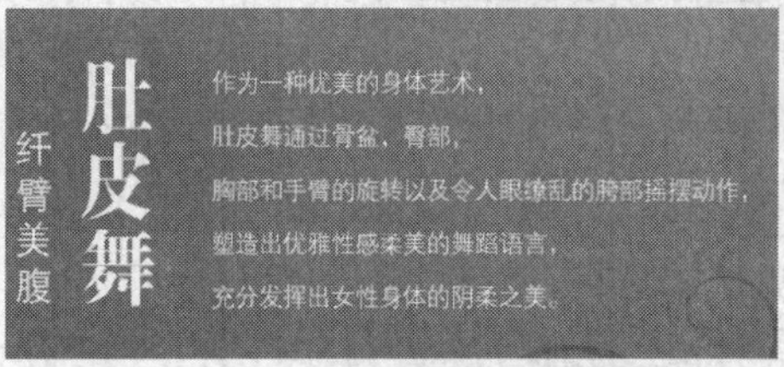

图 14-32

（17）按 Ctrl+O 组合键，打开光盘中的“Ch14 > 素材 > 舞蹈 CD 包装 > 04”文件，如图 14-33 所示，在“图层”控制面板中将两个图层同时选取。选择“移动”工具，将两个素材图片拖曳到图像窗口的适当位置，如图 14-34 所示，在“图层”控制面板中生成新的图层并将其命名为“英文标”、“条形码”。

图 14-33

图 14-34

（18）在“图层”控制面板上方，将“条形码”图层的混合模式设为“深色”，效果如图 14-35 所示。按住 Shift 键的同时，单击“底图 1”图层，将“条形码”图层与“底图 1”图层间的所有图层同时选取，按 Ctrl+G 组合键，将其编组并命名为“封底”，如图 14-36 所示。

图 14-35

图 14-36

（19）在“图层”控制面板中，单击“封面”图层前面的三角形按钮，显示其包含的图层。按住 Ctrl 键的同时，单击“舞”、“舞 1”、“纤臂美腹”、“肚皮舞”和“文字底图”图层，将其同时选取，如图 14-37 所示；并拖曳到控制面板下方的“创建新图层”按钮上进行复制，生成新的副本图层，按两次 Ctrl+Shift+]组合键，将其置于面板最上方。选择“移动”工具，在图像窗口中分别将复制的图形拖曳到适当的位置，并调整其大小。选择“直排文字”工具，选取文字“纤臂美腹”，将其填充为黑色，效果如图 14-38 所示。

（20）选择“直排文字”工具，在属性栏中选择合适的字体并设置大小，输入需要的黑色文字，如图 14-39 所示，在“图层”控制面板中生成新的文字图层。按住 Shift 键的同时，单击“文字底图 副本 2”图层，将“中国名佳……”文字图层与“文字底图 副本 2”图层之间的所有图层同时选取，按 Ctrl+G 组合键，将其编组并命名为“书脊”，如图 14-40 所示。舞蹈 CD 包装封面和封底制作完成，效果如图 14-41 所示。

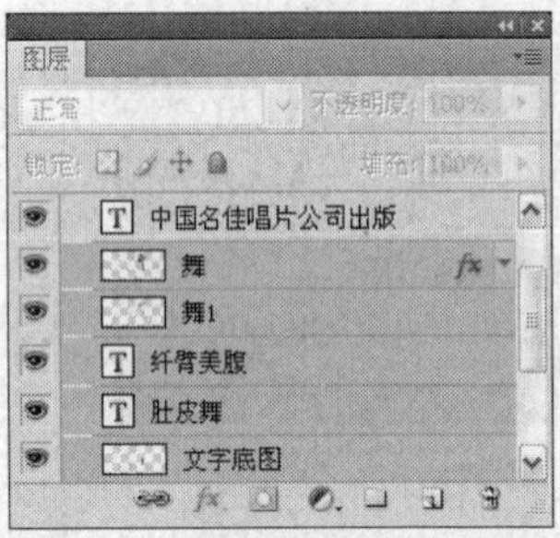

图 14-37

图 14-38

图 14-39

图 14-40

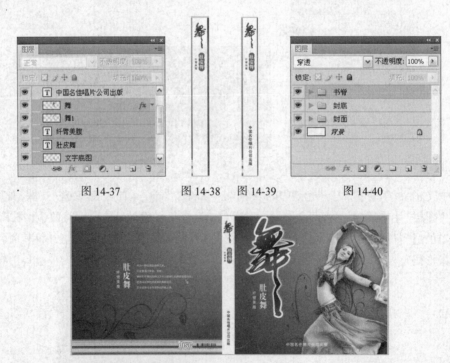

图 14-41

（21）按 Ctrl+S 组合键，弹出“存储为”对话框，将文件名设置为“舞蹈 CD 包装封面和封底”，保存图像为 PSD 格式，单击“保存”按钮，将图像保存。

2. 制作光盘封面

（1）按 Ctrl+O 组合键，打开光盘中的“Ch14 > 素材 > 舞蹈 CD 包装 > 05”文件，如图 14-42 所示，在“图层”控制面板中生成新的图层并将其命名为“光盘封面”。

（2）按 Ctrl+O 组合键，打开制作完成的“舞蹈 CD 包装封面和封底”文件，选择“移动”工具，将“封面”图层组拖曳到新建的图像窗口的适当位置，按 Ctrl+E 组合键，将其合并，如图 14-43 所示，图像效果如图 14-44 所示。按 Ctrl+T 组合键，图像周围出现变换框，按 Alt+Shift 组合键，将其等比例缩放到适当的大小，效果如图 14-45 所示。

图 14-42

图 14-43

图 14-44

图 14-45

（3）在“图层”控制面板中，按 Alt+Ctrl+G 组合键，为“封面”图层创建剪贴蒙版，效果如图 14-46 所示。选择“椭圆选框”工具，单击属性栏中的“从选区减去”按钮，在图像窗口的适当位置绘制出环状选区，填充为白色，并取消选区，效果如图 14-47 所示。按 Ctrl+S 组合键，弹出“存储为”对话框，将文件名设置为“光盘封面”，保存图像为 PSD 格式，单击“确定”按钮，将图像保存。

图 14-46

图 14-47

3. CD 包装展示效果

（1）按 Ctrl+N 组合键，弹出“新建”对话框，设置宽度为 48 厘米，高度为 15 厘米，分辨率为 200 像素/英寸，颜色模式为 RGB，背景内容为白色，单击“确定”按钮，新建一个文件。

（2）按 Ctrl+O 组合键，打开光盘中的“Ch14 > 素材 > 舞蹈 CD 包装 > 06”文件，选择“移动”工具，拖曳图片到图像窗口的右侧，如图 14-48 所示，在“图层”控制面板中生成新的图层并将其命名为“光盘盘片”。

（3）打开制作完成的“舞蹈 CD 包装封面和封底”文件，按 Ctrl+E 组合键，将所有图层合并。选择“移动”工具，将合并后的图像拖曳到图像窗口的适当位置，如图 14-49 所示，在“图层”控制面板中生成新的图层并将其重命名为“CD 包装”。

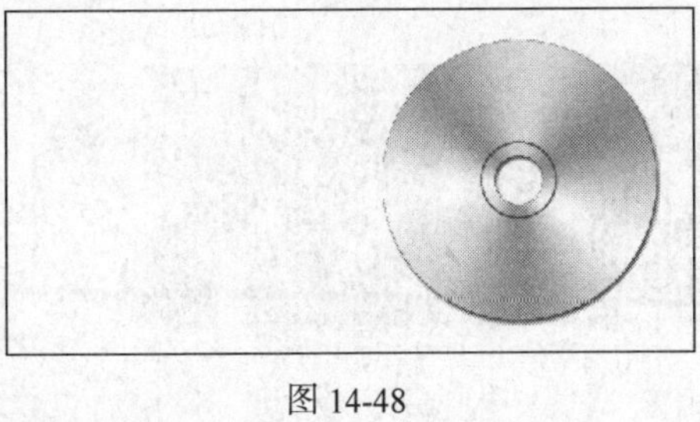

图 14-48

图 14-49

（4）单击“图层”控制面板下方的“添加图层样式”按钮 fx.，在弹出的菜单中选择“投影”命令，在弹出的对话框中进行设置，如图 14-50 所示，单击“确定”按钮，效果如图 14-51 所示。

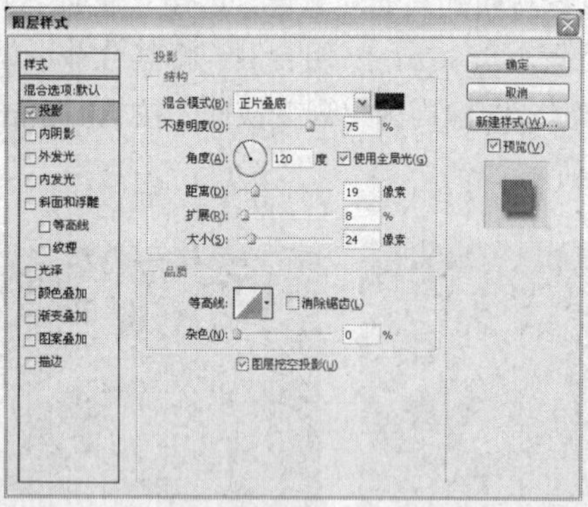

图 14-50

图 14-51

（5）打开制作完成的“光盘封面”文件，按 Ctrl+E 组合键，将除“背景”图层外的所有图层合并。选择“移动”工具，将合并后的图像拖曳到图像窗口的适当位置，如图 14-52 所示，在“图层”控制面板中生成新的图层并将其命名为“光盘封面”。

图 14-52

（6）单击“图层”控制面板下方的“添加图层样式”按钮 fx.，在弹出的菜单中选择“投影”命令，在弹出的对话框中进行设置，如图 14-53 所示，单击“确定”按钮。舞蹈 CD 包装展示效果制作完成，效果如图 14-54 所示。

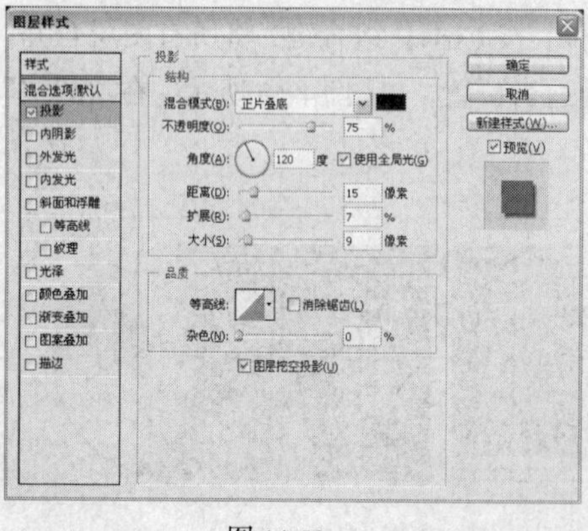

图 14-53

图 14-54

14.3 方便面包装

14.3.1 案例分析

方便面又称泡面、快熟面、速食面、即食面，南方一般称为碗面，香港则称之为公仔面，是一种可在短时间之内用热水泡熟食用的面制食品。产品主要针对的客户是热衷于现代社会的快节奏生活，对速食产品有一定的喜爱和需要的人。在包装设计上希望能表现出食品口味和原料特色，达到推销产品和引领消费者购买的目的。

在设计思路上，用蓝色背景和海鲜碗面图片直接体现产品口味和原料特色。通过使用透明图形制造出鲜香的感觉，使产品看起来可口诱人。通过对文字的艺术处理使包装产品更醒目。整体设计干净明快、主题突出。

本例将使用钢笔工具和渐变工具添加亮光。使用文字工具和描边命令添加宣传文字。使用矩形工具和高斯模糊命令制作高光。使用创建文字变形命令制作文字变形。使用矩形选框工具和羽化命令制作封口。

14.3.2 案例设计

本案例设计流程如图 14-55 所示。

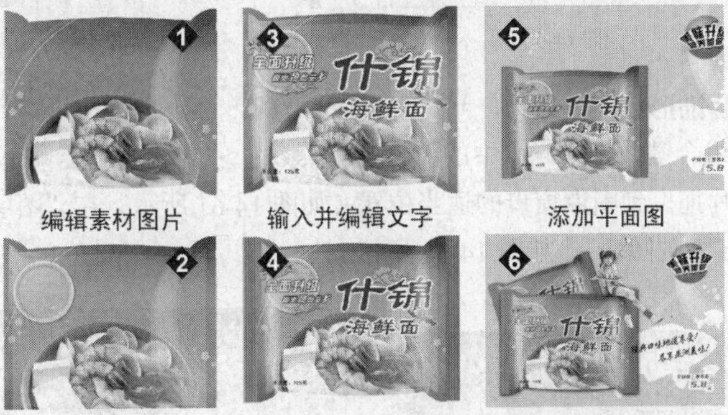

图 14-55

14.3.3 案例制作

1. 制作背景效果并添加图片

（1）按 Ctrl+O 组合键，打开光盘中的“Ch14 > 素材 > 方便面包装 > 01、02”文件，选择“移动”工具，将 02 素材拖曳到 01 素材图像窗口的适当位置，如图 14-56 所示，在“图层”控制面板中生成新的图层并将其命名为“底图”、“食品”。

（2）按住 Alt 键的同时，将鼠标光标放在“食品”图层和“底图”图层的中间，鼠标光标变为，如图 14-57 所示，单击鼠标，创建图层的剪贴蒙版，效果如图 14-58 所示。

图 14-56

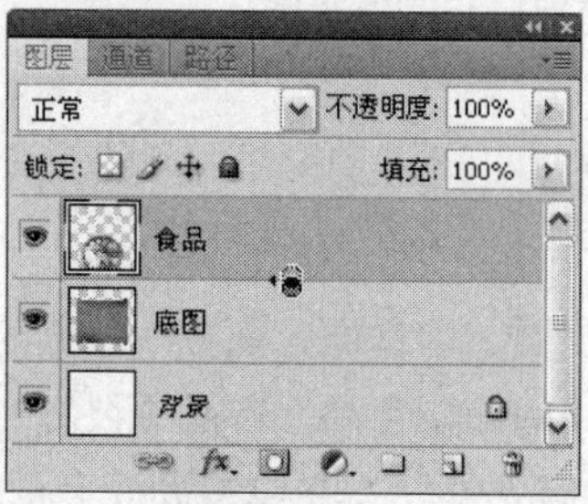

图 14-57

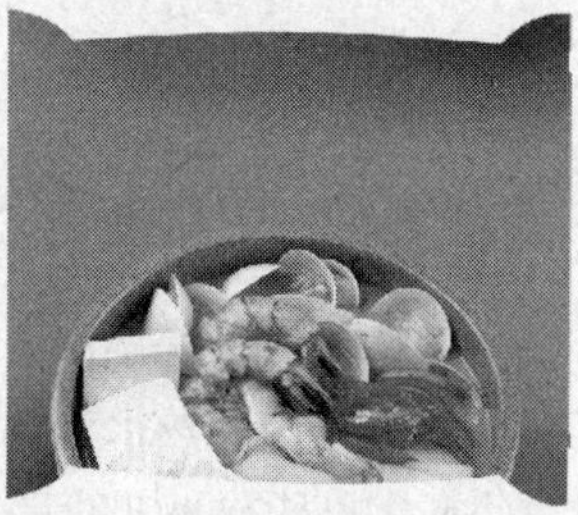

图 14-58

（3）按 Ctrl+O 组合键，打开光盘中的“Ch14 > 素材 > 方便面包装 > 03、04”文件，选择“移动”工具，分别将图片拖曳到图像窗口中，并调整其大小和位置，在“图层”控制面板中生成新的图层并将其命名为“花纹 1”、“花纹 2”，如图 14-59 所示。用相同的方法，为“花纹 1”、“花纹 2”图层创建剪贴蒙版，效果如图 14-60 所示。

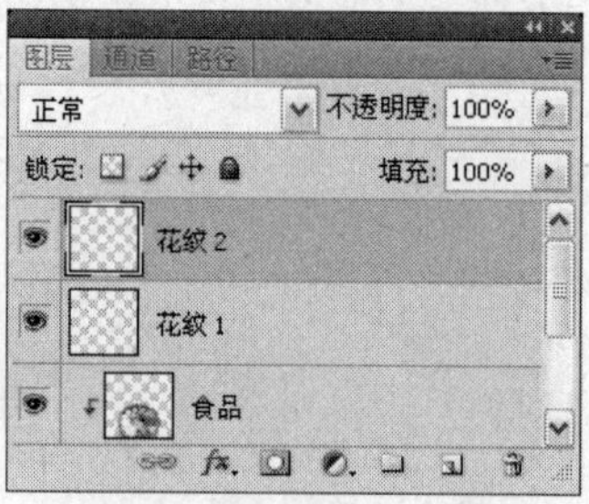

图 14-59

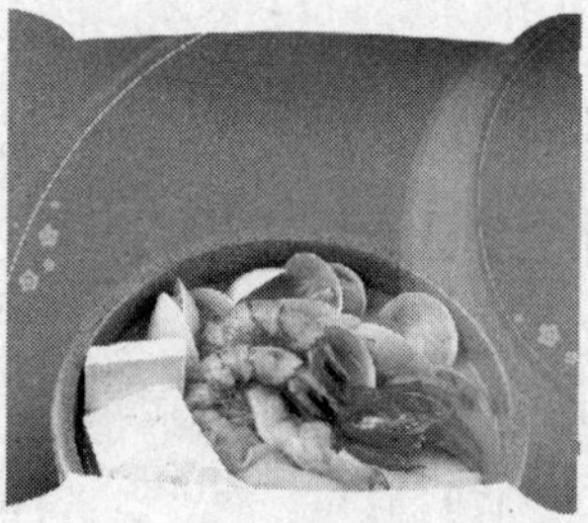

图 14-60

2. 制作透明装饰形状

（1）按 Ctrl+O 组合键，打开光盘中的“Ch14 > 素材 > 方便面包装 > 05”文件，选择“移动”工具，将图片拖曳到图像窗口的适当位置，如图 14-61 所示，在“图层”控制面板中生成新的图层并将其命名为“圆环”，如图 14-62 所示。

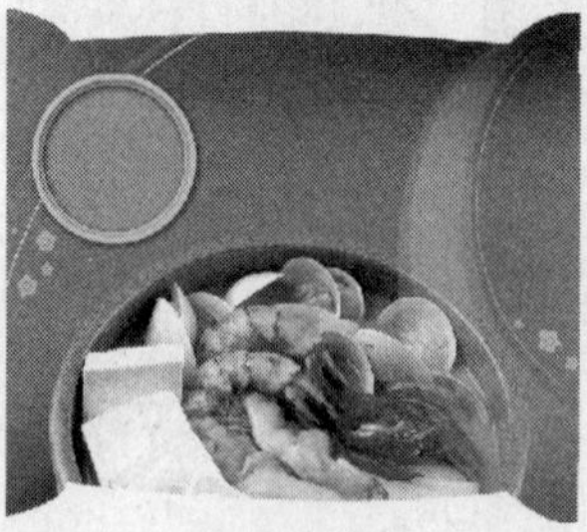

图 14-61

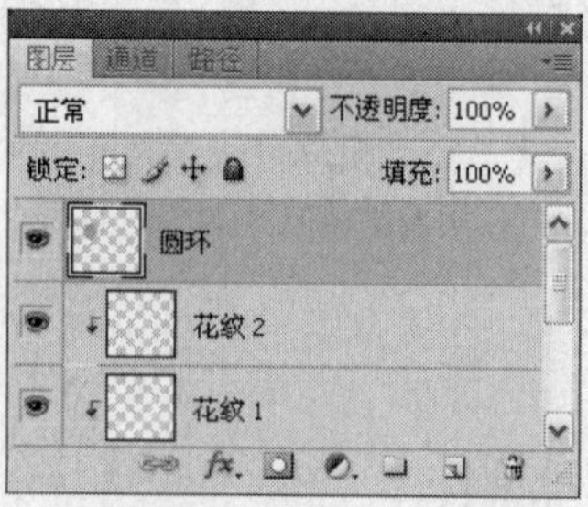

图 14-62

（2）新建图层并将其命名为“形状”。选择“钢笔”工具，在图像窗口中绘制路径，如图 14-63 所示。按 Ctrl+Enter 组合键，将路径转换为选区。选择“渐变”工具，单击属性栏中的“点按可编辑渐变”按钮，弹出“渐变编辑器”对话框，将渐变色设为从白色到白色，在渐变色带上方选中右侧的不透明度色标，将“不透明度”选项设为 0，如图 14-64 所示，单击“确定”按钮。

在选区中从左上方向右下方拖曳渐变色，按 Ctrl+D 组合键，取消选区，效果如图 14-65 所示。

（3）在“图层”控制面板上方，将“形状”图层的“不透明度”选项设为 22%，图像效果如图 14-66 所示。

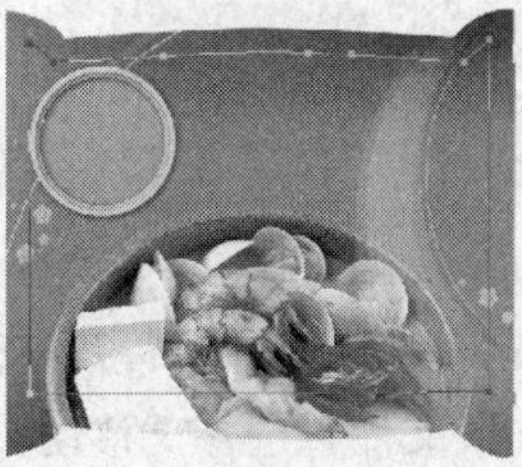
图 14-63

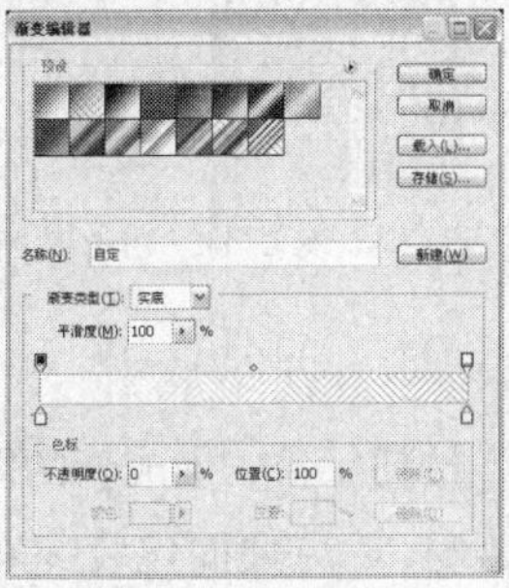
图 14-64

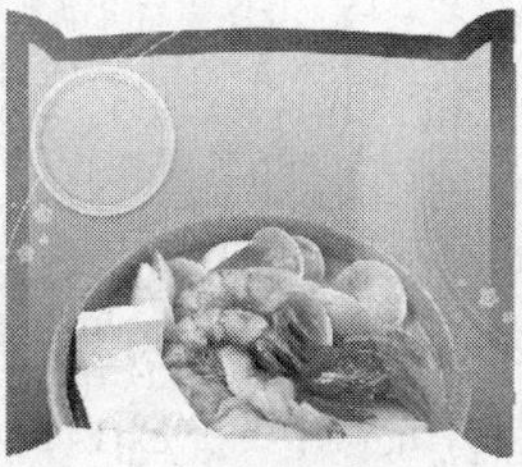
图 14-65

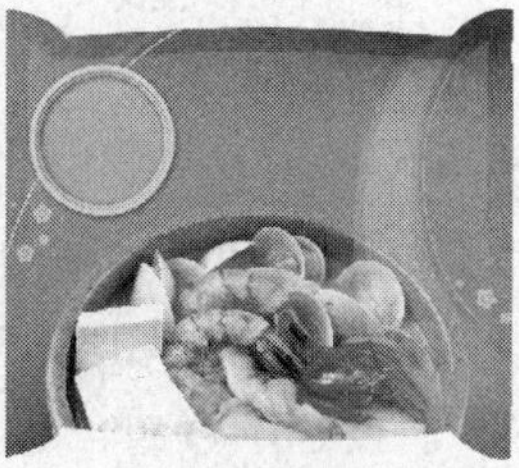
图 14-66

（4）新建图层并将其命名为“形状 2”。选择“钢笔”工具，在图像窗口中绘制路径，如图 14-67 所示。按 Ctrl+Enter 组合键，将路径转化为选区。选择“渐变”工具，在选区中由下至上拖曳渐变色，按 Ctrl+D 组合键，取消选区，效果如图 14-68 所示。

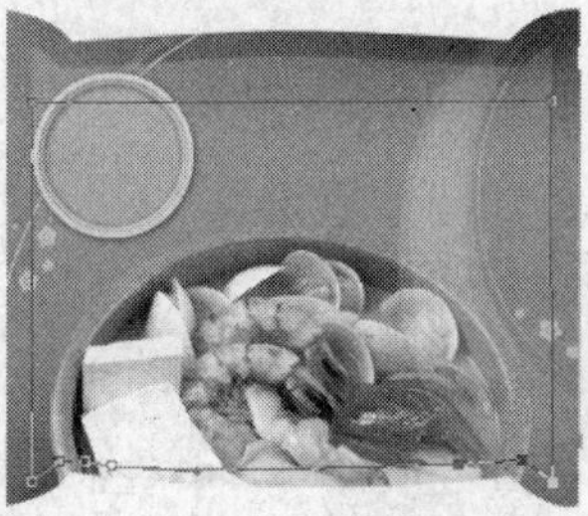
图 14-67

图 14-68

（5）单击“图层”控制面板下方的“添加图层蒙版”按钮，为“形状 2”图层添加蒙版。选择“渐变”工具，单击属性栏中的“点按可编辑渐变”按钮，弹出“渐变编辑器”对话框，将渐变色设为从黑色到白色，如图 14-69 所示，单击“确定”按钮。单击属性栏中的“径向渐变”按钮，在图像窗口中由下到至上拖曳渐变色，效果如图 14-70 所示。

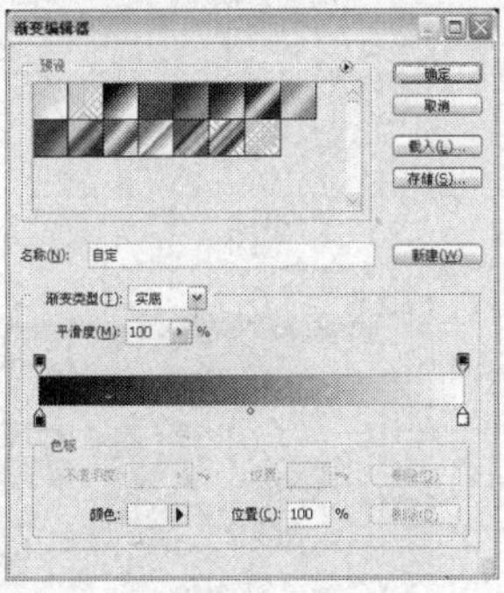
图 14-69

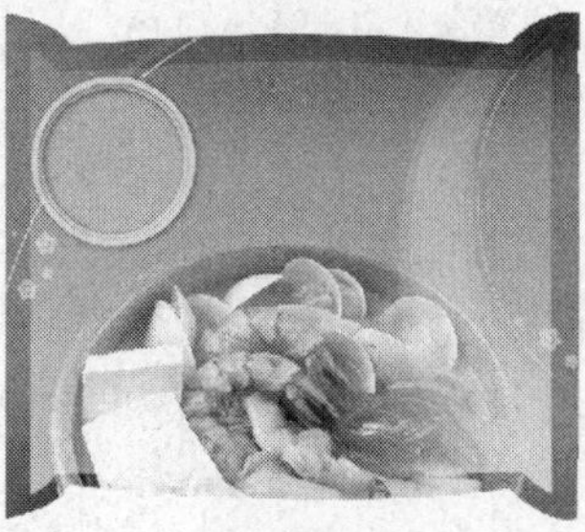
图 14-70

（6）在“图层”控制面板上方，将“形状 2”图层的“不透明度”选项设为 41%，如图 14-71 所示，图像效果如图 14-72 所示。用上述所讲的方法制作出如图 14-73 所示的效果。

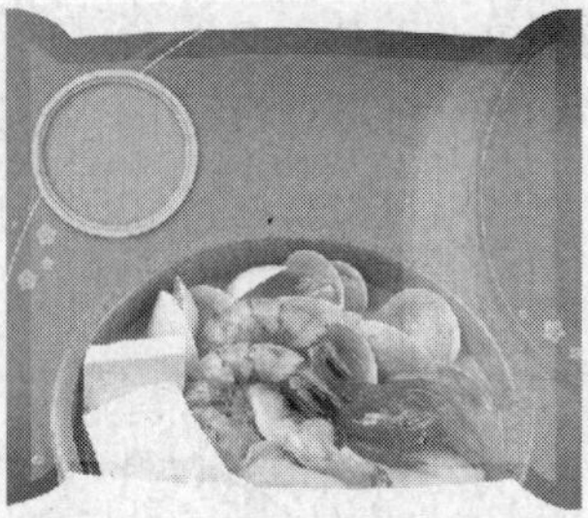
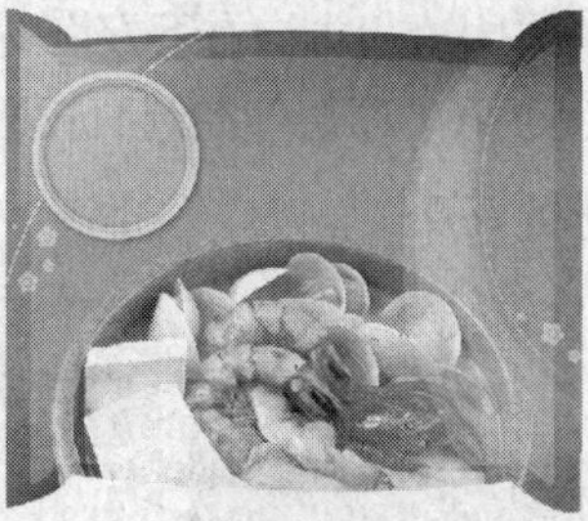

图 14-71　　　　图 14-72　　　　图 14-73

3. 添加并编辑文字

（1）单击“图层”控制面板上方的“创建新组”按钮，生成新的图层组并将其命名为“文字”。按 Ctrl+O 组合键，打开光盘中的“Ch14 > 素材 > 方便面包装 > 06”文件，选择“移动”工具，将图片拖曳到图像窗口的适当位置，如图 14-74 所示，在“图层”控制面板中生成新的图层并将其命名为“云”。

（2）选择“横排文字”工具 T，输入需要的文字，分别选取文字并在属性栏中选择合适的字体和文字大小，适当调整文字间距，填充文字为深蓝色（其 R、G、B 的值分别为 8、28、112）、白色、深蓝色（其 R、G、B 的值分别为 8、28、112）和黑色，如图 14-75 所示，在“图层”控制面板中分别生成新的文字图层，如图 14-76 所示。

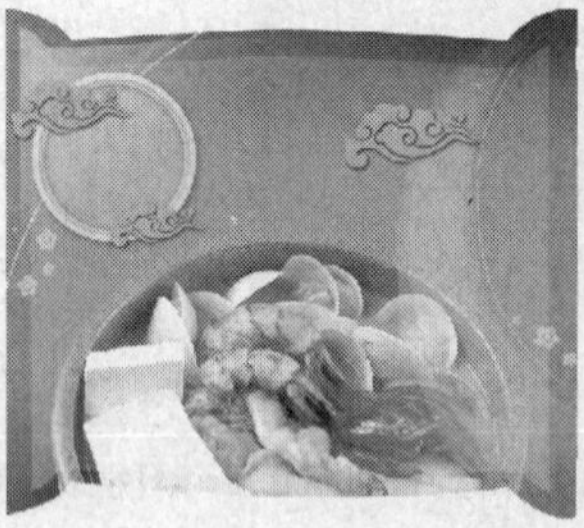

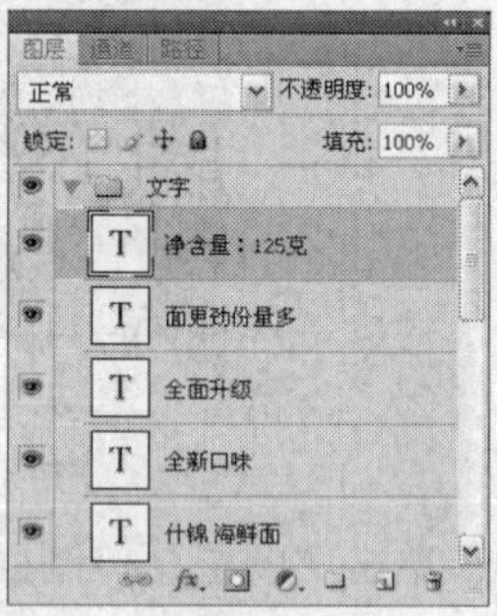

图 14-74　　　　图 14-75　　　　图 14-76

（3）选中“什锦海鲜面”图层，单击“图层”控制面板下方的“添加图层样式”按钮 fx，在弹出的菜单中选择“描边”命令，弹出对话框，将描边颜色设为白色，其他选项的设置如图 14-77 所示，单击“确定”按钮，效果如图 14-78 所示。

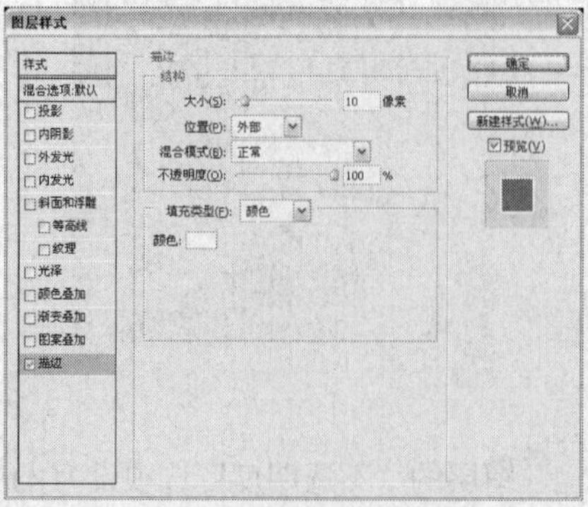

图 14-77　　　　图 14-78

（4）选中“全新口味”图层，单击“图层”控制面板下方的“添加图层样式”按钮 fx.，在弹出的菜单中选择“描边”命令，在弹出的对话框中进行设置，如图 14-79 所示，单击“确定”按钮，效果如图 14-80 所示。

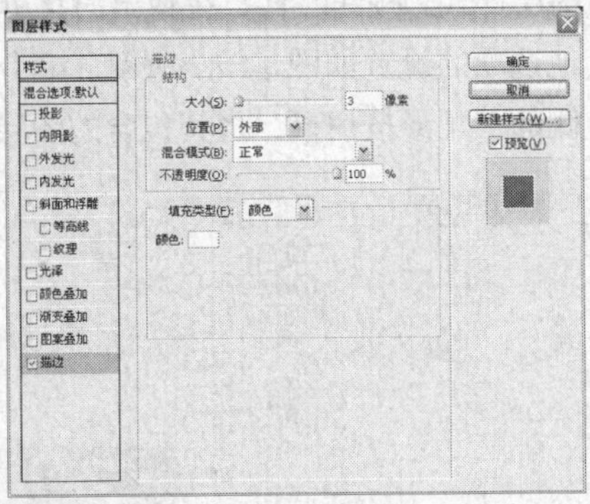

图 14-79

图 14-80

（5）选择“横排文字”工具 T，单击属性栏中的“创建文字变形”按钮，弹出“变形文字”对话框，选项的设置如图 14-81 所示，单击“确定”按钮，效果如图 14-82 所示。

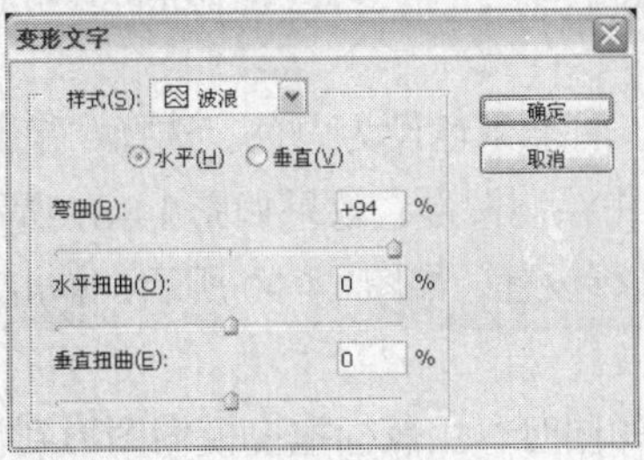

图 14-81

图 14-82

（6）选中“全面升级”图层。单击“图层”控制面板下方的“添加图层样式”按钮 fx.，在弹出的菜单中选择“描边”命令，弹出对话框，将描边颜色设为棕色（其 R、G、B 的值分别为 101、0、47），其他选项的设置如图 14-83 所示，单击“确定”按钮，效果如图 14-84 所示。

（7）在“全面升级”图层上单击鼠标右键，在弹出的菜单中选择“拷贝图层样式”命令，在“面更劲份量多”图层上单击鼠标右键，在弹出的菜单中选择“粘贴图层样式”命令，效果如图 14-85 所示。

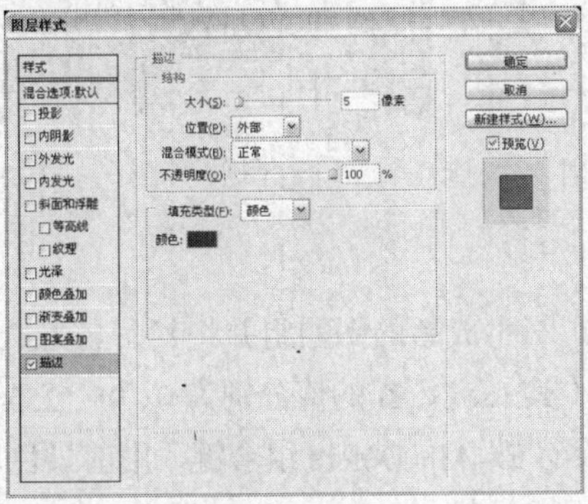

图 14-83

图 14-84

图 14-85

（8）按 Ctrl+O 组合键，打开光盘中的“Ch14 > 素材 > 方便面包装 > 07”文件，选择“移动”工具，将图片拖曳到图像窗口的适当位置，如图 14-86 所示，在“图层”控制面板中生成新的图层并将其命名为“大虾”。

（9）单击“图层”控制面板下方的“添加图层样式”按钮，在弹出的菜单中选择“描边”命令，弹出对话框，将描边颜色设为白色，其他选项的设置如图 14-87 所示，单击“确定”按钮，效果如图 14-88 所示。单击“文字”图层组左侧的三角形按钮，将其包含的图层隐藏。

图 14-86

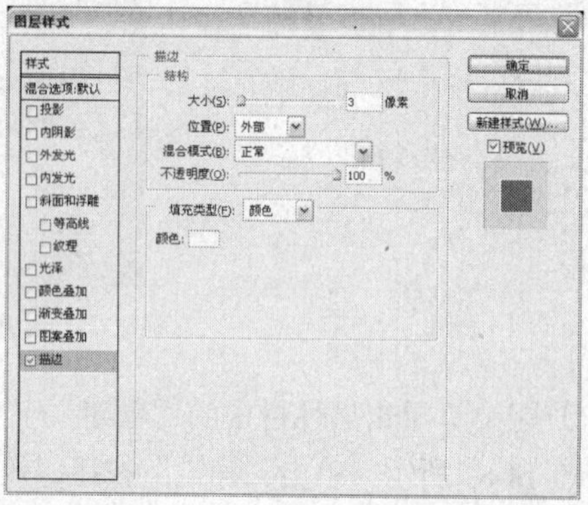

图 14-87

图 14-88

（10）新建图层并将其命名为“模糊高光”。将前景色设为白色。选择“矩形”工具，单击属性栏中的“填充像素”按钮，在图像窗口中绘制图形，效果如图 14-89 所示。选择“滤镜 > 模糊 > 高斯模糊”命令，在弹出的对话框中进行设置，如图 14-90 所示，单击“确定”按钮，效果如图 14-91 所示。

（11）选择“移动”工具，按住 Alt 键的同时，用鼠标拖曳模糊图形到包装袋的右上方，复制图形，效果如图 14-92 所示，在“图层”控制面板中生成新的图层“模糊高光副本”。

图 14-89

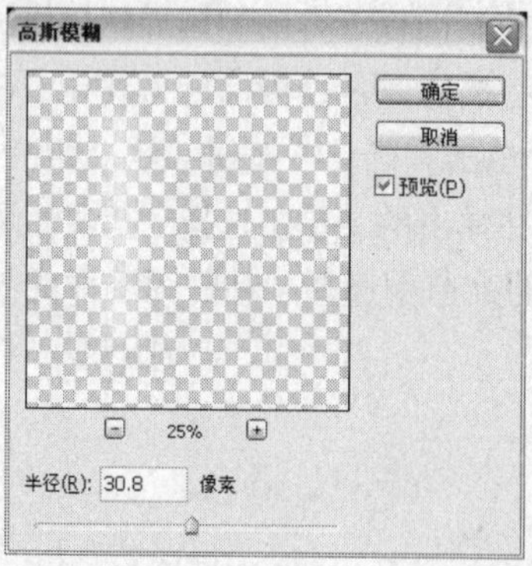

图 14-90

图 14-91

图 14-92

4. 制作包装袋封口效果

（1）单击“图层”控制面板下方的“创建新组”按钮，生成新的图层组并将其命名为“封口”。新建图层并将其命名为“长矩形”。将前景色设为蓝色（其 R、G、B 的值分别为 0、95、255）。选择“矩形选框”工具，在图像窗口中拖曳鼠标绘制选区。按 Alt+Delete 组合键，用前景色填充选区，按 Ctrl+D 组合键，取消选区，效果如图 14-93 所示。

（2）新建图层并将其命名为“直线”，将前景色设为白色。选择“矩形选框”工具，拖曳鼠标绘制选区，如图 14-94 所示。按 Shift+F6 组合键，弹出“羽化选区”对话框，选项的设置如图 14-95 所示，单击“确定”按钮。用白色填充选区并取消选区，效果如图 14-96 所示。

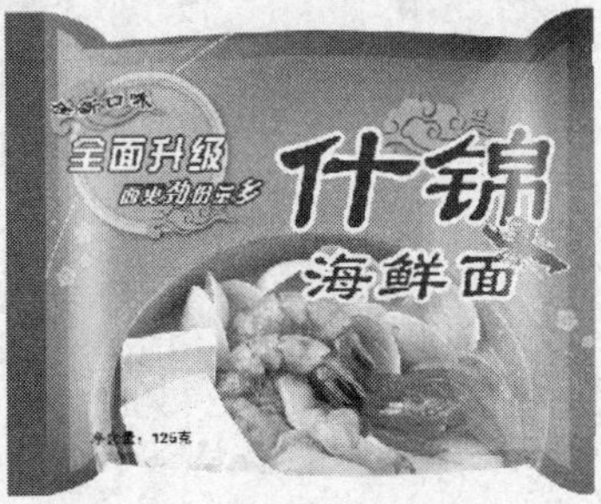

图 14-93

图 14-94

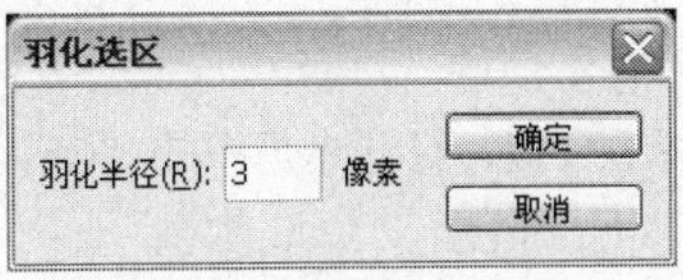

图 14-95

图 14-96

（3）在“图层”控制面板上方，将“直线”图层的“不透明度”选项设为 50%，图像效果如图 14-97 所示。按住 Alt 键的同时，将鼠标放在“直线”图层和“长矩形”图层的中间，鼠标光标变为，单击鼠标，创建图层的剪贴蒙版，如图 14-98 所示。

（4）将“直线”图层拖曳到控制面板下方的“创建新图层”按钮上进行 4 次复制，生成 4 个新的副本图层。选择“移动”工具，按住 Shift 键的同时，分别水平向右拖曳复制的直线到适当的位置，效果如图 14-99 所示。单击“封口”图层组左侧的三角形按钮，将其包含的图层隐藏。

图 14-97

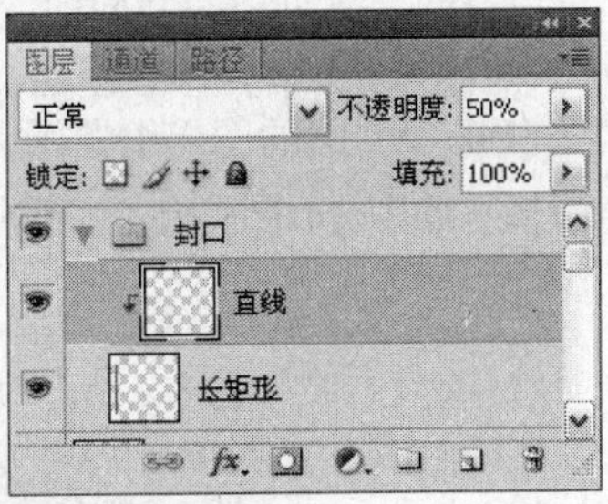

图 14-98

图 14-99

（5）将“封口”图层组拖曳到控制面板下方的“创建新图层”按钮上进行复制，生成新的图层组“封口 副本”。选择“移动”工具，按住 Shift 键的同时，水平向右拖曳复制的图形到适当的位置，效果如图 14-100 所示。

（6）将前景色设为深蓝色（其 R、G、B 的值分别为 0、66、179）。在“图层”控制面板中，选中“封口 副本”图层组中的“长矩形副本”图层，按住 Ctrl 键的同时，单击该图层的图层缩览图，图像周围生成选区，如图 14-101 所示，按 Alt+Delete 组合键，用前景色填充选区，取消选区后，效果如图 14-102 所示。

（7）方便面包装效果制作完成。选中“背景”图层，按 Delete 键，将其删除。按 Shift+Ctrl+E 组合键，将所有的图层合并。按 Ctrl+S 组合键，弹出“存储为”对话框，将其命名为“方便面包装”，保存图像为 PNG 格式，单击“保存”按钮，将图像保存。

图 14-100

图 14-101

图 14-102

5. 制作包装展示效果

（1）按 Ctrl+O 组合键，打开光盘中的“Ch14 > 素材 > 方便面包装 > 08”文件，如图 14-103 所示。

（2）按 Ctrl+O 组合键，打开光盘中的“Ch14 > 效果 > 方便面包装.png”文件，选择“移动”工具，拖曳图像到图像窗口中，并调整其大小和位置，效果如图 14-104 所示，在“图层”控制面板中生成新的图层并将其命名为“方便面”。

图 14-103

图 14-104

（3）按住 Ctrl 键的同时，单击“方便面”图层的图层缩览图，载入选区。按 Shift+F6 组合键，在弹出的“羽化选区”对话框中进行设置，如图 14-105 所示，单击“确定”按钮，效果如图 14-106 所示。

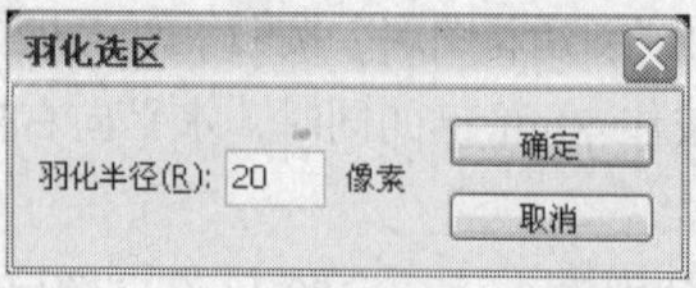

图 14-105

图 14-106

（4）新建图层生成“图层 1”，并将其拖曳到“方便面”图层的下方。用黑色填充选区，按 Ctrl+D 组合键，取消选区，调整图形的大小和位置，效果如图 14-107 所示。

（5）按住 Shift 键的同时，单击“方便面”图层，将需要的图层同时选取并拖曳到控制面板下方的“创建新图层”按钮上进行复制，生成新的副本图层，并拖曳到“图层 1”图层的下方，如图 14-108 所示。

（6）按 Ctrl+T 组合键，在图像周围出现变换框，将鼠标光标放在变换框的控制手柄外边，光标变为旋转图标↰，拖曳鼠标将图像旋转到适当的角度，并调整其大小，按 Enter 键确定操作，效果如图 14-109 所示。

图 14-107

图 14-108

图 14-109

（7）选中“方便面”图层。按 Ctrl+O 组合键，打开光盘中的“Ch14 > 素材 > 方便面包装 > 09”文件，选择“移动”工具，拖曳图片到图像窗口的适当位置，效果如图 14-110 所示，在“图层”控制面板中生成新的图层并将其命名为“人物”。

（8）单击“图层”控制面板下方的“添加图层样式”按钮 fx，在弹出的菜单中选择“投影”命令，在弹出的对话框中进行设置，如图 14-111 所示，单击“确定”按钮，效果如图 14-112 所示。

图 14-110

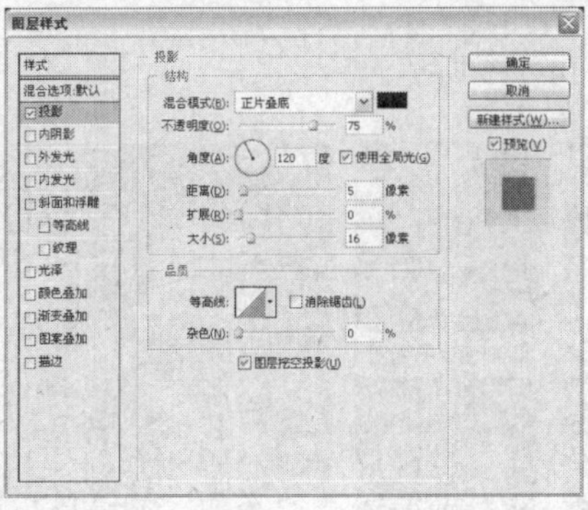

图 14-111

图 14-112

（9）选择“横排文字”工具 T，在属性栏中选择合适的字体并设置文字大小，输入需要的黑色文字，分别将文字选取，适当调整文字间距，在“图层”控制面板中生成新的文字图层。选择“移动”工具，旋转文字到适当的角度，效果如图 14-113 所示。方便面包装展示效果制作完成，如图 14-114 所示。

图 14-113

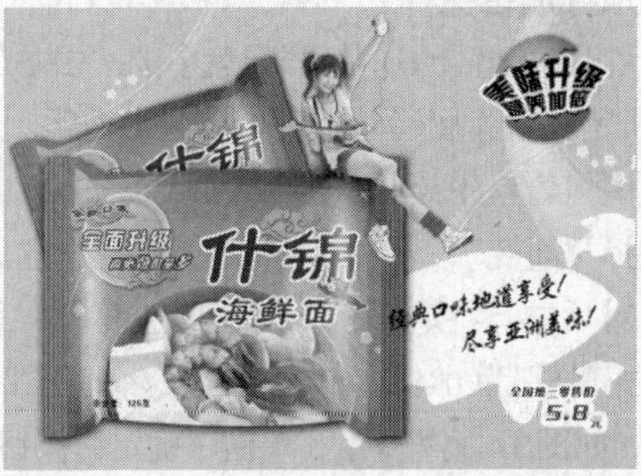

图 14-114

14.4 果汁饮料包装

14.4.1 案例分析

果汁是以水果为原料经过物理方法如压榨、离心、萃取等得到的汁液产品，一般是指纯果汁或 100%果汁。本例是为饮料公司设计的草莓鲜果汁包装，主要针对的消费者是关注健康、注意营养膳食结构的人群。在包装设计上要体现出果汁来源于新鲜水果的概念。

在设计思路上，通过天蓝色的背景、冰块和汽泡展示出水果新鲜、清爽的感觉。使用草莓图片和文字展示产品的口味和特色。通过易拉罐展示出包装的材质，用明暗变化使包装更具真实感。整体设计简单大方，颜色清爽明快，易使人产生购买欲望。

本例将使用椭圆选框工具和渐变工具制作半透明圆形。使用多边形工具绘制装饰星形。使用光照效果命令制作背景光照效果。使用切变命令使包装变形。使用矩形选框工具、羽化命令和曲线命令制作包装的明暗变化。

14.4.2 案例设计

本案例设计流程如图 14-115 所示。

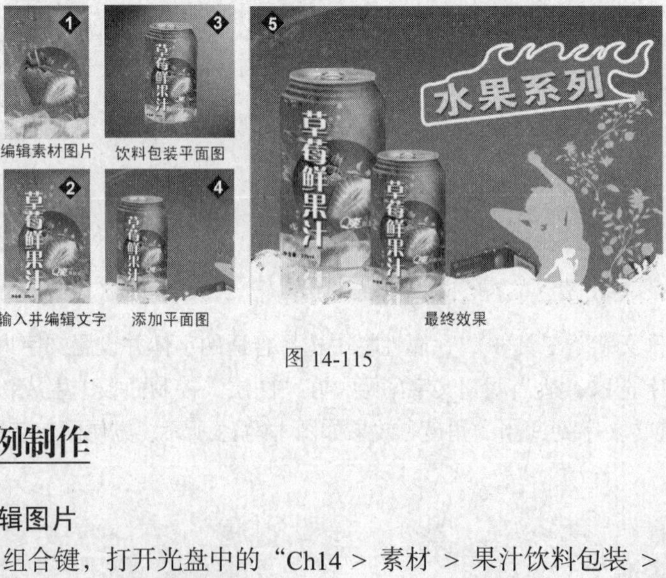

图 14-115

14.4.3 案例制作

1. 添加并编辑图片

（1）按 Ctrl+O 组合键，打开光盘中的“Ch14 > 素材 > 果汁饮料包装 > 01”文件，效果如图 14-116 所示。新建图层并将其命名为“透明圆形”。选择“椭圆选框”工具，按住 Shift 键的同时，在图像窗口中绘制一个圆形选区。

（2）选择“渐变”工具，单击属性栏中的“点按可编辑渐变”按钮，弹出“渐变编辑器”对话框，将渐变色设为从蓝色（其 R、G、B 的值分别为 0、57、122）到浅蓝色（其 R、G、B 的值分别为 0、124、220），在渐变色带上方选中右侧的不透明度色标，将“不透明度”选项设为 0，如图 14-117 所示，单击“确定”按钮。按住 Shift 键的同时，在选区中从上向下拖曳渐变色，如图 14-118 所示。按 Ctrl+D 组合键，取消选区。

图 14-116

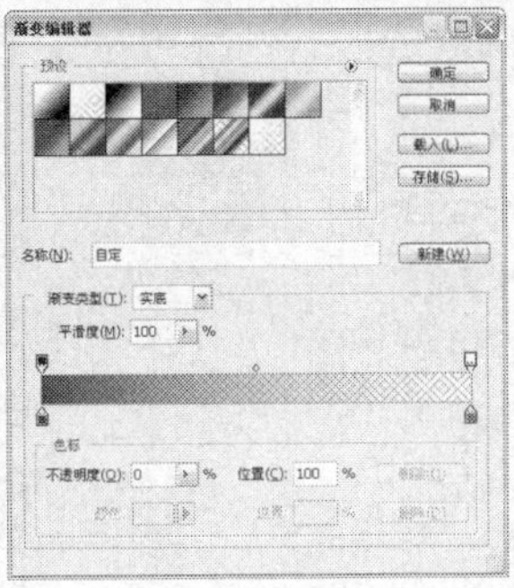

图 14-117

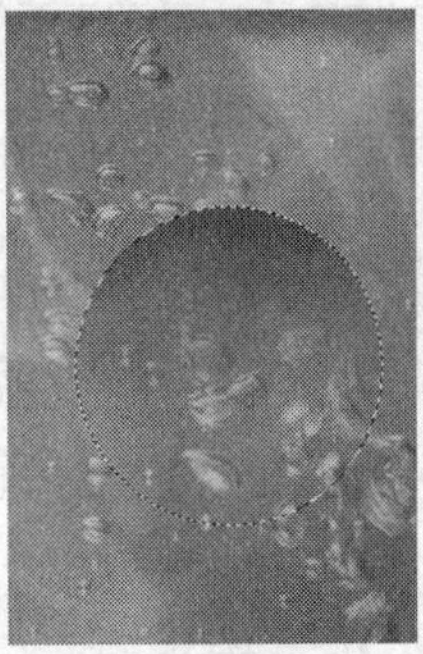

图 14-118

（3）按 Ctrl+O 组合键，打开光盘中的“Ch14 > 素材 > 果汁饮料包装 > 02”文件，选择“移动”工具，拖曳草莓图片到图像窗口中，效果如图 14-119 所示，在“图层”控制面板中生成新的图层并将其命名为“草莓”，如图 14-120 所示。

图 14-119

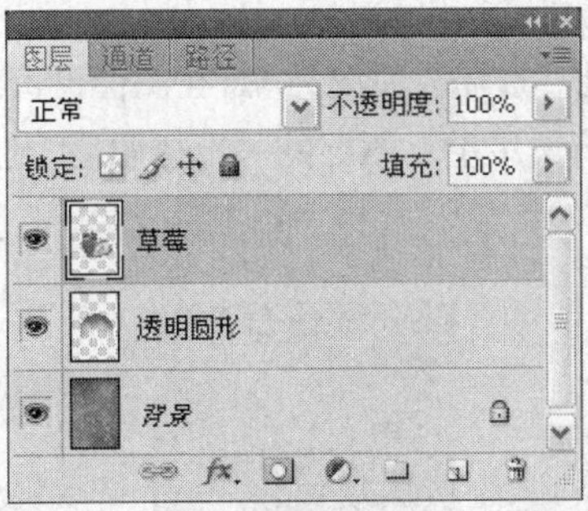

图 14-120

（4）按 Ctrl+O 组合键，打开光盘中的“Ch14 > 素材 > 果汁饮料包装 > 03”文件，选择“移动”工具，拖曳冰块图片到图像窗口的下方，效果如图 14-121 所示，在“图层”控制面板中生成新的图层并将其命名为“冰块”。在“图层”控制面板的上方，将“冰块”图层的“不透明度”选项设为 40%，如图 14-122 所示，图像效果如图 14-123 所示。

（5）将“冰块”图层拖曳到控制面板下方的“创建新图层”按钮上进行复制，生成新的图层“冰块 副本”，并将该图层的“不透明度”选项设为 80%，图像效果如图 14-124 所示。

图 14-121

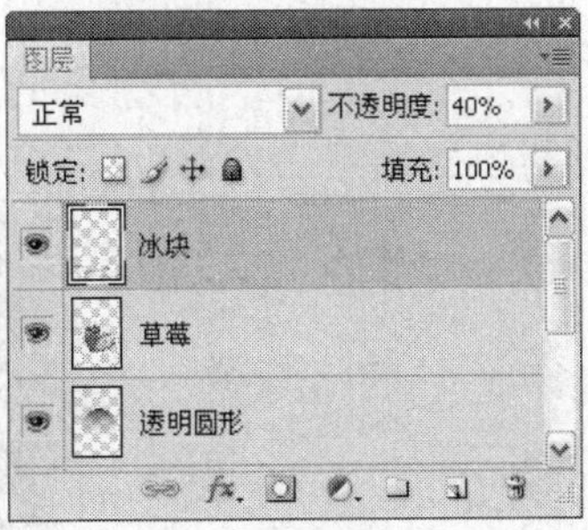

图 14-122

图 14-123

图 14-124

（6）单击“图层”控制面板下方的“添加图层样式”按钮，在弹出的菜单中选择“外发光”命令，弹出对话框，将发光颜色设置为蓝色（其 R、G、B 值分别为 49、99、165），其他选项的设置如图 14-125 所示，单击“确定”按钮，效果如图 14-126 所示。

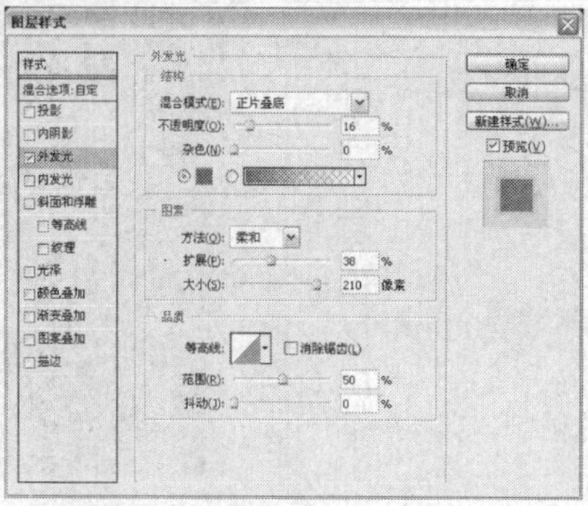

图 14-125

图 14-126

2. 绘制装饰星星并添加文字

（1）新建图层并将其命名为“星星”。将前景色设为白色。选择“多边形”工具，单击属性栏中的“填充像素”按钮，单击属性栏中的多边形选项右侧的按钮，在弹出的面板中进行设置，如图 14-127 所示。

（2）在属性栏中将“边”选项设为 5，在图像窗口中绘制多个星星，如图 14-128 所示。在“图层”控制面板上方，将“星星”图层的“不透明度”选项设为 40%，如图 14-129 所示，图像效果如图 14-130 所示。

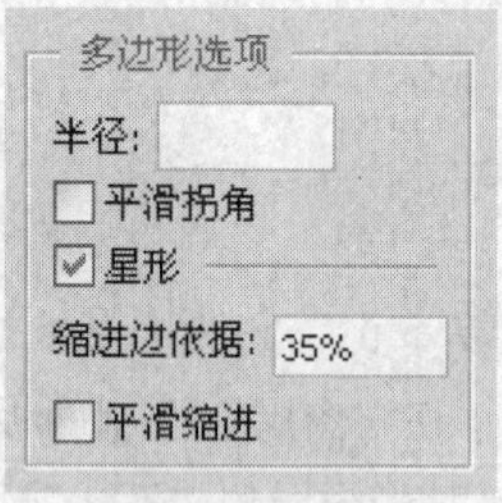

图 14-127

图 14-128

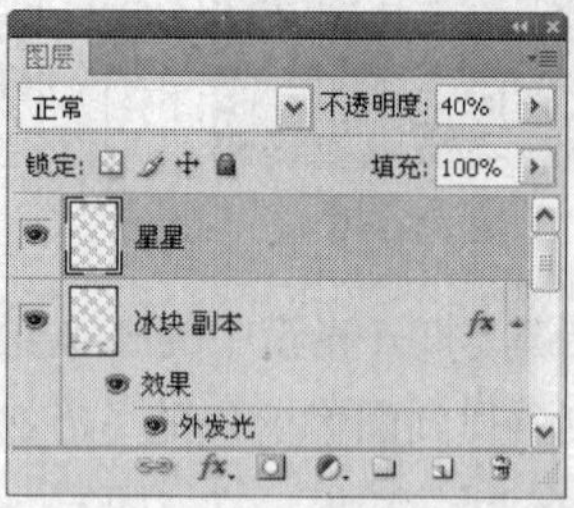

图 14-129

图 14-130

（3）选择“直排文字”工具，在属性栏中选择合适的字体并设置文字大小，输入需要的白色文字，如图 14-131 所示，在“图层”控制面板中生成新的文字图层。

（4）单击“图层”控制面板下方的“添加图层样式”按钮，在弹出的菜单中选择“投影”命令，在弹出的对话框中进行设置，如图 14-132 所示，单击“确定”按钮，效果如图 14-133 所示。

图 14-131

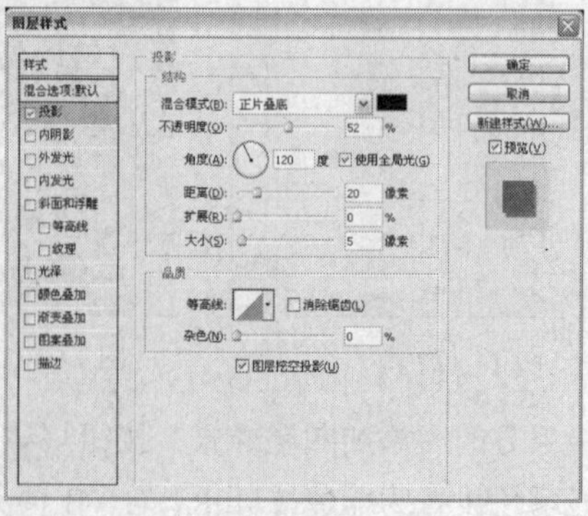

图 14-132

图 14-133

（5）按 Ctrl+O 组合键，打开光盘中的“Ch14 > 素材 > 果汁饮料包装 > 04”文件，选择“移动”工具，拖曳文字到草莓图像的右下方，效果如图 14-134 所示，在“图层”控制面板中生成新的图层并将其命名为“文字”，如图 14-135 所示。

（6）将前景色设为黑色。选择“横排文字”工具 T，在属性栏中选择合适的字体并设置文字大小，输入需要的文字，如图 14-136 所示，在“图层”控制面板中生成新的文字图层。

（7）按 Shift+Ctrl+E 组合键，将所有的图层合并，饮料包装平面图制作完成，效果如图 14-137 所示。按 Ctrl+S 组合键，弹出“存储为”对话框，将其命名为“饮料包装平面图”，保存图像为 JPG 格式，单击“保存”按钮，将图像保存。

图 14-134

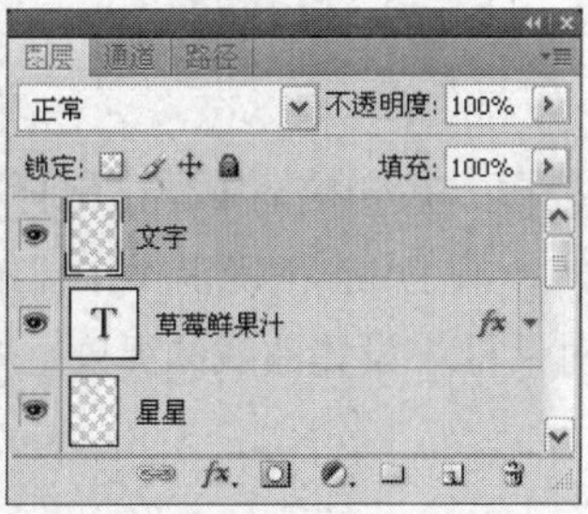

图 14-135

图 14-136

图 14-137

3. 制作背景并添加素材

（1）按 Ctrl+N 组合键，新建一个文件：宽度为 15 厘米，高度为 15 厘米，分辨率为 300 像素/英寸，颜色模式为 RGB，背景内容为白色，单击“确定”按钮。将前景色设为蓝色（其 R、G、B 的值分别为 9、130、188），按 Alt+Delete 组合键，用前景色填充“背景”图层。

（2）选择“滤镜 > 渲染 > 光照效果”命令，弹出“光照效果”对话框，在对话框的左侧设置光源的方向为右上方，其他选项的设置如图 14-138 所示，单击“确定”按钮，效果如图 14-139 所示。

（3）按 Ctrl+O 组合键，打开光盘中的“Ch14 > 素材 > 果汁饮料包装 > 05”文件，选择“移动”工具，拖曳易拉罐图片到图像窗口中，效果如图 14-140 所示，在“图层”控制面板中生成新的图层并将其命名为“易拉罐”。

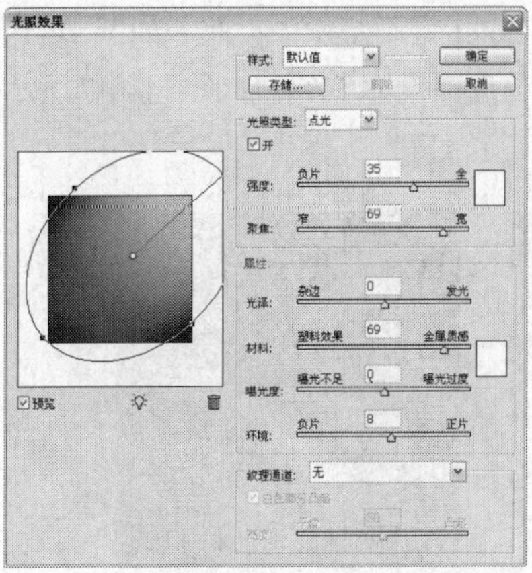

图 14-138

图 14-139

图 14-140

（4）按 Ctrl+O 组合键，打开光盘中的“Ch14 > 效果 >果汁饮料包装平面图.jpg”文件，选择

“移动”工具，拖曳图片到图像窗口中，如图 14-141 所示，在“图层”控制面板中生成新的图层并将其命名为“图片”，如图 14-142 所示。

图 14-141

图 14-142

4. 结合包装与易拉罐

（1）按 Ctrl+T 组合键，在图像周围出现变换框，在变换框中单击鼠标右键，在弹出的菜单中选择“旋转 90 度（顺时针）”命令，将图像旋转，按 Enter 键确定操作，效果如图 14-143 所示。选择“滤镜 > 扭曲 > 切变”命令，在弹出的对话框中设置曲线的弧度，如图 14-144 所示，单击“确定”按钮，效果如图 14-145 所示。

图 14-143

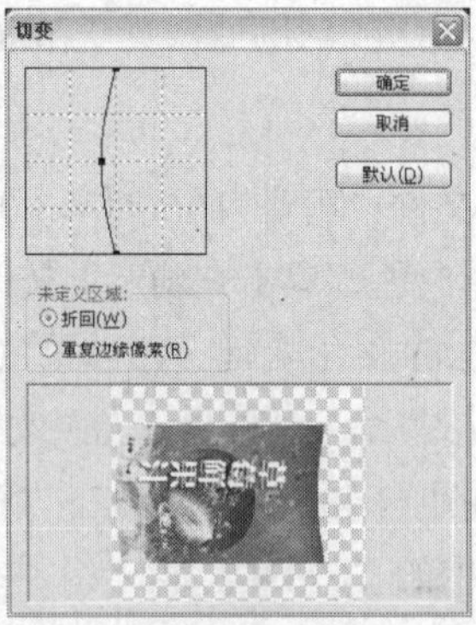

图 14-144

图 14-145

（2）按 Ctrl+T 组合键，在图像周围出现变换框，在变换框中单击鼠标右键，在弹出的菜单中选择“旋转 90 度（逆时针）”命令，将图像逆时针旋转，按 Enter 键确定操作，效果如图 14-146 所示。在“图层”控制面板上方将“图片”图层的“不透明度”选项设为 50%，如图 14-147 所示，图像效果如图 14-148 所示。

图 14-146

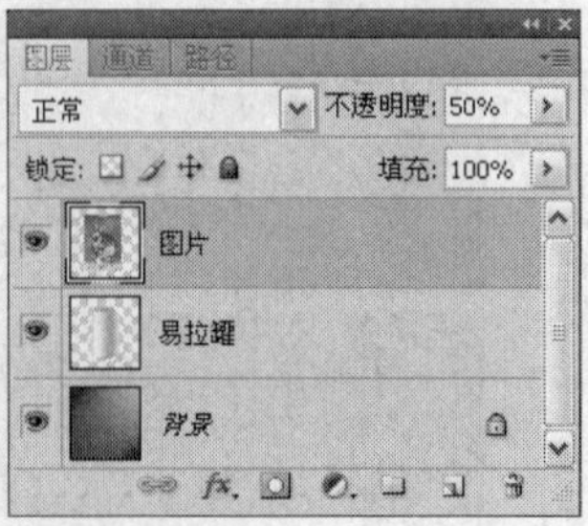

图 14-147

图 14-148

（3）按 Ctrl+T 组合键，在图片周围出现控制手柄，拖曳鼠标调整图片的大小及位置，按 Enter

键确定操作，效果如图 14-149 所示。选择“钢笔”工具，单击属性栏中的“路径”按钮，在图像窗口中沿着易拉罐的轮廓绘制路径，如图 14-150 所示。

（4）按 Ctrl+Enter 组合键，将路径转换为选区，按 Shift+Ctrl+I 组合键，将选区反选，如图 14-151 所示。按 Delete 键，将选区中的图像删除，按 Ctrl+D 组合键，取消选区，效果如图 14-152 所示。在“图层”控制面板上方，将“图片”图层的“不透明度”选项设为 100%，图像效果如图 14-153 所示。

图 14-149

图 14-150

图 14-151

图 14-152

图 14-153

（5）选择“矩形选框”工具，在易拉罐上绘制一个矩形选区，如图 14-154 所示。按 Shift+F6 组合键，在弹出的“羽化选区”对话框中进行设置，如图 14-155 所示，单击“确定”按钮，效果如图 14-156 所示。

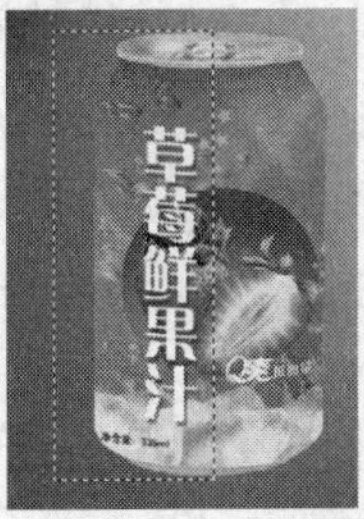

图 14-154

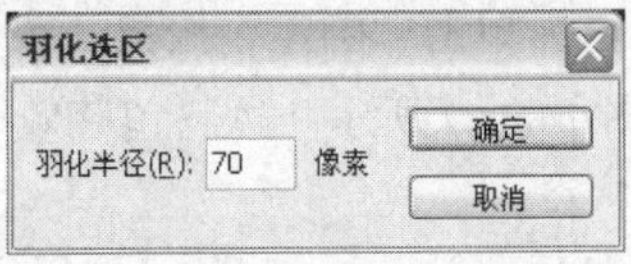

图 14-155

图 14-156

（6）按 Ctrl+M 组合键，在弹出的“曲线”对话框中进行设置，如图 14-157 所示，单击“确定”按钮，效果如图 14-158 所示。按 Ctrl+D 组合键，取消选区。用相同的方法制作出如图 14-159 所示的效果。

（7）按 Ctrl+O 组合键，打开光盘中的“Ch14 > 素材 > 果汁饮料包装 > 06”文件，选择“移动”工具，将图像拖曳到图像窗口的适当位置，效果如图 14-160 所示，在“图层”控制面板中生成新的图层并将其命名为“高光”。

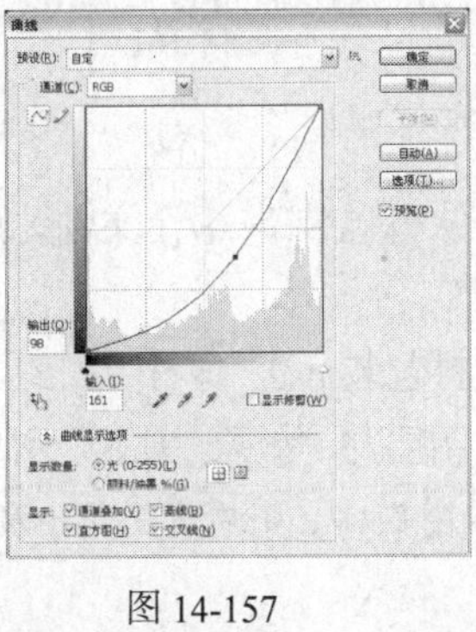

图 14-157

图 14-158

图 14-159

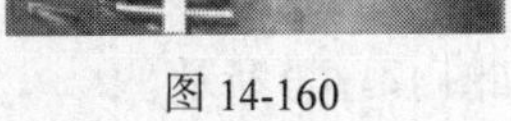

图 14-160

（8）按住 Shift 键的同时，单击“易拉罐”图层，将“高光”图层和“易拉罐”图层之间的所有图层同时选取，按 Ctrl+E 组合键，合并图层并将其命名为“效果”，如图 14-161 所示。将“效果”图层拖曳到控制面板下方的“创建新图层”按钮 上进行复制，在“图层”控制面板中生成新的图层“效果 副本”，如图 14-162 所示。

（9）按 Ctrl+T 组合键，在图片周围出现变换框，在变换框中单击鼠标右键，在弹出的菜单中选择“垂直翻转”命令，将图像垂直旋转，按 Enter 键确定操作，效果如图 14-163 所示。选择“移动”工具，向下拖曳复制出的图像到适当的位置，效果如图 14-164 所示。

图 14-161

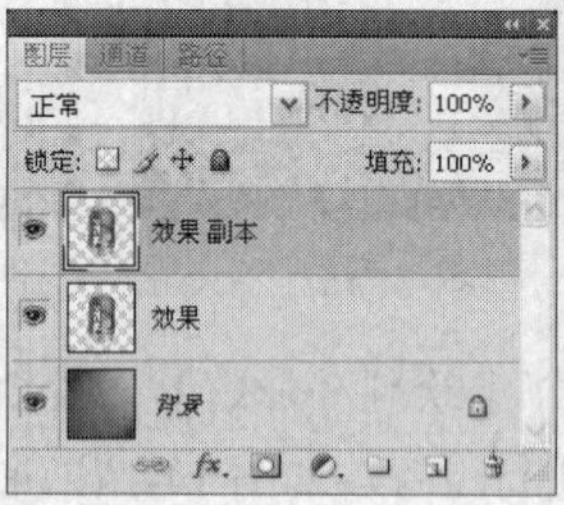

图 14-162

图 14-163

图 14-164

（10）将“效果 副本”图层拖曳到“效果”图层的下方。单击“图层”控制面板下方的“添加图层蒙版”按钮 ，为“效果 副本”图层添加蒙版，如图 14-165 所示。选择“渐变”工具 ，单击属性栏中的“点按可编辑渐变”按钮 ，弹出“渐变编辑器”对话框，将渐变色设为从黑色到白色，如图 14-166 所示，单击“确定”按钮。按住 Shift 键的同时，在复制出的图像上从下向上拖曳渐变色，效果如图 14-167 所示。饮料包装效果制作完成。

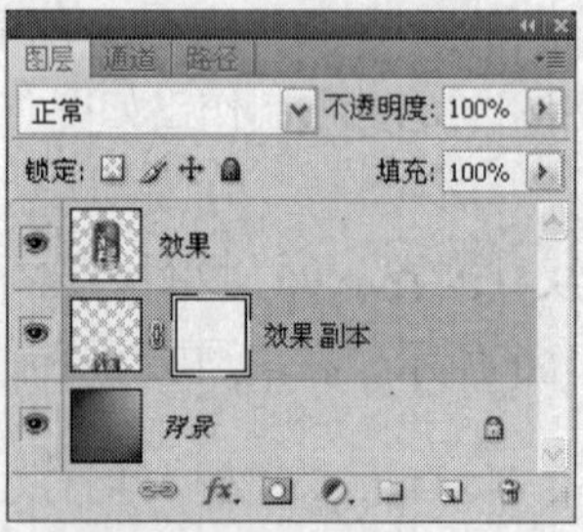

图 14-165

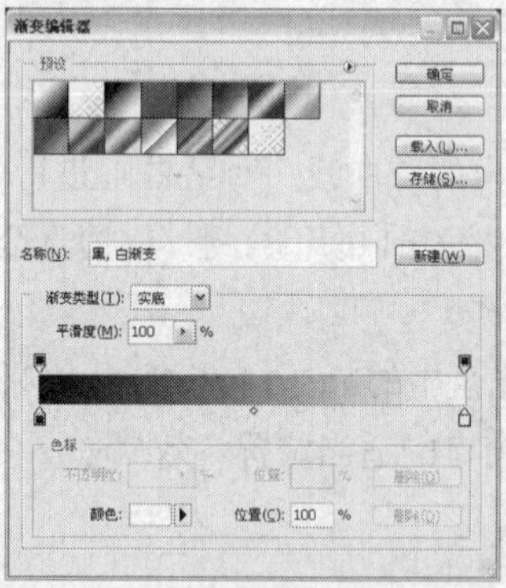

图 14-166

图 14-167

5. 制作饮料包装展示效果

（1）按 Ctrl+O 组合键，打开光盘中的“Ch14 > 素材 > 果汁饮料包装 > 07”文件，效果如图 14-168 所示。

（2）按 Ctrl+O 组合键，打开光盘中的“Ch14 > 效果 >果汁饮料包装.psd”文件，如图 14-169 所示。选择“移动”工具，按住 Shift 键的同时，单击“效果”图层与“效果 副本”图层，将其同时选取。在图像窗口中选取图形，并将其拖曳到 07 素材的图像窗口中，并调整其大小和位置，效果如图 14-170 所示。

图 14-168

图 14-169

图 14-170

（3）将“效果”图层与“效果 副本”图层拖曳到控制面板下方的“创建新图层”按钮上进行复制，生成新的副本图层。选择“移动”工具，在图像窗口中将复制的图像拖曳到适当的位置，并调整其大小，效果如图 14-171 所示。

（4）按 Ctrl+O 组合键，打开光盘中的“Ch14 > 素材 > 果汁饮料包装 > 08”文件，选择“移动”工具，拖曳图片到图像窗口的适当位置，效果如图 14-172 所示，在“图层”控制面板中生成新的图层并将其命名为“文字”。果汁饮料包装展示效果制作完成，如图 14-173 所示。

图 14-171

图 14-172

图 14-173

课堂练习 1——洗发水包装

【练习知识要点】使用圆角矩形工具和横排文字工具制作商标，使用羽化命令、通道面板和彩色半调滤镜命令制作点状底图，使用自定形状工具绘制商标符号，使用图层蒙版和渐变工具制作投影效果。洗发水包装效果如图 14-174 所示。

【效果所在位置】光盘/Ch14/效果/洗发水包装.psd。

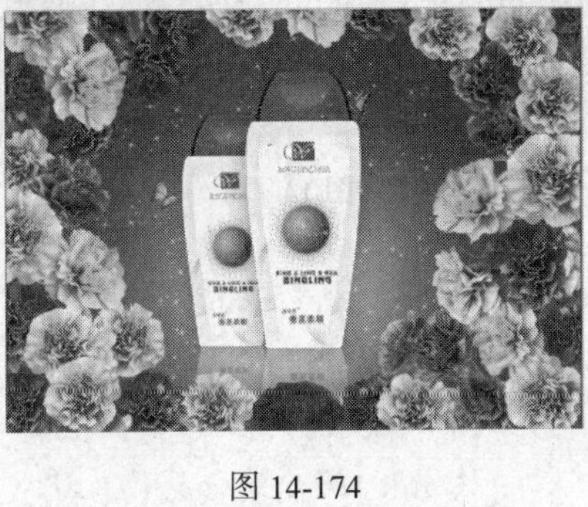

图 14-174

课堂练习 2——CD 唱片包装

【练习知识要点】使用图层蒙版和渐变工具制作背景图片的叠加效果，使用描边命令和自由变换命令制作背景装饰框，使用色彩平衡命令调整图片的颜色，使用钢笔工具绘制 CD 侧面图形，使用图层样式命令为图形添加斜面和浮雕效果。CD 唱片包装效果如图 14-175 所示。

【效果所在位置】光盘/Ch14/效果/CD 唱片包装.psd。

图 14-175

课后习题——茶叶包装

【习题知识要点】使用色相/饱和度命令和色阶命令调整图片的颜色，使用图层样式命令为叶子添加投影效果，使用钢笔工具和喷溅命令制作印章图形，使用椭圆工具和斜面和浮雕命令制作装饰图形，使用自由变换命令制作茶叶包装的立体效果。茶叶包装效果如图 14-176 所示。

【效果所在位置】光盘/Ch14/效果/茶叶包装.psd。

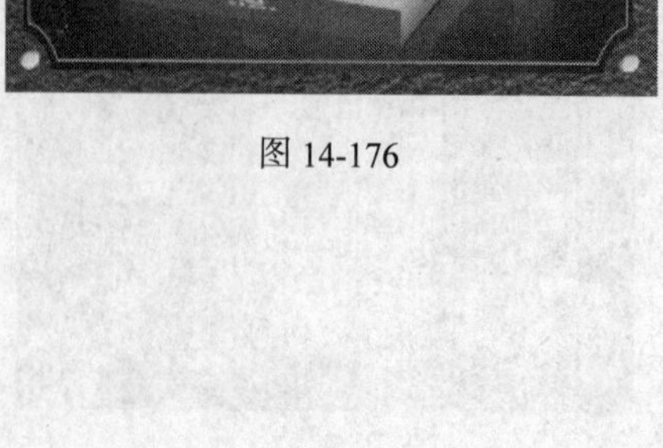

图 14-176

第15章 网页设计

一个优秀的网站，必定有着独具特色的网页设计。漂亮的网页页面更能吸引浏览者的目光。网页的设计要根据网络的特殊性，对页面进行精心的设计和编排。本章以多个类型的网页为例，讲解网页的设计方法和制作技巧。

课堂学习目标

- 了解网页设计的概念
- 了解网页的构成元素
- 了解网页的分类
- 掌握网页的设计思路
- 掌握网页的表现手法
- 掌握网页的制作技巧

15.1 网页设计概述

网页是构成网站的基本元素，是承载各种网站应用的平台。它实际上是一个文件，存放在世界某个角落的某一台计算机中，而这台计算机必须是与互联网相连的。网页通过网址（URL）来识别与存取，当在浏览器输入网址后，运行一段复杂而又快速的程序，网页文件会被传送到你的计算机，然后通过浏览器解释网页的内容，最后展示到你的眼前。

15.1.1 网页的构成元素

文字与图片是构成一个网页的两个最基本的元素。文字，就是网页的内容；图片，就是网页的美观。除此之外，网页的元素还包括动画、音乐、程序等。

15.1.2 网页的分类

网页有多种分类，笼统意义上的分类是动态和静态的页面，如图 15-1 所示。

静态页面多通过网站设计软件来进行设计和更改，相对比较滞后。现在也有一些网站管理系统，可以生成静态页面，这种静态页面俗称为伪静态。

动态页面是通过网页脚本与语言进行自动处理、自动更新的页面，比如贴吧（通过网站服务器运行程序，自动处理信息，按照流程更新网页）。

图 15-1

15.2 宠物医院网页

15.2.1 案例分析

本例是为星级宠物医院设计制作的网站首页，星级宠物医院主要服务的客户是被主人饲养的用于玩赏、做伴的动物。在网页的首页设计上希望能表现出公司的服务范围，展现出轻松活泼、爱护动物、保护动物的医院理念。

在设计思路上，通过绿色背景寓意动物和自然的和谐关系，通过添加图案花纹增加网页页面的活泼感。导航栏是使用不同的宠物图片和绕排文字来介绍医院的服务对象和服务范围，直观准确而又灵活多变。标牌设计展示出医院活泼而又不失庄重的工作态度。整体设计简洁明快，布局合理清晰。

本例将使用椭圆工具和投影命令制作导航栏。使用移动工具和椭圆选框工具制作导航栏的投影。使用文字工具和创建文字变形命令制作绕排文字。

15.2.2　案例设计

本案例设计流程如图 15-2 所示。

图 15-2

15.2.3　案例制作

1.　制作图片效果

（1）按 Ctrl+N 组合键，新建一个文件：宽为 29.7 厘米，高为 21 厘米，分辨率为 300 像素/英寸，颜色模式为 RGB，内容为白色，单击“确定”按钮。将前景色设为绿色（其 R、G、B 的值分别为 71、113、38），按 Alt+Delete 组合键，用前景色填充“背景”图层。

（2）新建图层并将其命名为“图形 1”。将前景色设为土黄色（其 R、G、B 的值分别为 232、186、73）。选择“椭圆”工具，单击属性栏中的“填充像素”按钮，按住 Shift 键的同时，在图像窗口中绘制圆形，效果如图 15-3 所示。

（3）单击“图层”控制面板下方的“添加图层样式”按钮 fx，在弹出的菜单中选择“投影”命令，在弹出的对话框中进行设置，如图 15-4 所示，单击“确定”按钮，效果如图 15-5 所示。

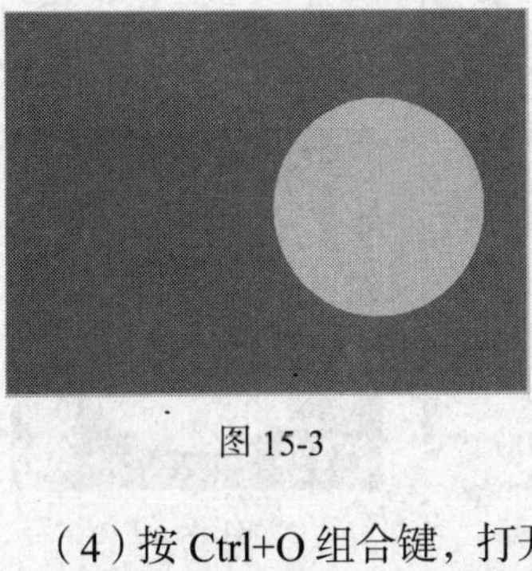

图 15-3

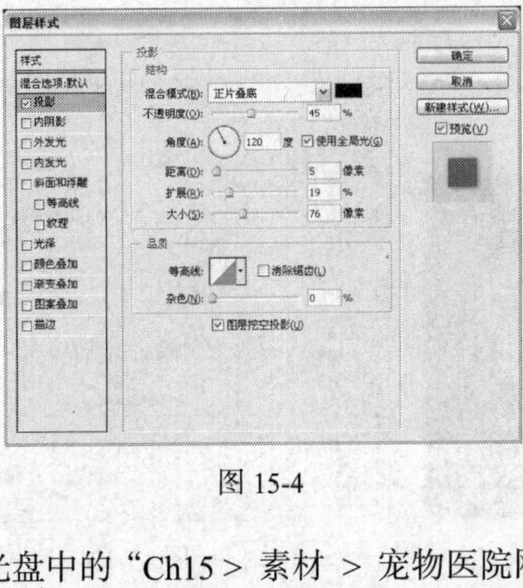

图 15-4

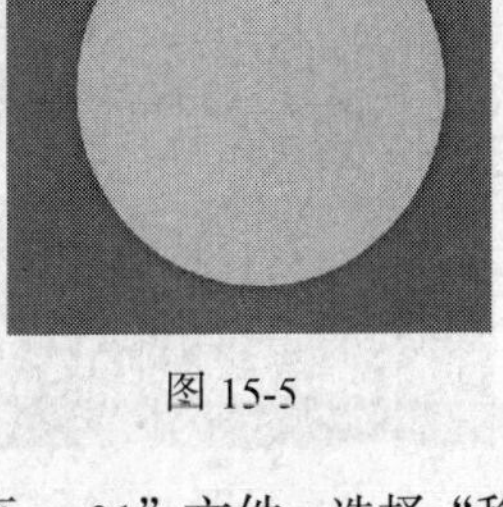

图 15-5

（4）按 Ctrl+O 组合键，打开光盘中的“Ch15 > 素材 > 宠物医院网页 > 01”文件，选择“移动”工具，将图片拖曳到图像窗口的适当位置，效果如图 15-6 所示，在“图层”控制面板中生成新的图层并将其命名为“小狗图片 1”。

（5）新建图层并将其命名为“投影 1”。选择“椭圆选框”工具，单击属性栏中的“从选区减去”按钮，按住 Shift 键的同时，绘制一个圆形选区，如图 15-7 所示。再绘制一个圆形选区，使两个选区相减，如图 15-8 所示。按 Alt+Delete 组合键，用前景色填充选区，按 Ctrl+D 组合键，取消选区，效果如图 15-9 所示。

图 15-6

图 15-7

图 15-8

图 15-9

（6）在“图层”控制面板中，将“投影 1”图层拖曳到“图形 1”图层的下方，并将其“不透明度”选项设为 15%，如图 15-10 所示，图像效果如图 15-11 所示。

图 15-10

图 15-11

（7）选中“小狗图片 1”图层。新建图层并将其命名为“图形 2”。将前景色设为白色。选择“椭圆”工具，单击属性栏中的“填充像素”按钮，按住 Shift 键的同时，在图像窗口中绘制圆形，效果如图 15-12 所示。单击“图层”控制面板下方的“添加图层样式”按钮，在弹出的菜单中选择“投影”命令，在弹出的对话框中进行设置，如图 15-13 所示，单击“确定”按钮，效果如图 15-14 所示。

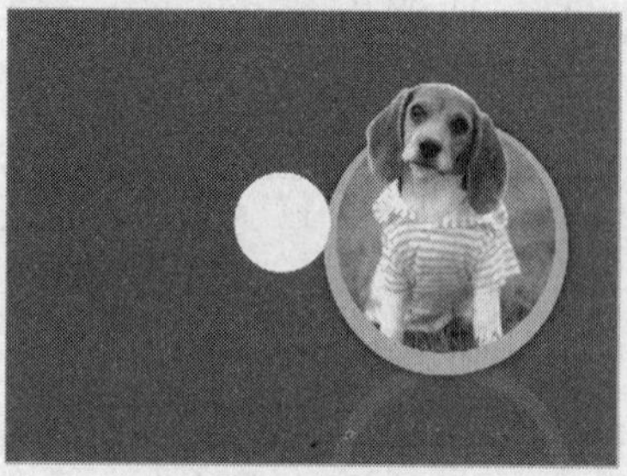
图 15-12

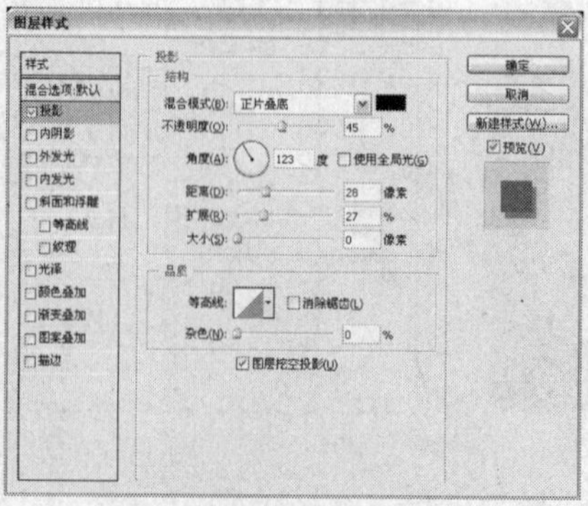

图 15-13

图 15-14

（8）单击“图层”控制面板下方的“添加图层样式”按钮 fx，在弹出的菜单中选择“描边”命令，弹出对话框，将描边颜色设为土黄色（其 R、G、B 的值分别为 232、187、73），其他选项的设置如图 15-15 所示，单击“确定”按钮，效果如图 15-16 所示。

（9）按 Ctrl+O 组合键，打开光盘中的“Ch15 > 素材 > 宠物医院网页 > 02”文件，选择“移动”工具，将图片拖曳到图像窗口的适当位置，效果如图 15-17 所示，在“图层”控制面板中生成新的图层并将其命名为“小狗图片 2”。按 Ctrl+Alt+G 组合键，为“小狗图片 2”图层添加剪贴蒙版，效果如图 15-18 所示。

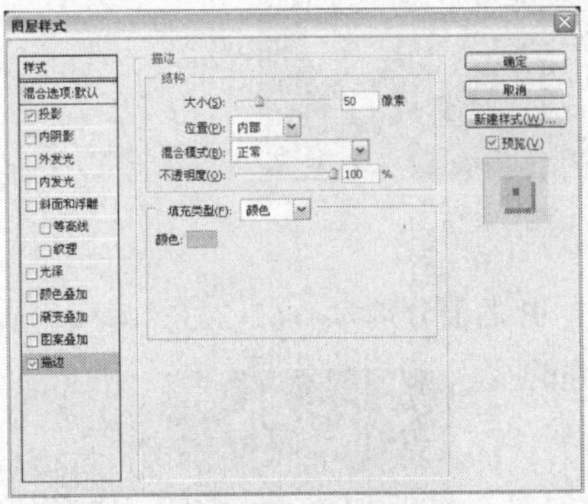

图 15-15

图 15-16

图 15-17

图 15-18

（10）用制作“投影 1”的方法制作投影 2 的效果，如图 15-19 所示。按住 Shift 键的同时，单击“小狗图片 2”图层，将“小狗图片 2”图层与“投影 2”图层之间的所有图层同时选取，并拖曳到“投影 1”图层的下方，如图 15-20 所示，图像效果如图 15-21 所示。

图 15-19

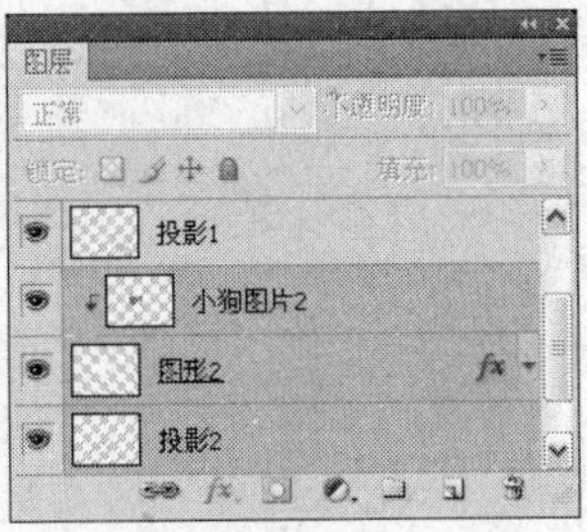

图 15-20

图 15-21

（11）用相同的方法置入 03、04、05 图片，制作出的效果如图 15-22 所示。在“图层”控制面板中，选中“小狗图片 3”图层，按住 Shift 键的同时，单击“投影 2”图层，将除“背景”图层外的所有图层同时选取，按 Ctrl+G 组合键，将其编组并命名为“图片”，如图 15-23 所示。

图 15-22

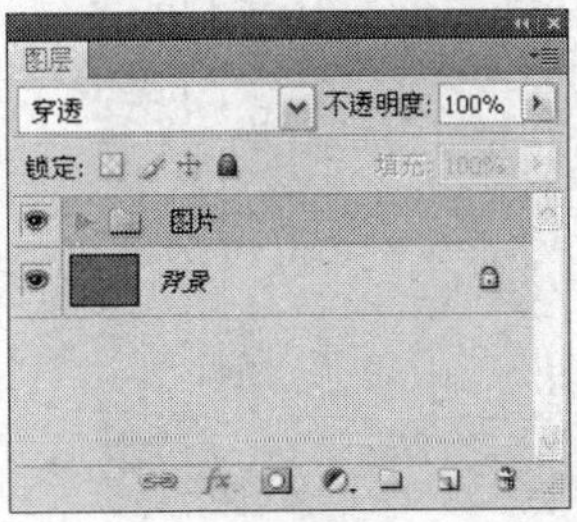

图 15-23

2. 添加装饰图形与文字

（1）按 Ctrl+O 组合键，打开光盘中的“Ch15 > 素材 > 宠物医院网页 > 06”文件，选择“移动”工具，将图片拖曳到图像窗口的适当位置，效果如图 15-24 所示，在“图层”控制面板中生成新的图层并将其命名为“花纹”，拖曳到“背景”图层的上方，效果如图 15-25 所示。

图 15-24

图 15-25

（2）选中“图片”图层组。将前景色设为嫩绿色（其 R、G、B 的值分别为 166、223、169）。选择“横排文字”工具，在属性栏中选择合适的字体并设置适当的文字大小，输入需要的文字，如图 15-26 所示。将输入的文字选取，按 Alt+向右方向键，调整文字间距，效果如图 15-27 所示。

图 15-26

（3）保持文字的选取状态。单击属性栏中的“创建文字变形”按钮，弹出“变形文字”对话框，选项的设置如图 15-28 所示，单击“确定”按钮，效果如图 15-29 所示。

图 15-27

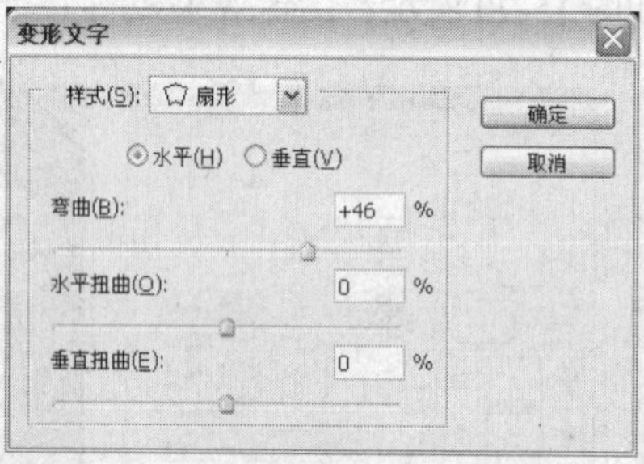

图 15-28

图 15-29

（4）选择“移动”工具，按 Ctrl+T 组合键，在文字周围出现变换框，将鼠标置于变换框的外边，鼠标光标变为旋转图标，拖曳鼠标将其旋转到适当的角度，并调整其位置，按 Enter 键确认操作，效果如图 15-30 所示。用相同的方法制作出其他文字，效果如图 15-31 所示。

图 15-30

图 15-31

3．制作标牌

（1）按 Ctrl+O 组合键，打开光盘中的“Ch15 > 素材 > 宠物医院网页 > 07”文件，选择“移动”工具，将图片拖曳到图像窗口的适当位置，效果如图 15-32 所示。在“图层”控制面板中生成新的图层并将其命名为“骨头”，如图 15-33 所示。

图 15-32

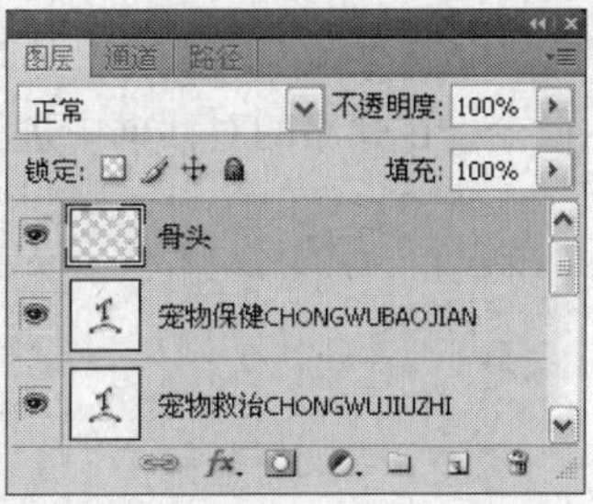

图 15-33

（2）按 Ctrl+O 组合键，打开光盘中的“Ch15 > 素材 > 宠物医院网页 > 08”文件，选择“移动”工具，将图片拖曳到图像窗口的左上方，效果如图 15-34 所示，在“图层”控制面板中生成新的图层并将其命名为“标牌”。

（3）选择“横排文字”工具 T，在属性栏中选择合适的字体并设置适当的文字大小，输入需要的文字，如图 15-35 所示。

图 15-34

图 15-35

（4）选择“移动”工具，单击“图层”控制面板下方的“添加图层样式”按钮 fx，在弹出的菜单中选择“投影”命令，在弹出的对话框中进行设置，如图 15-36 所示，单击“确定”按钮，效果如图 15-37 所示。

（5）在“星级”图层上单击鼠标右键，在弹出的菜单中选择“拷贝图层样式”命令，在“宠物医院”图层上单击鼠标右键，在弹出的菜单中选择“粘贴图层样式”命令，图像效果如图 15-38 所示。

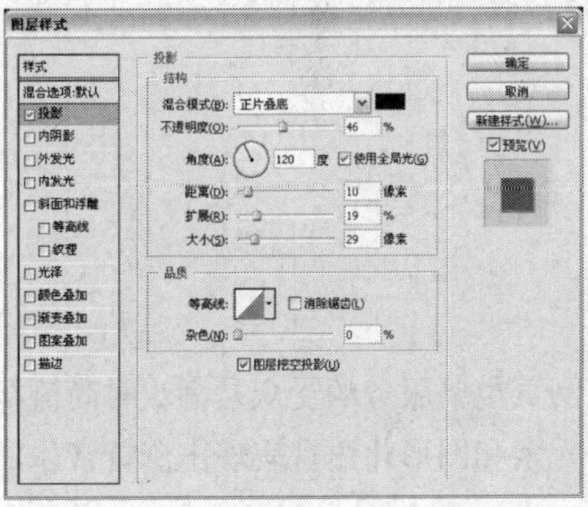

图 15-36

图 15-37

图 15-38

（6）按 Ctrl+O 组合键，打开光盘中的“Ch15 > 素材 > 宠物医院网页 > 09”文件，选择“移动”工具，将图片拖曳到图像窗口的适当位置，效果如图 15-39 所示，在“图层”控制面板中生成新的图层并将其命名为“卡通小狗”。

（7）单击“图层”控制面板下方的“添加图层样式”按钮 fx，在弹出的菜单中选择“投影”命令，在弹出的对话框中进行设置，如图 15-40 所示，单击“确定”按钮，效果如图 15-41 所示。

图 15-39

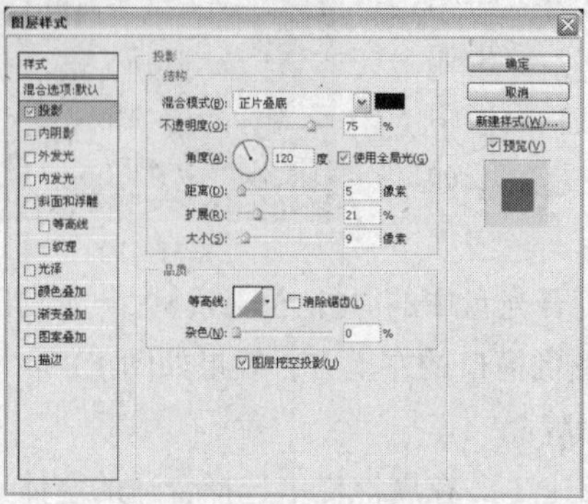

图 15-40

图 15-41

（8）在“图层”控制面板中，按住 Shift 键的同时，单击“标牌”图层，将“卡通小狗”图层与“标牌”图层之间的所有图层同时选取，按 Ctrl+G 组合键，将其编组并命名为“标牌 2”，如图 15-42 所示。按 Ctrl+T 组合键，在文字周围出现变换框，将鼠标置于变换框的外边，鼠标光标变为旋转图标 ↰，拖曳鼠标将其旋转到适当的角度，并调整其位置，按 Enter 键确认操作。宠物医院网页效果制作完成，如图 15-43 所示。

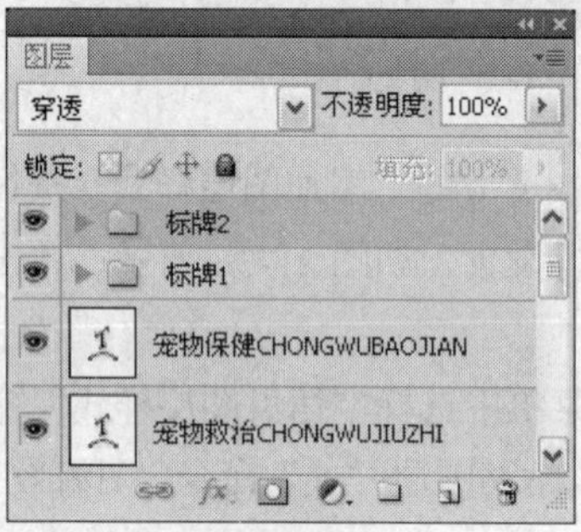

图 15-42

图 15-43

15.3 流行音乐网页

15.3.1 案例分析

本例是为歌迷和音乐爱好者设计制作的流行音乐网页。网页主要服务的受众是喜欢时尚流行音乐的朋友。在网页设计风格上要体现出现代感，通过流行元素和图形化语言表现出流行音乐的独特魅力。

在设计思路上，用图形装饰的导航栏放置在页面的上方，有利于爱好者的浏览。通过背景的暗金色和局部的金色，表现出流行音乐的华美和时尚。内容部分的紫红色区域用于展示最新单曲，结构的设计直观时尚，现代感强，具有视觉冲击力。金色文字块和图片欣赏区域展示最新音乐动态，使访问者可以更加快捷方便地浏览试听。整体页面设计美观时尚、布局主次分明。

本例将使用渐变工具制作底图效果。使用圆角矩形工具、渐变工具和内阴影命令制作宣传板底图。使用自定形状工具绘制花图形。使用文字工具输入宣传文字。

15.3.2　案例设计

本案例设计流程如图 15-44 所示。

图 15-44

15.3.3　案例制作

1. 制作背景和底图

（1）按 Ctrl+N 组合键，新建一个文件：宽度为 10 厘米，高度为 7 厘米，分辨率为 300 像素/英寸，颜色模式为 RGB，背景内容为白色，单击“确定”按钮。选择“渐变”工具，单击属性栏中的“点按可编辑渐变”按钮，弹出“渐变编辑器”对话框，将渐变色设为从褐色（其 R、G、B 的值分别为 103、47、0）到草黄色（其 R、G、B 的值分别为 146、116、0），如图 15-45 所示，单击“确定”按钮。单击属性栏中的“线性渐变”按钮，在图像窗口中由下至上拖曳渐变色，效果如图 15-46 所示。

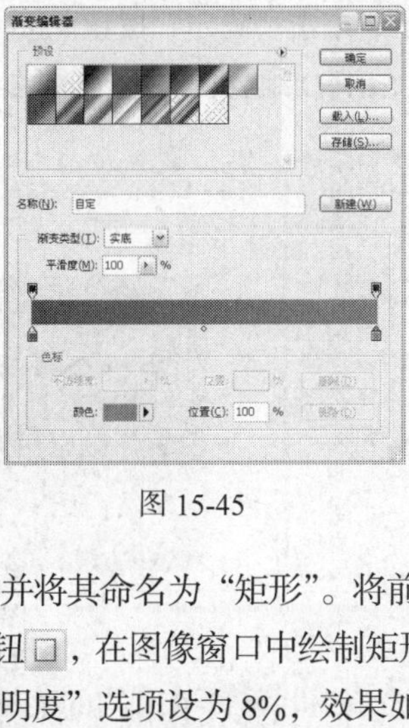

图 15-45

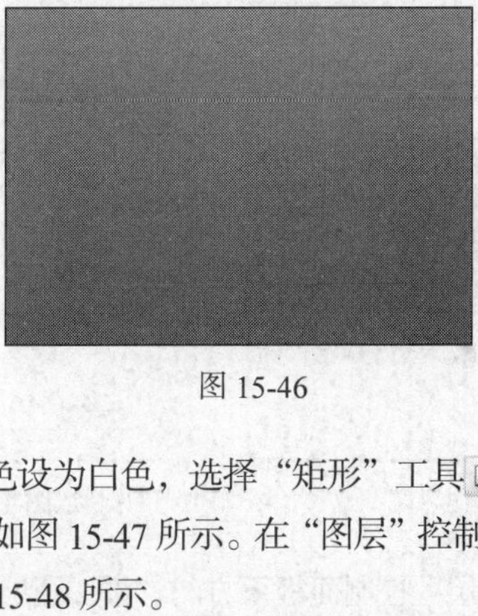

图 15-46

（2）新建图层并将其命名为“矩形”。将前景色设为白色，选择“矩形”工具，单击属性栏中的“填充像素”按钮，在图像窗口中绘制矩形，如图 15-47 所示。在“图层”控制面板上方，将“矩形”图层的“不透明度”选项设为 8%，效果如图 15-48 所示。

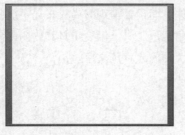

图 15-47

图 15-48

（3）新建图层并将其命名为“圆角矩形”。选择“圆角矩形”工具，在属性栏中将“半径”选项设为 20px，在图像窗口中绘制圆角矩形，如图 15-49 所示。

（4）按 Ctrl+O 组合键，打开光盘中的“Ch15 > 素材 > 流行音乐网页 > 01”文件，选择“移动”工具，拖曳图形到图像窗口的适当位置，如图 15-50 所示，在“图层”控制面板中生成新的图层并将其命名为“装饰”。

图 15-49

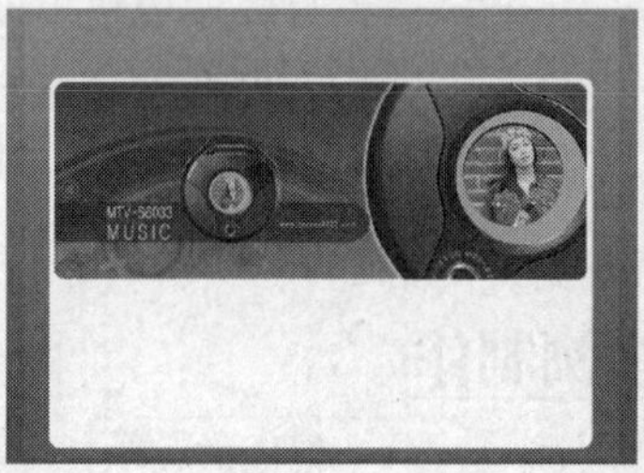

图 15-50

2. 绘制宣传板底图和花图形

（1）新建图层并将其命名为“圆角矩形底图”。选择“圆角矩形”工具，单击属性栏中的“路径”按钮，将“半径”选项设为 20px，在图像窗口的左下方绘制圆角矩形路径，效果如图 15-51 所示。按 Ctrl+Enter 组合键，将路径转换为选区。

（2）选择“渐变”工具，单击属性栏中的“点按可编辑渐变”按钮，弹出“渐变编辑器”对话框，将渐变色设为从暗黄色（其 R、G、B 的值分别为 157、109、9）到黄色（其 R、G、B 的值分别为 224、156、16），如图 15-52 所示，单击“确定”按钮。按住 Shift 键的同时，在选区中由下至上拖曳渐变色，如图 15-53 所示。按 Ctrl+D 组合键，取消选区。

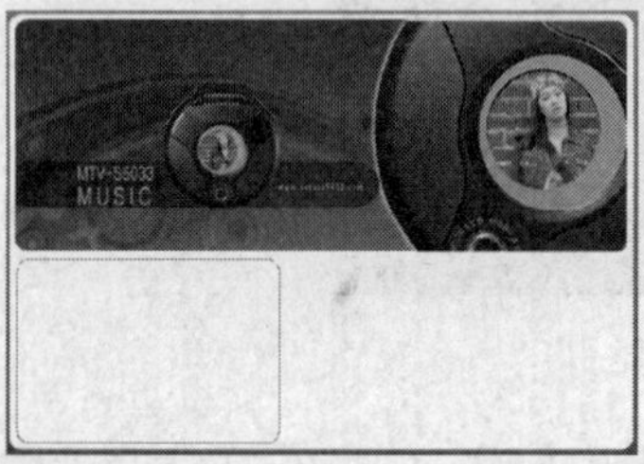

图 15-51

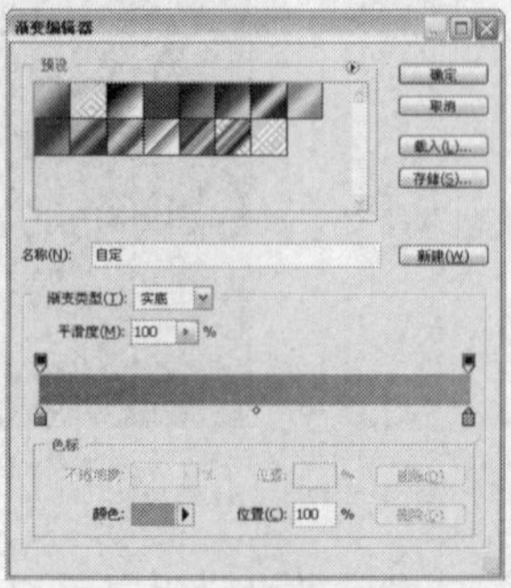

图 15-52

图 15-53

（3）单击“图层”控制面板下方的“添加图层样式”按钮，在弹出的菜单中选择“内阴影”

命令，在弹出的对话框中进行设置，如图 15-54 所示，单击“确定”按钮，效果如图 15-55 所示。

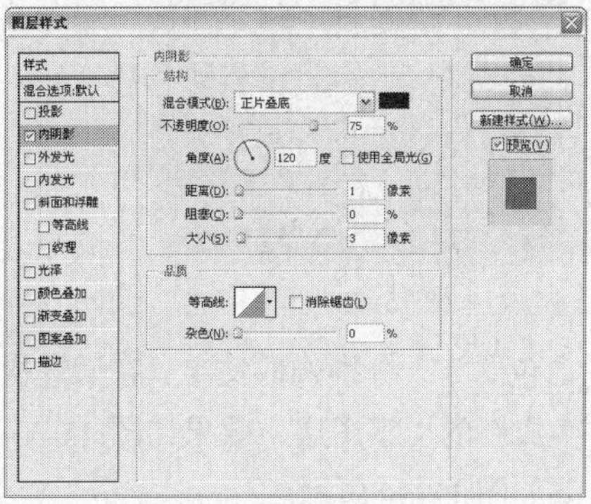

图 15-54

图 15-55

（4）单击“图层”控制面板下方的“创建新组”按钮，生成新的图层组并将其命名为“花”。新建图层并将其命名为“小花”。将前景色设为土黄色（其 R、G、B 的值分别为 194、158、84）。

（5）选择“自定形状”工具，单击属性栏中的“形状”选项，弹出“形状”面板，单击面板右上方的按钮，在弹出的菜单中选择“自然”选项，弹出提示对话框，单击“追加”按钮。在“形状”面板中选中“花 1”图形，如图 15-56 所示。在属性栏中单击“填充像素”按钮，在圆角矩形底图上绘制图形，效果如图 15-57 所示。

图 15-56

图 15-57

（6）按 Ctrl+T 组合键，在图形周围出现变换框，将鼠标光标放在变换框控制手柄的外边，光标变为旋转图标，拖曳鼠标将图形旋转到适当的角度，按 Enter 键确认操作，效果如图 15-58 所示。在“图层”控制面板上方，将该图层的“填充”选项设为 30%，如图 15-59 所示，效果如图 15-60 所示。

图 15-58

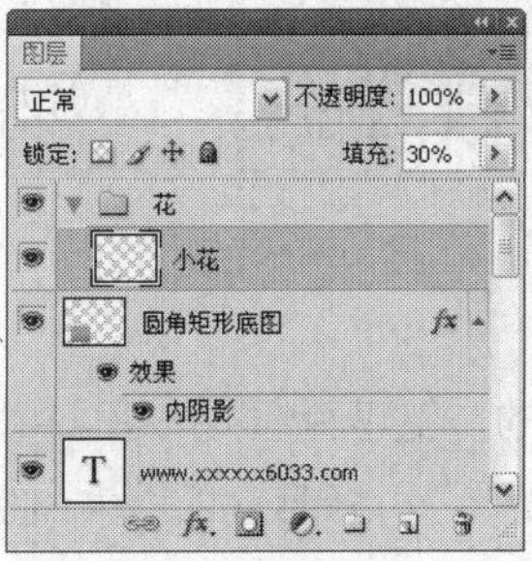

图 15-59

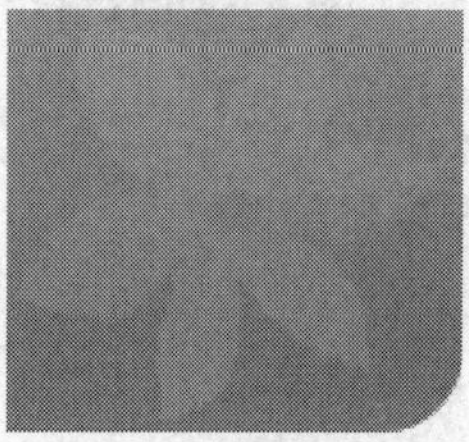

图 15-60

（7）用相同的方法制作多个土黄色和白色花形，如图 15-61 所示，图像效果如图 15-62 所示。在“图层”控制面板中，单击“花”图层组前面的三角形按钮，将其包含的所有图层隐藏。

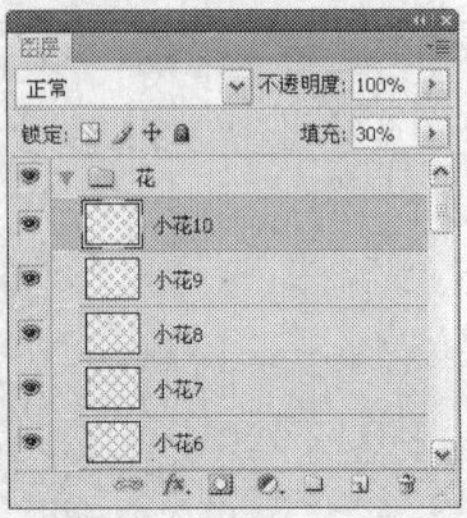

图 15-61

图 15-62

（8）选择“横排文字”工具 T，输入需要的白色文字，分别选取文字，在属性栏中选择合适的字体并设置文字大小，在“图层”控制面板中生成新的文字图层，效果如图 15-63 所示。分别选取文字，在“字符”面板中设置文字间距，效果如图 15-64 所示。

（9）按 Ctrl+O 组合键，打开光盘中的“Ch15 > 素材 >流行音乐网页> 02”文件，选择“移动”工具，拖曳素材图片到图像窗口的适当位置，效果如图 15-65 所示，在“图层”控制面板中生成新的图层并将其命名为“滑动条”。

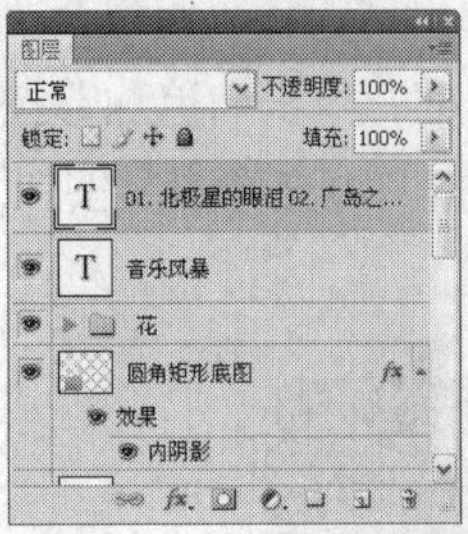

图 15-63

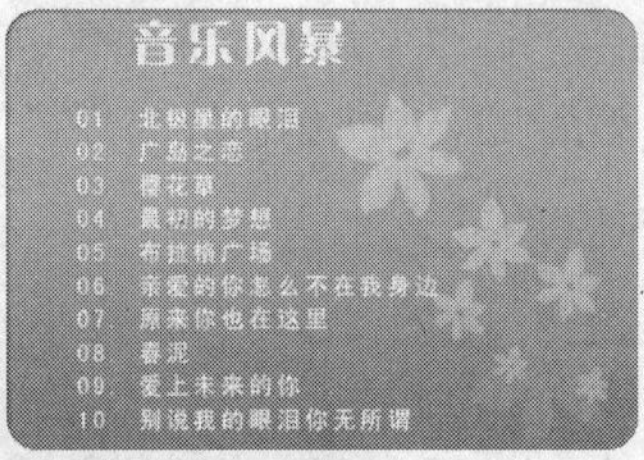

图 15-64

图 15-65

（10）按 Ctrl+O 组合键，打开光盘中的“Ch15 > 素材 > 流行音乐网页 > 03”文件，选择“移动”工具，拖曳素材图片到图像窗口的适当位置，如图 15-66 所示，在“图层”控制面板中生成新的图层并将其命名为“图片欣赏”，如图 15-67 所示。

图 15-66

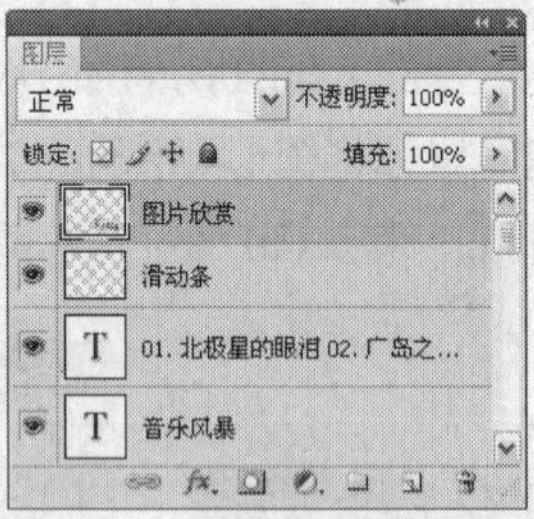

图 15-67

3. 制作导航条

（1）单击“图层”控制面板下方的“创建新组”按钮，生成新的图层组并将其命名为“导航”。新建图层并将其命名为“圆角矩形”。将前景色设为白色。选择“圆角矩形”工具，单击属性栏中的“填充像素”按钮，将“半径”选项设为 20px，在图像窗口的上方绘制一个圆角矩形，如图 15-68 所示。

（2）单击“图层”控制面板下方的“添加图层样式”按钮 fx，在弹出的菜单中选择“投影”命令，在弹出的对话框中进行设置，如图 15-69 所示，单击“确定”按钮，效果如图 15-70 所示。

图 15-68

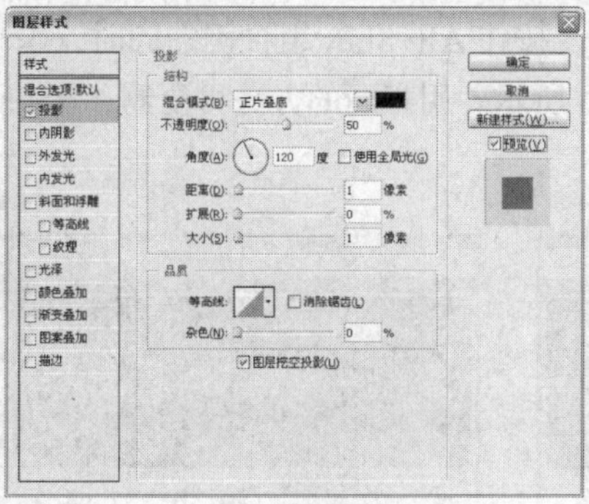

图 15-69

图 15-70

（3）新建图层并将其命名为“圆形按钮”。选择“椭圆选框”工具，按住 Shift 键的同时，绘制一个圆形选区。选择“渐变”工具，单击属性栏中的“点按可编辑渐变”按钮，弹出“渐变编辑器”对话框，将渐变色设为从灰色（其 R、G、B 的值分别为 135、135、136）到白色，如图 15-71 所示，单击“确定”按钮。按住 Shift 键的同时，在选区中由下至上拖曳渐变色，如图 15-72 所示。按 Ctrl+D 组合键，取消选区。

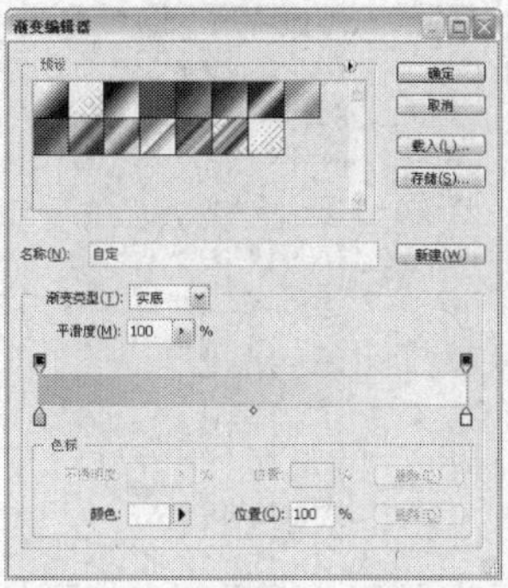

图 15-71

图 15-72

（4）单击“图层”控制面板下方的“添加图层样式”按钮，在弹出的菜单中选择“描边”命令，弹出对话框，单击“填充类型”选项右侧的按钮，在弹出的菜单中选择“渐变”，单击“点按可编辑渐变”按钮，弹出“渐变编辑器”对话框，将渐变色设为从灰色（其 R、G、B 的值分别为 135、135、136）到白色，如图 15-73 示，单击“确定”按钮。返回到“描边”对话框，其他选项的设置如图 15-74 所示，单击“确定”按钮，效果如图 15-75 所示。

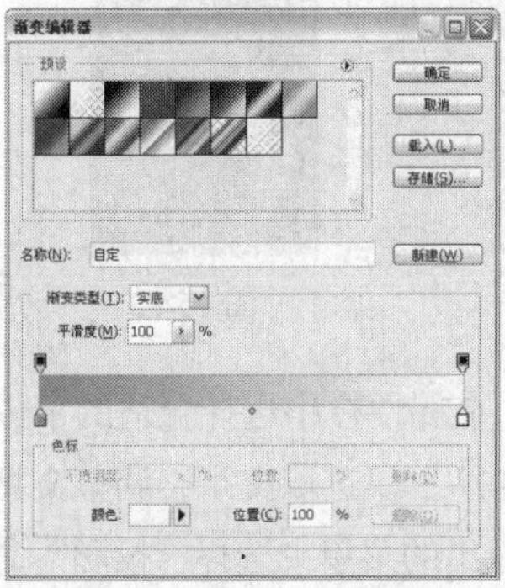

图 15-73

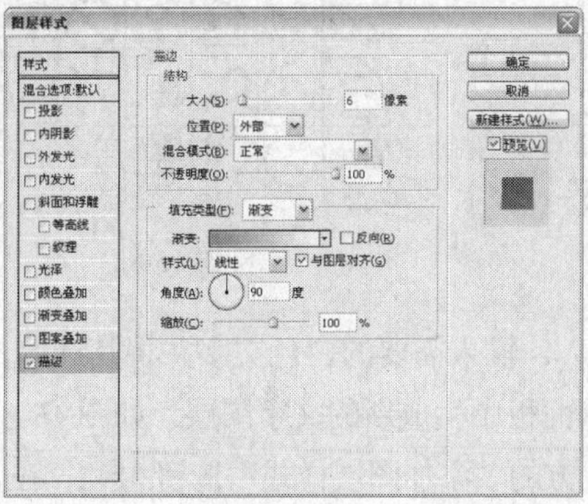

图 15-74

图 15-75

（5）选择“移动”工具，按住 Alt+Shift 组合键的同时，水平向右拖曳鼠标到适当的位置，复制一个圆形按钮，如图 15-76 所示。用相同的方法再复制 3 个圆形按钮，效果如图 15-77 所示，图层面板如图 15-78 所示。

图 15-76

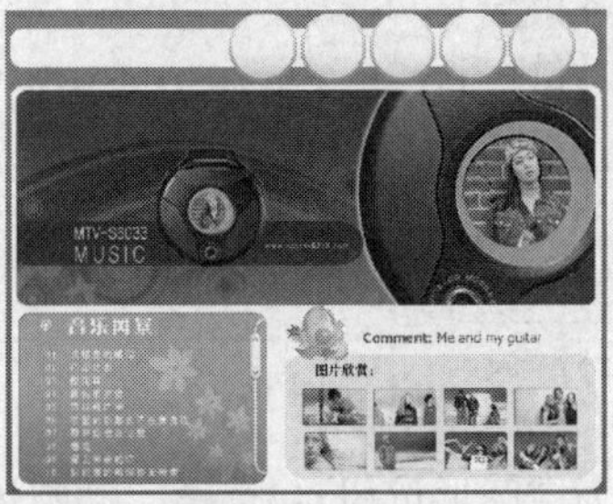

图 15-77

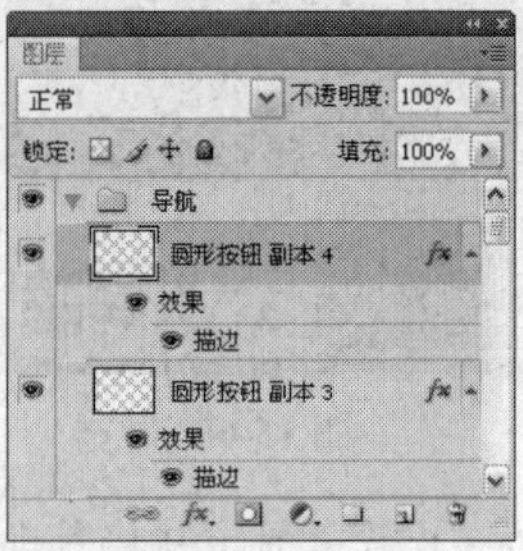

图 15-78

（6）按 Ctrl+O 组合键，打开光盘中的“Ch15 > 素材 > 流行音乐网页 > 04”文件，选择“移动”工具，拖曳按钮到图像窗口的适当位置，效果如图 15-79 所示，在“图层”控制面板中生成新的图层并将其命名为“按钮”，如图 15-80 所示。

图 15-79

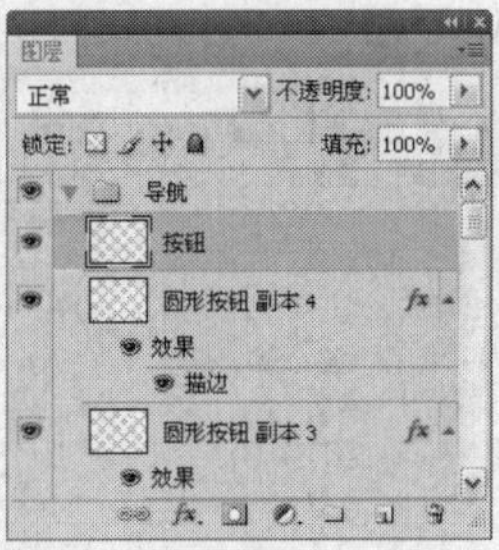

图 15-80

（7）新建图层并将其命名为“音量”。将前景色设为黑色。选择“自定形状”工具，单击属性栏中的“形状”选项，弹出“形状”面板，单击面板右上方的按钮，在弹出的菜单中选择“全部”选项，弹出提示对话框，如图 15-81 所示，单击“追加”按钮。在“形状”面板中选中“音量”图形，如图 15-82 所示。在属性栏中单击“填充像素”按钮，在图像窗口中的导航条右侧绘制图形，效果如图 15-83 所示。

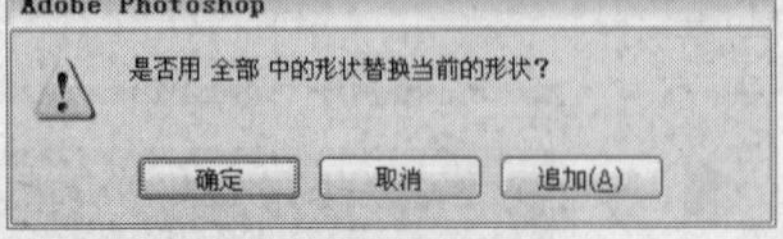

图 15-81

图 15-82

图 15-83

（8）选择“横排文字”工具，输入需要的白色文字并将其选取，在属性栏中选择合适的字体并设置文字大小，在“图层”控制面板中生成新的文字图层，如图 15-84 所示。选取文字，调整文字的间距。单击“图层”控制面板下方的“添加图层样式”按钮，在弹出的菜单中选择“投影”命令，在弹出的对话框中进行设置，如图 15-85 所示，单击“确定”按钮，效果如图 15-86 所示。

图 15-84

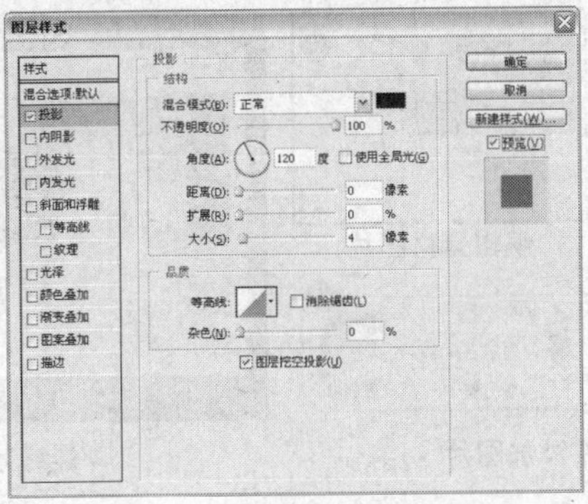

图 15-85

图 15-86

（9）选择“横排文字”工具 T，输入需要的黑色文字并将其选取，在属性栏中选择合适的字体并设置文字大小，调整文字到适当的间距，效果如图 15-87 所示，在“图层”控制面板中生成新的文字图层，如图 15-88 所示。流行音乐网页制作完成，效果如图 15-89 所示。

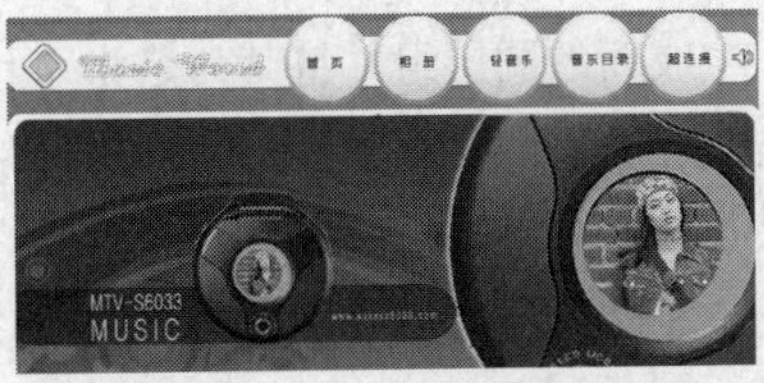

图 15-87

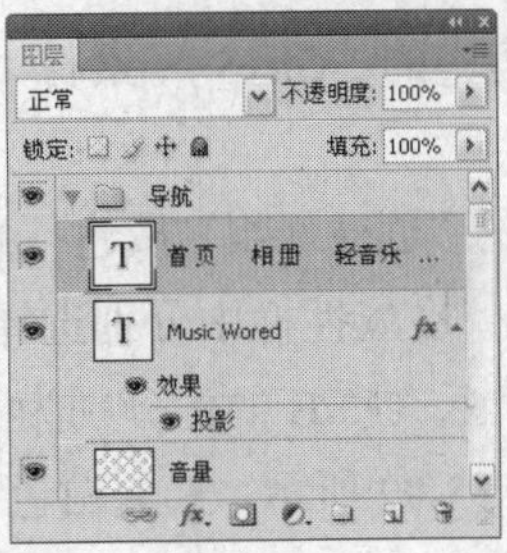

图 15-88

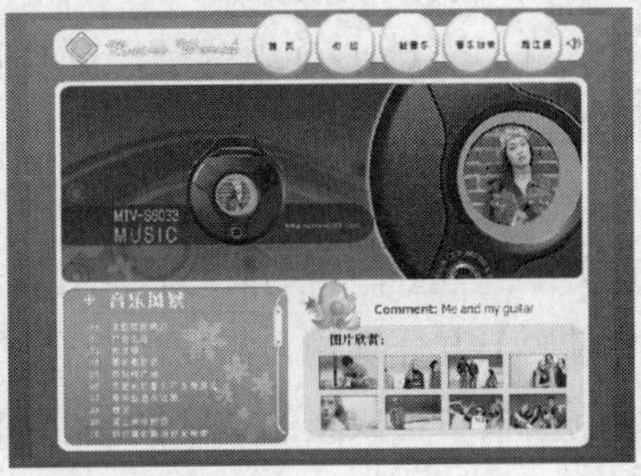

图 15-89

15.4 婚纱摄影网页

15.4.1 案例分析

本例是为婚纱摄影公司设计制作的网页。婚纱摄影公司主要针对的客户是即将踏入婚姻殿堂的新人们。在网页设计上希望能表现出浪漫温馨的气氛，创造出具有时代魅力的婚纱艺术效果。

在设计思路上，我们从整体氛围入手，使用暗紫色的背景和具有时代艺术特点的装饰花纹充分体现出页面的高贵典雅和时尚美观。导航栏的设计简洁大方，有利于新人的浏览。页面中间漂亮的婚纱照和玫瑰花的结合处理，充分体现出婚纱摄影带给新人的温馨浪漫。页面下方对公司的业务信息和活动内容进行了灵活的编排，展示出活动的主题。

本例将使用文字工具添加导航条。使用移动工具、添加蒙版命令和渐变工具制作图片融合效果。使用矩形工具和创建剪贴蒙版命令制作图片连续变化的效果。使用文字工具添加联系方式。

15.4.2 案例设计

本案例设计流程如图 15-90 所示。

背景图　　　　　　　　编辑素材图片

输入文字并添加图片　　　　　　　　最终效果

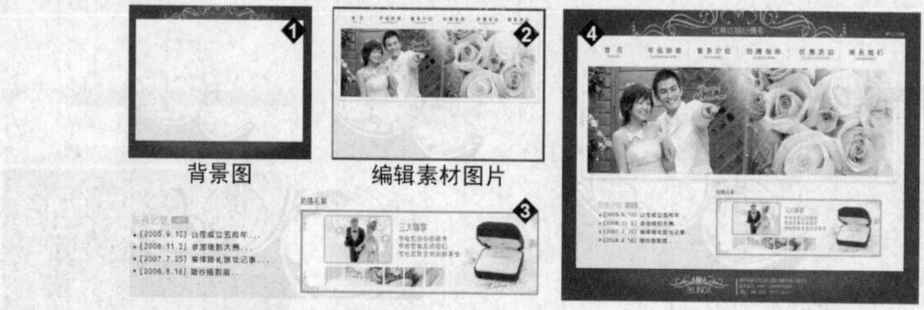

图 15-90

15.4.3　案例制作

1. 制作背景效果

（1）按 Ctrl+O 组合键，打开光盘中的"Ch15 > 素材 > 婚纱摄影网页 > 01"文件，效果如图 15-91 所示。

（2）单击"图层"控制面板下方的"创建新组"按钮 ⬜，生成新的图层组并将其命名为"上方文字"。选择"横排文字"工具 T，在属性栏中分别选择合适的字体并设置文字大小，在图像窗口的上方分别输入需要的紫色（其 R、G、B 的值分别为 57、24、35）和白色文字，在"图层"控制面板中生成新的文字图层，如图 15-92 所示。选取白色文字，适当调整文字间距，如图 15-93 所示。

图 15-91　　　　　　　　图 15-92　　　　　　　　图 15-93

（3）新建图层并将其命名为"竖线"。将前景色设为浅紫色（其 R、G、B 的值分别为 219、212、214）。选择"直线"工具 ＼，单击属性栏中的"填充像素"按钮 ⬜，将"粗细"选项设为 4，按住 Shift 键的同时，分别在文字之间绘制直线，效果如图 15-94 所示。

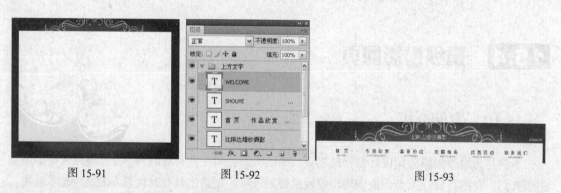

图 15-94

2. 编辑素材图片

（1）在"图层"控制面板中单击"上方文字"图层组前面的三角形按钮 ▽，将其包含的所有图层隐藏。单击"图层"控制面板下方的"创建新组"按钮 ⬜，生成新的图层组并将其命名为

“人物”。新建图层并将其命名为“白色矩形 2”，如图 15-95 所示。

（2）将前景色设为白色。选择“矩形”工具，单击属性栏中的“填充像素”按钮，在图像窗口中绘制矩形。单击“图层”控制面板下方的“添加图层样式”按钮 fx，在弹出的菜单中选择“投影”命令，在弹出的对话框中进行设置，如图 15-96 所示。

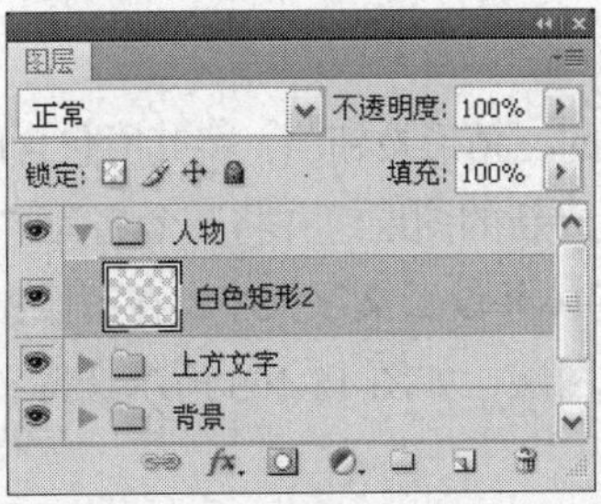

图 15-95

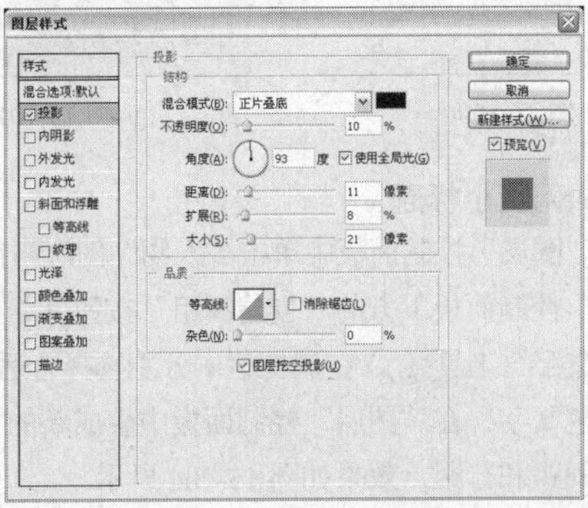

图 15-96

（3）选择“描边”选项，切换到相应的对话框，将描边颜色设为白色，其他选项的设置如图 15-97 所示，单击“确定”按钮，效果如图 15-98 所示。

（4）按 Ctrl+O 组合键，打开光盘中的“Ch15 > 素材 > 婚纱摄影网页 > 02”文件，选择“移动”工具，将图片拖曳到图像窗口的右侧，在“图层”控制面板中生成新的图层并将其命名为“花朵”。按 Ctrl+Alt+G 组合键，创建图层的剪贴蒙版，图像效果如图 15-99 所示。

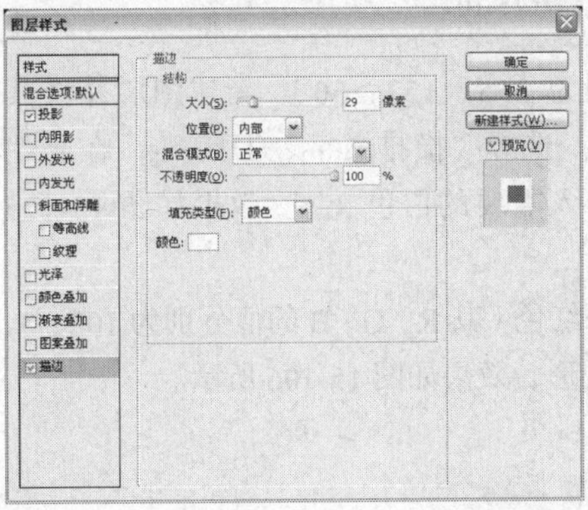

图 15-97

图 15-98

图 15-99

（5）按 Ctrl+O 组合键，打开光盘中的“Ch15 > 素材 > 婚纱摄影网页 > 03”文件，选择“移动”工具，将人物图片拖曳到图像窗口的左侧，在“图层”控制面板中生成新的图层并将其命名为“人物”。按 Ctrl+Alt+G 组合键，创建图层的剪贴蒙版，图像效果如图 15-100 所示。单击“图层”控制面板下方的“添加图层蒙版”按钮，为“人物”图层添加蒙版，如图 15-101 所示。

（6）选择“渐变”工具，单击属性栏中的“点按可编辑渐变”按钮，弹出“渐变编辑器”对话框，将渐变色设为由黑色到白色，单击“确定”按钮。在属性栏中选择“线性渐变”按钮，在图像中从右上方向左下方拖曳渐变色，效果如图 15-102 所示。

图 15-100

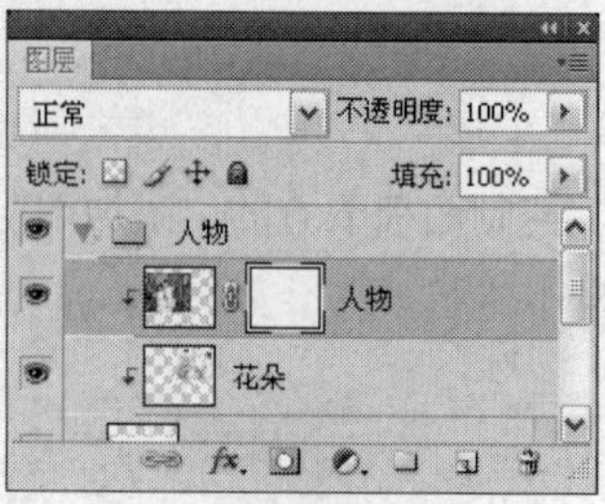

图 15-101

图 15-102

3．添加网页小标题

（1）在“图层”控制面板中单击“人物”图层组前面的三角形按钮，将其所包含的图层隐藏。单击“图层”控制面板下方的“创建新组”按钮，生成新的图层组并将其命名为“中间文字”。选择“横排文字”工具T，在属性栏中分别选择合适的字体并设置文字大小，在图像窗口中分别输入需要的黑色文字，在“图层”控制面板中生成新的文字图层，如图 15-103 所示。将文字选取，适当调整文字间距和行距，效果如图 15-104 所示。

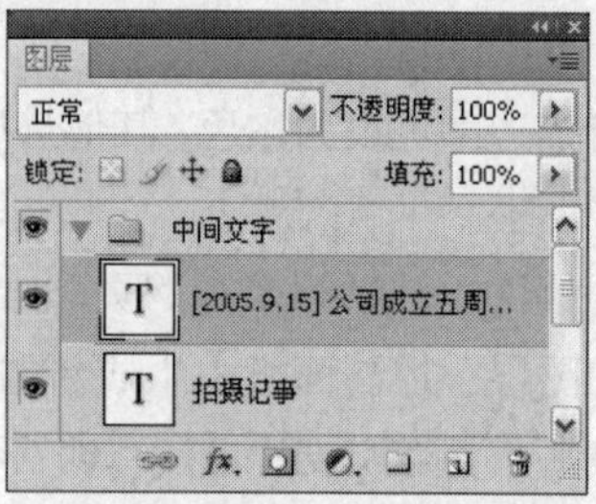

图 15-103

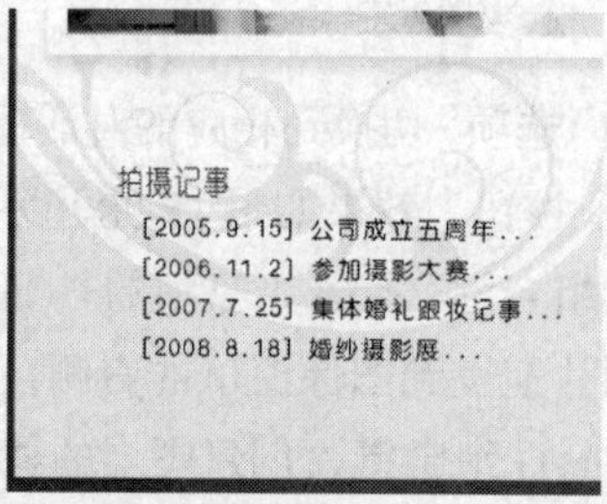

拍摄记事
[2005.9.15] 公司成立五周年...
[2006.11.2] 参加摄影大赛...
[2007.7.25] 集体婚礼跟妆记事...
[2008.8.18] 婚纱摄影展...

图 15-104

（2）将前景色设为橘黄色（其 R、G、B 的值分别为 255、153、50）。新建图层并将其命名为“橘黄矩形”。选择“矩形”工具，绘制图形。选择“横排文字”工具T，在属性栏中选择合适的字体并设置文字大小，在图像窗口中输入需要的白色文字，效果如图 15-105 所示。

（3）新建图层并将其命名为“红点”。将前景色设为深红色（其 R、G、B 的值分别为 102、0、0）。选择“椭圆”工具，在文字的左侧分别绘制多个圆形，效果如图 15-106 所示。

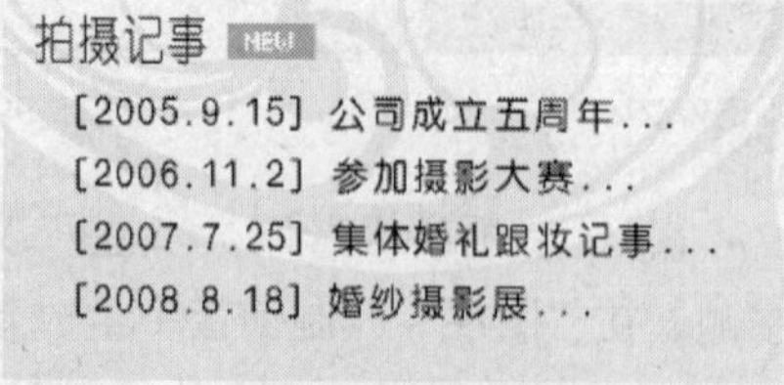

拍摄记事 NEW
[2005.9.15] 公司成立五周年...
[2006.11.2] 参加摄影大赛...
[2007.7.25] 集体婚礼跟妆记事...
[2008.8.18] 婚纱摄影展...

图 15-105

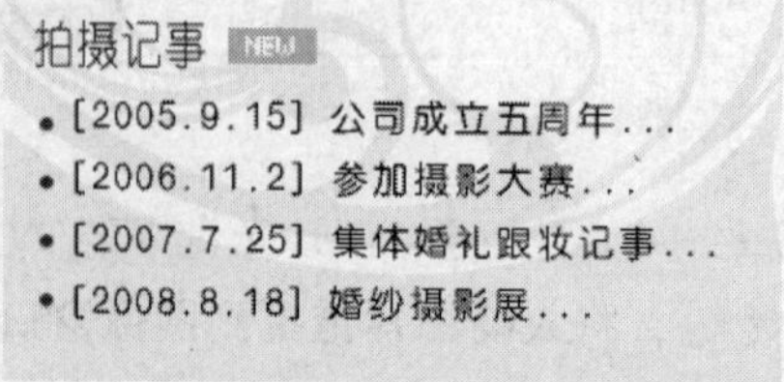

图 15-106

（4）在“图层”控制面板中单击“中间文字”图层组前面的三角形按钮，将其所包含的图层隐藏。单击“图层”控制面板下方的“创建新组”按钮，生成新的图层组并将其命名为“矩形”。

（5）新建图层并将其命名为“白色矩形 3”。选择“矩形选框”工具，绘制选区，如图 15-107

所示。用白色填充选区。新建图层并将其命名为“边框”，在选区内单击鼠标右键，在弹出的菜单中选择“描边”命令，弹出对话框，将描边颜色设为深褐色（其 R、G、B 的值分别为 86、36、53），其他选项的设置如图 15-108 所示，单击“确定”按钮，效果如图 15-109 所示。

（6）按 Ctrl+O 组合键，打开光盘中的“Ch15 > 素材 > 婚纱摄影网页 > 04”文件。选择“移动”工具，将花纹图形拖曳到边框图形中，在“图层”控制面板中生成新的图层并将其命名为“花纹”。在控制面板上方，将“花纹”图层的“不透明度”选项设为 40%，图像效果如图 15-110 所示。

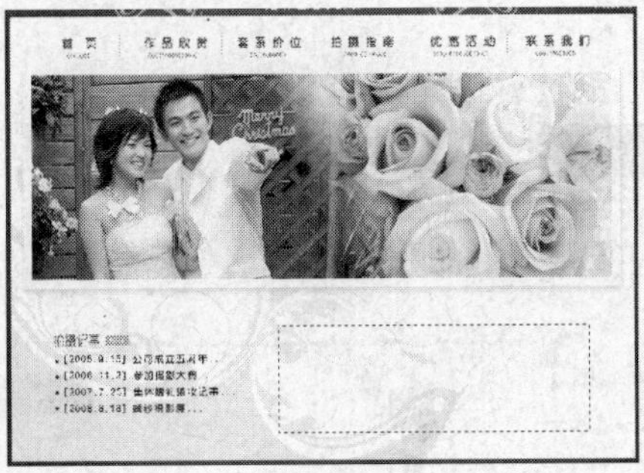

图 15-107

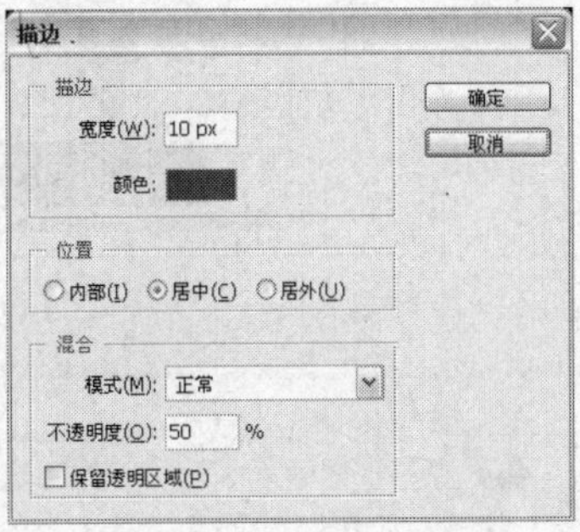

图 15-108

图 15-109

图 15-110

（7）按 Ctrl+O 组合键，打开光盘中的“Ch15 > 素材 > 婚纱摄影网页 > 05”文件，选择“移动”工具，将图片拖曳到图像窗口的下方，如图 15-111 所示，在“图层”控制面板中生成新的图层并将其命名为“图片”。单击“图层”控制面板下方的“添加图层样式”按钮 fx，在弹出的菜单中选择“投影”命令，弹出对话框，将投影颜色设为深褐色（其 R、G、B 的值分别为 116、41、41），其他选项的设置如图 15-112 所示，单击“确定”按钮，效果如图 15-113 所示。

图 15-111

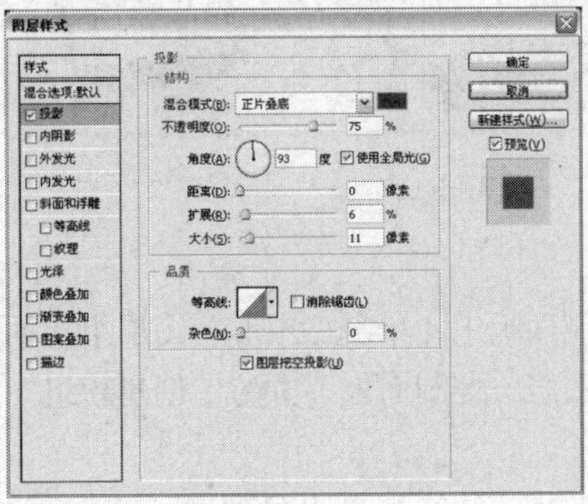

图 15-112

图 15-113

（8）新建图层并将其命名为“方框”。将前景色设为黑色。选择“矩形”工具，按住 Shift 键的同时，在图像窗口中拖曳鼠标绘制多个图形，效果如图 15-114 所示。按 Ctrl+O 组合键，打开光盘中的“Ch15 > 素材 > 婚纱摄影网页 > 06”文件，选择“移动”工具，将图片拖曳到图像窗口的下方，在“图层”控制面板中生成新的图层并将其命名为“图片 1”。按 Ctrl+Alt+G 组合键，创建图层的剪贴蒙版，效果如图 15-115 所示。

（9）按 Ctrl+O 组合键，打开光盘中的“Ch15 > 素材 > 婚纱摄影网页 > 07”文件，选择“移动”工具，将戒指图片拖曳到图像窗口的下方，效果如图 15-116 所示，在“图层”控制面板中生成新的图层并将其命名为“戒指”。

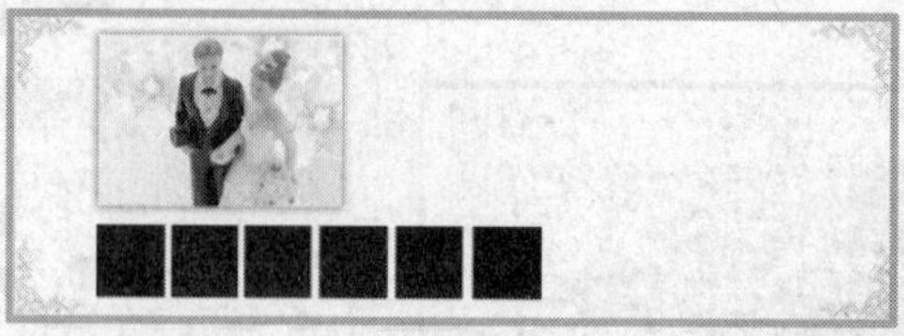

图 15-114

图 15-115

图 15-116

（10）选择“横排文字”工具，在属性栏中分别选择合适的字体并设置文字大小，在图像窗口中分别输入黑色文字和浅紫色（其 R、G、B 的值分别为 114、48、70）文字，将文字选取，适当调整文字的字距和行距，效果如图 15-117 所示，在“图层”控制面板中分别生成新的文字图层，如图 15-118 所示。

图 15-117

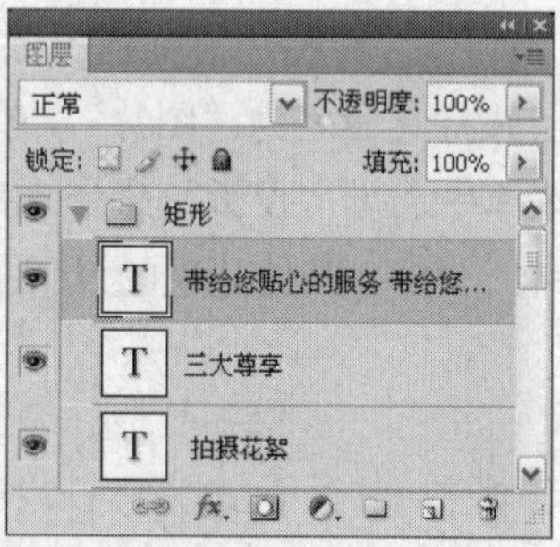

图 15-118

4．添加联系方式

（1）在“图层”控制面板中，单击“矩形”图层组前面的三角形按钮，将“矩形”图层组中的图层隐藏。单击“图层”控制面板下方的“创建新组”按钮，生成新的图层组并将其命名为“下方文字”。

（2）按 Ctrl+O 组合键，打开光盘中的“Ch15 > 素材 > 婚纱摄影网页 > 08”文件，选择“移动”工具，将花纹图形拖曳到图像窗口的下方，在“图层”控制面板中生成新的图层并将其命名为“花纹 1”。在控制面板上方，将“花纹 1”图层的“不透明度”选项设为 70%，效果如图 15-119 所示。

（3）选择“横排文字”工具 T，在属性栏中分别选择合适的字体并设置文字大小，在图像窗口中分别输入白色文字和浅紫色（其 R、G、B 的值分别为 208、192、197）文字，将文字选取，适当调整文字的字距和行距，效果如图 15-120 所示。

图 15-119

图 15-120

（4）新建图层并将其命名为“竖线 2”。将前景色设为白色。选择“直线”工具 ＼，在属性栏中将“粗细”选项设为 6，按住 Shift 键的同时，绘制直线，效果如图 15-121 所示。婚纱摄影网页制作完成，效果如图 15-122 所示。

图 15-121

图 15-122

课堂练习 1——电子产品网页

【练习知识要点】使用自定形状工具绘制装饰图形，使用多种图层样式添加立体效果，使用圆角矩形工具、添加锚点工具和直接选择工具绘制菜单，使用画笔工具绘制虚线。电子产品网页效果如图 15-123 所示。

【效果所在位置】光盘/Ch15/效果/电子产品网页.psd。

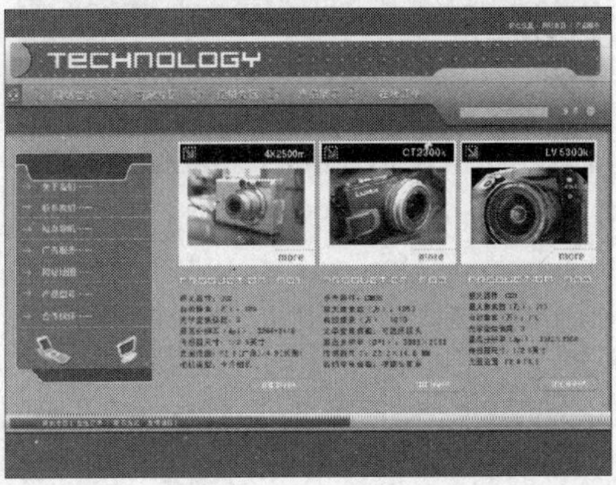

图 15-123

课堂练习 2——科技网页

【练习知识要点】使用椭圆选框工具绘制云彩图形，使用矩形选框工具和圆角矩形工具绘制底图图形，使用添加图层样式命令为图片添加描边效果，使用自定形状工具和钢笔工具绘制装饰图形。科技网页效果如图 15-124 所示。

【效果所在位置】光盘/Ch15/效果/科技网页.psd。

图 15-124

课后习题——写真模板网页

【习题知识要点】使用渐变工具制作暗光效果，使用添加图层样式命令为图片和文字添加投影、外发光、斜面和浮雕、描边等效果，使用喷溅滤镜命令制作黄色背景效果。写真模板网页效果如图 15-125 所示。

【效果所在位置】光盘/Ch15/效果/写真模板网页.psd。

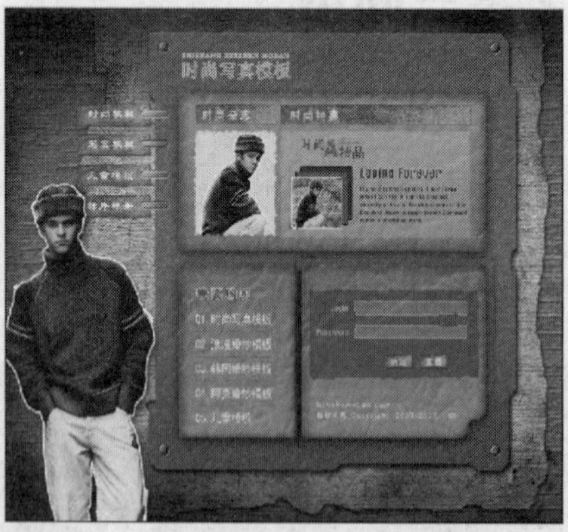

图 15-125